가전을 읽는 방식

김창룡

Publishing Corporation

목 차

제 1 부
가전의 시작

프롤로그
신생 장르에 대한 잡박 논쟁
실의와 곤궁이 빚어낸 술과 돈의 사색

프롤로그

금세기에 이르러 한국 고전문학사 가운데의 엄연한 한 개 장르 이름으로 부각되어진 가전(假傳)은 저 고려 후기 서하(西河) 임춘(林椿, 1150경~?)의 <국순전(麴醇傳)>으로부터 그 다음 조선조 한 시대를 거쳐 만근에 연민(淵民) 이가원(李家源, 1917~2000)의 <화왕전(花王傳)>에 이르기까지 연장 약 800년 간을 연면히 존속해 온 전(傳)의 독특한 한 가지 양식이다.

하지만 이 양식이 그 진행 과정 안에서 공식적인 이름을 띠고 진행된 것은 아니었고, 현금 20세기 한국문학사를 정립하는 과정상에 새롭게 확립을 보게 되었다. 그런 면에서, 이는 마치 저 소설이라 부르는 것이 아직 고전시대의 장르 명칭은 못되었고 20세기 벽두에 들어서야 어엿한 장르의 명칭으로 새로이 고정 · 정착된 사실과 내역을 같이하는 것이다.

우리나라 뿐 아니고 이 장르의 본산이 되는 중국에서도 문학상에 따로 가전이라고 명명한 자취는 없었던 것 같다. 모름지기 한 · 중 통틀어서 가전의 남상(濫觴)으로 볼 수 있는 당대(唐代) 한유(韓愈, 768~824)의 <모영전(毛穎傳)>을 모든 중국의 문학사 및 소설사가 당의 전기(傳奇) 가운데 포함시켜 다루지는 않았다. 그럴 뿐 아니라, 따로이 어떻다 할 장르 이름도 부여하지 않은 사실 등에서 그러하였다.

이 장르를 일컫는 명칭으로 '가전', '가전문학', '가전체', '가전체문학', '가전체소설', '의인체소설' 등 여러 가지로 혼동해서 부르고 있으나, 의당 '가전'이라 함이 옳을 것이다. 가전이란 것이 원래 명나라의 서시증(徐師曾)이 『문체명변(文體明辯)』에서 하위 분류한 사전(史傳) · 가전(家傳) · 탁전(托傳) · 가전(假傳) 가운데 처음 나타난 말이므로, 고의(古意)를 존중한대도 우선 그렇게 부름이 온당하다.

우선 '~체(體)' 자 첨부에 대한 문제이다. 이는 꼭 가전 뿐 아니라 오늘날에도 '전기(傳記)'라 하지, '전기체(傳記體)' 등으로 사족을 붙이지는 않는다. 만일 전기체라 한다면 전기 본래의 뜻과 일단 유리되어 나갈 사단이 일어날 수 있다. 하물며 우리 문학사 가운데 똑같은 장르의 명칭인 소설이나 향가, 시조 등을 놓고서 소설체, 향가체, 시조체 등으로 일컬을 수 없는 이유와 통한다. 만일 그랬다가는 이미 그 장르 본래적 의미에서 벗어나 전혀 변질된 뜻으로 돌변하고 말 것이기 때문이다. 이는 하나의 시 작품을 '시적 작품', 한 편의 연극 공연을 '연극적 공연'이란 말로 오용하는 것과 같은 넌센스가 된다. 추사 김정희의 친필 글씨를 앞에 놓고 '추사 진필(眞筆)', 혹은 '추사 진적(眞迹)'이라 하는 대신 '추사체(秋史體)'라는 말로 아는 체하기와 같은 방언(放言)이다. 그리하여 원래의 <정과정(鄭瓜亭)>을 <정과정곡(鄭瓜亭曲)>으로 이름붙인 경우와는 비교도 안될 심각한 사족됨을 면할 길이 없게 된다.

또, '가전체소설'이라 하여 가전을 마치 소설의 한 형태로 보고자 하는 견해 역시 인정하기 곤란하다. 이는 궁극적으로 소설 본질에 관한 문제로까지 소구되는 바, 원래 소설이란 것이 왜 인간의 삶 속에서 만들어지게 되었는가 하는 소설의 존재의의와 관련이 깊다. 자주 논급되는대로, 인문사회 안에서 소설이 생겨날 수 있었던 필연적인 바탕은 갈등(confliction)과 대립(confrontation)의 논리 위에 기초하여 있다는 사실에 유의할 필요가 있다. 그리하여 소설이 묘사하는 세계는 존재와 존재 사이의 대립 및 갈등이거나, 아니면 자기 자신 내부에서 일어나는 양자택일(alternatives)과 같은 갈등의 세계이다. 대체로 시가 합일과 융화의 질서 위에 있는 미학인데 반해서, 소설은 철두철미 대립 및 갈등의 역학적 질서 위에 기초한 문예라고 특징지을 수 있다. 바꿔 말해서, 만일 인간들 삶 속에서 존재들 상호간의 대립과 갈등, 즉 불화는 없고 영원한 화합만이 지속되었다면 소설이란 것도 처음부터 그 존재의의가 사라지고 말았을 것이다.

그런데, 일단 소설에서 제시된 갈등은 그 처음 등장한 상태로 정체되어 있기를 허용받지 않는다. 왜냐하면 소설은 그 내용적 구조상 한 가지 사건 및 사실(A)이 인(因)이 되어 계속해서 그 다음의 비상한 사건 및 사실(A′, A″)의 과(果)로 이어져 나가기를 끊임없이 기대받고 있는 양식인 까닭이다. 그리하여 존재 사이에 처음에는 미소(微小)하였던 갈등·대립이 차츰 심화·확대하는 단계까지 올라가는 국면이 있게 된다. 이 지점을 정점(climax)이라고 할 수 있는데, 바로 이 갈등~정점으로의 흐름을 가능케 하는 추진 인자야말로 고금을 초월한 소설 특유의 큰 핵심적 요인이 된다. 갈등과 그 심화의 양상은 인류의 삶과 때를 같이 하는 것이다. 또 그 구체적인 표현이 존재 대립의 문학적 형상화인 소설을 빌어 이미 나타난 것이므로, 이러한 이치는 고금의 어떤 소설이든 막론하고 구비해야 할 최소한의 요건이 된다.

그런데 <국순전>을 비롯한 가전의 경우 어떠한가? 물론 가전의 경우에도 때로는 주인공이 그와 대립적인 관계에 놓이는 그 누구와 갈등이 있었다는 사실을 단편적으로 묘사하기도 한다. 그러나 어디까지나 단편적일 뿐이다. 문제로서 제기된 그 갈등이 더 이상 인과적으로 연결, 확대되지는 않는다. 말하자면 전기(傳奇) 또는 소설 등에서 볼 수 있는 인과적 구조가 부재한 것이다. 곽잠일(郭箴一)의 경우엔 이를 "연락(聯絡)"이라는 표현으로 대신하였거니와, 그가 『중국소설사』(p.79) 가운데서 언급한 다음 같은 취지는 소설의 인과구조를 이해하는 데 큰 이바지가 된다.

唐代的小說 雖是短篇 然是關於一人一事的聯絡.
당나라 시대의 소설은 그것이 비록 단편일지라도 한 사람이 한 사건에 관계된 연결과 맥락이 있다.

이에 반해 가전이 알리고 있는 내용은 단편적 독립된 사실의 모자이크에 불과할 뿐 – 조수학(曺壽鶴)은 이것을 가전의 편철성이라 일컬었다. – 일정한 사건을 중심으로 전후간의 사실이 긴밀한 맥락을 갖고 인과적, 연쇄적으로 작용하지 못한다. 따라서 가전에는 소설에서 맛볼 수 있는 상황적 변화에 따른 긴장(tension)도 있을 수 없고, 소설이 경우에 따라 곧잘 제시하기도 하는 복선(underplot) 같은 것도 거의 기대하기 어렵게 된다. 동시에, 하나하나의 사건이나 사실이 그 자체로서 의미상의 내적 필연성을 갖지 못하고 만다. 이것이 바로 가전이 소설에 이르지 못하는 결정적인 한계라 할 수 있다.

나아가, 가전의 개념 자체가 허구적 의인화 형태를 띤 이를테면 전기(傳記, biography)의 한 가지 형태라는 점에 유의하면 장르 구분의 문제 해결에 보다 접근할 수 있다. 즉, 오늘날 '소설 : 가전'의 차이는 '전기(傳奇) : 전기(傳記)' 개념의 차별화 속에서 찾을 수 있을 것으로 최종 귀착된다는 뜻이다. 따라서 전기(傳奇)와 전기(傳記)가 그 형식에서 같을 수가 없듯이, 가전과 소설 또한 그 형식의 면에서조차 하나일 수 없게 된다.

중국과 한국의 최초 가전인 <모영전>·<국순전> 등을 중심한 본격적 형태의 가전은 흡사 한시에서 볼 수 있는 기·승·전·결의 구성 방식을 방불케 한다. 그리하여 한시가 운문 가운데도 엄격한 정형시에 해당한다 할 것 같으면, 가전은 산문 중에서도 엄격한 정형적 산문이 된다고 볼 수 있다. 그리고 정형성은 음위율적 현상으로 나타나는 바, 전체적인 통계의 양상에서 대개, 기(起)는 '□□, □□人' 및 '其先□□'의 문자로 표현되고, 승(承)은 이것이 끝난 바로 뒤에 주인공의 이름과 함께 시작되는 경우가 많다. 전(轉)은 '其子□□'·'子孫□□' 등의 문자로 유도되어지고, 결(結)은 '太史公曰'·'贊曰' 등의 언어로 명시된다. 이는 바로 같은 산문문학일지라도 위와 같은 제약에서 자유로운 소설과는 엄연히 구별될 수밖에 없는 소이가 된다. 산문을 그대로 운문에다 비유해 볼진대, 가전이 정형시라면 소설은 자유시로 표현해 볼 길 있다. 그러나 소설은 자유시에의 견줌만으로 만족될 수 없는, 자유시보다 훨씬 크고 무한정한 자유를 가지고 있다. 이렇게 분방한 자유적 산문인 소설이 처음부터 위상적(位相的)인 형식의 틀 안에서 만들어지는 정형적 산문인 가전과 같을 수는 없는 것이다.

그리고 결정적으로 가전은 말미에 자기적 의사를 명백화시키는 틀을 기본으로 삼는 장르이다. 이는 작자가 자신의 의도를 노정(露呈)시키는 일만은 없이 은밀하게 숨고 마는 ─ 그래서 소설의 '주제잡기'가 오늘날 논란의 하나로 되어버린 ─ 일반적 소설과는 애당초 같은 궤도 안에 있지 않음을 명징하게 나타내준다. 궁극에 가전은 어디까지나 가전으로 남을 뿐, 소설과 동일한 장르로서 다루기는 마침내 어려울 뿐이었다.

그 다음, 가전 대신 의인문학이라 지칭하기도 했으니, 대체 가전과 의인문학과의 관계는 어떠한가? 물론 내용적으로 가전은 필경 의인문학의 드넓은 범주 안에 포함됨이 엄연한 사실이다. 다시 말해 가전은 의인문학에 속하는 한 가지 범위의 장르이다. 그러나 의인화된 것이면 무조건 다 가전이라 부르지는 않는다. 예를 들어, 신라 신문왕(神文王) 때 설총이 지었다는 세칭 <화왕계(花王戒)>, 작자 및 연대 미상의 <규중칠우쟁론기(閨中七友爭論記)>, 또 광대들의 세칭 판소리계 소설인 <토끼전> 같은 것을 가전이라 일컫지 않는다 함이다. 그 대신 그러한 형상들을 일컫는 장르상의 말로 각각 '의인설화'와 '의인수필', '의인소설' 등의 고유하고도 엄연한 호칭이 있다. 따라서 의인문학이란 의인 형태의 설화·가전·수필·소설 등을 두루 포괄하는 상위개념으로서의 총칭인 것이다. 결과적으로 의인가전, 의인설화, 의인수필, 의인소설 등은 다같이 의인문학의 하위 개념에 속하지만, 같은 의인문학이라 해도 이렇게 제각기 붙여지는 명칭이 다른 까닭은 바로 형태상의 같지 않은 특징에 있음이다. 문학은 그 내용성 못지않게 형식성이 중대한 몫을 차지한다 함은 여기서 새삼 되풀이 강조할 나위조차 없는 말이다.

그렇다면 이제 가전이 가지는 바, 독특하고 고유한 형식이란 무엇인가? 그것은 전언하였듯 다름아닌 전기(傳記)의 형식이다. 전기란 주인공의 일대기에 관한 기록이니 서시증이 말한 바 "기일인지시종(紀一人之始終)" 즉, '한 인물의 시작과 끝을 기록한다' 함이 바로 그 요체가 된다. 따라서 같은 의인문학이라고 하지만 주인공의 일대기적 기록 대신에 편시적(片時的) 상황을 다룬 <정시자전(丁侍者傳)>·<용부전(慵夫傳)> 등은 이 기준 안에 들어갈 수 없으므로 대상에서 제외된다.

그와 동시에, 초창기 가전 창작의 주역들인 한유·진관·소식·임춘·이규보 이래 전통적으로 이후의 모든 가전 작가들이 주인공의 전기만을 다루는데 그치지는 아니하였다. 대신, 가전의 발생적 남상으로 간주되는 한유의 <모영전>과 한국 가전의 최초로 보는 임춘의 <국순전> 등은 이미 그 안에 형태상의 기본적인 체계가 내유하여 있었다. 곧, 대부분 가전들은 주인공의 본전(本傳)을 중심한 그 앞마당에는 선계(先系), 뒷마당에는 후계(後系)를 각각 설정하고자 하는 기본적 노선을 가지고 있었다. 실제로 우리 가전의 모든 경우에 선계가 공시되어 있고, 전체 가전의 약 반수 가까이에 걸쳐 후계가 드러나 있다. 또, 가전 형태의 특징 가운데 가장 두드러져 빼놓을 수 없는 것이 작품 말미의 평결부이다. 필자의 편역서인 『한국의 가전문학』(上·下)에 수록된 우리 가전 50편 전체에 걸쳐서 백곡 김득신의 가전 2편을 제외한 나머지 작품 모두에서 '태사공왈(太史公曰)'·'사신왈(史臣曰)'·'찬왈(贊曰)' 등으로 시작되는 평결부가 원칙적인 체계로서 수칙되고 있다. 그리하여 '선계·본전·후계·평결'이라는 원칙적인 체계를 형성하게 되었던 바, 가전의 창작은 이러한 정형적 형식 및, 전술한 바 비인과적 내용 구성의 틀 위에서 연면히 전개되어 왔던 불문률적인 진실이 있다.

그러면, 이제 가전문학 전반적인 이해를 돕기 위해 동방 가전의 효시 및
원형(原型)으로서 중대한 의의를 차지하고 있는 한유의 <모영전> 원문 및
주석을 여기에 수록해 둔다.

毛穎者 中山人也 其先明目示 佐禹治東方土 養萬物有功 因封於卯地
死爲十二神 嘗曰 吾子孫神明之後 不可與物同 當吐而生 已而果然 明
目示八世孫䝤世傳當殷時 居中山 得神仙之術 能匿光使物 竊姮娥 騎蟾
蜍入月 其後代遂隱不仕云 居東郭者曰䝤 狡而善走 與韓盧爭能 盧不及
盧怒 與宋鵲謀而殺之 醢其家 秦始皇時 蒙將軍恬南伐楚 次中山 將大
獵以懼楚 召左右庶長與軍尉 以連山筮之 得天與人文之兆 筮者賀曰 今
日之獲 不角不牙 衣褐之徒 缺口而長鬚 八竅而趺居 獨取其髦 簡牘是
資 天下其同書 秦其遂兼諸侯乎 遂獵 圍毛氏之族 拔其毫載穎而歸 獻
俘於章臺宮 聚其族而加束縛焉 秦皇帝使恬賜之湯沐 而封諸管城 號曰
管城子 日見親寵任事 穎爲人强記而便敏 自結繩之代 以及秦事 無不纂
錄 陰陽卜筮占相醫方族氏山經地志字書圖畫九流百家天人之書 及至浮
屠老子外國之說 皆所詳悉 又通於當代之務 官府簿書 市井貨錢注記 惟
上所使 自秦皇帝及太子扶蘇胡亥丞相斯中車府令高 下及國人 無不愛
重 又善隨人意 正直邪曲巧拙 一隨其人 雖見廢棄 終嘿不洩 惟不喜武
士 然見請亦時往 累拜中書令 與上益狎 上嘗呼爲中書君 上親決事 以
衡石自程 雖宮人不得立左右 獨穎與執燭者常侍 上休方罷 穎與絳人陳
玄宏農陶泓及會稽楮先生友善 相推致 其出處必偕 上召穎 三人者不待
詔 輒俱往 上未嘗怪焉 後因進見 上將有任使 拂拭之 因免冠謝 上見其
髮禿 又所摹畫不能稱上意 上嘻笑曰 中書君老而禿 不任吾用 吾嘗謂君
中書 今不中書耶 對曰 臣所謂盡心者焉 因不復召 歸封邑 終於管城 其
子孫甚多 散處中國夷狄 皆冒管城 惟居中山者 能繼父祖業
太史公曰 毛氏有兩族 其一姬姓 文王之子封於毛 所謂魯衛毛聃者也
戰國時有毛公毛遂 獨中山之族 不知其本所出 子孫最爲蕃昌 春秋之成
見絶於孔子 而非其罪 乃蒙將軍拔中山之豪 始皇封諸管城 世遂有名 而
姬姓之毛無聞 穎始以俘見 卒見任使 秦之滅諸侯 穎與有功 賞不酬勞
以老見疎 秦眞少恩哉.

모영(毛穎)1)은 중산(中山)2) 사람이다.

그 선조인 명시(明目示)3)는 우(禹) 임금을 도와 동쪽 지경을 다스려서4) 만물을 양육시킨 공로가 있었기에 묘(卯)5) 땅에 봉해졌고, 죽어서는 12신(神)6)의 하나가 되었다. 그는 일찍이 이렇게 말하였다.

"나의 자손들은 신명(神明)의 후예인지라 여느 다른 존재들과 같게 할 순 없다. 마땅히 입으로 토해서 낳도록 할 것이라."

이윽고 그것은 사실로 나타났다.

명시의 8대 손(孫)은 누(貗)7)였다. 세상에 전하기로는 그가 은나라의 중산(中山)에 거처하면서 신선의 술법을 터득하였다. 능히 모습을 감추고 물(物)을 부릴 수 있었더니, 항아(姮娥)8)를 슬그머니 변화시킨 두꺼비를 타고 달로 들어가 버리매, 그 다음 대(代)부터는 결국 숨어 벼슬하지 않게 되었다고 한다.

동곽(東郭)9)에 살던 자는 준(狻)10)이라 했다. 민첩하고 뜀박질을 잘하였거니와 한로(韓盧)11)와 솜씨를 겨루었는데 한로가 따르지 못하였다. 그러자 한로는 노한 나머지 송작(宋鵲)12)과 짜고 그를 죽인 다음 그의 집안을 절여 없애고 말았다.

진시황 시절 몽염(蒙恬)13) 장군이 남으로 초나라를 쳤을 때, 중산에 주둔하던 도중 바야흐로 크게 사냥하여 초를 두렵게 한 바 있었다. 좌우의 서장

---

1) '붓'의 의인화 별명. 여기서 '穎'은 뾰족한 것〔尖〕 또는 붓끝〔筆頭〕의 뜻.
2) 오늘날 안휘성(安徽省) 선성현(宣城縣) 북쪽과 강소성(江蘇省) 표수현(漂水縣) 남쪽의 산 이름으로, 정교한 토끼털 붓의 명산지.
3) 토끼의 별명. 눈이 밝다는 뜻이니, '明視'로도 쓴다.
4) 십이지(十二支) 가운데 넷째 지지인 묘(卯)는 띠로는 토끼, 방위상으로는 동쪽에 해당한다.
5) 위의 주 4) 참조
6) 토끼는 12지(支)의 하나를 형성하는 동물이다. 또는, 집안에 있으면서 재액을 쫓는다는 열두 주신(主神).
7) 어린 토끼. '㲃'·'𤟟' 등으로도 쓴다.
8) 『회남자(淮南子)』 및 장형(張衡)의 『영헌(靈憲)』에 나오는 전설상의 여인. 남편 예(羿)가 서왕모(西王母)에게서 얻은 불사약을 훔쳐 달로 달아났다고 하며, 두꺼비가 되었다는 말도 있다.
9) 동쪽의 외성(外城).
10) 약빠른 토끼. 곧, 교토(狡兎). 『전국책(戰國策)』에, "東郭狻 天下之狡兎也."라 했다.
11) 중국 한(韓)나라 산의 명견(名犬).
12) 중국 송(宋)나라 산의 양견(良犬). 한로(韓盧)와 더불어 준견(駿犬)의 대명사.
13) 진시황 때에 흉노를 정벌한 명장(名將)으로, 그가 붓을 처음 만들었다는 설이 있다.

(庶長)14)들과 군위(軍尉)15)들을 불러다가 연산(連山)16)으로 점쳤더니 천문(天文)과 인문(人文)의 조후(兆候)를 얻었다. 이에 점치는 이가 축하를 드렸다.

"오늘 노획하실 것은 뿔도 아니 나고, 어금니도 없는, 갖옷 두른 무리이나이다. 입은 비뚜름한 언청이에 길다란 수염, 여덟 개 구멍이 나있고 모로 웅크려 앉지요. 특별히 그 터럭을 취하면 간독(簡牘)17)에 쓰임새가 있어 온 천하가 다 함께 글을 쓸 수 있사온즉, 우리 진나라가 결국은 제후들을 아우를 수 있겠나이다."

드디어 모씨(毛氏)의 겨레를 찾아서 에워싼 다음 그 가운데 잘난 자를 가려냈다. 이 때 모영도 같이 수레에 태우고 돌아와서 장대궁(章臺宮)18)에서 포로로 바쳤거니와, 그의 일족들 또한 한자리에 모아 결박을 지었다.

진나라의 황제는 몽염으로 하여금 모영을 탕(湯)에다 목욕시키도록 허락하였다. 그리고는 모영을 관성(管城)19)에다 봉하며 관성자(管城子)20)라 부르면서 매일같이 데려다보고 친히 총애하는 가운데 일을 맡기었다.

모영은 됨됨이가 기억력이 강하고 편민(便敏)21)하니, 저 결승(結繩)시절22)부터 진나라에 이르기까지의 사적(事蹟)들을 묶어 기록하지 않음이 없었으니, 음양(陰陽)ㆍ복서(卜筮)ㆍ점상(占相)ㆍ의방(醫方)ㆍ족씨(族氏)ㆍ산경(山經)23)ㆍ지지(地志)24)ㆍ자서(字書)25)ㆍ도화(圖畵)와, 구류(九流)26)ㆍ백가(百家)27)ㆍ

---

14) 진(秦)ㆍ한(漢)시대 무관(武官)의 작위로서, 좌서장(左庶長)ㆍ우서장(右庶長)ㆍ사거서장(駟車庶長)ㆍ대서장(大庶長) 등 20급이 있었다.
15) 서장(庶長) 휘하의 장교.
16) 역(易)에는 연산(連山), 귀장(歸藏), 주역(周易)의 세 가지가 있었으니, 그 가운데 하나. 『주례(周禮)』 춘관(春冠) 대복(大卜)에, "掌三易之法 一曰連山 二曰歸藏 三曰周易 其經掛 皆八 其別皆六十有四."
17) 종이 발명 이전에 글씨를 쓰는 데 사용하였던 대쪽과 나무조각.
18) 진나라 때 함양(咸陽)에 세웠던 궁전.
19) 붓대[管]를 성(城)에 비의(比擬)시켰다.
20) 붓[筆]의 의인화 명칭. 붓대 성(城)의 관할자.
21) 영악스럽다. 민첩하다. 기민하다.
22) 새끼끈을 매듭지어 메시지를 주고받던 태고적 시대.
23) 산림(山林)에 관한 기록. 혹은 『산해경(山海經)』의 약칭.
24) 지리에 관한 기록. '地誌'로도 씀.
25) 문자에 관해 분류ㆍ해석한 책.
26) 9종류의 학파. 유가류(儒家流)ㆍ도가류(道家流)ㆍ음양가류(陰陽家流)ㆍ법가류

천인(天人)[28]의 글, 나아가서는 부도(浮圖)[29]와 노자(老子), 외국의 변설을 상세히 다 망라하였다. 또한 당대의 시무(時務)[30]에도 통하여서, 관청의 부서(簿書)[31]거나 시정(市井)의 화폐에 관한 주기(注記)[32]를 그저 명하는 대로 올려바치니, 진시황제 및 태자인 부소(扶蘇)[33]며 호해(胡亥),[34] 승상 이사(李斯),[35] 중거부령(中車府令)[36] 조고(趙高)[37]에서부터, 아래로는 나라 안 일반 백성에 이르기까지 사랑하며 소중히 여기지 않는 이가 없게 되었다.

게다가 다른 사람의 뜻을 잘 따랐다. 그 사람이 정직(正直)하든 사곡(邪曲)되든, 교(巧)하든 졸(拙)하든 한결같이 그만을 좇으니, 그 사람이 비록 밀려나 버림을 받더라도 끝끝내 침묵하여 누설하는 법이 없었다. 다만 모영이 무사(武士)를 좋아하지는 않았지만, 부름을 받으면 다름없이 때 맞춰서 가곤 하였다.

여러 차례 승진으로 중서령(中書令)[38] 벼슬을 제수받은 덕분에 임금과 더욱 허물없었으며, 임금도 일찍이 그를 중서군(中書君)[39]으로 불러 왔다. 임금이 몸소 어떤 사항을 결정지을 때는 저울질이 필요한 막중한 문건들을 혼자서 헤아려 판단하였기에 아무리 궁인일지라도 곁에 모실 수가 없었으되, 유독 모영하고 촛불 밝히는 자 만은 늘상 시종(侍從)하였으니, 임금이 쉴 때가 되어서야 일을 놓았던 것이다.

(法家流) · 명가류(名家流) · 묵가류(墨家流) · 종횡가류(縱橫家流) · 잡가류(雜家流) · 농가류(農家流).
27) 제자백가(諸子百家). 또는 유가(儒家) 이외 제가(諸家)의 총칭.
28) 뛰어난 인물. 인걸(人傑).
29) 승려(僧侶), 또는 불교
30) 그 시대에 요구되는 정무(政務).
31) 관문서(官文書).
32) 기록해 넣음.
33) 진시황의 장자(長子). 진시황 사후(死後)에 이사(李斯) · 조고(趙高)의 가짜 조서(詔書)에 의해 죽임을 당하였다.
34) 진시황의 차자(次子). 조고(趙高) 등의 추대로 진나라의 2세 황제가 되었다.
35) 진시황 천하통일의 최고 공신(功臣).
36) 진(秦)의 벼슬 이름으로, 승여(乘輿)와 노거(路車) 등 탈것에 관한 일을 맡았다. 거부령(車府令)이라고도 한다.
37) 진시황의 환관(宦官)으로, 진시황 죽은 뒤에 대권을 농락하여 승상까지 하였다가 피살됨.
38) 중서성(中書省)의 장관. 중서성은 임금의 조명(詔命) · 기무(機務) 등을 맡던 관서.
39) 붓의 의인화 미칭(美稱).

모영은 강주(絳州)40) 출신인 진현(陳玄),41) 굉농(宏農)42) 땅의 도홍(陶泓)43) 및 회계(會稽)44)의 저선생(楮先生)45)들과 더불어 가까운 벗을 삼았다. 서로가 밀어주고 끌어주고 하는 가운데 그 나아가고 물러남을 반드시 함께 하였다. 그리하여 임금이 모영을 부르면 세 사람이 따로 임금의 하명을 기다리지 않고도 어느새 함께 갔던 것이지만, 임금은 이를 한번도 이상하게 여긴 적이 없었다.

뒷날, 임금께 알현하러 갔더니 임금이 장차 어떤 맡기고자 할 일이 있어 각별히 그에게 선택의 총우(寵遇)를 베풀었다. 이에 그가 관(冠)을 벗고 사례하였는데, 임금이 그의 머리가 다 벗겨진 모양을 보게 되었다. 게다가 글자의 획을 베껴 옮기는 바가 임금의 뜻에 맞지 못하였다. 그러자 임금은 억지웃음을 띠며 말씀하였다.

"중서군이 늙어져 민머리가 되었으니, 나의 소용(所用)에 따라 일을 맡기지 못하겠구료! 내 일찍이 그대가 글 쓰는 일에 적합하다 생각했거니와, 지금에 와선 적합치 못하게 된 것인가?"

이에 모영이 대답을 드렸다.

"신은 이른바 마음을 다 바친 자이옵니다!"

이 일로 말미암아 다시는 불리우지 않은 채 봉읍(封邑)으로 돌아가 관성(管城)에서 생을 마치었다.

그의 자손이 대단히 많아서 중국 및 동이(東夷)·북적(北狄) 등지에 흩어져 살았다. 그들 모두 하나같이 관성 출신임을 자처했지만 중산에 사는 이들만이 부조(父祖)의 업을 잘 계승하였다.

태사공(太史公)은 이르노라.

모씨(毛氏)에는 두 겨레가 있다. 그 하나는 원래 희씨(姬氏) 성이던 문왕(文

---

40) 산서성 소재로서 춘추시대에는 진(晉)나라 땅이었는데, 북주(北周) 때 이 이름으로 설치되었고, 그 전후간 시대에 따라 많은 명칭 변화를 겪었다.
41) 먹[墨]의 별명.
42) 지금 하남성 소재의, 한(漢)나라가 세웠던 군(郡) 이름. 벼룻돌의 명산지.
43) 벼루[硯]의 별명. 벼루는 그것을 만드는 사람, 즉 도제자(陶製者)가 있고 오목 패인 곳[泓]이 있음으로 하여 생긴 이름이다.
44) 지금 강소성(江蘇省) 소재의 진(秦)나라가 세웠던 고을 이름.
45) 종이[楮]의 별칭. 닥나무 껍질로 만드는 종이에 대한 존칭 활유어임.

王)46) 아들이 모(毛)47) 땅에 봉하여졌거니, 이른바 노(魯)48)·위(衛)49)·모
(毛)·담(聃)50)이라 하는 그것이요, 전국 시절에는 모공(毛公)으로 일컬어진
모수(毛遂)51)가 있었다.

　다만, 중산(中山)의 족속 만큼은 본래 어디서 출원(出源)했는지는 알 수 없
어도 그 자손이 가장 번창하였다. 『춘추(春秋)』52)를 이룩함에 있어서 비록
공자의 손길을 입지는 못하였지만, 이것이 그들의 잘못은 아니었다.

　몽염 장군이 중산의 빼어난 자들을 발탁하고 진시황이 그들을 관성에 봉해
준데에 이르러 그 집안 세족(世族)이 마침내 이름을 얻을 수 있었으나, 희성
(姬姓)으로서의 모씨는 이름이 들리지 않았던 것이다.

　모영이 처음에는 포로로서 황제를 알현하였지만, 마침내는 벼슬의 임명을
받게 되었고, 진나라가 제후들을 멸함에 있어 모영도 더불어 공로가 있었거
늘, 그 수고로움에 값하는 상은커녕 늙었다고 하여 물리침을 당하고 말았으
니, 진나라는 참으로 은정을 가볍게 여기었구려!

---

46) 은(殷)의 폭군 주(紂)에 항거, 주(周) 왕조의 초석을 다진 인물. 성(姓)은 희(熙),
　　이름은 창(昌)이다.
47) 주(周) 시대에 문왕(文王)의 여덟째 아들이 봉(封)해 받은 나라. 지금 하남성 의
　　양현(宜陽縣) 소재.
48) 주(周) 문왕의 세자 무왕(武王)이 아우인 주공(周公) 단(旦)에게 봉해 준 나라.
　　지금 산동성 곡부현(曲阜縣) 소재.
49) 역시 주(周)의 무왕(武王)이 아우 강숙(康叔)에게 봉해 준 나라. 지금 하남성 기
　　현(淇縣) 소재.
50) 지금 호북성(湖北省) 형문현(荊門縣) 소재인 바, 역시 문왕(文王)의 아들 중 한
　　사람이 봉해 받은 열여섯 나라 가운데 하나. 『좌씨(左氏)』 희(僖) 24에, "管·
　　蔡·郕·霍·魯·衛·毛·聃·陵·雍·曹·藤·曅·原·酆·郇 文之昭
　　也." 주(注)에 "十六國皆文王之子也."
51) 전국시대 신릉군(信陵君)의 식객(食客)을 하던 조(趙)나라 현사(賢士). 『사기(史
　　記)』, <신릉군전(信陵君傳)>에, "公子聞 趙有處士毛公 藏於博徒."
52) 공자가 찬술한 노나라 12공(公) 242년 간의 편년체 역사서.

▓ 한 유(韓 愈) / <모영전(毛穎傳)> · <하비후혁화전(下邳侯革華傳)>

신생 장르에 대한 잡박 논쟁

<모영전(毛穎傳)>은 저 중국의 이른바 중당기(中唐期)에 첫 남상(濫觴)을 보았던 이래 동방 가전사 위에서 꺼지지 않는 이름으로 남은 불후의 명품이 었다. 가전문학사에 있어 최대의 이벤트를 장식하였던 한유(韓愈, 768~824)의 이 작품에 대해 다시 어떠한 수식어로써 이것이 지닌 의미를 곡진히 할 수 있을런지 망연한 바 없지 않다.

이렇듯 뒷시대 한·중의 문학사에 여러 백년 두고 지울 수 없는 의미로 남았을 뿐이었지만, 아이러니하게도 이것의 초조(初肇) 개창(開創)의 무렵에는 벌써 적지 않은 요단(鬧端)을 안고 시작하였던 진실이 있다. 실제로 한유가 일개 사물을 사람인양 살려다가 이런저런 사설을 끌어낸 것과 같은 시도는 중국 산문학사상 미증유의 첫 파혁적(破革的)인 기획임에는 틀림없었다. 그리고, 과연 한유와는 동시대 문인이었던 장적(張籍)이 한유의 이름으로 지어진 어떤 형태 작문에 대한 부정론적 성조(聲調)가 진즉에 따라 있었음이다. 한유에게 보낸 서한을 통하였으니, 대개 장적의 한유문(韓愈文) 비판의 근거는 글이 지니고 있던 희필적 유오성(遊娛性)으로 요약하여 크게 벗어나지는 않는 듯 싶었다. 그는 한유의 작문적 행위가 군자의 수신(修身) 및 덕성 함양에 전혀 도움이 안되는 노름과 다를 바 없고 실없는 이야기 따위에 불과하니 그만 둘 것을 충언하였던 것이다.

比見執事 多尙駁雜無實之說 使人陳之於前以爲歡 此有以累於令德
…且執事言論文章不謬於古人 今所爲或有不出於世之守常者 竊未爲得
也 願執事絶博塞之好 棄無實之談 弘廣以接天下士 嗣孟軻揚雄之作

辨揚墨老釋之說 使聖人之道 復見於唐 豈不尙哉.[1]

요사이 집사(執事) 〔한유 ; 필자주〕께서 상당히 잡박하고 무실(無實)한 설(說)을 높이어, 사람들을 앞에 늘어세워 놓고 즐겁게 해주는 것을 보는데, 이는 훌륭한 덕에 누가 되는 것입니다. … 또한 집사의 언론이며 문장은 옛사람에 어긋나시지 않는데, 지금 하시는 바는 혹 세상에서 평범을 유지하는 것보다 나을게 없어 어딘지 마땅하지 못하는 바 되지요. 바라옵건대 집사께서는 놀이 취미를 끊고 실없는 이야기를 버리시지요. 대신, 널리 천하의 선비들과 접하여 맹가(孟軻)·양웅(揚雄)의 작품들을 잇고 양주(楊朱)·묵적(墨翟)·노자(老子)·석가(釋迦)의 설을 가려내어 성인의 도가 다시금 당(唐)에 드러날 수 있도록 하신다면 그 어찌 거룩한 일이 아니겠습니까?

두 사람 사이의 친분 관계[2]에서 볼 때 이 글의 취지가 비난이 아닌, 충정 어린 권고를 하려는 데 있었던 것이긴 하다. 하지만, 일단은 장적이 한유의 그 어떤 문장 태도를 두고서 실없는 담설(談說) 정도로 간주했고, 더 나아가 이단적인 창작행위 쯤으로 판단했음을 명백히 시사하고 있다.

사실은 이단을 끊고 유가(儒家)의 문장에 빛을 내보라는 이 충고가 노(老)·불(佛) 이단에 대해 누구보다도 배타적이던 한유[3]에게는 별 의미없는 설득으로 보였을 터이다. 그리하여 남에게 오해를 받는 일이 있을망정 자신은 어디까지나 성인지도(聖人之道)의 기본 궤적을 따르고자 힘쓰는 일면 노자나 석가

---

1) 『한창려전집(韓昌黎全集)』(대만 新文豐出版公司, 民國 66년) 제2책 권14의 <답장적서(答張籍書)> 제목 아래 주기(注記)의 원용임.

2) 『한창려전집』에는 장적과의 교계(交契)가 도타운 것이었음을 알려주는 상당한 작품들이 보인다. 1책 권5 <조장적(調張籍)>·<병중증장십팔(病中贈張十八)>, 권7의 <만기장십팔조교주랑박사(晚寄張十八助敎周郎博士)>·<여장십팔동효완보병일일부일석(與張十八同效阮步兵一日復一夕)>과, 2책 권9의 <영설증장적(詠雪贈張籍)>, 권10의 <하장십팔비서득배사공마(賀張十八祕書得裴司空馬)>·<우중기장박사적후주부회(雨中寄張博士籍侯主簿喜)>, 권14의 <답장적서(答張籍書)>·<중답장적서(重答張籍書)>, 권16의 <대장적여이절동서(代張籍與李浙東書)> 등이 그것이다.

3) 그의 잘 알려진 <논불골표(論佛骨表)>(5책 권39 表狀)가 그 대표적 일례라 할 것이다. <답장적서> 가운데도, "僕自得聖人之道而誦之 排前二家 有年矣." 〔저는 성인의 도를 배워서 외고, 앞에 든 이가(二家) 〔釋·老 ; 필자주〕를 배격해온 지 여러 해입니다.〕 한유의 제자 겸 사위로서 『한창려집』을 펴내기도 했던 이한(李漢)의 <창려문집서(昌黎文集序)>에 역시 한유의 "혹배석씨(酷排釋氏)"를 강조했다.

와 같은 이단을 배척하는 자신의 굳건한 의지를 재삼 못박고 있다. 그런 맥락에서 무실(無實)·잡박(雜駁)의 설과 박새(博塞)의 충고에 대하여 승교(承敎)할 수 없음을 차분히 응수하고 있다.

吾子又譏吾與人人爲無實駁雜之說 此吾所以爲戲耳 比之酒色 不有閒乎 吾子譏之 似同浴而譏裸裎也 若商論不能下氣 或似有之 當更思而悔之耳 博塞之譏 敢不承敎.4)

그대는 또한 내가 사람들에게 실없고 잡박한 얘기나 제공한다고 나무랐는데, 이것은 나의 희사(戲事)일 뿐이니 주색과 비해 다를 게 있겠습니까? 그대가 이를 나무람은 마치 함께 목욕하고 나서 알몸이라며 탓하는 것이나 같습니다. 사람들과 논의함에 심기를 가라앉히지 못한다 하셨는데, 혹 그 비슷한 일이 있다면 마땅히 다시 생각해서 반성할 따름이겠지만, 놀이에 대한 충고만큼 감히 그 훈교를 받들지 못하겠군요.

자신의 하는 일이 유가의 도와는 전혀 아무런 상충됨이 없이 무방한 것임을 스스로 자처하고 있다.

이들 사이에 왕래된 두 번째 서신의 주되 요지는, 장적 편에서 이단자들을 깨우쳐 억제하게끔 하는 명저(名著)를 내보라는 권유에 대해, 한유가 자신의 능력 바깥 일로 돌려 사양을 나타내는 내용이다. 그런 속에서도 역시 잡박·무실에 대한 처음 생각을 접어두지는 않고 있으니, 장적의 다음 언급에서 역력히 나타나 보이는 바이다.

君子發言擧足 不遠於理 未嘗聞以駁雜無實之說爲戲也…或以爲中不失正 將以苟悅於衆 是戲人也 是玩人也 非示人以義之道也.5)

군자의 발언과 거동은 도리에서 멀지 않습니다. 일찍이 박잡 무실(駁雜無實)한 말로 즐거움을 삼는다는 얘기는 들어보지 못하였습니다. … 혹 중정(中正)을 잃은 그것으로 장차 대중에게 구차한 환심을 받는다면 희인(戲人)이요 완인(玩人)일지니, 사람들에게 올바른 도를 제시하는 일이 아닌 것입니다.

---

4) 『한창려전집』 제2책 권14 잡저(雜著) '서(書)' <답장적서(答張籍書)>.

5) 『한창려전집』 제2책 권14 잡저 '서(書)'의 <중답장적서(重答張籍書)>의 표제 아래 전문 인용된 장적의 두 번째 편지글 인용임.

이에 대한 한유의 제2 답신인 <중답장적서(重答張籍書)>를 보면 오히려 장적의 무실·잡박의 비판에 맞서 선대의 전고(典故)까지 내세우면서 더욱 적극적으로 논박 대응하는 구절이 있어 주목을 끈다.

駁雜之譏 前書盡之 吾子其復之 昔者夫子猶有所戲 詩不云乎 善戲謔兮 不爲虐兮 記曰 張而不弛 文武不能也 惡害於道哉 吾子其未之思乎.[6]

잡박하다는 비평에 대하여는 앞의 편지에서 다 말씀드렸으니 그대께서 되읽어 보시지요. 옛날 공자께서도 오히려 농담하신 바가 있고, 『시경(詩經)』에서도 "농담과 해학을 잘하되 지나침이 없네."라 하지 않던가요. 『예기(禮記)』에도 일컫기를, "팽팽히 당기기만 하고 느슨히 풀지 않는 것은 문왕(文王)·무왕(武王)도 하지 않으셨다." 하였으니, 어찌 도(道)에 해(害)가 되리이까? 그대가 거기까지 미처 생각하지 못하셨나 보군요.

고문운동가(古文運動家)로서 문장이 도를 밝히는 도구라는 신념이 강하였으니, 소위 "문자 관도지기(文者貫道之器)"의 원천[7]이자, 송대에 이른바 '문이재도(文以載道)'의 원조격인 한유이다.[8] 이러한 그에게 있어 위와 같은 내용은 그의 문학관의 색다른 일면을 엿보게 한다. 그렇거니와, 도대체 이 두 사람 사이에 주고받은 논란거리였던 그 "무실박잡지설(無實駁雜之說)"이란 구체적으로 한유의 어떠한 창작 근거를 놓고서 그리 일컬었음인가? 크게 궁금한 문제가 아닐 수 없으나, 양자 사이에 주고받은 서한의 내용 가운데에는 단 한 차례도 어떻다 할 구체적인 작품명이 나타나지 않아 더욱 막연하기만 하다.

그같은 중에 다만, 『한창려집』 제4책 권36 '잡문'에 수록된 <모영전> 표제 아래의 주기(註記)에는 이것의 영문을 알려주는 모처럼의 낭보(朗報)가 있었다.

---

6) 『한창려전집』 제2책 권14 잡저 '서(書)'의 소재.
7) "文者 貫道之器"는 한유의 제자이자 사위인 이한의 앞서 든 <창려문집서> 맨 허두의 글이다.
8) "그는 또 남을 가르칠 때에 도(道)와 문(文)의 이자(二者)를 병중(並重)하였으니 송대의 제출(提出)된 문이재도(文以載道)의 구호는 실로 이에서 출발되었던 것이다."(이가원, 『중국문학사조사(中國文學思潮史)』, 일조각, 1972, p.134)

公作此傳當時 有非之者 張籍書所謂戲謔之言 謂亦指此.

창려공 한유가 이 <모영전>을 지었을 당시에 그것을 비난하는 이가 있었으니, 장적의 글에 이른바 '희학의 말'이라 함은 바로 이 작품을 지적한 뜻이었다.

한유의 문집은 본래 그의 사위인 이한(李漢)이 펴냈다고 했다. 그리고 여기에 주(注)가 들어가기 시작한 것은 목판인쇄술의 발달과 더불어 북송·남송의 때를 타서 완성하였다고 한다. 이 시기에 사부총서 간본(四部叢書刊本)의 『주문공교창려선생집(朱文公校昌黎先生集)』이며, 사고전서 진본(四庫全書珍本) 4집의 『오백가주창려문집(五百家注昌黎文集)』 등이 이루어졌던 것9)인데, 바로 위에 보는 『한창려집』의 주기는 후자인 오백가주본(五百家注本)이 상당수를 차지한다고 했다.10) 어쨌든지 이는 한유의 다음 시대인 송 학자의 수적(手跡)에 의한 것으로 간주되어 있고, 그런 만큼 이같은 정보 사실을 어느 정도 신빙해야 할는지에 대한 일말의 부담은 남는다.

하지만, 그 이후에는 장적에 의해 "희학지언(戲謔之言)"이란 말과 함께 비난의 표적이 되어왔던 작품은 다름아닌 <모영전>이라고 한 이 메시지 그대로 통념되어 왔던 의례적인 사실도 부인하지 못할 것이었다. 곧, 한유의 <답장적서> 가운데 "爲無實雜駁之說"이라고 한 본문 바로 아래 주기에 쓴 다음과 같은 내용으로도 저간의 사정을 알 만하였다.

駁雜之說 世多指毛穎傳 蓋因撫言 有云韓公著毛穎傳 好駁塞之戲 張水部以書勸之耳.

잡박지설에 대해 세상에서 대부분 <모영전>을 지적하는데, 이는 대개 들리는 말에 의한 것이다. 한공(韓公)이 <모영전>을 짓고 잡기놀이를 좋아함에 장수부(장적 ; 필자주)가 편지로 권책했음이다.

그런데 이것이 전혀 사실무근 만은 아닐 수도 있는 단서를 찾아보지 못할 바 아니다. 즉, 앞의 <모영전>의 각주 인용 부분에서 장적의 글에 이른바 "희학

---

9) 이장우, 「한창려집」, 『중국의 고전백선』, 동아일보사, 1980, p.43.
10) 『한창려전집』 책 말미의 <서후(書後)>에, "其注採建安魏仲擧五百家注本爲多 間有引佗書者 僅十之三."이라 했다.

지언"이라 함은 바로 <모영전>을 지적한 뜻이라 한데 연결지어,

> 舊史亦從而爲之言曰 譏戲不近人情 是豈有識者哉.
> 『구사(舊史)』에서도 장적을 따라 말하되, 기롱(譏弄)인지라 인정에 가깝
> 지 못하니 이 어찌 양식(良識)을 갖춘 사람이라 할 것인가!

라 했다는 사실이 그러하였다. 뿐만 아니라, 한유와 같은 시대에 나란히 산문
학의 거장으로 이름 높았던 유종원(柳宗元, 773~819)이 <여양회지서(與楊誨之
書)>11)에 쓴 다음과 같은 글을 볼 때 또한 짐작가는 바가 없지 않은 것이다.

> 足下所持韓生毛穎傳來 僕甚奇其書 恐世人非之 今作數百言 知前聖
> 不必罪俳也.
> 족하(양회지 ; 필자주)께서 한생(韓生)의 <모영전>을 갖고 오셨을 때 저는
> 매우 그 글을 기이하게 여겼으나, 세상 사람들이 비난할까 걱정됩니다. 지
> 금 수백 언을 지음으로써 앞 시대의 성인도 이것을 희작(戲作)으로 허물하
> 여 물리치지는 않았을 것임을 알렸습니다.

필경 유종원의 안목으로도 <모영전>은 당시 관념에서는 다분히 모험적인 글
로 보였음이 분명하다. 그리하여 역시 장적이 뒤섞여 순정(醇正)하지 못한단
뜻의 '잡박지설'로 보았던 그 해당 문제작일 수 있는 개연성이 스스로 상승된
다. 유종원은 위의 편지에서 뿐 아니라, 이 <모영전> 한 편에 대해 사뭇 그
존재적 의의를 인정하고 적극 비호한다는 취지를 <독한유소저모영전후제(讀
韓愈所著毛穎傳後題)>12)라는 글로써 밝혔다. 위 인용문의 말미 곧, 앞 시대의
성인도 허물하지 않을 것임을 알리고자 지었다는 그 수백 언이란 것도 다름
아닌 바로 이 글이다.

　그러나 이상과는 전혀 다른 국면에서, 장적이 지적한 바 '희학ㆍ잡박'의 대
상이 <모영전>이라는 일반의 관념은 당치않은 것이라는 논지도 일찍이 마저
없지 않았었다. 다름 아닌, 『한창려전집』에 있는 <답장적서>의 주기(注記)가

---

11) 『유하동전집(柳河東全集)』(대만 中華書局 民國 71년) 권33 '서(書)'의 소재.
12) 『유하동전집』 권21 '제서(題序)'의 소재.

그것이다. 그 근거는 한유가 장적과 편지 교환한 시기와 <모영전> 제작의 시기를 서로 대조하는 데 두었다.

有云韓公著毛穎傳 好博塞之戲 張水部以書勸之耳 而不知籍此書 乃與公酬答於貞元佐汴時.

한공이 <모영전>을 짓고 잡기놀이를 좋아함에 장수부가 편지로써 권책한 것이라 하였다. 그러나, 장적의 이 편지는 다름아니라 한공이 정원 연간(貞元年間)에 변주(汴州)의 속관(屬官)을 할 적에 공과 더불어 주고받았다는 사실은 알지 못한 것이다.

한유가 변주(汴州)라는 지방장관의 막료에 부임한 시기는 덕종(德宗) 정원(貞元) 12년(796), 그의 나이 29세 때의 일이다. 그리고 정원 17년(801) 34세에 사문박사(四門博士)가 되었으니, 두 사람이 서신 교환을 한 때도 그 무렵의 약 5년 사이에 들 것이다. 그러나 이제, 이 주기의 뒤에는 뜻밖에도 <모영전>의 창작 연대를 밝히는 가장 괄목할 만한 기사가 이어진다.

毛穎傳 以呂汲公年譜考之 則元和十年所作.

<모영전>은 여급공(呂汲公)의 연보로 상고하여 본즉 원화(元和) 10년의 지은 바이라.

원화(元和) 10년은 당 헌종(憲宗) 11년(816), 한유의 나이 48세에 해당되는 때이다.

더하여, 이것을 뒷받침해주는 또 한 가지의 증좌를 한유의 지기(知己)였던 유종원의 다음과 같은 신변담 안에서 찾을 수 있다.

自吾居夷 不與中州人通書 有來南者時 言韓愈爲毛穎傳.[13]

내가 이(夷) 땅에 머문 이후 중주인(中州人)과는 서로 서신을 통하지 못하였더니, 남쪽으로 어떤 이가 내려왔을 때 한유가 <모영전>을 썼다는 말을 하였다.

---

13) 『유하동전집』 권21 '제서(題序)' <독한유소저모영전후제(讀韓愈所著毛穎傳後題)>.

"유자후(柳子厚, 자후는 유종원의 자 ; 필자주)는 영정(永貞) 원년(805)에 영주사마(永州司馬)가 되어 10년을 지냈은즉, <모영전>은 정녕 원화(元和) 연간에 지어진 것이요, <답장적서> 편지보다 10여 년 나중이 되니, 그 습득한 말을 믿을 수가 없다[子厚以永貞元年出爲永州司馬 凡十年 則毛穎傳誠元和間作 後此書 十有餘歲 撫言未可憑也]"[14]고 하였다. 이 기록대로라면 장적이 "박잡지설(駁雜之說)" 운운으로 지적한 작품을 <모영전>으로 하는 것은 일시에 타당성을 놓치게 된다.

이렇듯 <모영전>이 뒷시대 새로운 장르적 기반을 구축한 동방 가전의 원조라는 막중한 지위를 차지하게 된 그 위상 만큼이나, 일찍부터 이 작품을 둘러싼 그것 창작의 온당성 여부라든지, 지어진 연대에 대한 논란 등이 흡사 치루지 않으면 안될 유명세와도 같이 따라붙어 있었다. 그러면 장적이 과연 이 <모영전>까지를 들어 비평한 것인지 아닌지에 관계없이, 또는 유종원이 이 작품에 보이는 문장의 진기함[怪文] 앞에 혹 세상 사람들이 비난할지 몰라했던 그 충정어린 걱정에도 불구하고, 본편은 당대(唐代)에 그것이 처음 만들어지고, 같은 시대 유종원에 의해 적극적인 좌단(左袒)을 받았던 이래, 그 다음 송·원·명·청 내지는 한국의 여·한 문단에 이세동조(異世同調)의 엄청난 파급 효과를 야기시켰던 것이다. 이는 실로 <모영전> 창작 자체가 갖는 바 혁신적인 실험정신에 따른 스스로의 공이라 하겠지만, 관견(管見)에는 그에 부응하여 유종원의 감평(鑑評)인 <독한유소저모영전후제>의 열성어린 문변(文辯)이 이에 적지않은 가세가 되었을 것으로 사료된다. 이것을 잘 음미해 볼 필요가 있으니 그 대요는 이러하다.

어떤 이가 자신의 입지에 와서 한유가 <모영전> 쓴 일을 얘기하면서 그 내용의 설명 대신 그저 크게 웃으면서 진기[怪]하다고만 하였는데, 양회지로부터 막상 그 작품을 받아보니 과연 한유다운 괴문(怪文)인지라 앞의 사람의 대소(大笑)가 당연함을 알게 되었다는 경위를 우선 적었다. 희학과 골계도 세상에 유익한 바 있을 수 있음을 『시경』의 위풍(衛風) <기오(淇澳)> 편에 "善戲謔兮 不爲虐兮"라는 구절과, 태사공 사마천의 『사기』 중에 '골계열전(滑

---

14) 『한창려전집』 제2책 권14 잡저(雜著) '서(書)' <답장적서(答張籍書)> 각주 부분. 유종원은 당(唐) 순종(順宗) 원년에 왕숙문(王叔文)의 혁신정치에 연좌되어 영주사마(永州司馬)로 좌천되었다.

稽列傳)'이 들어있음을 그 본보기로 들었다. 또한, 배우는 이가 온종일 공부하고 선행을 실천하다 보면 쉬고 노는 때도 있어야 하는데, 이럴 때 긴장하고 구애를 받아서는 안되는 것이니, 이러한 긴장 해소의 역할을 할 수 있는 문장이 희학지문(戲謔之文)이라 하여 그 필요성을 강변하였다. 그는 혁신적 문장의 가능성을 음식에다 비유하였으니, 마치 구태의연하지 않은 새로운 음식이라야 사람들 구미를 즐겁게 해줄 가능성이 있는 것처럼, 문장 역시도 새로운 시도가 요구된다는 주장을 세웠다.

이상과 같이 희학문의 공리성에 대한 변해(辯解)에 더하여, 또 사실 모영[붓]이야말로 고금의 모든 사상적 문화적 방면에 두루 걸친 공로의 주역인 것을 거들면서 한유가 <모영전>을 창작한 필연적 입지에 대해 십분 역설하였다. 역시 <독한유소저모영전후제> 안의 글이다.

  韓子窮古書好斯文 嘉穎之能 盡其意 故奮而爲之傳 以發其鬱積 而學者得之勵 其有益於世歟.15)
  한유가 옛 서적을 궁구하고 유학을 좋아하매 모영의 능력을 가상히 여기고 그 의의를 곡진히 캤다. 이에 분발하여 전(傳)으로 만들면서 자신의 울적을 해결하였던 것이다. 그러니 배우는 이가 이것을 받아들여 힘쓴다면 세상에 도움이 되는 바가 있을진저!

이는 특별히 <모영전>의 창작적 동기와 관련해서도 더없는 호재(好材)로 남을만한 기사임과 동시에, 후대 가전문학 생성을 위한 일대 후원자 내지 잠재적 추진자(prime mover)다운 역할을 다했다 하여도 지나치지 않은 양 싶다.

이제, 이른바 가전의 남상으로 후대 이 장르의 모범이 된 <모영전>의 기본 구조를 살펴보면 다음과 같은 4단계로의 구분이 가능하다.

작품의 첫 도입은 주인공 모영[붓]의 출신[中山人]을 알림과 동시에 선조[明际, 觥]의 소개를 다룬다. 선계(先系)이다.

둘째 단계는 바로 주인공인 모영의 이만저만한 행적을 다룬 것이니, 본전(本傳)이다.

셋째 단계는 자손에 관한 후일담을 다루고 있다. 후계(後系)이다.

---

15) 『유하동전집』 권21 '제서(題序)' 소재.

마지막 단계는 "太史公日" 이하의 부분으로, 주인공 모영에 관련된 작자의 견해를 표명하고 있다. 곧 평결(評結)이다.

한 존재의 생겨난 원류(源流)를 밝히는 앞이야기가 있고, 주인공 존재의 생애적 본류(本流)인 본이야기가 있으며, 그 존재의 지류(支流)를 소개하는 뒷이야기가 있다. 또 최종에 이르러는 존재가 남긴 의미를 수습하는 총론, 즉 모듬이야기가 있는 이것은 엄격한 한 개 전기의 형식이다. 이래서 <모영전>을 가전의 효시로 보는 일반적 정설을 토대로 '가전(假傳)'이라 할 때의 그 '전(傳)=전기(傳記)'라는 등식이 성립되는 것이다.

그런데 당초 한유가 처음 시도하였던 <모영전>의 형식이 사마천의 『사기』 양식을 그대로 조술하고 있다 함은 오늘날 가전 연구상의 중요한 이슈 가운데 하나가 되었지만, 이러한 사실은 하필 요즘의 가전 연구자의 이전에 훨씬 일찍부터 언급되어 있던 터였다. 예컨대, 『한창려전집』에 실려 있는 <모영전>16)의 전기(前記)가 담고 있는 내용도 그 일례가 된다.

李肇國史謂 公此傳 其文尤高 不下遷史談藪 亦謂 此傳似太史公筆.
이조(李肇)의 『국사(國史)』에 가로되, 한유공의 이 전기(傳記)는 그 글이 더욱 높아서 사마천 『사기』의 풍부한 담론에 떨어지지 않는다고 했다. 역시 또 이르기를, 이 전기는 태사공의 필법을 닮아있다고 했다.

이에서 태사공의 필법이라 함은 더 구체적으로는 사마천의 『사기』 열전을 가리키는 말이다. 다른 한편, 『고문진보(古文眞寶)』 후집 권4 가운데 수록된 <모영전>의 전기(前記)에서는 '닮았다'고 유추하는 대신 아예 '배웠다'로 단정짓고 있다.

汪齋日 筆事收拾盡善 將無作有 所謂以文滑稽者 贊尤高古 是學史記文字.
우재(汪齋)는 이렇게 말했다. 필사(筆事)가 온갖 잘된 것들을 추려 모으고 있다. 이같은 작품은 다시 없으리니, 이른바 문(文)으로써 골계를 나타낸 것이라 하겠다. 그 찬(贊)은 더욱 고고(高古)하니, 이는 『사기』의 문자를 배

---

16) 『한창려전집』 제4책 권36 '잡문(雜文)'의 안에 들어있다.

운 것이다.

골계 문장으로서의 절등함과, 나아가 찬(贊)의 경계 더욱 높고 옛스러움이 다름아닌 『사기』의 문자를 배웠다고 한 기록과 더불어, 다시 그 후기(後記)에 적힌 다음의 내용이 또한 주목을 끄는 바 있다.

> 此傳步驟史記爲之 後之某人陸吉黃甘傳 唐子西陸酳傳 楊誠齋豆盧柔傳 陳止齋蚯蝀傳之類 又步驟此傳爲之者也.
> 이 전(모영전; 필자주)은 『사기』를 답습하여 만든 것이다. 뒷날 아무개가 지은 <육길황감전(陸吉黃甘傳)>과 당자서(唐子西)가 지은 <육서전(陸酳傳)>, 양성재(楊誠齋) 지은 <두로유전(豆盧柔傳)>, 진지재(陳止齋) 지은 <지원전(蚯蝀傳)> 같은 류는 또한 <모영전>을 답습하여 만든 것이다.

곧, <모영전>이 뒷시대에 이어지는 일련의 가전에 우뚝한 조원(肇源)이라 함을 절로 천명하고 있는 것이다.

윗글에선 비록 간단한 예시로써 몇 작품만 원용해 두었으나, 후대의 가전은 모두 이 <모영전>의 형식을 그대로 조술하였거나, 아니면 시대의 점진과 추이에 따라 비록 그 형식상의 변형이 이루어졌을망정, 변형의 바탕과 기준은 어디까지나 <모영전>에 두었던 사실을 명백히 선언해두지 않을 수 없다.

이렇듯 뒷시대 가전이 <모영전>으로부터 받은 그 형식적 조습은 더 말할 나위도 없으려니와, 그 내용 가운데에조차 넌지시 <모영전>을 들어 언급하는 일이 또한 적지 않았었다. 이제 비록 그러한 일례의 상세한 전부를 다 드는 일은 번거롭겠으나, 대신 우선 떠오르는 한두 가지를 들어 보일 수는 있다. 무엇보다도 <모영전> 안에 문방(文房)의 사우명(四友名)으로 등장되고 있는 모영(毛穎)・진현(陳玄)・도홍(陶泓)・저선생(楮先生) 등은 우선 그 이름 설정만으로도 후세 문방계통 작품에 허다한 동일 또는 유사 명칭을 유발케 하였다. 이를테면, 송대 소식(蘇軾)이 지은 벼루 가전인 <만석군나문전(萬石君羅文傳)>에 저선생(楮先生)과 모영의 후예 모순(毛純)이라 했고, 명대 민문진(閔文振)이 지은 종이 가전인 <저대제전(楮待制傳)>에 주인공의 선조가 저선생과 중서령(中書令) 모영이었다. 청대 장조(張潮)가 지은 종이 가전인 <저선생전(楮先生傳)>에 모영・저선생・진현의 이름이 보이고, 신함광(申涵光)이

지은 붓의 가전인 <모영후전(毛穎後傳)>에 모영·진현·도홍·저선생이 등장하는 한편, 시대 미상의 조우신(趙佑宸)이 지은 연적그릇의 가전인 <수중승전(水中丞傳)>에 중산(中山)의 모영과 저선생 등으로 나타났다.

　한국에서도 고려조에 이첨(李詹)이 지은 종이 가전인 <저생전(楮生傳)>에 중산의 모학사(毛學士)가 출현했다. 조선조에는 남유용(南有容)이 지은 묵(墨)·연(硯)·지(紙)의 가전 <모영전보(毛穎傳補)>에 진현·도홍·저선생과, 박윤묵(朴允黙)이 지은 먹의 가전 <진현전(陳玄傳)>에 주인공 진현, 그리고 한성리(韓星履)가 지은 붓의 가전 <관성자전(管城子傳)>에 처음 이름으로서의 모영 및 저선생 등으로 그 모습을 보였다. 비록 가전의 범주를 떠나 있으나 역시 뚜렷한 의인 일작인 임제(林悌)의 <수성지(愁城誌)> 중에도 도홍과 모영 등의 출현이 없지 않았다.

　한편, 문맥 가운데에서 보더라도 <모영전>의 다음과 같은 한 구절,

　　　上召穎 三人不待詔 輒俱往 上未嘗怪焉.
　　　임금이 모영을 부르면 세 사람이 따로이 임금의 하명을 기다리지 않고도 어느새 함께 갔던 것이지만, 임금은 이를 한 번도 이상하게 본 적이 없었다.

은 뒷시대 가전 총중(叢中)에 하나의 관용적 유형어가 되기도 하였으니 송대 진관(秦觀, 1049~1100)과 당경(唐庚, 1060경~?)이 똑같이 술을 인격화한 가전 <청화선생전(淸和先生傳)>이며 <육서전(陸諝傳)> 등에 그 향응(響應)이 보인다.

　　　每召見先生 有司不請 而以二子俱見 上不以爲疑. <청화선생전>
　　　임금이 선생을 불러 보려는 때면 비록 담당하는 관리가 따로 청하지 않았다 하더라도 그 두 사람이 함께 알현하였던 것이지만, 임금 또한 의아히 여기지 않았던 것이다.

　　　然上每念諝 輒幷召二人. <육서전>
　　　그러나 임금이 육서가 생각날 때면 언제든 그 두 사람도 함께 불렀던 것이다.

더 나중에, 조선시대 최연(崔演, 1503~1549)의 술 의인 가전 <국수재전(麴秀才

傳)> 및 박윤묵(朴允黙, 1771~1849)의 종이 가전 <저백전(楮白傳)> 등에서
더욱 극명한 반영이 나타난다.

　　上召秀才 則此五子亦不待詔 輒俱往 上未嘗怪焉. <국수재전>
　　임금이 국수재를 부르면 이 다섯 사람들은 따로 명을 기다리지 않고도
어느새 함께 갔던 것이지만, 임금은 이를 한번도 이상하게 본 적이 없었다.

　　上每有所使 輒與三人者俱 而上亦不之偏住也. <저백전>
　　임금이 무슨 일을 시켜 하라는 바가 있을 적마다 어느새 그 세 사람과 함
께 움직였던 것이나, 임금 역시 그것을 편벽되이 마음에 두지는 않았다.

　이제 한 걸음 더 나아가, 후대 한·중 가전사의 흐름 안에는 그 글 가운데
에 한유거나 <모영전>에 관련한 아예 직접성 있는 노정도 심심찮게 발견이
된다. 그렇게 눈에 띄는 것을 대략 일별하여 보자.
　조선시대 명종·선조의 무렵, 윤광계(尹光啓, 1559~?)가 절구공이를 의인
화한 <저군전(杵君傳)>의 안에 절구공이와 달에서 방아 찧는 토끼와의 연상
법을 살려 조사(措辭)한 부분이 있다.

　　韓愈氏作毛穎傳有云 明目示八世孫㲜 得神仙之術 騎蟾蜍入月 世傳
當其時 有杵氏一人 亦隨以往 遂爲毛氏用.
　　한유씨가 지은 <모영전>에, 명시(明眎)의 8대 후손인 누(㲜)가 신선술을
터득하여 두꺼비를 타고 달에 들어갔다는 말이 있다. 세상에 전하기는 그
때에 저씨(杵氏) 한 사람이 역시 그를 따라 갔고, 마침내는 모씨(毛氏)의 쓰
임을 받았다고 한다.

한유와 <모영전>의 반영이 여실하게 드러나고 있어 흥미롭다.
　그렇지만 <모영전>이 어디까지나 붓의 입전이었다는 사실과 함께, 그것
도출의 긴밀함은 역시 붓을 둘러싼 문방계(文房系) 가전 안에서 가장 빈도 있
게 나타나는 양 싶었다. 무엇보다도 청대 신함광(申涵光, 1650경~?)이 붓을 의
인화한 <모영후전>이라든가, 조선조 남유용(1698~1773)이 그 나머지 세 대
상인 먹·벼루·종이를 의인화한 <모영전보> 등이야 애당초 그 제목에서부

터 한유 <모영전>의 후속편임을 내놓고 천명하는 것이었으니 더 이를 나위가 없겠다. 한편으로 조선조 박윤묵의 붓 의인 가전 <모원봉전(毛元鋒傳)>에,

世傳 殷時有靈鼄得神仙之術 能匿光使物 竊姮娥騎蟾蜍入月 昔韓愈以鼄爲明目示八世孫.

세상에 전하기는, 은나라 때 신령스런 누(鼄)가 신선의 술법을 터득하여 능히 빛을 감추고 물(物)을 부리었는데, 항아(姮娥)를 다루어 변화시킨 두꺼비를 타고 달에 들어갔다고 한다. 옛날 한유는 누가 명시(明眎)의 8대 손이라 했거니와 ….

이라 하였고, 한성리(1880경~?)의 붓 의인 가전 <관성자전>에도,

初名毛穎也 事載韓昌黎所撰傳中.

처음 이름은 모영이었다. 그 사실이 한창려 지은 전 가운데 실려 있다.

이라 한 것이 보인다. 또 그 뒤에 안엽(安曄)의 <문방사우전(文房四友傳)>에도 그 직접적인 표명이 나타난다.

毛元銳字文鋒 系出宣城 有毛穎者爲秦中書令有功 韓文公傳之 不須譜也.

모원예(毛元銳)의 자는 문봉(文鋒)으로, 계통은 선성(宣城)에서 나왔다. 모영이란 이가 진(秦)나라의 중서령을 하여 공로가 있었는 바, 한문공(韓文公)이 전(傳)으로 썼으니 굳이 나열해 적을 필요는 없다.

창작이 아닌 비평 분야에도 그 영향력은 유감없이 드러났다. 곧, 고려 이규보(1168~1241)가 지우(摯友)인 이윤보(李允甫)가 지었다는 '게' 의인 가전인 <무장공자전(無腸公子傳)> 작품에 대한 평인,

其若無腸公子傳等 嘲戲之作 若與退之所著毛穎下邳相較 吾未知孰先孰後也.[17]

_____

17) 이규보, <이사관윤보시발미(李史舘允甫詩跋尾)>(『동문선(東文選)』 권102)

그의 <무장공자전> 같은 것은 희학의 작품으로, 한퇴지(韓退之) 지은 <모영전>·<하비후혁화전(下邳侯革華傳)> 등과 서로 비교한대도, 어느 것이 앞서고 어느 것이 처지는지 나는 알지 못하겠다.

등에서 역력한 자취가 보였다.

이 밖에 가전 작품 이외의 곳에서도 한유 <모영전>을 끌어다 비의한 사례를 반반(斑斑)히 살펴볼 수 있다. 이를테면, 조선시대 생육신의 한 사람이었던 추강(秋江) 남효온(南孝溫, 1454~1492)의 몽유록적 한 작품인 <수향기(睡鄕記)>18) 말미 후주(後注)에,

> 佔畢齋批 昔韓退之作毛穎傳 王續作醉鄕記 此其流亞歟.
> 점필재(佔畢齋) 김종직(金宗直)이 부전(附箋)을 달았으되, 옛날 한퇴지가 <모영전>을 썼고 왕속(王續)은 <취향기(醉鄕記)>를 썼는데, 이것은 그 아류(亞流)인저!

한 것, 또 중국에서 노신(魯迅, 1881~1936)의 구기(口氣) 위에 올려진 바

> 그러므로 고사(故事)들은 비록 올바른 진리는 아니었지만 그래도 당시 사람들은 이를 높이 평가하여 한유의 <모영전>에 비유하였었다.19)

등이 그러한 편영(片影)이었으니, 과거 한유의 <모영전>이 뒷세상에 끼친 그만만치 않은 여향(餘響)의 정도를 짐작하기 어렵지 아니하였다.

<하비후혁화전(下邳侯革華傳)>은 '소가죽신'에 대한 전기이다. 이 작품이 <모영전>과 더불어 한유 가전의 또 다른 편목으로서 나란히 올려지는 경우가 드물지 않았지만, 사실은 오래전부터 본편이 과연 <모영전> 창작의 당사자인 한유에 의해 쓰여진 것인가에 대한 일정한 미혹을 안고 있었던 작품이기도 했다. 한유의 『한창려집』에는 이 전이 비록 <모영전>의 바로 뒤에 제

---

18) 남효온, 『추강선생문집(秋江先生文集)』 권4의 소재.
19) 노신(魯迅), 『중국소설사』, 정내동·정범진 공역, 금문사, 1964, p.95.

목으로 수록되어 있기는 하지만 그 내용은 결여된 채이다. 다만, 그 제목 아래 다음과 같이 주서(注書)하였다.

> 方云閣本無此篇 劉龍圖燁云 或此篇不類退之文 及得本校果無 趙璘
> 因話錄謂 革華傳稱韓文公 皆後人所誣 是唐人已知其僞 然杭本文粹皆
> 錄 洪謂始錄於歐公 非也.

방운각본(方云閣本)에는 이 편이 없다. 용도각(龍圖閣) 직학사(直學士) 유엽(劉燁)의 말로, 혹자가 이 작품은 한퇴지의 글 같지 않다고 하였는데, 급기야 그 본을 입수하여 대조해 보았더니 과연 없었다고 한다. 조린(趙璘)의 『인화록(因話錄)』에 이르기를, <하비후혁화전>에 한문공(韓文公)을 일컫는데 모두 뒷사람들의 속임수이다. 이는 당(唐) 시대의 사람들도 이미 그것이 거짓된 것임을 알고 있었지만, 항본(杭本)의 『당문수(唐文粹)』에는 다 기록하였던 것이다. 홍(洪)은 구양공(歐陽公)에 의해 처음 기록되었다 했는데, 그것은 아니다.

유엽(劉燁)이야 송대의 인물[20]이지만, 조린(趙璘)은 오히려 당나라 때 사람[21]인데도 그같은 의단(疑端)을 펼치는 걸 보면 이 <하비후혁화전>은 정녕 송대의 이전, 진작 한유와 같은 시대인 당나라 시절부터 그 작자가 불투명한 경우에 들었음을 알겠다. 이를 빌미로 하여 바로 아래 별도의 각주에는 결국,

> 今按此 當全篇刪云.

이제 이를 감안하여, 마땅히 전편을 삭제하노라 운운.

궁극에 믿지 못할 내용으로 간주하여 싣지 않겠다는 결정에 선 것이다.

본작이 갖는 이러한 특수한 상황에도 불구하고, 이를 아무렇지도 않게 생각하여 여전히 한유의 찬술이 당연하다고 이해하는 입장도 꽤 꾸준한 양상을 보였다. 이를테면 송대 축목(祝穆)이 찬(撰)한 백과유서(百科類書)인 『사문유

---

20) 자(字)는 요경(燿卿). 진종(眞宗)이 그 능력을 인정하니 벼슬이 거듭 누진(累進)하여 용도각(龍圖閣) 직학사(直學士)에 올랐다.

21) 자(字)는 택장(澤章). 구주자사(衢州刺史)를 하였으니, 저서로 『인화록(因話錄)』·『족자고증(足資考證)』 등이 있다.

취(事文類聚)』 모충부(毛蟲部) 가운데의 '소'에 대한 부문, 곧 '우(牛)' 문의 '고
금문집(古今文集)' 란에 바로 이 <하비후혁화전>을 한유의 이름과 함께 전문
이 소개되어 나타나 있었다. 앞에 인용하였거니와, 이규보가 자신의 벗 이윤
보의 <무장공자전>을 높이 평가해 주는 그 대목에서 "퇴지소저모영하비(退
之所著毛穎下邳)"를 나란히 병칭하였던 사실 만으로도 이미 하등의 의심거리
로 삼지 않았던 분위기를 볼 수 있다. 뿐만 아니라, 조선조 영조 때의 문신인
남유용(1698~1773)이 '말'을 입전한 <굴승전(屈乘傳)> 안의 주기에도,

韓文有下邳侯革華傳 牛也.
한유의 글에 <하비후혁화전>이 있는데, 소를 말한 것이다.

라고 하였으니, 이규보와는 작품 및 작자에 대한 믿음이 다르지 않았음을 알 수
있다. 우리나라 문사들 사이에 이처럼 굳게 믿고 의심치 않았던 계기는 아마
도 바로 송대의 유취서로서 우리 여(麗)·한(韓)간 사대부 선비들에게 가장
많이 유포되었던 『사문유취』에 대한 속깊은 신뢰에서 기인한 바 컸던 것 같다.
　그러나, 일단 혁화전(革華傳)이 한유의 지은 바라 함을 일찍부터 의심 받아
왔던 사정을 감안하여 볼 때, 한 번 쯤 이모저모 진지하게 헤아려 볼 필요는
있을 듯싶다. 혈견(穴見)으로도, 혁화전이 아무래도 <모영전>에 비해서는 어
딘가 한유다운 문체의 전중(典重)함에서 다소 못 미치는 듯한 느낌을 떨쳐내
기는 어려운 구석들이 보인다. 더하여, 그 제목 명칭에서조차 굳이 꼭 같지
못했던 점도 들 수 있다. 곧, <모영전>이야 한유의 소작임이 분명하니 제목
도 당연 한유의 뜻에 맡겨 지어졌을 것이 분명하다. 그런데, 이 때 '모영전'
제목과 대조되는 '하비후혁화전'이란 이름은 양자 사이의 부합과 조화를 위해
서는 어딘가 손색이 따르는 듯싶다. 이를테면 벼슬 이름으로서의 '하비후(下邳
侯)'를 '혁화전(革華傳)'의 앞에 덧붙일 양이었다면, '모영전' 제목도 그 벼슬
이름으로서의 '중산군(中山君)'을 살려 '중산군모영전(中山君毛穎傳)'으로 했을
때 온당해질 것 같다. 아니면 역으로, 그저 단순히 성(姓)·명(名) 만으로의
제명인 '모영전'에 상응하는 역시 깔끔한 성·명 만으로서의 '혁화전'이라고
했을 때, 동일 작가의 동일 수적(手跡)다운 일관성을 감득할 만한 여지가 있다
는 생각이다.

　한편으로, 특히 중국 평단(評壇)의 흐름 안에서 보았을 때, 한유 가전과 관련하여 <모영전>의 유희문(遊戱文) 운운이 거론되어지던 그 구체적인 계제22)에조차 군이 <하비후혁화전> 만큼 제목조차 언급이 잘 되지 않아왔던, 잘 납득하기 어려운 분위기가 있었다.

　실제의 가전 총림에 조차 <하비후혁화전>이 하세(下世)에 끼친 영향의 편모(片貌) 등을 찾아보기는 용이하지 않는 일처럼 되었다. 기껏해야 전게한 <굴승전> 작품 가운데에 총영(寵榮)의 주인공 굴승(屈乘)과 대립적 관계의 존재로서 '혁화(革華)'란 인물이 잠깐 모습을 나타내는 정도였다.

> 　司馬啣杯前爲壽 左右皆樂 司農革華自以 服田躬耕 老盡其力 彼以獵狗之功 反居己右 於是怒甚 口正沫出 驃騎亦怒 君麾之以肱曰 止 飛騰戰伐 決勝千里 驃騎有焉 給餉餽 不絶糧道 華有焉 封華下邳侯 賜驃騎沙苑四十里 爲食邑.

　사마(司馬)는 술잔을 입에다 머금고서 왕 앞에 축수(祝壽)를 드리니 좌우가 다 즐거워하였다. 이때 사농(司農) 혁화(革華)가 혼잣말처럼, "농사에 몸바쳐서 몸소 논밭을 갈다보니 이젠 늙어 기운도 다하였다. 저 사마는 개잡이나 하는 공로만으로도 오히려 나의 윗자리에 있구나!" 하다가 노한 기운이 치밀어 입에선 거품이 솟아 흘렀다. 그러자 표기(驃騎) 또한 분노하니 임금이 팔꿈치를 휘두르면서, "그만들 두구려. 사나운 정벌의 싸움터에서 나는 듯이 솟구치며 천리 사방의 승리를 다지는 일은 표기장군(驃騎將軍)의 이룩한 바요, 군사의 배고픔에 대어 양도(糧道)가 끊이지 않게끔 하는 일이야 혁화의 공이 아니겠소?" 하며, 혁화에게 하비후(下邳侯)를 봉하고, 표기에게는 사원(沙苑) 40리를 내려 식읍을 삼게 하였다.

　이제 만약 <하비후혁화전>이 정녕 한유의 소유가 아닌데도 그의 지은 것인 양 혼입(混入)되었던 것이라고 한다면, 이는 아마도 일찍이 일명씨(逸名氏)의 누군가가 한유의 <모영전>에 크게 감발했던 나머지 똑같이 효방(效倣)해냈던 결과로 이해할 수밖에 없다.

---

22) 예컨대, 진인각(陳寅恪)의 <독앵앵전(讀鶯鶯傳)>(『元白詩箋證稿』, 대만 世界書局, 1963, p.115)에서 "毛穎傳則純爲遊戱之筆"이라 한 것, 또는 장학성(章學誠)이 『문사통의(文史通義)』(권3, 傳記) 가운데서, "何蕃李赤毛領宋淸諸傳 出於遊戱投贈 不可入正傳也"한 언변들이 그러하다.

한편으로, <하비후혁화전>의 의인화 대상이 무엇인지에 대해 약간의 착오가 없지 않았었다. 곧, 전술하였듯이 『사문유취』에도 오히려 '우(牛)' 문의 안에다 이 작품을 수용시켰던 오류가 있었고, 조선조에 남유용같은 이도 꼬박 그렇게 이해하고 있었으나, 역시 도우(屠牛) 및 우피 가공 단계 이후의 소가죽신〔革華〕을 입전한 것이었다. 기실은 '혁화(革華)'라는 어휘 자체가 처음부터 '혁화(革靴)'와는 이자동어(異字同語)로서 가죽신발이라는 뜻을 바로 지적하는 말이었다. 작중에 등장하는 태재신공(太宰申公)·장작대장(將作大匠)·금십노(金十奴)·곡사생(斛斜生)·오목대부(五木大夫) 등은 모두 소를 도축한 후 가죽신이 만들어지기까지의 직임과 공정에 따른 필수적 산물들이었다.

'물성즉쇠(物盛則衰)'라고 했다. 모든 사물이 그러하듯 신발 역시 때가 되면 의당 낡음을 면할 수 없는 것이다. 그리하여 작품의 전개 중에,

> 因病 忽開口論議 洩露密旨.
> 말미암아 병이 났고, 문득 입을 열어 의견을 말하는 가운데 그만 비밀스런 교지를 누설하고 말았다.

한 것은 신발이 낡고 뚫어져서 물이 새는 정황을 묘미있게 처리한 표현이다. 다음의 것은 그로 인해 이 신발이 수선되어지는 형상이다.

> 詔將作大匠治之 又命其友金十奴等補過之.
> 장작대장에게는 잘 조치토록 하였고, 또 그 붕우(朋友)인 금십노 등으로 하여금은 허물을 보완하라 명하였다.

그래도 멀쩡했던 신발이 기워진 신으로 되고부터 신세는 달라졌다. 진흙탕길의 용도에나 쓰이다가 급기야는 그도 못쓰게 되어 저잣거리에 버려진다 함은 거개의 사물마다 겪지 않을 수 없는 필연적인 운명일 것이다. 이는 <모영전>의 주인공인 모영, 곧 붓의 최후에서도 볼 수 있었던 양상이기도 했다.

돌이켜보면, 본 작품이 <모영전>과 더불어서 통하는 사항이 이 정도에 그치지는 않으리니, 사마천 『사기』 열전의 전개적 형식을 함께 공유하고 있음은 물론이려니와, 더불어 내용 전개의 방식도 사뭇 근사(近似)하다 하겠다. 그

런 중에도 특징적인 것 하나를 더 보탠다면, <모영전>이 생물의 '토끼[兎]'
에서 무생물의 '토끼털붓[兎毛筆]'의 과정으로 구성되었듯이, <하비후혁화
전> 역시 생물의 '소[牛]'에서 무생물의 '소가죽신[牛革靴]'의 과정으로 전개
된 것 같은 그 은근한 구성법 안에서, 둘 사이에 대칭을 이루고 암합이 되는
분위기적 효과를 조성하고 있는 점이다.

그럼에도 불구하고 주인공을 설정짓는 방법 면에서는 서로 간에 간격이 벌
어짐을 포착할 수 있다. 즉, <모영전>의 주인공 모영이 생명 있던 토끼 단계
에서의 이름과 그것 가공 후의 이름을 똑같이 '모영'으로 했던 반면에, <하비
후혁화전>에서는 생명 있던 소의 단계에서의 이름과 그것을 가공한 후의 이
름이 각각 달리 나타났다. 다시 말해, 처음 단계에선 '주(犨)'로서 책정했던
이름을 다음 단계에서는 '혁화'라는 새로운 명칭으로 형상시켜 놓았던 점에서
<모영전>의 작성 방식과는 약간은 이질적인, 일탈된 의장(意匠)이었다는 사
실 또한 간과할 수 없는 것이다.

▨ 임 춘(林 椿) / <국순전(麴醇傳)> · <공방전(孔方傳)>

실의와 곤궁이 빚어낸 술과 돈의 사색

1. 머리말

서하(西河) 임춘(林椿, 1150경~?)의 문학에 관한 연구를 크게 작가론적인 측면과 작품론적인 측면으로 나누어 볼 때, 거의 전자에 치중되어 왔음이 사실이었다. 임춘 작가론은 특히 고려조의 무신란이라는 시대적 특수한 배경 안에서 언급할 사항이 많고 실제로도 관계 논문이 적지 않으나, 거기 비해 작품론은 훨씬 그 수준에 미치지 못하였다. 더욱이 그의 특정한 개별 작품을 두고 집중적으로 다룬 논의 등은 거의 부재의 양상을 면치 못한 것도 이 방면의 한 실정이었다.

특히 『서하집(西河集)』 소재의 산문 가운데도 권5의 '전(傳)'에 들어있는 <국순전(麴醇傳)>, <공방전(孔方傳)> 같은 것은 거의 임춘이란 인물의 대명사격으로 인식되어 있는 유명작임에도, 오히려 이에 대한 단편적인 논급은 있으되 구체적인 검토가 이루어지지 않은 채였다. 게다가 그 단편적인 논급이라 함도 대체로는 이 두 가전에 내포된 풍자 주제에 관한 내용 범주에서 크게 벗어나지 않은 사안들이었다. 또 반드시 이 경우에서만 아니라, 일반적으로는 어떤 작품들이 의인화되어 있을 경우 대개는 그것이 전적으로 풍자를 위한 방편으로만 쉽게 생각해왔음도 사실이었다.

그러나 정작 임춘의 개인 문집인 『서하집』 전체를 일람하여도 의인적 수법에 대한 특별한 관심이 나타나는 부분은 거의 찾아보기 힘들다.[1] 이처럼

---

1) 고작하여 달[月]을 반의인적인 태도와 수법으로 다루어 쓴 장시(長詩) <유월십

그가 의인적 문장에 대한 관심이 각별했던 것도 아닌 터에, 술의 의인화 전기인 <국순전> 및 엽전의 의인화 전기인 <공방전>의 창작을 수행했다는 점에 유의해 볼 필요가 있다. 다시 말해서, 임춘으로 하여금 의인적 형태의 작문에 관심을 가지게끔 한 동기가 어디에 있었던 것인지에 대한 일단의 궁금증이 야기되어 마땅하다는 사실이다.

돌이켜 보면, 동양권 안에서 가전 생성의 처음 단계인 당대(唐代) 한유의 붓 가전인 <모영전(毛穎傳)> 자체가 정치적 풍자거나 사회 비판 등과 같은 대국적 큰 동기에서보다는 오히려 유희지문(遊戲之文)으로서의 혐의를 면치 못하였음도 사실이었다.[2] 그 뒤를 이어, 같은 당대 사공도(司空圖)의 거울 가전인 <용성후전(容成侯傳)>이라든가, 송대 소동파(蘇東坡)의 여러 사물 가전들과, 고려조 임춘과 같은 시대 이규보의 가전 <국선생전(麴先生傳)>, <청강사자현부전(淸江使者玄夫傳)> 및 이윤보의 가전 <무장공자전(無腸公子傳)> 등도 그 기필(起筆)의 참된 동기가 진정 정치·사회적인 풍자 비판에 있던 것인지 회의적인 국면이 적지 않은 것이다.

여기 <국순전>과 <공방전>도 궁극엔 기존의 풍자 주제 견해와 다를 수 있는 가능성의 국면을 놓쳐서는 안된다는 자각 아래 이 글은 출발한다. 임춘에게는 자기 앞에 주어진 각고 지난(刻苦至難)한 삶과 부딪치면서 그것을 견뎌내기 위한 자기 나름의 위안처가 필요했었다는 엄연한 사실을 놓칠 수 없다. 실제로 그의 문학 전반을 차지했던 것은 그 대상이 보다 큰 테두리로서의 사회적 외부 세계보다는, 그 대상이 비근한 생활 주변 안에서의 개인적 내부 세계였음을 상기할 필요가 있다. 그리하여 공적인 의도를 유보한 순수 개인적인 동기의 가능성 관점을 마저 점검하고자 함이다. 임춘에게는 그의 환경과 개성이 만들어 낸 그 나름의 개아적 의식 또는 무의식의 현상이 있었고, 바로 그 각별한 현상 안에서 임춘의 인간적 원리를 찾는 일이 우선 요구된다. 그리고 이같은 인간적 원리의 모색은 곧바로 대표적인 산문 명작인 <국

오야우제대월유회(六月十五夜雨靈對月有懷)> 권2 정도 인견(引見)할 수 있다. 그 나머지는 아주 단편적인 시도, 예컨대 권1의 <사인이필묵견해(謝人以筆墨見惠)>에서 붓을 "중서군(中書君)", 먹을 "진현(陳玄)"으로, 역시 권1의 <반송가(盤松歌)>에서 소나무를 "십팔공(十八公)"으로 표현한 정도가 보일 뿐이다.
 2) 앞의 글 「신생 장르에 대한 잡박 논쟁」 참조.

순전>・<공방전>에 대한 본질적인 이해로 연결되어진다. 따라서 이하에 펼쳐지는 작가론은 이 두 작품의 창작적 원리에 가장 가깝게 다가서기 위한 전초(前哨)로서의 역할과 특징을 갖는다.

2. 임춘의 지향과 지양

종래 임춘 관계 연구에 있어서 가장 빈번히 다루어져 왔던 것은 역시 그의 현실참여 의지에 관한 부분이었던 것으로 요약되어진다. 과연 임춘은 현실인식이 매우 공고한 인물이었다. 생전에 그가 소속했었다는 이른바 죽림고회(竹林高會)의 칠현(七賢), 일명 해좌칠현(海左七賢)이라 하는 사람들도 비록 그들이 취한 명분은 중국 진대(晉代) 죽림칠현(竹林七賢)을 효방(效倣)하는데 있었다. 하지만 그것은 결국 표면상의 일로 그쳤을 따름으로, 실제에 있어서는 모두 현실참여의 양상을 벗어나지 못하였다.

연구의 초기에 이동환이 「고려죽림고회연구(高麗竹林高會研究)」 및 「임춘론(林椿論)」을 통해 임춘의 현실참여 욕구에 대한 취지를 거듭 확인시켜 보였는데, 그 현실적 욕구의 동기가 경제적 여건 내지 가문의식과 결부된 공명의식에 있었다고 해석하였다.[3] 김진영은 임춘의 현실지향적 의지에 보다 주안점을 두고 밀도있는 논의를 가하였다.

> 임춘은 전혀 환로(宦路)에 오르지는 못하였지만, 당시의 현실을 외면하여 둔세적(遁世的) 태도로 살아갔던 인물이 아니고, 당대에 신흥사대부 계층뿐만 아니라 구 귀족층의 자손들 역시 다시금 관직에 참여하려는 일반적 추세와 궤를 같이 하여, 적극적으로 과거에 응시하고 자천서(自薦書)를 올리는 등 참여에의 강한 욕구를 지녔던 점을 확실히 파악할 수 있다.[4]

임춘의 문집인 『서하집』을 전역(全譯)한 진성규도 임춘을 포함한 죽림고회의

---

3) 이동환, 「고려죽림고회연구」, 고려대 석사학위논문, 1968.
   이동환, 「임춘론」, 『어문논집』 19・20 합집, 고려대 국어국문학과, 1977.
4) 김진영, 「임춘연구 I 」, 『서울여대논문집』 9호, 1980, p.88.

성격에 대해 같은 뜻을 말한 바 있다.

> 이 죽림고회의 칠현들은 대부분이 과거에 합격하였고, 이인로(李仁老)를
> 비롯한 조통(趙通)·황보항(皇甫沆)·함순(咸淳)·이담지(李湛之) 등은
> 마음에 흡족치 못한 미관(微官)이기는 하지만 역관(歷官)한 사실을 볼 때,
> 이들의 생활 태도는 은둔적이 아니라 적극적이었다고 하겠다.[5]

하지만 이상 초창기의 논의에서와 같이 나중까지도 언제든 임춘이 현실 추
세 일변도만 답습한 것은 아니었다.

홍성표가 「무신집정기 문인의 은둔의식」이라는 논제 하에 임춘과 이규보
두 사람을 놓고서 이른바 '은둔관'과 '출세관'에 대해 재단(裁斷)코자 했던 것
은 전 논자들에 대한 일정한 지양(止揚)의 좋은 본보기라 할만했다. 이에서
두 사람은 표현법상의 직설과 은유의 차이가 있을 뿐 그 지향하는 바는 같다
고 해석하고 있다. 즉, "때에 따라 나아가고 물러난다는 것, 나아가면 만물을
이롭게 하는 도를 펼치고 물러나서는 고고하게 도를 간직하고 산다는 것이
그들의 공통된 출세·은둔관"[6]이라 하였다. 그런 가운데 이것은 그들만의 특
수가 아닌, 당시 지식인 보편의 고정관념적인 양상으로 돌림으로 하여 역시
추세론에 귀납되어진 셈 되었다. 그럼에도 불구하고, 궁극적인 현실 안에서
불우한 처지를 벗어나지 못한 임춘의 시문에는 점점 확고한 자연귀의의식이
표출되고, 정체에서 벗어난 이규보의 시문에는 은둔의식이 미약해지는 대신
관념적 자연 지향이 종종 표출될 따름이라고 하였으니, 앞의 논자들이 임춘
의 삶과 문학을 철저한 현실주의로 보았던 견해와는 다소간의 상위(相違)가 드
러나는 듯도 싶었다.

물론 종전의 논의들이 임춘의 철두철미한 현실주의 인식을 강조했던 사실
에도 불구하고, 그 일면에 그의 은둔에 대해서조차 언급 아니한 바는 아니었다.
예컨대, 이동환이 그의 은둔지향에 관해 어디까지나 자신의 개인적 좌절과
실의에 대한 관념적 위안으로 간주[7]하였던 것이라든지, 홍성표가 이를 이상적

---

5) 진성규, 『역주 서하집』, 일지사, 1984, p.4.
6) 홍성표, 「무신집정기 문인의 은둔의식」, 『경희어문학』, 1987, pp.80~81.
7) 이동환, 앞에 든 논문, p.608 참조

자아의 형상화로서의 은둔 지향으로 수용8)하고 있는 등이 좋은 본보기라 할
만하였다.

그런데 임춘의 문집인『서하집』중에는 실제로 은둔과 관련한 표백이 상
당수 있거니와, 그것을 유기적 전체 안에서 볼 때 안정적인 모양으로 정렬되
어 있지 않다는 특기할 만한 사실이 파악된다. 이에 새삼 그의 은둔에 대한
사유가 임춘 연구의 또 한 가지 중요한 주제로서, 보다 집중적인 검토가 요
망되는바 있는 것이다.

대개 임춘의 생애 전반을 주요한 행적의 사안에 따라 몇 단계로 나누어 보
는 일이 가능하다. 우선, 그가 무신란 발발(1170) 이후 개경에 찬복(竄伏)하였
으니 햇수로 5년의 기간이 있다. 그가 갑오년(1174) 여름에 강남으로 피지(避
地)하였을 때 쓴 <장검행(杖劍行)>(권1) 가운데 "長安塵土中 高枕臥五載"
〔서울의 흙먼지 속에서 높은 베개로 눕기를 5년〕라는 대목 및, 권4의 <여홍교서
서(與洪校書書)> 가운데 "僕自遭難 跋前躓後 隱匿竄伏…故居京師凡五載
飢寒益甚"〔내가 난리를 만난 후에 엎어지고 자빠지며 몸을 숨기고 깊이 엎드려 …
그런 까닭에 개경에 머무는 무릇 다섯 해 동안에 주림과 추위는 더욱 심해지고〕등에
서 명료하게 볼 수 있다. 편의상 이 기간을 '개경찬복기(開京竄伏期)'라 명명
하고자 한다.

그리고, 영남 상주(尙州)에 가서 거류하였던 이른바 강남 유락 7년여를 엿
볼 수 있다. 권1의 고율시(古律詩) <유감(有感)> 가운데 "七年浪迹寄南州
輦下重來夢寐遊"〔7년의 떠돌이 남쪽에 붙어살며, 서울에 다시 오길 몽매간에 그
렸네〕를 통해 그 행적이 나타난다. 편의상 이 기간을 '강남유락기(江南流落期)'
라 일컫기로 한다.

이윽고는 그 고초 끝에 다시금 개경에 복귀하였던 시기가 가늠된다. 권3의
고율시 <중도경사(重到京師)>의 허두에 "劉郞今是白頭翁 一十年來似夢
中"〔떠도는 사내 이제 머리 센 늙은이 되니, 지나온 10년이 꿈결같고나〕의 표제를
존중하여 편의상 '개경중도기(開京重到期)'라 일컫기로 한다. 또한 같은 권3의
<차운정담지삼절(次韻呈湛之三絶)>이란 시의 제1절, "謫居南國更無州 輦下
相逢各白頭 握手何須論契闊 算來今已七年周"〔남주의 귀양살이 다시 보지 못

---

8) 홍성표, 앞에 든 논문, p.70 참조

했더니, 서울에서 다시 뵈니 백발이 되었구료. 손 맞잡아 어찌 소원했던 세월을 논할 까마는, 헤아려 보니 어느덧 7년이나 되었구료]로써 강남 유락의 기간 7년 뒤의 환도를 틈지할 수 있다.

그러나 더 이상 현실적 진출을 단념하고 장단(長湍 ; 湍州)으로 칩거하는 시기로 들어간다. 이 시기를 '단주칩거기(湍州蟄居期)'라 이름해도 좋다. 권4의 서간 <여황보약수서(與皇甫若水書)> 말미의, "將歸紺岳 忽忽不宣謹白"〔장차 감악에 돌아가고자 총총 잘 갖추어 아뢰지 못하나이다〕및, 역시 권4의 <기산인오생서(寄山人悟生書)> 글 가운데, "嘗遊湍州 山川信美 可以卜居…當不出夏首 結搆草堂 携家便去 且買江田數頃以供伏臘 此吾計也"〔일찍이 단주에 놀다 보니 산천이 참 아름답고 살 만하여 … 마땅히 첫 여름을 넘기지 아니하고 초당지어 가족을 데리고 가서 강가 쪽 밭 몇 이랑을 사서 삼복과 섣달에 대비함이 저의 계획입니다〕가 그 실마리이다. 그리고 이 계획이 실행되었음을 권6 <상이학사계(上李學士啓)> 가운데 "繁湍水之前頭 接積城之西畔…得一荒墟 纔數畝地"〔여기는 단수의 앞머리, 적성의 서편 물가에 접하고 있지요 … 빈 터 하나를 얻었는데 겨우 몇 이랑 됩니다〕안에서 확인해 볼 길이 있다.

이렇게 대별할 수 있겠거니와, 이 사이에 적어도 유가적 입신 출사(出仕)에 대한 생각을 용케 극복한 듯이 보이는 표백이 아주 없었던 것은 아니었다. '개경중도기'의 것으로 유추되는 <여미수동회담지가(與眉叟同會湛之家)>9)의 문면상에는 적어도 그의 평생을 괴롭게 눌러왔던 공명의식(功名意識)으로부터의 모처럼의 일탈이 보인다.

久因流落去長安　서울에서 벗어난 기나긴 떠돌이 삶
空學南音著楚冠　어설픈 남쪽 사투리에 초관(楚冠)을 썼네.
歲月屢驚羊胛熟　양(羊) 어깻살 익듯한 세월에 자주 놀라고
風騷重會鶴天寒　시문으로 다시 모인 지금은 매운 계절.
十年契濶挑燈話　소원했던 십년 세월 등불 돋워 얘기하고
半世功名抱鏡看　반평생 공명을 거울 끼고 비춰 보네.
自笑老來追後輩　스스로 우스워라 늙어 후배 따르는 일
文思宦意一時闌.　글 생각 벼슬 뜻이 한꺼번에 그치누나.

9)『서하집』 권3 '고율시(古律詩)' 소재.

또한 <여조역락서(與趙亦樂書)>10)에서도 당시 과거시험에 쓰는 글, 이른바 "장옥지문(場屋之文)"에 대한 혐오 및, 자신의 비참한 운명에 대해 탄식하다가 궁극에 벼슬살이의 관건인 과시(科試)를 포기하겠다는 단호한 뜻을 밝히고 있다.

    僕旣屢困場屋 將自誓不復求之 所願者 時時從足下 問易大旨 以不忘吾聖人道耳.
    저는 이미 여러 차례 과거시험에 막혀 앞으로 다시는 응시하지 않기로 맹세하였습니다. 바라기는 가다금 그대를 따라 주역의 본질을 묻고 우리 성인들의 도를 잊지 않고자 할 따름입니다.

임춘이 과연 이 마당에 이르러서는 자신의 말처럼 정녕 일점 망서림없는 완전한 체념의 심경으로 돌아왔는지, 아니면 아직도 진출에 대한 끝끝내의 미련이 남았는지 마침내 알 수 없는 일이지만, 적어도 문면상에서는 그같은 갈등의 국면이 전혀 나타나지 않는 것만큼 사실이었다.

돌아보건대, 벼슬에 나아가고 물러앉음에 대한 갈등 양상은 그의 삶의 보다 이른 시기일수록 강렬하고, 후반으로 갈수록 약화되었다는 사실을 파악하기 어렵지 아니하다. 말하자면, 삶의 호전적 기미는 보이지 않는 채로 시간이 가면 갈수록 처음의 희망과 의지가 꺾이면서 점차 체념의 상태로 들어갔던 듯하다. 위에 든 바 은둔을 표방하여 있는 그 내용들도 대개는 그의 생애 후반기인 '단주칩거기(湍州蟄居期)'를 전후한 것들로 사료된다.

그럼에도 불구하고, 『서하집』 전반을 통해 이처럼 갈등의 정지(停止) 현상이 나타나는 경우를 모색해내는 일이 참으로 쉽지 아니하다. 그만큼 임춘은 그의 생애의 가장 오랜 시간 동안을 진퇴 출처(進退出處)의 갈등 안에서 시달림을 면치 못하였던 것이다. 정녕 임춘은 기본적으로 출사를 생애 최고 최대의 목표로 하였음이 분명하였으나, 현실 안에서 그것이 여의치 않을 때마다 고개를 드는 은둔이라는 명제로 인해 그의 평생 대부분을 부심하였던 것 같다. 말하자면, 그는 필시 그와 동시대인 누구보다도 출사와 은둔 사이의 정신적 갈등과 번민에 고통받았던 사람임이 분명하였다. 그가 평소에 얼마만큼 이

___
10) 『서하집』 권4 '서간(書簡)' 소재.

은둔의 문제를 놓고서 고심하였는지는 <기산인오생서(寄山人悟生書)>11)란 서한을 통해서도 헤아림되는 바 있다.

> 昨於擾攘之際 人皆深潛遠遁 盜名僞服 以避一時之難 及其神志一變 則不待鶴書之聘 甘心利祿 突梯苟冒 誰復自藏於畔高肥遁之節耶.
> 지난번 난리통에 사람들 모두 깊이 숨고 멀리 물러나 이름을 도용하고 의복을 위장하여 한때의 환란을 피했지요. 그러다가 운수가 한 차례 변하자 조정의 부름을 기다릴 나위 없이 녹리에 혹한 채 물불 가리지 않으니, 누구라 다시금 높은 경지의 느긋한 은둔의 절개를 스스로 간직하겠습니까?

난세에 임해 녹리에 급급한 일과, 높은 절조로 숨는 일 가운데 어떤 쪽이 선비의 옳고 마땅한 선택인지 글 자체에 스스로 시사하는 바가 있다.

하지만 임춘의 이같은 은둔의 당위성에 대한 믿음은 그것이 곧장 몸으로 실천되는 것이 아닌, 어디까지나 그의 정신적 이념 안에서만 강구되어 오던 구두선(口頭禪) 같은 것이었다. 바로 위의 글에 이어지는 다음과 같은 고백을 통해서 여실히 알 수가 있다.

> 僕嘗欲拂衣長往 得從之遊 而未獲捫蘿撥雲 一叩山扃 但日夕杏嗟慕望而已 乃知以市井之徒 輕慕山林高蹈之迹 誠亦難矣.
> 저는 일찍이 옷소매를 떨치고 분연히 멀리 떠나 선사를 따라 노닐고자 하였지요. 하지만 이끼 붙들고 구름 헤치면서 산사의 빗장 한 번 두드려도 못본 채 그저 밤낮으로 탄식하고 선망했을 따름입니다. 그리하여 속세의 무리가 함부로 산림간 고답하는 자취를 흠모한다는 일이 또한 참으로 어렵다는 것을 알았습니다.

이상의 대목은 임춘이 가야산의 승려인 오생(悟生) 앞에 단주 칩거의 계획을 밝히기 앞서 은둔과 관련한 자신의 지난날을 회고조로 고백해 보인 내용이다. 그가 삶의 궁극에 이르러 결국은 칩거를 결심하기까지 고전했던 양상을 엿볼 수 있다. 그 고전은 은둔의 실천적 어려움에 있었음이다. 곧 임춘에게 있어 은둔은 출사에 못지않은 또 하나의 고원(高遠)한 세계임이 분명하였다. 잘 다

---

11) 『서하집』 권4 '서간' 소재.

스려진 세상이라면 당연히 출사 한 가지의 가치만이 존재하겠으나, 난세에는 은일(隱逸)이 출사보다 더 높은 가치임을 인식한 소치이다.

그러나 막상 현실 안에서의 수행이 여의치 않음을 인식한 마당에서의 은일은 어디까지나 이상적 관념 즉, 이념으로서만 존재할 따름이었다. 이동환이 그의 은둔을 두고 자신의 개인적 좌절과 실의에 대한 관념적 위안으로 간주하였던 것이나, 홍성표가 이를 이상적 자아의 형상화로서의 은둔지향으로 이해 수용하였던 것 역시 이를 두고 말함이었다.

누구에게나 상황이 어려울 때 은둔을 동경하기는 쉬운 일이다. 그것은 고통의 현실에서 잠시라도 벗어나게 해주는 아련한 위안처와도 같기 때문이다. 따라서 힘든 것은 은둔에의 동경이거나 관념 추구가 아니라, 그것에의 단호한 실천이다. 그리하여 마땅히 따라가야 할 것−이념−과 제대로 따라가지 못하는 것−현실−사이에서 임춘이 겪었던 그 사이의 갈등이 짐작된다.

그가 이처럼 난세의 이념과 현실 사이에서 겪을 수밖에 없었던 갈등의 양상은 보다 많은 군데에서 나타난다. <기익원상인(寄益源上人)>[12]이라는 고율시에서, "세속을 따르다가 귀거래의 계획이 늦어진 것 탄식하나니[逐世自嗟歸計晚]"란 고백과 함께,

祇從居士田園樂　다만 거사를 따라 전원을 즐겼을 뿐
不與禪師杖錫遊　선사와 석장 짚고 노니지는 못하였네.

라고 하여 스스로가 완전한 은일의 경지에 들지 못함을 자탄하고 있다. 물론 그가 이렇게 말하는 데는 불승(佛僧)을 상대로 한데서 생겨나는 페이소스적 즉흥도 어느만큼 있었겠지만, 그의 의식 밑바탕에는 항상 유가적 은일의 명제에 대한 깊은 번민이 자리잡고 있었다.

그의 이러한 갈등의 전형적 일례를, 역시 승려 익원(益源)에게 부친 또 다른 작품 <기산인익원(寄山人益源)>[13]이란 장편 고율시의 첫머리에서부터 실감있게 찾아 엿볼 수 있다.

---

12) 『서하집』 권1 '고율시' 소재.
13) 위와 같음.

 1. 吾少愛林泉　나 소싯적부터 자연을 사랑하였거니
 2. 浩然思歸歟　큰마음으로 자연에 돌아갈 일 생각하였네.
 3. 當時重違親　하지만 그 때야 어버이 뜻 어길까 무서웠지
 4. 名利豈所拘　내 어찌 명리에 매여서였으랴.
 5. 及此遭喪亂　급기야는 이 난리를 만나고
 6. 飄然放江湖　표연히 강호를 방랑하였지.
 7. 高遁方可樂　높이 은둔하는 일 즐겁긴 하겠으나
 8. 不去胡爲乎　떠나지 못하는 걸 어이하겠나.
 9. 亦由身有累　다름아닌 몸이 현실에 매인 까닭
 10. 未忍捐妻孥　차마 처자식 버리지는 못한다네.
 11. 羨子拂長袖　그대가 긴 소매자락 떨치고
 12. 靑山歸結廬　청산에 들어가 오두막 지은 것 부럽기만.
 　　　　　…(중략)…
 61. 不如居巖穴　암만해도 암혈에나 살면서
 62. 斷穀食松腴　곡기 끊고 솔껍질 먹는 이만 못하리.
 63. 莫作北山移　<북산이문> 따위는 짓지도 말게
 64. 吾儂有林逋.　내게도 은둔의 임포(林逋)가 있으니.

설명의 편의를 위해 행의 앞에 순차상의 번호를 붙였다. 제1행～제4행에서 임춘은 소싯적의 갈등을 노정(露呈)하고 있다. 곧, 그는 소시 때부터 자연에 귀의할 뜻이 있었으나, 가문의 기대와 의지로서의 입신양명의 문제에 부딪혀 뜻을 이루지 못하였노라 하였다.

제5행～제12행에서 그는 무신란 이후의 갈등을 표로(表露)하고 있다. 강호를 떠돌 때 높은 은둔의 즐거움과 의미를 알 수 있었으나, 처자를 어쩌지 못하는 문제로 인해 역시 뜻을 이루지 못하였노라 하였다.

이에서 임춘 나름의 자연귀의에 대한 사유가 현실지향의 문제와 얽히는 상황으로서의 갈등 체험을 감지할 수 있다. 그것은 자연추구와 현실추구 간의 갈등이라고도 표현할 수 있겠으나, 결국 그의 자연추구는 제11행～제12행에서 보듯이, 익원산인(益源山人)을 본받아 실천·궁행하지는 못하였다. 하나의 동경과 선망으로만 그쳤을 뿐, 가문 및 처자 같은 현실추구의 문제를 차마 극복하지 못한 것으로 나타나 있다.

그러나 실로 기이한 것은, 그의 이같은 현실추구적 결정이 본 시의 맨 마

지막 단계인 제61행~ 제64행에 이르러 일약 자연추구의 방향으로 번복되는
양상을 보인다는 사실이다. 이 시의 서두부에서 처자 때문에 청산 귀의는 차
마 관념 안에서나 선망할 따름이라 하였던 그 고백이 시의 결말부에서는 암
혈 은거조차 불사할 태세로 바뀐다. 자신을 <북산이문(北山移文)>과 무관한
인물임과 동시에, 일약 송의 은둔거사 임포(林逋)와 비의시키는 정도의 변화
를 나타내고 있는 것이다.

  <북산이문>은 남제(南齊) 사람 공치규(孔稚珪)의 글이다. 이 작품에 대한
『문선(文選)』의 주석에 따르면, 일찍이 주언륜(周彦倫)이 북산에 은거하였다가
나중엔 소명에 응해서 나가 벼슬하였다. 그가 뒤에 이 산을 지나가려 할 때
공치규가 그 일을 혐오한 나머지 신령의 뜻을 빌어 북산에 다시 오지 못하도
록 하였다는 내용의 글이다. 그러기에 임춘은 자신을 주언륜과 나란히 취급
받기를 거부한 것이다. 임포는 명리를 구함이 없이 서호(西湖)의 고산(孤山)에
20년간 은거하며 성시(城市)를 밟지 않았다는 인물이다. 결혼하지 않고, 대신
매화와 학을 길러 짝하였으므로 당시 사람들이 '매처학자(梅妻鶴子)'라 일컬었
다는 고사로 유명하니, 은일의 대명사격에 들어가는 한 사람이다.

  임춘이 자신을 임포에다 비유한 데는 같은 '임(林)' 씨 성(姓)이라는 공감대
효과도 있었을 것이다. "오농(吳儂)"은 오나라 사람들이 자기를 말할 때 '농
(儂)'이라 일컬었던 데서 나온 말이라 했고, 특히 이 최종구는 소동파가 임포
의 시를 글씨로 쓰고서 지었다는 <서임포시후서(書林逋詩後書)> 가운데 "吳
儂生長湖山曲"의 대목과도 관련이 있어 보인다.

  아무튼, 임춘의 이 시에서의 서두부와 결말부 사이에 수미가 상응하지 못
하고 이같이 전후간에 배치되는 양상을 면하지 못한 것은 그 근원적 이유가
어디에 있었을까? 그것은 아무래도 은둔에 대한 골 깊은 갈등이 빚은 결과로
보아야 할 듯싶다. 이러한 갈등은 그의 다른 글 안에서조차 간혹 자가당착적
인 모순으로 나타나기도 하였다.

  그는 평생토록 불우하여 아무런 현실적 보장을 얻지 못하였던 가운데서 종
종 나름대로의 선망의 대상을 글 위에 떠올렸으니, 다름아닌 자기 시대에 은
둔을 직접 몸으로 실천한 사람들이었다. 어사 권돈례(權敦禮)라는 인물도 그
가운데 한 사람이었던 바, 그에게 부친 편지글인 <대이담지기권어사돈례서
(代李湛之寄權御史敦禮書)>14) 가운데도 그같은 선망과 동경의 뜻이 잘 나타

나 있다.

> 自離難之際 世之賢士 莫不深潛草野 以避一時之禍 然一爲名利所誘
> 而使山靈挽回俗駕者多矣 今閣下見幾而作 高蹈方外 泥滓爵位 膠漆山
> 林 千金不能聘其才 萬乘不能屈其節 眞所謂旣明且哲以保其身者也…
> 閣下方且抱大器藏大道枕石漱流 高臥不出 其淸風高節 自夷齊已來一
> 人而已 僕每欲拂衣長往 以從先生之遊 向風僾德 勞於夢寐 又聞此州風
> 土 信美可樂 高人勝士 多往而依焉 僕買土一廛 卜居其間 便了一生 此
> 其雅意也 惟先生諒之.

 난리를 만나고부터 세상의 현사들은 초야에 깊이 묻혀 한때의 화를 피하
지 않음이 없었으나, 한번 쯤은 명리에 유혹되어 산신으로 하여금 세속의
수레 쪽으로 돌이키게 한 이가 많았습니다. 지금 합하께서는 조짐을 살펴
움직이시어 세상 바깥에서 고답하시니, 벼슬을 진흙탕처럼 아시고 산림을
고집하십니다. 천금으로도 그 재능을 불러들일 수 없으며, 만승천자도 그
절개를 꺾을 수 없는, 진정으로 이른바 명철하여 일신을 보전하는 분이나이
다. … 각하께선 크나큰 기국을 품고 크나큰 도를 감추시와, 돌을 베개삼고
흐르는 물에 양치하시며 높이 누워 나오지 않으시니, 그 맑은 풍도 높은 절
조는 백이 · 숙제 이래 단 한 분 뿐입니다. 저는 매양 옷을 떨치고 아주 속
세 멀리하여 선생의 노니심을 좇아 그 풍도와 덕화에 향하기를 몽매간에도
애썼습니다. 또한 듣자오매, 이 고을 풍토는 참 아름답고 즐길만하여 고매
한 인사들이 자주 찾아 의지한답니다. 저는 토지 한 뙈기를 사서 그 사이에
살 자리를 정해 문득 일생을 마치고자 함이 평소의 뜻이오니, 선생께서는
살펴주십시오

임춘이 이다지 그 은둔의 절조에 대해 높이 칭상한 권돈례는 정중부의 난 이
후에 이름이 난 북원(北原 ; 原州)의 은일처사였다. 평생 진퇴 · 출처에 갈등
많은 임춘이었으나, 여기서만큼 선뜻 그의 은둔을 동경하고 추종하는 뜻을
유감없이 나타내고 있다. 그리고 이 서간의 바로 다음에 이어서 보낸 <답동
전서(答同前書)>[15]에서 또한 권돈례의 "기영지지(箕穎之志)"를 감탄하고 선망
하는 뜻을 나타내고 있는 일방, 문득 그가 세상 바깥으로 등장하여 제세(濟世)

---

14) 『서하집』 권4 '서간' 소재.
15) 『서하집』 권4 '서간' 소재.

해야 할 일의 당위성에 대해 말함으로써 앞서의 주장과는 얼마간 상반을 보이는 듯한 국면이 있었다.

今悠悠者云 一時安危 係閣下之出處 深存挹退 苟全高節 一丘一壑 以遂從容之適 則經濟之寄 復無其人矣 昔辛謐有言 不嬰於禍亂者 非爲避之 但冥心至趣 自與志會耳 以此知賢者之處乎廟堂也 無異於山林間矣 斯乃窮理盡性之妙 其體而行之者 非閣下而誰也 惟先生深思之靜慮之 俯循物議 起應徵詔 則亦海內蒼生之福也 若吾道之大行也 物必蒙利 至於僕輩枯槁廢錮之士 亦將受其餘潤 豈不在一物之數巾耶 此尤所喜於心者.

지금 근심하는 이들은 한 시대의 안위가 합하의 진퇴에 걸려있다고 말합니다. 깊이 숨고 점잖이 물러나 높은 절개만 지키면서 언덕과 골짜기 사이에서 고요한 삶을 따른다면 세상의 경영과 제도를 맡겨 의지할 사람은 다시 없을 것입니다. 옛적에 신밀은 말하기를 화란에 걸려들지 아니하는 사람은 그것을 피한다고 되는 것이 아니요, 다만 그 깊은 생각과 지극한 지취가 스스로 뜻에 맞을 따름인 것이다 했으니, 이로써 어진 이가 묘당에 있어서도 산림간에 있는 것과 다름이 없음을 알 것입니다. 이것이 궁리와 진성의 묘리인 것이니, 그 체에 바탕하여 행하는 이는 합하가 아니면 누구이겠습니까? 오직 선생께서는 깊고 고요히 사려하여 보소서. 돌아가는 논의에 따르고 조정의 부르심에 일어나 응하신다면 이 또한 세상 창생들의 복인 것입니다. 만약 우리의 도가 크게 행한다면 세상은 반드시 그 이택을 입을 것이요, 저와 같은 시들고 궁박한 선비에까지도 장차는 여분의 윤택을 받을 수 있으리니, 어찌 한 사물이 여러 폭에 걸쳐 덮여 있는 것이 아니겠습니까? 이 더욱 마음에 기쁜 바 될 것입니다.

전자의 편지에서 북원처사 권돈례의 은거지학(隱居之學)을 예찬해 마지않던 태도가, 후자의 그것에서는 정반대로 그 학문과 인품의 현실적 발휘 및 선양을 권고하는 분위기로 바뀜으로써, 전후간에 자가당착적인 괴배를 면치 못하였던 것이다.

서간문 <여계사서(與契師書)>16) 중의 다음과 같은 대목은 그의 진퇴에 대한 번민이 얼마나 오래고 속깊은 것인지를 알게 해주는 소중한 고백이라 할 만하다.

16) 『서하집』 권4 '서간' 소재.

僕本有不羈之志 樂慕方外 而況累經憂患 常歎計不早決耳 今與吾師
幸居近地 未能放絶世務 往從杖錫之遊 而以逐本意 徒爲林澗之所笑 吁
可歎歟.

저는 본래 세속에 매이지 않으려는 뜻이 있어 즐겨 방외(方外)를 연모하
였습니다. 그러나 여러 번 우환을 겪으면서 늘 그 계획을 일찍 결정하지 못
함을 한탄하였습니다. 지금은 다행히 우리 선사와 가까운 곳에 있으면서,
세속 일을 끊고 향하시는 곳을 따라 다니나 근본의 뜻을 이루지는 못해 한
갓 산수간 은둔자의 웃음거리가 되고 있으니, 아아, 탄식할 뿐입니다.

이렇듯 임춘은 그의 평생에 누구보다도 이율배반적인 갈등이 많았던 인물이
었음을 알 수 있겠으나, 그의 갈등의 명제는 한갓 출사와 은둔이라는 두 개
의 명제 안에서만 존재했던 것은 아니었다.

통상 그의 대표적 명편으로 곧잘 내세워지는 바 <장검행(杖劍行)>[17]의 저
변에는 또 다른 이율배반이 내재하고 있음이었다. 이 작품의 경우 다행히 제
목 안에 "갑오(甲午)"라는 연기(年紀)가 있다. 갑오년(1174)은 곧 김보당(金甫
當)의 난이 일어난 바로 다음 해이니, 서울 떠나 막 강남에 내려오자 지은 것
이다. 이동환도 진작 논급하였듯이, 본작이 임춘의 무신정권에 대한 "대결의
식을 바탕으로 하여 쓰여진 … 항우(項羽)와 같은 완매(頑昧)한 무인(武人)을
타도한 지략가적인 전쟁영웅 장량(張良)에서 자기 동일화를 꾀함으로써 당시
의 무력에 대한 대결을 지향한 것"[18]임과 동시에, "시의 구조상 결미 부분에
서 대결구조가 해체되어 있다는 점"[19]을 동시에 말하고 있는 점은 시사하는
바가 없지 않다. 역시 여기서 명백히 그의 당시대 정치적 현실에 대한 대결
의식과, 다시금 이것을 절충·지양하는 현실 영합의식의 공존을 발견할 수
있는 것이다.

임춘의 이러한 인식의 이중 현상은 그의 또하나 깊은 관심사였던 불문(佛
門)에 대한 태도 면에서도 구해볼 수 없는 바 아니었다. 임춘은 자신의 전 생
애를 통해서 상인(上人)으로 일컬은 수많은 승려들과 교유한 자취를 남기고
있다. 적어도 문집 안에서 그가 호의와 친근감을 가지고 교유한 흔적만을 대강

---

17) 『서하집』 권1 '고율시' 소재.
18) 이동환, 앞에 든 논문, pp.611~612.
19) 이동환, 앞에 든 논문, p.612.

추려본대도 권1의 <유법주사증존고상인(遊法住寺贈存古上人)>, 권2의 <차운
증이상인각천(次韻贈李上人覺天)>, <증월사(贈月師)>, <기다향겸상인(寄茶餉
謙上人)>, <제죽림사(題竹林寺)>, 권3의 <법주사당두혜지필인사지(法住寺堂頭
惠紙筆因謝之)>, <유감악정각승사서기벽(遊紺岳正覺僧舍書其壁)>, <기황령사
당두관체상인(寄黃嶺寺堂頭觀諦上人)> 등 상당수에 이른다. 또한, 권5의 <송
지겸상인기중원광수원법회서(送志謙上人起中原廣修院法會序)>에서는 세상이
석씨(釋氏)를 좋아하면서 그 앞에 죄를 지음이 큰 것이라 했고, <묘광사십육
성중회상기(妙光寺十六聖衆繪象記)>에서는 불교에 대한 정박(精博)한 지식과
이해를 나타내 보였으며, <소림사중수기(小林寺重修記)>에서는 심오한 자비
의 교리로 중생을 제도하였던 불교를 말하였다. 특히 권5의 <송이미수서(送
李眉叟序)> 같은 글에서는 그가 어느만큼 불교를 존중하고 우단하였는지에
대한 자기 고백이 명징하게 나타나 있다. 곧, 석씨는 인자하고 광박하고 적멸
(寂滅)·무위(無爲)를 법도로 삼으니 『주역』과 그 취지에서 합치한다. 진정으
로 연결되고 융화되어 근본적으로 다르지 않으니 성인이 다시 태어나도 배척
할 수 없을 것이라며 칭도하였다. 그리고 자신은 언뜻 보면 석씨의 불교를
좋아하지 않는 사람처럼 보일 수 있으나, 정녕 배척하는 것은 불교 자체가
아니라 그 도를 저해하는 무리라고 변별짓고 있다.[20]

그러나 그의 이같은 호불(好佛)의 반면에는 불교를 한낱 도피처로 인식한
듯한 상황도 눈에 띄고,[21] 더 나아가 어느 경우엔 유가 이외의 석가와 노자
로 대표되는 도·불은 모두 이단에 불과하다는 뜻을 표명하기도 하였다.[22]
그런가 하면, 앞서 그의 진퇴 출처에 대한 갈등과 혼효의 현상이 노골화되었
던 <기산인익원>의 시에서 역시 그 즈음 세상에 불교 종사하는 무리가 많은
것도 탐탁치 않고, 그들의 외양 행색 등이 일반과 다름으로 해서 죄를 얻어
유가에게 배척당하는 것이라고 야유하였다. 물론 이 때도 그 폄하의 표적이 불

---

20) 釋氏以慈仁廣博寂滅無爲爲道 與大易有合其旨者 苟統而和融 本無異歸 雖
　　吾聖人復生 不得已斥也…眉叟與余善而喜釋氏 吾亦樂而從焉 所疑者其好作
　　有爲 而見釋氏之徒則莫不合瓜而加敬信焉 是豈眞能好釋氏者耶.
21) 권3의 <기김선달온규겸간담지(寄金先達蘊珪兼簡湛之)> 중에, "逃空猶喜見似
　　人 況有舊知遠致勞".
22) 권1 <증황보형제(贈皇甫兄弟)> 시 중에, "釋老久塞路 獨欲辭而闢 斯文信未喪
　　乃知天意惜" 같은 것이 그 좋은 일례이다.

교 교리 자체보다는 그 수행자 무리에 있다고 간주할 수도 있으나, 생각의 근저(根底)에 자리하고 있는 바, 불가에 우선하는 강한 유가적 사유를 마침내 떨쳐내 부인하기 어렵다. 그리하여 임춘의 의식 안에서 자신의 시대에 넓게 퍼져있던 중대한 사조로서의 불교라는 또 하나의 대상에 대해서도 향(向)과 배(背)의 두 가지 개념이 어우러져 공존하고 있음을 보는 것이다.

3. 술·돈의 이상과 현실

이상에서 임춘 문학의 주요 테마를 이루고 있는 은둔의식과 대결의식, 그리고 호불의 주제를 중심으로 그에 대한 지향과 지양, 또는 명제와 반명제 같은 양면적인 의식구조에 관해 검토하여 보았다. 이것을 인식의 이중성으로 명명해도 무방하겠으나, 요컨대 이와 같은 이중적 의식세계는 이름난 가전작인 <국순전>과 <공방전>의 경우에 역시 적용 가능한 일로 나타나게 된다.

각각 술과 돈에 대한 의인화 공작(工作)인 <국순전>, <공방전>은 술과 돈에 대한 긍정적인 인식보다는 부정적인 인식 바탕 위에서 형성된 조자(調子)라 함이 일반화된 사실처럼 되어 있다. 하지만 거의 고정되다시피한 이같은 관념은 과연 어느 정도의 타당성을 확보하고 있을까? 작품들은 으레 주인공의 선계부터 서술되는데, 그들 선계부에 그려진 인물들은 역사적 삶의 과정 안에서 아무런 인격적 결격 사유가 없는 존재로 그려져 있다. 오히려 국순(麴醇)의 선조인 모(牟)와 그 5세손, 그리고 아버지 주(酎) 등에 대해 작자인 임춘 스스로가 천명한 바로도 백성들에게 공헌함이 있고 청백한 기상을 자손에게 끼쳐 주었던[麴氏之先 有功于民 以淸白遺子孫] 인물들로 그려져 있다.

공방(孔方)의 선조 또한 일찍이 황제에게 발탁되고 관상가에게 그릇감으로 인정받아 세상에 알려진 인물로 부각되었고, 그 아버지 천(泉) 또한 주나라의 대재(大宰)로서 나라의 조세를 맡았던 인물로 새겨졌다.

유의하여 보면, 술과 돈에 대한 부정적 사안은 주인공들의 선계가 아닌 주인공들 본연의 전기 기록 중에 파생되어 나타난다.

우선 <국순전>을 본다. 주인공 국순의 본전인 "醇器度弘深"부터 "一夕

卒" 까지를 기준하여, 오히려 작품 전반부에는 국순에 대한 비판적 언어가 보이지 않는다. 국량과 풍미가 뛰어나 일찍 "국처사(麴處士)"라는 이름의 영예와 함께 상하 모든 계층이 선망하고 사모하는 대상이 되었고, 감식안이 있던 산도(山濤) 및 관상가로부터 큰 인물임을 인정받았다. 그리하여 결국은 군주에게 쓰여지고 가장 촉망받는 신하로까지 상승 일로하였다.

여기까지가 본전 분량의 약 2/3에 달한다. 그러다가 후반부의 "自是之後 上以沈酗廢政" 이하로부터 비로소 국순에 대한 부정적 폐단의 문자가 전개되어진다. 요컨대, 임금의 술 탐닉에도 충간을 아니하는 인물로, 전벽(錢癖)이 있는 인물로, 구취(口臭)가 있는 인물로 형상화되었다. 이러한 결과, 전체적으로 국순의 본전에 담긴 긍정적인 내용부와 부정적인 내용부는 양적인 구분상 2:1의 비율을 보이고 있다.

그럼에도 불구하고, 궁극엔 국순의 전기가 주인공에 대한 부정적인 이미지로 결정 수용되었던 까닭은 본작의 최종 평결부가 갖는 비중에 있었다 할 것이다. '태사공왈(太史公曰)', '사신왈(史臣曰)' 등으로 시작하는 평결부는 작자가 직접 자신이 세운 주인공 및 주인공 주변의 상황에 대해 견해를 표명하는 부분이다.

이 때 작자는 작품 주인공에 대한 일정한 포폄(褒貶)을 가하는 수가 많다. 그리하여 임춘이 주인공 국순[술]에 대해 평가하였으되, 국씨의 조상이 청백한 기상과 풍도를 끼쳤음에도, 또 국순이 빈한의 지경을 딛고 최고의 영광을 얻었음에도 불구하고, 능히 옳은 일을 바치고 그릇된 일은 바로 잡아야 함에도 왕실을 어지럽혀 다시 일으키지 못하였다고 말하였다. 곧, 포상과 선양의 말 대신 폄사(貶辭)로 매듭을 지었던 일로 국순의 이미지가 부정적인데 흘렀던 것이다. 그러나 유기적인 전체의 면에서 생각하면, 앞서 대비해 보인 바와 같이 긍정론과 부정론이 한 작품 안에 병존해 있음을 알 수 있다.

반면 <공방전>의 경우, 주인공 공방의 본전은 전체가 다 부정적 폐단으로 일관되어 있다. 그러니 평결부가 또한 비판의 언어로 점철되어 있음은 아주 당연한 현상이다. 주인공 공방의 이같은 비리의 행적은 그의 선계가 보여준 긍정적인 업적과 견주어 너무도 대조적인 양상을 띤다. 그리하여 주인공이 온전히 부정적인 형상 일변도로만 나타나는 이 경우에조차, 선계 또한 작품의 무시 못할 한 부분이라는 인식 안에서는 <공방전> 역시 돈에 대한 긍정론과 부정론이 섞여 이루어진 작품이라는 사유가 가능하다. 곧, 임춘의 돈에 대한 인식은 당연 공방과 같은 이미지로 나타나는 것이지만, 그 이면에는 상대적으로 미력하나마 공방의 선조같은 이미지조차 없는 것은 아니라는 뜻이다.

대개 사유컨대, 공방의 선조는 임춘이 생각하는 화폐의 이념인 양하였다. 다시 말해, 돈이 공명정대한 방식으로 운용될 때 그것은 훌륭한 물건이지만, 그렇지 못한 현실 안에서는 문득 <공방전> 안에서 왕이보(王夷甫)의 말을 빌려 표현된 바 비천한 "아도물(阿堵物)"에 지나지 않는 것이었다.

또한 미루어보건대 임춘이 자기 시대 돈에 대한 감정이 공방으로 형상화된 것으로 사유된다. 다스려진 세상이었다면 돈이 그것 본연의 효용대로 공방의 선조같은 기능을 하였을 테지만, 자신이 처한 바와 같은 난세에서 행해지는 돈이란 공방과 같이 소망스럽지 못한 구실이나 할 뿐으로 여겼을 것이란 의미이다. 결과적으로 임춘이 부정하였던 것은 돈 자체의 본질-그가 세계 안에 그린 것은 원칙적으로 이것이 인간의 삶에 유용을 가져다줄 수 있는 가능성에 대한 믿음이었다 - 이 아니라, 자신의 시대에 나타나 있는 현상으로서의 돈의 실상인 것으로 인지되어진다. 다시 말하면 자기를 둘러싸고 있는 12세기 고려의 현실 안에서의 돈에 대한 비판인식이었다.

그가 이토록 자기의 삶 안에서 돈을 부정할 수밖에 없던 근본적인 이유는 따로 있겠거니와(후론된다), 여하튼 임춘의 문학 체계 안에서 이루어진 '돈'의 형상화는 '술'의 그것에서보다 한 단계 더 과격한 성조를 띠고 있었다.

결국 '술'과 '돈'의 문학적 형상화 안에서조차 인정과 부정이라는 명제의 이원성이 나타나지 않은 것은 아니었다. 다만, 앞서 '은둔'이나 '풍자', '호불'의 경우엔 그 원명제에 대한 번복·괴리가 은근하였던 데 비해, 이 경우엔 과격하여 처음의 긍정적 명제가 나중의 부정적 반명제의 기세에 압도되어 있는 점이 특색이라 할 만하였다.

그런데 임춘이 술[국순]을 비판하였고, 돈[공방]을 비난하였으니, 그의 문학상에 표출된 대로라면 그는 술과 돈의 존재를 못마땅해 하고 혐오했던 인물같이 보이겠지만, 실상은 그렇지 아니하였다.

오히려 그는 술을 상당히 가까이하고 누구보다 돈을 절실히 필요로 하였던 문인이었다. 끝내 과거에 실패만 했고 원하던 관로(官路)에 나아가지 못하였던 울분을 달래야만 했고, 또 그렇게 작은 벼슬 한 자리조차 할 수 없었던 까닭에 종신토록 면치 못한 생활상의 궁핍을 어떻든 최소한이나마 만회해야만 했다. 무엇보다도 정중부난 이후 충격과 암담의 불행의식에 빠져있던 그에게 가장 최대의 원풀이는 과거에 높이 등제하여 양명입신하는 일이었겠지만, 그것이 정말 여의치 않을 경우에는 애오라지 소극적인 상태이나마 우선은 당장 생활 경제면에 얼마간의 여유라도 주어졌으면 하는 일이었을 것이다.

하지만, 그같은 미봉의 궁책마저도 뜻대로 되지 않을 경우라면, 이제 그 자신의 울적과 비분을 달래 볼 가장 가깝고 손쉬운 방도란 단 한 가지, 술이 있을 따름이었다. 아닌게 아니라, 급작스런 무신란을 당해 집안의 토지[功蔭田]를 모두 빼앗기고 목숨까지 위협받는, 어처구니없는 절대 피해 당사자의 신세로 전락한 임춘이었다. 당장의 생계마저 어려워 지리하고 피폐한 삶의 여로를 걸어야만 했던 그에게 술은 빠질 수 없는 생활의 한 부분처럼 되어 있었던 것이니, 술을 벗삼아 쓴 많은 수의 시작(詩作)이 그것을 증명해 준다. 그 자신이 아예 "음주와 시짓기를 평생에 좋아했다[平生嗜酒喜吟詩]"23)고 표명한 바도 있거니와, 대략 다음 같은 시 안에서 그의 기주(嗜酒) 취향을 알기에 손색이 없다.

勸君釀作洞庭春　　　그대 동정춘(洞庭春)을 빚어 보게
香色味好勝羅浮　　　그 향기 빛깔이며 맛일랑 나부주(羅浮酒)보다 나으리.
翠勺銀罌取甕頭　　　비취 구기 은항아리에 담긴 첫 익은 술 떠내면
濁於甘露淸醍醐　　　감로(甘露)보단 탁해도 제호(醍醐)도곤 맑으리라.
初寒欲雪正可飮　　　첫 추위 눈 내리려 할 제 정히 한 잔 하려거든
呼我華堂傾一壺24)　　그대 집에 날 불러 한 병 기울이세나.

그리고 그가 달과 그 달에 비친 자신의 그림자를 흡사 자기와 같은 시인—그러나 술은 마실 줄 모르는— 으로 의인화시킨 가운데 도도한 취흥을 노래한 <유월십오야우제대월유회(六月十五夜雨霽對月有懷)>25) 같은 것은 어느새 당의 시인 이백다운 풍정을 연상시키는 작품이다.

---

23) 『서하집』 권3, <사요혜수좌혜량(謝了惠首座惠糧)>.
24) 『서하집』 권1, <제천원유광식가등(題天院柳光植家橙)>.
25) 『서하집』 권2 '고율시' 소재.

軟娟好月尋幽人　저 고운 달이 숨어 사는 날 찾으니
獨出庭前還舞我　홀로 뜨락에 나온 나를 춤추게 하네.
對影成人不解飮　그 그림자 사람답지만 술을 나누진 못해
空憶高吟郊與賀　괜스레 맹교와 하지장 그리워 소리 높여 읊네.
　…(중략)…
開戶相邀隣有仲　지겟문 열치고 이웃집 은군자를 맞지만
擧杯空歎山無賀　술잔 들고 부질없이 하지장 없음 탄식하네.
　…(중략)…
隔屋靑熒望燈火　집 저 편에 보이는 반딧불
槽床壓酒香泉瀉　술통의 술 걸러내니 향기론 샘물 쏟아진다.
我時獨坐望淸光　때로는 홀로 앉아 달빛 바라보지만
無由共醉西園夜　서원(西園)의 밤 함께 취할 방도는 없어.
　…(중략)…
子詩淸硬如强兵　그대의 시는 청경(淸硬)하기 강성한 군사만 같아
往往力拔愁城破　종종 그 큰 힘이 근심의 성채를 깨뜨리네.
樽前顚倒白綸巾　술단지 앞에 엎어지니 내 백륜건(白綸巾)이
末省歸來車上墮.　돌아오는 수레 위에 떨어진 줄 몰랐네.

　임춘은 주량이 죽림고회의 한 벗인 이담지(李湛之) 같은 사람보다는 많았
던 듯싶으나,[26] 호음가까지는 아니었던 양하다.[27] 그의 애주 성향은 문집의
곳곳에서 산견된다. 나그네의 시름을 술이 풀어준다고 했고,[28] 옛적의 <과진론
(過秦論)>과 같은 현실비판적 생각이 흉중에 일까 보아 그것을 잊기 위해 만
취하고 싶다고 했다.[29] 벽옥호(碧玉壺) 속에 든 자하주(紫霞酒)에 취하는 자신
이 놀랍다고도 했으며,[30] 술을 가지고 자기를 찾은 이들에게 감사를 표하는

---

26) 『서하집』 권3 '고율시' <추일방담지(秋日訪湛之)>에, "乘間携一杖 尋訪故人居
　酌酒無多我 看詩喜借予".
27) 『서하집』 권1 '고율시' <방함자진산거(訪咸子眞山居)>에, "飮酒子誠能 吟詩我
　亦頗". 또 권2의 <유법주사증존고상인(遊法住寺贈存古上人)>에, "上人唯嗜大
　道醬 吾雖不飮亦淸狂".
28) 『서하집』 권1 '고율시' <기우인(奇友人)>에, "秋月春風詩准備 旅愁羈思酒消
　磨".
29) 『서하집』 권1 '고율시' <서담지가벽(書湛之家壁)>에, "欲澆胸中過秦論 請君醉
　我千甌酒".

시를 쓰기도 하였다.31) 이 밖에도 권1의 <팔월십오야(八月十五夜)>, <누상소음(樓上小飮)>, <영몽(詠夢)>, <회이낭중유의대(會李郎中惟誼宅)>, 권2의 <유밀주서사(遊密州書事)>, 권5의 <중추회음서(中秋會飮序)> 등을 통해 임춘의 음주지향적인 성격이 넉넉하게 간취되는 바 있다.

이와 같은 일면에 그가 낙척(落拓) 불우해진 이후에는 또 한 가지 두드러진 삶의 특징이 있었으니, 다름아닌 그 시대 누구보다도 심각했던 절대적 빈곤의 문제였다.

앞에서 은둔의 지향과 이탈에 대해 살폈거니와, 그가 그렇게까지 상당기간 관계(官界) 진출을 단념하지 못하고 은둔을 쉽게 결행하지 못한 근본적인 요인은 역시 그가 얻고자 하는 바에 대한 끈질긴 미련 때문이었다. 그 욕구의 궁극적인 것은 역시 무신난으로 인하여 상실되어버린 자기 가문의 명예를 회복하고 위상을 최대한 만회코자 하는 데 있었음은, 그가 주변의 인사들 앞에 띄운 서간의 종종32)을 통해서도 요연히 알 수 있다. 가문의 유서(遺緖)를 계승해 보고자 소망하던 임춘의 이 내재적 심리를 '가문의식'과 '공명의식' 등으로 표현하기도 하지만,33) 이것이 그의 오랜 한으로 자리잡아 관로 지향을 포기치 못하도록 만든 큰 이유가 되었음에 틀림이 없었다.

그러나 이같은 이유에는 아직 고상함과 여유로움이 감지된다. 임춘에게 있어서는 이상의 명예의식과 같은 형이상적인 문제 이전에 훨씬 현실적이고, 보다 형이하적인 절박한 문제가 우선적인 이유로 자리잡고 있었다. 곧, 당장

---

30) 『서하집』 권2 '고율시' <증담지이절(贈湛之二絶)>의 제1절에, "自驚俗客非仙骨 碧玉壺中醉紫霞".

31) 『서하집』 권2 '고율시' <사인휴주견방(謝人携酒見訪)> 및 <미수방여어개령이아이지주위향작시사지(眉叟訪予於開寧以鵝梨旨酒爲餉作詩謝之)>.

32) "吾家俱以文章名於當代 僕若棄遑荒莫承遺緒 則亦終身之恥也."(권4, <여황보약수서(與皇甫若水書)>).
"蓋念自吾家伯叔以來 有當代文章之譽 翶翔翰掖 出入承明 謂遺子不如一經 相傳素業 若積善必有餘慶 宜及後昆 苟終沒於遑荒 而莫承於遺緒 知將何面下見先人."(권6, <상오랑중계(上吳郎中啓)>).
"先祖嘗從草昧之際 功成汗馬 圖書凌烟 以丹書鐵券 錫之土日 永世無絶 而反爲兵士所奪."(권4, <상형부이시랑서(上刑部李侍郎書)>).

33) 이동환, 앞에 든 논문, pp.603~604 참조.
진성규, 앞에 든 책, pp.13~14 참조.

눈앞에 닥쳐 해결하지 않으면 안될 일용의 생활 경제적인 문제가 무엇보다 긴급하고 절실하였던 것이니, 역시 그가 형부(刑部) 이시랑(李侍郎)에게 보낸 편지 <상형부이시랑서(上形部李侍郎書)>(권4) 같은 곳에 역력히 나타나 있다.

> 冀閣下噢咻冷族…使僕復得汚菜之舊地 則全家百指 朝飢寒而暮飽暖
> 者 皆閣下爐中之造化也 未識與之爲春否乎.
> 바라옵건대, 합하는 이 한미한 집안을 가엾게 여기시고 … 저로 하여금 다시 하찮은 옛 터나마 얻게 해 주신다면 온 집안 모든 가족의 아침 나절 주리고 추웠다가 저녁에 배부르고 따뜻해지는 일이 모두 합하의 재량하시는 조화입니다. 제게 소생의 한 기운을 보태 주실런지요?

이같은 편지글 외에도 <상이학사지명서(上李學士知命書)>·<상오낭중계(上吳郎中啓)> 등, 임춘이 당시의 유수한 관료 앞에 자천(自薦)을 통해서라도 공직을 구하려던 형상은 마치 중국 당대의 문인 한유가 <상재상서(上宰相書)>·<위인구천서(爲人求薦書)> 등[34] 당시의 유력자 앞에 벼슬을 구하고자 상서하던 일을 방불케 하는 바가 있었다.

그러고 보니 임춘 문예의 실제적인 행적은 어딘가 한유를 떠올리게 하는 국면이 적지 않다. 두 문인 사이의 흡사에 대해서는 예컨대, 한유가 시에서보다 문에서 압도하여 산문학의 종장으로 이름을 떨쳤던 바, 황정견(黃庭堅) 같은 이는 "그가 시조차도 문으로 한다(韓以文爲詩)"고 평가할 정도였다. 그런데 임춘 또한 시 양식에서조차 산문성을 면치 못할 만큼 산문학적 기질이 승(勝)하였던 바, 시에 드러나 있는 강한 산문적 즉물성 때문에 그의 시가 거의 실패한 것 같다거나,[35] 강한 산문성을 띠는 임춘의 시가 그 생애의 즉물적 기술[36]이라 지적되기도 하였던 사실에서 그러하였다.

아울러 중국의 한유가 <모영전>을 통해 가전문학을 개창하였는데, 임춘이 또한 이 땅에서 최초의 가전을 썼던 사실도 어쩌다가의 우연한 현상으로만 돌릴 수 있을는지 문제될 만 하였으니, 이 두 사람 사이의 비교는 별도의 논

---

34) 각각 『한창려전집(韓昌黎全集)』 제2책 권16의 '書'와, 권18의 '書'의 소재.
35) 이동환, 앞에 든 논문, p.605 참조.
36) 김진영, "임춘(林椿)", 『한국민족문화대백과사전⑱』, 1991.

의가 요청되는 바 있다.

그럼에도 임춘이 공직을 구하던 동기와 배경을 살펴 보면 한유의 그것과는 비교할 수 없을 만큼 현실적 궁곤의 문제가 보다 심각하였다. 사실, 구사(求仕) 즉 공직 구하기의 문제는 하필 임춘 뿐만 아니고 그를 포함한 죽림고회 소속의 문인들 대부분에게 공통한 양상이라고 볼 수 있었다. 곧, 표면상으로는 죽림으로 상징되는 은둔을 표방하면서도, 궁극 그 이면에서 현실지향적인 움직임이 일어났던 배경에는 앞서 언급된 입신공명의 명예의식 외에도 생활 경제적인 문제가 마저 없지 않았으리라는 점이다. 이를테면, 중국 진대(晉代)의 죽림칠현이 비교적 은둔의 의미에 충실했던 반면에, 고려 죽림고회의 경우 그 원래 의미에서 크게 벗어나게 된 사유(事由)같은 것이다. 생각건대, 한중의 은일자 그룹 사이에는 그 시대를 살았던 문인들을 둘러싼 사회경제적인 양상 및 문인들 개인의 경제적 실상이 서로 같지 않았던 데서 그 이유를 찾을 수 있을 듯싶다. 즉, 한국의 경우가 중국의 경우와 비교하여 정신적 여유를 부릴수 있을 만한 경제적 뒷받침이 따라주지 못했을 것이란 뜻이다.

무인들의 문인 일반에 대한 보복 감정은 크게 1170년의 정중부의 난과 1173년 김보당의 난의 두 차례, 이른바 '경(庚)·계(癸)의 난'을 통한 문신 잔해(殘害)로 나타났고, 또한 이 시기를 당해 무신들이 탈취해낸 것은 문신들의 정권 뿐만은 아니었으리라 함은 명약관화한 일이다. 다음과 같은 사술(史述)은 이의 좋은 증좌가 될 법하다.

> 정권을 쥔 이후 무신들은 중방(重房)을 중심으로 정치를 요리하고 문신을 대신하여 고관현직(高官顯職)에서부터 미관말직(微官末職)에 이르기까지 관직을 독차지하려 하였다. 그리고는 그 직위를 이용하여 문신들과 마찬가지로 사전(私田)을 확대하여 경제적인 실력까지도 차지하게 되었다. 이러한 정치적인 지위와 경제적인 부를 배경으로 하고 문객(門客) 가동(家童)을 무장하였다.[37]

곧 철저한 경제적 찬탈이 이 마당에 마저 수행되었던 것이니, 당시 문인 일반의 신분상·경제상 기류를 읽기에 큰 무리가 없어 보인다. 미관말직조차

---

37) 이기백, 『한국사신론(韓國史新論)』, 일조각, 1987, pp.170~171.

무신들이 장악하려는 정황에서 문인 계층의 사람들은 얼마간의 불리(不利)를 감수한 채 후일을 기약해야만 했다. 그리하여 이인로의 경우는 정중부난 이후 절에 투신했다가 난의 평정과 함께 환속한 뒤 문과 급제하여 벼슬에 들어 갔고, 조통(자 : 亦樂)의 경우 역시 나중에 등제한 뒤 거듭 벼슬에 올랐다.[38] 황보항, 이담지 등도 모두 과거에 급제한 자취가 있다.[39] 오세재 또한 등제하였으나 성품의 탓으로 관로에 나가지 못함에, 이인로가 세 차례의 상서로 추천한 바가 있다. 그럼에도 결국 벼슬을 얻지 못하고 동경(東京)에 우거하며 곤궁하게 마쳤다.[40]

이들 죽림고회 가운데 가장 경우가 나빴던 사람은 역시 임춘이었다. 그의 불행의 일대 전기(轉機)가 된 정중부의 난에는 가문 전체의 횡액으로 생명을 보전하는 일조차 급급한 지경에 떨어졌고, 두드러진 문장의 명성에도 불구하고 그만이 유독 과거마다 실패하여 종신토록 등제치 못하였다.[41] 그리하여 평생동안 패배의식을 안은 채 그 한을 달래야만 했다.[42] 그 마당에 선대로부터의 집이 무너져 잿더미가 되었고, 토지마저 몰수당하고 말았던 정황을 그 자신의 직접적인 고백으로 들을 수가 있다.

中遭喪亂先廬毀　藏書盡作劫灰然[43]
중도에 난리 만나 선조 고택은 헐리우고
장서도 모조리 한순간의 재가 되었습니다.

---

38) 『고려사』 권102 열전15 <이인로(李仁老)> 참조

39) 황보항은 명종 6년(1176) 10월에 과거에 합격(『고려사』 권74 選擧2 科目2 참조) 한 바, 임춘이 <하황보항급제이수(賀皇甫沆及第二首)>(『서하집』 권2)를 쓴 것이 있고, 역시 임춘이 이담지에게 축하의 뜻으로 쓴 <문담지탁제이시하지(聞湛之擢第以詩賀之)>(『서하집』 권2) 시로써 급제 사실을 확인할 수 있다.

40) "吳世才 明宗時登第 性疎雋少檢 不容於世 仁老三上書薦之 竟未得官 僑寓東京 窮困而卒."(『고려사』 권102 열전15 <이인로>).

41) 역시 『고려사』 열전 15의 <이인로>에, "椿字耆之 西河人 以文章鳴世 屢擧不第 鄭仲夫之亂 闔門遭禍 椿脫身僅免 卒窮夭而死."

42) 『서하집』 권4 '서간'의 <여조역락서(與趙亦樂書)>와 <동전서(同前書)> 안에 당시의 과거제에 대한 증오 및 세 차례 과거 실패에 대한 운명적인 생각이 잘 노정되어 있다.

43) 『서하집』 권3 '고율시' <법주사당두혜지필인사지(法住寺堂頭惠紙筆因謝之)>.

僕之先祖 嘗從草昧之際 功成汗馬 圖畵凌烟 以丹書鐵券 錫之土日
永世無絶 而反爲兵士所奪 故郭外數畝 無日可得 而淵明之歸去來 久不
能賦…冀閤下…使僕復得汚莱之舊地 則全家百指 朝飢寒而暮飽暖者
皆閤下爐中之造化也.[44]

저의 선조가 일찍이 개국의 마당에 한마(汗馬)의 공을 이루어 그 초상이
능연각(凌烟閣)에 그려져 있고, 단서 철권(丹書鐵券)과 함께 토지를 내리시
며 실이 대대로 끊어지지 않을지어다 하신 것인데, 오히려 병사들에 의해
빼앗긴바 되어 성곽 바깥의 두어 이랑조차 찾을 날이 없게 되니 도연명의
귀거래를 오래도록 읊을 수가 없었습니다. … 바라옵기로 합하께오서는 …
저로 하여금 다시 하찮은 옛 땅이나 얻어 갖도록 해주신다면, 제 온 식구의
아침나절 주리고 시린 신세가 저녁에 배부르고 따뜻하게 되는 것이 모두 합
하의 화롯불 속 조화같은 뜻에 있사옵니다.

이것이 그의 평생 면치 못할 곤궁의 시작이었던 것이다. 그리하여 임춘의 진
퇴·출처에 대한 갈등의 명제와 더불어서 그의 삶 전반을 가름했던 중요한
또 하나의 주제로 곤궁의 문제가 부각된다.

임춘의 빈궁은 그의 불우와 더불어서 문학사에서 이미 잘 알려진 사실이
되었다. 유자로서의 입신이 끝내 이루어지지 않았으니 그의 생활이 따라 궁
곤해지리라는 것은 지극히 당연한 결과이다. 그는 같은 시대를 살면서 같은
처지에 놓여있던 다른 문인·학사 어느 누구보다도 극심한 빈곤을 면치 못한
경우로 남게 되었다. 하기야 무신란의 여파로 철저히 수탈당한데다가 연속적
인 과거의 실패, 그리고 궁극엔 자천의 상소마저 무위로 돌아가 생애 마지막
까지 미관말직에조차 들지 못하였던 데서 있을 법한 당연한 상황이라 하겠지
만, 막상 그의 궁곤과 궁색은 대개 사람들이 생각하는 빈한의 정도를 훨씬
넘어서는 것이었다. 문집 전반에 걸쳐 무수히 나타나 보이는 그의 가난 행색
을 일일이 열거할 방도는 없으니, 다만 두드러져 보이는 몇 가지만 예시할
뿐이다. 이를테면 그의 잘 알려진 작품인 <장검행>[45]의 일면을 본다.

---

44) 『서하집』 권4 '서간' <상형부이시랑서(上刑部李侍郎書)>.
45) 『서하집』 권1 소재. <장검행(杖劍行)>의 원제는 <갑오년하 피지강남 파유유리
지탄 인부장단가 명지왈 장검행(甲午年夏 避地江南 頗有流離之歎 因賦長短歌
命之曰 杖劍行)>이다. 즉, 갑오년 여름에 강남으로 옮기어 자못 떠도는 탄식이
우러나와 장단가(長短歌)를 지으니 이름하여 장검행(杖劍行)이라 하였다. 임춘

恒飢已變顔色黧　늘 굶주려 얼굴은 검게 변하고
牢落枯腸千卷書　천권의 책으로 메마른 창자를 달래었네.
及骭亦足溫　　　정강이뼈만 따뜻하면 만족하고
滿腹不願餘　　　배만 부르면 남은 원은 없어라.
可笑文章不直錢　가소롭다, 문장해야 돈도 되지 않는 것
萬乘何曾讀子虛　만승천자가 무슨 자허부를 읽었겠는가.

추위와 굶주림의 세월이 일천(日淺)하지 않음을 알리고 있고, 고통에 겨운 자
조마저 담겨 있다. 이는 그가 1174년 개성을 떠나 상주(尙州) 경내의 개령(開
寧)으로 거처를 옮기면서 쓴 것으로 보이는데, 그렇게 옮긴 이유도 임춘 본인
의 고백에 비추어 다름 아닌 생계 호구책과 관련된 것이었다.

　　某祚薄門衰 身殘家破 徒欲求田而問舍 飄然去國以離鄕 久餬口於江
南 幸卜居於境內 食如玉 薪如桂…形羸色瘁 衣破履穿 萬卷書生 磊落
枯腸之文字 數間茅屋蕭條 冷甑之塵埃 分自甘令伯之零丁 猶未免相如
之庸賃 朝不謀夕 寠而且貧 鄕黨竊笑而相欺 朋遊皆背而告絕.46)
　　저는 박복하여 집안이 기울매 몸은 쇠잔해지고 집은 무너져서, 한갓 밭이
나 구하고 집이나 얻고자 표연히 경사를 버리고 고향을 떠나, 오래도록 강
남에서 호구해 왔나이다. 요행히 경내에 집은 마련하였으나 먹을 것과 땔감은
귀하기 짝이 없습니다. … 몸은 야위고 안색은 초췌해졌으며, 옷은 해지고
신발은 뚫어져서, 일만 권을 읽은 서생의 큰 뜻은 주린 창자 안의 문자나
되고 말았습니다. 몇 칸 초가는 썰렁하고 찬 시루에는 먼지만 쌓여 갔습니
다. 영백같은 외로움이야 스스로의 불우겠거니 달게 여기겠지만, 오히려 사
마상여의 품팔이 신세조차 면치 못했습니다. 아침에 저녁거리 계책이 없이
구차하고 가난하니, 동리 사람들은 은근히 비웃고 무시하였으며 친구들마저
모두 등져 절교를 알려왔습니다.

　　僕自遭難 跋前躓後 隱匿竄伏 投於人而 求濟者數矣 皆以犬彘遇之而
不顧 故居京師凡五載 飢寒益甚 至親戚無有納門者 乃挈家而東焉.47)

　　생애 안에서의 갑오년은 1174년이 된다.
46) 『서하집』 권6, <사상주정서기소계(謝尙州鄭書紀紹啓)>.
47) 『서하집』 권4, <여홍교서서(與洪校書書)>.

저는 난을 당하고부터 앞으로 엎어지고 뒤로 제껴지면서, 몸을 숨기고 바짝 엎드린 채 남에게 의탁하여 구제를 바란 것이 여러 번이었으나, 모두들 저를 개 돼지 쯤으로 취급하며 돌아봐 주지 않았습니다. 그리하여 서울에 살기를 무릇 5년 동안에 기한은 더욱 심해졌고 가까운 친척마저 문에 들이는 사람이 없으매, 결국 가솔을 끌고 동쪽으로 온 것입니다.

이로써 그가 무신란 이후 개경에 찬복(竄伏)한 5년 사이 당했던 참담한 삶의 모습을 명찰할 수 있고, 그 지경을 면해보고자 상주로의 이주를 결심한 것이지만, 그 결과는 별반 달라질 바 없이 되고 말았다. 바로 이 상주 복거(卜居)의 때에 피력했음이 분명한 몇몇 궁곤의 고백을 통해 소상히 알 수 있다. 예컨대, 권3의 고율시 <기황령사당두관체상인(寄黃嶺寺堂頭觀諦上人)>48)의 전반에 보이는 바는 이러하다.

久思西笑返家鄉　오래도록 실의타가 고향에 돌아오니
遊官年來罄橐囊　관직 없는 근년에는 주머니도 텅텅.
暫見主人晨蓐食　새벽의 잠자리, 아침 뜨는 주인보고
苦無行客宿舂粮　이 나그네에게 묵은 양식 없음이 괴로웠네.

황령사(黃嶺寺)는 상주군 황령산에 있던 사찰이었으니, 그곳에서 양곡을 구하는 시이다. 그가 상주에 거류하였던 7년49) 동안에 어느 때는 그곳 기생과 사귀어 논 흥취의 자취도 있고,50) 친한 벗에 대한 그리움의 시간도 없지는 않았던 모양이지만,51) 그의 강남 유락(流落)에 대한 기억의 총체는 역시 가난과 불우의 탄식으로 귀결되는 것이었다. 친구 황보항의 과거 급제를 축하한 <하황보항급제이(賀黃甫沆及第二)>52) 시 가운데

48)『서하집』권3 '고율시' 소재.
49)『서하집』권1의 <유감(有感)>이라는 고율시에, "七年浪迹寄南州　輦下重來夢寐遊" 등으로 알 수 있다.
50)『서하집』권3의 <희상주기일점홍(戲尙州妓一點紅)> 참조
51)『서하집』권3의 <차운최백환견증(次韻崔伯環見贈)>의 허두에, "期年去國戀交親　尙喜今朝見似人".
52)『서하집』권2의 <하황보항급제이수(賀皇甫沆及第二首)> 소재.

別子來江南　그대를 이별하여 강남에 온 뒤
孤陋居蓬蓽　외로이 움막짓고 누추한 삶 살았지.

에서도 그 정황을 엿볼 수가 있거니와, 이 기간의 대부분이 '유락'이거나 '유랑', '걸식' 등으로 점철되어 있었던 것으로 보여진다.[53) 구체적인 시기를 알 수는 없으나, 그는 변소를 치는 천한 일이라도 얻으려 몸부림하던 때가 있었음도 고백하고 있고,[54) 또 실제로 어느 때는 술집 고용인이 되었던 일도 있었다[55)고 자탄하였다. 신세 곤궁하니 세상에서 용납하지 않는다고 차탄[嗟我身窮世不容]한 임춘에게 돈에 대한 탄식도 더이상 감출 일이 되지 못하였다.

朝廷試士重勇爵　조정의 인재 선발에도 무관을 중시하니
文欲不直一銖錢 [56)　글이란 건 한 푼의 돈가치도 안되는구료.

可笑文章不直錢　가소롭다, 문장해야 돈도 되지 않는 것
萬乘何曾讀子虛 [57)　만승천자가 무슨 자허부를 읽었겠는가.

이것을 한갓 자조거나 풍자라고만 보기에는 그가 겪은 현실적 생계의 문제가 너무도 절박하였던 점을 생각하지 아니할 수 없다.

임춘이 <국순전>·<공방전>의 두 주인공에 가한 비판적 부분에 대해 기왕의 논의는 거의 풍자의 개념 안에서 의미상의 해답을 구하고자 했음이 일반적 추세였다. 예컨대 안병설의 다음 같은 견해는 그 전형적 일례가 될 만하였다.

---

53) "食貧口衆 爲寒窘所迫 遂之江東 乞丐爲生 凡五移星霜".(권4, <上刑部李侍郎書>)
　"去國同流落 今朝入帝關".(권3, <贈湛之>)
　"七年浪迹寄南州 輦下重來夢寐遊".(권1, <有感>)
　"數年身不到天京 久作三閭澤畔行".(권3, <代書答皇甫淵二首>)
54) "願備廁役之賤 而不可得".(권4, <答朴仁碩書>)
55) "我今偶脫風波地 竄身今作酒家保".(권3, <寄金先達蘊珪兼簡湛之>)
56) 『서하집』 권3, <법주사당두혜지필인사지(法住寺堂頭惠紙筆因謝之)>.
57) 『서하집』 권1, <장검행(杖劍行)>.

임춘의 두 가전 <국순전>, <공방전> 모두 간신들이 득실거리는 당시를 풍자한 것으로서, 아첨만 하던 간신이 왕실이 넘어져도 붙들지 않다가 천하의 웃음거리가 되는 꼴, 이심(二心)을 품고 사리사욕에 어두워 사당(私黨)을 만들고 농권(弄權)하는 불충한 신하들을 기롱하고 있는 것이다.[58]

말하자면 국순이며 공방은 임춘 시대의 부정한 권력층을 은유 표상하는 인물들로 이해하는 방식이었다. 이후의 논의들도 대개 이 범주 안에서 크게 벗어나지 않았다.

그런데 이를 전면적으로 인정하기 위해서는 마저 해결해주지 않으면 안될 약간의 문제가 따르게 된다. 우선, 국순이 당시대 중앙세력 아래 빌붙는 권력 지향적인 인물로 나타나 있음에도 불구하고, 그것이 국순이 갖는 인간적 면모의 전부는 아니었다는 사실에 대한 확인이다. 후반부, 국순이 임금으로부터 특별한 총우(寵遇)를 받은 후로는 이기적인 권력지향형의 인물이 되었다고 한 부분이야, 권력 절대자에 영합하여 세력 유지에나 급급해 하던 그 시대의 부정한 출세자 부류와 대응시켜 별다른 마찰이 일지 않는다. 그러나, 일대 출세의 전환점으로 들어가기 이전의 국순의 면목이 있으니, 이 또한 없는 일인양 무시할 수 없는 국면으로 엄격히 존재한다. 곧, 국순이 "기국과 도량이 커서 넘치는 만경파도와 같은[器度弘深 汪汪若萬頃波水]" 인물이고, 지인지감(知人之鑑)이 있는 산도(山濤) 및 관상가가 보고는 기린아, 또는 천종록(千鍾祿)을 받을 귀한 인물로서 차탄해 마지않는 정도의 인물이라는 사실 또한 묵살될 수 없는 부분이다. 그에 따라 국순에게 갖추어진 그와 같은 긍정적 인격의 속성을 당시대의 부정한 출세자 그룹과 동일시할 경우에 문득 당혹과 모순이 야기된다.

그 반면에, 작품의 처음부터 끝까지 바르지 않은 인물의 전형으로 그려져 있는 <공방전>의 경우는 훨씬 그 적용이 원활한 것만큼 사실이다. 그리하여 임춘이 만일 가전을, 그 시대 파렴치하고 사리사욕에만 어두운 정계의 특수 부류에 대한 풍자의 방편으로 이용했음이 사실이라는 전제에서 <공방전>이 거기 해당되리라고 본다.

그가 빈곤에 시달린 정도가 크면 컸던 만큼 정신적으로 당시 지배체제에

---

58) 안병설, 「가전에 대한 이견산고」, 『명지어문학』 7집, 1975, p.96.

대한 반감도 따라 컸을 것이 당연한 이치요, 또 당장 부딪히는 목전의 궁핍한 현실 앞에서 그것의 구체적인 이유가 되는 돈에 대한 원망과 미움이 컸을 일이 뻔하였다. 그리하여 미움의 대상인 돈[공방]과 당시대 불충한 벼슬아치 인사가 동일 이미지 안에 엮이는 일이 무난했을 것이다.

하지만 술에 대해서만은 이와 똑같이 생각하기 어려운 국면이 있었다. 물론, 음주의 욕구가 아주 간절하였을 빌미에 돈이 따라주지 못해 종당 술을 접할 수가 없이 되었다고 할 때에는, 돈에 대한 원망만 아니라 돈과 긴밀하게 얽혀 돌아가는 술조차 얄궂은 대상으로 떠올렸을 수 있다. 바로 <국순전> 중에 "돈을 거둬들여 재산 모으기를 좋아하니 당시의 의론이 그를 비천하게 여겼다[好聚斂 營資産 時論鄙焉]"는 설정을 가한 것이라든가, 왕이 국순에게 무슨 습성이 있는지 물었을 때, "돈을 밝히는 습성이 있나이다[臣有錢癖]"로서 묘사한 것 등이 그 신빙성을 뒷받침해 준다.

그러나 앞서 인용을 통해 보였던 바와 같이, 임춘이 울분과 번민의 삶 속에서 가장 큰 의지가 되었던 것이 다름아닌 '술'이었다는 사실 안에서, 바로 그러한 술을 불충한 신하 관료와 연결지어 구상을 폈다는 데는 별반 수긍의 터전이 마련되기 어려운 것이다.

이처럼 <국순전>의 주제로서의 '풍자' 개념이 위축되는 동시에, 국순이 부귀 만을 생각하고 왕실을 일으키지 못하였다는 후반의 내용 또한 임춘 시대 특정 인사와의 부합이 곤란해진다. 대신, 보다 순수히 술이 가져다 줄 수 있는 말폐(末弊)와 해악(害惡)의 면을 경계한 의미로서 사유가 가능하다. 이렇게 보았을 경우, 작품 전반은 술이 인간에게 끼쳐주는 공리성을 의인적 형상화 안에 펴서 밝힌 결과로서 이해가 닿는다. 다시 말하면 현실비판적 주제에 대한 유보 동시에 대신 순수한 자기표현적 주제에 대한 제고가 이뤄진다

사실 돌이켜보면, 동방 가전의 원조로서 뒷시대 이 장르의 최고 귀감이 된 당 한유의 <모영전>이 그 시대 문단에 등장하였을 때에 상당한 물의를 일으켰던 일이 있다. 그렇거니와, 문제의 사단은 이것이 그 시대의 정치 또는 사회의 어떤 면을 풍자 비판한 데 있었음이 아니라, 그 글이 희학적 골계의 내용을 다루었다는데 있었던 것이다.59) 곧, 사람들은 한유가 쓴 모영의 전기를

---

59) 앞의 글 「신생 장르에 대한 잡박 논쟁」에서 다루었다.

"희학지문(戱謔之文)"으로 간주했음이다.

그리고 중요한 또 한가지 사실은 『사문유취』와 더불어 <국순전>의 중요한 소재 원천이 되었던 바, 송대 진관(秦觀)이 지은 술 의인작품 <청화선생전> 역시 주인공에 대한 찬사로만 일관된 가전은 아니었다는 점이다. 청화선생이 대단한 칭송과 총애를 한 몸에 받는 인물이었던 이면에는, 뇌물과도 관련이 있고 자기를 추종하는 사람들의 가산을 탕진시키기도 했던 장본인의 역할 또한 없지 않았다. 그럼에도 불구하고, 작자가 자신이 세운 주인공인 청화선생을 그 시대의 부정한 정치가에 대한 연상 구조 안에서 창작했노라 평한다면 이는 상당히 난해로운 발상이 되어 버린다.

또한, 임춘과 같은 시대 이규보는 친구인 이윤보가 쓴 가전인 <무장공자전>을 보고 한유의 가전과 고하(高下)를 가리기 어려운 "조희지작(嘲戱之作)"으로 칭도한 바 있었다.[60] '게'를 가지고 흥미롭게 농담한 제대로의 내용이라 했을망정 사회풍자거나 시대풍자 같은 메시지 분위기는 비치지 않았다. 아울러 이 감평(鑑評)의 당사자인 이규보가 지은 <국선생전>, <청강사자현부전> 등 가전에서도 풍자의 기미는 별반 모색이 어려운 것이다. 특히 <국선생전>의 경우는, 자기보다 선배 연장자인데다 문명 높은 임춘의 <국순전>을 어느 정도 의식한 바탕에서 문장에 대한 자부심이 강한 이규보가 견제 내지는 능가해 보이고 싶었던 의지가 감지되는 작품이다. 아울러 임춘에 대한 반발심리마저 엿보이는데, 대개 그 반감의 근거가 풍자 주제의 유무에 있었다기보다는, 해당 술 제재에 대한 찬반적 태도면에 있었다고 보여진다. 누구보다 술을 혹애(酷愛)하던 이규보의 입장에서 그에 대해 비판적 평결을 가한 선행 임춘의 글이 못내 마땅치는 않았을 것이기 때문이었다. 이렇게 <국순전>이 특정 정치인 풍자 주제에 대한 그 개연성은 그 변폭이 생각처럼 넓지 못하다.

그러나, 작품 전반에 보여진 바 거룩한 형상의 국순이 임춘의 시대 불충스런 정계 관료와의 관계 단절에도 불구하고, 작품 뒷부분에 정당하지 못한 국순의 형상을 그려가는 중간의 어느 순간에는, 국순의 행위가 꼭 자기 시대 부당한 벼슬아치의 그것과 통한다는 느낌을 받았을 가능성도 있을 수 있다. 그

---

60) "其若無腸公子傳等嘲戱之作 若與退之所著毛穎下邳相較 吾未知孰先孰後也."(<李史館允甫詩跋尾>, 『동국이상국집』 권21 說序)

리하여 혹 그런 효과까지를 염두하면서 작문해 나갔을 개연성도 생각해 볼 수는 있다. 그리고 이 가능성이 전제된 바탕에서는 <국순전> 또한 정치적 풍자가 어느 만큼 내재된 작품으로 간주된다.

거기 비하면, 주인공 공방에 대한 비난의 어조가 훨씬 강렬하게 나타난 <공방전>의 경우야말로, 돈 때문에 시달리는 자신과는 전혀 다른 세상에서 경제적 부를 향유하는 정계의 모리배가 염두에 떠올랐을 수 있다. 그런 관점에선 '돈'을 이슈로 한 풍자 가능성이 훨씬 많이 열려 있었다.

한편, 임춘 문학의 특징 가운데 한 가지로, 그의 삶이 모진 현실에 의해 그토록 유린당하였던 마련해선 오히려 그의 문집 전반에 걸쳐서 외부 세계에 대한 현실 풍자를 거의 모색해내기 어려운 것도 사실이었다. 일찍이 이동환이 임춘론의 전개 안에서, 임춘이 세속 안에 있으면서도 정작 당대 현실에 대해서조차 비판적 시선을 갖지 못했다고 했다. 그나마 <장검행> 정도에서 비장한 대결의식, 다시 말해 당시 무신정권에 대한 부정의식을 볼 수 있지만, 여기서도 그 사적 차원의 부정인식을 공적 차원으로까지 전화(轉化)시키는 에너지는 끝내 갖지 못하였다고 논급[61]한 것이 그 좋은 증좌이다.

앞에서 <국순전>, <공방전>의 풍자 개연성을 어딘가 견제해 보고자 했음도 이와같은 배경과 무관하지 않았던 것이다. 하지만, 역시 이 양작의 풍자적 측면에 대한 가능성을 그래도 붙들어두고자 하는 단계에서는, 이 가전들의 창작된 시기도 그나마 임춘에게 현실 비판의 기미가 조금이라도 감지되는 시점으로 가늠하는 것이 애오라지 최선의 방책이 되리라 생각한다. 환언하여, 임춘의 전 생애를 통하여 거의 유일하게 세계에 대한 대결의지가 엿보이는 이 <장검행>이 이루어진 때에 즈음하여 가전의 생성도 이루어졌다고 하는 접근 방식인 것이다. 다행히 <장검행>은 그 원제목인 <甲午年夏 避地江南 頗有流離之歎 因賦長短歌 命之曰 杖劍行> 안에서 그 창작의 시점이 스스로 밝혀져 있으니, 다름아닌 1174년(명종 4년)인 것이다. 정중부의 난(1170)에 이어 의종 복위운동과 연루된 김보당의 난(1173)에 따른 여파로 분위기가 더 험악해지자 그가 강남[尙州]으로 피신하였을 때이다. 작품 안에는 춥고 배고픈 원한과 함께, "어지러운 이 세상 더러운 무리는 남의 치질 핥고 서른

---

61) 이동환, 「임춘론」, 앞에 든 논문, pp.607, 611~613 참조.

대 수레를 얻는다[紛紛世上鄙父輩舐痔猶得三十車]"와 같은 과격한 비분이 서
려있다. 그리고 이 안에 "가소롭구나, 문장해야 돈도 되지 않는 것을[可笑文章
不直錢]"으로 돈 얘기가 있고, "순채국에 한 잔 술이 제맛이다[蓴羹一杯方有
味]" 같은 술 얘기가 있어 공교로운 느낌마저 없지 않다.

한편으로, 임춘이 죽림고회의 한 벗인 황보항에게 띄운 서간문인 <여황보
약수서(與皇甫若水書)>62)가 있다. '강남유락기'에 지은 것으로 보이는 이 글63)
중에 다음과 같은 내용이 있다.

> 僕略觀當世士大夫 志於遠且大者甚少 但以科第爲富貴之資而已….
> 제가 대략 이 시대의 사대부를 보니, 원대한 데에 뜻을 둔 자가 드물고,
> 다만 과거 급제를 부귀의 밑천으로 삼을 따름인데….

이것이 <국순전>의 최종 작가 평결부인,

> 醇以挈瓶之智 起於甕牖 早中金甌之選 立談樽俎 不能獻可替否 而迷
> 亂王室….
> 순이 작은 지혜로 가난한 집에서 몸을 일으켜 일찍이 임금의 선택을 입
> 고 술단지와 술상 사이에서 담론하였으면서, 능히 옳은 말을 올리고 그릇된
> 일을 없애지 않으면서 왕실을 어지럽히더니….

라든가, <공방전>의 최종 작가 평결부인,

> 爲人臣 而懷二心 以邀大利者 可謂忠乎 方遭時遇主 聚精會神 以握
> 手丁寧之契 橫受不貲之寵 當興利除害 以報恩遇 而助漲擅權 乃樹私黨
> 非忠臣無境外之交者也.
> 남의 신하가 되어서 두 마음을 품고 큰 이익이나 끌어들인다면 충이라
> 할 수 있겠는가? 방이 때를 잘 타고 임금을 잘 만나매, 정신을 한데 쏟아서
> 친밀한 정의(情誼)를 움켜잡아 헤아릴 수 없는 은총을 받았다. 마땅히 국리

---

62) 『서하집』 권4 '서간' 소재.
63) 편지 글 중에 "近有京師人至言", "僕在遠地 不能盡識其餘", "僕…屛居僻邑",
    "僕若棄遐荒" 등이 확증해 주고 있다.

를 일으키고 나라의 손해를 없애서 은혜를 갚아야 하거늘, 비(濞)를 도와 권력을 함부로 하고 마침내는 사사로운 파당마저 세워 놓았으니, 충신은 한 계를 벗어나 교유하지 않는다 함과 어그러진 것이다.

와 연상되는 바가 없지 않은 것이다.

그리고 특히 이 <공방전>의 선계부, 황제 시절에 관상가가 공방의 선조를 보고 황제에게 권고하는 대목 중에 이런 대사가 나온다.

若得遊於陛下之造化爐錘間 而刮垢磨光 則其資質 當漸露矣.
만약 폐하의 조화로운 도가니 사이에서 노닐면서 때를 벗고 갈아 빛을 낸다면 응당 그 타고난 천품이 점점 드러날 것입니다.

이는 임춘이 당시의 명사인 이지명(李知命)에게 스스로를 천하의 명검(名劍)들에 비유하면서 자천으로 벼슬을 구한 서간인 <상이학사지명서(上李學士知命書)>64) 안의 다음과 같은 수사 표현과 긴밀히 통한다.

僕嘗於造化爐鎚間 受百鍊精剛之氣 而陰陽資其質⋯.
저는 조화의 용광로 사이에서 백 번 단련된 정밀하고 강성한 기운을 받아 음양이 그 바탕을 도왔고⋯.

刓其垢磨其光 則一日而其資露 二日而其光發⋯.
그 때를 벗겨내고 갈아내 빛을 내면 하루 새에 그 자질이 드러나고 이틀 에 그 빛이 발하며⋯.

그 통하는 정도가 놀랄만큼 핍절하다. 그리고 이 서한의 앞부분 한 갈피에 적혀있는 내용65)으로 미루어 이것이 상주에 칩거한 지 몇 년 경과한 시점의 필치로 추정되어진다. 게다가 원통한 기운이 하늘에 닿았다[往往有冤氣 上徹 於天]는 고백으로 오랜 낙향의 시간 뒤에 피폐된 심신이 현실 앞에 품은 불

---

64) 『서하집』 권4 '서간' 소재.
65) 今僕之在寒鄉氷谷中也 久矣. [지금 저는 차디찬 시골 언 계곡 가운데 있은 지 오래입니다.]

만의 정도가 십분 감지된다.

그리하여 <국순전>, <공방전>의 창작 시기 또한 이러한 사실 등과 무관하지 않은 것으로 간주된다.

4. 맺음말

임춘이 현실참여 의지가 강렬한 인물이었다는 것은 임춘 작가론의 중요한 요체가 된다. 그가 낙척불우(落拓不遇)한 지경에 들어간 이후, 그렇게 끊임없이 은둔의 명제를 화두에 올렸으면서도 때마다 그것이 구두선(口頭禪)에 그치고 말았던 이유와도 관계깊은 것이다. 또한, 그에게 지속적으로 패배만 안겨주는 바로 그 현실을 상대로 확실하게 증오하거나 반발한 자취가 전무하다시피 한 것도 그것의 강력한 증거가 되는 셈이었다.

그러나 한편으로 생각할 때, 그의 이같이 강렬한 현실지향적 욕구에도 불구하고 그와 상반된 개념으로서의 은둔을 그토록 자주 상념하였던 데는, 문학이라는 자기만의 안식처에서 위안을 받고자 하는 심리도 물론 있었겠지만, 보다 근본적으로는 유가의 이념 안에서 다스려지지 않은 세상이라면 은퇴한다는 선비적 사유가 강하게 자리하고 있기 때문으로 보인다.

요컨대, 임춘의 경우에 출사 지향이 상실된 가문의 명예와 곤궁한 생활을 구하기 위한 그의 '현실'이었다면, 은둔 지향은 유자의 정신세계 안에 깃든 그의 '이념'인 것이었다. 임춘이 오랜 불행의 시간 동안 가장 시달렸던 부분은 바로 이 양자 사이의 갈등에 다름아니었다. 한 작품 안에 은둔의 지향과, 거듭 그것의 지양이라는 기이한 현상이 동시에 나타나는 <기산인오생>, <기산인익원> 등이 그것의 여실한 증좌가 된다.

아울러, 그의 이념과 현실 사이의 갈등 양상은 은둔의 주제 바깥에 자리하고 있는 또다른 명제를 통해서도 발견된다. 예컨대, 역시 한 작품 안에서 현실에 대한 대결의 의지가 현실에 대한 영합의 의지와 더불어 문득 교착상태를 나타내는 <장검행> 같은 것은 현실비판 및 풍자라는 지표 안에서의 갈등의 한 양상인 것이었다. 또한, 그가 몸소 자기 시대의 여러 승려들과 친밀히 교유하는 등 불교에 대한 깊은 이해와 우호를 표명하였던 이면에, 오히려 이와 괴리된 듯한 배불적(排佛的)인 언급이 마저 없지 않았던 실상 또한, 관념상의 추향과 현상적인 지양이 맞물려서 공존하는 임춘 나름의 한 특성이 아닐 수 없었다.

이처럼 은둔, 현실대결, 호불 등 개념에 대한 지향과 괴리의 양상은 그의 산문 가전인 <국순전>, <공방전>의 경우에마저 적용 가능한 원리로 나타난다. 곧, 임춘은 연속적인 현실패배의 결과로 얻어진 정신적인 고독과 울한을 달래기 위한 방편으로 분명 술을 애호한 사실이 있고, 물질적인 곤궁을 벗어나기 위해 필경 경제를 추구하였던 것이니, 고율시와 서간의 여러 곳을 통해 역력히 확인 가능하였다. 그럼에도 술에 대한 이같은 애호적인 성향이 <국순전> 안에서는 그것에 대한 견제로, 화전(貨錢)에 대한 수용적인 지향이 <공방전> 안에서는 그것에 대한 지양으로, 마침내 긍정과 부정의 이율이 배반되는 결과로 나타났다. 그 나머지, 이 두 작품 안에서만 보면 마치 임춘이 술이며 돈을 상당히 혐오한 듯한 인상마저 주기 쉬웠으나, 사실과 거리가 있었다. 그러므로 그 궁극적으로 국순과 공방에 대한 비판론 일변도로 규정짓기 곤란하였다.

작품에서 지향과 지양 사이의 교차현상은 마땅히 그런 모양으로 존재해 있어야 할 술과 돈의 이상과, 그러나 실상은 그렇지 못한 모양으로 존재하고 있는 술과 돈의 현실 사이, 두 개념 간의 불일치를 의미하는 것으로 보여진다. 곧, <국순전>에서 제시된 바의 먼 조상인 모(牟)와 그의 5대손 등은 술의 이상적 표상이고, 주(酎)와 순(醇)의 두 부자는 술의 현상적 실제로서 간주된다. 또한 <공방전>에서 현출된 바의 먼 조상과 주인공의 아버지 공천(孔泉) 등은 돈의 본래적 마땅한 이념상이고, 공방은 돈의 비본래적 어그러진 현실상인 것이다. 대상을 향한 냉정한 관조 위에서 변별되어진 개념이니, 이러한 변별은 이미 이보다 훨씬 앞의 <모영전>에 기존하였고, 임춘 <국순전>의 모형이었던 <청화선생전> 등에 익숙히 나타나있던 방식이었다.

하물며 현실적 출사 욕구가 아쉬워 외부 세계의 모순을 직시하지 않으려한 임춘이었다. <국순전>, <공방전>은 모두 임춘이 정치적 불우와 경제적 빈곤의 삶 속에서 가장 절실한 관심의 대상으로 부각되어진 사물을 <모영전>, <청화선생전>과 같은 용기 안에 담아보고자 하던 문학적 욕구 표현의 소산이었다. <국순전>, <공방전> 본질의 우선성이 여기에 놓인다.

　　그러나, 인간의 역사를 통해 언제나 같은 모습일 수밖에 없는 국순과 공방 두 주인공의 어그러진 모습 안에서 임춘의 시대를 둘러싸고 벌어지는 모순과 부조리의 정치 현실에 대한 연상마저 이에 아주 몰각될 수는 없었을 터이다. 두 가전의 평결부에 일약 충신의 가야할 길에 관해 강한 논변을 편 것도 그러한 수준에서 이해가 가능한 부분이다. 이 지점에서 <국순전>, <공방전> 안에는 어느 결에 현실 풍자의 주제가 마저 개입되는 결과론적 현상이 틈지되는 것이다. 사실은 그가 고통어린 삶의 행로 속에서 필연적으로 부상되어진 개념들[술·돈]을 제재로 선택했던 자체부터 이미 그와 같은 의식의 잠재적 기약일는지 모르나, 바로 이 점이 이른바 "희학지문(戱謔之文)"이거나 "조희지문(嘲戱之文)"의 수준을 넘어가는 기미가 될 만하였다.

제 2 부
가전의 원천

한중 술 가전의 소재적 원천

1. 머리말

필자는 일찍이 중국과 한국의 전체 가전을 총체적인 대상으로 놓고, 이를 이론화시키던 과정에서 한중 가전과 유서(類書)와의 관계를 다룬 바 있다.[1] 이는 다름아니라 가전 문예의 내용을 구성하는 바탕적 재료를 어디서 구해왔는가 하는 이른바 소재론적 연구가 되겠거니와, 여기서 술, 돈, 거북, 죽류(竹類), 종이, 먹, 꽃 등의 경우를 예로 들어 기왕에 밝혀지지 못했던 새로운 국면을 제시하고자 했음이다.

그리하여 가전이 소재로 삼고 있는 바 모티브의 하나하나는 조수학이 모색했던 것처럼[2] 이 세상에 산재된 수만 가지 문헌 가운데 요행으로 찾아진 문헌 몇십 종, 또 그 가운데 공교롭게 부딪힌 어느 부분의 강멱(强覓) 속에서 찾아 뽑은 것도 아니다. 또 김현룡에 이르면 비록 『태평광기(太平廣記)』 한 가지 문헌으로[3] 축약시키긴 했지만, 그럼에도 무려 500권에 달하는 『태평광기』 광대한 문헌의 도처에 산발적으로 흩어져 있는 정보 자료를 일일이 수색하고 추려다가 소재로 이용했다는 예측에 무리함이 적지 않다.

궁극에, 가전의 소재들은 이같이 지도도 없는 보물찾기와 같은 무모한 시도 속에서 수집된 것이 아니라, 취합된 정보의 활용이라고 하는 확실한 시스템

---

1) 김창룡, 『한중가전문학의 연구』, 개문사, 1985.8, pp.83~130.
2) 조수학, 「가전의 편철성」, 『영남어문학』 1, 영남어문학회, 1974.11.
3) 김현룡, 『한중소설설화 비교연구』, 일지사, 1976.6.

위에서 동시에 동원된 바이니, 그러한 정보 취합의 구실을 『사문유취(事文類聚)』·『태평어람(太平御覽)』 같은 유서가 담당했던 것이다.

한편, 비록 그 시야가 유서 등에까지 미치지 못하였지만 가전 창작의 바탕에는 선행 가전이 뒤의 것에 끼친 영향 관계를 무시할 수 없으니, 안병설이 송대 진관(秦觀)의 <청화선생전(淸和先生傳)>을 기준으로 하여 더 나중의 고려시대 임춘(林椿)의 <국순전(麴醇傳)>·이규보(李奎報)의 <국선생전(麴先生傳)> 등과 동일성 및 유사성을 비교한 글4) 등이 좋은 예가 된다.

이렇듯 특별히 술 한 가지만 놓고 보더라도, 한 편의 가전을 창작하는 마당에는 유서 또는 동일소재 가전과의 긴밀한 유대가 따르고 있음을 확인할 수 있겠다. 그러나 시대를 거듭하면서 가전 작품이 영향 받는 양상 또한 동일소재나 동일장르의 범주를 초월한 채 보다 다기화(多岐化) 되어감을 알 수 있다. 그리하여, 이제 술의 가전을 중심으로 이것이 유서[『事文類聚』·『太平御覽』 등]로부터, 동일소재 가전[<淸和先生傳>·<麴先生傳> 등]으로부터, 다른 소재 가전[<壺子傳>·<商君傳>·<天君傳> 등]으로부터, 또는 동일소재 다른 장르 작품[<醉鄕記>·<醉鄕志> 등]으로부터, 나아가 다른 소재 다른 장르 작품[<義勝記>·<愁城誌>]으로부터 수신 여부 및 그 과정을 탐구함과 동시에, 그것이 제시하는 의미를 함께 모색해 보기로 한다.

그리고 현재까지 발견된 바, 여기서 대상이 되는 술의 가전은 중국에서 송대 진관(秦觀, 1049~1100)의 <청화선생전(淸和先生傳)>, 당경(唐庚, 1060경~?)의 <육서전(陸諝傳)>, 한국에서는 고려시대 임춘(林椿, 1150경~?)의 <국순전(麴醇傳)>, 이규보(李奎報, 1168~1241)의 <국선생전(麴先生傳)>, 조선시대 최연(崔演, 1503~1549)의 <국수재전(麴秀才傳)>, 김득신(金得臣, 1604~1684)의 <환백장군전(歡伯將軍傳)>, 박윤묵(朴允黙, 1771~1849)의 <국청전(麴淸傳)> 등이다.

---

4) 안병설, 「가전에 대한 이견산고」, 『명지어문학』 7, 1975.3.

2. 작품 분석

1) 진관(秦觀)의 〈청화선생전(淸和先生傳)〉

송대 진관의 자는 소유(少游), 또는 태허(太虛)로, 어려서부터 호준(豪儁)·강개(慷慨)한데다 문사(文詞)가 넘쳤다 한다. 그는 동파(東坡) 소식(蘇軾) 계열의 문장가로서, 동파에 의해 굴원(屈原)이나 송옥(宋玉) 정도의 재주를 인정받는 등 당시에도 벌써 동파의 버금가는 문명을 떨친, 이른바 소문사학사(蘇門四學士)의 한 사람이었다. 과거에 급제하여 정해주부(定海主簿)가 되었고, 원우(元祐) 초에는 동파의 천거를 입어 태학박사(太學博士)를 제수 받았다. 이어 국사원편수관(國史院編修官)으로 옮겼으나 얼마 안 있어 당적(黨籍)에 연루되어 좌천 당하였다. 저서에 『회해집(淮海集)』이 있으며, 세상에서 '진회해(秦淮海)'라 칭하였다.

이제 그가 지은 〈청화선생전〉을 경개로서 적으면 이러하다.

청화선생의 성명은 감액(甘液)이며, 자는 자미(子美)이다. 그는 기량과 풍도가 맑았다. 신분의 높고 낮음을 막론하고 누구든 선망하매, 천자에게까지 불려 총애와 신임을 받았다. 다양한 계층과의 번잡한 교유 때문에 임금이 잠깐 의심한 적도 있었으나, 이내 이해하게 되었다. 선생은 사람의 성정을 자유자재로 변화시킬 수 있었다. 그로 인해 사람들이 위로를 받기도 하고, 혹은 손해를 당하기도 했으니, 그에 대한 인식이 양단으로 갈리었다. 하지만 그를 헐뜯는 여론이 더 거셌기에 임금도 점차 소원해 하던 차에, 서막(徐邈)이 선생을 성인이라 칭송하자 완전히 선생과 그의 붕당을 배척시켰다. 실세한 선생은 그 후 정나라에서 일생을 마치었다. 이렇듯 총애를 잃었던 당시에 많은 오해를 받았지만 필탁(畢卓), 공융(孔融), 유백륜(劉伯倫) 등은 유독 선생을 옹호하였다. 결론하되, 선생에 대한 공론(公論)은 너무도 선과 악의 한 극단에 치우쳐 있다. 그가 비록 유시유종(有始有終)하는 성인의 경지에는 미치지 못했으나, 사람의 성정을 북돋아 달래고 불우한 선비를 위로하였으니, 자애로운 군자의 풍도를 갖추었다 하겠다.

아울러 전체의 원문을 그대로 옮겨야 가장 좋겠으나, 여기선 할애하지 않을 수 없다. 대신, 필자의 다른 종류 편저를 통해 원문과 함께 역주로 소개한 바 있으니 그것으로 대신하고자 한다.5)

그리고 본편의 소재적 원천을 탐색코자 하는 마당에서, 술을 제재로 한 가전으로 이 작품보다 선행된 것이 아직까지 나타나지 않은 점으로 일단은 이 것을 술 가전 조품의 최초로 보아도 무방하다. 따라서 당연히 뒷시대의 다른 술 가전에 대한 발신자로서의 역할만이 가능했는데, 그 역할 가운데 가장 나타난 것은 다음의 구절이다.

> 及長 器度汪汪 澄之不淸 淆之不濁.
> 장성하자 그 기국(器局)이며 풍도가 넘쳐서, 맑게 한다 해도 더 맑아질 게 없고 뒤흔들어도 흐려짐이 없었다.

이 구절이 동전(東傳)하여 이후 우리나라 고려의 <국순전> · <국선생전>, 조선조의 <국수재전> 등에 약연(躍然)히 투사되었던 것이다.

> 醇器度弘深 汪汪若萬頃波水 澄之不淸 擾之不濁.   <국순전>
> 此兒心器 當汪汪若萬頃之波 澄之不淸 撓之不濁.   <국선생전>
> 秀才之量 汪汪若千頃波 澄之不淸 搖之不濁.   <국수재전>

그 다음, 발신자 가전 중에 계층과 인종의 구분 없이 모두 선생을 선망하였다 했는데,

> 士大夫喜與之遊 詩歌曲引往往稱道之 至於牛童馬卒閭巷倡優之口 莫不羨之.
> 사대부들이 함께 교유하기를 좋아하니, 시(詩) · 가(歌) · 곡(曲) · 인(引) 중에 왕왕 그를 칭도하였음이요, 나아가 소치는 목동과 역졸 또는 여염가와 창우(倡優)의 입언저리에 이르도록 그를 선망하지 않음이 없었다.

비록 똑같은 자구는 아니었으되 이와 거의 유사한 투어로 12세기 고려의

---

5) 김창룡, 『중국 가전 30선』, 태학사, 2000.2.

<국순전> 및 18세기 조선의 <국청전>에 반영되었다.

　　自公卿大夫神仙方士　至於廝兒牧竪夷狄外國之人　飮其香名者　皆羨
慕之. <국순전>
　　위로는 공경대부 및 신선·방사로부터 아래로는 머슴꾼, 목동, 오랑캐와
다른 나라 사람에 이르기까지 그 향기로운 이름을 접하는 이마다 모두 선망
하고 사모하였다.

　　雖蠻夷戎狄　咸與交歡　上自帝王　下至隸胥　率皆愛慕欣欣焉. <국청전>
　　비록 만이(蠻夷)와 융적(戎狄) 같은 오랑캐일지라도 함께 기쁨을 나누었
다. 위로는 제왕에서부터 아래로는 노예니 서리에 이르기까지 하나같이 그
를 기꺼이 사랑하고 흠모하였던 것이다.

　이 밖에도 위문제(魏文帝) 조조(曹操)가 권병을 쥐었을 당시에 조조 막하의
호음가였던 서막(徐邈)이라는 인물이 주류(酒類) 가전에 등장하기로는 <청화
선생전>이 처음인 바, 이 역시 고려의 <국순전>·<국선생전>에 각각 용사
되었다.
　그러면 본편이 술의 가전으로서는 최초인지라 다른 아무런 전거 없이 전혀
독창으로만 이루어졌는가 하면 그렇지는 아니하였다. 이 마당에 오늘날의 백
과사전에 해당하는 유서(類書)의 존재가 부각되어진다. 그러나 유서의 대표격
인 『태평어람』·『사문유취』와는 별 관련성이 엿보이지 않는다. 우선, 진관의
생애와 관련하여 그의 별세 이후인 1200년 무렵에 편찬된 바 『사문유취』는
일단 예외가 될 수밖에 없다. 다만, 983년에 빛을 본 『태평어람』은 그 참조
의 가능성을 일단 생각해 볼 수 있겠으나, 실제에 있어 그 구체적인 관계를
거의 찾아보기 어렵다. 본편 가운데 후직씨(后稷氏)를 비롯해서 실제 역사 속
의 인물이 술과 관계된 언사의 표명이라든가 일정한 행위의 사적을 남기고
있는 약 10건 가운데 『태평어람』이 제공할 수 있는 정보는 서막(徐邈)·관부
(灌夫)·계포(季布)의 3건 정도에 지나지 않는 실정이다. 그러므로 여타 다른
유서와의 관련성이 있는지는 모르지만, 일단 이 두 종의 유서와는 무관하다
고 봄이 옳겠다.
　반면, <청화선생전>의 이전에 기존했던 술 이외 다른 소재 가전과의 상관

성은 다소 엿보이는 구석이 있다. 예컨대,

> 無甘公不樂.
> 감공(甘公)이 없으면 즐겁지가 않아.

한 것은 소동파가 지은 조개관자의 가전 <강요주전(江瑤珠傳)> 가운데,

> 無江生不樂.
> 강생(江生)이 없으면 즐겁지가 않아.

의 표절임은 두 말할 나위없는 것이요, 바로 이 '無□□不樂'의 관용구는 고려 임춘의 <국순전>에 "無麴處士不樂" [국처사가 없으면 즐겁지가 않아]을 필두로 하여, 이규보의 <국선생전>, 이곡의 <죽부인전>, 그리고 조선조에 권필의 <곽삭전> 등 후대의 가전에 잘 활용되어진 용어가 되기도 했다.[6] 이는 "소식에 의해 확립된 문학성은 후세 가전에도 지대한 영향을 끼칠 수밖에 없었다"[7]는 안병설의 언급과 마찬가지로 큰 영향의 작은 편린에 지나지 않는다고 하겠다.

그리고 <청화선생전> 안에서 선생이 가씨(賈氏)·옥치자(玉巵子)와 친했던 나머지,

> 上…每召見先生 有司不請 而以二子俱見 上不以爲疑.
> 임금이 … 선생을 불러 보려는 때면 비록 유사가 따로 청하는 일이 없다 하더라도 그 두 사람이 함께 알현하였던 것이지만, 임금은 의아하게 여기지 않았다.

---

6) <국선생전>에 "一日不見此子 鄙吝萌矣" [하루도 이 이를 못보면 속되고 째째한 마음이 슬몃 고개를 든단 말이거든.], <죽부인전>에 "一日不可無此君" [하루도 이 사람 없으면 안되네.], 그리고 <곽삭전>에 "雖有悲愁鬱悒者 索與醇 在其左右 則必欣然樂也." [아무리 슬픔과 근심, 울적함과 답답함에 젖었던 사람일지라도 곽삭과 조순이 그에 곁에 있기만 하면 필경엔 혼연히 즐거워졌다.]
7) 안병설, 「소동파의 가전고」, 『중국문학보』 2호, 단국대, 1975, p.42.

라고 한 부분은 이것이 아마도 동방 최초의 가전이 되는 한유의 붓의 가전
<모영전>에서 주인공 모영이 도홍(陶泓) 및 저선생(楮先生)과 친했던 나머지,

> 上召穎 三人者不待詔 輒俱往 上未嘗怪焉.
> 임금이 모영을 부르면 세 사람이 따로 임금의 하명을 기다리지 않고도
> 어느새 함께 갔던 것이지만, 임금은 한 번도 이상하게 여기지 않았다.

라고 한, 이 문맥을 의식했던 소치인 양싶다. 이 표현 방식은 훗날 조선시대
16세기 최연의 <국수재전>에도 연결된다.

2) 당경(唐庚)의 <육서전(陸諝傳)>

이는 역시 송대에 이루어진 술의 가전이다.
당경의 자는 자서(子西)이니, 진관과 마찬가지로 비슷한 무렵 글 잘 짓는
문인의 한 사람으로 꼽혀 『송사(宋史)』 문원열전(文苑列傳)[8]에 그 이름이 나
타난다. 그는 당시의 재상이었던 장상영(張商英)의 천거를 입어 경기상평(京畿
常平)의 벼슬을 받았으나, 장상영이 벼슬에서 밀려나게 되매 연루되어 혜주
(惠州)에 안치되었다. 다시 풀려나 상청태평관(上淸太平官)에 올려졌지만 촉
(蜀)에 돌아가는 중에 51세로 병사(病死)하였다. 문장이 정밀하고 세무(世務)
에 통하였다 하며, 문집 20권이 남아있다.
그가 지은 <육서전>은 작품의 반을 훨씬 넘어가는 분량이 임금께 올리는
상소문의 형식으로 안배되어 있는 특징적인 가전이다.
이제 그 경개를 보이면 다음과 같다.

> 육서는 국성(麴城) 사람이다. 소싯적에 호자(壺子) · 상군(商君)과 친한 벗
> 이 되어 누구든 먼저 현달하면 서로 잊지 않기로 약속하였다. 그 후 호자와
> 상군이 내직에 높이 현달한 반면, 육서는 청주종사(靑州從事)에 그치자 두
> 벗이 그를 위해 임금께 상소하였다. 그의 성현다운 고상한 성품, 그리고 뛰
> 어난 논변과 외교적 처세, 모든 모임에서의 다양한 능력을 들어 극력 천거

---

8) 『송사(宋史)』 권443 열전 202, 문원(文苑) 5 참조.

하니 임금이 기꺼이 불러다가 광록훈(光祿勳) 및 예천후(醴泉侯)의 높은 벼슬을 봉했다. 이에 육서는 그 우정에 감복해서 늘 몸을 낮추었으며, 임금 또한 육서가 생각날 때면 그 두 사람도 함께 불렀던 것이다. 육서가 죽자 아들 순(醇)이 계승했다. 증손인 리(醨)는 불초했다. 육서의 지기인 두 사람도 그의 죽음 뒤에 낙탁(落魄)하여졌다. 육서는 한나라 때의 변설가인 육가(陸賈)의 후예로서, 다시금 덕업으로써 높이 현달하였으니 뛰어나다 이를 것이다.

그런데 이 작품은 축목 찬의 유서인 『사문유취』 속집 13권 연음부(燕飮部) '주(酒)' 문에도 그 면모가 확인됨으로 해서 주목을 끈다. 특이한 현상은 당경과 거의 비슷한 시기에 진관이 같은 술 가전인 <청화선생전>을 쓴 것이 있건만 여기에 자취가 없고 <육서전>만이 실려져 있다는 사실이니, 이를 어떻게 해석하면 좋을는지 알 수 없다.

본편 역시 그 소종래의 근거가 되는 문헌 또는 작품의 발견이 어렵다. 본편의 상소문 가운데 나오는 원앙(袁盎)과 오왕(吳王)의 고사라든가, 진평(陳平)이 여태후(呂太后)로부터 살아남아 명철보신할 수 있던 이야기, 하남(河南)의 헌왕(獻王)이 당시의 천자로부터 신변을 지킨 이야기 등이 술과 관련한 중요한 화소가 되겠는데, 이 역시 『태평어람』 가운데에 나타남이 없다. 따라서 이제 <청화선생전> · <육서전> 두 작품 나란히 『태평어람』과는 별 무관한 것임이 확인된다. 이는 짐작컨대 이 유서가 워낙 글자 그대로 황제의 친람(親覽), 곧 어람(御覽)을 위해 만들어진 것인지라, 만들어진 후에도 얼마 동안은 일반 사림간에 유포되지 않았던 때문은 아니었나 어림해 보는 것이다. 이 추측을 힘있게 하는 단서로는 당시 고려의 조정에서 이 책 구하기를 극력 추진하였음에도 불구하고, 이 책이 발간된 지 118년 만인 1101년에나 어렵사리 입수할 수 있었다는 사실9)이 있다. 만일 중국에 사신 간 사람들이 여항간에서 이 책을 얼마든지 구해볼 수 있는 상황이었다면 중국의 황실에다 그토록 어렵게 간구했을 리가 없었던 까닭이다. 그러므로 이 유서가 발간된 후에도 오랜 기간 황실의 전용 서적으로서만 그 구실을 했을 뿐, 민간에 전파되지 않았던 것임을 알 수 있다. 그리하여 결국 이 작품이 그 밖의 다른 유서에서 힘

---

9) 『증보문헌비고』 권242, 예문고(藝文考) 1.
　　『고려사』(권96 열전 권9, 吳延寵 조)에는 숙종 5년(1100)으로 되어있다.

입었을지는 모르겠지만, 그것의 발견이 안되는 현재로서는 일단 그 관련성이
고려되기 어렵다.

다른 가전과의 관계 또한 마찬가지이다. 그 이전에 존재했던 명편들, 이를
테면 한유・사공도・소식・진관의 가전 모든 작품들과의 검토 결과, 이렇다
할 맥락이 찾아지지 않는다. 고작,

> 然上每念誧 輒幷召二人.
> 그러나 임금이 육서가 생각날 때면 언제든 그 두 사람도 어느 결에 같이
> 불렀던 것이다.

의 대목만이 앞의 <모영전>을 필두로 해서 <청화선생전>에 재현되었던 수
사 방식, 곧 "임금이 주인공을 부르면 다른 두 벗이 함께 알현했던 것이지만
임금이 이상하게 여기지 않았다"고 한 표현과 맥락이 닿는 정도라 하겠다.

다만, 이 가전과 관련하여 한 가지 그냥 넘어가기 어려운 사실 하나가 있
다. 대만 광문서국(廣文書局)에서 간행한 『고금골계문선(古今滑稽文選)』에 수
록된 가전 중에 <상군전(商君傳)>과 <호자전(壺子傳)>이 보인다. 이 둘은
중국의 인명사전에도 나와있지 않아 시대를 알기 어려운 작가 유계원(劉啓元)
이 술잔과 술병을 각각 의인화한 작품이다. 이렇듯 시대불명이기는 하지만,
작품의 문맥상으로 보아 아무래도 <육서전>의 뒤에 이루어진 양싶다. 그것
의 방증으로, 술 관련의 <육서전>이 『사문유취』 '주(酒)' 문에 실려있음에
반해, 주기(酒器)를 다룬 이 문조(文藻)의 경우 『사문유취』 '주기(酒器)' 문이
엄연히 설정되어 있음에도 불구하고 이 안에 단 한 편도 실려 있지 않은 점
을 생각할 수 있다.

하나의 추정이겠으나, <육서전>과 <상군전>・<호자전>의 셋을 한 자리
에 놓고 볼 때 이들 사이에는 서로 떼어놓기 어려운 유대의 긴밀함이 보인다.
<육서전> 맨 벽두에 "육서는 국성(麴城) 사람이다[陸諝麴城人]" 했는데, <상
군전>과 <호자전>에 똑같이 '국성(麴城)의 육서'를 주인공과는 막역한 벗으
로 등장시키고 있다. 또, <육서전>에서 가장 중요한 기제라 할 수 있는 바 상
군과 호자가 육서를 임금 앞에 천거한 일이, <호자전>에서 호자와 상군이
서로 상의한 나머지 상군이 육서를 임금 앞에 천거했다는 사실과 대조하여 그

맥을 끊기가 쉽지 않은 것이다.

이상, <청화선생전>이나 <육서전> 등 초창기 술 가전의 경우를 돌아볼 때, 유서로부터의 차용 자취는 현재까지 그 고증이 막연한 가운데, 다만 이 두 편의 가전 이전에 존재하였던 다른 소재 가전 몇 편 가운데 몇 소절의 차용이 파악되는 정도였다. 그러므로 이 양편이 이전의 시대에서 이어받은 기능보다는, 오히려 장차는 뒷시대 한국의 풍토 위에서 동일소재 가전, 혹은 다른 소재의 가전 등에 끼치는 작용 쪽에서 훨씬 주목을 받게 된다.

3) 임춘(林椿)의 <국순전(麴醇傳)>

고려시대 서하(西河) 임춘이 지은 술 인격화의 이 가전은 동시에 우리나라 가전 장르의 남상으로 자리매김되기도 하였다.

임춘은 고려 중기 인종조 무렵의 문인으로, 자기 시대에 벌써 그 문명이 높았음에도 과거에 여러 차례 낙방하여 평생을 불우하게 보내며 그 울분을 시와 술로써 자위하였다. 1170년 무신 정중부의 난리 때에는 강남(江南)에 피신하여 겨우 성명(性命)을 보전하였으나, 결국은 30세 나이로 요절하였다. 유고(遺稿)인 『서하집(西河集)』은 죽림고회(竹林高會)의 동지이자 그의 지기이기도 했던 이인로에 의해 전체 6권으로 편찬된 바, 조선조 안에서 재간(再刊)과 3간을 거쳐 오늘에 전해진 것이다. 임춘이 본래는 당시(唐詩)에 뛰어났다고 했으되, 뒷시대에는 오히려 <국순전>의 작가로서 이름이 더욱 두드러졌다. 이 작품은 익히 알려져 있는 터이지만 다시금 그 대요를 적으면 다음과 같다.

> 순(醇)의 90대조인 모(牟)는 후직씨 당시 국가에 공로가 있어 국씨(麴氏)의 성을 하사받았다. 그 후 부침(浮沈)을 거듭하다가, 위나라 초에 순의 아버지인 주(酎)는 서막(徐邈)으로부터 옹호를 받았고, 진(晉) 시대에는 유령(劉伶) · 완적(阮籍)들과 죽림에 노닐면서 생을 마쳤다. 순은 기량과 풍도가 맑아서 계층이나 인종을 막론하고 모두에게 애중(愛重)을 받는 인물이 되었다. 그런 중에 인물에 대한 감식안이 있는 산도(山濤)는 순이 기린아지만 창생들을 그르칠 당사자라 했다. 청주종사 · 평원독우 등의 외직에만 있다가 진후주(陳後主) 때에 임금에게 크게 발탁되어 온갖 총영을 독차지하였다. 그러나 임금의 그릇된 정사를 못본 척하였다. 이윽고 입에서 구취가 나는

등 늙어지매 임금의 마음에 거슬려서 낙향을 종용 당하였고, 귀거래 이후 곧 병이 들어 갑자기 죽고 말았다. 결국 자신의 맑은 덕으로 존귀함을 얻기는 하였지만 왕실을 바로잡지 못해 천하의 비웃음을 샀으니, 앞서 산도의 예언은 믿을만한 것이었다.

이제 이 땅에서 최초의 가전으로 인정되는 본편의 구성에 주요한 소종래 역할 곧, 가전 산출의 창고로서의 유서(類書)를 강조하기 이전에, 우선 그 영향을 무시할 수 없는 동일장르의 원천적 한 갈래로서 앞서 나온 송대 진관의 <청화선생전>을 언거치 않을 길이 없다.

종전에 고려의 가전에 관심했던 논자 중에는 <국순전>·<국선생전>이 <청화선생전>과의 표현의 유사성을 도표로서 밝힌 것이 있거니와,[10] 실로 이 <청화선생전>은 한유의 <모영전>과 함께 우리나라 가전사에 끼친 영향에 있어 막강한 힘을 발휘했다고 하지 않을 수 없다. 그리하여 지금 우리의 초창기 술의 가전부터도 중국의 초창기 술의 가전이 구사한 소재적 발상과 꽤 상통하고 있음을 부인할 수 없으니, 우선 <청화선생전> 가운데 발신자의 역할을 했던 부분을 추려 본다.

(1) 그 선조는 후직씨에서 나왔는데 곡식을 먹여준 공로가 있었다.
(2) 주인공은 더 맑게 할래야 맑아질 게 없고, 흔든대도 흐려지지 않는다.
(3) 소치는 목동과 역졸, 또는 여염가 및 창우(倡優)들까지도 입언저리에 그를 올려 선망해 마지않았다.
(4) 향당과 빈객의 모임에 있어 이구동성으로 하는 말이, "선생이 없으면 즐겁지 않거든…"이었다.
(5) 예법을 숭상하는 선비들이 원수인 양 그를 미워하였다.
(6) 서막이 선생을 성인이라며 칭송했다.

이와 같은 표현적 모티브를 <국순전>에서 찾아볼 때 다음과 같다.

(1) 90대 선조 모(牟)가 후직씨를 도와 백성을 먹여살린 공로가 있었다.

10) 안병설, 「가전에 대한 이견산고」, 『명지어문학』 7호, 1975.3, pp.94~95.

(2) 더 맑게 할래야 맑아질 게 없고, 흔든대도 흐려지지 않는다.
(3) 공경대부(公卿大夫), 신선 방사(方士)에서 머슴꾼, 목동, 오랑캐에 이르
기까지 모두가 선망했다.
(4) 성대한 모임 때마다 국순이 오지 않으면 모두가 쓸쓸하여 하는 말이,
"국처사가 없으면 즐겁지가 않거든…"이었다.
(5) 예법을 숭상하는 선비들이 원수인 양 그를 미워하였다.
(6) 서막이 아뢰기를, "신이 그를 좋음은 그가 성인의 덕과 잘 들어맞기
때문입니다" 하였다.

이상과 같이 긴밀히 연결됨을 파악할 수 있는 것이다. 물론 (4)와 같은 투어
(套語)는 기존 소동파의 <강요주전>에도 보였던 것이고, (5)·(6) 또한 사대
부 지식인들 상식의 한도에서 어쩌다 공교롭게 우연한 일치를 보았다고도 말
할 수 있겠으나, 같은 것이 한두 가지도 아니고 여섯 개 항목에 걸쳐서 핍절
하게 닮아 있다 할 때는 그 관계가 필연적이라 할 수밖에 없다. 진관(1049~
1100)과 임춘(1150경~?)의 사이엔 대략 100년 정도의 거리가 있고, 아울러 진
관의 사후에도 최소한 반세기 뒤에나 임춘은 탄생한 셈이 되므로, 그 사이에
영향을 주고받았을 시간적인 여유는 너끈하다고 보겠다.
　그러나, 이상에서 추린 것 이외의 나머지 부분에 한해서는 더 이상 <청화
선생전>과의 맥락에 의존하기 어려운 한계성을 느끼게 된다. 필경 그 나머지
부분에 해당하는 내용적 구성 요소, 즉 그 표현이며 어휘 등을 그밖의 다른
전거 등에서 이루 취하였음이 틀림없겠지만, 이제 과연 그 전거 등을 어디서
찾아서 취용했을 것인가 하는 문제가 또 하나의 새롭고도 중요한 관심사로
떠오르게 된다는 뜻이다.
　그런데 김현룡은 <국순전>을 비롯하여 <국선생전>과 <공방전>·<청강
사자현부전> 등이 한결같이 『태평광기』에서 그 소재를 대거 취해온 것으로
간주하고, 그 증좌를 여러모로 수집하였던 바 있다.11) 이를테면, <국순전>에
서는 그 내용의 소종래를 『태평광기』 소재 다섯 편의 설화와 연관지으려 한
시도가 있다. 곧 <국순전>이 인용했을 것으로 예측하는 『태평광기』의 권수를

---

11) 김현룡, 『한중소설설화비교연구』, 일지사, 1976, pp.184~202.

망라하면 권72, 권30, 권370, 권368, 권26 등이다. 그의 주장에 따르면 권72, 권30, 권370의 "세 설화는 공히 도사에 의하여 대주가(大酒家)가 소개되고, 이 사람에게 술을 먹이니, 양에 지나치면 넘어져 주합(酒榼)이나 주옹(酒甕)으로 변해 술이 쏟아져서 주위를 놀라게 했다는 이야기이다. 이러한 술독의 의인화된 설화는 <국순전>의 구상 단계에 영향을 미쳤다고 본다"[12]고 하였다. 그러나 이는 변신설화의 일종일망정 처음부터 술독을 의인화한 것이 아니다. 하물며 술 자체의 의인화 설화는 더더욱 아니다. 거듭하여, 72권 <섭정능(葉靜能)> 설화에 있는 "술에 관련된 글자가 … <국순전>의 순(醇)·주(酎) 같은 이름을 사용하는데 도움을 주었으리라 생각"[13]된다 하였으나, 그러한 명칭은 하필 『태평광기』에 국한하여 존재하는 것만은 아니다. 이를테면 『사문유취』의 속집 권13 연음부(燕飮部)의 '주(酒)' 문에서 보자 하면 그 첫부분에도 벌써,

> 麴酒母也 醸生衣也 二熟麯也 糵牙米也 醴酒一宿熟也 醙汁滓酒也
> 酎三重之酒也 醨薄酒也 醑旨酒也.

라 한 것이 있어 "국(麴)"이니 "주(酎)"니 하는 명칭은 물론, 그 이상의 이름들을 열거하여 있고, "순(醇)"의 어휘도 같은 『사문유취』 '주(酒)' 문의 내용 중 <육서전> 가운데 보이는 바 된다. 곧, 순(醇)은 이 <육서전>의 주인공인 육서의 아들로 나타나 있었다.

또, 권370 <강수(姜修)>에서 옹(甕)의 선조 등에 관한 내력을 설명하고 있다는 이유를 들어 <국순전>과 관계 운운했지만, 이 역시 『사문유취』 연음부 '주기(酒器)' 문에 훨씬 자상하게 설명되어 있음이다.

역시 김현룡은 권368의 <국수재전>에서 국수재가 담론에 특장(特長)이 있다는 사실, 그리고 "麴生風味不可忘也"의 대목 가운데 "국생(麴生)"이란 명칭, 권26의 <섭법선(葉法善)> 설화에서는 "섭법사(葉法師)"란 호칭이 각각 임춘의 <국순전>에 작용한 게 확실하다고 보고 있다.

물론 이러한 사항들이 가전에 쓰인 그 화소의 원천이 되었음에 틀림없었으

---

12) 김현룡, 위에 든 책, p.186.
13) 김현룡, 위와 같음.

리라 본다. 다만 문제는 이와 같은 화소를 과연 어디에서 물색했겠는가 하는
것이다. 그리하여 이러한 설화 바탕이 암만해도 『태평광기』의 전유(專有)가
될 수는 없었다는 사실과 함께, 오히려 『사문유취』 가운데서 한 곳에 온통
집약·망라되어 있음이 포착된다. 다름 아닌 속집 연음부 '주(酒)' 문의 <국
생풍미(麴生風味)>에 있는 내용이 그것이다.

> 葉法喜居玄眞觀 嘗有朝士詣之 解帶淹留 滿座思酒 忽有一美措 微睨
> 直入 稱麴秀才 年二十餘 肥白可觀 笑揖諸公 末席抗聲讜論 良久蹔起
> 法喜曰 此子突入 詞辯如此 豈非妖魅爲惑 俟其復至 密以小劍擊之 應
> 手墜于陛下 化爲瓶檻 一座驚愕遶視 乃一瓶醴醯 咸笑飮之 其味甚佳
> 曰 麴生風味不可忘也.

이에서 볼 것 같으면 "麴生風味不可忘"은 물론이고, "麴秀才", "葉法喜"의
이름이 고스란히 등장한다. 그럴 뿐 아니라, 앞의 『태평광기』 내에 산재해 있
는 여러 설화들을 한 곳에 집약·정리해 놓은 것 같은 편의로움을 느끼게 한다.
　한편, <국순전>·<국선생전>에 있는 서막의 설화가 『태평광기』의 서막
설화에서 영향을 입었던 것이라 했으나,[14] 이 이야기는 하필 『태평광기』 뿐
아니라, 본래 진수(陳壽)의 『삼국지』에 실렸던 이래 선비들 간에는 일종 상식
처럼 전승되다시피 된 조조와 서막의 술에 얽힌 유명한 설화였던 것이다. 그
리하여 이 설화의 수록은 물론 『사문유취』라고 해서 예외가 되지는 않았으
니, 속집 연음부 '감음(酣飮)' 문 '고금사실(古今事實)' <시중성인(時中聖人)>
의 안에 이 기사를 그대로 싣고 있다.[15] 그런가 하면, 같은 송대 『사문유취』
보다 앞서 이록된 『태평어람』의 '기주(嗜酒)' 문 안에도 이 설화를 고스란히
전재시켜 놓고 있다.[16]

---

14) 김창룡, 앞에 든 책, p.199.
15) 徐邈字景山 仕魏爲尙書郞 時禁酒而邈私飮沈醉 趙達問以曹事 邈曰 中聖人
　　達白之 太祖怒 鮮于輔進曰 醉客謂酒淸者爲聖人 濁者爲賢人 邈偶醉言耳….
16) 『태평어람』 권846, '기주(嗜酒)' 문에, "魏志曰 徐邈字景山 魏國初 爲尙書郞
　　時科禁酒 而邈私飮 至於沈醉 校尉趙達 問以曹事 邈曰 中聖人 達白太祖 太
　　祖甚怒 度遼將軍鮮于輔曰 平日醉客謂酒淸者爲聖人 濁者爲賢人 邈性愼
　　偶醉言耳…."

이제, <국순전>을 『사문유취』와 함께 맥락을 짓기로 한다면 전게한 『태
평광기』와는 비교도 되지 않을 만큼의 추출이 가능함에 괄목하지 않을 수 없
게 된다. <국순전>에서 벼슬이 청주종사(靑州從事)·평원독우(平原督郵) 운
운한 것은 역시 『사문유취』 소재 '주(酒)'문 '고금사실' <종사독우(從事督
郵)>에 들어있는 말이고,[17] 또한 <육서전> 안에도 주인공 육서의 벼슬이름
으로 청주종사가 나타난다.[18] 그런데 앞서도 말했듯이, 이 <육서전> 가전은
『사문유취』 안에 벌써 수록을 보고 있었다. 이것은 또 『태평어람』 '주(酒)'
문에서도 찾아볼 수 있는 표현이기도 했다.[19]

4) 이규보(李奎報)의 <국선생전(麴先生傳)>

역시 고려조에 백운(白雲) 이규보(1168~1241)가 술을 의인화하여 지은 이
가전은 앞의 <국순전>과 함께 우리나라 초기 가전으로서 쌍벽을 이룰만한
작품이다.

이규보는 고려 고종 때의 문장가·정치가로, 자는 춘경(春卿), 호는 백운거
사(白雲居士)·지헌(止軒)·삼혹호선생(三酷好先生)이다. 시호(諡號)는 문순(文
順)이다. 그는 처음에는 관운을 떨치지 못하였으나, 32세(1199) 이후 현관(顯
官)한 이래, 52세(1219) 좌천, 63세(1230) 유배를 제외하고는 계속적인 영천(榮
遷)을 거듭하여 태자대보(太子大保), 문하시중평장사(門下侍中平章事) 등의 벼
슬을 역임하기에 이르렀다. 활달한 시풍(詩風)에다 보기드문 다작의 시인으
로도 유명하다. 저서에 『동국이상국집(東國李相國集)』과 『백운소설(白雲小說)』
이 있다. 문집 안에 들어있는 이 <국선생전>은 길지 않은 형태의 소품 일작
이었으나 오히려 부피있는 다른 장르 어떤 작품에 못지않은 성가(聲價)로서
이규보의 이름 뒤에 따라 붙었다. 그만치 이 작품은 앞의 <국순전>과 함께

---

17) 『사문유취』 속집 권13, 연음부 '주(酒)' 문에, "桓溫有主簿 善別酒 好者謂靑州
從事 惡者爲平原督郵 蓋靑州有齊部 平原有鬲縣 從事謂到臍下 督郵言鬲上."
18) 壺子任太常 商君任主爵都尉 通顯矣 而謂方靑州爲從事….
19) 『태평어람』 권845 '주(酒)' 문·下에, "世說又曰 桓公有主簿 善別酒 輒令先嘗
好者謂靑州從事 惡者謂平原督郵 靑州有齊郡 平原有鬲縣 從事言至齊 督郵
言至鬲上住."

가장 잘 나타난 것이지만, 새삼 경개를 옮겨 보이면 이러하다.

> 국성(麴聖)의 자는 중지(中之)로, 주천군(酒泉郡) 사람이다. 먼 조상은 온
> (溫) 사람이고, 조부는 모(牟), 아버지는 차(醝)이다. 어려서 서막(徐邈)의 사
> 랑을 받았으며, 소싯적부터 헤아림이 깊고 맑았다. 장성해서는 유령(劉伶),
> 도잠(陶潛)과 벗하였다. 처음 벼슬은 한미하였으나, 공경대부들의 천거로 일
> 약 임금에게 천탁(薦擢)되고 총애를 입었다. 그의 아들들이 아버지의 권력
> 을 빙자하여 횡포함에 모영이 탄핵의 상소를 올리자 그의 아들들은 자살하
> 고, 성은 폐서인이 되는 등 불행을 당했다. 지우였던 치이자(鴟夷子)도 수레
> 에서 떨어져 죽고 말았다. 그러나 수성(愁城)의 도적들이 침입하자 그는 다
> 시 원수로 뽑혀 공을 세우게 되었다. 일년 뒤에는 스스로 걸퇴(乞退)의 상
> 소를 올렸다. 임금이 극구 만류했으나, 결국 귀향하여 천수를 마치게 되었
> 다. 아우 현(賢)은 2천석의 벼슬에 이르렀고, 아들 넷은 신선을 배웠다. 요
> 컨대 국성의 덕과 재주는 조화가 넘치는 공로를 이룩했다. 다만 임금의 총
> 임이 지나쳐서 한 때 도를 벗어난 적은 있으나, 만년의 처세는 주역의 이치
> 를 좇아 천수를 마칠 줄 알았다.

이상이 대강의 줄거리가 된다. 이규보는 임춘보다 약 15~20년 정도 아래의
동시대를 산 인물로서, 지독하게 술·거문고·시를 사랑했다 해서 '삼혹호선
생(三酷好先生)'이라 했을 정도로 술을 탐호(耽好)하였다. 어느 만큼은 술 의인
화를 시도한 임춘의 존재를 의식도 했겠지만, 문학적 신의(新意)를 강조하는
그의 개성이 가전이라는 또 하나의 장르에 대한 새로운 욕구에 따라 작품을
쓴 것으로 보인다.[20] 그리고 그 주제의 방향 또한 각기 다르게 나타났지만,
작품을 쓰기 위해 다루었던 재료의 측면에서 살펴볼 때는 두 사람이 거의 다
르지 않았음이 확인된다.

　다만 한 가지, <국순전>이 <청화선생전>과 꽤 긴밀한 맥락을 띠었음에
반하여, 본편은 그것과의 별다른 상관성을 찾아보기 어려웠다는 사실이 나타
났다. 고작하여, <청화선생전>이 주인공의 인품 묘사 과정에서 택한 바, "더
맑게 할래야 맑아질 게 없고, 흔들어도 흐려지지 않는다[澄之不淸, 撓之不濁]"
의 한 구절이 <국순전>과 마찬가지의 상투어적인 답습을 보일 뿐이다. 군이

---

20) 이에 관해서는 뒤의 「술·거북 가전을 지은 동기와 시기」에서 상세히 다루었다.

더 덧붙인다면, <청화선생전>에서 "주인공이 평상시 금성(金城)의 가씨(賈氏)
및 옥치자(玉巵子)와 친하였다"는 표현을 애써 본편의 안에서 맞추기로 한다면
"치이자(鴟夷子)가 국선생과 벗을 하여 출입 때마다 수레에 붙어다녔다"는 정
도의, 명백하지는 못한 근사(近似)함이 없지는 않았다.

그리하여 <국선생전>의 경우, 같은 장르로부터의 취용은 거의 나타나지
않은 대신, 그 재료가 거의 유서로부터의 전적인 수용 위에 이루어졌음을 확
인할 수 있게 된다. 그러나 같은 유서 가운데도 앞서 <국순전>의 남본(藍本)
이 『사문유취』로 유추되었음에 비하여, <국선생전>의 대본(臺本)은 모름지
기 『태평어람』이 틀림없다고 추단된다. 이러한 차이는 양종(兩種)의 유서가
제가끔 수용하고 있는 바의 정보가 다른 한 쪽엔 없는 것이거나, 혹은 같은
정보 내용일지라도 그 표현상의 미묘한 불일치로부터 기인한 것이다.

<국선생전>에서 국선생의 작위가 3품에 들었다[位列三品]는 사실과 함께
그 아래 주기(注記)에다 "酒有三品"이라 했음은 원래 『주례(周禮)』 천관(天
官)에,

辨三酒之物 一曰事酒 二曰昔酒 三曰淸酒.

라고 한 대목에 조원(肇源)이 있다고 한 바이지만, 이는 동시에 『태평어람』과
『사문유취』 '주(酒)' 문에조차 똑같이 전재되어 있음을 본다.

또, 국선생이 주천군(酒泉郡) 사람임과, 임금이 공거(公車)에 명하여 선생을
불러오기 전에 태사(太史)가 아뢰는 장면에서,

先是太史奏…酒旗星大有光.

'주기성(酒旗星)이 크게 빛을 발한다'고 한 말은 본래 『구주춘추(九州春秋)』란
문헌 속의 다음과 같은 내용에서 따온 희귀한 인용문이 된다.

曹公制酒禁 而孔融書嘲之曰 夫天有酒旗之星 地列酒泉之郡 人有旨
酒之德….

그렇거니와, 이 또한 『태평어람』(권844 飮食部2 '酒' 門 · 中)이 아니고선 따로 목격하기 어려운 형편이다. 이 부분 『사문유취』에도 있으나, 『태평어람』과는 가능한 달리 해보겠다는 개성 때문이었던지 이렇게 인정 기술(人定記述)하였다.

曹公欲製酒禁 孔融與操書云 天垂酒星之曜 地列酒泉之郡 堯不千種 無以建太平…. (續集 권13 燕飮部 '酒' 門)

"酒旗之星"의 말 대신 "酒星"으로 함으로써 표현의 긴밀성에서 한 걸음 떨어져 있다. 이 밖에 <국선생전>의 "糟丘椽" 같은 표현이 『태평어람』(권 844 음식부2 '酒' 門 · 中)이 실은 『오지(吳志)』란 문헌의 "昔紂爲糟丘酒池 長夜之飮"에서, 배꼽 제(臍)의 어희(語戱)로 볼 수 있는 "齊郡" 등의 표현은 『태평어람』 내의 "靑州有齊郡"[21]에서 각각 유치되었던 것임을 알 수 있다.

이쯤 <국선생전>의 희귀한 부분 출전의 막강한 열쇠를 『태평어람』이 쥐고 있다 했을 때, 이규보가 이 책을 보았을 가능성이 새삼 부각된다. 『태평어람』이 중국 황실로부터 고려에 수입된 해가 고려 숙종 6년(1101)이고,[22] 이규보의 출세(1199)는 그보다 약 100년이나 뒤의 일이니 선후 간에 무리가 없다. 아울러 <국선생전>의 제작은 이규보 현달 이후일 가능성이 더 높다고 보니 그 이유는 다른 데 있는 것이 아니라, 이 책이 고려는 물론이고 이후 조선조에 들어서조차 거의 왕실 단위의 전용서적 구실에서 크게 벗어나지 못했다[23]는 사실에 있다. 따라서 이 책이 각별히 고려 당시에는 왕실서고에서나 열람이 가능하였다고 하는 특수한 여건 속에서, 그가 출사하여 왕실에 자유로 드나들기 이전의 때인 약관시의 소작일 것으로 보는 견해[24]는 일단 재고의 소지가 없지 않다는 제언을 붙일 수 있다.

한편, 이 <국순전>이라든가 <국선생전> 조품에 작용할 수 있었던 문헌은 『진서(晉書)』, 『송서(宋書)』, 『세설신어(世說新語)』, 『삼국지(三國志)』, 『시경

---

21) 앞의 주 19) 참조
22) 앞의 주 9) 참조
23) 김창룡, 『한중가전문학의 연구』(개문사, 1985.8), p.88 참조
24) 안병설, 앞에 든 논문, p.93.

(詩經)』,『주역(周易)』 등등 이루 전거를 매거하기 어려울 정도로 많다. 그러나
여기서 이전의 논자가『태평광기』를 든 것은 가장 영향을 끼친 압권을 지적한
뜻이라고 보지만, 오히려 유취서의 대명사격인『태평어람』및『사문유취』가
술에 관해 취합해 놓은 항목을 본 결과, 정보제공의 역할에 있어 위에 든 전
적(典籍)을 최대한으로 포괄하는 가운데 가장 월등한 정도로 나타나 있었다.
　더욱이 우선은 상식적으로 생각할 때, 임춘이나 이규보가 <국순전>, <국
선생전>의 창작을 앞에 놓고 거기 필요한 약간의 정보를 찾기 위해『태평광
기』 500권 방대한 분량을 일일이 독파해 나가는 과정에 권30, 권72, 권233,
권370 등에 있는 사항을 채록하고, 그 채록된 정보를 다시 정비해 놓은 상태
에서 허구화시킨 것으로 볼 것인가? 아니면, 아예『태평광기』 500권을 흉
중・뇌리에 저장해 두었다가 가전 창작의 마당에 척척 알아서 컴퓨터 검색기
능처럼 필요한 정보를 산출하였다 하겠는가? 그런 일은 용이한 것도 아니려
니와, 엄연히 있는 줄을 아는 다음에야 군이 이를 버리고『태평광기』의 복잡
다단함을 택할 이유가 나변에 있는지 마침내 의심스럽다. 결국 임춘・이규보
들은 그 어떤 문헌보다 전고에의 의존성이 강한 가전 창작의 마당에 유취서
와 같은 정보집산적인 문헌을 펼치고 이를 전적으로 참고했을시 분명하다.
이는 바로 편의로움을 생명으로 하는 유서의 절대적 이기(利器)임과 동시에
그것의 존재의의가 되기도 하는 것이다.

5) 최연(崔演)의 <국수재전(麴秀才傳)>

　술의 가전은 조선시대 최연(1503～1549)으로 이어진다. 지금까지 우리나라
술의 가전작 하면 으레 <국순전>・<국선생전>의 두 가지에만 고정되다시
피한 인식이 있었으나, 그 실에 있어서는 조선에 들어와서도 여전히 양편에
이어지는 동일한 시도가 꾸준히 존속되어왔던 진실이 있다. 그리하여 현단계
에서 확인할 수 있게 된 것만 해도 16세기 최연의 <국수재전>, 17세기 김득
신의 <환백장군전>, 18세기 박윤묵의 <국청전> 등이 있으니, 가전문학의
판도가 얼마만큼 넓게 걸쳐있었는지 자각하기 충분하다. 그 가운데도 <국수
재전>이 가장 이른 시기의 것인 바, <국순전>・<국선생전> 이후 약 300
년 뒤의 일이다. 덧붙여 밝혀둘 일로 이 작품의 소개는 김균태의『문집소재

전자료집(文集所在傳資料集)』(계명문화사, 1986)을 통해 이루어졌음이다.

작자 최연의 호는 간재(艮齋),25) 중종 당시 수찬(修撰)을 지낼 적에 홍문관의 대신들과 함께 김안로 탄핵의 상주(上奏)를 했다가 오히려 모함을 당하였다. 인종 조에는 부제학을 지내었더니, 이 때도 을사사화의 주모자들에 의해 논공(論功)의 교서(敎書)를 강잉(强仍) 당하였다. 명종 대에는 지중추부사(知中樞府事)로서 중국에 동지사(冬至使)로 갔다가 돌아오는 중 복명(復命)치 못한 채 평양에서 졸하였다. 『명종실록』에는 그가 총명하고 재주있어 문형(文衡)을 맡을만한 감이긴 했지만, 경조부박(輕操浮薄)하고 욕심 사납다는 비난을 면치 못하였다 한다. 다름아닌, 그가 한미한 속에서 출세하였음에도 겨레붙이들을 돌보지 않았음에 사람들이 모두 야비하게 여겼다는 것이다.26) 권응인이 지은 『송계만록(松溪漫錄)』에선 그의 문장이 호건(豪健)하고, 필한(筆翰)은 흐르는 물과 같다 했다.27) 『간재집(艮齋集)』의 저서를 남기고 있다.

이제, <국수재전>의 줄거리를 요약 소개하면 다음과 같다.

주인공 국수재의 본명은 미록(美祿)이니, 주천군(酒泉郡) 사람이다. 먼 조상인 감(甘)을 위시하여 이름이 나타난 사람은 아들 면(湎), 은나라 고종 때의 얼(糱), 주(紂) 임금 때의 후(酗)이고, 조부인 부(麩)와 아버지 매(酶)를 거쳐 그가 태어난 것이다. 주성(酒星)의 정기를 타고나 기풍이 탁월하였고, 천성은 원만하여 노소·귀천과 현우를 가리지 않고 두루 포용하면서 심성을 이로운 쪽으로 끌어주니, 모두가 다 그 덕량(德量)에 쏠려 반하였다. 그러자 임금이 호공(壺公)을 파견하여 초빙하고 광록훈(光祿勳) 2천 석의 벼슬을 내리니, 조야(朝野)의 인간사 모든 절차에 그의 공업(功業)이 두루 미치었다. 그러나 임금의 총영을 믿고 지나치게 방종한 나머지, 황감(黃甘)·육길(陸吉) 등으로부터 비난의 상주(上奏)를 입기도 했다. 이윽고 주천후(酒泉侯)라는 외직을 자청하고 일가를 이루다가 그 뒤엔 은둔하였다. 그러나 세인들은 여전히 그를 흠모한 바, 특히 도잠(陶潛)·유령(劉伶)·완적(阮

---

25) 『문집소재전자료집(文集所載傳資料集)』 안의 <국수재전> 영인본에 "간재(艮齋)"라고 되어 있으나, 이제신(李濟臣)이 지은 <청강선생후청찬어(淸江先生鯫鯖贊語)>에는 "양재(良齋) 최연(崔演)"이라 했다.

26) 『명종실록(明宗實錄)』 권9, 4년 기유 2월 갑진일 조에, "性聰明 有才華 人以文衡之任期之 然輕淺無操行 不免貪鄙之誚 起自寒微 不卹族屬 人多薄之."

27) 권응인, 『송계만록(松溪漫錄)』·上에, "崔宰相演甫 文章豪健 筆翰如流."

籍)·필탁(畢卓) 등이 허교(許交)를 하였고, 유백륜(劉伯倫)·백거이(白居
易)·왕적(王績) 등이 그의 덕을 칭송하여 적었다. 그의 사후에는 아들 넷이
훌륭하여 벼슬을 지냈거니와, 특히 장자인 서(諝)는 환백장군(歡伯將軍)이
되어 때마침 침략해 온 수성태수(愁城太守)를 물리쳐 함락시킨 공으로 백성
의 근심을 사라지게 했다. 그의 많은 후예가 혁혁한 이름을 남겼거니와, 평
원독우(平原督郵) 리(醨)와 격현령(鬲縣令) 박(醡) 등 중간에 빛을 못 본 겨
레도 있다. 요컨대, 그에게는 성현다운 덕과 중망(衆望)이 있었지만, 비방의
말로 인해 더 나아가지 못했으니 처세의 어려움을 알만한 것이다. 그럼에도,
그가 덕을 펴고 인을 베풀었던 결과로 그 후예가 그 유업을 이어 번영할 수
있었으니 가상도 하였다.

이 글에서 대상으로 삼은 전체 7편의 가전 중 본편은 다른 여섯 작품에 비해
그 분량에서 훨씬 능가하고 있지만, 대략하면 위와 같았다.

아울러 본편은 유서『사문유취』및 기존하였던 타 가전들로부터의 염출(拈
出)이 가장 공고하게 이루어진 전형적 작품이라 해도 과언은 아닐 것이다. 우
선, 국수재의 이름을 "美祿"이라 했음은 작자의 순연한 의장(意匠)으로만 여
겼더니, 이미 그것이 아니었다. 역시『사문유취』속집 권13 연음부 '주(酒)'
문을 펴서 <국수재전>과 맞춰 대조하면 이 취용이 필연적인 것임을 십분 수
긍하게 된다. 곧 선두의 '군서요어(群書要語)' 가운데 한나라 <식화지(食貨
志)> 출전으로 소개되어진 다음의 문장,

酒者天之美祿 帝王所以頤養天下 享祀祈福 扶衰養老 百福之會 非酒不行.

에서 따온 것임을 의심치 않는다. 자를 "旨卿"이라 함도 역시 '군서요어' 안
의 "醠旨酒", 혹은 "酒旣和旨"·"君子有酒多且旨"와 무관한 듯싶지 않고,
출신의 "酒泉郡" 역시 이 안의『명본기(名本記)』출전으로 "漢武帝立酒泉
郡 有井水 色白 有酒氣故"에 마련된 표현이다. 상(商)나라 고종을 보필한
공로로 국씨 성을 처음으로 받았다는 국얼(麴蘖)의 사연은 본래『서경』<열
명(說命)> 편의 "若作酒醴 爾爲麴蘖"에서 받아온 것이다. 그러나『서경』이
란 또 한 권의 책을 따로 확인해 볼 것도 없이 역시『사문유취』'주(酒)' 문
의 '군서요어' 란에서 이미 중개의 소임을 다하고 있다.

   도잠·유령·완적·필탁의 무리가 그와 교분하였다는 본문 가운데의 내용
도, 『사문유취』의 대조를 통해 그 자세한 영문을 알 수가 있다. 이 책 권14
연음부 '연음(燕飮)' 문 '고금사실(古今事實)' 란에 <갈건녹주(葛巾漉酒)>라 하
여 도잠(字 ; 淵明)이 술을 좋아하여 갈건(葛巾)에다 술을 걸렀다는 고사가 있
고, 같은 '연음' 문의 '고금문집' 란에는 그의 <음주(飮酒)> 시가 소개되어 있
다. 그리고 권15 연음부 '감음(酣飮)' 문의 '고금사실' 란에는 유령이 취하면
옷을 벗어 제쳤다는 <유령감취(劉伶酣醉)>, 필탁이 술항아리 사이에서 남의
술을 훔쳐 마셨다는 <필탁옹간(畢卓甕間)>, 완적이 상중에도 술을 마셨다는
<거상음주(居喪飮酒)>의 고사가 거의 나란히 붙어 등장한다. 더 나아가, 본
문 중의 다음과 같은 내용은 『사문유취』와의 관계를 거의 결정짓는 증좌가
되리라 한다.

> 그리고 백륜(伯倫)이 그 덕을 칭송하고, 백거이(白居易)가 그 공을 찬양하
> 기에 이르러서 수재의 이름은 더욱 드러나게 되었으니, 그 많은 글을 다 싣
> 지 못하겠다. 당의 두주박사(斗酒學士) 왕적(王績)은 대조문하성(待詔門下省)
> 으로서 매양 수재와 더불어 정다운 얘기 나누면서 차분히 함께 교유하였다
> 는 말이 <취향기(醉鄕記)>에 있다.[28]

백륜(伯倫)은 진대(晉代) 죽림칠현의 한 사람인 유령(劉伶)의 자이다. 그가 국
수재의 덕을 칭송했다 함은 곧 <주덕송(酒德頌)>의 지음을 일컫는 말이다.
다음, 백거이가 그 공을 찬양했다 함은 다름 아닌 백거이가 지은 <주공찬(酒
功讚)>을 지칭함이다. 왕적의 <취향기(醉鄕記)>는 내용이 스스로 밝힌 바이다.
   그런데 이처럼 술과 관련하여 ~송(頌), ~찬(讚), ~기(記)와 같은 다양한
형태의 문예 장르를 각각 따로 연상해 올 것도 없이, 연음부 '감음(酣飮)' 문
의 '고금문집' 란을 펼 것 같으면 술에 관계된 고금의 명문장 및 명시가들이
한꺼번에 일람된다. 위에서 든 <주덕송>·<주공찬>·<취향기>의 원문이
여기 포함됨이 또한 물론이다.
   그렇다고 해서 이 가전의 내용소(內容素)가 온전히 『사문유취』에만 전적으

---

28) 至如伯倫頌其德 居易讚其功 秀才之名益顯 文多不載 唐斗酒學士王績 常待
    詔門下省 每與秀才 款話從容 同遊醉鄕 語在醉鄕記.

로 의지하여 결성되었다는 말은 아니다. 나머지는 그밖의 다른 전거를 이용하였을 터인데, 이 역시 서문에서 밝힌 것처럼 같은 소재 또는 다른 소재 가전작품으로부터의 활용이 가능했던 것이다. 그리하여 본편에서도 앞시대 술 가전이 곧잘 사용하던 상투적인 문장 패턴이 몇 군데 보인다.

> 秀才之量 汪汪若千頃波 澄之不淸 搖之不濁.
> 수재의 국량은 넘실넘실 마치 일천 굽이 파도와 같아, 맑게 할래야 맑아질 게 없고 흔든대도 흐려짐이 없다.

이것은 <청화선생전>이 그 첫 성조(聲調)를 발했던 이래, 우리의 <국순전>·<국선생전>들이 약속이나 한 것처럼 향응하여 따른 유명한 관용구이려니와, 이에서 다시 한번 메아리쳐 울린 바 되었다.

동시에, 다음의 문장 역시 결코 간과할 수 없는 것이다.

> 上召秀才 則此五子亦不待詔 輒俱往 上未嘗怪焉.
> 임금이 수재를 부르면 이 다섯 사람은 따로 명을 기다리지 않고도 문득 어울려서 가던 것이지만, 임금은 한번도 이상하게 보지 않았던 것이다.

이는 한유가 쓴 붓의 가전 <모영전> 가운데 보이는 다음과 같은 구절,

> 上召穎 三人者不待詔 輒俱往 上未嘗怪焉.
> 임금이 모영을 부르면 세 사람은 따로 명을 기다리지 않고도 문득 어울려서 갔던 것이지만, 임금은 한번도 이상하게 보지 않았던 것이다.

의 영락없는 표절임을 한눈에 파악할 수 있다. <청화선생전>도 내용적으로 <모영전>의 모티브를 계승하기는 하였지만, 수사만은 달리했던 것인데, 여기선 그것마저도 완전한 일치를 보였다.

한편, <국수재전>이 이규보의 <국선생전>을 의식했던 편린도 몇 가지보인다. '수성(愁城)'의 등장은 그 대표적인 경우이다. 의인문학사상 '수성'이란 말의 표현적 조어는 이규보에 의해 가장 처음 용사되어진 것이다. 물론, 범성대(范成大) 및 장양호(張養浩)의 시 등에서도 이 표현이 구사되어졌다고

하지만 스토리를 갖춘 의인적 산문학은 아니었다. 그리고 이규보의 이 신의(新意)는 <국수전>을 비롯한 <환백장군전>·<국청전> 등 뒷시대 술의 가전을 포함하여, 다른 소재의 의인문학에도 상당한 효력이 발휘되는 계기가 되었다.

한편, 그 이전의 가전에는 구사되지 않은 채 오로지 <국선생전>에 한해 나타난 표현적 모티브로 "上器之…呼麴先生 而不名"〔임금이 그릇감이라 여겨 … 국선생이라 하되 이름을 부르지 않았다〕고 한 것이 있는 바, 아래 문장의 머리점 표시한 부분이 그러하다.

上器之 擢置喉舌 待以優禮 每入謁 命舁而升殿 呼麴先生 而不名.
임금이 그릇감이라 여기며 일약 발탁하여 요직에다 두고 높은 예의로써 대접하였던 것이니, 국성이 입궐하여 뵈올 때마다 가마를 부린 채로 전(殿)에 오르게 하는가 하면, 국선생이라 하되 이름을 부르지 않았다.

이것이 약 350년 후에 <국수재전>의 수사 표현적 양식 안에서 그 효험이 발생하였다.

上益器之 眷洽日隆 稱秀才而不名焉.
임금이 더욱 그릇감이라 여기며 돌보아 사랑하기를 날로 융성히 했고, 수재라 일컬었지 이름을 부르지 않았다.

또, 앞의 <국선생전> 언급의 부분에서 국선생이 임금을 찾아오기 직전에 주기성(酒旗星)이 빛을 발했다는 대목 역시 본래는 『사문유취』의 시사에 힘입은 것이긴 하지만, 수재가 태어날 적에 주성(酒星)의 정기를 품었다는 <국수재전>의 모티브도 그 상관성에서 예사롭지 않았다.

그밖에 수재가 친하였다는 치이자(鴟夷子)의 명칭도 한갓 소홀히 넘어가기 어려운 구석이 있다. 주인공들의 벗 이름으로 <청화선생전>·<상군전>에서는 옥치자(玉巵子)·가씨(賈氏), <육서전>에서는 호자(壺子)·상군(商君) 등이 있었고, 그나마 <국순전>에는 벗의 등장이 없다. 치이자(鴟夷子)의 등장은 <국선생전>의 갈피에서 비로소 가능할 수 있었으니, 이 마당에 그 여향(餘響)을 생각지 않을 도리가 없게 된다.

한편, 수재의 반대 세력으로 등장하는 양후(釀侯) 황감(黃甘)·하비후(下邳侯) 육길(陸吉) 등의 명칭은 소동파의 귤 의인 가전인 <황감육길전(黃甘陸吉傳)>에서 그 모양 그대로의 표현적 원류를 찾는 일이 어렵지 않다.

거의 모든 가전에서 등장하는 '上'[임금]은 인간 또는 인간의 마음을 의인화시킨 상징적 표현이다. '天君'은 '上'의 또 다른 표현이다. 그런데, <국수재전>까지도 아직은 '天君'의 칭호가 나타나지 않고, 앞 시대 가전마다 변함없이 구사해 오던 '上'의 단계에 아직 머물러 있었다.

대신, 주목을 끌만한 특징적인 사항으로 환백장군의 첫 번째 출현이 여기 <국수재전>에 이르러 비로소 이루어졌다.

6) 김득신(金得臣)의 <환백장군전(歡伯將軍傳)>

조선 중기의 시인인 백곡(栢谷) 김득신에게도 술 의인화에 대한 산문적 각별한 시도가 있었다.

김득신의 자는 자공(子公), 호는 백곡(栢谷)이다. 안동 본관으로 부제학(副提學)을 지낸 치(緻)의 아들이자, 진주목사를 지낸 시민(時敏)의 손자이다. 1662년 59세 노년에 증광문과(增廣文科) 병과(丙科)에 급제하였고, 말년에는 안풍군(安豐君)을 습봉(襲封)받았다. 노둔(魯鈍)의 시인으로 유명하지만, 이른바 한문학 4대가의 한 사람인 택당(澤堂) 이식(李植)으로부터 '당금(當今)의 제일'이라는 추서를 받았고, 정두경(鄭斗卿)·홍만종(洪萬宗) 등과도 교유하였다. 평생의 시문을 담은 『백곡집(栢谷集)』이 있다. 다른 일면, 그는 시인으로서 뿐만 아니라 시론에조차 나름의 조감(藻鑒)을 갖추었으니, 『종남총지(終南叢志)』 같은 시화(詩話) 관련의 저서도 있다. 그는 시에 능(能)이 있고 산문 쪽은 약하다는 것이 지배적인 견해이지만, 오히려 그의 허구적 산문에의 관심 및 능력은 술의 의인화인 이 작품과 더불어 부채의 의인가전 <청풍선생전(淸風先生傳)>을 낳기도 하였다.

이제 본편의 줄거리를 요약하면 이러하였다.

장군의 성명은 조강(曹糠)이다. 하우(夏禹) 때 의적(儀狄)의 후예로 상나라 주(紂)를 섬기다가 무왕의 정벌 때 주천(酒泉)으로 망명하였다. 강충(降

衷) 원년에 수성(愁城)의 도적떼가 영대(靈臺)의 지경에서 침범했는데, 이를 격퇴할 인물을 구하지 못하였다. 이에 천군은 옹백(翁伯)·국생(麴生)·순우현(淳于賢)들로 자문하였으나, 저마다 자신의 역부족임을 아뢰면서 대신 주천 땅의 조강을 천거하였다. 천군은 조강에게 대장군의 직함과 함께 군사를 내주고, 공을 이룩하면 환백(歡伯) 땅에 봉할 것을 약속하였다. 아울러 낭관(郎官) 청(淸)과 역사(力士) 당(鐺)을 보좌관으로 주니, 장군은 수성을 탐지하며 이들 보좌관과 전술을 정한 뒤에 일시에 공격, 드디어 수성을 평정하였다. 이에 천군은 약속대로 환백 땅을 봉하고 수성을 나눠주었으며, 청과 당으로 하여금 지키게 하였다.

본 가전은 형식의 파격이 특징이다. 서두 및 선계, 나아가 본전의 행적부까지는 나와 있으나, 후계는 물론이고 가전의 기본적 중요한 틀이라고 할 수 있는 종말과, 심지어는 한국 가전이 저마다 수용하고 있는 바 총평부(總評部)가 완전히 없어져 버렸다. 이런 현상은 1985년 필자가 편역한『한국가전문학선(韓國假傳文學選)』의 단계에까지 확인한 30편,29) 그리고 1997년·1999년에 20편을 더 추가하여 편역한 총 50편의 가전30) 가운데 어느 작품에서도 찾아볼 수 없었던 일이다. 이 가전의 또 하나 특색은 서두의 몇 줄 만을 제외하고는 본전에 들어가면서 완연히 <수성지(愁城誌)>와 같은 소설적 양상을 띠고 있다는 사실에 있다. 다시 말해, 한국의 가전문학 일반이 사실 중심으로 구성되어 있는데 반해서, 이 경우 수성의 타파라는 목적 하에 단일사건 중심으로 스토리가 전개된다는 뜻이다.

따라서, 당연히 전고(典故) 차용의 필요성이 요구되지 않는 마당인지라『사문유취』와 인연 맺을 까닭이 없다. 아닌게 아니라, 실제로도 양자 간에 이렇다 할 수수(授受)의 흔적은 보이지 않는다. "平原督郵"·"麴生" 등 조어(調語)가 있으나 이는 더 이상『사문유취』를 기다리지 않고서도 상식화된 표현이고, '의적(義狄)의 후예'라 함도 하필 유서 종류를 기다려서 나올 말은 아니었다.『태평어람』에도 있고, <국수재전>에도 나와 있어 특별한 어휘 또는 모티브가 못되는 것이다.

---

29) 김창룡,『한국가전문학선』, 정음사, 1985.
30) 김창룡,『한국의 가전문학』(上·下), 태학사, 1997·1999.

그렇다고 하여 본편이 앞 시대의 다른 가전에서 신세 입은 자취도 이렇다 할 것이 없다. 이와 같은 실정이지만 단 한 가지, 본편이 아무래도 <수성지>의 후반부를 연상케 하는 정도가 참으로 강렬하였다. <수성지>의 전반부는 천군 나라의 지배 체제 및 그 아래 도열한 인물들을 소개한 것이지만, 거의 후반에 들면서부터는 전반부의 나열 형태를 벗어나 하나의 위기가 설정되니, 수성 무리의 침월(侵越)이 그것이다. 곧, 일대 획기적인 사건의 발생이 제시되는 바, 이때부터는 내용도 사건중심으로 돌입된다. 동시에, 이때부터 술의 형상 화인 국양장군(麴釀將軍)이 실질적으로는 주인공이나 다를 바 없는 면모를 띠게 된다. 여기, 침입해 온 수성의 무리와 이에 맞서서 퇴치에 전력을 기울이는 국양장군의 대립적인 양상은, <환백장군전>의 주인공 조강장군(曹糠將軍)이 수성의 도적들과 맞서 퇴치하는 형상과 다를 것이 하나 없다.

또한, 술 가전으로 천군이 등장한 경우도 이 작품이 처음이다. 물론 '天君'이란 어휘는 이보다 거의 2천 년이나 전에 『순자(荀子)』의 저서 가운데 사용이 있던 것[31]이긴 하지만, 인간의 마음을 상징하는 의인화 형상으로 허구적 산문에 활용되기까지에는 오랜 광음이 요구되었다. 동시에, 여기서 술 가전으로 처음이라는 말은 다름 아니라, 그보다 약 반세기 앞에 인간 심성을 의인화시킨 김우옹(金宇顒, 1540~1603)의 <천군전(天君傳)>, 심성 및 사물을 한꺼번에 의인화시킨 임제(林悌, 1541~1587)의 <수성지>에 벌써 천군의 출현이 있었다는 뜻이다. 그런데 김우옹과 임제의 사이에 누가 이 표현을 먼저 다루었는지는 종당 알 수 없지만, 그와는 상관없이 <환백장군전>의 '천군' 도입은 틀림없이 이 양편 사이에서 가능했을 것으로 사료된다.

그 밖에, 제목의 '환백(歡伯)'은 『사문유취』에도 나와 있고, 바로 앞의 가전 <국수재전>에도 나타나 있다. 게다가 어느 면에선 술의 별칭을 환백이라고 함이 옛시대 글하는 사람들에게 있어 특수한 지식만은 아니므로, 꼭 무엇을 따른 것이라 단정짓기 곤란한 점이 있다. 다만 <국수재전>에서는 비록 간략하기는 했어도 국수재의 아들 서(諝)의 벼슬이 환백장군이고, 그 또한 수성을 대파하여 공을 이룬다는 내용이 있는 바, 그 관계는 긍정도 부정도 할 수 없는 것이 되겠다. 흥미롭게도 같은 17세기에 지광한(池光翰, 1695~1756)이 지

---

31) 『순자(荀子)』 <천론(天論)> 편에, "心居中 虛以治五官 夫是之謂天君."

은 술의 의인 산문인 <취향지(醉鄕志)>에서는 국수재와 대립하는 인물로서의 환백이 등장하고 있어 주목을 끈다.

또, 국생(麴生)·옹백(翁伯)·순우현(醇于賢)들이 번갈아 조강을 천거한다는 말미가 있고, 그 상소한 내용이 꽤 상세한데, 이러한 스타일은 멀리 <육서전>을 연상시키는 국면이 없지 않다. 이같은 비교문학적인 관계 외에도, 대내적으로는 그 무렵 서서히 진작(振作)하기 시작하던 군담류(軍談類) 소설 등에 끼쳤을지 모를 파급의 효과에 대해서도 한 번쯤 고려해 볼 가치가 있는 것으로 보여진다.

7) 박윤묵(朴允黙)의 <국청전(麴淸傳)>

종이의 <저백전(楮白傳)>, 붓의 <모원봉전(毛元鋒傳)>, 먹의 <진현전(陳玄傳)>, 벼루의 <석탄중전(石坦中傳)> 등 문방사우 소재를 일일이 가전 양식으로 다루었던 박윤묵이, 우리나라 가전 최초의 소재인 술에 대한 의인법조차 구사하여 <국청전>을 남기니 술 가전의 계보에 한 자리를 차지하게 되었다. 이제 그 경개를 옮기면 다음과 같다.

> 국청(麴淸)은 청주(靑州) 사람이다. 우임금 때 의적(儀狄)이 그를 천거했으나 받아들여지지 못하였고, 그 뒤 하나라의 걸왕(桀王) 때 용납 받았다. 우·탕·무왕·성왕과 같은 시대에는 물리침을 받았고, 걸(桀)·주(紂) 때는 총임을 받았다. 그러나 성품만은 유화롭고 담박하였다. 한무제 때는 세수(歲數)를 늘려 번영을 이루었다. 보합(保合) 원년에 천군이 즉위하였으나 폐단을 일으켰다. 그러자 궁기(窮奇)가 들고 일어나 수성(愁城)의 진(陣)을 결성하매 이를 수습하기 어려웠다. 결국은 국청이 장군으로 뽑혀 수성의 적을 쳐 없애니, 이에 천군은 국청에게 칭송의 조서와 함께 화서백(華胥伯)을 봉하고 우현(盂縣)을 식읍으로 내렸다. 그는 인종과 계층의 가림이 없이 유화로웠으나, 지나치게 표탕한 흠이 있어 그 벼슬을 오래 지키지 못하였다. 그와 가장 친한 유령이 그를 위한 칭송의 글을 지었고, 당의 왕적도 <취향기>를 쓴 것이 있다. 요컨대, 그의 태화로운 성품은 제사 및 연향 등 인간사 제반 절차를 위해 공헌해 온 바, 그 명성이 오랜 것이다.

여기서 등장하는 역사적 인물인 의적·걸·주·유령·왕적과 그 밖의 평원독우·청주종사·천군·수성 등의 표현은 술 의인화의 오랜 연륜을 통해서 이미 진부해져 버린 어휘가 되었다. 따라서 특정한 문헌과의 관계 여부를 따지는 일조차 이제는 별 의의가 없게끔 되었다.

다만, 모처럼 <청화선생전>과 <국순전> 이외에는 잘 구사되어지지 않았던 유형이 하나 발견되어 새로운 느낌이다. 다름 아닌,

> 비록 만이(蠻夷) 융적(戎狄)이라 할지라도 다 함께 즐거운 사이가 되었다. 위로는 제왕으로부터 아래로는 노예, 서리(胥吏)에 이르기까지 모두 그를 사랑하고 흠모하며 기꺼워했던 것이다.[32]

이러한 방식의 투어는 <국선생전>, <국수재전>, <환백장군전> 등 3편 가전을 거치는 동안 사라진 듯싶었는데, 이 작품에 재현되니 <국순전> 이래 약 600년 만인 셈이다. 그렇다면 본편의 주인공인 국청의 이름도 <국순전>과 관련하여 반드시 예사롭게 넘길 성질의 것만은 아닐 것이다. 다름아니라, <국순전>에서 주인공 국순의 먼 친척 아우로 국청이 소개되었던 바 있고, 이 국청의 명칭은 <국청전> 이전의 6편 가전 전체를 통해 오직 <국순전> 한 편에만 국한하여 언급되었음은 특서(特書)할 만하다.

그 밖의 사항, 이를테면 한무제 때 섭홍양(葉弘洋) 등이 염철(鹽鐵)을 맡아 다스릴 때 국씨를 세워 아뢰었다거나, 국청이 임금 앞에서 불렸다는 <담로(湛露)> 시처럼, 유서라든지 다른 가전과 특별히 맥락을 갖기 어려운 부분은 역시나 평생 보아오던 문헌에 대한 기본적 지식 소양 및 상식의 바탕에 힘입어서 삽입시킨 것으로 보면 될 것이다.

참고로, 본편의 다음과 같은 부분은 이보다 약 4, 50년 뒤에 이루어진 이옥(李鈺, 1770경~?)의 <남령전(南靈傳)>과 특별히 서로 연상을 불러일으키는 바 없지 않기에 이에 덧붙인다.

> 도적들을 무하지향(無何之鄕)까지 추격하여 모조리 베어 없앴다. … 수성을 무너뜨려 본래대로 돌아가게 하였다. 그 때 비가 내리니 칼날에 피를 적

---

32) 雖蠻夷戎狄 咸與交歡 上自帝王 下至隸胥 率皆愛慕欣欣焉.

시지 않고 크게 물리쳐 평정하였다. 천군은 그를 가상히 여겨 조서를 내리고 칭송하여 말하였다. "보잘 것 없는 나 한 사람이 욕되이 만물을 다스리다가 이같은 피폐를 끼치게 되었다. …."[33] <국청전>

추심(秋心)은 불에 뛰어들어 스스로 타 죽고, 남아있는 무리들도 모두 항복하였다. 천군은 대단히 기뻐서 사신을 보내 남령으로 서초패왕(西楚霸王)을 책봉한 위에 구석(九錫)을 더해주었다. 그 책문에 하였으되, "지난번에 짐이 덕이 없어 스스로 뱃속의 우환을 끼쳐 놓았더니, … 이제 병사들은 칼날에 피를 적시지 않은 채 오직 도적들만을 몰아버렸고 …."[34]

<남령전>

3. 맺음말

의인문학의 여러 장르류 가운데 한 장르종이라 할 수 있는 가전은 그 소재 또한 다양하고 풍부한 양상을 띠고 전개되어왔다. 그 가운데 술을 의인화한 시도는 이 장르의 선구자라 할 수 있는 한유와 소식의 다음 단계에 와서야 비로소 가능했지만, 여타의 소재들에 비하면 훨씬 두드러진 관심의 대상이 되어 낙역불절(絡繹不絶)로 전승되었던 것이다. 그리하여 초기의 가전인 <청화선생전>·<육서전> 등은 아무래도 기왕의 동일장르 다른 소재인 한유·소식의 가전 등에서 크고 작은 시사를 입었던 것이니, 이는 오히려 필연적인 귀결이라고 하겠다.

한편, <육서전>과 함께 축목의 『사문유취』에 실린 '술병' 의인화의 <호자전>·'술잔' 의인화의 <상군전> 등은 동일장르 유사소재로서, 위에 든 두 편 술 가전과의 선후 관계를 가리기는 비록 막연하긴 했지만 그 수수 관계만큼은 비상히 지밀한 것으로 확인되기도 했다.

술 소재의 취용은 수신자인 우리나라 여·한의 시간대에 들어와 한층 빈도

---

33) 追擊於無何之鄉 盡殄之…壞其城 使歸于本 若時雨降 不血刃而大難平 天君嘉之 賜詔褒美曰 眇余一人 忝主百體….

34) 秋心赴火自焚死 餘黨悉降 天君大悅 使使冊靈爲西楚霸王 加九錫 其冊曰 向者朕否德 自貽心腹之憂…兵不血刃 惟賊是驅….

높은 모습의 성세를 나타냈다. 아울러 그 소재 취용의 양상도 중국에서보다 훨씬 큰 폭으로 확대되기에 이른다. 앞서 중국의 두 편 술 가전이 다른 소재 혹은 동일소재 가전 장르에서 취해온 점을 무시할 수는 없었으나, 전체 모티브의 비중에서 놓고 볼 때 실로 근소한 데 그치고 말았던 것이다. 그러나 우리의 고려에 이 장르가 수입되면서부터 그 양상은 일변하게 된다. 이 시기에 술의 가전을 포함하여 이 장르 분야의 상당폭에 걸쳐 결정적인 스폰서의 역할을 했던 것은『태평어람』·『사문유취』와 같은 유취서였다.

『태평어람』만 하더라도 고려는 물론이고 조선조에 이르기까지 거의 왕실의 주변에서 전점(專占)되다시피 한 서적인지라 그 참계(參稽)의 바탕이 성글었다. 이에 반하여,『사문유취』의 경우 조선시대 진신(縉紳)들 사이에 백과전서처럼 사용하였던 것인데,35) 그것이 가전 창작의 마당에 또 한번 결정적인 마당을 제공하였음을 소홀히 할 수 없다. 아울러, 종전에 가전의 소재론을 다루는 과정에서 오히려 이를 차치해 두고『태평광기』같은 설화문헌집이나 기타 허다하게 산재해 있는 온갖 종류 잡동산이 문헌 속에서 자원(資源)을 찾으려는 시도는 유서의 존재가 전통시대 생활권 안에 끼친 효용적 가치면에 잘 유의하지 못했던 소치로 보인다.

실제로 우리나라에서 유서를 바탕으로 한 이같은 전고 의존의 성향은 중국과는 비교할 수 없을 만큼 압도적인 정도로 나타났음 또한 간과할 수 없는 사실이 된다.

한편, 의외로 <취향기>·<취향지> 같은 동일소재, 다른 장르와의 관계는 거의 소루(疏漏)한 양상을 면치 못하였다. 반면, 오히려 <수성지>·<의승기(義勝記)> 등 다른 소재, 다른 장르와는 일정한 만큼의 교감이 이루어졌던 점이 주목된다.

또한, '수성(愁城)'의 표현이 13세기 초 이규보의 <국선생전> 속에서, '천군(天君)'의 표현이 16세기 김우옹의 <천군전> 및 임제 <수성지> 사이에서 처음 구사된 모습을 통해, 이것이 한·중 산문사상 한국의 독자적인 의발(意發)이라는 점에서 의미있는 일이라 하겠다.

---

35) 김창룡,『한중가전문학의 연구』, 개문사, 1985.8, pp.87~92.

▓▓▓ 김수항(金壽恒) / <화왕전(花王傳)>

초기의 꽃 가전과 유서

<화왕전(花王傳)>은 17세기 조선시대 문곡(文谷) 김수항(金壽恒, 1629~1689)이 모란을 중심으로 하여 지은 꽃 왕국의 가전이다.

작가 김수항은 안동 본관, 상헌(尙憲)의 손자로서, 조선 인조 24년(1646) 사마시(司馬試)의 통과 이래 알성문과(謁聖文科)에 장원(1651)하고 문과 중시(重試)에 을과 급제(1656)하였다. 이를 계기로 현종 연간에 계속적으로 승진하니, 이래 이조참판, 대제학, 예조판서, 대사헌, 이조판서, 우의정, 좌의정, 영의정에 이르기까지 조선조 명인 가운데도 그 유례가 드물게 관운이 넉넉한 인물이기도 하였다.

그는 서인(西人)인 송시열(宋時烈)·김수흥(金壽興) 등과 함께 현종 당시 두 차례에 걸친 복상(服喪) 문제가 일었을 때 줄곧 예제(禮制)의 간소화를 주장하였다. 다음 숙종 때까지도 남인(南人)과 대립하는 과정에서 위와 같은 정치적 영달을 누리기도 하였거니와, 또 그 과정에서 결국은 유배, 사사(賜死)되는 운명을 맞기도 하였다.

본래 『문곡집(文谷集)』 소재의 이 작품은 김균태가 묶은 『문집소재전자료집(文集所在傳資料集)』 제3권1)의 안에 처음 수록되면서 비로소 면모가 세상에 알려진 것이다.

한편, <화왕전> 표제의 바로 아래 "十六歲作" [열여섯 때의 작품]이라 하였는 바, 이 때는 인조 22년 갑신년 곧 1644년이 된다. 그가 시험의 첫 관문인 사마시에 합격하기 바로 2년 앞의 일이었거니와, 각별히 16세 작임을 표

---

1) 김균태, 『문집소재전자료집(文集所在傳資料集)』 3, 계명문화사, 1986.5.

제 아래 쪽에다 특필(特筆)한 것은 그의 재기가 일반과 달리 출중 비상하다는
것, 바꿔 말하면 그 나이에 이만한 정도로 작문하는 일의 어려움을 시사한
뜻으로 인지된다. 물론, 가전 작품마다 작가가 몇 살 때 그 글을 지었는지 해
당 연령을 일일이 상고할 수 있는 것은 아니다. 그렇긴 하지만, 전반적으로
그 대략을 일람하여 본대도 10대에 이같은 문장 구사가 과연 흔치는 아니한
일이었음을 새삼 감지할 수 있다.

하지만, 이와는 반대의 국면도 있다. 곧, 이와 같은 가전 장르의 글짓기는
여타 장르의 창작에 비해서는 대체로 허구적 상상에 입각한 창의력이 덜 요
구되고, 따라서 그 심비(心脾) 노력의 부담 또한 사뭇 경감될 수 있었음도 사
실로서 지적하지 않을 수 없다. 필자는 일찍이 한국 가전문학의 집필 과정에
는 송나라 학자 축목(祝穆)이 엮은 부문별 백과 유서(類書)인『사문유취(事文類
聚)』에의 대대적인 참고와 활용이 따랐다는 입론을 거듭하여 펴온 바 있다.[2]
그리하여 지금 이 <화왕전>의 글쓰기 역시 그 서술이 순연한 창의적 소산이
었다기보다는 거의 대부분 이 책 활용의 바탕 위에서 조성되었다는 점을 강
조하는 뜻이다.

그러면 실제로 화왕의 성명인 "요황(姚黃)"은 진즉『사문유취』후집 권30
화훼부(花卉部) '모란(牧丹)' 문이 실은 바, 구양영숙(歐陽永叔) <낙양풍토기(洛
陽風土記)> 안에 일찌감치 보이던 이름이었다.

　一日一夕 至京所進 不過姚黃魏花三數朶.

나아가, 본문 첫머리의 앞시대 조상 및 그 후예들이 '단주(丹州)'·'연주(延
州)'·'청주(靑州)'·'월주(越州)' 등에 거처했으며, 특출난 자는 '낙양(洛陽)'에
살았다 운운 역시 유취 '모란(牧丹)' 문에 들어있는 구양영숙 <화품서(花品
紋)> 벽두에 그 소원(遡源)이 있다.

　牧丹出丹州延州 東出靑州 南亦出越州 而出洛陽者 今爲天下第一.
　모란은 단주(丹州)와 연주(延州)에서 난다. 동으로는 청주(靑州)에서 나고,

---

2) 김창룡,『한중가전문학의 연구』, 개문사, 1985, pp.83~130.
　　김창룡,『가전문학의 이론』, 박이정, 2001, pp.115~172.

남으로는 월주(越州)에서 난다. 하지만 낙양에서 나는 것이 오늘날 세상에서 으뜸으로 친다.

여기서 가져온 것이며, 왕이 송나라 "천성(天聖)" 연간에 태어났다는 식의 시간적 설정 또한 송나라 때의 문인 구양영숙의 <화품서> 중에,

余在洛陽 四見春 天聖九年三月 始至洛….
나는 낙양에 머물면서 네 번의 봄을 보았다. 천성(天聖) 9년 3월에 처음 낙양에 왔거니와 ….

에서 추출한 것이었음을 금세 알 수 있다.

한편, 『사문유취』와 더불어 이 땅에서 양대 유취서(類聚書)의 구실을 하였던 『태평어람(太平御覽)』[3]에도 또한 권99에 '모란(牧丹)' 문이 없음은 아니로되, 오히려 화훼부로서가 아닌 약부(藥部) 9의 분류 안에 들어있다. 게다가, 그 수록도 불과 여덟 줄에 불과, 그 빈약한 내용이 <화왕전>을 위해서는 전혀 무용하였을 뿐이었다.

다시 <화왕전>에서 화왕 모란이 소강절(邵康節), 범요부(范堯夫), 사마군실(司馬君實), 구양영숙(歐陽永叔)들로부터 아름답다는 칭송을 얻었다고 하였던 대목 역시 그 출처가 명료하다. 곧, 소강절이 조낭중(趙郎中)과 장자후(張子厚) 앞에서 낙양 사람들의 모란 감평(鑑評)에 대해 얘기했다는 <평화우풍(評花寓諷)>을 비롯하여, 범요부의 <차운(次韻)>·<모란(牧丹)>, 사마군실의 <차운(次韻)>·<모란(牧丹)>, 또 위에 든 구양영숙의 <화품서>·<낙양풍토기> 등이 그것이니, 이들에 대한 참조의 바탕 위에서 전적으로 가능한 구상이었던 것이다.

"왕이 봄을 주재하는 신인 동황(東皇)의 명을 받아 화왕에 즉위하였다〔王承東皇之命 立爲花王〕" 역시 『사문유취』'모란(牧丹)' 문 안에 양정수(楊廷秀)의 칠언율시 <부익공평원모란백화청연(賦益公平園牧丹白花靑緣)> 허두부인,

東陽封作萬花王 봄의 신께서 온세상 꽃들을 위한 임금 봉해 주시면서

---

3) 김창룡, 『한중가전문학의 연구』, (개문사, 1985, pp.83~130) 참조

更賜珍華出尙方 상방(尙方)에서 내온 화려한 보물조차 내리셨는가 보다.

라든가, 같은 곳에 있는 나은(羅隱)의 7율 <모란(牧丹)> 시 허두부,

似共東君別有因 아마도 봄의 신 동군(東君)과는 각별한 인연 있나봐
絳羅高捲不勝春 진홍의 고운 비단 높게 말아들고 봄을 겨워하는 품이.

에서 암시를 받았을 것이다.

화왕의 처 이름인 "위자(魏紫)"의 경우 구양영숙 <화품서>에 모란의 별칭으로 나열되었던 "위화(魏花)" 및 "좌자(左紫)"의 합철자만 같다. 또는 백거이(白居易)가 지은 <제낙양모란도(題洛陽牧丹圖)>에서 빼어난 품종으로 열거한 것 가운데,

一時絶品可數者 한 시대의 뛰어난 품수로 꼽을 수 있는 것은
魏紅窈窕姚黃肥 아리따운 위홍(魏紅)과 살진 요황(姚黃)이라네.
壽安細葉開尙少 수안세엽(壽安細葉)은 꽃 피는 숫자가 드물고
朱砂玉版人未知 주사홍(朱砂紅)과 옥판백(玉版白)을 사람들은 알지 못하네.
傳聞千葉昔未有 별별 꽃 다 들어보나 예전엔 차마 보이지 않았던 것
只從左紫名初馳 오직 좌자(左紫)란 것이 애초에 그 이름 드날렸다네.

에서 끊어 썼을 가능성도 없지 않다.

첩 이름의 "분아교(粉娥嬌)" 운위는 다른 곳에서는 아무리 하여도 맥락처가 없고, 다만 왕건(王建)이란 이의 <제임택모란(題賃宅牡丹)> 오언율시의 전반부인,

賃宅得花饒 빌려 사는 집안의 꽃들 요란도 하다
初開恐是妖 처음 피었을 당시엔 요사롭다 하였는데
粉光深紫膩 분같은 자태는 자색 화려함보다 그윽하고
肉色退紅嬌 꾸밈없는 맨 빛깔은 연지빛 고움마저 무색케 하네.

외에는 달리 연상될 만한 구석이 보이지 않는다.

꽃 이름 열거에 들어가서, "양주후(楊州侯) 작약(芍藥)"은 후집 권30 화훼부 '작약(芍藥)' 문 '고금사실(古今事實)' 란의 <만화회(萬花會)> 내용 안의,

東坡云 楊州芍藥 爲天下冠.

에서, 계(桂)의 "월중후(月中侯)"는 권28 화훼부 '계화(桂花)' 문의 '시구(詩句)' 란에,

桂子月中落 天香雲外飄

및 '고금문집(古今文集)' 란에 소개되어진 <월중계(月中桂)>의 제목 등에서, 각각 그 맥락이 보인다. 좌우염향후(左右艶香侯)의 "도(桃)"·"리(李)"는 권31 화훼부 '도화(桃花)' 문 '시구(詩句)' 란에 두시(杜詩)의 일절로 소개되어진,

艶陽桃李節

에서, 행(杏)의 "곡강후(曲江侯)"는 역시 권31 화훼부 '행화(杏花)' 문 '고금문 집' 란 중 유우석(劉禹錫)의 <수낙천행원화(酬樂天杏園花)> 7절 전반부인,

二十餘年作逐臣 歸來還見曲江春

에서 맥락을 찾는다. 이(梨)의 "대곡후(大谷侯)"는 권26 과실부(菓實部) '이 (梨)' 문 '고금사실' 란 <장공이(張公梨)> 표제 하의 설명,

落陽北郊張公夏梨 海內唯一樹 潘岳賦云 張公太谷之梨

에서, 해당(海棠)의 "촉중후(蜀中侯)"는 권31 화훼부 '해당(海棠)' 문 '고금문집' 란 중의 이를테면,

濃淡芳春滿蜀鄕 半隨風雨斷鴬腸 (鄭谷, <海棠>).

垂絲別得一風光 誰道全輸蜀海棠 (楊廷秀, <垂絲海棠盛開>).

을 생각하지 않을 수 없다. 원추리꽃인 훤(萱)의 "망우후(忘憂侯)"는 권31 화훼부 '훤초화(萱草花)' 문 '군서요어(群書要語)' 란의 맨 서두에,

萱 忘憂草也. (『說文』)

에서 이내 확인 가능하고, 유자나무 유(榴)의 "안석후(安石侯)" 또한 권32 화훼부 '유화(榴花)' 문 '고금문집' 맨 앞자리에,

何年安石國 萬里貢榴花 (元稹, <石榴花>)

에서 취용한 것임을 의심치 않는다. "빙옥처사(氷玉處士)" 매(梅)는 권28 화훼부 '매화(梅花)' 문 '고금문집' 중의,

崢嶸突兀 茹鐵爲骨 凜然氷姿 氣壓群木⋯. (洪景盧, <老梅屏贊>)

과 유관해 보이고 "향원처사(香遠處士)" 난(蘭)은 권29 화훼부 '난화(蘭花)' 문 '군서요어' 첫 마당에,

蘭 香草也. (『說文』)
楚人曰 蕙者 今零陵香是也. (『聞見錄』)

와 관련 있어 보인다. "청정처사(清淨處士)" 연(蓮)은 권32 화훼부 '하화(荷花)' 문 '고금문집' 란에,

香遠益清 亭亭淨植. (周茂叔, <愛蓮說>)

과 무관하지 않은 양싶다.
　아울러 매(梅)의 "나부후(羅浮侯)"는 권28 화훼부 '매화(梅花)' 문 '고금사실'

및 '고금문집' 중에,

> 隋開皇中 趙師雄遷羅浮. (<飮梅花下>)
> 羅浮山下梅花村 玉雪爲骨氷爲魂 (蘇子瞻, <再用前韻>)
> 羅浮山下黃茅村 蘇仙仙去餘詩魂 (朱元晦, <與諸人用東坡韻…>)

출전이요, 국(菊)의 "동리후(東籬侯)"는 권29 화훼부 '국화(菊花)' 문 '시구' 란의,

> 采菊東籬下 悠然見南山 (陶淵明詩)

출전이며, 난(蘭)의 "구원후(九畹侯)"는 권29 화훼부 '난화(蘭花)' 문 '군서요어' 란 중의,

> 予旣藝蘭之九畹 又樹蕙之百畝 (<離騷>)

출전이다. 연(蓮)의 "약야후(若邪侯)"는 권32 화훼부 '하화(荷花)' 문이나 '부용화(芙蓉花)' 문에 아무런 출처가 없다. 대신, 조선조 임제(林悌, 1549~1587) 혹은 노긍(盧兢, 1738~1790)의 작이라 하는 <화사(花史)> 중 연꽃임금이 중심으로 되어 있는 <당(唐)> 부문에 "父名菡萏 始居若耶溪"의 구절이 있어 상호간에 무시하기 어려운 관계성이 주목된다.

뒤를 이어 나열 소개되는 이름으로서의 "자미후(紫薇侯)"는 권31 화훼부 '자미화(紫薇花)' 문 표제에서, "내금후(來禽侯)"는 권31 화훼부 '도화(桃花)' 문의 '내금화(來禽花)' 목 표제에서, "앵도후(櫻桃侯)"는 권32 화훼부 '중화(衆花)' 문의 '앵도화(櫻桃花)' 목(目)에서, "주근후(朱槿侯)" 역시 '중화(衆花)' 문의 '주근화(朱槿花)' 목에서, "수선후(水仙侯)"는 권32 화훼부의 '수선화(水仙花)' 문에서, "견우후(牽牛侯)" 역시 권32 화훼부 '중화(衆花)' 문의 '견우화(牽牛花)' 목에서, "금봉후(金鳳侯)"는 역시 '중화(衆花)' 문 '금봉화(金鳳花)' 목에서, "계관후(鷄冠侯)"는 역시 '중화(衆花)' 문 '화계관후(和鷄冠花)' 목에서, "서향후(瑞香侯)"는 역시 '중화(衆花)' 문 '서향화(瑞香花)' 목에서, "함소후(含笑侯)"는 역시 '중화(衆花)' 문 '함소화(含笑花)' 목에서, "산다후(山茶侯)"는 역시 '중화(衆花)'

문 '산다화(山茶花)' 목에서, "치자후(梔子侯)"는 역시 '중화(衆花)' 문 '치자화
(梔子花)' 목에서, "도미후(酴醾侯)"는 권31 화훼부 '도미화(酴醾花)' 문에서,
"말리후(茉莉侯)"는 역시 '중화(衆花)' 문 '말리화(茉莉花)' 목에서 각각 도출해
냈던 것이다.

　　다만, "향일후(向日侯)" 규(葵 ; 해바라기)와 "두견후(杜鵑侯)"의 두 가지 정도
가 잘 인견되지 않으나, 그렇다고 『태평어람』 등 여타의 유서 등에서 구득할
수 있는 성질의 것도 못되었다.4) 이는 일반 지식인의 상식적 사유로서 군이
유취서들의 힘을 빌리지 않고서도 수의(隨意) 처리하여 넣을 수 있는 국면으
로 간주해서 별 문제될 것은 없다.

　　다음, 황봉(黃蜂)의 "양아후(兩衙侯)"는 『사문유취』 후집 권48 충치부(蟲豸
部) '밀봉(蜜蜂)' 문 '군서요어' 란에,

　　　蜂有兩衙應潮.

내지는 '시구(詩句)'의 란에,

　　　黃蜂衙退海潮上

안에서 그 정확한 영문을 파악할 수 있다.

　　"칠원리(漆園吏) 백접(白蝶)" 만큼 『사문유취』 안의 것을 응용화시켜 놓은
어휘인가 한다. 즉, 백접(白蝶)이란 말이 직접 유취 안에 보이는 것은 아니지
만 권48 충치부 '호접(蝴蝶)' 문 '군서요어' 란에,

　　　蛺蝶一名野鵝 一名風蝶 江東謂之撻末 色白背靑者是也.

운운에서 임의로 백접의 말을 가져왔을 터이다. 그것을 칠원리라 했던 것은
역시 같은 '호접(蝴蝶)' 문의 '고금사실' 란에 <몽위호접(夢爲蝴蝶)>에서 야기

---

4) 『태평어람』 권979 채부(菜部) 4에 '규(葵)' 문이 들어있기는 하되, 역시 '向日'의
　표현을 제공하고 있지는 못하다. '두견(杜鵑)' 문에서 역시 보이지 않는다. 『태평
　어람』 안에서는 이제까지 열거해 온 정보들에 대한 해결 능력을 거의 기대하기
　어렵다.

되어진 발상이었다. 이는 다름아닌 『장자(莊子)』 책 소재의 저 유명한 <호접지몽(蝴蝶之夢)> 그 이야기인 바, 장자(名 ; 周)가 꿈속에선 호접이었고[周之夢爲蝴蝶] 호접은 장주[蝴蝶之爲周]였기에, 두 소재 사이의 분간이 잠깐 사라진 경계에서 칠원리5) 장자는 칠원리 호접에 다름 아닌 함수적 개념을 이용한 표현이었다.

꾀꼬리 의인화인 "구우후(丘隅侯)" 황율류(黃栗留) 역시 마찬가지. 꾀꼬리를 두고 별도로 '구우후'라 한 것이 앞 시대의 전고라든가 문헌에 나타나 있음은 아니매, 작가의 임기적 응변으로 본다. 곧, 유추컨대 권45 우충부(羽虫部) '앵(鶯)' 문 '고금문집' 란 안에 황노직(黃魯直)이 지은 5언시 <차운숙부성모영앵천곡(次韻叔父聖謨詠鶯遷谷)>의 중간에,

> 黃鳥在幽谷　韜光養羽儀
> 晴風耀桃李　言語自知時
> 先生丘中隱　喬木見雄雌

라고 한 소재 외에는 달리 모색의 길이 없다.

"황율류(黃栗留)"는 유취 '앵(鶯)' 문의 '군서요어' 란에,

> 黃鳥鶻鶋也　或謂黃栗留　幽州謂之黃鶯　一名倉庚　一名商庚…

이라든가, '고금문집' 란 최종부에 구양영숙의 칠언절구 3·4구 중,

> 風城綠樹知多少　何處飛來黃栗留

등에 드러난 모습이 명료하였다.

이제, 『사문유취』 후집의 후반부야말로 자료 집산지로서의 역할을 철저히 수행한 바, 가장 결정적인 복안(腹案)이 되었던 것임을 명백히 예증하였다.

필자는 일찍이 연민 이가원이 지은 <화왕전(花王傳)>의 소재적 원천을 세밀히 검토한 결과 역시 이 『사문유취』에 크게 근거한 조품일 것으로 추론한

---

5) 흰 나비. 나비를 칠원후로 한 것은, 일찍이 칠원리를 지냈다던 장자의 유명한 나비의 꿈, 즉 '호접지몽'을 연상하여 이용한 표현이다.

연후, 이후 연민 선생께 직접 <화왕전> 지었을 당시의 저본(底本) 소재를 삼가 절문(切問)한 적이 있다. 그런데 역시도 그 지남(指南)하신 바가 바로 여기 『사문유취』에 있었던지라 그 회심에 남몰래 쾌재를 외쳤던 지난날의 체험이 지금에 다시금 새롭다.

무릇, <화사>는 애당초 임제와 노궁 사이에 그 정확한 작자를 극명히 할 수 없는 마당인지라 타 작품과의 명백한 대조에 아쉬움이 있는 일작이었다. 화왕의 의인화 조품(藻品)은 멀리 신라시대 설총의 세칭 <화왕계(花王戒)>를 남상으로 한 이래, 가전문학의 범역(範域) 안에서 화왕 4대의 전기인 <화사>, 그리고 지금 언거된 바 김수항의 <화왕전>, 뒤로는 이이순(李頤淳, 1754~1832)의 <화왕전>, 더 나중에 이가원(李家源, 1917~2000)의 <화왕전>에 이어졌다. 그러므로, 현 시점에서 작품의 형태 기준에서 말한다면, 일단은 김수항의 이 전기야말로 <화왕전> 계보 가운데는 가장 첨병적인 작품이었다는 의의를 삼가 부여해 줄 만하였다.

다만, <화왕계>·<화사>를 위시하여 이이순의 <화왕전>·이가원의 <화왕전>에는 마치 약정이나 한 듯한 공통점이 있었다. 다름 아닌, 왕이 미색 또는 간사한 자의 말에 현혹되고 충성스런 이의 간언을 듣지 않은 폐단으로 결국 비운을 맞이하게 된다는 구도인 것이다. 이를테면 군신 관계에 따른 정치적 득실의 문제를 요긴한 토픽으로 삼고 있었다는 말과도 통한다.

그에 비하여, 지금 16세 김수항의 이 작품만큼은 그같은 풍유적 주제의 개입이 마침내 부재하였다. 오히려 왕은 요사한 도(桃)·리(李)를 물리치고 절조의 표상인 매(梅)·난(蘭)·국(菊)·연(蓮)을 우대할 줄 아는 명군으로서, 다만 천시(天時)의 절변(節變)에 따라 최후를 맞을 수밖에 없는 임금일 뿐이었다. 환언하여, 여타의 <화왕전>들이 꽃 왕국의 알레고리를 통한 정치적 득실의 면, 이를테면 '권불십년(權不十年)'의 측면에 초점이 꽤 맞추어졌던 것임에 반하여, 본편은 꽃 왕국의 알레고리를 통한 자연적 생태의 면, 이를테면 순연히 '화무십일홍(花無十日紅)'의 쪽에 집중되었던 점을 가장 뚜렷한 특징으로 삼을 만하였다. 이 두 가지 이슈 사이에서 문학적 가치를 정하는 일은 차치해 두고라도, 열여섯의 나이에 '권불십년'의 정치적 득실을 논하기에는 아무래도 시기상조가 아니었던가 보여진다.

▓ 박윤묵(朴允黙) / <저백전(楮白傳)>·<모원봉전(毛元鋒傳)>
<진현전(陳玄傳)>·<석탄중전(石坦中傳)>

문방사우 가전과 유서

1.

　　문방사우를 주인공으로 삼은 박윤묵(朴允黙, 1771~1849)의 가전들은 앞에
서 소개했던 <국청전>과 함께 『존재집(存齋集)』이라고 하는 그의 문집 안에
수록되어 있다. 그리하여 박윤묵이 가전을 무려 다섯 작품이나 쓴 작가라는
점도 특필할 만한 사실이다.

　　그러면 우선 가전 장르 다작의 문인인 박윤묵의 프로필을 다소 살펴둘 필
요에 당한다. 하지만 그의 인간과 문학에 관해 상고(詳考)할 만한 자료는 역
시 드물 따름이다. 다만 박윤묵의 유저(遺著)인 『존재집』 맨 권두에는 그의
만년 지기(知己)로 자허하던 남주(南洲) 최면(崔沔)의 <존재집서(存齋集序)>가
실려 있고, 책말의 권25에는 서로 알아온 세월 40년을 얘기하는 반남(潘南)
박기수(朴綺壽)의 <발(跋)>이 있다. 특히 권26에는 그의 79세 생애 전반을
보다 찬찬히 다룬 청풍(淸風) 김주교(金周敎)의 <행장(行狀)>이 갖추어져 있
으며, 더하여 윤정현(尹定鉉)의 <묘갈(墓碣)>과 서준보(徐俊輔)의 <묘지명(墓
誌銘)> 등이 있으니, 이 자료들 안에서 그에 관련한 정보 대강을 요득(聊得)
해 볼 나위는 있을 것이다.

　　박윤묵은 밀양 본관에 자는 사집(士執), 호가 존재(存齋)이다. 그의 집안은
7대조 박충건(朴忠健)이 선조조에 호성훈(扈聖勳)에 들었고, 6대조 박양신(朴
良臣)은 효종조에 심양(瀋陽)까지 호종(扈從)한 공훈이 있다. 증조부 박태성(朴

泰星)은 세 살에 아버지를 잃고 어머니를 섬긴 효도로서 이름 있다. 또한, 부친이 돌아간 해와 같은 간지(干支)가 다시 돌아온 해에 여묘(廬墓)에서 끊임없이 애읍(哀泣)하였더니 숲의 새마저도 조석으로 함께 울었다던 유명한 일화가 전한다. 이로써 임금이 정려문을 세워주었고, 당시 공경대부들도 시를 지으면서 효성의 감화라며 칭송했다 한다. 그의 조부인 박수천(朴受天) 또한 부친상을 당해 애통한 나머지 득병하여 돌아가니, 조정에서 그 효에 대한 표창의 의미로 조세를 면제해 주었다는 등, 내력있는 충효의 가문이었다고 한다. 아버지인 홍재(弘梓) 역시 선조의 훈교를 따라 몸가짐이 신칙하였으니, 집안에 음악을 베풀지 않고 명주·모시를 입지 않는 등 가범(家範)을 준수하였다고 한다.

박윤묵은 4남 중의 셋째로 났는데, 밝고 영민하여 일곱 살 때 벌써 시를 지었으되,

> 三角何矗矗　삼각산은 어쩜 저리 우뚝할까
> 白雲生其上　흰구름은 그 위에서 피어나네.

이 싯구에 모두 기이하게 여겼다고 한다.

어려서 숙사(塾舍)에서 공부할 때 다른 아이들이 이웃집에 나는 음악소리를 따라갔지만, 그만은 홀로 의연히 독서했다고 한다. 또 일찍 어산(漁山) 정이조(丁彛祚) 선생에게 수학하였는데, 선생이 전염병에 걸리자 그 곁을 지키며 지성으로 병 간호를 하였다 한다. 홀로 있는 어머니에 대한 도리는 물론이고, 두 형에 대한 공경심과 아우를 위하는 우애심 등 효제(孝悌)가 비상했다고 하며, '성(誠)'을 제일로 여겨 늘 반듯하게 처신했다고 했다.

또한 그는 감개(感慨)의 정서가 남달랐던가 보았다. 중형(仲兄)과 계제(季弟)의 죽음 앞에서의 애통과, 선영에 대한 추도와, 병자호란을 당한 강개와, 정조(正祖)의 기일을 맞았을 때의 비회(悲懷) 등, 그 때마다 남긴 통곡과 눈물의 기록들이 그러한 사실을 입증하고 있다.

순조 을묘년(1819) 그의 나이 49세 때엔 왕을 배종하여 곡산(谷山) 치마대(馳馬台)에서 어제(御製)를 비문으로 만드는 감독을 했던 공로가 인정되어 통정대부(通政大夫)로 승진을 하였다. 순조 정해년(1827) 그의 나이 57세 때에는

어제(御製)를 글씨로 써 바쳐 가선대부(嘉善大夫)에 올랐다. 특히 <행장>에는 헌종 을미년(1835) 그의 나이 65세, 평신진첨(平薪鎭僉)에 부임하였을 당시, 마침 들었던 흉년에 수백 여 가마의 사재를 기울여 백성을 궤휼(饋恤)했다고 하였다. 아울러 경내에서 늦도록 혼인 못한 이를 혼인케 하고, 6, 70세 노인에게 음식 공궤를 하는 등 선행을 쌓았는데, 임기가 만료되매 백성이 모두 관찰사에게 그의 유임(留任)을 간청하였고, 그것이 부득이하자 송덕비를 세웠다고 한다.

그의 처음 재산은 누만금을 헤아렸지만, 이처럼 평생 남에게 베풀기를 좋아한 덕에 만년에는 궁핍을 면치 못했다고도 한다. 또 친구인 이의수(李宜秀)가 후사 없이 죽으매 자신이 몸소 빈렴(殯殮)을 하고 땅을 가려서 장례 지내 준 일도 있노라고 <행장>은 기록하고 있다. 각원루(閣院樓)에 10년간 있으면서 제공(諸公)의 애중(愛重)을 입었고, 그 당시 이름 높은 재상이던 조인영(趙寅永)으로부터는 "근신군자(謹身君子)"라는 칭술을 받았으며, 또한 글씨에도 능해서 필법이 영매(英邁)·호일(豪逸)하다는 추허를 들었다. 죽파(竹坡) 서준보(徐俊輔)는 그를 평하되 당시대의 정직하여 사(邪)가 없는 이는 오직 존재뿐이라 하였고, 근실함이 한결같은 외우(畏友)라 일렀다.

박윤묵의 시적(詩的) 경지에 대해 『존재집』서문의 작자는 그가 60년 동안에 변치 않는 시벽(詩癖)을 지닌 바, 자신의 판단으로 그 시는 당(唐)도 아니고 송(宋)도 아닌[不唐不宋] 자성일가(自成一家)의 경계를 확립하였다고 말하고 있다. 영탄을 끌어낸 것과 사실을 펼쳐낸 것, 그리고 이것과 저것 사이를 빗대어 비유한 것 등 모든 시가 정풍(正風)과 정아(正雅)를 조술하였으면서 역시 변풍(變風)·변아(變雅)로 뒷받침되어 있다고 했다. 시가 높낮이 없이 평평하면서도 건성에 흐르지 않았고, 온아(溫雅)하면서도 느긋함에 벗어나지 않아 자연의 음향과 절주(節奏)라고 칭찬해 마지않았다.

<발(跋)>의 작자는 그의 시가 간결·정밀하여 당 시인의 풍격에 점차로 배어든다고 하였고, <행장>의 작자는 시문의 충담(沖澹)과 전아(典雅)를 말했다. <묘갈>의 작자는 그가 당인(唐人)을 주추(走趨), 곧 따라 향한다고 했고, <묘지명>의 작자는 역시 시문이 충담(沖澹)·청신(淸新)한 것이 거의 수만 작품에 이른다고 했다.

그와의 40년 지기를 말하는 <발(跋)>의 작자 박기수는 그에게서 볼만한

것이 시의 빼어남에만 있음이 아니라고 했다. 시의 공교로움 뿐만이 아닌 그의 능문(能文)을 강조한 것인 바, <사생설(死生說)>을 일례로 들되, 견식이 초매(超邁)하고 문체가 순아(馴雅)하여 옛 작가들 누구에게도 뒤지지 않는다는 평이었다. 또한 글씨를 잘 써 능필(能筆)이라 했으니, 궁극적으로 삼능(三能)을 갖춘 인물로서 칭도하였던 것이다.

특별히 박윤묵의 글씨는 당대에 일류였던가 보았다. 그에 관해 말하는 누구든 언필칭 글씨의 출중함을 각별히 강조하지 않는 이는 없던 까닭이다. 하물며 박윤묵의 특징으로서의 능필은 그의 문방사전 창작과는 사뭇 연결 맥락이 적지 않은 부분이기도 하여 주목을 끄는 바 있거니와, 박윤묵 자신 필묵에 대한 태도가 일반적 시인 문사의 여기적인 차원 쯤으로 가까이 한 것 같지 않았다. <행장>에 보면 그가 고첩(古帖)에 대해 일백 번의 임서(臨書)를 기본 준칙으로 삼았다고 하였다. 그야말로 <서문>의 표현대로 "적년근공(積年勤功)"을 쏟았던 것이고, 그 때문에 나름대로는 서법에 일가(一家)를 이루고자 하는데 따른 고민 또한 감추지를 못했던 것이었다.1)

더군다나 그렇게 연마한 글씨의 효험이 대강 만큼의 이름이나 얻은 정도는 아니었던가 보다. 예컨대, 박윤묵의 만년 지기가 <서문>에서 밝힌 바 아래와 같은 생생한 증언을 통해 짐작할 만하다.

　　且臨池之學 積年勤工 深得王衛遺規 至蒙我正廟獎詡 誠稀世之筆家.
　　또한 글씨 공부에 여러 해 부지런히 공을 들여 왕희지와 위관(衛瓘)이 남긴 서법을 깊이 체득하였던 바, 우리 정조 임금의 추켜세우심을 입기에 이르렀던 것이니, 참으로 세상에 드문 서가(書家)라 할 것이다.

또는 『호산외사(壺山外史)』 같은 곳에도 정조의 신임이 기록되어 나타난다.

　　朴允黙傳曰 孝子泰星之曾孫也 好讀書 長於詩 兼以字墨名家 正廟內閣設 與刀筆之選 寵渥隆摯.

---

1) 권1 중의 <필법(筆法)>에서는 종요(鍾繇)·왕희지(王羲之) 등 역대 중국 서가(書家)에 대한 스스로의 초라함을 탄하고 있으며, 권2 중의 <한묵청완첩(翰墨淸玩帖)>에서는 김생(金生)을 주맹(主盟)으로 하여 안평대군(安平大君), 석봉(石峯) 등 한국 서예 대가에 대한 자신의 왜소(矮小)와 박기(薄技)를 달래고 있다.

박윤묵전에 이르기를, 그는 효자 박태성의 증손으로 독서를 좋아하고 시를 잘하는데다, 겸하여 글씨로써 이름을 드러냈다. 정조가 각원루를 설치하고 글자 새기는 일에 그를 선발하였는데, 그 총애와 사랑이 넘치고 자상하였다.

정조가 박윤묵의 글씨를 높이 샀던 일의 또 다른 배경으로는 당사자 박윤묵의 필치에 의한 <봉독정묘지장근서감(奉讀正廟誌狀謹書感)>2)과 <정묘어제필인일근서감(正廟御製畢印日謹書感)>3) 등 실질적인 자취가 따르기도 했다. 또한 전술하였듯이 순조 때엔 어제(御製) 비문의 공으로, 익종(翼宗) 무렵엔 어제를 봉서(封書)한 수고에 따라 통정대부·가선대부 같은 직함을 내려받기도 했으니, 이 모두 그의 필재(筆才)에 말미암았던 것이다.

다만, 서풍(書風)에 대하여는 여러 사람이 각각 그 주장하는 바가 같지 않다. <서문>의 작가는 왕희지·위관의 서법을 체득하였다 했지만, <발>의 작가는 북송 때의 서화가인 미불(米芾)의 풍이 있다고 했다[有米南宮之風]. <행장>과 <묘지명>의 작가는 왕희지·조맹부(趙孟頫)의 유법(遺法)을 깊이 체득했노라[深得王趙遺法]고 한 반면, <묘갈>의 작가는 오히려 그 수척한 듯 야무진 것이 안진경(顔眞卿)과 유공권(柳公權)의 법을 얻었다[瘦勁得顔柳家法]고 하였다.

박윤묵의 음주 성향에 관한 것이 또한 관심사로 언급되어 있다. <서문>에서는 자신이 술은 잘하지 못하였으나 좋아하여 흥을 얻었다고 했고, <행장>과 <묘지명>에서는 그가 술을 사랑해서 마시지 않는 날이 없었거니와, 아침에 한 잔, 낮에 한 잔, 저녁에 역시 그렇게 마시되 60년을 하루같이 했다고 전했다. 그의 문집 안에서 <녹주중(漉酒中)>(권1)·<월야음송석원(月夜飮松石園)>(권2)·<음주(飮酒)>(권2) 등은 그의 술 풍정을 엿볼 수 있는 좋은 단서들이고, <취석(醉石)>(권1) 또한 그의 생애관 및 모처럼의 호일(豪逸)이 잘 나타난 대목이 아닐 수 없었다. 특히 권5의 가운데 꽤 긴 사설조의 제목4) 하에 지은 다음의 한 편은 그의 음주 취향 및 평생의 낙백을 술로 자위하였던

2) 박윤묵, 『존재집(存齋集)』 권1, 24혈.
3) 박윤묵, 『존재집』 권2, 35혈.
4) <余酒量甚少 亦能好酒而已 老兄亦如我 用前韻 作此詩以示之>
   내 주량이 아주 적긴 하지만 그래도 능히 술을 좋아한다고는 할 수 있소 노형께서도 나와 같으니, 앞의 운을 써서 이 시를 지어서 보입니다.

태도의 좋은 본보기라 할 만하다.

西隣酒熟飮而甘　서편 이웃의 익은 술 마시매 감미로워
一日無壺意不堪　하루도 술 없이는 견딜 수 없는 마음.
每逢微官懷斗五　박봉의 하급 관리 못 면하는 몸이지만
縱知大道在杯三　대도(大道)가 석 잔 술에 있음을 알겠네.
歐蘇壚上猶能說　구양수와 소동파의 목로 자리 나설 만해도
嵇阮樽前莫敢參　혜강·완적의 술자리 앞엔 끼어볼 자신 없다.
取適可欣非取醉　적당한 음주가 즐거운 것, 취할 필요는 없는 것
筒錢未必數相探.　대통 술잔, 돈 없어도 자주나 찾아를 보네.

역시 박윤묵이 술을 제재로 한 의인 가전 한 작품으로서의 <국청전(麴淸傳)>
은 그의 이같은 기주(嗜酒) 취향과는 맥락과 출원을 달리할 수 없는 우연 이
상의 필연적인 산물이었다.

　그의 문집인 『존재집』은 박윤묵 생전에 상재되었던 것으로 사료된다. 일말
의 단서로서 『존재집』에 필요한 서문을 남주거사(南洲居士) 최면이 썼는데,
권25에는 박윤묵이 최면이 작고한 뒤에 쓴 <남주선생최공면치제문(南洲先生
崔公沔致祭文)>이 있는 까닭이다. 이 제문을 지은 날짜가 '경자년 4월 신유삭
(辛酉朔) 15일 을해(乙亥)'로 되었으니, 박윤묵 생애에서의 경자년은 1840년,
즉 그의 70세 때의 제술인 것이었다.

　『존재집』은 전체 13책이고 1책 2권이니 전체 26권으로 편성되었으며, 규
장각 도서목록에 포함되어 있다.

2.

　박윤묵은 어느 누구보다도 사물에 대한 관심이 비상하였으니, 그의 문집
전반을 통해 상당한 군데에서 발견이 용이하다. 이를테면 권1 중의 <이조부
(異鳥賦)>·<춘조부(春鳥賦)>·<이조가(異鳥歌)>·<석류(石榴)>라든지, 권2
중의 <영문(詠蚊)>·<대매이수(對梅二首)>·<투계(鬪鷄)> 및, 권5 가운데 부

채와 죽부인을 읊은 <선(扇)>·<죽부인(竹夫人)>과, 권6 가운데 <계(鷄)>
·<선(蟬)>·<와(蛙)>·<묵죽(墨竹)>·<하화(荷花)>·<분어(盆魚)>·<동
유묵(桐油墨)> 등, 그 관심의 폭이 동물·식물·사물에 두루 걸쳐 다양하였
다. 그는 심지어 깨진 밥그릇에 명(銘)을 짓기도 할 만큼 사물에 대한 주의가
남달랐다. 다름 아니라 작가의 밥공기[飯盂]를 여종이 실수로 깨뜨린 것을
부인이 다른 좋은 그릇으로 바꾸려 하자, 선조도 놋사발[鍮鉢]을 써보지 못
했거늘 내가 온전한 그것을 쓰면 과람한 일이라고 하면서 자경문(自警文) 식
으로 <파우명(破盂銘)>(권24)을 쓰기도 했다.

그러나 각별히 문방사우 가전과 관련하여서는 <연지(硯池)>(권1)·<필론
(筆論)>(권24)·<수적(水滴)>(권2) 등이 눈에 띈다. 이 중에 <수적>이란 작
품은 연적을 찬미한 오언율이었다.

硯田通水利　벼루 넓은 밭은 수리(水利)에 연결되고
墨壘售農兵　먹이라 높은 보루는 농사꾼의 품을 사네.
怒獸林中出　노한 짐승 수풀 가운데서 뛰쳐나오고
寒蟾月裏迎　차가운 두꺼비는 달 안에서 맞이한다.
盈虛眞造化　그득 차고 비워짐은 이 참된 조화이요
呼噏小經營　뿜어내고 들이킴은 자그만 경영이라.
四友當爲五　문방의 사우(四友)는 마땅히 오우(五友)로 되어서
嘉名並世鳴.　갸륵한 이름 나란히 누리에 떨쳐야만.

특히 권24에는 사물 관심에 따른 제술이 찬(贊)·명(銘)·설(說)·론(論)의
형식을 빌려 집중적으로 나타나 있음을 보게 되는데, 이제 그 대열에 끼어
있는 <문방사우명(文房四友銘)>은 박윤묵의 이 방면 취상(趣尙)을 알기에 부
족됨이 없다. 이 명(銘)은 맨 첫머리에 서문 격의 하나와, 뒤이어 지(紙), 연
(硯), 필(筆), 묵(墨) 각각의 넷을 합해 모두 다섯 문장으로 되어있다. 아울러
서, 이제 그의 문방사우전과 관련하여 가장 긴밀하다 하겠으므로 모두 옮겨
보이기로 한다.

文房四友余所朝夕者也 多年相與善 知之詳 於紙取其潔 於硯取其壽 筆
以取其正 墨以取其色 推之於己 亦足有警發勅勵者 作四友銘以左右焉.

문방사우는 내가 조석으로 만나는 존재이다. 여러 해 서로 친해 속속들이 알만한데, 종이에게선 그 깨끗함을 취하고, 벼루에게선 그 오랜 삶을 취하고, 붓에게선 그것의 올바름을 취하며, 먹에게선 그것의 빛깔을 취한다. 이를 나 자신에게 적용시킨다면 또한 족히 조심성을 살리고 신칙함을 북돋우는 바 있겠기에, 이 사우명(四友銘)을 지어 좌우에 두고자 한다.

· 지(紙)

輕淸者稟一氣之精 皎潔者保正色之眞 有其性而自明於己 運其用而順受於人 彼繪之汩且亂焉 吁亦不仁也夫.

맑고 가벼움은 으뜸 기운의 정수를 받음이고, 희고 깨끗함은 바른 빛깔의 진수를 간직함이다. 이러한 본체를 갖추매 자체로서 명백하며, 운용에 들어서면 남과 순응한다. 그런데도 저 그림이 어지러워 혼란해진다면, 아하, 어질지 못한 일인저.

· 연(硯)

剛而充塞 彰厥德之有常 確而溫潤 與外物而無爭 俱兩美而竝稱 吾以是占年壽之長.

굳세며 꽉 차있음은 그 덕의 한결같음을 드러냄이요, 탄탄하고 보드라움은 바깥 사물과 더불어 다툼이 없음이라. 이 두 가지 미덕 갖추어 한꺼번에 칭송얻으니, 내 그로써 장수의 삶을 짐작하노라.

· 필(筆)

子之心實兮 正其德 子之鋒銳兮 運其力 外有運 故壽以日 內有正 故一以書 蓄銳而懋實 斯可以兩得.

그대 마음의 건실함이여, 덕을 바르게 하도다. 그대의 예봉이여, 그 힘을 부리어 쓰도다. 바깥으로 운행하여 세월을 늘리고, 안으로는 정도(正道)를 지니어 글로써 한 길을 간다. 예봉을 기르고 건실에 힘쓰는 일, 이에 두 가지를 얻었다 하리라.

· 묵(墨)

其性也黑 不黑非性 變質而渝 惟物之病 所貴乎純然一色 猶勝於綠紫之輝映者哉.

그 바탕이 검정이니, 검지 아니함은 바탕이 아니네. 변질되어 달라짐은 사물의 병통, 소중한 순수의 한 빛깔이 울긋불긋 휘황함보다 외려 낫도다.

동방의 선비문화가 그 온전한 형태적 정립을 보았던 이래 문방에서 가장 중요로운 지필묵연(紙筆墨硯) 네 가지 자구(資具)를 일컬어 '문방사우(文房四友)' 혹은 '문방사보(文房四寶)'라 하였고, 그들 문방에 종사하는 선비들 중에는 이 4물 가운데 각별히 어느 대상에 주안(注眼)하여 의인화를 시도하였던 사례가 문학사의 한 언저리에 존재하였었다. 이것을 '문방사우계 가전(文房四友系假傳)'이라 명명하여도 무방할 듯싶으나, 실제로 이 계통에 속하는 것으로 당나라 한유(韓愈)의 붓 의인화인 <모영전(毛穎傳)>이 단연 남상과 원조가 된다. 그리고 뒤를 이어 청나라 신함광(申涵光)의 <모영후전(毛穎後傳)>, 벼루 의인화인 송나라 소식(蘇軾)의 <만석군나문전(萬石君羅文傳)>, 종이 의인화인 명나라 민문진(閔文振)의 <저대제전(楮待制傳)>, 청나라 장조(張潮)의 <저선생전(楮先生傳)>, 먹 의인화인 명나라 초횡(焦竑)의 <적도후전(翟道侯傳)>이 추려진다. 우리나라로 볼 것 같으면 종이 의인화인 고려조 이첨(李詹)의 <저생전(楮生傳)>, 지·묵·연 세 가지의 합철인 조선조 남유용(南有容)의 <모영전보(毛穎傳補)>, 붓 의인화인 조선말 한성리(韓星履)의 <관성자전(管城子傳)> 등이 우선 알려진 것들이었다.5)

그러나 어느 한 작자가 한꺼번에 두 개 작품 이상에 유의한 경우는 여간하여 만나보기 어려울 따름이었다. 나아가, 한 사람이 지·필·묵·연의 네 가지에 대해 일일이 각각의 편제(篇題)로 잡고 입전화시킨 경우 역시 거의 그 사례를 찾기 지난하였다. 다만, 저 중국의 송대에 소이간(蘇易簡)이 지(1권)·필(2권)·묵(1권)·연(1권)에 관련한 기사를 모아 엮은 『문방사보(文房四譜)』(전5권)6) 가운데는, 거기 관계된 문예물 채수(採搜)의 한 양상으로 문숭(文嵩, ?)이란 이에 의해 네 가지 존재 하나하나에 대한 창작적 구색이 판비되어 있음을

5) 김창룡, 『한중가전문학의 연구』, 개문사, 1985, pp.36~60 참조
   이 밖에 조선조에 만가재(晩可齋) 김석행(金奭行, 1688~1762)과 인재(忍齋) 조재도(趙載道, 1725~1749)의 먹 의인화인 동명 <진현전(陳玄傳)> 같은 것도 김균태 편의 『문집소재전자료집(文集所在傳資料集)』(계명문화사, 1986)의 각각 4, 5권을 통해 자료로 제시되었다.
6) 이것은 『사고전서(四庫全書)』·子 보록류(譜錄類) 학해류편(學海類編) 193·194책에 수용되어 있다.

보게 된다. 다름 아닌, 붓 의인화인 <관성후전(管城侯傳)>, 벼루 의인화인
<석허중전(石虛中傳)>, 먹 의인화인 <송자후역현광전(松滋侯易玄光傳)>, 종
이 의인화인 <호치후저지백전(好畤侯楮知白傳)> 등이 그것이다. 하지만 역시
사뭇 찾기 힘든 희한한 일임에 틀림없었다.

이 쪽에서 역시 일찍이 문방사우 각각에 대한 전면적인 시도가 별반 눈에
띄는 것 같지 않더니, 조선조의 후기 존재 박윤묵이란 인물의 수적(手跡) 가
운데에 골고루한 안배가 이뤄져 있음을 보게 된다. 다름 아닌 종이의 <저백
전>, 붓의 <모원봉전>, 먹의 <진현전>, 벼루의 <석탄중전>이 그것이다.
이는 그의 유고 『존재집』 권25 잡저의 안에 들어있다.

한편으로, 비록 지·필·묵·연이 각각 별개의 독립성을 확보하고 있는
체계에서 조금 일탈하였으되, 그 사우(四友)의 전기를 한 곳에 종집(綜輯)시켜
한 작품으로 아우른 문방가전도 있다. 궁극적으로 사우의 총전(總傳)이랄 수
있는 조선조 신홍원(申弘遠)의 <사우열전(四友列傳)>과, 안엽(安曄)의 <문방
사우전(文房四友傳)> 등이 여기 속한다.7) 그리하여 그 이전의 출현작으로 지
·묵·연 3자 합전(合傳)인 남유용의 <모영전보> 등과 더불어 이 방면 소위
'문방사우계 가전'의 면모를 훨씬 다양하고 다채롭게 하는 계기적 터전이 마
련되기도 하였다.

3.

문방사우 가전은 위의 『존재집』 중에 포함된 것이라 하였거니와, 그 안에
는 이 4편 이외에도 그가 쓴 또 하나의 술 의인전기인 <국청전> 가전 한 편이
면모의 새로움을 더하고 있다. 그리고 이 <국청전>에 대하여는 앞 장 「한중
술 가전의 소재적 원천」에서 여한(麗韓)의 술 의인가전 7편 가운데 넣어 다
루었고, 또 그 일곱 작품에 대한 번역과 주석도 기왕에 편역저의 형태로 발
표한 바 있다.8) 그 마당에 <국청전>에 임하여 그 원류 출처를 소구해 본 결

---

7) 이 두 작품은 안병렬(安秉烈)의 『한국가전연구』(이우출판사, 1986, pp.345·353)
안에서 자료로 소개되었다.

과, 『사문유취(事文類聚)』(권13, 燕飮部 '酒' 門)에 들어있는 정보 사항은 물론이
려니와, 더하여 중국 송대 진관(秦觀)의 <청화선생전>에 있는 독특한 유형
한 가지와 근사함을 나타냈던 사실까지 앞의 장을 빌어 언거하였다.

그러면 지금 이 문방사우 가전에 이르러선 어떠한가. 이제 네 편을 각각에
나누어 알아본다.

1) 저백전(楮白傳)

이 제목의 "저백(楮白)"은 일찍이 고려조에 이첨이 쓴 <저생전> 주인공
저생의 이름이 "저백(楮白)"이었던 사실과 일치하였다. 문방계 가전 모두에게
있어 전범(典範)과 귀감이랄 수 있는 한유 <모영전>에는 그냥 "저선생(楮先
生)"이라 했고, 당나라(?) 문숭이 쓴 <호치후저지백전>에서는 제목에서 보는
것과 같이 "저지백(楮知白)"으로 했을 따름이다. 오히려 명대 초횡(焦竑)의 먹
의인화인 <적도후전>에 종이를 "저백(楮白)"으로 명칭하였음을 본다.

주인공 저백이 중상시(中常侍) 채륜(蔡倫)과의 관계는 하필 특정한 어디를
따로이 지목할 것도 없이 종이와 관련된 의인 조어(操語)들에서 공통한 양상
이었다. 이는 어떤 분야이건 예외없이 정보의 집산지 기능을 하는 『사문유취』란
유서 공간 안에서 역시 당연한 수록을 나타낸다. 임금이 그에게 백주자사(白
州刺史) 벼슬에 만자군(萬字軍)을 통령케 하였으며 저국공(楮國公)의 작위를
내렸다는 다음의 말,

既拜爲白州刺史 領萬字軍 賜爵楮國公.

도 순전한 지어냄이 아니라, 그 원용의 터전이 『사문유취』 별집 권14 문방사
우부(文房四友部) '지(紙)' 문 안에 고유해 있던 문자이다.(머리점은 필자의 편의
에 따랐다. 이하 이 책 전반에 걸쳐 같다.)

薛稷爲紙封九錫 拜楮國公白州刺史 統領萬字軍. (『纂異記』)

---

8) 김창룡, 『한국의 가전문학』(上·下), 태학사, 1997·1999.
   김창룡, 『중국 가전 30선』, 태학사, 2000.

또한 이 대목은 박윤묵에 앞서 이첨이 <저생전> 작문의 자료로 활용하였던 부분이기도 했다.

　　於是襃拜楮國公白州刺史 統萬字軍.

그 밖에 주인공이 회계(會稽) 사람이라는 것도 진작 <모영전>·<저생전> 등에 약정어처럼 나타나 있던 것이어니와, 역시 『사문유취』 '지(紙)' 문 첫부분에 "會稽楮先生<韓毛穎傳>"의 명백한 표게(表揭)가 있고, 은거지로서의 섬계(剡溪) 역시 같은 책 '지(紙)' 문 '시구(詩句)' 란의 "剡溪開玉板"이라든지, '고금문집(古今文集)' 란에 서원여(舒元輿) 작으로 소개된 <비섬계고등문(悲剡溪古藤文)>이란 글제 및 그 안의 내용을 통해서 쉽게 목격되는 바 된다. 저백이 "몸을 말고 펴는 것을 뜻대로 했다(捲舒惟意)"는 것은 부함(傅咸)이 쓴 <지부(紙賦)> 가운데,

　　覽之則舒 舍之則卷.

의 말을 『사문유취』가 '군서요어(群書要語)' 란에다 수용한 것이며, 본 가전의 평결부 찬(贊) 가운데 "其平如砥"〔그 평평함은 숫돌과 같으며〕역시 필경은 같은 '군서요어' 란의 맨 벽두에 『석명(釋名)』 출전으로 되어 있는,

　　紙砥也 平滑如砥也.

와 연맥되었음이 분명하였다. 이로써 『사문유취』가 박윤묵 가전에 끼쳐놓은 영향의 막중함을 가히 실감하고도 남음이 있다 하겠다.

　그러한 한편, 박윤묵 작문의 내력을 밝히는 일과 관련해서 자칫 마저 상고하지 않아선 안되는 어떤 사항이 하나 더 있을 법하였다.

　이제, 『사문유취』와 같은 유서 종류이로되 상대적으로 가장 늦은 시대까지의 백과적 내용을 수록할 수 있던 청대의 백과유서인 『연감유함(淵鑑類函)』의 권204 문학부13 '필(筆)' 문, 권205 문학부14의 '지(紙)' 문, '묵(墨)' 문을 차례로 열람하여 보는 과정에는 특별히 문방사우 계통의 정보사항과 연관하여

각별 주목을 유도하는 부분이 있었다. 다름아니라, 송대에 소이간(蘇易簡)이 찬하였거니, 필보(筆譜) 2권과 지·묵·연보 각각 1권으로 되어있으며, 이 사우(四友)에 대한 각각의 시말(始末)을 기술하였고, 그 고실(故實)·사부(詞賦)·시문(詩文)을 채수(採搜)해 놓았으되 자못 상박(詳博)하였던9) 『문방사보(文房四譜)』란 책이 그것이었다.

이 책은 그것 단독으로 입수·전파되었던 자취는 나타남이 없다. 대신, 청 건륭제(乾隆帝)의 명(命)으로 1781년 처음 문연각 수장본(文淵閣收藏本)으로서 완성을 본 중국 역대 도서의 최대적 집성인 『사고전서(四庫全書)』 중 자부(子部) 보록류(譜錄類)1 기물지속(器物之屬) 필(筆) 843책 자(子) 149의 첫 마당에 그 수용의 모습이 보인다.

그리고 또한 『조선왕조실록』을 고증하면 이 『사고전서』가 이 땅에 처음 반입된 시기를 거의 고거(攷據)해 볼 수 있다. 즉, 정조 7년(1783) 3월 을묘일의 기사에는 동지사(冬至使) 겸 사은정사(謝恩正使)인 정존겸(鄭存謙)과 부사(副使) 홍양호(洪良浩)가 왕에게 전하는 치계(馳啓)가 있다. 거기에 보면 그들은 2월 6일 연경(燕京)을 출발한 것으로 되어 있다. 뒤이어 심양(瀋陽)에서 배로 보냈던 36,000권 한 질을 24일 거류하(巨流河)라는 데 도착해서 수령하였던 사실을 말하고 있다.10)

이렇게 하여 이 책 입하의 연대가 잡히는 것이다. 그리고 2년 후인 정조 9(1785)년 4월에 사은사로 갔던 서장관(書壯官) 이정운(李鼎運)이 별단(別單)11)을 통해 중국에서 『사고전서』를 시찰한 데 대한 보고를 하여 있고,12) 그로부터 7년 후인 정조 16년(1792)에 또다시 서장관인 심능익(沈能翼)이 중국에서의 『사고전서』를 다루는 현장을 보고한 기사가 보이니,13) 이 거질(鉅帙)에 대한 꾸준한 관심의 정도를 알 만하다.

이 책이 수입된 해는 박윤묵의 13세 때였다. 또한 앞에서 밝힌 대로 그는 정조·순조 때 어제 봉행의 일로 궁성의 출입이 얼마든 가능하였으므로 궁내의

9) "文房四譜", 『중문대사전』(대만 중화서국, 민국 71년) 참조.
10) 『정조실록(正祖實錄)』 7년 3월 을묘일 조.
11) 임금에게 올리는 주된 문서 이외에 별개로 붙여서 보고하던 문서, 또는 인명록.
12) 『정조실록』 9년 4월 무술일 조.
13) 『정조실록』 16년 3월 임진일 조.

서각에서 중국 천하의 서책들을 총집시켜 놓은 『사고전서』에 접하고 참고하는 데 하등의 어려움이 없었을 터이다. 그리고 보다 구체적으로는, 박윤묵의 문방사보 관계 조품을 『사고전서』 허다한 종류 가운데도 반드시 이와 관련성이 있는 편술, 바로 앞에 든 소이간의 『문방사보』와의 낱낱한 대교(對校)를 통해서 그 독서의 실상 또한 명료해질 수도 있으리라 믿는다. 그 결과, 이 문헌이 『사문유취』와 더불어서 동일 또는 유사적 내용의 중복을 보이는 정보 사항은 중상시 채륜(中常侍蔡倫) 및 섬계(剡溪) 고사, 말았다 폈다를 뜻대로 함에 해당하는 "攬之則舒 捨之則卷<紙賦>", 평평함은 숫돌같음에 해당하는 "紙者砥也 謂平滑如砥石<釋名>" 등이다. 반면 『사문유취』에선 소재 공급의 소임을 하였으나 『사고전서』 수용의 이 『문방사보』에는 들어있지 않은 정보적 내용은 관향(貫鄕)으로서의 "회계(會稽)", 주인공이 받은 벼슬로서의 "백주자사(白州刺史)", 작위로서의 "저국공(楮國公)", 역할로서의 "만자군통령(萬字軍統領)" 등이었음을 본다.

그러나 이제 역으로 『사문유취』에선 못내 증빙해 볼 도리가 없는 대신, 『문방사보』 안의 기사가 자료 제공의 역할을 충당했던 부분에 대해서도 결코 덮어둔 채 그냥 지나칠 수는 없다.

우선은 황제가 맞이하여 보고는 중서성(中書省) 쪽의 벼슬을 내렸다는 <저백전>의 말과, 거듭 벼슬이 올라 "중서사인(中書舍人)"이 되었다는 <호치후저지백전> 안의 내용 간에 관계성 여부를 굳이 들어 보일 수 있다. '중서(中書)'란 관명은 초창기 한유의 <모영전> 이래 붓의 별칭으로 전용되다시피한 말이다. 그리하여 붓을 들어서 '중서군(中書君)' 운운하였던 관습도 있거니와, 종이를 들어 이렇게 하는 경우란 쉽지 않았던 까닭이다. 그리고 <호치후저지백전>은 『문방사보』 지보(紙譜)의 맨 뒤에 실려 소개되어 있는 가전인 것이다.

심증을 더 하자면, 주인공 저백(楮白)의 자(字)로 소개된 "소절(素切)"이란 어휘 역시 바로 그 <호치후저지백전>의 전개 중에 있는,

素幅遇其人 則舒而示之 不遇其人 則卷而懷之.

"소폭(素幅)"의 말과는 전혀 무관하겠는지 의심해 볼 여지가 없지는 않다. 대신에, 한 단계 더 접근을 보이는 것은 다음과 같은 대목에서이다.

지백은 ··· 선성(宣城)의 모원예(毛元銳), 연인(燕人)인 역원광(易元光), 남월(南越)의 석허중(石虛中)과 서로 따르는 벗을 하였으니, 임명을 거칠 때마다 한 번도 함께 하지 않은 적이 없었다.14) <호치후저지백전>

저백은 중산(中山)의 모원봉(毛元鋒), 흡주(歙州)의 진현(陳玄), 강주(絳州)의 석탄중(石坦中)과 친한 벗이 되어 서로 밀어주고 끌어주고 하였으니, 임금이 무슨 일을 시켜 하라는 바가 있을 적마다 문득 그 나머지 세 사람과 함께 하였던 것이지만 ···15) <저백전>

문방전기 일반에서는 종이 주인공이 중심이 되어 그 나머지 셋을 인솔해 나가는 경우란 쉽지 않은 것인데, 이 두 작품 안에서 남다른 제휴가 이루어져 있는 사실 또한 예사로울 것 같지는 않다.

그러나 무엇보다 『문방사보』로부터의 도출이란 입장에서 가장 확실성을 기약할 만한 것 한 가지가 보인다. 곧 "贊曰"로 시작되는 평결부 첫머리의 다음과 같은 표현이다.

其白如雪 其平如砥
그 새하얀 빛깔은 눈과 같고, 그 평평함은 숫돌과 같으며

"其平如砥"야 그 내원(來源)을 앞서 추적하였으되, 이제 그 '새하얀 빛깔이 눈과 같다' 함은, 『문방사보』의 가운데 지보(紙譜) '사지사부(四之辭賦)'의 항목에 후량(後梁)의 선제(宣帝)가 지었다는 <영지(詠紙)> 시와 긴밀한 연관을 보인다.

皎白猶霜雪　새하얀 빛깔은 눈서리와 같고
方正若布碁　네모로 반듯함은 바둑판과 같아라.
宣情且記事　마음 드러내며 사실을 기록하는 일은
寧同魚網時.　저 그물을 쓰던 시절과로 한가지인 것을.

---

14) 知白···與宣城毛元銳燕人易元光南越石虛中爲相須之友 每所歷任 未嘗不同.
15) 白與中山毛元鋒歙州陳玄絳州石坦中友善 互相推引 上每有所使 輒與三人者俱.

첫 구의 "皎白猶霜雪" 〔새하얀 빛깔은 눈서리와 같고〕한 것과 비교하여 결코 끊기 어려운 연상을 불러일으키는 사실을 지적하지 아니할 수 없는 것이다.

이리하여, 『문방사보』는 『사문유취』에 부수하여 박윤묵의 문방가전을 위한 소재 공급원 역할에 일익을 담당하였을 수 있는 개연성의 터전이 처음 마련되어진다.

2) 모원봉전(毛元鋒傳)

이는 한유 지은 〈모영전〉을 모본(母本)으로 하였음이 너무도 완연하였다.

우선 모씨 선조의 유래가 명시(明眎)에 있다 함은 〈모영전〉에 중산(中山) 출신 모영의 선조가 명시라 한데서 그냥 따온 것이었다. 항아(姮娥)를 변화시킨 두꺼비를 타고 달에 들어갔다고 하였는데, 이는 한유의 전(傳)에 '항아를 변화시킨 두꺼비를 타고 들어가 버리매' 운운한 데서 고스란히 끊어온 것이었다. 그리고 누(鑷)가 명시의 8대손 운운의 경우에는 아예 한유가 세워놓은 언어임을 스스로 밝히는 가운데, 주인공 원봉(元鋒)이 바로 그들의 후예임을 책정하였다.

'원봉이 기억하는 힘이 강하여 고금의 일에 통하였다'고 한 것은, '모영의 됨됨이가 기억력이 강하고 기민하여 저 상고시대부터 진(秦)에 이르기까지 찬록(纂錄)치 않음이 없다'고 한 말의 축요(縮要)라 볼 만하다. 임금의 총행을 받아 "중서령(中書令)"을 제수받았다는 것은 〈모영전〉후반부에 거듭하여 "중서령"을 제수받았다는 데서 따온 것이요, 임금의 마음에 들어서 "관성(管城)"에 봉해졌다는 말 역시도 〈모영전〉전반부에 황제가 모영을 "관성"에다 봉하면서 "관성자(管城子)"라 불렀다는 내용 그대로를 차출한 것이다.

"무인들 가운데는 원봉을 좋아하지 않는 이가 많았다〔武人多不喜者〕"는 취의(趣意) 역시 한유 전기에 "다만 그가 무사를 좋아하진 않았지만〔惟不喜武士〕"이라 한 곳에서 한 번 더 유의되는 국면이 있었을 터이다. 무인의 상소 가운데 "결승지정(結繩之政)" 운운의 언급도 마찬가지. 유명한 한전(韓傳)에 "자결승지대(自結繩之代)" 운운하던 문장의 갖춰짐이 있은 다음의 작문 방식이었을 따름이다.

'사람들이 부려쓰는 바에 교(巧)와 졸(拙)의 차이가 있어도 일찍이 그 지시를 따라주지 않은 일이 없었다'고 한 것은 그 소원(遡源)이 필경 '사람의 생각을 잘 따르되 정(正)과 곡(曲), 교(巧)와 졸(拙)을 가리지 않아 한결 그 사람만을 좇으니' 하던 모영 전기의 의상(意想)을 조절하여 쓴 것임에 틀림이 없다.

그런데 이처럼 영향의 막대한 비중을 차지하고 있는 <모영전>은 하필 한유의 문집을 따로 입수하고 그 가운데 한 갈피16)를 피독(披讀)해야만이 참계(參稽)의 바탕으로 삼을 수 있는 그러한 작품이 아니었다. 이는 조선시대 선비들 궤안(机案) 가까이의 상비적(常備的) 백과유서인『사문유취』17)의 문방사우 부(별집 권14) 중의 붓 관계 글 취합처인 '필(筆)' 문의 안에서 고스란히 그 면모를 얼마든지 접해볼 수 있는 것이다.

모원봉이 봉해 받았다는 "관성(管城)"이란 표현 역시 앞의 한유 <모영전>에 드러나 있는 것 말고도 '군서요어' 란의 말미에 문숭의 전 첫머리를 도입한 "宣城毛元銳字文鋒封管城侯"와, '고금문집' 란의 후반에 황산곡(黃山谷) 시로 소개된 <희영성성모필이수(戱詠猩猩毛筆二首)>의 첫 번째 시 결구에 "故應來作管城公" 한 속에서 확인이 가능하다.

주인공의 "흑두공(黑頭公)"이란 일컬어짐 또한 마찬가지, 바로 위의 황산곡의 두 번째 시 결구에,

束縛歸來儻無辱 逢時猶作黑頭公

그 원천적 소종래를 짚어볼 수 있겠고, "호주자사(亳州刺史)"로의 천직(遷職)은 바로 뒤의 '묵(墨)' 문 '군서요어' 란의『찬이록(纂異錄)』가운데 인용문 한 부분이 "亳州楮郡平章事"에서 끊어 썼을 가능성을 효유케 된다. 더욱이, '일찍이 원봉과 친했던 반초(班超)가 점쟁이 말로 인해 원봉과의 교제를 끊고 군사 일에만 전념하였다'는 구성이 있으되, 이야말로 '필(筆)' 문 '고금사실' 란의 <투필(投筆)>에,

後漢班超嘗投筆 歎曰 大丈夫當立功 異域取封侯 安能又事筆硯乎.
후한의 반초가 일찍이 붓을 던지면서 탄식해 가로되, 대장부란 마땅히 공

---

16)『한창려집(韓昌黎集)』제4책 권36 '잡문(雜文)' 소재.
17) 김창룡,『한중가전문학의 연구』, 개문사, 1985, pp.87~92 참조.

로를 세워 이역 땅에서 봉후를 해야지, 어찌 안일하게 붓 벼루 따위나 섬길
까보냐?

에서 취용을 위한 강한 시사를 얻었으리라고 사유하는 것이다.

부연을 하자면, 사실은 본 작품이 표제로 삼은 "모원봉(毛元鋒)"이란 말도
어쩌면 본 유취서 '군서요어' 란의 맨 말미에 문숭이 지은 전기, 곧 "文嵩作
傳"이라면서 옮겨 놓은 허두 부분,

毛元銳字文鋒 封管城侯.

가운데 '元' 자와 '鋒' 글자의 합성 위에서 설정되었던 것으로 추단해 마지
않는 것이다.

『문방사보』의 맨 선두에 위치한 <필보(筆譜)> 만큼 유독 상·하의 두 권
으로 되어 있고, 그 수록의 양에서도 그 뒤의 연보(硯譜)·지보(紙譜)·묵보
(墨譜) 등에 비해 2배 이상을 상회하는 부피이지만, 정작 <모원봉전>과의 관
계는 그 결실이 생각만 같지 못하였다. 역시, 이 안에 한유의 <모영전> 이외
에도 문숭의 <관성후전(管城侯傳)>이 실려 있다는 점이 살 만하였지만, 앞서
『사문유취』가 끊어온 맨 서두의 "毛元銳字文鋒" 이상을 기대하기는 어려운
결과가 되었다.

<필보>가 반드시 붓에 관계된 것 뿐 아니라 명필(名筆)·명가(名家)들의
일화 및 필법에 연관된 것까지를 최대한 수록하여 놓은 마당이지만, <모원봉
전>과의 대조에서는 『사문유취』의 한도를 여전히 잘 벗어나지 못하는 실정
이다. 이를테면 반초가 결연히 투필하였다는 고사가 이곳에도 보이는 정도였다.
오히려 『사문유취』에서는 결정적인 재원(材源) 구실을 하였던 바 "흑두공(黑
頭公)"·"호주자사(毫州刺史)" 등의 특수적 표현례를 <필보>에서는 못내 찾
아볼 길 없을 따름이었다.

그러나 <필보>가 <모원봉전>에 주는 기대값이 아주 전무하였던 것은 아
니었다. 예컨대, '모원봉의 선조가 공자의 『춘추』 수찬하던 일을 섬김' 운운하
는 것과 관련하여, 『문방사보』 권1 <필보>·上 '일지서사(一之紋事)'의 대열
가운데 보이는 다음의 내용이 암만해도 심상치 않다.

孔子世家云 孔子在位聽訟 文辭有可與人共者 弗獨有也 至於爲春秋
筆則筆 削則削 子夏之徒不能贊一辭.

나아가 임금이 마음에 들어 내렸다는 "욕묵지(浴墨池)"의 표현이 『사문유
취』에는 보이지 않거니와, 혹 이것도 <필보>·上 '이지조(二之造)' 첫 항목
에 나타난,

韋仲將筆墨 方先以鐵墨梳 梳兎毫及靑羊毛 去其穢毛訖…極固痛詰
訖 以所正靑羊毫中 截用衣筆 中心名爲筆柱 或曰墨池.

"묵지(墨池)"라 한 어휘로부터의 강한 연상 작용을 마침내 물리치기 어려운
것이다.

더하여, 작품 결말 부분에 모원봉의 다른 갈래로서 호칭하였던 바의 "청공
(靑公)"의 말 또한 윗 인용 중 "청양모(靑羊毛)·청양호(靑羊毫)"에서 도출되
어진 조어(造語)로 유추되어진다.

3) 진현전(陳玄傳)

먹을 그 의인적 새김으로서 '진현(陳玄)'이라 한 것은 일찍이 <모영전>에
강주(絳州) 출신 진현[絳人陳玄]으로 설정되었던 이래, 청대 17세기 중반경
신함광(申涵光)의 <모영후전(毛穎後傳)>이라든가, 조선시대 남유용(南有容, 169
8~1773)의 <모영전보(毛穎傳補)> 등에서 동일한 명칭으로 습용된 내력이 보
인다. 박윤묵이 다시 주인공 이름으로 쓴 것이지만, 하필 박씨의 이 작품 말
고도 김석행(金奭行, 1688~1762)과 조재도(趙載道, 1725~1749)의 동명 <진현
전(陳玄傳)>이 있다고 함은 앞에서도 밝힌 바 있다.

주인공의 처음 이름이 "용향(龍香)"이었다고 한 것은 당명황 먹에 대한 상
식화 고사로서 꽤 알려졌을 일을 감안하면 굳이 특정한 문건에 부합시킬 바
아니겠으나, 이는 역시 『사문유취』에조차 소상히 마련돼 있던 터였다. 곧, '묵
(墨)' 문 '고금사실'란의 <사명용향제(賜名龍香劑)>에 당명황이 파리로 화한 자
기 먹의 정령에게 용향제(龍香劑)라는 이름을 내렸다는 『당록(唐錄)』 출전의

이야기가 그것이었다.

> 唐明皇 一日于御樓上 見一道士 大如蠅 隱隱而行 帝叱之 卽呼萬歲
> 曰 臣陛下御墨之精也 帝因賜名龍香劑.
> 당명황이 하루는 누각 위에 납시었다가, 파리만한 크기로 살금살금 다니
> 는 한 도사를 발견하였다. 황제가 꾸짖자 도사는 금세 만세를 외치면서 말
> 하기를, "신은 폐하가 쓰시는 먹의 정령이나이다!" 그러자 황제는 용향제라
> 는 이름을 내려주었다.

주인공이 처음에 봉해 받았다는 "현향태수(玄香太守)"는 『사문유취』 '묵
(墨)' 문 중의 '군서요어'가 거두어 실은 『찬이록(纂異錄)』 서책 가운데,

> 薛稷爲墨封九錫 拜玄香太守.

에서 반가운 얼굴일 수가 있고, 다시 옮겨 받았다고 하는 "석읍저군평장사(石
邑楮郡平章事)"의 직책명 또한 '묵(墨)' 문 위와 같은 자리에 있는,

> 毫州楮郡平章事.

에서 서로간 왕래한 자취를 엿보기에 부족됨이 없어 보인다.

그때 임금이 내렸다는 작위로서의 "송자후(松滋侯)"도 『사문유취』가 '군서
요어' 란에다 담아 적은,

> 燕人易玄光 字處晦 封松滋侯.

에서 그 고유한 이름의 동일성이 획득 가능한 바 있었다.

한편, 앞에서 주인공의 처음 이름으로서 구사되었던 "용향(龍香)"의 말은
전술한 『사문유취』 외에도 명대에 초횡이 쓴 가전 <적도후전> 안에서 역시
발견이 가능하다. 곧, 당명황이 주인공 적도후를 보고서 환희하되, '어떻게 이
토록 빼어난 인물을 얻었을꼬' 말하고는 손수 "용향(龍香)" 두 글자를 써서
주었다는 구상이 그것이다.

사실은, 박씨의 가전 <진현전>이 초횡의 <적도후전>과는 연상되는 터전이 한두 군데 더 짚어진다. 전자의 내용 가운데 '나만을 위하는 마음은 극진한 행함일 수 없다고 생각한 까닭에 정수리부터 발꿈치까지 마멸되어 분골쇄신하면서도 후회하지 않았다'는 것은 후자의 다음 내용과 더불어서 그 유인(由因)이 각기 다른 곳에 있지 아니하다.

> … 피부가 다 갈라질 정도였다. 그러자 임금이 어루만지며 말하는 것이었다. "경이 이마가 닳고 발꿈치가 해지도록 공부하더니 이제야 그 효험이 있구료!"18)

이마가 닳고 발꿈치가 해져도[摩頂放踵] 나는 하겠노라는 말은 묵자(墨子)의 박애사상을 단적으로 나타낸 말이고,19) 이는 또한 식자층 문사 간에는 전혀 생경한 말일 수 없다. 그렇거니와, 수없이 갈리우면서 결국은 닳아 형체가 없어지고 마는 먹의 속성을 거기에 비겨서 모티브 삼아 쓴 표현을 각별히 위의 두 작품 안에서 나란히 보게 되는 것이다. 아울러 이는 박윤묵 단독으로 발안했을 수도 있었겠으나, 그의 이전에 초씨의 작품이 우선했던 사실이 부담스러운 상황으로 남는다.20)
또한, 박씨 작에는 다음에서처럼 종이[楮白]와 먹[陳玄]에 대해 가지는 불만의 탄식이 있다.

> 나의 몸은 희고, 문장을 머금어 깨끗하기 빙설과 같으나, 진군(陳君)이 한 차례 나를 스치면 흠칫 안색이 바뀌는도다.21)

그런데 이는 초횡의 작에 벼루[金星]가 먹[隃糜]에 대한 증오 끝에 참언한다는 다음과 같은 맥락,

> 다만 금성(金星)은 자신의 견고함을 믿었으며, 유(隃)가 자신의 옷길에서

---

18) 體爲皴裂 上撫之曰 卿以摩頂放踵爲學 今果然矣.
19) 『맹자(孟子)』진심장구(盡心章句)·上에 "마정방종(摩頂放踵)"의 표현이 나온다.
20) 다만 박윤묵은 착각이었던지 이를 "摩踵放頂"으로 표기했다.
21) 吾體素 含章皎然若氷雪 而一遇陳君 洒然而易色也.

누름을 미워하였다. 그래서 이렇게 참언하였다.[22]

와 견주어 한갓 무심하게 보이지만은 않는다. 문방우 사이에 조화와 상응의 모습이 아닌, 불화와 갈등의 형국으로 그려지는 일이 그다지 흔한 현상은 아닌 까닭이다.

덧붙여, 전자에서 주인공에게 송자후의 작위를 내렸다는 것과, 후자에서 주인공에게 후작의 지위 세습을 명했다는 것 사이에 또한 뉘앙스의 유사함이 없지 않았다.

그러나, 실제로 박윤묵이 <진현전> 지을 때에 정녕 <적도후전>을 참작하였을 경우를 승인한다는 전제에서조차, 초횡의 이 전기를 입수해서 보기까지의 경위가 지금으로선 막연할 따름이다. 곧, 초횡의 문집인 『담연집(澹然集)』의 개인적 입수 과정에 따른 추적이 난감한 까닭이다. 그렇거니와, 암만 헤아려보아도 본전은 그 참작과 계고(稽古)의 바탕을 『사문유취』 안에서만 오로지 해결하려든 것 같지는 않은 여지가 있다. 이를테면 그것 바깥의 또 다른 전고 출원의 소지를 남기고 있다. 예컨대, 본전 가운데서 진현의 자가 "용회(用晦)"이며 "노룡(盧龍)" 출신이라는 것 등에 관한 한 앞서의 『사문유취』 및 <적도후전> 같은 데서는 그 출원의 근거를 포착해 볼 길이 막연한 바 있다. 대신, 역시 『사고전서』와의 연계 안에서 오히려 그 가능성을 확보할 수 있게 된다.

그리하여 박윤묵이 문방사우 가전을 쓰고자 의욕하는 마당에서 과연 위의 서적을 참험(參驗)하였다고 한다면, 다른 것은 별반의 소용됨이 없이 오직 '보록류(譜錄類)' 가운데 자리하고 있는 『문방사보』에 눈빛이 집중될 수밖에는 다른 도리가 없었을 터이다. 그리고 그 안을 훑어 읽어가는 중도에는 앞서 『사문유취』를 탐색하던 과정에선 마침내 대교(對校)가 어려웠던 표현의 부회처(附會處)를 만나볼 수 있게 되는 것이다. 다름 아니라, 권5 <묵보(墨譜)>가 지었다는 '사지사부(四之辭賦)' 모음글 가운데는 장중소(張仲素)가 지었다는 <묵지부(墨池賦)>란 작품이 있다. 이 안에,

---

22) 獨星負固 而惡黜之加己上也 讒曰….

其外莫測 其中莫見 同君子之用晦 比至人之不炫….

운운한데서 진현의 자로써 대두되어진 "용회(用晦)" 두 글자의 내밀을 알아낸 듯한 득의가 따르게 된다.

특히 진현의 고향으로서의 "노룡(盧龍)"이야말로 가장 막연한 감이 없지 않지만, 같은 책 <묵보>의 '일지서사(一之絞事)'를 점독(點讀)하는 과정에 비로소 이해의 실마리를 엿볼 수 있다.

墨藪云 凡書先取墨 必盧山之松烟 代郡之鹿角….

'먹은 노산(盧山)에 있는 소나무를 땐 그을음으로 한다'는 여기의 내용이, 앞서 든 바 "용향(龍香)" 앞 글자인 '용(龍)'과의 결합으로 의아로움에 값할 수 있는 결과가 되리라 한다.

그리고 이 <묵보>의 맨 마지막에서는 이 글 앞마당에서도 잠시 언거하였거니와, 문숭이 문방의 네 가지 필수품에 대해 입전하였던 것 가운데에 먹에 관한 의인화인 <송자후역현광전>도 목도할 수 있게 된다. 그러면 박윤묵의 <진현전>에 주인공이 받았다는 작위로서의 "송자후(松滋侯)"란 용어 또한 이 안에서 그 자용(資用)의 방편이 찾아진다. 나아가, 박윤묵이 작품 주인공의 벗으로서 세운 명칭인 '저백(楮白)·모원봉(毛元鋒)·석탄중(石坦中)'은 문숭이 작품 주인공의 벗으로 세운 명칭인 '저백(楮白)·모원봉(毛元鋒)·석허중(石虛中)'과 아주 동떨어진 감을 주지는 않는다. 그 결과 아무래도 문씨 작에 대한 박씨 나름의 응용적 지취(旨趣)가 가미되었을 것이란 인상을 남긴다. 이를테면 한유의 붓 의인전기에서 먹 인격화의 "진현(陳玄)"을 중심하여 보았을 때, 나머지 세 존재를 인격화시킨 이름인 '저선생(楮先生)·모영(毛穎)·도홍(陶泓)' 등에 비해 훨씬 접근되어 있는 호칭임이다. 그가 "현묵(玄黙)의 풍도를 흠모[慕玄黙之風]" 운운도, 문씨의 작중에 집안 "대대로 현묘(玄妙)의 도에 통하고 소(素)에 처하였다[家世通玄處素]" 내지는, "그의 가문이 현도(玄道)에 들어가 도를 얻었다[參玄得道]"와 같은 발상으로부터의 응용이 불가능하지 않았다.

그러면 이제 이 작품을 전체로서 개관하건대, <진현전>은 박씨의 문방가전 가운데는 비교적 작가 나름의 개성적 독특한 사유까지를 사뭇 잘 가미시킨 뛰어난 작품으로 볼 만하였다. 곧, 현묵의 도에 대한 작자의 수상록(隨想錄)다운 통찰이 적절한 선에서 조화를 이룬 의인전기로 인식되는 것이다.

4) 석탄중전(石坦中傳)

벼루의 전기에 관하여는 일찍이 송대 소동파의 <만석군나문전>이 선행 작품으로서 이름이 있었으나, 여기의 <석탄중전>과 관련하여 특별한 공통처를 추출할 수 있음은 아니다. 예컨대 소동파 작품의 주인공이 은거했다는 "용미산(龍尾山)" 대신, 박윤묵 작품의 주인공은 "부가산(斧柯山)"에 은거하였다는 것과, 전자에서는 붓 인격화인 모순(毛純)의 천거로 벼루 인격화인 나문(羅文)이 등용되었다고 한데 반해, 후자에서는 지·필·묵 3인이 왕 앞에 공동 천거한 것으로 형용된다. 전자에서 그 네 사람이 한 마음으로 서로 어울리는 즐거움이 대단하였다는 대목 대신, 후자에서는 총애가 세 사람에게 똑같았다는 정도로 그려놓았다. 그리고, 전자가 역사의 구체적 시간성 위에 배치되어 있는 반면에, 후자는 따로이 시대를 지정해 놓지 않았다는 점 등에서 양자 사이에 일정한 거리가 나타난다.

면밀한 검토의 결과에, 정작 박윤묵의 이 가전이 가장 절실한 자용으로 삼았던 전고는 역시 가장 보편적인 데 있었던가 한다. 다름 아닌 본전이 또한 『사문유취』에 의존하고 상응하는 정도가 거의 절대적이고 긴밀한 양상으로 나타나 있는 것이다.

주인공의 출신으로서의 "강주(絳州)"는 본시 소이간(蘇易簡)의 <연보(硯譜)> '이지조(二之造)' 허두에,

> 柳公權常論硯 言靑州石爲第一 絳州者次之.
> 유공권이 벼루에 대한 주장을 말할 때면 항상 청주(靑州) 돌을 으뜸으로, 강주(絳州)의 것을 그 버금으로 들었다.

로 나와 있는 것이지만 『사문유취』 '연(硯)' 문이 빼놓지 않던 부분이었다. 다만 유취에서는 '言' 대신 '以'로 하였다.

임금이 주인공을 초빙하는 형용에서, "단계(端溪)의 풀로써 그 수레바퀴를 둘러싸며[端溪之草爲蒲輪]" 운운 역시, 위에 든 소이간의 글 바로 조금 뒤에 나오는 다음의 사항을 통해 적확(的確)한 실정을 알 수 있게 된다.

世傳端州有溪 因日端溪 其石爲硯 至妙盆墨 而至潔 其溪水出一草 芊芊可愛 匠琢訖 乃用其草裏之 故自嶺表訖中夏 而無損也.
세상에 전하기는 단주(端州)에 시냇물이 있으니 그로 인해 단계(端溪)라 했다. 거기의 돌로 벼루를 만들면 지극히 묘하여 먹갈기에 좋고 상당히 깨끗하다. 그 시냇물에 풀 하나가 나는데 푸릇푸릇 예쁘다. 석수가 그곳의 돌을 쪼아낸 다음에 그 풀로써 둘러싼 다음 영표(嶺表)에서 중앙까지 와도 아무런 손상됨이 없다.

그리고 역시 『사문유취』가 수록의 사명을 놓치지 않은 부분으로 남아 있음이 었다. 단지, 두 자료 사이에 경위야 알 길이 없으나 얼마간 표기상의 차이가 보이기는 한다.

주인공이 움을 파고 숨어 살았다는 "부가산(斧柯山)" 설정의 유래도 윗 인용문의 뒤를 달아 연독하는 과정에 스스로 인지된다. 곧, 그 곳의 돌 빛깔하며 모양은 놓여진 처소에 따라 각기 변화의 아름다움이 있다고 말한 말미에,

其山號斧柯.

한 데서 그 해명의 터전이 마련됨을 본다.

그가 왕 앞에 도착한 즉시 받았다는 "즉묵후(卽墨侯)" 또한 『사문유취』가 『문방사보』 중의 <석허중전>에서 뽑아왔다고 하는,

然隱遁不仕 因採訪遇之端陽 拜卽墨侯.

와 비교하였을 때 역시 부분적인 탈자(脫字)가 없지 않은[23] 가운데 다름이

---

23) 제목도 엄밀히는 <즉묵후석허중전(卽墨侯石虛中傳)>인데 앞부분 약(略)하였다. 또한 그 『문방사보』 안에서는 "好山水隱遁不仕 因採訪使遇之於端溪…"라 하고 한참 뒤에 "因累勛績 封之卽墨侯"라고 나오니 원래 내용과는 꼭 일치하지만은

없는 출원을 기약하고 있는 것이다.

'저백(楮白) 등으로 더불어 출처와 진퇴를 반드시 함께 하였다'는 말이 나오려니와, 이것은 본 유취서가 끌어온 바 당자서(唐子西)의 <가장고연명(家藏古硯銘)> 중의 아래와 같은 사항을 의미로써 재조성 시켰다면 틀림이 없을 내용이었다.

> 硯與筆墨書氣類也 出處相近也 任用寵遇相近也.
> 벼루는 붓・먹과 더불어 같은 부류이다. 나가고 머묾이 서로 비슷하고 임용과 총우(寵遇)도 비슷하였다.

주인공이 사우 가운데도 '가장 오래 장수하였으니' 하는 것은 역시 위 <가장고연명> 내의 다음과 같은 문맥에서 이해의 순조로움을 얻게 되는 것인가 한다.

> 獨壽夭不相近也 筆之壽以日計 墨之壽以月計 硯之壽以世計.
> 다만 수명의 장단은 서로 비슷하지 아니하니, 붓의 수명은 날짜로 헤이고, 먹의 수명은 달수로 헤이고, 벼루의 수명은 세대로 헤인다.

무엇보다 '연(硯)'의 가전 <석탄중전>의 어느 구절은 『사문유취』 '연(硯)' 문에 있는 어떤 구절을 도외시하고서야 차마 독주할 수 있었겠는지 의문이 가는 대목이 보인다. 곧, 가전 작중에 '탄중의 기국(器局)이 모난 듯 둥근 듯 한 가운데 중심은 평탄했다'는 표현인,

> 坦中器局方圓 中心坦然.

은 유취가 문숭이 지은 <석탄중전>에서 가져왔다고 하는,

> 石虛中…器度方圓 中心坦然.('硯'門 群書要語)

않는 수의적(隨意的) 기록임을 알 수 있다.

과 비교하여 그 이받아온 자리가 너무도 분명하였음을 확인할 수 있다.[24]

사실은 '석허중'과 다른 개성의 표현이 되리라 하는 제목의 '석탄중'도 바로 이 "중심탄연(中心坦然)"에서 시사받음이 있었을는지 모른다는 생각이다.

또한, 가장 결정적이랄 수 있는 부분은 왕이 '옥같은 덕에 비단같은 마음결을 지녔다'고 하는 이른바,

> 玉德而縠理.

와 같이, 실로 표현법상 매우 특수적 양상을 띤 이것은 본래 소동파의 <공의 부용연명(孔毅父龍硯銘)> 가운데,

> 澁不留筆 滑不拒墨 爪膚而縠理 金聲而玉德.

에서 훈도(薰陶)를 입은 표출이겠거니와, 바로 이 소동파의 용미연명(龍尾硯銘)을 소개하고 있는 역할적 소임은 소이간의 <묵보>가 아닌, 『사문유취』 '묵(墨)' 문의 자료 나열 안에서 수행되었음에 유의하고자 한다.

소이간의 『문방사보』까지도 자료로써 흡수해 버린 바 있는 축목의 『사문유취』가, 기실은 『문방사보』보다도 더 나중에 나온 자료까지를 담아 수록할 수 있던 그 광폭의 역량은 바로 소동파의 위 작품까지도 문제없이 수용해 보이는 여유로운 양상으로도 나타났던 셈이 된다.

이렇듯 『사문유취』로부터의 자용(資用)이 결코 적지 않았던 것이지만, 그러한 일면 본 가전이 어떤 부분 만큼은 『문방사보』로부터의 잇점을 마저 활용하였을 것으로 투사되는 부분도 목격이 된다.

임금이 처음 주인공을 초빙할 때 "공수(公輸)를 사신으로 하고, 장석(匠石)으로 보좌케 하였다[以公輸爲使 匠石爲副]"는 대목의 착안이다. 박윤묵이 벼루 전기에다 춘추시대의 이름난 두 사람이었던 공수·장석을 끌어다 부친 것은 벼루 주인공의 탁월성을 지시하는 뜻과 함께 참신하고 흥미로운 착상이라

---

24) 다른 한편으로, 정작 『문방사보』에 담겨 있는 문숭의 해당 작품 전모를 직접 조사한 결과에, 위와 같은 내용은 목격되는 것이 없다고 했을 때에는 그 보고 가져온 바를 짐작하고도 남음이 있다.

하겠다. 그런데, 『사문유취』 안에서는 명연(名硯)의 제조와 연상하여 이들을 문예상에 끌어다 쓴 그 어떤 내용의 발견도 못내 어려웠으나, 『문방사보』 안에서는 박윤묵 구상의 지침이 될 만한 정보 사항을 내포하여 있음을 지적해 보이는 뜻이다. 곧, <묵보>의 '이지조(二之造)'에 실린 것 가운데 위번(魏繁)이란 이의 <흠연송(欽硯頌)> 첫머리에,

有般倕之妙匠兮 倪詭異於遠都.

언거되어지던 "반추(般倕)"란 춘추시대 노나라의 뛰어난 장인인 노반(魯般), 일명 공수(公輸)와[25] 요임금 때의 공교한 장인으로 알려진 공추(工倕)를 한꺼번에 아우른 이름인 것이다.

한편, '장석(匠石)'이란 인물은 또한 중국의 명공(名工)으로, 자(字)를 백(伯)이라 했다고 한다. 그런데, 일반의 석수쟁이란 뜻에서의 '석장(石匠)'의 말은 앞서의 유취 및 <연보>가 각각 하나는 이장거(李長去)의 시라 하고, 하나는 이하(李賀)의 <청화자연가(青花紫硯歌)>라는 제목 아래 원용해 온 "端州石匠巧如神" 안에 나타난다. 혹은 『문방사보』 <연보> 소재의 <즉묵후석허중전>이 묘사한 "자못 재주와 기량을 지녔으나 다만 큰 장인을 만나지 못했다 [頗負材器 但未遇哲匠]" 중에 나타나는 "철장(哲匠)"의 표현도 보인다. 하지만 <석탄중전> 내용과는 직접성이 결여된 채이다. 그러나 역시 실망할 필요는 없다. 『문방사보』의 <연보>가 장소박(張少博)의 <석연보(石硯譜)>를 수록한 중에 명백한 "장석(匠石)"의 이름이 드러나 있었다.

或外圓而若規 或中平而如砥 原夫匠石流聆 藻榮生輝 象龜之負圓乍伏 如鵲之緘印將飛 沒之戶庭琉之名允著 置之藩溷….

이렇듯 <석탄중전> 입전의 경위에 있어 긴밀하다고 하지 않을 수 없는 관계적 연상처를 보유해 있던 것이었다.

---

25) 공수반(公輸般), 공수반(公輸班)으로 칭하기도 하고, 혹은 노반(魯班)으로도 표기한다.

4.

적어도 글짓는 선비가 가전 창작에 관심을 기울인 바 있었다면 이는 사물에 대한 주의가 남다르다고 보아 크게 어긋나지 않을 것이다. 그런데 그것이 한 가지에 한정되지 않고 여러 조품(藻品)에 걸쳐 나타났다고 한다면 사정은 더욱 달라지게 된다. 그런 경우 일반적으로는 가전 작가의 문집 안에 사물에 대한 음영(吟詠)이 보다 현저하게 드러남을 일단은 기대해 볼 길 있으니, 지금 박윤묵의 경우도 이에서 예외는 아니었다.

그는 특히 당시대의 명필로서도 이름을 드러냈던 인물이다. 그러기에, 본인이 직접 <문방사우명>의 첫머리에 밝힌 것처럼, 늘 조석 문안 드리듯 하는 지·필·묵·연에 대한 느낌이 돈독했을 테고, 이 각별한 애정이 특히 문방사우 가전 쪽에 의욕을 쏟게끔 하는 원천적 추동력이 되었다고 본다.

더욱이 대부분의 문방사우계 가전이 그 중 어느 한 가지, 혹은 두세 가지 선에서 취택되었던 것과는 대조적으로, 그의 경우 네 가지 모두에 골고루 용심하는 면밀한 배려가 따랐던 점이 또한 주목할 만 하였다.

위에서 가전 소재의 원천에 대해 모색해 본 결과, 가전 작가 대부분이『사문유취』와『태평어람』의 해당 부문 안에서 자원을 구해오는 보편성의 기준에서 박윤묵 문방사전 역시 크게 일탈됨이 없이 기본적으로는『사문유취』와의 기본적 맥락이 잘 형성되어 나타났다.

그러나 이 일반성의 이면에는, 그 무렵 수입된 지 얼마 되지 않은『사고전서』를 포함하여 소이간의『문방사보』같은 귀중한 자료의 수득 및 독서체험이 소재 보완의 역할을 유감없이 수행해 보임으로써, 소재 취용의 특수한 국면을 가늠하게 해주는 계기가 따라 있었다. 이러한 특수상은 비단 지금 박윤묵의 경우에만 국한된 일은 아니었다. 이를테면, 일찍이 조선 현종(顯宗) 조에 하산(何山) 최효건(崔孝騫, 1608~1671)의 <산군전(山君傳)>이 전혀 유취서 종류들과는 무관하고, 오히려 그 구성과 문체를『후한서(後漢書)』중의 <광무제기(光武帝紀)>(제1 上·下)에서 대거 원용해 온 현상26) 또한 각별한 경우라 하겠다.

---

26) 제4부 가운데의 「호랑이로 일깨우는 군주의 길」에서 상세히 다룬다.

가전의 소재적 원천이 거반 유취서에 있다고 하는 그 일반성의 이면에, 어떤 가전작에 한정해서는 지금처럼 각기 다른 특수적 출원을 가지고 있다는 사실을 포착할 수 있으며, 그것을 찾아내는 작업 또한 그 일이 비록 간단하지는 않겠으나 힘든 발견 뒤의 기쁨이 또한 만만치는 않은 것이다.

가전과 묘지명

일찍이 사마천(司馬遷)『사기(史記)』의 열전(列傳)이거나 한유(韓愈) <모영전(毛穎傳)>과 같은 가전 안에는 여타의 산문 양식과는 구별되는 형태적인 고유함이 있었다. 이를테면, 같은 전(傳)이라 하더라도 여느 다른 전들과는 혼동되기 어려운 외형상의 독특한 개성이 열전과 가전에는 내유하였다는 뜻이다. 그것은 다름아닌 서두와 선계, 주인공 시종의 일대기, 후계와 평결 등 일련의 절차 안에서 내용이 전개되던 그 모양을 말함이다. 그리고 이와 같은 형식 하에 그것의 주인공이 사람이면 열전의 양식임을 알 터이고, 그것의 주인공이 비인간적 존재라면 <모영전>과 같은 가전 양식임을 알 수 있는 것이다.

사람 주인공의 일대기는 사마천의 열전이 가장 근간을 이루는 것이겠으나, 이제 한문의 모든 문체를 다시금 두루 살펴볼 때에 사람에 대한 일대기적 서술 양상은 하필 열전 한 가지에 한정된 것만은 아님을 새삼 인지토록 만드는 국면이 있다. 다름 아니라, 사람 주인공의 일대기가 전체 차원에서 서술되는 또 다른 문체 유형으로, 어떤 형태의 가전(家傳)이거나 묘지명(墓誌銘), 묘갈명(墓碣銘) 계통의 문체들을 일컬음이다. 그런데, 이 가운데 인간 주인공을 잠간 지양하는 대신, 각별히 사물에다 비의시켜 다룬 경우가 묘지명의 형식 안에서 발견이 용이하였다. 곧, 묘지명의 경우만큼, 인물 묘지명 이외에 사물 묘지명이 추수(追隨)되는 양상을 나타낸 바 있던 것이다.

대개 문체로서의 묘지명이란 묘지(墓誌)의 문체와 명(銘)의 문체, 이 두 가지 독립된 문체가 나란히 합철된 데 따른 명칭이다. 그러니까 주인공에 대한 묘지만 따로 쓸 수도 있고, 명 만을 따로 쓸 수도 있는 것이다. 다만 전자는 산문체를 취하고 후자는 운문체를 취함이 일반이었다.

본래 묘지가 어떠한 성격의 글인지에 관하여는 우선 사전적 정의 안에서 일
단 짐작 가능한 터전이 마련된다.

　죽은 사람의 성명·관계(官階)·경력·사적(事蹟)·생몰 연월일·자손의
성명·묘지의 주소 등을 새겨서 무덤 옆에 파묻은 돌이나 도판(陶板) 또는
거기에 새긴 글. 광지(壙地)라고도 한다.[1]

『중문대사전(中文大辭典)』에서의 '묘지명(墓誌銘)'에 관한 설명은 이보다는
한 단계 더 소상하였다.

　葬者瀘陵谷變遷　後人不知爲誰氏墓　故爲墓誌銘而納之壙中　用正方
兩石相合　一刻銘　一題死者之姓氏爵里而平放於柩前　使後日有所稽考
誌文似傳　銘語似詩　惟古之有誌者不必有銘　有銘者不必有誌　亦有誌銘
俱備　而係二人所作者.[2]
　장사(葬事)지내는 이는 언덕이 변하여 골짜기가 되고 골짜기가 변하여 언
덕이 되는 격심한 변천으로 뒤의 사람들이 누구의 묘인지 모를 것을 우려한
다. 그런 까닭에 묘지명을 지어 광중(壙中)에 넣은 것이다. 정방형 돌 두 개
를 서로 합치는데, 하나에는 명(銘)을 새기고 또 하나에는 돌아간 이의 성
씨와 벼슬·향리를 써서 널 앞에다가 평평히 놓으니, 뒷날 상고하는 바 있
도록 함이다. 지(誌)는 전(傳)과 비슷하고 명(銘)은 시(詩)와 비슷한데, 다만
옛날에 지(誌)가 있다고 해서 반드시 명(銘)이 있을 필요는 없고, 명(銘)이
있다고 해서 반드시 지(誌)가 있을 필요는 없었다. 또한 지(銘)와 명(銘)이
함께 갖춰져 있으면서, 지은이가 두 사람인 경우도 있었다.

이는 민국(民國) 초기에 설봉창(薛鳳昌)이 편술한 『문체론(文體論)』 안에서
'묘지급묘지명(墓誌及墓誌銘)'에 관해 풀이한 내용과도 사뭇 방불한 바 있다.

---

1) "묘지(墓誌)", <동아세계대백과사전>, 동아출판사, 1984.
　　한편, <한국민족문화대백과사전>(한국정신문화연구원, 1991)의 "묘지(墓誌)"에
　　관한 설명 또한 이러하였다. "죽은 사람의 이름과 태어나고 죽은 일시, 행적, 무덤
　　의 방향 등을 적어 무덤 앞에 묻은 돌이나 도판(陶板), 또는 거기에 새긴 글. 광지
　　(壙地)라고도 한다."
2) "墓誌銘", 『중문대사전』, 대만 중화서국, 민국 71년.

古之葬者 慮陵谷之變遷 故叙述大略 埋之壙中 後則假手文人 多所藻
飾 已失古意 其標題則以有誌無銘者曰墓誌 有銘無誌者曰墓銘 誌銘兼
具者曰墓誌銘 誌銘之前 又有序文曰墓誌銘並序 然亦有題曰誌而有銘
題曰銘而有誌 及題曰誌或銘 而文不相應者 皆變體也.3)

옛날 장사(葬事) 지내는 이는 언덕이 변하여 골짜기가 되고 골짜기가 변
하여 언덕이 되는 격심한 변천을 우려했다. 그런 까닭에 그 대략을 서술하
여 돌에 새기고 뚜껑을 덮어 뫼 구덩이에 묻었다. 나중에는 문인의 손을 빌
어서 문식하는 바가 많았거니와, 어느덧 고의(古意)를 상실한 것이다. 그 표
제로서 지(誌)는 있으되 명(銘)이 없는 것을 묘지(墓誌)라 하고, 명(銘)은 있
으되 지(誌)가 없는 것을 묘명(墓銘)이라 하며, 지(誌)·명(銘)이 함께 갖춰
진 것을 묘지명(墓誌銘)이라 하고, 지(誌)·명(銘)의 앞에 또한 서문(序文)이
있는 것을 묘지명병서(墓誌銘並序)라 한다. 하지만 또한 제목에는 지(誌)라
하고서 명(銘)이 있거나, 제목에는 명(銘)이라 하고서 지(誌)가 있는 것, 나
아가 제목에는 지(誌), 혹은 명(銘)이라 하고서 글이 거기 따르지 않는 것도
있는데, 이 모두 변체(變體)이다.

하지만 이 묘지 내지 묘지명에 대한 더 이른 시기의 보다 상세하며, 일반
론적 보편성 개념에 가까운 것은 명대에 서사증(徐師曾)이 『문체명변(文體明
辯)』 권52 '묘지명(墓誌銘)'을 설명한 속에서 찾을 수 있으리라 한다.4) 처음
은 그것의 이름풀이[釋名]와 유래에 관한 것이다.

---

3) 설봉창(薛鳳昌), 『문체론』, 대만 상무인서관, 민국63년.
4) 청 건륭시대 사람인 요내(姚鼐)의 『고문사유찬(古文辭類纂)』이라든지, 같은 무
   렵 장학성의 『문사통의(文史通義)』 안에도 묘지명과 관련된 항목은 있지만, 보편
   적이고 객관성 있는 원론보다는 개인적이고 주관적인 논지를 서술한데 가깝다고
   볼 것이다. 예컨대, 『고문사유찬』 권39 안의 '비지류(碑誌類)' 부분에서 "誌者 識
   也 或立石墓上 或埋之壙中 古人皆曰誌 爲之銘者 所以識之之辭也 然恐人觀
   之不詳 故又爲序 世或以石立墓上 曰碑 曰表 埋乃曰誌 及分誌銘二之 獨呼
   前序曰誌者 皆失其義 蓋自歐陽公不能辨矣"한 것, 또 『문사통의』 권8 외편(外
   篇)2 중의 '묘명변례(墓銘辨例)'의 경우 아예 변례란 표제가 밝혀주듯 애당초 자
   신의 주장을 논변의 형태로 펴나간 것이다. 그 가운데 두드러진 한 부분을 보면
   이러하다. "或問墓銘之例 誌如史傳 銘如史贊 可乎 史贊之文 不可加長於傳
   而銘或加長於誌 可乎 答曰 史贊不得加長於傳 正也 如伯夷屈原諸篇 叙議兼
   行 則傳贊亦難盡矣 然其變也 至於墓銘 不可與史傳例也."

按誌者記也 銘者名也 古之人有德善功烈 可名於世 歿則後人爲之 鑄器以銘 而俾傳於無窮 若蔡中郞(名,邕)集所載朱公叔(名,穆)鼎銘是已 至漢杜子夏 始勒文埋墓側 遂有墓誌

살펴보건대 지(誌)란 기록한다는 것이고, 명(銘)이란 이름을 남기는 것이다. 옛 사람으로 착한 덕과 빛나는 공로가 있는 사람은 가히 세상에 이름이 나는 것이매, 죽으면 뒷사람들이 그를 위하여 그릇을 주조하고 새기어 끝없이 전해지도록 하였으니, 『채중랑집(蔡中郞集)』에 실린 바 주공숙(朱公叔)의 세발솥 명기(銘記) 같은 것이 그러하였다. 한나라 두자하(杜子夏)에 와서야 처음으로 글자를 새겨 묘 옆에다 묻었으니, 마침내 묘지가 생긴 것이다.

그 다음은 묘지명의 방식과 목적에 관한 것이다.

後人因之 蓋於葬詩 述其人世系名字 爵里行治壽年卒 葬日月與其子孫之大略 勒石加蓋 埋于壙前三尺之地 以爲異時陵谷變遷之防 而謂之誌銘 其用意深遠 而於古意無害也.

뒷사람들이 이것을 따랐으니 대개 그 장례의 때에 그 사람의 가문[世系], 이름[名字], 관작[爵里], 행적[行治], 향년[壽年], 죽어 장례지낸 날짜[卒葬日月]와 자손의 대략을 기술하여 돌에 새기고 덮개를 씌워서 파 놓은 곳 앞 석 자 되는 곳에 묻었으니, 다른 때에 언덕이 골짜기로 변하는 변천에 방비코자 함이요, 그것을 일컬어 지명(誌銘)이라 하니, 그 마음씀이 심원하여 옛 뜻에 하자됨이 없는 것이다.

이어서 언급되는 것은 그 내용의 객관적 공정성에 관한 서술이다.

治夫末流 乃有假手文士 以謂可以信今傳後 而潤飾太過者 亦往往有之 則其文雖同 而意斯異矣 然使正人秉筆 必不肯徇人以情也.

그 늙바탕에 이르면 이에 글 하는 선비의 재주를 빌렸는데, 그렇게 함으로써 확실한 현재를 후세에 전할 수 있다고 생각하였던 까닭이다. 그러나 종종 너무 지나치게 윤식하는 자가 있기도 했으니, 글이 비록 같다고 해도 의미는 이 마당에 달라지게 된다. 그러나 올바른 사람에게 붓을 잡게 하면 필경 사사로운 정에 끌려 다루지는 않았던 것이다.

끝으로 겉의 제목을 붙이는 문제에 관해 논정하였다.

至論其題 則有曰墓誌銘 有誌有銘者是也 曰墓誌銘並序 有誌有銘而
又 先有序者是也 然云誌銘而或有誌無銘 或有銘無誌者 則別體也 曰墓
誌則有誌而無銘 曰墓誌則有銘而無誌 然亦有單云誌而卻有銘 單云銘
而卻有誌者 有題云誌而卻是銘 題云銘而卻是誌者 皆別體也.

그 제목을 논정함에 이르러 묘지명(墓誌銘)이 있으니, 지(誌)가 있고 명
(銘)이 있는 것이 여기 해당한다. 묘지명병서(墓誌銘並序)가 있으니, 지(誌)
가 있고 명(銘)이 있는 데다 더하여 앞에 서(序)가 있는 것이 여기 해당한
다. 그러나 지명(誌銘)이라 해도 혹 지(誌)는 있으되 명(銘)이 없거나, 혹 명
(銘)은 있으되 지(誌)가 없는 것은 별체(別體)이다. 묘지(墓誌)가 있으니 곧
지(誌)는 있으되 명(銘)이 없음이요, 묘명(墓銘)이 있으니 곧 명(銘)은 있으
되 지(誌)가 없음이다. 그렇지만 또한 단지 지(誌)라 하고선 오히려 명(銘)
이 있는 것과, 단지 명(銘)이라 하고선 오히려 지(誌)가 있는 것, 제목으로
는 지(誌)라 하나 오히려 명(銘)인 것과, 제목으로는 명(銘)이라 하나 오히
려 지(誌)인 것은 모두 별체(別體)이다.

이제 이와 같은 설명의 바탕 위에서 서사증은 해당 문체의 본보기적 작품
으로 송대 구양수(歐陽修)의 <윤사로묘지명(尹師魯墓誌銘)>·<매성유묘지명
(梅聖兪墓誌銘)>, 당대 한유의 <당조산대부증사훈원외랑공군묘지명(唐朝散大
夫贈司勳員外郎孔君墓誌銘)>·<정요선생묘지명(貞曜先生墓誌銘)>을 위시하여
유종원(柳宗元), 증공(曾鞏), 왕안석(王安石), 채옹(蔡邕), 원진(元稹)의 작품들
을 예거하였다.

우리의 경우, 『동문선(東文選)』을 통해서 살펴볼 때 신종호(申從濩)의 <통
정대부공조참의김공묘지명(通政大夫工曹參議金公墓誌銘)>, 권오복(權五福)의
<유조량선도총부경력겸사헌부집의김공숙인이씨부장묘지명(有朝梁鮮都摠府經
歷兼司憲府執義金公淑人李氏祔葬墓誌銘)> 등이 있었다.

이처럼 묘지명이라 하는 것은 어디까지나 사람을 그 대상 주인공으로 삼는
것이 당연한 원칙이었다는 사실에서 열전과 다를 바가 없었다. 그렇지만 전
(傳) 장르의 과정에서 인간 주인공의 열전을 문득 비인간 주인공의 가전으로
환치시켰던 전례처럼, 지금 이 묘지명 장르의 도정에서 또한 문득 사람 아닌

대상을 주인공으로 세워서 어엿한 한 편의 작품으로 완성짓는 사례가 적어도 우리 묘지명 가운데에 간혹 나타나 보이기도 했다. 다름아닌, 붓을 사람인양 형상화시켜 그것 수명의 다함 뒤에 그를 기리는 형식을 취한 <관처사묘지명 (管處士墓誌銘)>과, 항아리를 의인화시켜 그것 생애의 마감 뒤에 그를 기리는 형식을 취한 <옹후묘지명(雍侯墓誌銘)>이 그것이다.

　<관처사묘지명>은 조선조 전기에 탁영(濯纓) 김일손(金馹孫, 1464~1498)의 작으로 『동문선(東文選)』 제20권 '묘지명(墓誌銘)' 중에 일찍 채록되어 있던 것이다. 소위 묘지명이라 하고서 사람 아닌 사물을 연참(鉛槧)에 옮긴 특이한 일례라 하겠다.

　<옹후묘지명>은 조선조 후기에 귤옥(橘屋) 윤광계(尹光啓, 1559~?)의 작으로 『귤옥집(橘屋集)·下』의 잡록(雜錄)·上에 실려 있으니, 역시 의인묘지명으로서 유례가 쉽지않아 묘지명 형태상의 값진 발견이 아닐 수 없다.

　그런데, 이 두 묘지명은 그 작문의 절차에서 가전 작품이 갖는 전개 과정을 그대로 연상시키는 바 있었다. 예컨대 붓은 가전과 묘지명 사이에 공통적 소재가 된 경우인데, 이 때 붓 의인의 묘지명인 <관처사묘지명>은 한유나 한성리의 붓 의인 가전인 <모영전(毛穎傳)>·<관성자전(管城子傳)>과 비교하여 이질성을 모색해내기가 참으로 지난하였다.

　실제로, <관처사묘지명>의 서술 형상을 순차로 열거하여 보이면 대략 이러하였다. 우선 작품의 허두,

　　處士名述 字述古 本姓毛氏.

이 모습이 그대로 가전의 서두가 아닐 수 없다. 이는 곧장 선계로의 연결을 보인다.

　　毛刺史 管城侯 毛元銳 皆其先也 毛氏鼻祖 自書契時已顯.

이렇게 시작되는 선계부는 그 허구적 여유가 가전의 모양 그대로 느긋이 펼쳐지고 있다. 이것이 전체 작품의 2/3 정도를 지나서는 드디어 주인공 술고 (述古)의 이야기에 들어서게 된다.

大抵管氏 性貪墨 述古黃冠族 自着道服 外慕淸淨.

이렇게 시작되는 그의 행적은 "최후에 땀을 흘리지도 못하고 땅에 엎드러져 결국 일어나지 못하였[不可爲流汗 仆地邃不起]"으며, 마침내 "죽피관(竹皮冠)을 씌우고 지금(紙衾)으로 염(殮)하였으니 평소 그의 뜻에 따른 것이다[邃加 竹皮冠 斂以紙衾 從素志也]"까지에 걸쳐 있는 바, 이 곧 가전의 본전부와 다름 없는 양상의 전개인 것이다. 바로 뒤에 이어지는 바,

嗚呼 生而我役 不遺餘力 每掉頭世務 而不能舍我決去 因疾又不盡年 吾安得不悲哉.

이하 작품의 끝까지는 다름아닌 작자의 주관적 소회를 밝힌 가전에서의 평결부에 해당되리라 한다. 포괄적으로 보매 주인공 술고가 자기와의 인연이 깊었는데 이제 영별(永別)임과 아울러 그와 더불어서 사우(四友)로 불리는 저지백(楮知白 ; 종이), 역현광(易玄光 ; 먹), 석허중(石虛中 ; 벼루)들은 다 속되거나 완악한 무리라는 취지였다. 이처럼 <관처사묘지명>의 경우는 그 묘지 내용 자체 만으로도 이미 평결부를 갖춘 가전의 서술 체계와 상응되는 요인을 손색없이 갖추었다 할 것이다.

그러면 또 다른 사물 의인인 <옹후묘지명>의 경우 어떠한가. 이 경우 주인공의 이야기에 들어가기 전에 작자의 창작적 동기를 전열에 세우고 있는 점이 특이하였다. 한편, 이 같은 액자 양식은 묘지명마다 지니는 특징은 아니고 어떤 묘지명에 한정하여 볼 수 있는 현상이다. 동시에 이는 일단 가전 형태의 일반성과는 무관한 부분이기도 하다. 따라서 이 외장(外裝)을 걷어버린 다는 전제에서 바야흐로 묘지명과 가전 양자 사이의 형태적 부합이 펼쳐지게 된다. 그리하여 <옹후묘지명> 본 내용의 도입부는 주인공의 선계로써 장식되고 있다.

雍氏之先 出自河濱 遠祖器 佐舜於側微.

이는 "옹(雍)·국(麴) 두 성씨는 대대로 결탁하여 진(秦)·진(晉)의 시대에도

끊어지지 않았다[雍魏二姓世結 秦晉不絶云]"까지에 걸친다. 연이어 주인공 옹후(雍侯)의 명함 서두 및 출생으로부터 시작되는 본전부(本傳部)가 대두된다.

> 侯諱陶 字質甫 定陶人 世居陶丘鄉 考諱埴 妣甄氏嘗夢 人告曰 上帝
> 命爾爲子.

여기서 문득 서두와 선계가 도치를 보이고 있거니와, 이와 같은 일은 장유(張維)의 <빙호선생전(氷壺先生傳)>이거나 남유용(南有容)의 <굴승전(屈乘傳)> 같은 가전 등에서 얼마든지 볼 수 있는 양상이다. 본전의 끝은 '섬돌이 내려오다가 기절하여 못내 목숨이 다하니 장례 지내었다'는 대목까지 되고, 이어지는 부인과 아들 준(墫)에 대한 기술은 곧 후계에 배속되어질 터이다.

> 夫人某氏 某官之女 子墫監酒稅 累遷花園令 今爲主客郎中.

다음에는 잠깐 다시 옹후 생전의 애중받음과 죽음에 대한 재언이 이루어지다가 드디어 글 지은이의 생각을 밝히는 대목과 만나게 된다. 이같은 필자의 소견 피력은 곧 평결부 단락과 다르지 않다.

> 余謂 雍氏起自泥塗 累被陶甄 遂乃出納王命 斟酌時宜.

이러한 평결사는 옹후의 자손이 민간에 흩어졌으되 모두 그의 집안 풍도가 있었으나 기량에서는 그에 미치지 못하였다는 데에서 매듭지어진다. 이처럼 <옹후묘지명>이 또한 그 묘지의 내용 자체만으로도 벌써 평결부를 갖춘 가전의 서술체계와 상응될 만한 요건에서 아무런 손색이 없다 할 것이다.

이제, <관처사묘지명>과 <옹후묘지명>은 두 작품 나란히 묘지의 형태를 띠면서 이미 평결부 있는 가전의 체재를 갖췄다고 말할 수 있다. 아울러 두 작품 모두는 최종 말미에 '명(銘)'에 이르게 되는 바, 이 '명(銘)'은 그 자체로서 저절로 의연한 운문체의 평결부가 아닐 수 없다. 가전들 가운데 박윤묵의 <모원봉전(毛元鋒傳)>·<저백전(楮白傳)>·<석탄중전(石坦中傳)> 등은 한결 그 평결부가 흡사 명(銘)을 방불케 하는 형태로 포서(鋪敍)되어진 일례라 하겠다. 그러면 이 양편이 모두 묘지의 말미에 있는 산문체 평결부 위에, 다시금 명에 따른 운문체 평결부가 더 첨부되는 사례에 든다 할 것이나, 이러한 양상은 가전에서 또한 찾아 못 볼 바 아니다. 곧, 고려조 석(釋) 혜심(慧諶)의 <빙도자전(氷道者傳)>이나 조선조 박윤묵의 <진현전(陳玄傳)> 등은 산문과 운문의 복합 평결 형태를 취하고 있는 좋은 사례였다.5) 그리하여 가전과 사물묘지, 또는 가전과 사물묘지명은 비록 그 문체상의 전과 묘지(명) 사이에 설정되어진 이름은 각각 나뉘어 같지 않다 해도, 그 내용의 실제적인 면에서는 별다른 차이를 가려내기 어려울 정도로 대등한 형태라는 사실을 지적해 볼 길이 있었다.

이와 관련해서 마침 <관처사묘지명> 맨 말미에 언급된 다음과 같은 내용이 각별히 주목을 끈다.

且述古平日爲予恨 智永塚而無誌 韓愈傳而不銘 故旣誌又銘 燒磚以
紀而幷瘞之 以慰冥冥.

또한 술고의 평상시에 내가 한스럽던 일이었거니와, 지영(智永)은 총(塚)은 썼으되 지(誌)가 없고, 한유는 전(傳)을 지었으되 명(銘)이 없던 까닭에 이렇듯 지(誌)를 쓴 위에 명(銘)을 지은 것이다. 벽돌을 구워서 기록하고 함께 묻어 장사지냄으로써 그 명명한 심사를 위로함이다.

이에서 총(塚)과 지(誌), 전(傳)과 명(銘)의 분간을 운위하고 있으되, 사실은 산문체 전과 운문체 명은 그것을 구별하는 일에 처음부터 아무런 갈등이 없다. 요는 전(傳)과 지(誌)의 대조에 있다. 이 경우에는 그리 문제가 간단치는 않다. 애써 양자의 차이를 따져 말한다고 한다면, 일인칭 작자의 개입이 가전에선 평결부 한도 이외에는 잘 나타나지 않았던 반면에, 사물묘지명에는 어쩌다가 주인공 본전 안에서의 틈입조차 보이기도 했다는 점을 들 수 있다. 그러나 그 대체의 양상에서 전과 묘지(명)은 명백한 차별성 대신에 모호하고

---

5) 두 작품 중에서도 <진현전(陳玄傳)>의 경우가 더욱 가깝다고 하겠다. <빙도자전(氷道者傳)>은 '贊曰'로 시작되는 산문 평결 뒤에 '頌曰'로 유도되는 운문 평결 형태를 보임으로써 그 구분이 뚜렷하다. 그러나 <진현전>의 경우, 자손에 관한 기술[後系] 뒤에 작자의 주관에 입각해서 주인공 진현(陳玄)다운 현묵(玄黙)의 도에 대한 필요성을 강조하는 평결 부분[夫陳玄~惡能傳施而不渝也哉]이 마련되어 있고, 뒤 이어 '贊曰'로 유도되는 운문 평결로 종결지어졌다.

막연한 감이 더 크게 남게 된다. 이가원의 비지류(碑誌類)에 대한 설명 중에,

> 지문(誌文)은 전(傳)과 같고, 명어(銘語)는 시(詩)처럼 되어 있는 것이 그
> 대체다. 다만 옛날에는 지(誌)가 있다 해서 반드시 명(銘)이 있음은 아니요,
> 명(銘)이 있다 해서 반드시 지(誌)가 있음은 아니었고, 혹은 지(誌)·명(銘)
> 이 구비(具備)하나 둘이 지은 것도 없지 않았다.6)

지문(誌文)은 전(傳)과 같다고 한 말도 양자 사이의 그 같은 근사성에 착안한
지적이었을 것이다.

---

6) 이가원, 『한문학연구(韓文學硏究)』, 탐구당, 1969. pp.641~642.

가전의 소설사적 위치

가전(假傳) 문학이 고소설과는 어떤 관계가 있는가? 둘 사이엔 어떠한 동이점(同異點)이 있을까? 이 문제는 가전 장르가 갖는 그 문자 표기상의 형태를 감안하여 볼 때 한글소설과의 관계는 일단 고사해두고, 기존에 한문소설로서 불리어진 것들과의 관계로서 족할 것으로 본다. 부연하자면, 고소설이란 외형상 크게 한글소설과 한문소설의 두 가지 문자 형태를 취하여 있고, 가전은 한문자(漢文字)를 근간으로 하고 있는 까닭에 가전의 고소설과의 관계 혹은 가전의 고전소설사적 위치는, 결국 가전의 한문소설과의 관계 혹은 가전의 한문소설사적 위치와 같은 논제로 좁혀서 볼 수 있는 소지가 있다는 것이다. 그리하여 가전을 이른바 한문소설로서 인정받고 있는 작품들과 성격상 대비시켜 보는 일이야말로 가전이 과연 한문소설과 더불어 하나의 장르로서 통일될 수 있는지의 여부를 파악할 수 있는 지름길이 된다. 나아가 궁극적으로 가전의 소설사적 위치에 도달하기 위한 최선의 효과와 소득을 기대할 길 있다.

가전의 소설사적 위치를 매김하는 데 있어 호재로 삼을 만한 또 한 가지 사안은 이 두 형태가 필경은 우리보다 앞서 중국에서 먼저 존재하였던 문학 갈래였다는 점을 잊지 않는 일이다. 이 사실에 적극 유의하여 한중을 등거리에 놓고 살펴 감안하여 보는 일이 가전의 소설사적 위치 파악에 사뭇 요긴한 이바지가 될 수 있다.

사실은 당대 한유(韓愈, 768~824)의 <모영전(毛穎傳)>에서부터 출발의 남상을 잡고 있는 가전은 소설사의 전개 과정과는 무관하게 처리되어왔던 점이 있다. 그 어떤 중국소설사의 기술에서도 가전을 함께 다루어 언급한 사례가 없었던 일을 말함이다. 결국 가전과 소설은 궁극에 동일소속 장르로서 쉽게 인식해버리기 참 어려웠던 분위기가 있었다. 이러한 사정은 우리 쪽에서도 크게 다를 바 없었다. 고전소설사 기술에서 가전은 대개 설화와 더불어서 소설 장르의 전사적(前史的) 형태 정도로 일별하는 데 그쳤다. 또는, 고소설의 각 작품에 대한 개별론을 총집할 때 가전을 포함시키지 않았다는 점에서 역시 한·중의 인식 간에 별 차이가 없음을 알 수 있다.

가전의 표제는 <모영전>, <청화선생전>, <국순전>, <죽부인전> 하는 식으로 그 대원칙적 전형은 '~전' 글자 양식을 취하고 있고, 그 내용의 편성 방식 역시 사실무근의 허구적 바탕 위에 전개되어 있다. 이러한 현상은 한중 중세기 소설사를 장식하는 작품의 대부분이 '~전' 자 표제를 대종으로 하고 있고, 그 내용은 반드시 기상(奇想)·묘상(妙想)의 허구로 엮여져 있는 사실과 맞추어서 어긋남이 없어 보인다. 이것이 가전을 혹 소설사적 전개의 한 가지 흐름과 굽이로 인식케 만드는 원인으로 작용했는지 모르지만, 적어도 이 마당에 가전의 소설사적 위상은 전체 가전과 소설 유형의 상징격인 '~전' 양식에 관한 세부적인 검증의 토대 위에서 접근이 가능할 것으로 보인다.

그런데 중세기 소설인 이른바 전기(傳奇)에 속하는 대부분의 작품들이 '~전' 자 유형을 취하고 있음이 엄연한 사실이긴 하지만, 역으로 '~전' 자 표제를 취하고 있는 동양의 모든 작품들을 곧장 오늘날 고전소설사의 대상으로 다루는 것은 아님이 분명하다. 일찍이 명대의 서사증(徐師曾)이 중국 역대의 전을 사전(史傳), 가전(家傳), 탁전(托傳), 가전(假傳)의 네 가지로 나누어 분류 하였던 방법이 오늘날 전 연구가에 의해 곧잘 언거되고 있다. 여기서 전의 원조가 되는 사마천(司馬遷)의 열전(列傳), 곧 사전(史傳)으로부터 가전(家傳), 탁전의 그 어느 것도 오늘날 우리가 전기·고전소설로서 인식하는 개념과는 궁극에 한 가지로 부합시켜 보기 어려운 일정한 거리가 있다. 그러한 거리감 은 그 원인이 어딘가에 따로 있겠지만, 그럼에도 서씨가 세운 가전·탁전· 가전의 개념은 조선조 후기의 소위 한문소설이라고 하는 것들과 견주어 검토 될 수 있는 소지가 다분하다.

우선 사마천이 고안하고 서사증이 정의내린 바, "주인공 한 사람의 시종을 기록하였으니 후세의 사가(史家)가 바꾸지 못하였다[以紀一人之始終 而後世史家 卒莫能易]"는 열전[史傳]은 그것이 역사 속에 실재했던 인물의 사실(史實)

내용을 담은 것, 이를테면 사실적 서사형태이다. 열전이 허구를 가장 금기시
한다는 것은 굳이 사마천의 『사기』와 같은 역사의 글이 "사실을 짚어서 써야
한다[按實而書]"1)는 유협(劉勰)의 말을 빌리지 않고서도 설명 불요의 자명한
사실이다. 그러므로 그 내용이 허구적 서사형태에 드는 소설과 손쉽게 구별
된다. 뿐만 아니라 열전이 일인지시종(一人之始終), 곧 주인공 일생의 기록이
기는 하나, 그것이 이야기 소재 상호간에 사건을 중심으로 하여 긴밀한 인과
적 연결상을 나타내지는 않는다. 대신, 인물 주인공을 충실케 하기 위한 개개
의 정보적 사항이 비인과적 독립상을 유지할 따름이다. 그 주제에서 역시 마
찬가지, 오직 공명정대하고 불편부당하여 허구화를 기피하는 소심(素心)2)의
바탕 위에 주인공 사적(史蹟)에 대한 정론(正論) 및 포폄(褒貶) 등과 같은 객
관적 진실에 주력한다. 따라서, 작자의 주관이 바깥 세계와의 대립 및 호극의
토대 위에 주관적 진실 개입이 강하게 암시되는 소설과는 한 가지로 보기 어
려운 것이다.

이 열전은 사관(史官) 차원의 공식적인 전기임을 들어 공전(公傳)이라고도
하고, 이것의 위에 이어지는 바 문인·학사·개인 단위의 사적인 동기에 따
라 쓰여지는 모든 전 형태를 사전(私傳)이라 명명하기도 한다. 이것의 한 가
지 형태로 서사증의 개념 안에서 가전(家傳)은 "산림·이항에서 혹은 덕을
숨겨 드러내지 않거나, 혹은 벼슬이 한미한 사람이라도 가히 본받을만하면
짓는 것[山林俚巷 或有隱德而弗彰 或有細人而可法 則皆爲之作傳]"이고, 그 본보
기적 사례로 <홍악전(洪涯傳)>, <서복전(徐復傳)>, <방산자전(方山子傳)>,
<상역전(桑懌傳)> 등을 들었다. 이는 중국의 설봉창(薛鳳昌)이 가전(家傳)에
대한 서술이거나 가문의 대표적인 인물들에 대한 사적을 나열 서술하는 태도
와도 분명히 다른 것이었다. 서씨의 개념 안에서는, 탁월하지만 불우한 은일
자들에 관한 기록, 이를테면 일전(逸傳)의 유형에 든다고 할 만하였다.3) 이는
서술의 범위가 일단 '일인지시종'에 있지 않은 바에 열전을 지켰다 할 수 없

---

1) 유협, 『문심조룡』 '사전(史傳)' 제16 항목에, "然紀傳爲式 編年綴事 文非泛論
按實而書"라 하였다.

2) 주명희, <전의 양식적 특징과 소설로의 수용양상>, 서울대대학원 박사학위논문,
1985, pp.19~20.

3) 조태영, <전 양식의 발전양상에 관한 연구>, 서울대대학원 석사학위논문, 1983,
pp.26~27

었다. 그런가 하면, 서술의 구조는 전후 간 내용이 일정한 사건을 구심점으로 하여 상호 계기적인 전개를 띠고 있는 것도 아니었다. 그 서술의 관심과 태도 또한 주인공에 대한 필자의 견문 및 사실 경험적 바탕 위에 놓여있는지라 작가적 상상력과 가공의 세계가 존중된 당대의 소위 전기와는 구별 가능한 차이가 있었다. 그런 반면 허균(許筠)의 <손곡산인전(蓀谷山人傳)> · <장산인전(張山人傳)> 등은 바로 여기의 일례로 제시된 소식(蘇軾)의 <방산자전>, 구양수(歐陽修)의 <상역전>과는 구분이 어렵게 보이는 국면이 적지 않았다.

다음으로, 서사증이 "以傳其事 寓其意"〔어떤 일을 알리면서 작자의 뜻을 부친다〕고 하였으니, 간단히 '傳事寓意'로 요약해 볼 수 있는 탁전 또한 그 서술의 태도 면에서 위와 다르지 아니하였다. 다름 아닌, 그가 예로 든 유종원(柳宗元)의 <재인전(梓人傳)> · <종수곽탁타전(種樹郭槖駝傳)>이라든가 한유의 <오자왕승복전(圬者王承福傳)> 등이 모두 유씨와 한씨 주변의 실재인물 및 실사에 바탕된 기록이라 할 것이다. 다만 위의 <방산자전> · <손곡산인전> 같은 경우 그 관심사가 입전 주인공 인품에 대한 포양(襃揚)에 있다면, 여기에서는 그 관심사가 일단 입전 주인공에 관련된 내용을 알림〔以傳其事〕에 있고, 궁극적으로는 그 안에 서술자의 정녕 말하고 싶은 뜻을 담는〔寓其意〕데 있는 점이 다르다고 할 것이다.[4] 요컨대, 탁전은 그 서술의 기본이 홍미위주의 허구거나 단면적인 선양 대신, 일단의 현상적 사실 토대 안에서 서술자 자신의 관점이 가치있다고 믿는 삶의 문제들을 암시하는, 이를테면 주관적 진실천명의 형태로 볼 수 있다.

한편, 가전(家傳)인 <방산자전>과 탁전(托傳)인 <재인전> 등이 사마천의 열전처럼 주인공의 삶을 전체 폭에 걸쳐 다룬 것이 아니었다는 점에서는 같은 기류(氣類)라고 할 만하였다. 그럼에도 불구하고, <방산자전>은 오히려 주인공 한 사람을 몇 가지 일에 확대시키니 이를테면 원심적 · 방사적 형태를 유지하고 있는데 반하여, <재인전>은 한 사람 주인공을 한 가지 일에 집약시키니 이를테면 구심적 · 수렴적 형태를 유지하고 있다. 다른 말로 전자가

---

4) 그러나, 어떤 작품의 경우 그 목적이 피서술자에 대한 인물 선양에 있는지, 아니면 서술자의 자아 표출에 있는지 경계 짓기 모호한 경우도 없지 않을 것이다. 이를테면 위에 든 허균의 전들도 관점에 따라서 그 두 개념 사이에 서로 교차 왕래되어질 수 있는 성질의 것들이다.

일인다사의 확산 서술형태라고 한다면 후자는 일인일사의 집약적 서술형태라고 표현할 수 있다. 그리하여 탁전의 내용 전개적 구조는 열전·가전에서 보아왔던 모티브 상호간 혹은 단락 상호간의 비인과적 독립적인 성격과는 달리, 모티브나 단락 상호간에 긴밀한 인과적 계기성을 띠게 된다. 이렇듯 바로 이 <재인전>·<종수곽탁타전> 등이 나타내는 구조야말로 후대의 전기(傳奇)거나 고소설이라 하는 것들이 갖추고 있는 서술구조와 직결·부합하는 바 있다. 사실, 탁전이 갖는 주관적 세계인식의 개입과 전후간 이야기의 계기적 일관성 등은 고소설의 조건에 육박하는 상당한 요인들이 아닐 수 없었다.

따라서 오늘날 이른바 고소설로 취급되어지는 어떤 작품의 경우는 실상 탁전과 소설 사이에 구별이 곤란한 경우도 마저 없지 않다. 예컨대, 박지원(朴趾源)의 <열녀함양박씨전(烈女咸陽朴氏傳)>·<예덕선생전(穢德先生傳)>·<광문자전(廣文者傳)> 등은 각기 고소설 연구의 일환으로서 다뤄지고는 있지만, 기실에 있어서는 탁전과 소설 사이의 판정 구분이 애매한 측면이 없지 않은 것이다.5) 이 양자를 구분짓는 기준은 오직 하나, 그 메시지가 온전한 허구인가 비허구인가로 남을 뿐이겠으나, 소위 박지원의 소설류라 하는 것들에서 그 내용의 허구와 허구 아님을 명백하게 가름지을 수 있는지에 대한 근원적인 의구심은 그것대로 남게되는 까닭이다. 역언하여, 탁전은 사실성 토대의 형태로 인식될 따름이었지만, 이에서조차 언제든 허구성의 개입은 전무한 것인지에 대한 회의도 어떤 경우에는 수반될 수 있기 때문이다.6) 그리하여 소위 탁전 계열의 작품들이야말로 사전(私傳)에 해속된 다른 어떤 전보다도 뒷시대 고소설 개념에 가장 근접되어 있어, 어떤 의미로는 고소설과의 차별성에 모호한 국면을 남기는 형태이기도 하였다.

다음으로, 가전과 소설과의 관계는 어떠한가.

---

5) "18세기 후반 실학자들과 패사 소품을 즐긴 문인들에 의하여 입전된 … 전기들은 소설이나 야담과 같은 인접양식과 구별하기가 어려울 지경이었다"("傳奇", 『민족문화대백과사전』, 한국정신문화연구원, 1991)라고 한 것도 바로 이러한 취지를 돕는 한 가지 설명이 된다.

6) 예컨대 <종수곽탁타전>에 대해서 김학주의 "이 글은 나무를 잘 심는 곽탁타의 전기라고 하나 곽탁타가 어떤 사람인지 전혀 알려져 있지 않다. … 세상에서 버림받는 불구자를 가공인물로 내세워 이러한 불구자라도 자연의 순리에 잘 따르면 크게 성공할 수 있다는 것을 보여주는 글이다"(김학주, 『고문진보후집』, 명문당, 1991. p.311)와 같은 관점은 그 좋은 본보기로 될 만하다.

가전(假傳)의 경우는 확실히 앞의 사전·가전(家傳)·탁전 등과는 크게 구분되는 특징이 있었다. 다름아닌 그 태도면에서는 이들 3전이 모두 사실 바탕의 기술인데 반하여, 가전은 명백히 허구적 기술이라는 점에서 당연히 소설의 개념에 일약 접근되는 국면이 있다.

그럼에도 가전이 원초적으로 열전의 구성 및 형식 체재를 그대로 답보 계승하였던 그 사실 한 가지만으로 가전과 전기(傳奇)의 이동(異同) 관계는 스스로 결정되는 터전이 있다. 즉, 내용 본질적인 구조면에서 열전이 보이는 양상과 똑같이 가전 또한 일정한 사건을 중심으로 전후간의 모티브 및 내용단락이 인과적 긴밀한 상응관계 위에 전개되지 못하는 한계가 있었다.

가전은 열전을 조습(祖襲)한 양식이다. 그런데 열전은 주인공의 전체 삶 안에서 여러 가지 행적을 서열한 글이었고, 이것이 취하는 서술의 체재는 기왕의 다른 전이 가졌던 체재와는 근본적으로 다른 것이 있었다. 그리하여 장학성(章學誠)도 『문사통의(文史通義)』 안에서 이렇게 구분지은 바 있다.

　　蓋包擧一生而爲之傳 史漢列傳體也 隨擧一事而爲之傳 左氏傳經體也.
　　대개, 한 생애를 포괄하여 전으로 삼은 것은 사마천의 열전체(列傳體)요, 한 사실에 수응하여 전으로 삼은 것은 전경체(傳經體)이다.

이렇듯 사마천의 『사기』 양식을 따른 열전체의 가전이 좌구명의 『좌전』 양식을 따른 전경체 계승의 소설과는 갈라설 수밖에 없을 것같은 양분적인 기미가 암시되어 있었다.

그러나 이보다 한 단계 더 구체성 있는 곽잠일(郭箴一)의 다음과 같은 설명 안에서 그것의 분변이 더욱 명료해지게 된다.

　　唐代的小說 雖是短篇 然是關於一人一事的聯絡.[7]
　　당나라의 소설은 아무리 짧은 작품이라 해도 주인공 한 사람이 한 사건에 대한 인과적 맥락과 연관되어 있다.

단일사건을 중심으로 앞뒤의 내용이 상호간 의미상의 긴밀한 맥락 속에 계기적

---

7) 곽잠일, 『중국소설사』, 대만 상무인서관, 1981. p.79.

인 연결을 보이는 인과적 구성을 뜻한다. 그런데 가전의 경우, 바로 이 계기적 인과성이 결여되는 대신, 사실을 중심으로 한 내용 단락의 개별적 독립성이 우세하였던 점에서 소설과는 엄연히 구별되는 것이다.

이제, 가전이 옛 전기 및 소설과의 관계에 대한 인식은 진인각(陳寅恪)의 <독앵앵전(讀鶯鶯傳)> 안에서 구분지은 설명을 통해서 가장 깔끔하고 명료하게 정리된다. 곧 <모영전>을 필두로 하는 가전과 <앵앵전>을 정화로 삼는 전기를 각기 오늘의 소설 개념에 대조하여, 하나는 소설로의 인정이 어렵고 다른 하나는 소설로 인정 가능하다는 선언이 그것이었다.

> 毛穎傳者 昌黎摹擬史記之文 蓋以古文試作小說 而未能成功者也 微之鶯鶯傳 則似摹擬左傳 亦以古文試作小說 而眞能成功者也.8)
> <모영전>은 창려 한유가 『사기』의 글을 본뜬 것으로, 대개 고문으로써 소설을 시도한 작품이라 하겠거니와, 성공하지 못한 것이다. 미지(微之) 원진(元稹)의 <앵앵전>은 『좌전』을 본뜬 것으로, 역시 고문으로서 소설을 시도한 작품이라 하겠거니와, 제대로 성공한 것이다.

여기서 가전의 소설적 실패와 전기의 소설적 성공을 정하는 과정에는 역시 일인일사의 인과적 연락성의 문제가 기준 및 근거로 작용했을 터이다.

그러나 더욱 상고하여 보면, 가전과 소설을 나누는 기준은 이같은 내용적 구조의 문제만으로 충족될 수 있을 것 같지는 않다. 즉, 가전은 그것 발생의 근본단계부터 소설과는 구분되는 형식적 구조를 띠고 있었다. 일찍이 『사기』 열전의 모형을 가장 잘 준수한 나머지 외관상 벌써 선계[起]-본전[承]-후계[轉]-평결[結], 또는 이를 좀더 세부화시킨 선두-선계-본사-종말-후계-평결과 같은 형식 유형을 갖추고 있었다. 한유가 <모영전>을 지을 때에 사마천 열전에 고유한 형식적 기반을 윤집(允集)시켰던 바, 뒷시대의 문인 사이에서 역시 사마천과 한유가 고안하고 선택한 틀 안에서 해당 내용을 배열코자 하던 불문율적 전통이 다져져 왔다. 이렇게 가전은 외형률적 체계에 준하는 일종 정형적 산문이라는 점에서, 전혀 비정형적 산문인 소설과는 시작부터 그 궤도를 달리하였던 것이다. 우리 가전사의 흐름 도정 안에서는 가끔

---

8) 진인각, <독앵앵전>, 『원백시전증고(元白詩箋證稿)』, 대만 세계서국, 1963.

<연적전(硯滴傳)> · <시새전(施賽傳)>처럼 인과적 연락성이 강화되어 나타나는 경우 또한 없지는 않았다. 그럼에도 궁극에 이들 작자들이 염두했던 장르적 모형은 애당초 <앵앵전> · <이생규장전(李生窺牆傳)> 등에 두었음이 아니라, <모영전>과 <국순전(麴醇傳)> 등에 인식의 바탕을 두고 있었다는 의미이다.

더하여, 가전과 소설 사이에는 소재 취용의 차원에서 크게 변별되는 국면이 있었다. 소설의 소재 취용은 최우선적인 것이 그 이전 시대부터 재래되어 오던 설화에 있었으나, 반면 가전의 설화에 대한 소재적 의존도는 전체적으로 막연하고 희박할 따름이었다. 대신, 대부분 가전의 경우 유서(類書) 안에 취집되어 있는 전고 내용을 소재 취용의 최대적 집산지이며 무진장의 보고로 삼았다. 곧, 의인화 대상으로 선정된 사물과 동일 대상의 전고 문항이 일차적 소재 원천으로 작용한 바 있었으니, 설화 내용을 본원으로 하던 소설과는 차이가 있다고 하겠다. 이를테면, <앵앵전> · <이생규장전>은 전래의 지괴 · 염정적 설화의 바탕에서 나온 문학의 형태라 하겠거니와, <모영전> · <국순전> 등은 전래의 유서류 가운데 문방부(文房部) '筆' 문 · 연음부(燕飮部) '酒' 문 등의 전고 바탕에서 나온 형태이니 그 소재 원천의 근간부터가 서로 판이할 따름이었다.

그런데, 이들 모두는 다 전의 형태를 취하고 있고, 이 공통적인 바탕 위에서도 <모영전> · <국순전> 등은 서씨의 이른바 4품 분류 중 들어갈 자리가 있으나, <앵앵전> · <이생규장전> 등은 대관절 어느 곳에 분속될 수 있는지가 문제로 떠오르게 된다. 이왕에 전을 문체론적으로 분류 분석하는 마당이라면 의당 이와 같은 '~전' 자 제목하의 소위 전기 작품들을 수용시킬 수 있는 분류가 긴요한 것이다. 그 뿐 아니라 이 일은 가전의 소설사적 위상을 모색하는 일과도 긴밀한 사안이 되리라 본다.

그러나, 실제로 <앵앵전> · <이생규장전> 등은 기존의 4품인 사전 · 가전 · 탁전 · 가전의 그 어느 분야에도 배속이 쉽지 않기에 새로운 난관에 봉착하게 된다. 따라서 결국은 서시증의 네 개 분류만으로 충족되지 않는 전기적 내용의 전들을 한 군데 수용할 수 있는 다섯 번째 곳집의 마련이 이에 불가피할 것 같다. 아무러면 서시증이 자신이 살던 명대 당년에 기존의 당 시대 이래 전반적으로 크게 풍미했던 양식인 전기류 그 파다한 존재를 접하지 못

했을 리 없다. 그럼에도 그의 『문체명변』 편저의 때에 이것이 마저 참작되지
않았던 것은 아마도 그가 전중(典重)한 사대부의 문학적 양식만을 대상으로
하였던 데 기인한 듯하다. 말하자면 당대에 무수히 쏟아져 나왔던 전기류 해
당의 전을 그가 모르는 바 아니었으나, 지식인 사대부의 아문학적 기준에서
그와 같은 속문학적 산물은 열외로 하였을 것으로 짐작되는 터전이 있다. 마
치 가악(歌樂)의 정리에다 비유하자면 아악[正樂]과 속악의 양분된 사고 개념
안에서 아정(雅正)한 것만을 골라 정리하는 것과 같다고나 하겠다. 아무튼 이
상의 전기 계통 작품군을 그냥 전기라 해도 좋겠으나, 애써 4전의 명칭과 호
응이 될만한 이름으로 곽잠일의 이른바 별전(別傳)이란 일컬음도 없지 않았
다.[9] 본 전기에 이르러 비로소 기술의 태도는 허구적이고, 내용 구조는 인과
적 연락관계 위에 전개된다. 그 소재는 설화에 바탕을 두며, 주제는 주관적
진실의 표명에 주력하게 된다.

　그러나, 중국에서 이 전기가 가전보다 나중 생성되어진 형태는 아니라는
점에 깊이 유의할 필요가 있다. <국순전> 가전은 고려의 12세기 후반에 나
타났고, <이생규장전> 전기는 조선조 15세기 후반에나 보였다는 그 표면적
현상만을 두고서, 가전이 그 이전의 설화와 『금오신화』 소설을 이어주는 중
간적 역할을 하였다는 인식이 없지 않았었다. 하지만, 전언해 온 바와 같이
<국순전>과 <이생규장전> 양자 사이에는 근본적인 형식 및 내용구조, 소재
원천 및 주제의 양상 등등 모든 면에서 상원함이 적지 않았다.

　가전이 소설과의 유기적인 필연성 바탕을 별반 기대하기 어렵다 함은 다시
금 저 중국적 상황을 통해 이해를 더해 볼 수 있다. 즉, 중국의 경우 한유(768
~824)의 수적에 의한 최초 가전 <모영전>의 완성이 대강 8세기 후반[10]에
가능하였던 것이지만, 전기의 출현은 대개 줄잡아 수·당 어간인 7세기 초에
왕탁(王度, 585경~625)의 <고경기(古鏡記)>를 위시하여 장작(張鷟, 660경~740)

---

9) 또는 전기를 '~전' 자 어미에 통일시켜 '기전(奇傳)'이거나, 서씨의 기존 4전과는
　 별이(別異)의 전임과 동시에 작품군 내용의 기이 속성을 따라 '이전(異傳)'으로
　 할 수도 있는 등 명칭 부여의 가능성은 다분하다.
10) 『한창려집(韓昌黎集)』 제2책 제14권에 실린 <답장적서(答張籍書)>의 주기(注
　 記)에 의하면 <모영전>은 여급공(呂汲公)의 연보로 상고하여 본 즉 원화 10년
　 (A.D. 816)의 지은 바라고 했다[毛穎傳 以呂汲公年譜考之 則元和十年所
　 作]. 이 때는 한유의 나이 48세에 해당한다.

의 <유선굴(游仙窟)>, 심기제(沈旣濟, 750경~800)의 <침중기(枕中記)>·<임씨전(任氏傳)>, 백행간(白行簡, 780경~826)의 <이왜전(李娃傳)> 등이 선편(先鞭)을 장악하였고, 원진(779~831)의 <앵앵전>이 한유와 동시대에 병행하여 당대 전기의 정채를 십분 발휘하였다.

이제 결과적으로 가전 문학의 자리매김은 소설사 흐름 안에서 수용 파악될 성질이 아니라고 본다. 가전과 소설은 그 내용 성격면에서 사실 외적 조형의 노력인 허구정신의 발로였다는 점에서 우선적인 유사성을 띠고 있었다. 그리하여 이 양자가 문학사의 거대한 흐름 맥락 속에서 허구의식의 상호적 고취에 자극적인 숨은 계기가 되었는지는 모르겠으나, 가전은 분명 소위 전기로 일컬어지는 작품군과는 형식 본연적인 조형 및 내용 본질적인 구조, 그리고 소재 본래적인 원천면에서 근본부터 일좌동석(一座同席)이 어려운 상이한 터전이 있었다.

돌이켜, 가전을 포함한 여러 전 상호의 관계를 물줄기에 비유해 본다면 전기 및 소설의 전이 본래 설화라고 하는 장강(長江)을 근원으로 하여 흘러나온 홍류(洪流)라 할진대, 가전·탁전·가전은 실사(實事)·전고(典故)의 대하(大河)를 바탕으로 하여 그 인근 좌우에 흐르는 각각의 줄기 천류(川流)라 하겠다. 이렇게 각자의 흐름 진행 도정에는 한쪽 흐름의 지류가 다른 쪽 흐름 안으로 자연스럽게 급류(汲流)되어지는 수도 없지 않았다. 이를테면 탁전·가전의 모티브가 소설적인 모티브와 더불어 서로 자유롭게 출입하는 부분이라든지, 서씨 개념의 탁전이거나 가전(家傳)을 소설적 전기에 포함시킴으로 하여 그 경계 분한이 모호해진 것이 그러한 경우라 하겠다.

궁극에, 가전의 소설사적 위상은 탁전의 소설사적 위상이거나 가전(家傳)의 소설사적 위상과의 대조 안에서 이해가 용이하다. 더 나아가, 우리『삼국사기』의 <온달> 열전 같은 것은 어느새 허구성의 기미가 소설의 일단을 갖추고 있으니 그러한 것까지를 중시한다면 열전의 소설사적 위상과 차등 없는 연상 범위 안에서 이해가 가능하다. 요컨대, 그들 전통적 맥락의 전들이 소설과의 관계보다 하등 우선될 수 없는 관계적 일부로 조망되어 마땅할 것이다.

가전의 발달과 소설적 접근

서 언

가전 발달의 남상과 조원은 일찍이 중국 문학사상 산문학의 종장으로 일컬어지는 당나라 때 한유(韓愈, 768~824)가 지은 <모영전(毛穎傳)>에 있었다 함은 이제 새삼 강조할 나위 없는 주지의 사실처럼 되었다. 그리하여 한유 이후, 가전은 동방 산문의 중요한 한 장르를 이루었던 '전(傳)' 형태의 후대적 한 분파가 되었다. 동시에 이는 한나라 역사가인 사마천의 『사기(史記)』 글을 적극적으로 수용하고 효칙(效則)했다는 사실이 있다.[1) 보다 구체적으로는 그의 역사 전기[史傳] 곧 『사기』 열전에 구비되었던 형태적 틀 그대로를 조술하였던 데서 출발한 것이었으니, 결국 만 9백여 년 만의 형식적 경진(更進)이 이루어진 셈이다.

대관절 그 형태적 조형이란 것이 자세히 무엇이었나? 일찍이 전체 77편의

---

1) 이는 굳이 특정인의 구기를 빌지 않고서도 열전과 가전의 대조 순간에 무난히 확지할 수 있는지라, 『문체명변(文體明辯)』을 통해 사전[列傳]·가전 등의 명칭을 처음 수립한 명대 서사증도 굳이 이를 따로 강조하지 않던 부분이었다. 그리하여 이의 공식적 문면화는 오히려 진인각(陳寅恪)의 <독앵앵전(讀鶯鶯傳)> (『元白詩箋證稿』, 대만 세계서국, 1963) 같은 곳에서 찾아볼 길 있다. "毛穎傳者 昌黎摹儗史記之文 蓋以古文試作小說 而未能成功者也 微之鶯鶯傳 則似摹擬左傳 亦以古文試作小說 而眞能成功者也." 우리 나라에서는 안병설이 「한국가전연구(韓國假傳研究)」(명지대대학원 석사학위논문, 1975) 중의 가전을 정의하는 자리에서 갖춰 명시하였다.

『사기』 열전에는 그 보편성 안에서 이야기 흐름상의 주요 굽이이자 서술상의 전환적 고비가 되는 가닥들이 요소에 깔려 있었다. 필자가 그것을 짚어본 결과 서두, 선계, 사적, 종말, 후계, 평결과 같은 분류가 방법론으로 적용 가능하였다.2) 또는 주인공을 중심으로 하여 선계는 주인공의 근본과 연원을 알려주는 부분이니 나무에다 비유하면 곧 뿌리[根本]라 할 수 있고, 행적과 종말은 주인공 본연의 전기이니 나무의 줄기[幹莖]라 할 수 있으며, 후계란 주인공의 뒷갈래이니 나무의 가지와 잎[枝葉]이라 할 수 있다. 또한 물줄기에다 비유하면 선계는 원류[원줄기], 주인공 본전은 주류[줄기], 후계는 지류[곁줄기]라 할 수 있으매, 결국 서두, 원류, 주류, 지류, 평결 등 명백히 가시화된 마디마디를 짚어볼 길 있었다.

이렇듯 한유의 가전이 사마천 열전으로부터 가져온 것은 그것의 형식에 있었지만, 그 내용에 있어서 만큼 나름의 독자적 새로운 경계를 구축하였다. 이를테면 앞 시대의 인간 주인공을 비인간 주인공으로, 사실성 위주를 허구성 위주로 바꾸어 놓음과 같은 시도가 이루어진 바, 결과적으로는 전대의 역사적 서술을 문학적 서술로 변환시킨 셈이 되었다. 그리하여 <모영전>이 동방 가전의 원조로서, 이후 전개되는 한·중의 역사적 흐름 위에서 꾸준한 장르적 귀감 및 표본이 되었으니, 이 작품이 지니는 의미는 사뭇 심대하다 이를 것이다.

그러한 일면, <모영전>이 뒷시대에는 그렇듯 지속적인 각광을 한 몸에 받게 되었지만, 이것이 처음 나왔던 그 계제에마저 환영과 찬사 속에 개막을 본 것은 아니었다. 찬사는 커녕, 동시대 후배 시인 장적(張籍, 780경~?)과의 두 차례에 걸친 유희문 시비 논쟁을 당하기조차 했다.3) 뿐만 아니라, 한유와 가까운 유종원(柳宗元, 773~819)이 애써 그 파격적인 신작의 존재 의의를 합리화시켜 주고자 쓴 <독한유소작모영전후제(讀韓愈所作毛穎傳後題)>4)의 내용 배경을 통하여, 이 작품이 당시 문단에서 겪은 여론적 불리(不利)를 가히 짐작하고도 남음이 있다. 당시의 기준에서 볼 때는 이 작품이 기존의 문학적 통념

---

2) 김창룡, 『한중가전문학의 연구』, 개문사, 1985, pp.64~82 참조
3) 한유, 『한창려집(韓昌黎集)』 제2책 제14권, 雜著 '書'의 <답장적서(答張籍書)> 및 <중답장적서(重答張籍書)> 참조
4) 유종원, 『유하동전집(柳河東全集)』 제21권, '題序'의 소재.

과 상식의 범주에서 일탈한 혁명적 장르였음을 새삼 실감할 만한 국면이다.

이제 이렇게 생성되어진 가전은 우리나라 고려의 12세기 말엽 임춘(1150경~?)의 <국순전(麴醇傳)>·<공방전(孔方傳)>을 통해 그 첫 동전(東傳)의 자취가 나타나고, 이후 이 문예 양식은 최근 20세기 후반까지 연장 약 800년 간에 걸친 다양한 전개 과정을 보이게 된다.

이처럼 뿌리 깊은 장르였음에, 이 일대 장정의 전체 가전사 흐름을 편의롭고 체계있게 구분해 볼 필요성에 당면하게 된다. 이때 그 설정은 역사 흐름상의 중요 맥락을 최대한 존중하는 가운데, 한국가전 전반에 대한 일목요연한 분류 및 조감이 바람직하다는 차원에서 대략 200년 단위로 전체 4기에 나누어 보는 방식을 적용하기로 했다. 곧, 12세기 후반에서 13세기 초에 걸치는 임춘과 이규보의 가전 창작을 장르 발생의 시점으로 하여,

    제 1기 : 13~14세기 (무신집권기~ 고려멸망)
    제 2기 : 15~16세기 (조선건국~ 선조·임진란)
    제 3기 : 17~18세기 (광해조~ 영·정조)
    제 4기 : 19~20세기 (순조~ 최근세)

오늘 우리 시대에 일단의 종식을 보았다고 할 것이다.

위의 방식은 작품군의 형식 및 내용적 전개의 시기별 변화적 특성을 파악하는데 편익이 되리니, 이제 이 기준에 입각해서 진행해 나가고자 한다.

◆ 제1기 : 13·14세기의 가전

한국가전 발생의 시점인 12세기 말 무신집정기부터 14세기 말 고려 멸망의 때까지로, 이 경우는 '고려 후기의 가전'으로 명명해도 무방해 보인다. 가전사 전체 흐름 위에서 보면 맹아기라 할 만한 시기인 것이니, 바야흐로 그 출발은 가히 한국가전의 원조라 일컬을 만한 서하(西河) 임춘(林椿, 1150경~?)의 <국순전(麴醇傳)>·<공방전(孔方傳)>을 통해 처음 확인된다. 이는 한유에 견주어 약 400년의 시간적인 상거(相距)임을 알겠다.

임춘의 두 작품은 술과 돈을 각각 입전한 것이어니와, 그는 과거에 누차 실패했고 정중부의 난에 겨우 보명할 수 있었으며, 이후로도 계속 영락을 면치 못한 불우의 문객이었다. 따라서 그의 가전 성립의 동인을 이러한 곤궁의 처지가 시대에 대한 불만과 울분의 간접적 표현인 풍자로 나타났다고 보는 견해가 있는가 하면,5) 이러한 차원을 일단 초극하여 순수한 신흥사대부의 새로운 문학 표현의 욕구로서 보는 시점도 있다.6) 어느 쪽이든 임춘이 술이며 돈을 부정적 · 비판적 관점으로 다루었다는 점에서만큼은 의견을 같이 한다. 이러한 의미에서 역시 가전은 그보다 선행되었던 전의 형태 가운데서도 긍정적 선양 일변도에 오로지하는 가전(家傳)보다는, 입전 대상의 공과에 따라 혹은 찬양으로 혹은 비판적 취지로 각각 재단이 불일(不一)한 열전 형태를 본받고 있다 함이 타당한 것임을 알 수 있다.

백운(白雲) 이규보(李奎報, 1168~1241)에게는 술의 <국선생전(麴先生傳)>과 거북의 <청강사자현부전(淸江使者玄夫傳)> 가전이 있다. 이 편들이 이규보가 아직 현달하기 이전의 소작이라는 견해7)가 있고, 특히 <국선생전>은 임춘의 <국순전>에 의식적인 반발을 느껴 이를 능가해 보기 위한 저의에서 기필하였다는 추정에 관한 한 별다른 이의가 없다. <청강사자현부전>은 과연 우리나라 동물 의인가전의 첫 시도이기도 했으려니와, 그 서술 방식에 있어서 역시 해당 사물과 관련되는 전거 및 고사의 열거로 온통 도포되어 있다는 점에서도 뒷시대 가전들의 전형을 보이고 있다. 그런 가운데 그의 가전에는 세계 부정의 인식이 별반 없다. 논자들의 지적대로, 임춘이 당시대의 정치 및 경제 현실에 대해, 또는 보다 계층성을 띤 어느 대상에 대해 불만과 울분에 찬 풍자 내지는 비판정신에 충실했던 쪽이라고 할 때, 이규보의 경우 그 관심이 외부적 대상보다는 자기적 수양에 바탕한 처세훈에 보다 비중을 두었다고 볼수 있다.

그런데 임 · 이의 초창기 4편의 가전들이 갖는 형식상의 공통적 특질이 발

5) 김현룡, 「국순전과 국선생전 연구」, 『국어국문학』 65 · 66 합병호, 1974.
  안병설, 「한국가전문학연구」, 명지대대학원 석사학위논문, 1974, pp.143~145.
  고경식, 「고려시대의 전 연구」, 단국대대학원 박사학위논문, 1982, p.94.
6) 조동일, 「가전체의 장르 규정」, 『장암지헌영선생화갑기념논총』, 1971, p.12.
7) 안병설, 앞에 든 논문, p.166.

견되니, 다름아닌 하나같이 서두, 선계, 사적, 종말, 후계, 평결의 각 조건을
다 갖춘 한유의 초기작과 동일한 유형을 준수하고 있다는 점이다. 비록 평결
부 명칭의 '太史公曰'을 그대로 빙자해 오지는 못하여 "史臣曰"로 하였던
것은 고려 당시의 실정과 사고에 맞지 않는 사관 명칭의 어색함 때문으로 보
여지나, 철저히 평결부 수칙을 준수하였다는 점만큼 주목되는 바 크다. 이같
은 보수성은 동시에, 이 부분의 탈락(脫略)을 감행하기도 했던 송대 소동파·
진관 계열의 방식이 문득 사양되고 있다는 사실과 대조하여 의미있다. 이는
대개 소동파의 시문이 문단에 성행하고 학소(學蘇)의 경향이 한 시대를 풍미
하였던 그 시절에 임춘과 이규보도 동파의 세계를 대단히 흠모하고 추앙하였
던 자취8)의 이면에는, 맹목적인 표절마저 반기지는 않았던 취지9)와도 관련
이 있는 것인지 모르겠다.

한편, 이규보가 벗인 이윤보의 50여 편 글을 본 중에서 특별히 '그의 <무장
공자전(無腸公子傳)>과 같은 조희의 작품은 한퇴지 지은 <모영전>·<하비후
혁화전(下邳侯革華傳)>과 서로 견준다고 해도 어느 것이 앞서고 어느 것이 뒤
지는지 나는 잘 모르겠다'10)고 한 감평이 시사하는 의미는 크다. 곧 이규보의
가전 문학에 대한 남다른 관심을 엿볼 수 있음과 동시에, 한유의 해당 작품을
가전 장르의 대명사처럼 여기고 있던 사실도 십분 헤아려 볼 수 있는 계기가
마련된다.

그 무렵에 대각국사 지눌을 계승, 조계종의 제2대 대선사가 된 무의자(無衣
者) 혜심(慧諶, 1178~1234)은 대나무 가전 <죽존자전(竹尊者傳)>과 얼음의
<빙도자전(氷道者傳)> 가전을 남겼다. 그는 선승의 면모답게 작품의 주인공

---

8) 임춘, <與眉叟論東坡文書>, 『동문선』 권59 '書'.
　이규보, <全州牧新雕東坡文集跋尾>, 『동국이상국집』 제21 '說序'.
　이규보, <答全履之論文書>, 『동국이상국집』 제26 '書'.
9) "僕觀近世東坡之文 大行於時 學者雖不服膺呻吟 然徒翫其文而已 就令有捃
　竊竊自得其風骨者 不亦遠乎 然則學者但當隨其量 以就所安而已 不必牽強
　橫寫 失其天質 亦一要也." (임춘, 앞에 든 글)
　"向之數四輩 雖不得大類東坡 亦效之而庶幾者也 焉知後世 不與東坡同稱 而
　吾子何拒之甚耶 然吾子之言 亦豈無所蓄而輕及哉 姑籍譽僕 將有激於今之
　人耳." (이규보, <答全履之論文書>, 『동국이상국집』 제26 '書')
10) "其若無腸公子傳等嘲戲之作 若與退之所箸毛穎下邳相較 吾未知孰先孰後
　也." <李史館允甫詩跋尾>, 『동국이상국집』 제21 '說書')

을 승려로 하였을 뿐더러, 또한 선(禪) 문답 및 5·7언 게송(偈頌)의 형태를 활용함으로써 참된 불도자로서의 이상적인 모습을 구가하였다. 또, 이것은 고 승전의 형식을 표방한 것이라[11] 함이 옳겠고, 아울러 여기서 택한 '대나무'와 '얼음'의 소재는 공교롭게도 뒷시대 한국가전의 이정표인양 되었다는 점에서 도 그 의의가 깊다고 하겠다. 불가 계통의 가전임에도 형식적 틀에 대한 의 식이 있고, 찬(贊) 명칭의 평결부를 도입하였다.

이제현의 문인이자 이색의 부(父)인 가정(稼亭) 이곡(李穀, 1298~1351)은 '죽부인(竹夫人)' 제구를 의인화한 <죽부인전(竹夫人傳)>을 썼다. 이곡의 이전 에 송대 장뢰(張耒, 1050경~?)의 '죽부인' 입전인 동일 제목 <죽부인전(竹夫人 傳)>이 있어 서로 간에 비교문학적인 여지를 제공하기도 하였다. 석(釋) 식영 암(息影庵)이 충선왕(忠宣王)의 셋째아들인 덕흥군(德興君, 1330경~?)이라는 밝 힘[12]이 있거니와, 그의 지팡이 의인인 <정시자전(丁侍者傳)>에는 일반 가전 마다가 갖는 외형상의 고유한 형식 같은 것은 처음부터 찾아볼 길 없었던 바, 이는 별도 전 형태의 의인단편일 뿐이었다. 곧 한유, 소식, 임춘, 이규보 등의 작품들은 불문률적 내지 전통적으로 공히 사마천 『사기』의 틀을 모습(模襲) 한 자취가 있었다. 그리하여 앞서 언급되어 오던 바와 같은 외형상 일정한 틀이 수칙되어 있던 마당에, 이 형식의 추적이 불가능한 <정시자전>을 가전 장르에다 귀속시키기 곤란하였다. 하지만, 외형의 전례(典例)에 매이지 않은 이같은 분방한 종류의 전 형태가 뒷시대 도래할 소설 장르를 기준하여 보았 을 때는 훨씬 진일보한 양상을 띠었음도 사실이었다.

여말선초의 때에 문신이자 문장가로 현명한 쌍매당(雙梅堂) 이첨(李詹, 134 5~1405)의 종이 가전 <저생전(楮生傳)>의 경우는 일찍 이가원의 언급대로 "1676년경에 재세했던 『우초신지(虞初新志)』의 편자 장조(張潮)가 비로소 <저선생전(楮先生傳)>을 썼고, 뒤를 이어서 민문진(閔文振)의 <저대제전(楮待 制傳)>이 발표되었음에 비하여 이 작품이 약 2세기나 앞섰음을 특기하지 않 을 수 없겠다."[13] 또한 작품의 내용에 있어서도 중국의 것에 비하면 주인공의 내력을 다룬 통시의 폭이 훨씬 커서 종이 발명의 시기인 한대부터 작자 이첨

---

11) 고경식, 「고려시대의 전 연구」, 단국대대학원 박사학위논문, 1982, p.94.
12) 김현룡, 「석 식영암의 정체와 그의 문학」, 『국어국문학』 89집, 1983.
13) 이가원, 『여한전기』, 우일출판사, 1981, p.39.

의 시대인 원·명대에 이르기까지 넓은 범위에 걸쳐 있다. 그러나 종이의 용도에 있어 문방사구의 하나로서 뿐 아니라 지폐 및 기타 잡문서 등의 쓰임새까지도 용심했다는 점에서 순수한 문방품으로서의 종이만을 다룬 <저선생전>과 구별된다. 그런 일면 <저대제전>은 지산(紙傘)·지선(紙扇)·화선지(畵宣紙)로서의 용도를 마저 밝혔다는 점에서 이첨의 작의와 통한다.

고려 후기의 가전은 이 장르의 최초작인 <모영전>이 보여 주었던 양식에 최대한 충실한 면모적 특징을 보였다. 다시 말해, 이 무렵의 그 어느 것도 평결부 생략에 대한 감행을 드러내지 못하였던 사실로도 짐작되는 터전이 있다. 그런 면에서는 오히려 처음부터 사마천의 열전 및 한유 <모영전> 궤도와 무관한 전개를 보였던 <정시자전>같은 존재가 이채를 띠었다. 이는 내용상 대화 메시지 중심인지라 비록 곧장 소설이라 하기에는 사건 구심력이 미흡한 바 있지만, 그래도 그것이 배타하고 있는 허구적·형태적 형상은 소설의 전단계적 성격을 어느 정도 내포하였다고 볼 것이다.

◆ 제2기 : 15·16세기의 가전

14세기 말 조선 건국부터 16세기 말 선조·임진왜란 때까지로, 한국사 시대구분상의 일반적 방식과도 암합되는 바, 이 경우 별도로 '조선전기의 가전'이라 명명해도 무방하겠고, 가전사 전체의 흐름 맥락 위에서 볼 때 발육기(發育期)에 해당한다고 이를 만하다.

조선 초기에 진일재(眞逸齋) 성현(成俔, 1427~1456)이 지은 <용부전(慵夫傳)>이 있었으되, 이는 앞의 <정시자전>과 마찬가지로 체재면에서 일대기적 전기 형식의 골격을 갖춘 가전과는 부합되기 어려울 뿐이었다. 다른 한편 이 작품의 탁전성에 대한 논급[14]도 없지 않았거니와, 비록 의인화되었을 망정 형식 면으로도 차라리 탁전적 성격을 배제치 못할 것이었다. 그런 중에 역시 중심사건이 있으면서 그것을 구심점으로 이야기를 전개시키는 소설 장르에는

---

14) 조수학, 「<용부전(慵夫傳)>의 탁전성」, 『인문연구』 4호, 영남대 인문과학연구소, 1983.

미치지 못하는 바에, 아무래도 의인단편 정도에 해속될 만한 일작(一作)이었다.

그리하여 조선시대 가전으로서 월헌(月軒) 정수강(丁壽崗, 1454~1527)의 <포절군전(抱節君傳)>이 현재까지 발굴된 것 가운데는 가장 첫 작품이라 일컬을 수 있다. 본편에 대해서는 기왕에 김광순이 관련하여 다룬 업적이 있거니와, 이 대나무 전을 월헌의 자서적 의인 가탁으로 보았음과 동시에 조선조 의인소설의 효시로 간주하기도 했다.15) 작자가 연산군의 폭정이라든가 중종반정과 같은 난세의 소용돌이 속에서 갖가지 환해풍파를 몸소 겪었던 인물이라 했을 적에 절의의 의미가 무엇인지 새겨 볼만 했음직하다.

취은(醉隱) 송세림(宋世琳, 1479~?)은 <주장군전(朱將軍傳)>을 지었다. 이는 남성기(男性器)의 입전을 통한 성행위의 표면적 묘미를 살린 것으로, 애초에 『어면순(禦眠楯)』 같은 음담서의 틈바구니에 끼어 온전한 희학의 산물이다. 진지한 문학을 하는 바깥의 어느 측면엔 단순한 감각 추구의 오락성의 문장도 없지 않음이니, 이른바 농문(弄文)・희필(戲筆)의 의미에 제격이다. 그럼에도 서두, 선계, 행적, 평결의 자못 튼튼한 뼈대를 지키고 있다.

간재(艮齋) 최연(崔演, 1503~1549)의 <국수재전(麴秀才傳)>은 고려의 <국순전>・<국선생전>에 이어 조선조에 처음 보이는 술 의인 가전이다. 『사문유취(事文類聚)』'酒' 문에의 의존도가 높은 특징과 함께, 중국의 <청화선생전(淸和先生傳)>・<모영전(毛穎傳)>・<황감육길전(黃甘陸吉傳)>으로부터 골고루 끊어옴과, 우리 쪽에서는 이규보의 <국선생전>에서 당겨온 자취가 역력하였다. 단일 가전으론 많은 분량을 보이는 속에 형식 면에서도 "太史公曰" 평결까지 전 과정에 빠짐이 없는 정통적 보수성을 지키고 있다.

습재(習齋) 권벽(權擘, 1520~1593)은 <관성후전(管城侯傳)>을 썼다.16) 25권 7책으로 되어 있는 가장(家藏) 필사본 『습재집(習齋集)』 권25 안에 있는 이 작품의 제목 바로 아래에 마침 "辛丑作"이라는 간지가 기록되어 있음에 작가 21세 때인 1541년의 창작임을 알 수 있었다. 이는 <모영전> 이래 약 700여 년이나 뒤의 일이지만, 시공 초월의 적극적인 수용이 눈에 띈다. 아득

---

15) 김광순,「포절군전(抱節君傳)에 대하여」,『어문학』 23집, 한국어문학회, 1970.
16) 이는 필자가 『한국의 가전문학 上・下』(태학사, 1997・1999)을 묶을 때까지는 미처 인지하지 못한 것이었는데, 정민(鄭珉)의 『습재집』 고찰의 과정(『목릉문단과 석주권필』, 태학사, 1999.11, pp.556~557)에서 그 존재가 확인되었다.

히 서계(書契)의 시대로부터 주(周), 진(秦), 위진(魏晉), 당(唐), 오대(五代)에 이르기까지 중국 역대의 인문사회 안에서 진행된 기록의 역사를 요약적으로 펼쳐 보이다가, 이후 나타난 주인공 모기(毛記)에 닿아 대성을 이룩한다는 이야기 형태를 취하고 있다. 이처럼 본 장르에 대한 그의 관심과 실행은 아들인 권필의 <곽삭전> 창작에도 일정한 감발을 불러일으켰을 것이다.

모처럼 마음의 활유법으로서 <천군전(天君傳)>이란 가전이 등장하여 장르사의 일면에 다채로움을 더하였다. 이는 동강(東岡) 김우옹(金宇顒, 1540~1603)의 지은 바로, 당시 성리대가(性理大家)인 남명(南冥) 조식(曺植, 1501~1572)의 각별한 학문적 지남(指南)과 독책에 힘입은 것이라 한다.17) 그렇다면 본편은 역시 이 두 사람 사상의 주축이 되는 '경(敬)'의 정신을 의인전기와 같은 참신한 용기 안에 담은 문학적 형상화로 보아 별 무리가 없으리라 한다.

이외에도 심성의 의인화 중에는 임제(林悌, 1549~1587)의 <수성지(愁城誌)>, 정태제(鄭泰齊, 1612~1669)의 <천군연의(天君演義)>, 임영(林泳, 1649~1696)의 <의승기(義勝記)>, 정기화(鄭琦和, 1786~1840)의 <천군본기(天君本紀)> 등 조선조 말엽까지 지속하여 나타난 양상이 있다. 그러나, 이들은 또한 역사적 전기인 열전의 형식 체계를 의식한 것이 아닌, 일종의 분방한 연의류(演義類) 계통을 답습하고 있어 차라리 의인소설 장르에 귀속시킴이 타당하리라고 본다.

귤옥(橘屋) 윤광계(尹光啓, 1559~?)의 <저군전(杵君傳)>은 절구공이를 입전한 것이다. 저구(杵臼)에 대한 사물 기원(紀元)을 좇느라 중국적 시대 배경으로 전개시켰지만, 궁극엔 임진란 직후에 양식의 절대 부족으로 이것의 사용이 거의 무의미해진 데 따른 곤궁상을 그 정황의 직접 체험 중에 있던 작자가 다소의 여유를 얻어 관조한 필치로 간주된다.

석주(石洲) 권필(權韠, 1569~1612)은 <곽삭전(郭索傳)>을 남겼다. 이는 다름 아닌 게[蟹]의 의인화 조자(調子)로서, 다른 가전에서 보기 드문 비장의 정조가 특징이다. 작품은 권필의 자서전적 성격을 띠었음과 동시에, 시정(時政)의 병폐에 대한 풍자의 의미마저 내포된 듯한 부분도 없지 않았다.18) 게 의인의

---

17) 김광순, 「동강의 생애와 사상」, 『동방학지』 36·37합집, 연세대 국학연구원, 1983, p.54.
18) 김창룡, 「곽삭전(郭索傳)> 연구」, 『한중가전문학의 연구』, 개문사, 1985.

발상은 과거에도 생경한 소재는 아니었던 터, 고려 이윤보의 <무장공자전(無腸公子傳)>과 시대 미상의 중국 곽복형의 <오중개사곽선생전(吳中介士郭先生傳)> 등이 다 여기에 속하는 일련의 휘품들이다. <곽삭전>은 숭고한 주인공의 비장한 죽음이 "太史公曰"의 평결부 안에서 언급된 특색이 있으나 여전히 정격(正格)이다.

같은 시기에 권필과도 교계가 있었던 현주(玄洲) 조찬한(趙纘韓, 1572~1631)은 <대부송전(大夫松傳)>과 <탕파전(湯婆傳)>을 내어 이 분야의 참신한 경계를 펴 보였다. <대부송전>은 소나무의 진시황과 관련된 일사를 중심으로 절의의 상황적 의미에 대해 작자 나름의 해석과 서술의 주관성이 강하게 나타난 작품이다. 아울러 본편이, 그 분량에 있어 윤치영의 <매생전(梅生傳)>과 함께 유난히 짧은 형태의 가전이라는 특색에도 불구하고 가전 일반의 기본 노선인 주인공의 탄생과 죽음, 곧 시(始)와 종(終)의 패턴을 그대로 유지하고 있는 점에 주목하지 않을 수 없다. 역시 그가 동절기의 온신금구(溫身衾具)인 탕파자(湯婆子)를 두고 입전한 조품(藻品)인 <탕파전(湯婆傳)>이 있지만, 사실은 그보다 한 세기 이상이나 앞선 명대의 문단에 이미 동일소재 가전인 오관(吳寬)의 <탕온전(湯媼傳)>이 있어, 이 또한 향응의 관계에 있는 것인 줄 알 수 없다. <탕온전>과 마찬가지로 이 작품에서도 영색(令色)으로 빌붙는 자 및 겉치레만 화려한 여인에 대한 경계를 촉구하고, 더 나아가 그것으로 은유되는 세상의 진실성 없는 영인(佞人) · 아유배들에 대한 풍자가 마저 어려있다.

성혼(成渾)의 문인이자 이수광(李晬光)의 시우(詩友)이기도 한 학천(鶴泉) 성여학(成汝學, 1572경~?)이 여성기(女性器)를 의인한 <관부인전(灌夫人傳)> 가전은 앞의 <주장군전>과 같은 계통의 희학적 낙수(落穗)였다. 다만 <주장군전>에서는 주장군 맹(猛)이 나라의 대역사에 공로를 세우고 장렬한 최후를 맞이하는 충신열사로 되어 있는 반면, 이 작품에서는 동명의 장군 주맹(朱猛)이 왕과 대치하는 입장에서 격전을 하다가 비참한 죽음을 당하는 반신적자의 역할을 한다는 점이 다르다고 할 수 있다. 가전의 희필적 주제를 잘 반영한 또 하나의 전형이라 하겠다.

청사(晴沙) 고용후(高用厚, 1577~?)의 <탕파전(湯婆傳)>은 앞서 든 조찬한의 작품이 풍자 · 교훈적 주제를 표방하였던 데 비해 순전히 탕파가 인간 사회에 끼치는 물리적인 공덕을 높이 선양하는 뜻이 강했다.

이 시기도 역시 앞 시대의 가전 전통이 보여 주었던 전범을 비교적 잘 지키고 따르는 양상을 보이고 있었다. <포절군전>·<국수재전>·<저군전>·<곽삭전> 및 조찬한 <탕파전> 등은 서두, 원류, 사적, 종말, 지류, 평결의 격식을 두루 갖춘 정격이었다. <대부송전>은 그 가운데 종말부 처리만 결하였고, <주장군전>·<천군전>의 경우 지류부만 빠져있는 정도였다. 다만, 고용후 <탕파전>과 <관부인전> 등은 서두, 원류, 사적, 평결의 구성으로 종말부와 지류부가 빠져 있다. 특히 전자의 경우 주인공 본전의 행적부에 나타난 사건중심적 면모가 모처럼 눈에 띄긴 하였으나, 전반적으로는 아직 가전의 형식 모형이 거의 별다른 흔들림을 겪지 않았다. 이렇듯 보수적인 진행은 고전소설사적 측면에서도 선초(鮮初)로부터 15세기 말 임란까지의 소위 조선 전기에는 불과 손에 꼽을 정도의 작품 만이 출현을 본 시대였다는 사실과도 무관해 보이지는 않았다.

◆ 제3기 : 17 · 18세기의 가전

17세기 초 광해조로부터 18세기 말 영·정조 때까지로, 가전사 전체 흐름 위에서 보면 만화방창의 개화기로 일컬을 만하다. 그야말로 본 장르는 이 사이 그 수량면에서도 압권을 이뤘음은 물론, 내용적·형식적 다양한 변화와 더불어 가장 전성(全盛)의 모습을 펼쳐보였다.

이 시기에 계곡(谿谷) 장유(張維, 1587~1638)가 <빙호선생전(氷壺先生傳)>을 쓴 것이 그의 문집 중에 전한다. 그의 이 가전을 두고 얼음 혹은 심성[氷心]을 의인의 대상으로 삼은 것이라 한 일이 있고, 필자 또한 애초에는 얼음을 소재 삼은 것으로 인식하기도 했으나, 이는 역시 안병렬의 지적대로[19] 채소인 무를 다룬 의인화 구상이었다. 끝에서 작자는 모든 인간사와 사물에 천시 있음을 귀납적으로 강조해 보이고 있다. 한편, 명의 사조제(謝肇淛)가 동명의 가전 <빙호선생전(氷壺先生傳)>을 썼던 사실을 둔과할 수 없다.

---

19) 안병렬, 『한국가전연구』, 이우출판사, 1986, pp.71~72.

노둔의 시인으로 알려진 백곡(栢谷) 김득신(金得臣, 1604~1684)에게 <환백장군전(歡伯將軍傳)>·<청풍선생전(淸風先生傳)>의 가전 일작(逸作)이 있다. 술 주인공의 <환백장군전>에서는 특히 천군(天君)·모영(毛穎)·관성자(管城子)·공방(孔方) 등 가전사의 흐름에서 주인공 역할을 담당하였던 여러 기라성같은 존재들이 등장하고 있다. 또한 천군과 조정 신하와의 정론(廷論), 군담부 서술 등 전반적인 분위기 면에서 아무래도 이것이 약 반세기 앞의 임제작 <수성지>와도 무관하지만은 않을 것으로 상도(想到)된다. 사실 허구적 산문 안에서는 임제가 처음 구사했던 것으로 사료되는 환백장군의 수성(愁城) 타파에 대한 제재가 하필 <환백장군전>에서 뿐 아니라, 김득신과 동시대의 정태제 소작으로 추정된다 하는 <천군연의(天君演義)> 가운데도 부조되어 나타났다. 그리고 다시 또 한 세기 뒤 인물인 지광한(池光翰, 1695~1756)의 <취향지(醉鄕志)> 등에서도 재현되었던 사실 등으로 <수성지>의 영향력을 짐작함과 동시에 <환백장군전>과의 관련성이 긍정적으로 고려될 만하다. 부채가 주인공인 <청풍선생전> 역시 위의 술 가전이 그랬던 것처럼, 그의 사물에 대한 비상한 취향이 낳은 또 하나의 산문이었으니, 그의 문집 가운데서 부채에다 읊어 쓴 이른바 '제선(題扇)' 제목 하의 시가 만만치않은 분량을 차지하였던 점[20]이 각별한 주목을 끈다. 아울러 부채 역시 여름의 죽부인, 겨울의 탕파자와 마찬가지로 인간에 의해 일정 절기 관심받고 애호되다가 계절이 지나면 잊혀지고 버려지는 사물인지라 득실이 뚜렷한 운명체일 수밖에 없다. 따라서 작품의 내용 전개 면에서도 유사성을 나타낼 가능성도 있을 것인즉, 특히 본편의 경우는 송대 장뢰가 지은 <죽부인전>의 희~비 구성과 동궤임을 쉽게 간파할 수 있다.

하산(何山) 최효건(崔孝騫, 1608~1671)의 <산군전(山君傳)>은 한국 호랑이 문예에 대한 장르상의 새 구경(究境)을 제시한 가전이었다. 그 소재적 원천은 고려·조선조에 유서의 보편격인『사문유취』를 이용한 흔적도 약간 보이지만, 본편의 경우 각별히『후한서(後漢書)』개권의 첫머리 <광무제기(光武帝紀)>(제1, 上·下)에서 보여주는 광무제 유수(劉秀, B.C.6~A.D.57)의 사실(史實) 고사를 기본적 저본으로 삼았던 특징이 발견된다.[21] 가전의 내용이 사술(史

---

20) 김창룡,「김득신의 가전 <환백장군전>·<청풍선생전> 해제 및 번역소개」,『한성어문학』6집, 한성대 국어국문학과, 1987, p.4.

述)과 접목되어지는 한 가지 시범적인 전례가 될 것이다. 아울러, 본편은 그 주제가 위포(威暴)와 인의(仁義) 사이 대조를 통한 왕도의 개념을 작자가 처했던 현종 대의 정치적 현실 문제와 관련해서 공교로운 풍유(allegory)를 가하였다.

쌍수당(雙修堂) 김삼락(金三樂, 1610~1666)의 <금의공자전(金衣公子傳)>은 이색적으로 미완성 가전이다. 꾀꼬리를 입전코자 한 것인데, 서두에 주인공이 청제(靑帝)시절의 사람이라 한 것과, 그의 선계에 대한 약간의 설명 뒤에 작품이 멈춰 있다.

문곡(文谷) 김수항(金壽恒, 1629~1689)이 16세에 지었다는 모란의 전기 <화왕전(花王傳)>은 현 발굴의 시점에서 본다면 동명 <화왕전> 류 계보 가운데는 가장 첨병격의 작품이었다. 또한 다른 <화왕전>들이 대체로 꽃 왕국의 알레고리를 통한 정치적 득실의 면, 이를테면 '권불십년(權不十年)'의 편으로 초점이 맞추어졌음에 반해, 본편은 꽃 왕국의 우의를 통한 자연적 생태의 면, 이를테면 순연히 '화무십일홍(花無十日紅)' 쪽에 관점이 집중되었으매, 이를 가장 뚜렷한 특징으로 삼을 만하였다. 본편 조성의 소재원은 전적으로『사문유취』후집의 화훼부(花卉部)·과실부(菓實部)·충치부(蟲豸部)·우충부(羽蟲部)의 각 문항에 두고 있었다.22)

노촌(老村) 임상덕(林象德, 1683~1719)의 담배 전기 <담파고전(淡婆姑傳)>이 있었으니, 기실은 이것이 이희로나 이옥의 동일제재 가전인 <남령전(南靈傳)>에 선행된 것이었다. 작품은 담배의 위락적인 효용과 끽연의 묘미를 형상화했다. 나아가 자신을 태워 향을 남긴 채 소멸하는 담배의 속성을 비구니 주인공인 담파고[남령]가 행하는 높은 불도의 경계에다 비유했음이 특징이라 하겠다.

만가재(晩可齋) 김석행(金奭行, 1688~1762)의 <진현전(陳玄傳)>은 문방사우 가운데 먹에 대한 첫 단독 입전 작품으로, 이 안에 붓의 "관성백(管城伯)", "모영(毛穎)"이 등장한다. 주인공이 노자학(老子學)을 좋아하고 묵자의 겸애도

---

21) 김창룡, 「산군전(山君傳) 주소(注疏)」,『동방학지』64집, 연세대 국학연구원, 1989, pp.148~153.

22) 김창룡, 「花王傳(김수항) 전석(箋釋)」,『한성어문학』9집, 한성대 국어국문학과, 1990, pp.28~34.

(兼愛道)를 실천했음이 강조되어 있고, 아울러 평결부 명칭으로서의 "訥子曰"이 특색이라 하겠다.

동계(東谿) 조구명(趙龜命, 1693∼1737)의 <오원자전(烏圓子傳)>은 고양이의 입전이다. 제목 아래 작품 창작의 연대로서 임자년(1732 ; 영조 8년)의 간지가 명기되어 있으며, 심각한 흉년에 따른 전국적인 식량난이 문제되었던 해이다. 오원(烏圓)의 표현은 고양이의 눈이 검고 동그랗다는 데서 말미암은 것이다. 본편이 일반 가전과 비교하여 가장 두드러진 특징의 하나는 천적인 쥐와의 대립관계에 입각한 군담적 요소가 단연 압권을 이룬다는 점이다. "太史公曰" 밑에 굳이 "楮先生曰"이라는 또 하나의 평결부를 설정시키면서까지 군사적 무용담에 치중하였음을 본다.[23]

뇌연(雷淵) 남유용(南有容, 1698∼1773)의 『뇌연집(雷淵集)』안에 <굴승전(屈乘傳)>과 <모영전보(毛穎傳補)>의 두 편 가전이 보인다. 먼저 <굴승전>은 말[馬]을 형상화한 가십(佳什)이었다. 역시 이보다 얼마 전엔 명말·청초 사람인 후방역의 동일제재 가전 <건천리전(騫千里傳)>이 있었고, 양자의 사이에 상당한 유사성을 나타내 보이매, 그 상호관계가 주목된다. 즉, 굴승과 건천리의 운명이 다같이 처음엔 무지한 장사꾼에 의해 노역을 당하다가, 알아주는 이의 도움으로 임금께 총우를 입는 과정, 그리고 종국에는 버림을 받는다는 줄거리 대강에서 상통하였다. 그런데, 특히 <굴승전>의 평결에 "君眞少恩哉"는 <모영전>의 평결에 "秦眞少恩哉"에서 표절한 것이라 역시 한유의 가전을 사종으로 삼고 이에서 크게 벗어나지 못함을 짐작케 하였다. 그랬는데 미상불 그의 또 하나 가전인 <모영전보(毛穎傳補)>란 것이 그 제목서부터 그러한 진실을 결정적으로 입증케한 셈되었다. <모영전보>는 한유 <모영전>의 후속편이란 점에선 청대 신함광의 <모영후전(毛穎後傳)>과 같았다. 그렇지만 신함광의 것이 주인공 모영의 후일담을 임의로 더 연장하여 기술한 것임에 반해, 남유용의 본편은 모영의 전기에서 조역 노릇을 하였던 진현[먹], 도홍[벼루], 저생[종이]의 세 존재를 주인공으로 다룬 약전인 것이다. 그 취지는 역시 지·필·묵·연 등 문방사우가 인류의 문화에 끼친 공덕을 기린 것이다.

---

23) 김창룡, 「<오원자전(烏圓子傳)> 평석(評釋)」, 『한성어문학』 10집, 한성대 국어국문학과, 1991.

다음에 순암(順菴) 안정복(安鼎福, 1712~1791)의 <여용국전(女容國傳)>이
있었으나, 그 형식에서 열전을 연상시킬 만한 하등의 근거도 찾기 어렵다. 궁
극에 이는 <수성지> 등과 한 가지로 소설에 상근(相近)한 체계이지, 가전은
되지 못하였다.

인재(忍齋) 조재도(趙載道, 1725~1749)의 "十四歲作"이라 하는 <진현전(陳
玄傳)>이 노(老)·묵(墨)의 법도를 말한 것은 앞서 김석행의 동명 가전과 매
일반이었다. 한나라 경제, 무제, 소제, 성제의 4대에 걸친 행적을 다루었으되,
그 가운데 호문(好文)하던 한무제 때의 일을 중추로 삼았다. 그 시대 문학 명
사들인 사마천(司馬遷)·동중서(董仲舒)·사마상여(司馬相如)·식부(息夫)들을
내세우는 중에, 오히려 진현을 비롯한 문방사우의 총영이 오래갔다는 전개가
흥미롭다.

<화사(花史)>는 그 원작자의 문제를 놓고서 임제(林悌, 1549~1587)와 노긍
(盧兢, 1738~1790) 사이에 논의가 일정하지 않던 작품이었다. 그리고 만일 이
것이 중화의 문원에서 영향 받은 사실이 없었으리란 전제 하에,[24] 이와 같은
획기적인 꽃 왕국 가전의 대작이 이 땅에서 이룩되었다는 점을 특필하지 않
을 수 없다. <화사>는 매화와 꽃받침, 모란, 연꽃을 각기 도(陶)·동도(東
陶)·하(夏)·당(唐) 등 연속 네 왕조의 임금으로 하여 왕조의 흥체 및 그것
의 의미를 다룬 본기체 형식의 대하(大河) 연가전(蓮假傳)이었다. 곧, 여느 가
전들이 『사기』나 『한서』 같은 기전체 서술 방식 중 뒷부분에 있는 열전 형
식을 본받았음에 비해, 앞부분에 놓이는 본기(本紀), 곧 황실 중심사를 모방
해 지었다는 뜻이다. 그러나 본기체이든 열전체이든 가전 서술의 기본적 형식
과 구조 면에서는 아무런 차이가 없었다.

아정(雅亭) 이덕무(李德懋, 1741~1793)는 앞시대 <죽존자전>·<포절군전>
에 이어 또 하나의 대나무 가전인 <관자허전(管子虛傳)>을 후세에 끼쳐 놓
았다. 본편이 이가원의 언급처럼 "<죽존자전>과 같이 불교적인 빛깔도 없고,
<죽부인전>과 같이 해학적인 풍운도 아닌 끝내 유가적인 본령을 지닌 작
품"[25]이란 점에서 정수강의 <포절군전>과 비준할 만한 작품이다. 한편, 작
품 뒷부분에 있는 "湯婆所妒"와 "班扇之怨"은 송대 장뢰의 <죽부인전> 말

---

24) 이가원, 『여한전기』, 우일출판사, 1981, p.69 참조
25) 이가원, 위에 든 책, p.68.

미에서 착상을 받은 듯한 자취가 역력하였다.

경암(鏡巖) 석응윤(釋應允, 1743~1804)의 <연적전(硯滴傳)>이 있어 문방품 의인화의 또 한 경계를 폈으나 시작부터 가전과는 전혀 다른 개념의 한 개 의인단편이었다. 연적 주인공인 천일선생(天一先生)이 도홍(陶泓)·모영(毛穎) ·진현(陳玄)·운손(雲孫) 등 문방사우와의 어느 날 저녁 주고받은 대화를 다루었거니, 사건성의 결여로 소설로서도 미흡한 품이 저 고려조의 <정시자 전>과 동류라 할 수 있다.

후계(後溪) 이이순(李頤淳, 1754~1832)의 <화왕전(花王傳)>은 주인공이 모란임에도 불구하고 애당초 모란 예찬에 저의를 둔 것이 아니었다. 대개 모란과 작약 등은 부귀·사치한 것의 표상이고, 또 대개 그러한 가치는 허무로 돌려질 수밖에 없기 때문이다. 다른 꽃 가전이 그러하듯, 이 작품 역시 당명황과 양귀비의 염사(艷史)를 중요한 제재로 이용하고 있다. 특히 매처사나 죽군자같이 부대끼는 처사보다, 처음부터 환로에 발붙이지 아니하는 국처사(菊處士)의 처세를 명철보신(明哲保身) 및 만절(晩節)의 뜻으로 새기고 있음이 특징적이다.

도와(陶窩) 최남복(崔南復, 1759~1814)의 <둔마전(鈍馬傳)>은 이것이 저 명대 후방역의 <건천리전>이나 조선조 남유용의 <굴승전> 계통의 가전인가 하였으나, 단순히 용궁산(龍宮産) 둔마에 대한 작자 나름의 관찰과 느낌을 서술한 일종의 의인수필에 부합될 만한 것이었다.

섬재(蟾齋) 이희로(李羲老, 1760~1792)의 담배 의인작인 <남령전(南靈傳)>은 그 특이한 수사법에 의해 조성된 벽문(僻文)으로 가전 가운데의 기품(畸品)이라 하겠다. 이는 담배의 유래 및 그 전파와 유통의 경로를 한·중·일의 역사성에 비추어 교묘하게 형상화시킨 것이어니와, 계훈이나 풍자성 대신 흡연 모습의 형상화 내지 담배라는 사물을 통한 시사적 캐리커처에 보다 주력한 사례로 보여진다. 이 작품 및 바로 뒤에 나오는 이옥의 <남령전(南靈傳)> 두 편을 놓고서 자못 상세한 검토를 가한 구영진의 논문이 있다.[26]

문무자(文無子) 이옥(李鈺, 1760~1812)의 담배 가전 역시 다른 가전에 비해 다분히 개인적 차원의 자기 표현성이 강한 작품의 일례에 해당하나, 담배의

---

26) 구영진, 「<남령전(南靈傳)> 연구」, 연세대대학원 석사학위논문, 1981.

우수(憂愁) 척결 효과를 남령과 우심(憂心)이 대치하는 군담적 형상화 안에서
보여 주었다. 평결부에서도 교훈성 같은 것은 아예 찾아볼 수 없고 이희로의
<남령전>에서와 같이 시사성에 초점을 맞추지도 않았다. 대신, 단순히 작자
자신의 담배 예찬론을 한껏 펼쳐 보일 따름이었다. 이희로의 것이 담배의 부
정적인 면을 많이 의식한 경우라면, 이옥의 것은 철저한 담배 긍정적인 면에
입각해 있음도 양편 사이의 좋은 대조로 보여진다. 다른 한편, 이옥이 족집게
를 대상하여 다룬 <각로선생전(却老先生傳)>이 있으나, 이는 탄로(歎老)의 주
제 아래 작자가 자기 주관을 처음부터 아무런 형식의 제약없이 표출한 일종
의 의인수필에 합당하였다.

　문암(問菴) 유본학(柳本學, 1770~?)의 고양이 전기인 <오원전(烏圓傳)>은
선행 조구명의 <오원자전>이 군담소재와 시사주제에 관심했던 데 비해, 고
양이와 쥐[家鹿], 사냥개[盧令] 간의 천적관계 및 고양이의 잠 잘자고 훔쳐
먹기 잘하는 속성을 형상화시키는 표현적 묘미에 크게 치중한 것이었고, 부
차적으로는 총영득실(寵榮得失)의 허망함과 인간 비정의 실상을 은근히 노정
시킨 뜻이 보인다.

　존재(存齋) 박윤묵(朴允黙, 1771~1849)[27]이 종이의 <저백전(楮白傳)>, 붓의
<모원봉전(毛元鋒傳)>, 먹의 <진현전(陳玄傳)>, 벼루의 <석탄중전(石坦中傳)>
등 이른바 문방사우 각각에 대한 전면 의인화를 시행한 것이 『존재고(存齋稿)』
안에 실려 있다. 그의 이전에 기껏해서 붓을 제외한 지·묵·연 3자의 전기
를 다룬 데에 머물렀던 남유용의 <모영전보> 정도가 있기는 하였으나, 여기
서처럼 이 4자를 한꺼번에 놓고서 다루었던 사례는 찾아보기 지난할 따름이
었다. 위 문방계 네 전기의 소재적 취득원은 역시 『사문유취』(별집, 권14) '文房
四友' 部의 각각 '紙' 문, '筆' 문, '墨' 문, '硯' 문에서 구해지는 바가 많았고,
여기서 충족되지 않은 부분은 송대에 소이간(蘇易簡)이 찬술한 『문방사보(文

---

27) 처음에 필자는 존재(存齋)를 위백규(1727~1798)로 받아들여 「위백규와 문방의
　4전기」(『논문집』 15집, 한성대, 1991.12) 및 「위백규의 문방사전 역주」(『한성어
　문학』 11집, 1991)를 작성하였으나, 이후에 존재 박윤묵으로 바로 잡았다. 본 문
　방의 사전이 웬일인지 위백규의 "『존재집』 총 12책 24권 안에는 이것이 들어있
　지 아니하였다."(「위백규와 문방의 4전기」, 위에 든 논문, p.121)는 의혹을 떨치
　지 못하였더니, 결국 박윤묵의 유집인 『존재고』(규장각본) 총 13책 26권 중 권25
　잡저의 안에 들어있음을 확인하였다.

房四譜)』(전5권) 안의 각각 '筆譜'(2권), '紙譜'(1권), '墨譜'(1권), '硯譜'(1권)의 자료 내용을 통해 상당량 해결의 실마리가 잡히었다.[28] 특히 문방사보의 안 에는 관계적 문예문 채록의 한 양상으로 당송 어간의 문숭(文嵩)이란 이에 의 해 네 가닥 존재 전부에 대한 선행 가전작으로 붓 의인의 <관성후전(管城侯 傳)>, 벼루 의인의 <즉묵후석허중전(卽墨侯石虛中傳)>, 먹 의인의 <송자후역 현광전(松滋侯易玄光傳)>, 종이 의인의 <호치후저지백전(好畤侯楮知白傳)>이 판비되어 있음을 보게 된다. 이 문방사우계 가전 밖에도 박윤묵의 『존재고』 안에는 술의 <국청전(麴淸傳)> 한 작품이 더 추록되어 있어 술 가전 계보에 한몫을 더하였다. 이 안에 보이는 수성 출현과 천군 등장은 각각 일찍이 이 규보의 <국선생전>과 김우옹의 <천군전> 이래 임제의 <수성지>, 김득신 의 <환백장군전>, 지광한의 <취향지> 등에서 충분히 익숙해져 있던 구도였 다. 한편, 임춘 <국순전>의 주인공인 국순의 먼 친척 아우로 국청이 소개되 었던 바 있고, 이 명칭의 재현은 이후 전체 술 의인화 가운데 오직 <국청전> 안에서만 이루어져 있음도 사실이다.

이 시기에 가전 고유한 원래적 모형에 다소의 흔들림이 일었다. 설정 기준의 서두·원류·주류[史蹟, 終末], 지류의 격식을 깔끔하게 해비한 정격은 <화왕 전>(김수항)·<관자허전>·<오원전>과 이희로의 <남령전> 정도였고, 박윤 묵의 <진현전>과 <모원봉전>은 그 가운데 종말부 처리만 결하였다. <모영 전보(毛穎傳補)>와 이이순의 <화왕전(花王傳)> 등에서 지류부가 빠져 있고, <즉묵후석허중전>에서는 모처럼 원류부의 생략을 보였다. 각별히, 종말부 와 지류부의 이중적 결격 현상이 <산군전>·<진현전>(김석행)·<진현전> (조재도)·<남령전(南靈傳)>(이옥)·<저백전>·<국청전> 등에서처럼 훨씬 높은 비율로 나타났다는 점이 앞 시대와 비해 특필할 만 하였다.

아울러, 이 무렵에 쉽게 간과하기 어려운 현상 몇 가지가 목도되는 바 있 다. 곧 <오원자전>에서 보여지는 이중(二重) 평결부 양상,[29] "先生之先"· "乘之先"·"山君之先"에서 보듯이 서두부가 곧장 원류부에 종속 연결되는 <빙호선생전>·<굴승전>·<산군전> 같은 양상, <관자허전>에서처럼 후

---

28) 김창룡, 위에 든 논문, pp.124~137.
29) 이중평결부 양상은 사마천 『사기(史記)』 권124 유협열전 제64 등에서 '太史公 曰'과 '楮先生曰'의 병행을 통해 볼 수는 있지만, 지극히 드문 현상에 속한다.

계부와 종말부의 도치적 양상 – 그 마련은 앞의 <곽삭전>에서도 종말부가 평결부에 포함되었던 양상을 통해 보여진다 – 등이 그 좋은 일례라 할 만하다.

이같은 준동과 더불어서 이 시대에 가장 괄목할 만한 특징은, 그 형식 절차가 염연한 가전 개념 그대로를 고수하는 가운데 일약 평결부의 파격을 감행한 가전의 출현에 두어야 할 것 같다. 다름아닌 <환백장군전> · <청풍선생전> 등이 그 본보기였다. 나아가, 서두부 · 원류부 · 주류부의 수순을 통해 역시 가전 형식의 기본 골격을 엄연히 구비하고는 있으나, 주류부 본전의 내용이 전자의 경우 강충(降衷) 원년에 있었던 수성 타파사건, 후자 같으면 지화(至和) 원년 3월, 5월, 8월 한도의 사건에 치우치는 등, 문득 사건중심적 체재로의 질적 변모를 기하고 있었다. 비유하자면, 몸은 가전에 있으나 마음은 어느새 소설 쪽을 지향해 있다 하겠다. 그러면 이 제3기 안에 가전의 주변에서 <천군연의> · <취향지> · <여용국전> · <연적전> · <둔마전> · <각로선생전> 등 의인문학의 다양한 양식적 전개가 활발히 펼쳐졌던 일도 그저 우연한 현상만은 아니었는지 모른다.

◆ 제4기 : 19 · 20세기의 가전

19세기 초 순조 때부터 20세기 최근까지로, 가전사 전체 흐름 위에서 보면 낙수기(落穗期)로 일컬을 만하다.

먼저 신홍원(申弘遠)의 <사우열전(四友列傳)>을 선두에 세워보기로 한다.[30] 본편은 우선 그 표제상의 특징을 들 수 있으니, 안병렬의 언급대로 "전의 원류인 사마천의 『사기』에는 모두가 열전이란 이름으로 되어있고 또 몇 사람의 전이 하나로 묶여져 있는 것도 많은데, 가전에 이르러서는 이러한 예는 드물게 나타나나 본 <사우열전>은 제목도 열전"[31]이었음이다. 그런데, 본편에서와 같이 저지백(楮知白) · 관성자(管城子) · 석학사(石學士) · 묵현옹(墨玄翁)

---

30) 이 작가를 비롯하여 이하에 그 생몰의 정확한 연대가 미상인 우병종, 안엽, 그리고 최현달, 조규철의 경우는 편의상 안병렬이 『한국가전연구』의 자료편에서 열거한 순서를 따르기로 한다.

31) 안병렬, 위에 든 책, p.76.

등 주인공에 대한 본래의 전기에 들어가기 전에 필자의 도입부 사설이 들어가는 일은 아주 희한한 경우이다. 그러나 이 역시 비록 드물기는 하지만 『사기』 권122 <혹리열전(酷吏列傳)>이거나 권126 <골계열전(滑稽列傳)> 등과의 대조를 통해 확인 가능한 한 사례였다.

석오(石梧) 윤치영(尹致英, 1803경~?)은 매화의 가전 <매생전(梅生傳)>을 썼다. 이는 상당히 짧은 형태의 작품이었으나, 이전의 꽃 가전이 대체로 왕조 중심이었음에 비해 재야의 세계를 중심한 점이 특징이라 할 수 있겠다. 또한 매(梅)의 화(花) 뿐 아니라 실(實)마저도 존중하는 개념이 함께 깔려있는 점도 특이하였다. 그러나 도화(桃花)나 행화(杏花)의 부화(浮華)함과 대조하여 계훈성을 강조한 점에 있어서는 일반의 가전과 다를 바 없었다.

우병종(禹秉鐘)의 심성가전 <천군전(天君傳)>은 그 작의를 성리 개념의 공교로운 활유법에 두었다. 즉, 황상제(皇上帝)는 우주론적 관념에서 태극[理]의 형상화이고, 천군[靈坮主人]은 인성론적 관념에서 인극[性]의 형상화일시 분명하다. 따라서, 주인공 천군은 인간마다 밑바탕에 내유하여 있는 착한 본성[仁·義·禮·智]의 인격화이다. 천군[性]이 청정무구의 태극[理]으로부터 품수 받는 이상적 구도를 다룸과 동시에, 궁극적으로는 세군이 인의예지 착한 본성인 천군을 잘 섬겨 따르는 일에 귀납시키었다. 이 작품은 일찍이 조수학의 안도(眼到)와 논평이 따랐던[32] 작품이기도 했다.

안엽(安曄)의 <문방사우전(文房四友傳)>은 역시 그 체재가 앞서 신흥원의 <사우열전>을 닮아 있다. 처음에 도입부 형태의 서문이 있고, 지·필·묵·연 의인화인 모원예(毛元銳)·저지백(楮知白)·현중자(玄中子)·석허중(石虛中)의 네 주인공이 한 울타리 안에 다루어지면서 역시 하나의 평결부 안에 처리되고 있다. 단, <사우열전>이 각각의 해당 전기 말미에서 평결부적 성격 내용을 변화있게 보인 반면, 본편은 저지백 전기 말미에만 한정하였다. 그러나 무엇보다 작중에 필자 자신이 "文房先生"의 역할을 하면서 주인공들과 대화하고 있는 점이 특징적이라 할 만했다. 아울러서 전편을 통하여 노(老)·불(佛)을 혐척(嫌斥)하고 공(孔)·맹(孟) 유학에 충실한 작자의 태도가 십분 파악된다. 이러한 사실은 다른 가전 작중에 각별히 먹을 주인공으로 하는 <진

---

32) 조수학, 「우병종의 심성가전 및 탁전연구」, 『영남어문학』 9집, 1982, p.183.

현전> 계통에서 노(老)·묵(墨)이 폭넓게 수용되는 양상과 비교하여 대조를 이루었다.

19세기 후반의 구한말에 활약하여 이름이 난 매천(梅泉) 황현(黃玹, 1855~1910)에게도 <금의공자전(金衣公子傳)>이 있어 가전사의 한 자락을 더 보태었다. 금의공자(金衣公子)란 꾀꼬리의 별칭이다. 청대의 문단에서도 우동(尤侗)의 <설의녀전(雪衣女傳)>, 탕전영(湯傳楹)의 <채춘사자전(採春使者傳)> 등 앵무새와 나비를 주인공으로 한 가전이 있었거니와, 거기엔 이미 그들 주인공의 화간우(花間友)로서의 금의공자란 존재가 이미 부조되어 있던 터였다. 다만 <채춘사자전>만큼은 송 휘종대를 시간적 배경으로 하였지만, <설의녀전>과 <금의공자전>의 경우 똑같이 당 현종의 시대를 배경으로 하는 가운데 문체의 화려함을 극하였다. 동시에 난세를 사는 신자(臣者)의 충과 지혜 등 처세 문제에 관심을 표명하였다.

같은 시기 극산(屐山) 김만진(金萬鎭, 1856~1923)의 <전신전(錢神傳)>은 아득히 고려조의 임춘 이래 모처럼 돈을 재등장시킨 가전이다. 아울러 그 소재의 선택이라든가 문면으로 보아 최소한 임춘의 것을 보고 배운 자취가 역력하였다. 하지만 그 시간적 구성에 있어서도 <공방전>의 주인공이 위진남북조 시대의 진(晉)나라와 오대(五代)를 배경으로 살았다고 하였는데, 이 작품의 주인공 역시 주로 진(晉)의 시대에 활동한 인물로 그려졌다는 점에서 일단 차이를 엿볼 수 있으나, 그보다 주제 의식의 면에서 더욱 확실한 차이를 발견할 수 있다. 임춘의 경우, 주인공 공방이 인류사회에 끼친 해독과 말폐 일변도에 치중한 나머지 강경한 화폐부정론을 폈음에 반하여, 김만진은 주인공 공방이 인간사의 갖가지 곤경을 구할 수 있는 긍정적인 면을 마저 다루었다는 점에서 대조를 보인다. 작자도 평결에서 밝혔듯이, 돈의 폐해는 그 책임이 돈 자체에 있는 것이 아니라 그것을 사용하는 인간의 자세에 달려있다고 함으로써 임씨와는 견해를 달리 하였다.

가전사의 끝 무렵에 가헌(可軒) 한성리(韓星履, 1880경~?)가 지은 붓의 가전 <관성자전(管城子傳)>이 나왔다. 우리나라에서 붓을 입전 대상으로 한 형상화는 일찍이 습재 권벽의 1541년 작 <관성후전(管城侯傳)>의 존재 이후 모처럼만에 건져볼 수 있는 소득이다. 전체적으로는 역시 한유 <모영전>을 의식했던 것이니, 작자도 본편의 첫머리에서 아예 "初名毛穎也 事載韓昌黎

所撰中"이라 하여 송신자의 면모를 직접 천명하고 있다. 또한 여기에 보이는 관중(管仲)·관녕(管寧) 등 소재 취용의 어느 부분은 아무래도 조선조 후기 이덕무의 <관자허전>에서 일상(一想)을 받은 듯한 국면도 보인다.

최현달(崔鉉達)의 <연적전(硯滴傳)>은 중국과 한국 두 나라를 공간적 배경으로 걸치고 있는 바 가전사상 공전절후(空前絶後)의 규모와 특색을 띤 작품이었다. 곧, 덕치적 유학정신의 상징으로 부각시킨 주인공 연적이 중국[齊] 및 바다 건너 조선의 두 나라를 차례로 정치 유력하는 가운데의 정치적 부침(浮沈)과 진퇴를 그린 것인데, 작자는 중국의 정치·선비 문화보다 이쪽의 그것을 문득 우위로 처리시키는 전개 안에서 은연중 자기적 문화 주체의식을 노정시키었다. 제왕의 신하로 있는 붓을 관자(管子), 먹을 묵자(墨子)로 명명한 것도 흥미롭고, 연적 주인공을 그들 문방의 사신보다 웃길에 설정시킨 것도 특이하다. 주인공이 바다에 떠서 동경하던 조선에 잠출(潛出)한다거나, 160여 세로 은퇴하여 낙동강에 들어가 백구(白龜)로 화(化)한다는 발상 등, 그 이야기의 전개적 양상에서 상당한 이채를 띠었다.

산강(山康) 변영만(卞榮晩, 1889~1954)은 <시새전(猜賽傳)>을 썼다. 그 형태는 역시 시시거림과 새침함 같은 인간 심성의 상반적 특질을 시시덕과 새침덕이라는 두 존재로 의인화시킨 것이다. 이것이 비록 여느 가전과 달리 전거에의 의존이 대폭 지양되고 사건이 중심으로 되는 소설의 편에 접근하는 양상을 보이기는 하지만, 작품에 구비된 서두부와 종말부, 평결부 등은 가전이 고유하는 일련의 형식을 구비하고 있으매 이 장르 안에 포함하였다.

조규철(曹圭喆)의 <공방전(孔方傳)>은 한국 가전사 벽두에 임춘의 엽전〔돈〕의인화인 <공방전(孔方傳)>과 제목부터 그대로 부합되고 있다는 점 이외에, 주인공 당사자에 대한 시각과 취지에서조차 상통되는 특질을 보인다. 차라리 임춘의 그것보다 더 철저한 부정론을 폈다 할 것이니, 주인공 공방륜(孔方輪)은 가진 자에게 빌붙고 없는 자를 업신여기는 야비한 권세가로 부조(浮彫)되어 나타났다. 특히 대한제국 말기에 저선생의 출현으로 공방이 실세하여 스스로 죽고만다는 구상은 구한말 경제의 격변상에 대한 시대적 반영이기도 하였다. 주인공과의 대화 속에 충고를 던지는 청허자(淸虛子)라는 인물 역시도 작자 자신의 작중 투영일 것이다. "吾嘗見" 이하는 평결부 내용임에도, 따로 평결부 도입을 알리는 그 어떤 명칭도 쓰지 않았다.

연민(淵民) 이가원(李家源, 1917~2000)의 <화왕전(花王傳)>은 지금까지 나타난 가전의 성과로서는 가장 최종을 장식하는 작품으로 남는다. 본편이 꽃의인의 계보로서 볼 때는 신라시대 설총의 소위 <화왕계> 및 조선조 노궁의 <화사>, 이이순의 <화왕전> 등 일련의 계통에 더 이바지하고 있다는 의미뿐 아니라, 작자 스스로도 표백하였듯이, "이에서 특색이 있다면 종전의 작자들이 오로지 중국의 것만을 소재로 하였음에 비겨 아울러 한국의 것을 취재한 것"[33]이란 점을 특필할 만하다.

이 시기에는 앞 시대의 미진(微震)을 여파로 한 몇몇 소강적인 변양을 보였다. 우선 앞서 설정한 형식 기준 만으로 보면 서두, 원류, 주류[사적, 종말], 지류, 평결의 격식을 온전히 갖춘 <전신전>, 그 가운데 종말부 처리만 생략된 <매생전>, 후계부 처리만 없는 <금의공자전>・<연적전>・<시새전>・<공방전>(조규철)・<화왕전>(이가원) 등으로 추릴 수 있다. 더 나아가, 종말부와 지류부의 이중 결격을 나타낸 <천군전>(우병종)과 심지어, 원류부, 종말부, 후계부의 삼중 결격을 감행한 <관성자전>도 특별히 이 기간을 빌어 구관(求觀)할 수 있던 현상이었다.

그 외에, 평결부 도입의 허두 명칭에서 이를테면 "混沌者"・"惺窩居士" 등 한 걸음 더 사적(私的)인 양상을 나타내 보이기도 했고, 또 문방사우 계통이 중심된 연가전 형태의 입지가 보다 군혀지는 듯한 양상도 보였다.

한편, <공방전>(조규철)의 마지막 부분은 "吾嘗見" 이하가 필시 평결부의 그것에 해당하였으면서도, 군이 따로 구획하여 명칭을 설정하지 않았던 점이 이례적으로 볼 만하였다. 그러나 더욱 특기할 일은 비록 원류부와 평결부 파괴를 감행하지는 않았지만, 주류부 가운데 행적부의 내용 비중이 훨씬 강화됨과 동시에, 보다 사건 중심적 흐름을 띠는 현상, 이를테면 <연적전>・<시새전> 등의 이색적인 가전이 출현했던 사실을 들 수 있을 것이다.

---

33) 이가원, 『여한전기』, 이우출판사, 1981, p.82.

결 언

지금까지 한국 가전 약 800년 간의 전개적 양상을 간략하게 서술하면서, 그것의 변모 과정에 대해 정리해 보았다.

돌이켜보면, 소설과 가전은 함께 허구적 산문 장르류에 포함되었으되, 그 것은 시작부터 엄밀히 서로 다른 각각의 발판 위에서 진전되었던 별개의 장 르일 뿐이었다. 이렇게 가전이 소설과는 별도의 한 개성적 양식으로 분립될 수밖에 없던 계기적 터전의 절대성은 그 문면위에 노출된 형태의 정형(定型) 에 있었다. 다름아니라, 가전 장르 초창기인 당·송대의 한유·사공도·소식 의 작품들은 사마천『사기』와 반고의『한서』, 범엽의『후한서』등이 역사 서 술의 방식으로 택한 열전·본기 형식을 답습하였던 진실이 있다. 오랜 전통 성 위에서 한 장르의 확립을 가능케 했던 몇 가지 형식 유형의 준수를 뜻한 다.이는 크게 서두, 원류, 주류[本事, 終末], 지류, 평결로 분류 가능한 바, 이 여섯 과정을 두루 갖추었거나, 그 중 어느 한두 가지를 결한 것이 큰 부분을 이루었다. 그러나 더 나아가 세 가지의 생략을 감행한 한성리의 <관성자전> (서두-본사-평결), 김득신의 <환백장군전>·<청풍선생전>(서두-선계-본사) 등 도 있어 변화의 폭을 더 보태었다. 한편으로, 평결부 해당의 내용을 담고 있 으면서도 제대로의 평결부 도입 용어는 무시해버린 조규철 작 <공방전>같은 경우도 없지 않았다. 그러나 전체 골격 가운데서 외형상으로도 벌써 고소설 과 대조하여 한눈에 괴리를 실감나게 하는 처소는 무엇보다도 평결부 설정에 있을 터이고, 그런 의미에서 그것을 감연히 치워버린 <환백장군전>·<청풍 선생전>의 경우가 가장 파격적이라 하겠다.

평결부의 생략은 확실히 한국 가전의 흐름 안에서는 희한한 사항에 들었 다. 아울러 이같은 현상은 일찍 당의 7세기 경부터 왕성한 소설 창작의 기반 을 이루었던 중국의 경우 평결부 생략의 양상이 불원간 송대 소식의 <온도 군전(溫陶君傳)> 이래 별 부담없이 이루어져 왔던 사실[34]과 관련하여 의미를

---

34) 김창룡,『한중가전문학의 연구』(개문사, 1985) 에서 대상으로 삼은 39편 가전 중 12편에서 평결부 일탈 현상을 보였다. 이는 사마천『사기』대신, 반고의『한서』와 범엽의『후한서』말미에 간혹 보이는 논찬부 생략과 맥락이 닿는다.

떤다. 곧, <환백장군전> · <청풍선생전> 등이 임병양란 이후 군담소설의 성행과 함께 허구적 한문체 소설이거나 패담류가 안정 기반을 확보해 있던 17세기적 산물이라는 연상 안에서 시사되는 바가 있을 법 하였다.

그렇다고 여기의 이 평결부 탈락이 어떤 다른 산문양식으로의 장르적 탈바꿈을 가져오는 것은 아니었다. 가전은 역시 위에 열거한 형태적 유형이라는 정거장에 일일이 멈춤을 하든지 어느 역은 그냥 지나쳐 통과하든지 하는 차이에도 불구하고 사마천과 반고가 기본으로 깔아 두었고, 한유와 소식, 임춘과 이규보가 뒤밟아갔던 그 궤도를 성실히 답습하고자 노력하였다. 그러면 그 행위 자체로서 이미 본 장르 인식에 입각한 창작적 수행으로 인정되었기 때문이다.

한편으로 가전의 발달과정에서는 이 같은 바깥쪽 형식 준칙의 바탕 위에, 그 안쪽에서 또한 내용의 질적인 변화가 마저 없지 않았다. 가전 발생 및 발달의 원 개념적인 기준에서 볼 때, 본래 그 내용의 본질적인 구조와 체계는 제각각 독자성을 띤 단락과 단락의 비인과적 점철로 조성되어 있었다. 그리하여 일정한 사건을 중심으로 전후간의 내용 단락이 긴밀한 연락(聯絡) 관계 위에서 인과적 · 계기적으로 작용하는 소설과는 일차 분변이 가능하였던 것이다.

그러나 이러한 원칙론 존중의 모습은 제3기의 <환백장군전> · <청풍선생전>이라든가 제4기의 <연적전> · <시새전> 등을 거치는 동안에 사실집약적인 성격이 약화되는 반면, 일약 사건중심적인 틀로의 변모를 보이게 되었다. 발달이란 개념이 "개체가 그의 생명활동에서 그의 환경에 적응하여 가는 과정"[35]이라 했을 때, 가전의 이와 같은 질적 변화 또한 같은 시대에 보다 큰 세력으로 만연된 전기 및 소설의 분위기에 어느 정도 감수(感受)되어진 바 발달의 한 현상이라 하겠다. 그리하여 진정 이 작품들이 가전 장르에 소속되어 있다는 튼튼한 근거와 버팀목이 되는 형식 유형으로서의 서두, 본류, 평결 같은 형식적인 기반마저 포기하였더라면 속절없이 해속 장르상의 명칭을 달리할 수밖에 없었을 것이다.

또한 가전은 그 발달의 도정에서 양적인 변화에도 무심을 나타내지는 아니하였다. 본문 중에 이른바 연가전(連假傳)이라 하던 <화사>, <사우열전>,

---

35) "발달", 『새우리말큰사전』, 삼성출판사, 1985.

<문방사우전> 등은 벌써 그 물량면에서 장르상 소설에 해당하는 웬만한 작품들에 비해 손색이 없었다.

덧붙여, 가전은 그 전개 과정에서 각별히 17, 8세기 안에서는 내용상 군담부 소재의 원용을 특징적으로 나타내 보이기도 하였다. 곧, 가전외적(假傳外的) 의인 산문류로서 정태제의 <천군연의>, 지광한의 <취향지>, 안정복의 <여용국전>, 석용윤의 <연적전> 등을 포함하여, 범대중적 수준을 띤 <임진록(壬辰錄)>, <박씨전(朴氏傳)>, <임경업전(林慶業傳)> 등의 군담 취재적 분위기가 사뭇 성황을 이루던 기간에 <환백장군전>, <굴승전>, <산군전>, <오원자전>, <국청전> 등 군담 수용의 가전 산물이 줄달았다는 사실이 있다. 그리고 이들 모두 같은 허구적 산문 장르종이라는 차원에서도 시사되는 바 적지 않다.

이상을 통해 돌이켜 보면, 문학의 양식을 결정짓는 중대한 요인인 외재적 형식의 논리 안에서 가전과 소설은 끝내 서로 교차할 길 없는 각각의 궤선을 그려 나갔을 따름이었다. 그러할 뿐이었지만 가전의 시대적 전개 및 발달의 도정상에는 소설로의 접근 기미를 보이는 양상이 마저 없지 않았던 바, 사실 알고보면 소설과 가전, 이 양자야말로 그 어느 것보다 가장 인접되어 있는 허구적 산문 장르종인 것이다. 기왕에 진인각도 <모영전>은 『사기』를, <앵앵전>은 『좌전』을 본받았다고 비론(比論) 한 바 있거니와,36) 가전과 소설 두 양식은 일찍부터 똑같이 '~傳'의 이름으로 발전을 보았던 여러 장르들 안에서 각자의 위상을 인정받는 가운데 친근히 논의되었음도 사실이었다.

---

36) 진인각의 <독앵앵전(讀鶯鶯傳)>(『원백시전증고』, 대만 세계서국, 1963)에, '毛穎傳者 昌黎摹擬史記之文 蓋以古文試作小說 而未能成功者也 微之鶯鶯傳 則以摹擬左傳 亦以古文試作小說 而眞能成功者也…'

▓ 이규보(李奎報) / <국선생전(麴先生傳)> · <청강사자현부전(淸江使者玄夫傳)>

술 · 거북 가전을 지은 동기와 시기

1. 머리말

이규보(李奎報, 1168~1241)는 고려 후기의 뛰어난 문인으로 한국문학사에 굴지의 큰 이름과 자취를 남긴 우뚝한 존재이지만, 동시에 오늘날에는 가전의 작자로서도 그 이름이 유명해진 인물이기도 하다.

일반적으로 가전 장르에 대해 운위할 때 가장 먼저 떠오르는 인물이 있다면 그는 다름 아닌 임춘과 이규보이니, 이렇게 그 두 사람을 우선적으로 연상함은 일차적으로 그들이 이 장르에 관심하고 작품에 착수한 시점이 가장 앞에 있다는 데에 그 이유를 둘 수 있다. 하지만, 이는 단지 시간적으로 선행했다는 사실만 아니라, 그 질적인 내용에 있어서도 하등 손색이 없었다는 사실을 마저 강조하지 않을 길 없다. 임춘의 가전 <국순전>과 <공방전>에 대해서 진작에 필자는 그것의 주제 성격에 대한 재검토를 가한 바 있거니와[1], 이제 이규보의 두 편 가전 작품인 <국선생전>과 <청강사자현부전>에 시선을 쏟고자 한다. 기왕에 여기 관련한 논급들은 연구의 초기에는 대개 소재론적인 측면이 강한 쪽이었고,[2] 이후에도 내용 주제상의 논의는 상당히 외연적인 형태 안에서 이루어져 있거나, 국문학사 안에서 개괄적으로 다루고 있는

---

1) 김창룡, 「임춘 가전의 연구」, 『동방학지』 89 · 90합집, 연세대학교 국학연구원, 1995.12.

2) 조수학, 「가전의 편철성」, 『영남어문학』 1, 영남어문학회, 1974. 11.
   김현룡, 「국순전과 국선생전의 연구」, 『국어국문학』 65 · 66 합병호, 국어국문학회, 1974. 12.

정도였다.3) 그런 중에도, 이러한 여러 언급들은 이규보의 가전문학적 진실을 위해 음으로 양으로 검토해 볼 수 있는 여러 가지 논의의 소지를 제공하는데 일정한 역할을 수행하고 있다. 따라서, 이를 최대한 수렴하는 가운데 이규보 가전 창작의 동기가 나변에 있었는지 천착해보려 한다. 하지만, '임춘 가전과 이규보 가전'을 의식적으로 나란히 놓고 대비하곤 하던 종전의 통념에서 자유롭고자 한다. 대신, 작품은 작자의 정서적, 사상적 산물인 점을 존중하여 이규보 가전의 특징을 작품 창작의 주체인 작자가 지닌 인간적, 문학적 개성과의 대조를 통한 유기적인 맥락 안에서 찾고자 한다.

한편으로, 소재론적인 측면에서 이규보가 이 두 가전 창작의 마당에 적극 활용했음이 명백한 자료 한 가지가 포착된다. 그리하여 그 자료를 요긴한 실마리로 하여 창작의 시기를 가늠해 보고자 한다. 이 경우 이 자료와 작품의 관계는 창작의 시기를 엿보기 위한 절대 의존적인 방편이자 통로가 되는지라 고증의 면밀함이 강하게 요구된다. 더 나아가, 두 가전 안에는 공교롭게도 작자의 정치적인 경륜과 소회의 면면들이 은근히 잘 배어들어 있는 바, 이를 그의 곡절어린 정치적 생애와 긴밀히 대조해 봄으로써 창작의 시기에 관해 한 단계 더 접근하는 시도를 펴 보이고자 한다.

2. 가전 창작의 동기

이규보가 무슨 이유로 이 가전을 짓게 되었는가 하는 이른바 창작의 동기란 말은 다시 음미하여 보면 그가 이 작품을 통해 꼭 강조해 보고 싶었던 뜻이 무엇이었을까를 찾아낸다는 말과 의미상 큰 차이가 없어 보인다. 곧, 이규보 가전의 주제란 말과도 그 맥이 통한다고 볼 수 있다.

하지만 거듭 생각해 보았을 때, 이를테면 창작의 동기가 임춘의 가전을 견제하는 데 있었다는 기존의 해석4)을 감안하고, 또 거기에 동의하는 관점에서

---

3) 김경수, 「이규보의 전에 관하여」, 『이규보연구』, 새문사, 1986.2, pp. Ⅱ-80~83. 조동일, 『한국문학통사』 2, 지식산업사, 1989.1.
4) 안병설, 「가전에 대한 이견산고」(『명지어문학』 7호, 1975.3, p.93)에, "약관의 이규보로서는 당대 문명을 떨치던 임춘이 <청화선생전>을 모의하여 <국순전>을

보더라도 문득 '상대적 견제' 같은 것을 작품의 주제로서 설정하기에는 무언가 적합하지 않은 국면이 있어 보인다. 곧, 이규보의 경우에는 주제라는 말보다는 작품 창작의 동기란 말이 이규보의 생각을 더 폭넓게 예측하는 방도가 된다고 사료되어 주제라는 말 대신 창작의 동기라는, 보다 완곡하고 포괄적인 표현으로 대신하였다.

이제, 가전 창작의 우선적인 동기는 무엇보다도 사물에 대한 애정과 의인화에 대한 비상한 관심에 있다고 본다. 곧, 그는 누구보다도 사물에 대한 애착이 깊은 작가였다 함은 그가 남긴 상당수의 영물시(詠物詩)가 충분히 그것을 입증시켜 주고 있다. 각별히 그의 영물시를 주제로 삼은 논지들이 심심찮게 나타나 보였음도 이와 무관한 것이 아니다.5)

우선, 김동욱의 다음과 같은 글을 통해서도 이규보가 영물에 대한 관심이 유달리 비상했음을 잘 간파해 볼 길 있다.

> 그에게는 많은 영물시가 있다. 작게는 자기 신변의 물건으로부터 자기 집 주위의 구체적인 물상에 이르기까지 이규보는 존재하는 만물의 구체적인 아름다움을 통해 그의 실존의 밑바탕이 되는 물세계(物世界)와의 조화를 일깨워 준다. … 이것이 시에서는 즉물적(卽物的) 개방성 속에서 자신과 궁극적인 조화를 이루는 영물시로 변모되는데, 이 과정에서 먼저 그는 사물을 자기화하여 의식을 백지화한 상태에서 단순화된 외부의 형태 만을 글로 그리고 있다.6)

여기서 예로 들어 보인 것은 <접과기(接菓記)>에서의 과일, <사륜정기(四輪亭記)>에서의 수레, <답석문(答石問)>에서의 돌・시루, <섬(蟾)>에서의 두꺼비, <주망(蛛蛧)>에서의 거미, <칠호명(漆壺銘)>에서의 호로병과 같은 동

썼으므로 같은 효작(效作) <국선생전>을 써서 임춘을 압도하고자 하는 야심의 발로였다고 추측할 수 있다."

5) 김동욱, 『국역동국이상국집』 1 해제, 민족문화추진회, 고전국역총서 166, 1982.1.
   유재일, 「이규보의 영물시에 나타난 즉물적 개방성에 대하여」, 『연세어문학』 13집, 연세대학교 국어국문학과.
   박성규, 「이규보 자연시에 대한 이해」(『이규보연구』, 새문사, 1986.2)에서도 '자연미의 발견'과 '영물시' 두 가지를 나란한 표제로 삼고서 논의하고 있다.
6) 김동욱, 위에 든 책, p.9.

식물 및 사물이었다.

다른 한편, 박성규는 이규보 영물시에 관해 논하는 자리에서 특히 빈도 높고 의미있는 소재로 금(琴)·주(酒)·죽(竹) 세 가지를 꼽고, 이를 중심으로 이규보의 사유를 도출해내려 하였다. 여기서, 그는 이규보가 자연물에서 도덕적이고 관념적인 주제를 추출한 것 외에도, 자연물 자체에 내재되어진 아름답고 진실된 실체를 함께 추구하고 있는 것으로 관측하였다. 특히, <국선생전>과 관련하여, 이규보의 관심 사물 가운데 각별히 술이 들어가 있다는데 주목이 된다.

> 술은 무상성이나 애상에서 벗어나 체념과 관용의 세계로 이끌어 주는 상징적인 존재이고, 불우한 현실을 극복하여 낙관적인 현실을 창조하는 존재로 인식되고 있다.7)

이규보의 물(物)에 대한 관조는 장르상의 시와 문을 가리지 아니한 채 훨씬 그 폭이 넓고 다양하다. <방선부(放蟬賦)> 같은 곳에서는 거미와 매미의 천성을 인간적 수준에서 논단하였고, <요잠(腰箴)>, <준명(樽銘)>, <장척명(長尺銘)> 같은 곳에서는 허리, 술잔, 긴 자 등의 해당 사물들을 모두 2인칭 인격대명사인 '너[爾]'라는 말로 인물화시키는 가운데 자신의 인생관을 십분 표명하고 있다. 심지어는 '시적 창조력' 같은 추상명사조차 "시마(詩魔)"로 인격화시킨 경우를 <구시마문(驅詩魔文)> 같은 데에서 엿볼 수 있다.

바로 이러한 것들이 그의 의인화의 단초가 되고 있는 것이다. 바꾸어 말하면 그의 의인법 구사는 일과적이거나 즉흥적인 기분에 따라서 이루어진 것이 아니라, 사물에 대한 연속성 있는 진지한 태도와 인식 안에서 이룩되었다고 해도 지나친 말이 아니다. 또한, 그것은 곧장 삶에 대한 사유와 통찰력으로 연결되어진다. 이것을 알레고리적 사유라는 말로도 대신할 수 있다.

> 그는 또 가탁형의 글을 즐겨 썼음을 볼 수 있으니 … 술을 국성이라 가탁하여 마치 사람인양 의인 전기화 하였으며, … 또 풍유·우유의 기지가 남달랐다.8)

---

7) 박성규, 위에 든 책, p. I -59.

그의 가전 장르는 다름아닌 바로 그의 특기라고 할 수 있는 의인화 취향과 풍유 · 우유의 기지가 제대로의 합체와 조화를 이룩한 성과로서 보여지는 것이다. 알고 보면 그는 일찍이 '물(物)'에 대해 긍정적으로 높은 가치를 부여하고 또 그것을 존중했던 인물이었다. 다음과 같은 글은 그 단서가 되기에 전혀 손색이 없다.

> 物者道之準也 守其物由其準而後 其道存焉 苟舍之 是失道也 官者道之器 未有守道而失官者…若中下人者 未知道之爲守官之本 妄求道之所在 自以爲能守其道 而忽於守官 因以惰然予以爲…職喪局 則不旋踵 蹈其禍矣 官可守歟.9)
>
> 물(物)이란 것은 도(道)의 기준이니, 물을 지키기를 기준대로 한 뒤에라야 그 도가 보존되는 것이다. 진정 이것을 버린다면 이는 도를 잃는 것이다. 관(官)이란 것은 도의 도구이니 도를 지키고서 관을 잃는다는 것은 있을 수 없다. … 지혜 높지 않은 중간 또는 하등에 속하는 사람들은 도가 관을 지키는 근본임을 알지 못하고 함부로 도가 있는 데를 찾는다. 그러면서 스스로는 그 도를 잘 지킨다고 판단하나, 관을 지키는 데 소홀하여 그 바람에 직책을 게을리하고 사세를 그르칠 것이다. 그리되면 그 화를 면할 수 없을 테니 관을 지킬 수 있겠는가?

이규보가 가전을 창작한 동기로 작용하였을 또다른 가능성의 한 가지는 새로운 장르에 대한 실험정신에 둘 것이다. 그는 비단 이것 가전 장르에서만 아니라, 자기 시대의 여러 장르에서 새로움 추구의 경향을 확실하게 증명해 보이고 있다.

고려시대에는 새로운 장르가 많이 산출되던 시기이기도 하였다. 서민 계층에서는 속요가 발생했고, 사대부 귀족 계층에서는 이를 재편성시킨 별곡 장르가 나타났는가 하면, 가전과 경기체가, 그리고 시조와 가사, 패관문학 등이 한꺼번에 장르상의 탄생을 보였던, 가히 장르 발생의 흥성기라 해도 과언이 아니었다. 그런데 시조와 가사는 그 첫 개창자를 알 길 없이 되어버렸지만,

---

8) 송준호, 「이규보의 문장과 수사적 특질」, 『이규보연구』, 새문사, pp. II-67~68.
9) 『동국이상국집』 제22 '잡문(雜文)' <반유자후수도론(反柳子厚守道論)> 중의 발췌임.

반면에 가전과 경기체가는 그 초기 작자의 분명한 모습을 확인해 볼 길 있다는 점에서 대조적이다. 그리고 가전과 경기체가 두 가지의 장르에 공통적으로 참여의 얼굴을 나타내 보인 사람이 다름 아닌 이규보였다. 그는 바로 중세기 국문학에 있어서의 개물성무(開物成務)를 이룩한 역할 당사자라 할 것이다.

그뿐이 아니다. 그는 또한 무엇보다 민족 대서사시인 <동명왕편>의 저자로도 그 성가를 높였던 인물임을 상기치 아니할 수 없고, 이른바 고려 말에 발생되었다는 패관문학에 있어서도 선도적인 역할을 했던 사람이라는 점도 망각할 길 없다.

가전문학은 일찍이 중국 당나라 때 한유(768~824)에 의해 개창되었으나 일시 비판을 면치 못하다가,[10] 다음 시대인 송나라 때 소동파(1036~1101) 및 그 계열 문인들에 의해 성장 발전되었던 장르이다. 이 땅에서는 바로 그 소동파로 인해 가전이란 형태가 공식 장르로 제자리를 찾은 지 한 세기도 더 지나버린 무렵의 고려 임춘(1150경~?)에 의해 처음 선보이게 되었고, 이후 이규보가 뒤를 이었다. 그리하여 이 장르에 관한 한 임춘이 단연 선구자의 이름을 남겼고, 이규보는 바로 임춘의 첫 자각과 경험에 힘입어서 가전 창작의 대열에 낀 것 같은 인상을 줄 수도 있다. 하지만, 설령 임춘이 그보다 먼저 가전을 쓰지 않았다 하더라도 이규보가 자의에 따라 감연히 가전 창작에 착수하였으리라는 것은 거의 의심의 여지가 없는 일로 여겨진다. 다름 아니라, 그가 당시대에 보여 주었던 바 여러 다양한 문학 장르에 대한 실험정신 및 도전정신의 여실한 자취가 그같은 개연성에 대한 예측을 충분히 가능한 것으로 만드는 것이다.

이규보가 가전을 창작한 동기의 세 번째 개연성은 처세론에 대한 그의 비상한 관심에 둘 것이다.

일찍이, 조동일이 가전을 통해서 이규보를 해석한 견해는 이러하다.

　　세상에 나아가서 벼슬을 해서 포부를 실현할 것인가 아니면 자기를 숨겨야만 자유로운 정신을 온전하게 할 수 있는가 하는 문제를 두고서 거듭 고심한 자취를 가전을 통해서 나타냈다.[11]

---

10) 김창룡, 「모영전과 하비후혁화전 전석(箋釋)」(『낙은 강전섭선생 회갑기념논문집』, 1993) 참조

이를테면, 이규보를 은둔과 출세 사이에서 고민한 지식인으로 규정지은 내용이다. 그런데, 거듭 다음과 같은 해석이 주목을 끈다.

　　예저는 언젠가 거북을 잡았다는 어부의 이름이다. 이규보는 미래를 예견하는 지혜까지 지니고 자유롭게 살고자 했으나, 예저와 같은 사람에게 사로잡힌 바 되어 세상에 나서서 벼슬살이를 하게 되었다고 자처하면서 이런 글을 지었다.12)

이상의 두 인용문대로라면, 이규보는 두 갈래의 가치관 사이에서 고민하다가 타의에 따라 부득이 벼슬살이를 한 인물처럼 비춰진다.

그런가 하면, 같은 책 안의 「이규보의 위치」라는 글에서 보면, "이규보는 무신정권에서 벼슬을 하는 것을 주저해야 할 이유가 없었다. 기회가 오자 당당하게 나아가서 능력을 발휘할 수 있게 된 것을 자랑으로 여기고, 최씨정권의 문인들 중에서 다른 누구보다도 영광스러운 자리를 차지했다."13)로 언급했으니, 선후 간에 저어(齟齬)되는 것처럼 보인다.

그렇다면 혹 이규보 생애의 어떤 시기에는 "고심"하였으되, 보다 나중 시기에 가서 "주저해야할 이유가 없"어졌다고 이해할 수 있는 성격의 것인가? 보다 이른 시기, 곧 24세 때 부친상을 당한 후 천마산에 들어가 스스로의 호를 '백운거사'라 칭하고 자연에 귀의하던 때가 있었고, 또한 팔관회 관계로 잠깐 계양도호부사(桂陽都護副使)로 좌천되어 <계양자오당기(桂陽自娛堂記)>를 쓸 때야 벼슬에 대한 긍정적 인식을 기대하기 어려운 것은 사실이다.

그러나 32세 때 처음 환로에 들기 시작한 순간부터 흰구름 자연을 좇으리라던 이전의 생각은 더 이상 존재하지 않았고, 또 <자오당기(自娛堂記)>를 썼던 반면에는 <계양망해지(桂陽望海志)>를 쓴 것도 이규보였다. "그의 문인다운 풍류는 억지로 자오당을 만들고 또 억지로 독희(獨喜)하려 했으나, 역시 환로에 뜻을 둔 그는 일시의 적수(謫守)나마 그를 극히 우울하게 하였던 것이다. 여기 초조한 인간상이 엿보이는 동시에 풍류와 환로 양쪽에 뜻을 두었음을

---

11) 조동일, 『한국문학통사 2』(제2판), 지식산업사, 1981. 1, p.119.
12) 조동일, 같은 책, p.120.
13) 조동일, 같은 책, p.29.

짐작할 만하다. 그러면서도 본능적인 매력은 보다 더 정치에 있었던 듯하다."14)

진정 그는 관(官)을 절대적인 가치로 인식하였고 또 표명하였던 솔직한 사람이었다. 그런데, 득의하던 시절에야 더욱더 그 생각이 확고하였겠으나, 그로 인한 많은 오욕을 겪지 않을 수 없던 말년에는 또다시 절대라고 여겼던 관에 대해 상대적인 회의감에 빠져 살았으리라는 예측이 가능하다.

결국 관을 중심한 출세 및 처세에 대한 생각은 전 생애에 일관된 확신의 것이었다기보다는, 오히려 끊임없는 갈등의 그것일 수밖에 없었다고 보겠다. 그렇다고 한다면, 그가 가전을 지은 동기도 그와 같은 출입 진퇴와 같은 처세론적 고민 같은 데에서 모색이 가능하리라 사유된다.

과연 <국선생전>에서 왕에게 은퇴를 청하는 부분, <청강사자현부전>에서 벼슬을 주려는 왕 앞에 사양하는 주인공들의 언어를 통해서 부지불식간에 감춰짐이 없는 번민의 여실한 모양들이 공통적으로 잘 부각되어 나타났음을 엿볼 수가 있다. 다름아닌 가전이야말로 곧장 말하기 곤란한 자신의 생각들을 우회적으로, 또는 우유적으로 표출하기에 제일로 적합한 양식이겠기 때문이다.

끝으로, 이규보의 <국선생전>이 임춘의 술 의인화인 <국순전>에 대한 반론에 따른 것이라는 기존의 견해도 경청해 볼 만하다. 다만, 이규보는 동시대의 문인인 임춘에 대해 별반 의식했던 자취가 잘 나타나 보이지 않는다. 이인로가 죽림고회(竹林高會)의 한 자리가 비었다며 이규보에게 들어올 의향을 물었을 때 간단히 거절해 보였던 이규보의 반응도 그렇고,15) 무엇보다도 그의 문집 안에는 임춘에 관련한 내용을 찾아보기 어렵다는 점 등으로 미루어 임춘은 이규보의 견제 대상은 아니었던 듯싶다. 처음부터 대수롭지 않게 생각했고, 라이벌로 생각하지도 않은 것이라면 굳이 상대방 작품에 대한 의식적인 반발이거나 우월감 때문에 작품을 썼을 것이라는 추정은 다소 무리가 있어 보인다. 다만, 임춘이 일찍이 가전이라는 새로운 문체, 참신한 용기(嶜

---

14) 장덕순, 「해설」, 『이규보연구』, 새문사, 1982, p.7. 장덕순은 또, "자약한 흥도를 강작한 바도 없지 않"고, 나아가 "일단 소환이 결정되었을 때에는 또 관욕에의 희망으로 작약함이 눈에 보이는 듯"하다고 평하였다. (같은 책, p.6)

15) 『고려사』 권102 열전 15 <이규보>에, "世才死 湛之謂奎報曰 子可補耶 奎報曰 七賢豈朝廷官爵而補其闕耶 未聞嵆阮之後 有承之者 皆大笑."

器) 안에다 술을 인격화시켰던 시도에 일정한 자극을 얻어 창작에 착수했을 것이라는 예측은 충분히 가능해 보인다.

3. 가전 창작의 시기

필자는 일찍이 가전은 그 소재적 근원이 과거 전통시대의 백과사전이랄 수 있는 유서(類書)에 있음을 규명한 바 있었다.16) 이 자리에서는 임춘 가전 두 편과 이규보 가전 두 작품도 당연히 천착의 대상으로 삼았던 바, 임춘의 경우는 주로 『사문유취』에서, 그리고 이규보의 경우는 『태평어람』이라는 유서 안에서 대규모의 취용이 이루어졌음을 밝혀 볼 길 있었다. 그런데 이제 이규보의 두 가전 작품이 창작되어진 시기를 가늠하고자 하는 마당에서 반드시 이규보의 두 가전과 『태평어람』의 관계를 거듭하여 천명하고 분석할 필요 앞에 서게 된다.

우선 <국선생전>을 본다. <국순전>이 중국 송대에 진관(秦觀)이 지은 <청화선생전(淸和先生傳)>과는 그토록 긴밀하게 맥락하고 있었음에 반하여, 이 작품은 그것과의 별다른 상관성을 찾아보기 어렵다는 사실이 밝혀졌다. 고작, <청화선생전>이 주인공의 인품 묘사 과정에서 택한 바 "더 맑게 할래야 맑아질 게 없고, 흔들어도 흐려지지 않는다〔澄之不淸 撓之不濁〕"의 한 구절이 <국순전>과 한 가지로 언어상의 답습을 보일 뿐이다. 굳이 덧붙인다면, <청화선생전>에서 '주인공이 평상시 금성(金城)의 가씨(賈氏) 및 옥치자(玉卮子)와 친하였다'는 표현과, 본편에서 '치이자(鴟夷子)가 국선생과 벗을 하여 출입 때마다 수레에 붙어 다녔다'는 표현 사이에 약간 정도의 근사(近似)함이 그러하였다.

그리하여 <국선생전>의 경우, 같은 장르로부터의 취용은 거의 나타나지 않은 대신, 그 재료가 거의 유서(類書)로부터의 전적인 수용 위에 이루어졌음

---

16) 김창룡, 『한중가전문학의 연구』(개문사, 1985) 및 『가전문학의 이론』(박이정, 2001)의 제5장 「한중가전의 소재와 유서」 안에서 상론하였다. 또, 김창룡의 「한중가전문학의 소재적 원천탐구」(『한성대학논문집』 10집, 1986.12)에서 술 가전을 중심으로 소재원(素材源)에 관해 예증하였다.

을 확인할 수 있게 된다. 그러나 같은 유서 가운데도, 앞서 <국순전>의 남본 (濫本)이 『사문유취』일 것으로 유추되었음에 비하여, <국선생전>의 대본(臺本)으로 되었던 것은 모름지기 『태평어람』이 틀림없을 것으로 추단하는 것이다. 양종(兩種)의 유서가 제가끔 수용하고 있는바 정보가 이 쪽 유서에는 있는데 다른 한 쪽엔 없는 것이기에, 혹은 같은 정보 내용일지라도 그 표현상의 긴밀하거나 소략한 차이를 통해 접근이 가능하다.

<국선생전>에서 국선생의 작위가 3품에 들게 되었다는 [位列三品] 사실과 함께 그 아래 주기(註記)에다 "주유삼품(酒有三品)"이라 했음은 원래 『풍례(風禮)』 '천관(天官)'에,

辨三酒之物 一曰事酒 二曰昔酒 三曰淸酒.

라고 한 대목에 조원(肇源)이 있다고 한 바이지만, 이는 동시에 『태평어람』과 『사문유취』 '주(酒)' 문에 나란히 전재되어 있음이다.

또 국선생이 주천군(酒泉郡) 사람임과, 임금이 공사(公事)를 보내 선생을 불러오기 전에 태사(太史)가 아뢰는 장면에서,

先是太史奏…酒旗星大有光.

주기성(酒旗星)이 크게 빛을 발한다고 한 말은 본래 『구주춘추(九州春秋)』란 문헌 속의 다음과 같은 내용,

曹公制酒禁 而孔融書嘲之曰…夫天有酒旗之星 地列酒泉之郡 人有旨酒之德.

에서 따온 희귀한 인용부가 되겠거니와, 이 또한 『태평어람』이 아니고선 따로 구관(求觀)하기 어려운 형편이다. 이 부분 『사문유취』에도 있으나, 『태평어람』과는 가능한 달리 해보겠다는 개성 때문이었던지 이렇게 인정 기술(人定記述)하였다.

曹公欲制酒禁　孔融與操書云…天垂酒星之曜　地列酒泉之郡　堯之千種
無以建太平….

　　"주기성(酒旗星)"의 말 대신 "주성(酒星)"으로 함으로써 표현의 긴밀성에
서 일보 떨어져 있다. 이밖에 <국선생전>의 "조구연(糟丘椽)" 같은 표현이 『태
평어람』이 실은 『오지(吳志)』란 문헌의 "昔紂爲糟丘酒池"에서, 제(臍)〔배
꼽〕의 어희(語戲)로 볼 수 있는 "제군(齊郡)" 등의 표현은 『태평어람』 내의
"靑州有齊郡"17)에서 각각 유치(誘致)된 것임을 알 수 있다.
　　이쯤 <국선생전>의 희귀한 부분 출전의 막강한 열쇠를 『태평어람』이 쥐
고 있다 했을 때, 이규보가 본서를 보았을 가능성이 새삼 부각된다. 『태평어
람』이 중국 황실로부터 고려에 수입된 해가 고려 숙종 6년(1101)이고,18) 이규
보의 관로 진출(1199)은 그보다 약 100년이나 뒤의 일이니 선후 간에 무리가
없다. 아울러 <국선생전>의 제작은 이규보 현달 이후일 가능성이 더 높다고
보니 그 이유는 다름 아니라, 이 책이 고려는 물론이고 이후 조선조에 들어
서조차 거의 궁정 단위의 전용서(專用書) 구실에서 크게 벗어나지 못했다19)
는 사실에 있다. 따라서 이 책이 특히 고려 당시엔 일반 사류(士類)들은 대면
하기 어렵고, 왕실 서고에서나 열람이 가능하였다고 하는 특수한 여건 속에
서, 그가 출사(出仕)하여 궁내에 자유로 드나들던 때의 개연성이 높다. 그리하
여 그 이전의 때인 약관시의 소작일 것으로 보는 견해20)는 일단 재고의 소지
가 있다는 제언을 붙일 수 있다.
　　한편, 이 <국순전>이라든가 <국선생전> 조품(藻品)에 작용할 수 있었던
문헌은 『진서(晉書)』·『송서(宋書)』·『세설신어(世說新語)』·『삼국지(三國志)』
·『시경(詩經)』·『주역(周易)』 등등 일일이 전거를 매거하기 어려울 정도로
많다. 그러나 여기서 이전의 논자가 『태평광기』를 든 것은 가장 영향을 끼친

---

17) 『태평어람』 권845, '주(酒)' 문·下에, "又曰桓公有主簿　善別酒　輒令先嘗　好
　　者謂靑州從事　惡者謂平原督郵　靑州有齊郡　平原有鬲縣　從事言至齊　督郵言
　　至鬲上住."
18) 『증보문헌비고』(권242, 藝文考 1)와 『고려사』(권96 열전 9, 吳延寵 條)에는 숙
　　종 5년(1100)으로 되어 있다.
19) 김창룡, 『한중가전문학의 연구』(개문사, 1985.8, p.88) 참조
20) 안병설, 앞에 든 논문, p.93.

압권을 지적한 뜻이라고 보지만, 오히려 유취서의 대명사격인 『태평어람』 및 『사문유취』가 술에 관해 취합해 놓은 항목을 본 결과, 정보제공의 역할에 있어 위에 든 전적(典籍)들을 최대한으로 포괄하는 가운데 가장 월등한 정도로 나타나 있었다.

더욱이 우선은 상식적으로 생각할 때, 임춘이나 이규보가 <국순전>·<국선생전>의 창작을 앞에 놓고 거기 필요한 약간의 정보를 찾기 위해 『태평광기』 500권 방대한 분량을 일일이 독파해 나가는 과정에 권30, 권72, 권233, 권370 등에 있는 사항을 채록하고, 그 채록된 정보를 다시 정비(整備)해 놓은 상태에서 허구화시킨 것으로 볼 것인가? 아니면, 아예 『태평광기』 500권을 흉중·뇌리에 저장해두었으니 가전 창작의 마당에 한 동작에 척척 필요한 내용을 산출하였다 하겠는가? 그런 일은 용이한 것도 아니려니와, 엄연히 컴퓨터 정보검색과 같은 동시적 능률성과 효용성이 보장된 유서의 존재를 아는 다음에야 군이 이를 버리고 『태평광기』의 복잡다단함을 택할 이유가 있었던 것인지 마침내 의심스럽다. 결국 임춘, 이규보들은 그 어떤 문형보다 전고에의 의존성이 강한 가전 창작의 마당에 유취서와 같은 정보 집산적인 문헌을 펼치고 이를 전적으로 참고했음이 분명하다. 이는 바로 유서의 절대적인 편의로움이자 이택(利澤)임과 동시에, 그것의 존재의의가 되기도 하는 것이다.

결과적으로, 이들 가전 창작의 자원(資源)은 <청화선생전>·<육서전> 등과 같은 가전의 영향이 없지는 않았으나, 『태평광기』·『사문유취』 같은 유취서 계통이 대종을 이루었던 것으로 최종 파악된다.

이제 두 번째 작품인 <청강사자현부전>을 놓고서 본다 해도 하나 다를 것이 없다. 영향의 실마리를 잡기 위해서 『태평광기』 그 호한한 권질(卷帙)의 구석구석을 뒤져서 그 어휘며 내용적 유사성을 애써 부회(附會)하려는 수고로움은 거의 도로(徒勞)에 가깝다. 그보다는, 『사문유취』의 개충부(介蟲部) '구(龜)' 문의 한 목록만 펼치면 거기 일목요연한 거북 관계의 백과적 지식과 설화가 한자리에 집중하여 있으매, <구명원서(龜名元緖)>니 <귀책전(龜筴傳)>이니 <낙출서(洛出書)>니 하는 여러 조목들이 그대로 <청강사자현부전>에 연결 또는 융용되고 있는 것이다. 어찌 『태평광기』 권468의 <영강인(永康人)> 설화에 원서(元緖)라 한 부분이 있으니 그걸 따온 것[21]이라느니, 현부(玄夫)의 출생은 권26의 <섭법선(葉法善)>의 출생담과 일치하고 있어서 그 영향일 가능성22) 운운의 마치 창해(滄海) 가운데서 좁쌀 한 낱을 찾는 것과 같은 막연함에다 비하겠는가? 그나마 『태평광기』가 <청강사자현부전>에 제공할 수 있는 자료의 정도가 너무 빈약하다 싶은 나머지, 맥락이 닿지 않는 그 밖의 부분은 『태평광기』 이외 『사기』 열전 <귀책전>의 영향을 입었다는 등, 더욱 구차스런 단서가 따라야만 했다.

그러나 『사문유취』에는 이 <귀책전>을 포함하여 가능한 최대한의 사항들을 소개해 둔 채였으니, 그 수록하고 있는 정보의 양적인 면에서도 아예 『태평광기』 같은 데 비할 바 아닌 것이다.

기왕에 <청강사자현부전>의 원천 탐구를 중심으로 가전의 편철성(編綴性)을 내세운 조수학은 본 가전이 "거의 전편(全篇)에 선(亘)하여 고사, 전설에 의거하고 있으며 … 수많은 이질적인 내용의 고사를 수집하여 환골탈태적인 새로운 작품을 편철(編綴)한 점"23)을 들었던 바 있다. 그러나 공교롭게도 그가 전거(典據)로서 내세운 문헌들, 즉 『장자(莊子)』·『사기(史記)』·『서물이명소(庶物異名蔬)』·『사문유취(事文類聚)』·『칭아(稱雅)』·『변아(騈雅)』·『예문유취(藝文類聚)』·『고금주(古今注)』·『성경(星經)』·『이원(異苑)』·『태평어람(太平御覽)』·『선실지(宣室志)』·『포박자(抱朴子)』·『본초(本草)』·『죽서기년(竹書紀年)』·『훈찬(訓纂)』 등의 가운데 『태평광기(太平廣記)』가 들어가 있지 않음은 어찌 해석해야 좋을 것인가? 김현룡의 지적처럼 『태평광기』에도 위에 열거한 문헌들과 마찬가지로 <청강사자현부전>의 전거로 될만한 것들이 분명 있었음에도 말이다. 그러므로 이렇게 저렇게 걸리는 문헌들을 여기저기서 산만하게 모아다가 곧장 작품에 연결시키려는 노력은 그 근거가 불확실하고 맹랑한데 흐르기 쉬운 것이다. 동시에 그런 식의 고증이란 한도 없는 작업이 되고 만다. 왜냐하면 비슷한 소재의 비슷한 언어와 문장의 표현은 어느 한 가지 문헌에 특별히 고정되어 있기보다는 여기저기 산재(散在)를 나타내는 경우가 더 많기 때문이다. 그런지라, 앞으로 또 어느 문헌의 갈피에서 유사한 말이 튀어나올지 몰라 불안하다. 따라서 이규보가 <청강사자현부전> 한 편을 만들기 위해 위에 열거한 문헌들을 닥치는대로 수집·동원했으리라

---

21) 김현룡, 『한중소설설화비교연구』, 일지사, 1976, p.196.
22) 김현룡, 위에 든 책, p.197.
23) 조수학, 「가전의 편철성」, 『영남어문학』 1, 영남어문학회, 1974. 11, p.108.

는 논자의 해석은 참으로 난감하기만 하다.

더구나 그 문헌 가운데는 고려 이규보의 시대에 확실히 수입되었는지 어떤지도 채 알려지지 않은 것이 대부분인 상태에서 더욱 그러한 것이다. 이를테면 『예문유취』가 이 땅에 수입된 기사는 여(麗) · 한(韓)의 그 어떤 문헌에서도 찾아볼 수 없으며, 그런 의미에선 『성경(星經)』이니 『광오행기보(廣五行記補)』니 하는 것도 다 마찬가지니, 결국 몇 가지만 제외하고는 대부분 여 · 한 문인들 사이에 제대로 언거되지도 않은 저작인 것이다.

그러므로 이 허다한 문헌이 일일이 다 원용되었다고는 볼 수 없고, 다만 그 가운데 가전과 통할 수 있는 화소가 적어도 3～4개 이상은 확보되어 있을 뿐 아니라 이 땅의 문사들 사이에 잘 보급되어 있는 익숙한 문적이 이에 유관할 것으로 보는 편이 훨씬 타당성 있으리라 본다. 그러면 이쯤하여 손꼽힐 수 있는 문헌이라면 대개 『사기』의 <귀책전>과 『장자』, 『사문유취』 등이 된다. 실제로 조수학이 망라하여 다룬 출전 가운데 『장자』가 3회, 『사기』의 <귀책전>이 6～7회, 『사문유취』가 3회이다.

그런데 『태평어람』이나 『사문유취』 가운데는 『사기』 <귀책전>의 가장 중추가 되는 부분을 각각 소개하여 있다.[24] 따라서 이를 함께 아우를 것 같으면 이들 두 유서가 갖는 자료 수용의 폭은 상당히 확대된다. 거기다가 그가 책정한 일련번호 20.에 거북을 "원서(元緖)"라 한 근거를 유숙경(劉叔敬)의 『이원(異苑)』이라는 데서 찾은 것이 있거니와, 이도 역시 『태평어람』과 『사문유취』에 단 한 글자의 차착(差錯)도 없이 전재(轉載)되어 있다. 그 다음 22. 주인공이 "통현선생(洞玄先生)"이라 자호(自號)했다는 그 유래도 본시 장독(張讀)의 『선실지(宣室志)』가 되겠지만, 다름없이 『사문유취』의 한 단락으로 베껴 소개된다. 이 경우 『태평어람』에는 실려있지 않다. 또 25.의 세상에서 "현의독우(玄衣督郵)"라 불렸다 함이 『고금주(古今注)』란 문헌에 출원이 있거니와, 이 또한 『태평어람』 '구(龜)' 문과 『사문유취』 '군서요어(群書要語)'의 란

---

24) 그런 중에도 <청강사자현부전>에 제공할 수 있는 정보의 분량 및 긴밀함에 있어, 『사문유취』에서보다 『태평어람』에서 훨씬 높은 효과를 보여준다. 한편, 송원왕(宋元王)의 신귀고사(神龜故事)는 『사기』 <귀책전>이 처음은 아니었고, 그 전의 『장자』 가운데에 이미 <귀책전>과는 수사(修辭)를 달리한 채 나타나 있었다. 그리고 『태평어람』에는 바로 이 『장자』에 실린 송원왕의 거북 고사(故事) 내용이 보다 풍부한 문맥으로 실려 있다.

에 포함시켜 소개하였던 것이다. 그러면 이제 조수학이 분류한 평결부를 포함하여 전체 26개 화소 가운데 10개 정도의 화소를『사문유취』가 포괄하는 셈이 된다. 더구나 이 26개 중에는 반드시 어떤 특정한 전거를 기다릴 필요가 없이도 쓸 수 있는 상식화 단계의 조어라 하여 설명을 생략했던 3·5·6·16 등의 4개 항목 및 출전 미상이라고 한 항목 한 가지를 포함한 5개를 이 유서가 마저 해결해주고 있다. 이렇게 감안한다면 전체 전거의 반수 이상은『사문유취』에서 간취(看取)할 수 있다는 계산에 이르니, 이쯤 유취서(類聚書)가 점유하는 그 비중의 정도를 알 만하다 이르겠다.

그러나 정작 놀라운 사실은『태평어람』의 가장 완벽에 가까운 정보의 수용 속에서 확인된다.

최우선,『사문유취』에는 없는『장자』의 문헌 전거를 모조리 포용하고 있는 점이다.『장자』 잡편(雜篇) 9권 외물(外物)에 있는 조수학의 분류번호 18. 송 원왕(宋元王)의 몽사(夢事)는『사기』 <귀책전>에 동일한 내용이 들어있고,『태평어람』에선 일단『사기』 안의 것을 인용한 이상 중복할 필요가 없게 된다. 그 나머지 1. 청강사(淸江使)의 어휘와 17. 복수(濮水)에서 낚시하는 장자(莊子)가 초왕(楚王)의 사자 앞에 거북의 비유로써 벼슬을 사양한다는『장자』 추수편(秋水篇)의 원문 그대로가『태평어람』에 고스란히 전재(全載)되어 있다. 또, 분류번호 21.에 들어가 있는 "次子曰元宁 浪遊吳越間"의 출전을,

格人元龜 罔敢知吉. (『서경』:西伯戡黎)
南越志曰 龜甲名神龜 出南海 生池澤中 吳越謂之元佇. (『태평어람』)

의·두 가지에 두었지만,『태평어람』에 "원저(元佇)"란 말이 있는 바에『서경』 안의 "원구(元龜)"란 표현은 별 의의가 없다고 볼 수 있으니, 실질적인 참조의 근거는『태평어람』 한 곳에 있을 뿐이다.

그 뿐이 아니다. 이규보가 <청강사자현부전>의 창작시에『태평어람』을 열람하였으리라는 가장 명백한 증거가 10·11·12에서 포착된다. 동시에 조수학의 말로 "필시 근거가 있을 듯한 하나의 사실이겠으나 과람(寡覽)한 탓으로 전거를 얻지 못하였음"25)이라고 한 23. <승목포선(升木捕蟬)>의 근원처가 바로 이 곳에 있음으로 해서 가장 결정적인 형국으로 매듭지어진다. 이처럼

일반군서(一般群書)의 잡다한 고증이 오히려 『태평어람』이 수용하고 있는 언어의 간명(簡明)과 수사의 진밀(縝密)함에 전혀 못미침을 파악할 수 있다.

조수학은 또 이 가전 논평부의 "지극히 미묘한 것을 살피고 징조가 일어나기 전을 방비하는 일은 성인도 어쩌다간 차질이 나기 마련이다[察至微 防未兆 聖人容或有差]"에 대해서도, "성질상 새로운 내용의 용사(用事)는 있을 수 없고 지극히 미세한 것을 살피고 흉조도 미연에 방지하는 것은 성인도 간혹 차질이 있는 법이라 하여 주인공 현부의 실수에 빗대어 하나의 격언을 성립시켰다"[26]고만 평했을 뿐, 구체적인 전거를 들지는 못하였다. 그런가하면 김현룡은 이 부분 역시 『태평광기』에 의존하려 했다. 다름 아니라, 『태평광기』 권468에 실린 <영강인(永康人)> 설화[27]가 그것이다. 그는 이 설화의 내용에 대한 의미를 새기되, "이러한 신귀(神龜)로서 변화무쌍하고 미래의 일을 예지하는 존재이지만 실수로 잡히어 기어이 도사 제갈원손(諸葛元遜)에 의해 상수(桑樹)로 삶으면 된다는 것이 알려지고 마침내 죽고만다는 불운과 실수에 연관되었음을 주목하지 않을 수 없다. … 이러한 것은 작품 말미에 첨부된 사신평(史臣評)에도 나타나있어 그 주지임이 틀림없다"[28]고 했다. 그런데 이규보의 사신평이 어차피 의미로 새긴 말이라고 한다 할 것 같으면 오히려 『장자』에 더 밀접하였다. 송 원왕과 신귀의 이야기는 『사기』 <귀책전>이 있기 훨씬 이전에 『장자』에 먼저 나타나 보이는 것이다. 송 원왕이 처음엔 그 거북을 놓아주려다가, 신귀는 대길한 징조임을 거듭 강조하는 박사 위평(衛平)의 말 때문에 마침내는 그 거북이 도박(刀剝)의 죽임을 당한다는 내용의 말미에 장자가 공자의 구기(口氣)를 빌어서 결론삼아 붙인 말이 있다.

---

25) 조수학, 앞에 든 책, p.105.
26) 조수학, 위와 같음.
27) 吳孫權時 永康有人入山 遇一大龜 卽逐之 龜便言曰 遊不良時 爲君所得 人甚怪之 載出 欲上吳王 夜泊越里 纜舡於大桑樹 宵中 樹呼龜曰 勞乎元緒 奚事爾耶 龜曰 我被拘縶 方見烹臞 雖盡南山之樵 不能潰我 樹曰 諸葛元遜博識 必致相苦 令求如我之徒 計從安出 龜曰 子明無多辭 禍將及爾 樹寂而止 旣至 權命煮之 焚柴百車 語猶如故. 諸葛恪曰 燃以老桑方熟 獻之人 仍說龜 樹共言 權登時伐取 煮龜立爛 今烹龜猶多用桑薪 野人故呼龜爲元緒也.
28) 김현룡, 앞에 든 책, p.196.

　　仲尼曰 神龜能見夢於元君 而不能避余且之網 智能七十二鑽 而無遺
策 不能避刳腸之患.[29]
　　공자는 말하기를, "그 신령스러운 거북이 송 원군(宋元君)의 꿈에 나타날
수는 있었으나 여저(余且)의 그물을 피할 수는 없었고, 그 지혜는 72차례의
길흉을 점치는 일에 조금의 어김도 없었지만, 창자를 도려내는 환란을 피할
수는 없었다."

　이것이 훨씬 이규보의 평결부에 핍절히 부합하는 것이요, 앞서도 밝혔다시피
『장자』의 바로 이 대목이 『태평어람』 '구(龜)' 문의 일단을 장식하고 있다는
사실을 천명하지 않을 수 없는 것이다.
　다시 김현룡은 앞서 인거한 <영강인> 설화에 "원서(元緒)"란 말이 있는
점과, 아울러서

　　잡혀서 삶아질 때 "行不擇日 今而見烹 雖然盡南山之樵 不能潰我"라
　고 했다는 표현은 역시 이 설화의 "遊不良時 爲君所得…方見烹月雀 雖
　盡南山之樵 不能潰我"라는 구절을 그대로 이용하고 있음을 알 수 있다.
　그리고 기어이 죽음을 당했다는 설명도 이 설화에서 근거하고 있으므로 이
　<영강인> 설화가 밑바탕을 이루고 있다는 사실은 너무나 뚜렷하다.[30]

같은 것을 기발한 발견으로 특필하고 있지만, 이는 반드시 『태평광기』의 독
점 기사가 아니라는 사실을 망각할 수 없다. 다름 아닌, <영강인> 설화의 내
용 그대로가 편의로움을 가장 존중하는 『태평어람』 유서에 조금도 유루(流漏)
치 아니한 채 엄연 실려져 있는 까닭이다.
　그는 또 현부의 탄생담인 다음 내용,

　　其母夢瑤光星入懷 因而有娠 始生.
　　그 어머니가 요광성이 품에 드는 꿈을 꾼 일에 말미암아 잉태를 했고, 드
　디어 그를 낳은 것이다.

---

29) 『장자』, 잡편(雜篇) 제26 외물(外物) 참조.
30) 김현룡, 위와 같음.

이것이 『태평광기』 권26 <섭법선> 탄생설화 한 부분[31]과 일치되어 있다고
했지만, 이와 같은 탄생설화는 하필 <섭법선>이 아니라도 중국과 우리나라
의 신화, 전설, 전기 등 문헌의 도처에서 산견되고 있다. 우선 비근한 예로
『신선전(神仙傳)』에 있는 노자의 탄생, 『신선감우록(神仙感遇錄)』과 『신선습유
(神仙拾遺)』 등에 나오는 진백선생(眞白先生)의 탄생, 『삼국사기』의 김유신(金
庾信) 탄생, 『삼국유사』 서동(薯童)의 탄생설화 등등, 무수히 흩어져 있는 것
이다. 이러한 이적(異蹟) 탄생의 발상적 기초 위에다가 "요광성(瑤光星)이 흩
어져 거북이 되었다〔瑤光星散爲龜〕"는 『태평어람』 고유한 정보의 합성 안에
서, 그 어머니가 요광성을 꿈꾼 뒤에 현부를 낳았다고 하는 작문 응용의 묘
가 실현 가능한 것이다.

　그러므로 이제 『태평어람』을 제쳐 두고 『태평광기』의 고작 2～3가지 닮
은 부분이 나왔다 하여 "이규보의 <청강사자현부전>이 결정적으로 『태평광
기』의 영향을 입어 형성된 바"[32] 운운은 참으로 요동(遼東)의 백시(白豕)와도
같은 결과를 초래하였을 뿐이다.

　또 설령 『태평광기』의 <영강인> 설화에서 전적으로 영향받은 것이라고
백분 양보한다 손 치더라도, 그 한두 가지 정보사항 만으로는 나머지 허다한
전거의 더미를 감당해 볼 수 있는 능력이 광기(廣記)에는 애당초 없는 것이
다. 더구나 관계가 되는 사항 모두를 쉽게 취합해서 볼 수 있다는 편의성의
면에서도 도무지 『태평광기』는 『태평어람』의 반분 정도의 역할도 되지 않는
다. 이쯤, <청강사자현부전>을 『태평어람』과 대조해 놓고 보았을 때 조수학
이 분류·공시한 전체 27개 조항 가운데서 『태평어람』이 제공할 수 있었던
정보의 양이 무려 24개, 곧 전체의 90% 이상 달하고 있음으로 해서, 그 절
대적인 영향관계를 부정하기 어려운 단계에 이르게 되었다. 이는 같은 송대
의 유서라 할지라도 『사문유취』의 40% 정도에 비하여 상대도 되지 않는 규
모로서 『태평어람』이 이규보의 가전에 낱낱이 용사(用使)되었음을 최종 인지
할 수 있다.

　사실, 『사문유취』가 이 땅에 유입된 경로라든가 시기를 알 길이 없고, 다
만 이보다 약 100여 년 이상 앞서 이룩된 『태평어람』이 고려의 조정에 수입

---

31) 母劉因書寢 夢流星入口 呑之乃孕 十五月而生.
32) 김현룡, 앞에 든 책, p.199.

된 그 때(1101)로부터 약 일백 년 정도의 뒤에 이규보(1168~1241)가 이것을 보고서 가전 창작에 대거 이용한 것이라 하겠다. 곧, 관운이 트이기 시작한 그의 32세(1199 ; 神宗 2년) 이후, 혹은 한림에 발탁되어 조정 내의 출입이 자유로워진 그의 40세(1207 ; 熙宗 3년) 이후, 왕실 전용의 서고 가운데서 이『태평어람』을 열람 참조한 연후 <청강사자현부전> 짓기에 착수했을 개연성이 높다고 추정하는 것이다. 그런데, 32세(1199)에는 전주목사(全州牧司)의 녹사(錄事) 겸 서기로 보임되었으나, 모함을 입어 곧 파직되었다 했고, 35세(1202) 때에는 병마녹사(兵馬錄事) 겸 수제(修製)의 자격으로 동경의 반란에 자원 행군하였으나, 논공행상에서 제외되어 다시 칩거하였다 하는 사실 등에서 후자 쪽의 가능성에 보다 무게가 실린다.

40세(1207) 되던 해 12월, 최충헌에 의해 권보직한림(權補直翰林)으로 발탁되어, 48세에 좌사간(左司諫)을 역임할 때까지 그의 40대는 관로가 비교적 순조로웠다. 50대에서 60대 중반까지는 고관대작의 반열에 들어갔지만, 그 이면은 오히려 불안정한 환로를 겪었다. 53세(1219) 때 사간으로서 지방장관의 죄를 묵인하였다 하여 최충헌의 탄핵을 받고 계양도호부부사(桂陽都護府副使)로 좌천되었다가, 이듬해인 54세(1220) 때 최충헌의 죽음으로 소환되어 예부낭중(禮部郎中)이 된다. 이후 국자좨주 한림시강학사(國子祭主翰林侍講學士)를 거쳐, 63세(1230)에는 판위위시사(判衛尉寺事)가 되었으나, 팔관회 일로 인하여 위도(蝟島)에 유배 당하였다. 그의 64세(1231), 몽고의 침입이 있던 해에 풀려난 이후에야 비로소 순탄한 관로를 걷는다. 그것을 일목요연하게 정리하면 다음과 같다.

65세(1232) : 판비서성사 보문각학사 경성부우첨사 지제고(判秘書省事 寶文閣學士 慶成府右詹事 知制誥)

66세(1233) : 지문하성사 호부상서 집현전대학사 판례부사(知門下省事 戶部尙書 集賢殿大學士 判禮剖事)

70세(1237) : 금자광록대부수대보 문하시랑평장사 수문전대학사 감수국사 판례부사 한림원사 태자대보(金紫光祿大夫守大保 門下侍郎 平章事 修文殿大學士 監修國史 判禮部事 翰林院事 太子大保)

다시 작품으로 돌아와 보았을 때, <청강사자현부전>과 <국선생전>의 창
작 시기가 꼭 같으리란 법은 없을 것이다. 하지만, 이규보의 가전 두 작품에
는 공통적으로 벼슬과 처신에 대한 물러남과 삼감에 대한 메시지가 은근하고
끈기있게 감지된다. 말하자면 이 두 작품은 거의 같은 시기, 혹은 동시에 이
루어진 것만 같다는 강한 시사를 받게 된다.

우선, <국선생전>은 그의 삶이 온갖 환해풍파를 겪은 나머지에, 일정한
거리에서 벼슬에 대한 체관을 이야기하고 있는 것 같은 분위기를 엿보이게
한다. 삶이 한창 명랑하고, 그의 의기는 보다 양양하며, 음주 풍류가 한창이
던 시기를 넘어서, 이제는 가만히 지나온 삶을 회고하고 음미하던 때의 창작
만 같아 보인다.

국성이 관직에서 밀려난 후에, 제군(齊郡)과 격군(鬲郡) 사이에서 도적이
일어나자 다시 불려나와 수성을 타파하고, 상동후(湘東侯)가 된 지 1년 만에
상소를 올려 은퇴를 요청하는 부분이 있다. 제군과 격군의 도적이라 함은 배
와 가슴이 답답하다는 말의 암시법이거니와, 이것을 격퇴했다는 말은 흡사
이규보가 저 몽고군의 침입을 진정표(陳情表)로써 물러나게 했던 일을 연상토
록 만드는 국면이 있다.

또한, 걸퇴(乞退) 상소문이라는 명색하에 펼쳐 보인 문장부는 그 차지하는
분량의 비중 면에서 만만치 않을 뿐 아니라, 그 구사되어진 내용 가운데는
자못 기구한 정치 생애에 대한 탄식과 회고의 비장한 구석마저 엿보인다. 국
성의 얘기인 듯하면서도 동시에 작자 이규보의 절실한 정치적 생애를 고백하
는 것 같은 오버랩 효과가 감지된다. 50대에서 60대 중반까지 불안정한 환로
를 겪었던 이규보 개인의 생애와 관련하여 그냥 예사롭게 보이지 않는 것이
다. 게다가, 이 상소에 대해 임금의 각별한 조서가 이를 윤허하지 아니하였고,
외려 약재와 함께 사신을 보내어 병을 살피게 했다 하는 작중의 내용 역시,
68세(1235)에 표를 올려 물러날 뜻을 보였지만, 고종이 받아주지 않고 오히려
가일층 높은 벼슬을 내리었던(1237) 사실을 그대로 보는 듯한 이미지를 야기
한다. 더 나아가, 만년에 몸이 쇠약해서 몸져누워 있는 그를 위해 당시 최고
의 권력자인 최이(崔怡)의 각별한 배려에 의해 문집이 발간될 수 있었던 이규
보의 말년 생애와 아주 무관해 보이지만은 않는다.

그런가하면, 현부전은 선계, 본전, 후계에 이르기까지 시종 『태평어람』 안의

거북 관련 정보 사항들을 십분 활용하여 표현적 묘미를 극진히 하였으되, 최종 평결부에 이르러선 문득 그 분위기가 자못 심각하고 진지해진다. '지극히 미묘한 것을 살피고 징후가 일어나기 전에 일을 방비하는 일은 성인일지라도 차질을 일으킬 수 있고, 그토록 지혜로운 현부조차 예외가 아니었는데, 하물며 그 나머지야 더 이를 나위가 없다. 옛적에 공자도 광(匡)이란 곳에서 액운을 면치 못했고, 제자인 자로의 죽음조차 막지 못했으니, 삼가지 않을 수 있을 건가!'로 매듭을 지은 이 작품의 전체적 핵심은 궁극에 삼갈 '신(愼)'자 하나에 집약되어 있다고 해도 과언은 아니다.

이에는 정치적 삶이 마냥 복된 것만은 아니라는, 상당히 조심하지 않으면 안될 사안임을 강력히 시사하는 분위기가 있다. 어딘가 벼슬살이에 대한 체험적인 노련과 관록이 깔려 있다. 이는 은둔의 시절에 그것의 합리화를 강변하는 문자로 보이지 않는다. 또한 한창 다른 생각할 겨를 없이 오로지 관인으로의 진출만을 지향하던 그 같은 시기의 산물로도 보이지 않는다.[33] 다만, 난세를 살아가는 처신의 문제에 대해 사뭇 진지하고 신중하며 숙연하기까지 한 사변적인 태도가 엿보이니, 그것은 대개 험난한 최씨 무인정권 시대를 관록있는 문한(文翰)의 관직자로서 용케 잘 버티어낸 그가 온갖 기구한 정치 환로를 충분히 겪은 나머지 체관적인 사고가 가능했던 시기인 65세 이후에 만들었을 가능성을 타진해보는 뜻이 있다.

4. 맺음말

이전에 이규보의 가전을 다루는 논자들은 대부분 이 작품 창작의 동기를 대개 임춘 가전과의 라이벌 개념 안에서 찾으려 했던 것이 사실이다. 하지만,

---

33) 이규보의 문학과 정치 관계의 성향에 대해 다음과 같은 견해가 일조가 될 듯싶다. "갈등의 시는 대부분 벼슬이 없을 때나 파직 당하였을 때 등 그가 불우한 처지에 있을 때의 작이다. 때가 그칠 시기가 아니고 나아갈 시기이면, 그는 현실 속에서 매진하였고, 군이 이런 갈등에서 휩싸일 필요가 없었던 것이다. 그래서, 영달한 이후에는 그의 시문 속에서 은둔의식이 표출된 것이 드물다."(홍성표, 「무신집정기 문인의 은둔의식」, 『경희어문학』 10집, 1987, p.80)

가만히 살펴보면 이규보 생애를 통하여 임춘은 거의 관심외적 대상인 듯싶었으니, 그의 호한한 문집인 『동국이상국집』이거나 『백운소설』 안에서 전혀 임춘의 존재는 찾아보기 어렵다는 사실로도 짐작 가능한 것이다.

신흥사대부로서 입신출세에 대한 열망이 남달랐던 이규보에게는 무신집권 이후 숙청의 표적이 되어버린 한 시절 잘 나가던 임춘 같은 문벌귀족 출신에 대해서는 결코 선망하거나 동정하는 마음이 보이지 않았다. 더구나 이규보는 기득권 문벌세력도 아닌 마당에 더욱 그러했을 것이다. 그리하여 여지없이 몰락하여 재기의 가능성이 거의 희박해 보이는 임춘 같은 인물은 한갓 초라한 존재로만 보였을 것이다. 그가 당시의 죽림고회에 대해 보인 냉소적인 반응도 이와 무관하지 않을 것이다. 게다가 문학에 있어서의 '신의(新意)'를 주장하는 그에게 있어 옛 전고에 입각하여 보수적인 시문을 다루는 임춘 등에 대해 크게 마뜩찮고 한심하게 여겼을 시 분명하다. 적어도 그의 관심 대상은 중앙의 관작에 있으면서 문명을 나란히 하는 사람들, 이를테면 함께 <한림별곡> 짓는 일에 가담했던 문사들 정도였을 것이다. 따라서, 그가 임춘을 문학적인 적수로 생각하여 그를 눌러보고 싶은 저의에서 <국선생전> 등의 가전 창작에 임한 것은 아니었다고 본다. 다만, 가전이라는 새로운 장르의 그릇에다 첫 문학의 형태를 펼쳐 보인 임춘의 <국순전>과 <공방전> 같은 존재에 대해서만큼, 끝없이 새로움을 추구하려는 그의 문학적 태도가 그 장르에의 시도에 긍정적으로 작용하였으리라는 정도가 인식된다.

그러므로, 특정 문인에 대한 긴장어린 견제보다는 이규보 나름의 고유한 문학적 개성 안에서 실질적인 답을 구하는 편이 옳을 것 같다. 우선 그에게는 다른 누구보다도 사물과 의인화의 관심이 유별하였고, 또한 그의 폭넓은 장르적 섭렵이 증거해주듯, 그 특유의 새로움 추구의 정신이 당시에 처음 선보인 가전이라는 새로운 장르를 통해서도 예외 없이 구현 발휘되었다고 판단되는 것이다. 뿐만 아니라, 이규보는 창의적인 문학을 숭상하였던 한 문인이지만, 문(文) 못지않게 관(官)을 높은 가치로서 추구하는 문관이었다. 무신이 절대권을 휘두르는 험난한 시대의 삶을 살면서 중앙 권력 체재 안에서 풍파를 타는 일 없이 자신의 출세적 입지를 펴 나가려던 생애의 과정에서 일어나는 소회가 컸을 것임은 추측하기 어렵지 않다. 이를테면 그가 삶에 대한 사유를 의인법적 내지는 비유법적으로 다룬 <문조물(問造物)>, <경설(鏡說)>, <구

시마문(驅詩魔文)> 등을 포함하여, 남겨 놓은 허다한 수필문 성격의 글들이 그것을 여실히 입증하고 있다. 그렇거니와, 이처럼 수필문학을 짓는 동기나 다름없이 술과 거북을 정치세계와 결부하여 인격화시키기 위한 동기에는 다시금 난세의 처세론에 관련한 문제를 또 하나의 주제로 올리고자 했던 저의가 있었을 것으로 판단된다.

창작의 시기에 대해서는 접근의 방도가 가장 막연해 보였다. 하지만, 그가 두 가전의 창작에 임할 때 『태평어람』이라는 유서를 대거 활용했다는 사실의 확인과 함께 비로소 접근이 가능하였다. 그런데 『태평어람』이라는 책은 철저히 왕실 궁정의 바깥에서는 접할 수 없었던 자료였다는 특수한 사실의 확인에 힘입어서, 이규보의 가전 창작의 시기도 그가 이 책에 대한 접촉이 가능할만한 때인 대개 40세 이후인 것으로 가늠할 수 있었다.

나아가, 그의 두 가전은 이규보가 일정한 정치적 환해풍파를 다양하게 겪은 뒤 그것의 영욕과 득실을 넓게 회고할 수 있을 무렵의 일, 곧 정치적인 경륜과 삶에 대한 관조가 생겨난 이후인 대개 65세 이후의 소작으로 간주함이 타당한 것으로 사유되었다.

▒ 권 필(權 韠) / <곽삭전(郭索傳)>

게를 통해 본 묵시적 자아 및 현실인식

　<곽삭전(郭索傳)>은 석주(石洲) 권필(權韠, 1569~1612)이 '게[蟹]'를 의인화해서 쓴 가전(假傳) 양식의[1] 산문 일작으로 가전문학사상 중대한 전기(轉機)와 의미를 이루고 있는 작품이다.

　석주의 문학적 본령(本領)은 두 말할 나위 없이 시(詩)에 있다.[2] 비록 그렇다고는 하나 그의 천재는 시정신(詩精神)에 유독 국한되어 있지 아니하니, 그의 뛰어난 산문정신(散文精神)은 급기야 2편의 소설문학 작품과 1편의 가전문학 작품을 이룩하는 데에 이바지하였던 것이다.

　내용이 현전하는 세 편의 소설 <주사장인전(酒肆丈人傳)>·<주생전(周生傳)>·<위경천전(韋敬天傳)>[3]에 비해 가전 작품인 <곽삭전> 한 편이 양적

---

1) 가전의 장르상 논의에 있어서는 이를 소설과 엄격히 구분하는 견해(김일렬·조동일·이상익 등)와 소설의 광역에 포함시키는 견해(김광순, 이정탁 등)의 두 가지로 크게 나뉘어 있다. 조동일은 「가전체의 장르규정」에서 "작품이 유기성을 갖지 않고 소우주적인 독립성과 내적 필연성을 갖지 않는 이유로 소설이 될 수 없다" 했다. 그 반면 가전을 소설로 보고자 하는데 대하여는, "인물·플롯·배경이 있고 플롯은 도입부·전개부·종결부로 되어 있는"(김광순, 「한국의인문학의 사적 계보와 성격」) 이유를 들었다. 한편, 김일렬은 「의인체문학연구」에서 가전을, "설화에서는 진보하였으나, 소설은 될 수 없다"고 하면서도 이 <곽삭전>을 포함한 몇 종의 조선 가전은 의인체소설의 계열에다 배치하였다. 이가원도 <곽삭전>을 "가전적인 소설"(『한국한문학사』)로 보았으나, 본편은 그 형식부터 소설과는 확연히 구별되는 바 완연한 가전의 정격(正格)을 확보하고 있는 작품이다. 가전이 엄연히 소설과는 구별되는 하나의 독자적 장르라 함은 김창룡, 『한중가전문학의 연구』(개문사, 1985)의 「가전과 설화·소설의 관계」에서 상세히 다루었다.

2) "韠字汝章 號石洲…力學能文 尤工於詩."(『인조실록』, 원년 4월 경오 조)
　"韠故參議擘之子 文辭艶逸 尤長於詩才."(『선조실록』, 34년 11월 임인 조)

으로 가장 짧음도 사실이거니와, 반면 수사에 있어서는 그 짝을 찾아보기 어려울 만큼 염일(艶逸)하기 그지없다. 실로 표현의 간결과 기위(奇瑋), 정채(精彩)로움이 여기 온통 집약되어 있는 느낌마저 없지 않은 것이다.

그런데 이에 관해선 다만 그 제목과 함께 '게'의 의인화소설이라는 편린적인 언급에 불과할 뿐,4) 보다 구체적이고 세부적인 연구에는 미처 이르지 못한 실정이므로 권필 문학 연구의 실증적 일환으로 본편에 대한 구체적인 논고를 펴보이고자 한다.

1. 작품 분석

<곽삭전>은 『석주집(石洲集)』 외집(外集) 권1의 13장에 실려 전한다. 이에 우선 전문을 옮겨 싣기로 한다. 그런데, 본편은 내용의 성격에 따라 4단으로의 구분이 가능하다. 다시말해 기·승·전·결의 형식적 원칙 아래 묘구(妙構)되어 있다는 사실의 발견에 따라 그에 즉하여 옮겨 놓아 보겠다.

[起] 郭索者1) 吳人也 其先曰匡2) 佐神農3)氏 得治胃氣 理經絡之術 嘗客游秦 秦人多病瘻者 匡至門 瘻輒已 自是郭氏重於秦 匡子曰敖4) 敖干越王句踐5) 是時 越王方委國政於鬪蛙6) 蛙素習知郭氏 小之不爲禮 乃去 自敖歷九代至索

[承] 索生而性躁 然有物外高致 避世亡在澤中 婺姍勃窣7)於蘆葦間 務滅其跡 不欲上人齒牙間 江湖人往往知其處 造而請 索不得已而與之遊 人雖盛設杯盤以待 然非其好也 有薦索於上者 上曰 昔者太史奏 井鬼

---

3) <주사장인전>은 『석주집(石洲集)』 외집(外集) 권1에 실려있다. <주생전>은 『석주집』 안에는 실려 있지 아니하나 이명선이 『조선문학사』의 연표에 권필의 작품으로 기술한 바 있고, 또 문선규가 김구경의 소장본을 소개할 때도 그렇게 밝혔다. 또한, 권필의 소설로서 제목만 남아 전하는 <장경천전(章敬天傳)>이 있다(문선규, 『한국한문학사』, p.234)고 했으나, 이후 임형택이 『고담요람(古談要覽)』에서 작품을 발견한 바 <위경천전(韋敬天傳)>임이 확인되었다.
4) 김일렬, 「의인문학연구」, 『국어국문학연구논문집』 15, 효성여대, 1964.5, p.11. 김광순도 「한국의인문학의 사적 계보와 성격·上」(『어문학』 16, 한국어문학회, 1967.5, p.145)에서 "넓은 의미에서의 소설류"로 이것을 포함시켜 다룬 바 있다.

8)之分 必有異人 豈索邪 使使强致之 欲授以喉舌9)之任 索兩擧手加
額而謝曰 陛下有命 臣雖赴湯鑊10) 所不敢辭 然臣介士也 薄於世味
寧游戲汚瀆之中自快 無爲有國者所羈 因沫涕飮泣 上憐其志 且以其
家世有橫草11)之功 詔以九江二淛松江震澤 爲索食邑 郭氏散處江湖
間者甚衆 而獨索能以風致自顯 所與遊率韻人佳士 最與醴泉12)曹醇
13)善 相許以氣味 人或請醇 索時時與俱往 雖有悲愁鬱悒者 索與醇
在其左右 則必欣然樂也

[轉] 漢將彭越之後 有曰峅14)者 學優孟15)之術 能像索形貌 人視之不能別
也 然峅外托君子 而內實陰賊 士大夫莫肯待以腹心云 漢武帝時有郭
解者 任俠行權 丞相公孫弘以法誅之 或曰解卽索之先也 或曰非也 世
莫知其然否

[結] 太史公曰 郭索佳公子也 剛外而黃中16) 其學易者耶 觀其被堅執銳 凜
然有橫草之氣 而卒死於草澤 悲夫 世或以無腸譏索17) 豈不過也.

1) 郭索 : 게의 별칭. 원래 조급하게 움직이는 모양을 뜻하나 게가 자주 소
   리내며 움직이는 형용, 혹은 소리의 의성에서 이 별명이 생김.
2) 匡 : 게의 등껍질. 글자의 모양이 게의 등껍질 모양과 닮은 데서 취해온
   것. 『예기』, '단궁(檀弓)'·下에, "蠶則績 蟹有匡."
3) 神農氏 : 중국 고대 전설에 나오는 제왕의 하나. 농업의 신, 역(易)의
   신, 불의 신으로 숭앙된다.
4) 敖 : 집게발을 뜻하는 '오(螯)'에서 전용(轉用)함.
5) 句踐 : 춘추시대 월(越)나라 임금. 오왕(吳王) 합려(闔閭) 및 부차(夫差)
   를 물리쳐 이김.
6) 鬪蛙 : 요란한 소리를 내는 개구리.
7) 媻跚勃窣 : 비틀거리며 활발히 다니는 모양. 『한서』 <사마상여전(司馬
   相如傳)>에, "媻姍勃窣上金隄."
8) 井鬼 : 정(井)과 귀(鬼)는 각각 이십팔수(二十八宿)에 속하는 별 이름.
9) 喉舌 : 목구멍과 혀는 모두 말을 내는 중요한 기관이므로 전(轉)하여 중
   대한 정무(政務). 또는 그러한 일을 맡는 재상.
10) 湯鑊 : 끓여 죽이는 형벌에 쓰는 다리 없는 큰 가마.
11) 橫草之功 : 싸움터에 나가 산야(山野)를 휩쓸며 이룩한 공로.
12) 醴泉 : 좋은 맛 나는 물이 솟는 샘. 감천(甘泉).
13) 曹醇 : 조(曹)는 술지게미를 뜻하는 '조(糟)'에서 따온 것. 순(醇)은 진하

고 순수한 좋은 술. 조순(曹醇)은 그러한 술의 의인화.

14) 彭蜞 : 방게. 팽기(蟛蜞)의 전(轉). 팽활(蟛蛞)도 같은 뜻.

15) 優孟 : 춘추시대 초나라의 명배우. 『사기』 골계전(滑稽傳)에, "優孟 卽 爲孫叔敖衣冠 抵掌談語 歲餘 像孫叔敖 楚王及左右 不能別也." 따라서 우맹의관(優孟衣冠)은 사이비를 뜻하는 고사성어.

16) 黃中 : <산가청공(山家淸供)>에, "因憶危巽齋積 贊蟹云 黃中通理 美 在其中 暢于四肢 美之至也 此本諸易 而于蟹得之矣." 또 『금오신 화』에, "德充腹而內黃."

17) 無腸 : 게의 이칭. 갈홍(葛洪)의 『포박자(抱朴子)』에, "山中辰日 稱無 腸公子者蟹也." 또 『금오신화』에, "笑我謂我無腸."

그 경개는 다음과 같다.

오(吳)나라 사람 곽삭(郭索)의 10대조인 광(匡)은 신농씨(神農氏)를 도와 의료에 공헌한 바 컸고, 9대조 오(敖)는 춘추시대 월나라 왕 구천(句踐)에게 가담했지만, 투와(鬪蛙)와의 정쟁에서 밀려난 무장(武將)이었다. 곽삭은 천 성이 조급하였다. 일찍부터 세상사를 꺼려 물외(物外)의 지경(地境)에서 자 취없이 노닐었으나 사람들이 그를 자주 흠모하고 찾았다. 어느 때 곽삭을 천거하는 이가 있어 왕이 중임(重任)을 내리려 했지만 간곡한 눈물로써 사 양하니, 대신 강택(江澤)의 넓은 땅을 하사받았다. 교유하는 시사(詩士) 중 에 특히 조순(曹醇)과는 각별한 사이로서, 둘이 한 자리에 하면 좌중을 즐 겁게 하는 힘이 있었다. 한편, 팽기(蟛蜞)란 자는 곽삭의 모습을 빙자해서 남을 음해하니 사대부들이 경계하였으며, 한무제 때에 협기로써 행세하다 잡혀 죽은 곽해(郭解)가 곽삭과 같은 일족인지 아닌지 정확한 여부를 알 길 없다. 문무 겸전의 훌륭한 인물인 곽삭이 나중엔 초택(草澤) 간에서 죽으매 참으로 슬픈 일이요, 그를 무장(無腸)이라 기롱함은 잘못된 것이다.

이같이 본편이 한시의 기본 원리가 되는 기·승·전·결의 결구법(結構法)을 산문 형식에 그대로 묘용(妙用)하여 전체가 형식적으로 완결된 체재를 이루는 데 크게 이바지하고 있다는 사실은 주목할 만하다.

'기(起)'부는 곽삭의 두 선조에 관한 소개이다. 이렇듯 서두에 선계부터 밝 히는 것은 가전이 지니는 공통적인 특질이기도 하다. 일찍이 광(匡)이 위기(胃

氣)와 경락(經絡)을 다스렸다[治胃氣 理經絡] 함은 그 근거 또한 없지 않으니, 석주와 같은 시대 허준(許浚, ?~1615)이 선조의 명을 받고 편술했다는 『동의보감(東醫寶鑑)』에도 "主胸中熱結 治胃氣"라 한 것이 있어 혹 석주가 본서를 진작에 참작하였는지도 또한 모를 일이다. 그러나, 이도 실은 『사문유취(事文類聚)』 '해(蟹)' 문에서 보다 선명하게 확인된다고 할 때 앞의 추측도 뒷전으로 밀려날 수밖에 없다. 즉 그 안의 '식증(食證)'을 보게 되면,

> 孟詵食撩本草云 蟹雖消食 治胃氣理經絡 然腹中有毒 中之或致死.
> 맹선의 『식료본초』에 이르기를, "게는 음식을 소화시키고 위의 기운이며 경락을 잘 다스린다. 그러나 그 뱃속에 독이 있어 잘못하면 중독되어 죽는 수도 있다."

너끈히 그 소종래의 회심처(會心處)를 발견할 수 있는 것이다.

또, 게가 실제로 학질 치료에 도움이 되는지의 여부에 대해서도 별다른 증빙이 없이 다만 명나라 사람 이시진(李時珍)이 편찬한 『본초강목(本草綱目)』에 다음과 같은 정도의 기록만이 보일 뿐이었다.

> 殺莨菪毒 解鱔魚毒漆毒 治瘧及黃疸.[5]
> 게는 낭탕중(莨菪症)을 없앤다. 선어(鱔魚)의 독과 옻독을 푼다. 학질과 황달을 다스린다.

사뭇 미약할 따름인데, 이 또한 결정적인 해결의 실마리는 『사문유취』가 쥐고 있었다. 곧 '해(蟹)' 문 중의 <현해벽학(懸蟹辟瘧)>이라는 제하(題下)의 내용이 그것이다.

> 關中無蟹 秦人家收得一乾蟹 土人怖其形狀 以爲怪物 每人家有病瘧者 則借去縣門戶 往往遂差 不但人不識 鬼亦不識也.
> 관중에는 게란 것이 없었다. 진나라의 어떤 집에서 말린 게 한 마리를 얻었다. 그 지역 사람들이 그 생김새를 무서워하여 괴물이라 생각했기에 민가

---

5) 『본초강목』 권45 개부(介部) 구별류(龜鼈類) '해(蟹)' 종(種).

에 학질 앓는 자가 있을 때마다 이걸 가져다가 문 앞에 걸어두면 종종 병이 떨어지는 수가 있었다. 이는 단지 사람만 그 괴물을 못 알아 보았을 뿐 아니라, 학질 귀신도 게의 존재를 알지 못하였던 것이다.

진(秦)나라 사람들과 학질 치료에 관한 비밀이 여기에서 풀린다. 석주는 필경 『필설(筆設)』이란 데서 전거를 취해 왔다고 소개한 『사문유취』의 이 대목에 눈길을 주었음이 분명하고, 여기에서 소재를 하나 제공받은 나머지 "秦人多病瘧者 匡至門 瘧輒已"〔진나라 사람으로 학질을 앓는 이가 많았는데, 광이 문 앞에 이르면 학질은 금세 사라지고 말았다〕의 글을 새긴 것으로 확신한다.

그런데 다른 일면, 게는 갑옷같이 건강한 생김새의 덮개와, 창과 같이 날카로운 집게발의 특이한 형상으로 말미암아 무(武)의 전형적인 한 표상으로 통한다. 뿐만 아니라, 병사(兵事)의 징후에 관련해서도 큰 몫을 차지했던 사실마저 없지 않다.6) 9대조의 이름 "오(敖)"는 바로 그러한 무(武)를 상징하는 '螯'〔집게발〕의 뜻을 따서 쓴 것이다. 더 나아가 곽오(郭敖)가 구천의 일에 간여했다고 하는 일의 영문이라든가, 구천을 둘러싼 투와(鬪蛙)와의 정쟁에서 패배할 수밖에 없던 필연적인 동인(動因)은 다음의 두 가지에서 가져온 것이다. 곧, 투와에 대한 다음과 같은 고사(故事),

> 越王句踐好勇 而揖鬪蛙 國人爲之輕命 兵死者衆.7)
> 월왕 구천이 용기를 좋아하여 투와에게 인사를 갖추었더니, 나라 사람들이 목숨을 가벼이 여겨 싸움에서 죽는 자가 많았다.

그리고, 『사문유취』에 <모국소해(謀國小蟹)>란 제목 하에 소개된 게 관련의 다음과 같은 일화,

---

6) 부굉(傅肱)이 찬(撰)한 『해보(蟹譜)』에는 병사 문제에 있어서 게의 예시적(預示的) 기능을 밝혀주는 예가 있거니와, 이 또한 당연히 『사문유취』 '해(蟹)' 문 군서요어(群書要語)의 기사를 통해서 고스란히 재현되는 것이다.
   "吳俗有蝦荒蟹兵之語 蓋取其被堅執銳 歲或暴至 則鄕人以爲兵證."
   "出師下砦之際 忽見蟹 則呼爲橫行介士 以權安衆."
7) "鬪蛙", 『중문대사전(中文大辭典)』, 중화학술원, 민국 71년.

越王句踐召范蠡曰 吾與子謀吳 子曰未可也 今其稻蟹不遺種 其可乎
對曰 天應至矣 人事未盡也 吾姑待之.

월왕 구천이 범려 불러 말하기를, "나와 그대가 오나라를 도모하고자 함
에 그대는 아직은 아니라고 했거니와, 지금은 벼를 집어 먹는 게가 볍씨를
남기지 않고 다 먹어치웠으니 가능하다 하겠는가?" "하늘의 응하심은 왔으
나 사람의 일이 아직 부족하나이다." "그러면 내 잠시 기다려야겠군!"

에서 연유하였음을 알 수 있었다. 결국 오나라에 있는 게가 벼[稻]를 먹어치
우면 그 나라의 군량(軍糧)에 축을 내니, 그 결과 월에 유리함을 끼치는 셈
되는 까닭이었다. 그럼에도 불구하고, 구천이 용자(勇者)의 표상으로서 경의
마저 나타냈다는 투와 쪽에 더 강하게 부각되었다. 투와의 병징적(兵徵的) 구
실은 신라에서도 그 예가 없지 않았으니, 선덕여왕 지기삼사(知機三事) 가운
데 두 번째 이야기 중에 두드러져 나타난다.

於靈廟寺玉門池 冬月衆蛙集鳴三四日 國人怪之 問於王… 王曰 蛙有
怒形 兵士之像.

영묘사 옥문지에 겨울인데도 개구리 떼가 모여들어 사나흘이나 울어댄
일이 있었다. 나라의 사람들이 괴상하게 여겨 왕께 물었다. … 왕께서 이르
기를, "개구리의 성난 모양은 병사의 표상이니라!"[8]

이상은 게의 약리적(藥理的)인 효과 및 무골적(武骨的)인 표상을 살려 일정한
허구를 가미한 것이다.

'승(承)' 부는 곽삭의 본전(本傳)이다. 이 부분의 처음에 삭의 천성이 조급
하다[生而性躁]고 한 것은 자주 움직이는 게의 속성에 대한 묘사이다.[9] 곽삭
이 세간을 꺼려 못 가운데로 피해 살면서[避世亡在澤中] 사람들의 입에 오르
기를 원치 않는[不欲上人齒牙間] 것과, 왕이 내리는 벼슬도 사양한다는[寧游
戲汚瀆之中自快 無爲有國者所羈] 것 등은 게가 사람에게 잡히고 싶지 않은 사

---

8) 『삼국유사』 권1, 기이(紀異)1 <선덕왕 지기삼사(善德王知幾三事)>.
9) 『순자(荀子)』 권학편(勸學篇) 가운데도 지렁이[蚓]와 대조하여 한 군데에 마음
   을 집중하지 못하는 게의 조급성을 형용하는 대목이 보인다. "蟹六跪 而二螯 非
   蛇蟺之穴 無可寄託者 用心躁也." 그러나 이 역시 『사문유취』의 '해(蟹)' 문 군
   서요어(群書要語)의 난에 그대로 원용되어 있는 터이다.

실과 관련 있다. 이는 거북 의인화인 <청강사자현부전(淸江使者玄夫傳)>의 주인공 현부(玄夫)가 벼슬에서 벗어나기를 바라는 것과 동일한 이치이다.10) 이 두 경우 벼슬이란 속박을 의미한다. 거북은 그 점복의 이기(利器)로 인해 붙들림을 당한다. 게의 경우는 그 감미의 맛 때문이다. 여기서 게의 감미한 속성11)이 또 한번 완곡한 표현의 허구로써 공교히 처리된다. 그리고 게의 이렇듯 맛스러운 속성에 대한 허구적 처리는 삭(索)과 순(醇), 즉 게와 술 양자 간에 친밀한 교분 관계 안에서 가장 명확히 드러나 있다.

> 最與醴泉曹醇善 相許以氣味 人或請醇 索時時與俱往….
> 예천 출신의 조순과 가장 친하였으니, 기상과 취미가 들어 맞았다. 사람들이 혹 순을 초청하면 삭도 때때로 함께 가곤 하던 것이었으니….

이것은 바로 음주시에 게가 안주감으로 잘 어울림을 의미하고, 계속해서

> 雖有悲愁鬱悒者 索與醇在其左右 則必欣然樂也.
> 암만 슬프고 근심스러우며 울적하고 답답한 사람일지라도 이 둘이 곁에 있으면 필경엔 혼연히 즐거워졌다.

는 그 조미된 맛이 기분을 돌이켜 줌을 시사하는 것이다.

실제로 주안(酒案)의 석상(席上)에서 이 둘을 동시에 향유한 구절들이 가끔 발견되는데, 진(晉) 시대의 호음가인 필탁(畢卓)은 다음과 같은 유명한 사설을 남겼다.

> 右手持酒杯 左手持蟹螯 拍浮酒船中 便足了一生矣.12)

---

10) <청강사자현부전>에서 "왕은 현부에게 벼슬을 주려고 했는데, 현부는 벼슬할 생각이 없다고 했다. 현부는 거북인데 사람이 거북을 잡아두는 것을 벼슬을 주는 걸로 꾸몄다."(조동일, 「가전체의 장르 규정」, 『장암지헌영선생화갑기념논총』, 1971.9, p.4)

11) 『동의보감』 충(蟲) 부, '해(蟹)' 문에서 "게를 요즘 사람들이 식품 가운데도 훌륭한 맛으로 여긴다[今人以爲食品之佳味]"고 했는데, 『동의보감』은 바로 권필 당시의 저술이다. 또 역시 그 비슷한 시기에 어해(魚蟹)를 잘 그렸다는 김인관(金仁寬)의 <어해도(魚蟹圖)> 제(題)에, "近日食素口淡 見巨口者六螯者 不覺食旨自動 饞涎橫流"도 게의 뛰어난 구미를 잘 나타낸 표현이다.

오른손으로 술잔을 잡고 왼손으로는 게발을 들고 술 거르는 통 속에서
허우적대며 한 세상 마치고저!

이는 『사문유취』에도 실려있는 것이려니와,13) 그 밖에 한익(韓翊)의 <제장
일인원림시(題張逸人園林詩)> 가운데 한 구절인, "塵尾毛中毛已脫 蟹螯奠
上味初香" 또한 동일한 의취였다.

그러나 무엇보다도 가장 결정적인 연계는 양정수의 <후해부(後蟹賦)>에서
찾아야 할 것 같다.

　　吾有二友 惟彼麴生與爾郭索 老夫與之同死生 不減顔氏子之樂.
　　내게 두 벗이 있으니, 저 국생과 그대 곽삭이라. 이 늙은이 그들과 더불
어 생사를 함께 한다면, 안씨의 즐거움보다 못하지 않으리.

이것도 결국 『사문유취』 후집 권35 개충부(介蟲部) '해(蟹)' 문에 들어가 있는
것이다.

'전(轉)' 부에서는 곽삭과 관련한 두 방계적(傍系的)인 존재를 지적하였다.
우선은 이단아 팽기(彭蜞). 그는 팽월(彭越)의 후예로 되어 있다. 여기서 한고
조 때의 명장(名將) 팽월이 느닷없이 나타난 사실은 단순히 '팽(彭)' 씨라는
성에 부회할 목적에서 뿐만은 아니니, '게'를 부르는 여러 명칭 가운데는 진
작에 팽월의 이름마저 포함되어14) 있던 까닭이었다. 팽기는 곽삭의 풍예(風
豫)를 모방하여 여러 사대부들에게 해독을 끼치는 사이비 군자로 나타난다.
이는 바로 음식 가능한 게와 분간하기 어려운 방게의 식물적(食物的) 해독을
가리킨 것이다. 실제로 방게[螃蜞, 蟚蜞]의 해독에 관한 실증적인 일화를 하

---

12) 『진서(晉書)』 권49, 열전 19의 <필탁전(畢卓傳)>에 실려 있다.

13) 『사문유취』 '해(蟹)' 문의 <좌수지오(左手持螯)>에는 "晉畢卓嘗謂人曰…左手
持蟹螯 右手持酒杯 拍浮酒池中 足樂一生矣"로 되어 있다. 다른 한편, 『세설
신어(世說新語)』 '임탄(任誕)'에는, "一手持蟹螯 一手持酒梪 拍浮酒池中 便
足了一生"으로 조금씩 다르게 표현되어 있다.

14) 『해미색은(蟹味索隱)』에, "蟹何多名也 爲彭蜞 爲彭蜎 爲彭越 爲招潮 爲郭索
爲博帶 爲傑武 爲狼螖."
정약전(丁若銓)이 쓴 『자산어보(玆山魚譜)』(介類, 蟹)에 보면, "最小無毛者名
蟛蜎 吳人訛爲彭越"이라 했다.

나 들어 보이겠다.

> 蔡謨 字道明 初渡江 見蟚蜞 大喜曰 蟹有八足 加以二螯 令烹之 旣
> 食 吐下委頓 方知非蟹. (『蟹譜』· 上, '蟚蜞')

그러나 이 역시 하필 부굉(傅肱)이 지은 『해보』의 문적(文籍)을 기다려서
볼 수 있는 것은 아니다. 다름 아니라 『사문유취』 '해(蟹)' 문 '고금사실(古今
事實)'의 <오독이아(誤讀爾雅)>에서 다른 여러 정보 내용과 함께 한 글자 착
오도 없이 그대로 소상히 실려있는 터이다.

다른 하나는, 같은 곽성(郭姓)을 띠었으되 곽삭 문족(門族)과의 계통 여부
가 모호한 곽해(郭解)가 소개된다. 곽해야말로 한무제 때의 실존 인물로, 협기
며 의리가 한 시대를 떨쳤던 절세의 유협(游俠)이었다. 어려서는 무뢰배에 지
나지 않았으나 장성하고부터 의협(義俠)으로서의 명성이 원근에 자자했던 거
물이었다. 심지어는 곽해와 동시대인이었던 사마천 같은 이도 그에 대해 평
언하였는데,

> 吾視郭解 狀貌不及中人 言語不足採者 然天下無賢與不肖 知與不知
> 皆慕其聲 言俠者皆引以爲名.[15]
> 내가 곽해를 보니 외모는 보통사람만 못하고 말솜씨도 별로 신통하지 않
> 았다. 그러나 세상의 잘나고 못난 사람, 아는 사람 모르는 사람 할 것 없이
> 모두 그 명성을 흠모했으니, 협객을 논할 때는 누구나 곽해를 끌어들인다.

위협(偉俠)으로 칭도하였다. 뿐만 아니고 곽해가 나중에 대역 살인의 죄망에
몰려 죽은 사실에는 "아아, 아깝구나! [於戱 惜哉]"라며 탄식을 더하였다. 이
러한 곽해도 권필의 전에서는 뛰어난 협객으로서의 면모 대신 다만,

> 漢武帝時 有郭解者 任俠行權 丞相公孫弘以法誅之.
> 한무제 때에 곽해란 자가 협기로 행세하였더니, 승상(丞相)하던 공손홍(公
> 孫弘)이 법으로 처단하였다.

---

15) 사마천, 『사기』 권124 유협열전(游俠列傳) <곽해(郭解)> 소재.

그의 마지막 욕된 죽음만이 유독 강조되었을 따름이었다. 그 뿐이 아니다. 연속하여 『사기』 유협열전(游俠列傳)의 <곽해전(郭解傳)> 중에 정부의 고위관리인 공손홍(公孫弘)이 곽해를 판결 처단하는 부분이 예의 주시된다.

御史大夫公孫弘議曰 解布衣爲任俠行權…族郭解翁伯.16)
어사대부 공손홍이 따져 말하되, "곽해는 벼슬없는 신분으로 협기를 따라 힘을 행사하였다. …" 하고, 곽해의 존속들을 멸하였다.

특별히 공손홍의 입장에서 당초 곽해에게 죄를 씌우기 위해 구사한 "임협행권(任俠行權)" 어휘를 그대로 살려 썼다는 사실 또한 간과할 수 없다. 이쯤 미루어 짐작해 볼 때, 가전의 작자가 곽해에 대해 지니고 있는 인물관이 차라리 긍정적이지 못한 데로 치우친 감이 없지 않은 것이다. 덧붙여, '해(解)'라는 인물을 이끌어다 쓴 것은 결과적으로는 '게'를 의미하는 '해(蟹)'와의 음동(音同) 효과를 가져다준다는 점에서 공교롭다고 하지 않을 수 없다.

'결(結)' 부는 곽삭에 대한 총평이다. 주인공 곽삭의 최후 및 그의 경우를 몹시 궁휼·애석하게 여김과 동시에, 설정의 대상인 '게'에 대해 긍정적인 입장에서 극구 비호하려는 개인적 태도를 명백히 노정하였다. 이런 생각의 바탕에 기인하여 다른 한편으로는 기왕에 게를 단순히 장난이나 희롱의 대상으로 논하던 입장에 대해 적극 항의하는 뜻도 보였는데, 이에 관해서는 다음 항목을 빌어서 논급될 것이다.

2. 창작의 동기

<곽삭전> '승' 부에서 주인공 곽삭의 행장은, 이것이 흡사 권필 자신의 40여년 생애의 모습과 무관해 보이지 않는다. 다른 말로 곽삭의 전전(全傳)은 그 자체가 석주 권필의 한 개 자서적 약전(略傳)이라 해도 무리가 없을 만큼 양자의 이미지는 혼연히 일치되어 있다. 실제로 주인공 곽삭과 작자 권필, 양

---

16) 사마천, 위와 같음.

자의 생애를 대조해 보는 가운데 상통하는 기질과 상합하는 행위의 요건들 종종이 발견된다. 아래에 그 대체를 열거하여 보이겠다.

① 현실과 떨어져서 강호간에 자적(自適)하는 방외인(方外人)이다.
〔郭〕 有物外高致 避世亡在澤中 娑跚勃窣於蘆葦間.
〔權〕 氣陵宇宙 眼空千古 其所拘負 非俗人所可窺測.[17]
　　　 汚世擧子業.[18] 放浪江湖間.[19] 自放於湖海間.[20]

② 시(詩)·주(酒)를 몹시 좋아하였다.
〔郭〕 所與遊率韻人佳士 最與曹醇善.
〔權〕 唯以詩酒自娛 凡有壹鬱不平 必以詩發之.[21]
　　　 杜子耽佳句 岑生嗜醇酎 而我何如者 愛詩兼愛酒.[22]
　　　 公雖以詩酒自放 然天資甚高.[23] 素耽麴蘗.[24]

③ 그러한 일면 호반의 기질도 있다.
〔郭〕 凜然有橫草之氣.
〔權〕 讀破兵書五十家 少年豪氣向人誇 晚知弓劍非吾事 歸去淸江釣
　　　 淺沙.[25]

---

17) 이정구, <석주집서문(石洲集序文)>.
18) 이긍익, 『연려실기술(燃藜室記述)』 권19, '권필(權韠)' 조
19) 『인조실록』 권1, 원년 4월 경오(庚午) 조
20) 이희겸, 『청야만집(靑野謾輯)』 권7.
21) 이희겸, 위와 같음.
22) 『석주집』에 실려 있는 석주의 자작시.
23) 장유, <석주집서문(石洲集序文)>.
24) 이희겸, 위와 같음.
25) 『석주집』 권7, <병중문야우회초당인서평생이십사수(病中聞夜雨懷草堂因叙平生
　　二十四首)> 가운데 其21의 시.
　　권필은 비록 시문에 종사하던 사류(士類)였지만 그에 못잖게 무(武)에 대한 동경
　　또한 예사롭지 않다. 이 시의 3행인 "나이 들어 알겠네 궁검(弓劍)의 일, 내 본분
　　이 아닌 것!" 같은 메시지는 그가 젊은 시절에 어느 만큼 무예에 관심이 높았는지
　　짐작케 하는 바 있다. 더더욱 홍판관의 늠름한 모습에 감복하여 지어 바친 <증홍판
　　관(贈洪判官)>(『석주집』 권4) 시 가운데 "羨君投筆事弓刀 八尺堂堂意氣豪…"
　　도 그렇고, 또 권7에도 김덕령의 무덕(武德)을 몹시 사모한 역력한 자취가 있어
　　그가 얼마나 호반의 풍도에 큰 매력을 품고 있는지 십분 짐작할 만 하다. 그밖에
　　홍만종(洪萬宗)의 『순오지(旬五志)』 가운데 나오는 그의 일화 속에서 석주의 일
　　작(逸作)으로 전하는 다음의 시, "書劍年來兩不成 非文非武一狂生 他時若到
　　京城問 酒肆兒童盡誦名" 같은 것도 좋은 증좌가 된다.

④ 사람들이 흠모하고 교유를 원했다.

　[郭] 江湖人往往知其處 造而請 索不得已而與之遊.

　[權] 先生在時 大夫士慕義趍風 一見顔面則誇以爲榮…入江華府築室

　　　以居 遠近學子 負笈而至者甚衆.26)

⑤ 천거(薦擧)에 따라27) 벼슬을 제수하였으나, 사양하고 받지 않았다.

　[郭] 有薦索於上者 上…欲授以喉舌之任 索…謝曰…臣介士也 薄於

　　　世味 寧游戲汚瀆之中自快 無爲有國者所覊.

　[權] 諸公爲其貧也 除童蒙敎官…先生憮然辭曰…此非吾能也 遂辭

　　　去.28) 除官不就.29)

　이 밖에 굳이 한 가지 더 첨가한다면 양자가 똑같이 불안하고 모험적인 현실 속에 살아간다는, 이를테면 '긴장된 삶'을 들 수 있다. 게는 그 별스런 지취(旨趣)로 인하여, 권필은 그 특유의 위언 격론(危言激論)과 은유 기자(譏刺)풍의 시취(詩趣)로 인해30) 항상 권력자에 의해 주목받고 살았던 사실에서 공통점이 확보된다.

　시인의 눈이 게를 응시하였다. 게의 일상적인 생태와 무인다운 속성은 자기의 그것과 닮았고[①, ③], 사람들이 그 맛 때문에 게를 찾음은, 자신이 지닌 바 그 어떤 특장(特長)으로 인해 사람들이 찾는 것과 다름없었다[④, ⑤]. 그리고 게가 술과 좋은 짝을 이룬다는 것 역시 스스로가 술을 지극히 벗으로 삼음[②] – 권필은 국생(麴生 ; 술)을 가리켜 망형(忘形)의 벗31)이라 했다– 과

---

26) 송시열, <석주묘갈명(石洲墓碣銘)>.

27) 진단학회 편, 『한국사(韓國史)·근세전기편』, p.293에, "음직(蔭職) 또는 남행(南行)이라 하여 과거를 통하지 않고 입사(入仕)하는 길이 있었으니, 그 중요한 것으로 첫째는 학행과 덕망이 특출하여 재묘(在廟)의 고관(高官)이나 지방관 또는 지방민(地方民)의 추천으로 되는 '천거(薦擧)'요, 둘째는 유공(有功)한 이의 자손이나 궁정의 친척관계, 기타 이유로 특서(特叙)되는 문음(門蔭)이다" 하였는데, 석주와 곽삭의 경우 모두 '천거'에 해당한다. 동시에 이 둘은 일찍부터 과거보는 일[擧子業]을 포기하였다는 점에서도 같았다.

28) 송시열, 위와 같음.

29) 이정구, <석주집서문(石洲集序文)> 및 『인조실록』 권1 원년 4월 경오(庚午) 조.

30) 예컨대 이희겸, 『청야만집(靑野謾輯)』에 있는 다음과 같은 기사가 가장 단적인 표현이 된다. "顧好危言激論 其詩類多 譏刺時 歸意以死 嗟哉."

31) 『석주집』 권1 가운데 <제연명시권(題淵明詩卷)>·<제현학금(題玄鶴琴)>·<제국생(題麴生)> 서(序) 참조. 특히 그는 <제국생>에서 "幸有麴秀才 風味不

같았다. 결국 게의 성행(性行)과 교묘히 합치되고 있는 자아의 발견으로 말미암아 곽삭의 전기는 곧 작자 권필의 약전으로서도 무방한 형태로 나타난다. 이것은 흡사 김시습의 <용궁부연록>과 같은 작품이 "곧 동봉(東峯) 자신의 자서전인 듯싶은"[32] 사실과도 통한다.

　이러한 단순한 우연 이상의 상호 긴밀한 필연적 관계에서 어쩌면 권필이 애초부터 자기의 신세 정황을 게에 가탁하고 곽삭에 이입시켜 표출하였을 것이라는 강한 심증을 배제치 못하게 된다. 이것이 첫 번째로 추정할 수 있는 제작 동기의 개연성이다. 이렇게 두고 볼 때 본편의 '결' 부 단원(團圓)에서 작자의, 곽삭을 두둔하였던 열정은 전혀 공연한 것이 아니었다. 하였으되,

> 世或以無腸譏索 豈不過也.
> 세간에 혹 무장(無腸)의 말로 곽삭을 기롱함은 어찌 그릇되지 않으랴!

이는 오히려 당연키만 한 귀결일 뿐이었다.

　제작 동기의 두 번째 개연성을 포착하는 실마리는 바로 그 '결' 부의 대미(大尾)인 두둔과 역변(力辯)의 성세에 있다. 곧, 게 존재에 대한 폄하적인 인식―무장(無腸), 곧 속이 비었노라고 조롱함 같은―을 되받아 부정하는 이중부정, 곧 긍정의 강조법이다. "悲夫" 〔슬프고나!〕의 비장한 탄식 뒤에 이어진 이 마무리 결사에는 폄하자들 상대로 시비를 내세워 정면 항변하는 저의가 꿈틀거린다. 단순히 한 번 웃어나 보자는 소박한 골계적 분위기를 넘어 있다.

　그런데, 이에서 게를 무장(無腸)이라고 한 연원은 일찍이 갈홍(葛洪)의 『포박자(抱朴子)』에 "山中辰日 稱無腸公子者 蟹也"라 한 대목에서 유래한 듯하고, 우리 문학과 관련하여 볼 때 고려말 이윤보의 <무장공자전(無腸公子傳)>에서 그 별칭을 이어 썼음을 본다. 이윤보는 고려 18대 의종 당시 이인로·이규보 등과 더불어 문명(文名) 있던 사람이다. 그의 <무장공자전>은 현하 그 제목만이 전할 뿐, 자세한 내용은 알 길 없으되, 다만 게에 대한 선양의 관점에 입각한 내용은 아님을 넉넉히 짐작할 수 있는 성질의 것이다. 우선 그 제목에서 그러했을 뿐 아니라, 실제 내용의 성격을 규지케 하는 같은

我違"라 하였다.
32) 이가원, 「금오신화고」, 『한문학연구(韓文學硏究)』, 탐구당, 1969, p.262.

시대 이규보(1168~1241)의,

> 予友李史舘允甫…其若無腸公子傳等 嘲戲之作.[33]
> 나의 벗 사관(史舘) 이윤보… 그의 <무장공자전> 같은 것은 조롱과 희
> 학의 작품이다.

와 같은 언급을 통해 가장 명료하게 드러난다.

한편, 게 의인화의 조사(藻思)는 <곽삭전>을 전후하여 <무장공자전> 이
외에도 한두 가지 더 보이고 있다. "<용궁부연록> 중에 곽개사(郭介士)가 나
타나거니와, 중국 곽복형(郭福衡, ?)의 <오중개사곽선생전(吳中介士郭先生傳)>
도 없지 않다."[34]

그러나 이 두 작품 모두 게를 '무장'이라고 놀리는 대신, '개사(介士)'나 '선
생(先生)' 등 칭호로써 우대하는 분위기 안에서 긍정적 사의(辭意)를 나타낸다.
곽복형의 것은 당초 제목에서부터 솔직하였음을 알겠고, 김시습(金時習, 143
5~1493)도 <용궁부연록>에 등장시킨 곽개사의 면모를 십분 고양(高揚)할 의
도마저 품었던 양, 곽개사가 부르는 자찬(自讚) 형태의 한 곡조에다 동원 가
능한 수사(修辭)를 한껏 구사하고 있다. 대략하고 그 가운데 요구(要句)는 이
러하였다.

> 嗟濠梁之巨族　안됐어라 물길따라 사는 거족들
> 笑我謂我無腸　날더러 무장공자 비웃지만,
> 然可比於君子　군자에 비할 이 몸
> 德充腹而內黃　속에 덕이 차서 몸 안이 금빛일세.

이같은 분위기였음에도 유독 여기 동조 아니하고 일탈한 것으로는 다만 앞
서의 <무장공자전> 정도였다. 이쯤 보면 권필이 불만의 표적으로 삼은 그것
이 대강 이윤보의 그 작품 등에 있음도 가히 짐작할 만하다. 따라서 여기에
대한 반발적인 충동이 창작의 한 동인으로 성립되었을 것이다. 이것은 이규
보의 <국선생전(麴先生傳)>이 임춘의 <국순전(麴醇傳)>에 대한 일정한 견제

---

33) 이규보, 『동국이상국집』 권21, <이사관윤보시발미(李史館允甫詩跋尾)>.
34) 이가원, 『한국한문학사』, 보성문화사, 1981, p.156.

안에서 이루어졌을 가능성35)과도 어느만큼 통한다고 하겠다.

　게다가 이규보는 이윤보의 <무장공자전>을 극구 칭도한 나머지 당대(唐代) 산문학의 종장인 한유(768~824)의 저명한 <모영전(毛穎傳)> · <하비후혁화전(下邳侯革華傳)> 등과 대등히 비교하기도 했다.36) 이규보보다 20년 연하인 최자(崔滋, 1188~1260)의 말대로 이윤보의 이 가전이 이규보가 지었다는 <국수재전(麴秀才傳)>(?)의 효작(效作)37)이라고 한다면, 그러한 사실이 자부심 강한 이규보38)에게 만족감을 주기에 충분하였을 것이다. 동시에 그 결과 당연히 작가 이윤보 및 이윤보 작품의 평가에 상당량 작용됐으리란 건 차라리 하나의 인지상정에 가깝다. 하지만 이윤보에게 내린 이규보의 이같은 과대의 평이 권필에겐 어딘가 못마땅한 심사, 곧 그 특유의 오예(傲睨)한 자부39)에서 우러나는 객기 또는 오기와도 같은 감정으로 문득 돌올(突兀)되었던 것은 아닐런지. 여 · 한을 총괄하여 희세의 대문장가로 알려진 이규보를 문학 위에 높이 의식하지 않을 수 없던 권필로서 볼 때 이규보의 그다지한 과찬은 일종 수긍할 길 없는 불만거리였음에 틀림없다. 설혹 이규보와 동시대에 나

---

35) 김현룡, 「국순전과 국선생전연구」, 『국어국문학』 65 · 66합집, 1974. 12, p.164.

36) <이사관윤보시발미>에, "予友李史館允甫 以嘗所著詩賦雜著五十餘篇 袖而來示之 予讀之旣將還之曰 彬彬乎文彩之備也 詩扶風人之體 賦含騷客之懷 其若無腸公子傳之作 若與退之所著毛穎下邳相較 吾未知孰先孰後也."

37) 『보한집(補閑集)』 중에 그같은 사실을 말하고 있다. "文順公…弱冠時 作麴秀才傳 李史館允甫 初登第時 效之亦作無腸公子傳 公見之而甚善 每唱於詞林間曰 近者能文者李允甫 眞良史才也."

38) 안병설, 「고려가전의 형식과 그 성격」(『북악한학』 1집, 1978. 2), pp.58~59.
안병설, 「가전에 대한 이견산고」, 『명지어문학』 7, 1975.3, p.93 참조

39) 선조 때 정홍명(鄭弘溟)은 권필이 흠모하였던 송강 정철의 아들이다. 그가 야담 형식으로 쓴 『기옹만필(畸翁漫筆)』(『대동야승』 권54 소재)에는 권필과 직접 나눈 대화 및 그 소감도 엿보이는 바, 이에서 권필의 시문에 대한 자부가 역력하게 감지된다. "但石洲酒後多戱言 論文殊無定 余一日 偶與從容問其本色 則答云 自國初 至今述作 或有過我者 若其心眼俱到 透得妙解 無如我聞 其自負不淺." 또, 같은 시기 석주 권필과 접촉한 일이 있는 계곡(谿谷) 장유(張維)도 <석주집서(石州集序)>에서 그의 인물에 대해, "貌偉而氣豪 言論磊落動人間 雜談諧 性醒嗜酒 酒後語益放 傲睨吟嘯 風神散朗 卽不待操紙落筆…" 운운하였다. 덧붙여, 구한말의 시인 매천(梅泉) 황현(黃玹, 1855~1910)은 『매천집(梅泉集)』 권4 가운데서 권필에 관한 소회와 인상을 이렇게 평결지었다. "傲睨千秋孰我知 人言勝到鳳凰池 縱然未入花溪室 不墮黃陳轉可師."

서 자신의 문장을 한 번 곧 내보일 것 같으면 아마도 그를 그 자리에서 경도 (驚倒)케 하고야 말았으리라. 권필의 이같은 자기과시적인 태도는 기존의 가 전 논자들이 말하는 바 이규보의 임춘에 대하던 저의와 통한다고 볼 만하다. 다름 아닌 "시문(詩文)에 대한 자만심과 자부심이 대단했던 이규보가 <국선 생전>을 집필하게 된 동기는 … 당대 문명을 떨치던 임춘의 <국순전>을 능 가하는 동궤의 가전을 써서 압도하려 했으리라는 추측"40)이 권필의 <곽삭 전>과 이윤보의 <무장공자전>의 상호관계에서도 그대로 적용 가능하다는 뜻이다.

동기의 또 한 항목은 극히 단순하고도 자명한 것이다. 다름 아니라, 권필이 게를 꽤 기호다식(嗜好多食)했으리라는 무난한 추측이 그것이다. 이를테면, 술·거문고·시의 삼혹호(三酷好)로 잘 알려진 이규보의 소작 <국선생전>이 그의 지독히 좋아하는 대상인 술을 의인화한 결과41)였듯, 다름없이 애음가였 던 권필이 술안주로서 특별히 게를 탐미하였던 나머지의 소산으로 보는 일은 아주 자연스런 귀결이 된다. 이러한 것은 조선조 후기 이옥(李鈺, 1760~1812) 이 담배를 의인화한 가전 <남령전(南靈傳)>의 창작 동기를 밝힌 소회(所懷) 를 보아도 크게 참작의 터전이 주어진다.

昔韓慕廬炎 與南烟及麴生 爲忘形友 人問 二者不可兼 當去者何 韓 公沈吟良久曰 皆不可去 若不獲已 其去麴生乎 至於烟 有死不可去 余 於南君亦然 於是爲立傳以紀.

예전에 모려(慕廬) 한담(韓炎)이 남연[담배; 필자주] 및 국생[술; 필자주] 과 망형(忘形)의 벗을 하였는데, 어떤 사람이, "둘을 한꺼번에 사귈 수 없다 면 의당 어느 쪽을 버리겠소?" 묻자, 한공이 가만히 생각하기를 한참 만에, "모두 버릴 수 없소이다만, 만약 부득이 하다면 국생을 버리겠지. 연(烟)으로 치면 죽는대도 버릴 수가 없단 말야!"하고 말하였다. 내가 남군(南君)에 대 한 심정 또한 그러하길래 이에 전(傳)으로 세워 기록하는 것이다.

---

40) 안병설, 앞에 든 책.
41) "이규보의 결말은 술에 대한 칭송으로 끝나는데 … 이것은 성격적으로 이규보가 몹시 술을 좋아하였고…."(이어령, 『한국과 한국인』 권4, 삼성출판사, 1968, p.313) 같은 견해가 그것이다.

술[麴生]과 담배[南烟]의 양자 가운데서 택일하라면 차라리 술을 포기할지언정 담배는 죽는 한이 있어도 버리지 못하겠다는 마음에 <남령전>을 지어 기록한다는 취지였다.

이렇게 동기 면에서 유추하여 본 <곽삭전>은 온전히 자기표현의 욕구에 의해 쓰여진 것으로, 이에 교훈적인 의미는 찾기 어렵다. 이미 고려말의 가전 일반과 조선 초엽에 성간(成侃, 1427~1456)의 <용부전(慵夫傳)>－이는 엄밀한 의미에서 가전의 장르 밖에 있는 것이지만－ 등은 다 교훈적인 의도를 내포했던 것이 그 후 선조 때 권필의 <곽삭전>에 와서 그러한 교훈적 의미가 일단 사라짐을 알 수 있다. 그리고 이러한 경향은 <곽삭전> 이후 조선시대 말기에 이르는 동안의 거의 모든 가전들에 전반적인 양상으로 나타난다.

> 마음의 가전 외에 단순한 사물의 가전도 조선 후기에 이르러서도 계속 나타났다. 안정복의 <여용국전(女容國傳)>, 이이순의 <화왕전(花王傳)>, 유본학의 <오원전(烏圓傳)>, 이옥의 <남령전(南靈傳)> 등이 그 좋은 예이다. 그러나 이들 작품은 있어온 대로의 되풀이거나 오히려 사물과 인간의 도를 추구한다는 정신이 약화되었고 단지 표현의 묘미를 찾는 경향이 강하다. 이는 이미 가전체를 위시한 교술문학의 시대가 지났음을 의미하며 …42)

이 글은 그러한 사정을 잘 설명해 주는 폭이 된다. 그러므로 구태여 말하자면, <곽삭전>을 위시한 위에 소개한 가전들을 '목적가전(目的假傳)'에 상대되는 개념의 '순정가전(醇正假傳)'으로 간주할 수 있겠다.

이상에서 상량하여 본 바, 몇 가지 동기들은 모두가 개인적 차원에 머물러 있다. 실제로, 최소한 권필의 이 작품에서는 개인적인 의미 이상의 것을 감지하기 어렵다.

그럼에도 불구하고, 짐짓 확대의 눈을 들어 헤아려 볼 것 같으면 이러한 추정도 혹 성립이 가능할는지 모르겠다. 즉, 이같이 짧막한 소품에서 구태여 전쟁에 나가 산야를 누빈다는 뜻인 "횡초(橫草)"의 말이 두 차례에 걸쳐 거듭 반복되었던 사실에서 실마리를 찾는다. 이는 당시의 시대상과 결부하여 연상할 수 있겠다. 권필 당년에 미만해 있던 지나치게 편중된 우문천무(右文賤武)

---

42) 조동일, 「가전체의 장르 규정」, 『장암지헌영선생화갑기념논총』, 1971, p.71.

의 사조에 대한 어떤 지양(止揚) 내지는 경각의 저의가 깔려있지 않았는가 하
는 것이다. 실제로 권필은 임진년(1592) 이래의 7년간 전란을 몸소 목격한 시
대의 산 증인이었으니, 그 결과 시정(時政)의 문약상(文弱狀)을 뼈저리게 체험
하고 통감하였을 것이다. 어느 일면 호반 쪽을 동경하는 정열이 비상한 바
있던 권필43)로서, 작중에 "횡초지기(橫草之氣)"나 "횡초지공(橫草之功)"을 애
써 강조하던 상무적(尙武的)인 사유는 오히려 당연한 귀추라 할 수 있다. 이
렇게 문약에 흘렀던 시류적 폐단에 대한 일단의 경계와 각성을 추구하려는
의욕의 기미를 전면 부정하기 어려운 것으로 될 때, 그 타당성 여부를 동기
추정의 한 가설로서 가늠해 보는 것이다.

3. 창작의 시기

석주 권필은 조선조의 지배적 이념이었던 유교의 성리학에 대해 일정한 사
상적 방황을 겪은 사실로도 특기할 만한 인물이다. 그는 도학(道學)을 깊이
연찬한다든가 또는 노(老) · 불(佛)에 관한 각별한 논의를 펼친다든가 하던 사
상가는 물론 아니었고,44) 거의 사장(詞章) 문예 방면에 전적으로 용심 · 주력
한 시인이요, 문사였다. 그렇지만 한 시대를 사는 지식인다운 바탕으로서의
사상적 수용이란 차원에서 볼 때, 성리(性理)와 노 · 장 사이를 왕래하였던 역력
한 자취를 『석주집』의 몇 군데서 엿볼 수 있다.

그의 40여세 생애 동안의 사상적 편력을 크게 3기로 나누어 보아도 무방
하리라 생각한다.45) 처음에 그는 가학(家學)을 전습하는 과정에서 아무런 비

---

43) 앞의 주 25) 참조
44) 권필에의 지감(知鑑)이 있고 그의 시를 누구보다 높이 평가하였던 허균은 <석주
소고서(石洲少稿序)>(『惺所覆瓿藁』 권4)에서, "一日洪鹿門問曰 汝章詩在國
朝 可方何人 余曰 今文簡不得當也…或以汝章 少學力 乏元氣 當輸佔畢一着
是尤不知詩道者 詩有別趣 非關理也 詩有別材 非關書也"라 했다. 곧, 학문적
역량과 시에 관한 역량은 서로 무관한 것으로 규정지으면서 석주를 옹호하였다.
45) 다행히 권필의 말년에 지었을 것으로 여겨지는 오언고시(五言古詩) 가운데는 이
같은 경로를 한눈에 간파할 수 있는 귀중한 일단이 찾아진다. 다름아닌 <주후시
제생(酒後示諸生)>(『석주집』 권1)의 요처에, "老夫早向道 古言以自箴 中間逐

판없이 유생의 입장을 견지하였던 때가 있었는가 하면,[46] 어느 시기에는 유학과 연결된 개념을 통렬히 반박하고 오히려 노·장의 편에 기울이던 특별한 국면이 있었다. 그가 남긴 파천황의 산문 일작인 <주사장인전(酒肆丈人傳)>은 이를 웅변하는 가장 확증적인 소설이었다.[47] 그는 여기서 노·장 계열로 보이는 주가(酒家) 노인의 구기를 빌려서 일대 사상적 도발을 극하고 있다. 송 이학(理學)의 대가인 소강절(邵康節)을 통절히 타도하고 정자(程子)를 무색케 하는가 하면, 유가의 성인들로 꼽히는 복희(伏羲)·문왕(文王)·공자(孔子) 등을 자연체의 큰 조화와 원기를 그르친 주범들로 몰아 일축하고 있다. 그리하여 석주 권필은 그들에게 역(易)을 인위로 조작한 과오를 따지고 마침내 이렇게 개탄하기까지 이른다.

> 噫 作易者之過也.
> 아아, 역(易)을 지은 자의 과오로다!

이러한 역(易) 비판의 과격론은 유교의 근본적 우주관에 대한 엄청난 선전포고였다.

그러나 향후, 이와는 전혀 상반된 전환이 급작스레 이뤄지는 전기를 맞게 된다. 다시 역과 성리에 귀의하는 때가 도래하게 된 것이다. 그의 나이 38, 9세 되던 해이다. 그 확실한 시기를 증거할만한 단서가 『석주집』 안에서 발견된다. 다름아니라 권7 중에는 그의 지난 평생을 회서(回叙)하는 24수[48]의 시가 들어있는 바, 그 22번째 시의 자주(自註)에 다음과 같은 기록이 있다.

放倒 兀兀仍至今…."(이 늙은이 일찍이 도를 좇아 나아갔을 땐 옛 말씀이 내 몸 닦는 교훈이었거니, 중간에 방황을 겪은 뒤 마침낸 비척이는 지금에 이르렀네….)
46) 그가 강화 거주시에 양탁(梁鐸)이라는 자가 아비를 시해한 사건을 조정에 상소한 <청주적자양탁소(請誅賊子梁鐸疏)>(『석주집』 외집 권1)의 허두만 보아도 그의 강경한 유자(儒者)로서의 명륜(明倫)과 입론(立論)을 밝게 알 수 있다.
"伏以先王之有天下 首明人倫 以立敎化 誠以綱常之道 如天地之不可易也 如日月之不可廢也 敎旣立矣 化旣行矣 而猶慮夫賊仁害義者 或出於其間…."
47) 김창룡, 「<주사장인전>에 나타난 소강절 배격의 의의」(『한성어문학』 2집, 1983. 2)에서 상세하게 다루었다.
48) <병중문야우회초당인서평생이십사수(病中聞夜雨懷草堂因叙平生二十四首)>.

余於辛丑冬 以白衣隨遠接使 到義州 今又以製述官 當往義州 適有采薪之憂 未及登途.

내가 신축년 겨울에 백의로 원접사를 따라 의주에 간 일이 있었다. 지금 또다시 제술관의 직임으로서 의주에 가야 한다. 마침 내 몸에 병이 있어 아직 길을 나서지 못하고 있는 실정이다.

여기서 신축년(1601) 겨울의 일이란 다름아닌 바로 다음 해 임인년(1602) 명나라 사신 고천준(顧天俊)이 명의 황태자 책립과 관련하여 조사(詔使)로 조선에 왔을 때 원접사 이호민(李好民)의 종사관(從使官)으로 수행했던 일을 말한다. 그리고 '지금 또다시' 이하의 부분은 그 후 4년 만인 병오년(1606), 명나라에서 거듭 주지번(朱之蕃) 등이 황태손 탄생을 알리는 조사로 내려왔을 당시 권필의 정황을 이름이다. 그런데 이 <병중문야우회초당인서평생이십사수(病中聞夜雨懷草堂因叙平生二十四首)>를 이루어 놓은 절기는 그 제 1수의 내용으로 보아 필경 봄이다.[49] 주지번 등이 국경인 의주에 당도한 때는 그 해 4월이었고, 바로 24수의 작시 연대는 1606년이다. 권필의 나이 39세, 그가 시화(詩禍)를 입고 죽기 6년 앞인 것이다.

이 외에도 이 24편의 시는 권필 생애의 변천을 요량하는데 중요한 자료가 되고 있다. 편(篇) 중에서 그는 그 전까지의 삶을 모두 헛된 것으로 돌림과 동시에, 일신(一新)된 결지(決志)를 다짐이라도 하는 양 자주 성리의 학(學)을 스스로 확인하고 있다. 유자(儒者)의 지극한 도리가 육경(六經)의 밖에 있지 않다 단정하고,[50] 일찍이 통렬히 매도하였던 소강절과 선천 역학(先天易學)을 새로이 인식하려는 자세를 갖는다. 작품 맨 마지막인 제 24에,

邵氏當年弄此環   당시 소강절이 이 경계에 놀았을 때
何曾把筆事朱丹   무슨 단술(丹術) 따위 높였겠는가.
欲知妙理無窮處   묘리의 가없는 경지를 알려거든
須向先天仔細看. 모름지기 선천(先天)을 자세히 살펴 볼지다.

---

49) 不到書齋近二旬 忽驚時序已深春
中宵臥聽催花雨 欲種山榴奈病身.
50) 半生虛作曲岐行 至理元來在六經
能使此心存此生 胸中風月有誰爭.(其23)

이 곳 말미의 자주(自注)에는 "余方讀易"〔내 이제 주역을 읽노라〕이라 하여 그 진지하고도 경건한 태도를 십분 엿볼 수 있다. 그러므로 그가 다시금 성리학에 귀의한 때를 가장 나중으로 잡는다 해도 <병중문야우회초당인서평생이십사수>를 지은 이후인 그의 나이 39세(1606) 무렵으로 착안해 볼 수 있게 된다.

그리고 <곽삭전>에는 필경 역(易)을 동조하고 받드는 조어(措語)인,

　　剛外而黃中 其學易者耶.
　　단단한 외양에 황색빛 마음을 지녔으니, 곧 『주역』을 배운 이로구나!

를 분명히 노정하고 있다는 사실이 주목을 끈다. 그런데 이러한 역의 인용은 가전마다 지켜야 할 필수 요건은 결코 아닌 것이요, 각별히 어떤 작가의 의취에 전적으로 달린 것이다. 실제로 역사(易辭)의 원용은 이규보의 <국선생전> 한 작품에서만 나타날 뿐, 여타의 가전에서는 찾아보기 어렵다. 이러한 사실이 의미하는 바는 결국 역에 대한 긍정적인 관심과 추종의 바탕이 확고하지 않고서야 굳이 이같은 표현을 이끌어다 쓸 리 없다는 것이다. <곽삭전>의 시기 쯤에 권필은 이미 역을 준봉하던 상황 안에 존재하던 터요, 따라서 권필 생애의 말기인 39세 이후의 소산으로 봄은 우선 안전의 변폭을 넓게 확보한 추정이 된다.

다른 한편, 『석주집』 권8에는 송(松)·죽(竹)·매(梅)·국(菊)·연(蓮)의 다섯 식물을 찬(讚)한 <영물편(詠物篇)>이 있는데, 그 중 연을 음영(吟詠)한 글 가운데 "周茂叔解比於君子"〔주무숙은 군자에 비유하여 해석했다〕의 구절이 각별한 주목을 끈다. 주무숙(周茂叔)은 태극도설(太極圖說)로 알려진 송 이학(理學)의 선구격이었던 염계(濂溪) 주돈이(周敦頤, 1017~1073)이니, 무숙(茂叔)은 자(字)이다. 석주가 이러한 성리학자의 표백을 문득 자신의 문채(文彩) 안에 이끌어다 쓴 데는 자기가 품고 있는 애련(愛蓮)의 취향을 보다 합당하게 보이고자 함이요, 구태여 주무숙의 이름까지 천명한 것은 말의 권위를 위함이었다. 이는 궁극적으로 그가 주무숙의 권위며 의취를 인정하는 자세로 보여지니, <주사장인전>에서 소(邵)·정(程) 두 사람을 무색케 하려던 적의와는 사뭇 그 태도부터 달랐던 것이다. 다소 막연하고 모호한 감이 또한 없지

않지만, 이러한 사실을 성리학 편에 대한 귀의라는 한 가설로서 받아들일 때 마침 이 <영물편>의 뒤에는,

己亥閏四月十四日 石洲懶隱志.
기해년 윤 4월 14일에 석주 나은(懶隱)은 적는다.

의 13자, 작가 스스로가 밝힌 연기(年紀)가 뚜렷이 명기되어 있었다. 기해년 (己亥年)이라면 1598년, 석주 나이 곧 30세 되던 시절이 된다. 만약 이 가설 대로라면 성리에의 전환 시기는 훨씬 거슬러서 상정될 터이요, <곽삭전> 창 작연대 추정의 폭도 따라 연장될 수밖에 없는 것이다.

4. <곽삭전>의 전후 관계

1) 게 의인의 명편들

가전을 위시하여 상당수의 의인화 가운데는 선후간 일정한 계통 위에 놓여 있는 경우가 적지 않다. 예컨대 술 의인화에 있어서 <육서전(陸諝傳)>·<청 화선생전(淸和先生傳)> → <국순전(麴醇傳)> → <국선생전(麴先生傳)>으로 이어지는 일련의 가전문학 계보[51]와, 청대 후방역(侯方域)이 지은 말의 가전 <건천리전(蹇千里傳)>이 조선 남유용의 말의 가전 <굴승전(屈乘傳)>으로의 접맥, 또 한유의 붓을 소재로 한 <모영전(毛穎傳)>에서 신함광의 <모영후전 (毛穎後傳)> → 한성리의 <관성자전(管城子傳)>에 이르는 일련의 맥락[52] 등 에서 그러하였다. 뿐만 아니라, 신라 설총의 <화왕계(花王戒)>로부터 조선조 김수항의 <화왕전(花王傳)> → 노긍의 <화사(花史)> → 이이순의 <화왕전(花 王傳)> → 현대 이가원의 <화왕전(花王傳)>까지는 모란을 주인공으로 한 꽃 의인의 연계라 하겠다. 이희로의 <남령전(南靈傳)>은 같은 시기 이옥의 <남

51) 안병설, 「가전에 대한 이견산고」, 『명지어문학』 7, 1975.3.
52) 이가원 편, 『여한전기(麗韓傳奇)』, 우일출판사, 1981, p.81 참조.

령전(南靈傳)>과 더불어 담배를 의인화한 차원에서의 동계(同系)53)가 될 것이다.

그렇다면 이제 게[蟹] 활인법의 경우는 어떠한가? 이는 물론 권필 당년의 <곽삭전>에 첫 남상이 있는 것은 아니다. 이미 중국에 <오중개사곽선생전>의 우의(寓意)가 나타난 바 있고, 고려 때 이윤보의 <무장공자전>이 없지 않았으며, 조선조에 들어서면 김시습의 『금오신화』 가운데 한 작품이었던 <용궁부연록>에서도 곽개사의 이름으로 다시 게가 인간의 구기(口氣)를 타고 있었다. 가전의 이름으로 이윤보가 지었다는 <무장공자전>은 기왕에 실전(失傳)이 되었고, 다만 지은이가 곽복형으로 알려진 <오중개사곽선생전>의 경우에 그 면모를 접해 볼 수 있다.

이렇듯 당초부터 게의 가전으로 오늘날까지 제목이 전하는 세 편 가전의 전모를 한꺼번에 확인할 수 없는 정황에서 작품 상호간의 세밀한 비교 검토가 어렵게 된 실정이다. 그러므로 이에 정확한 영향 관계를 예측하기 어렵고, 다만 <곽삭전>과 관련하여 검토될 수 있는 작품 종종들을 아래에 열거해 보이기로 한다.

ⅰ) <오중개사곽선생전(吳中介士郭先生傳)>

이는 이가원의 『한국한문학사』에서 지은이 곽복형이란 이름과 함께 그 제목이 처음 소개된 바 있고, 그 내용이 『고금골계문선(古今滑稽文選)』에 고스란히 실려 전한다. 그러나 곽복형이란 인물의 추적이 전혀 막연한 마당인지라, 본 편의 연대 추정 역시 불명인 채 남아있다.

다만 고려의 가전이 당나라 한유의 <모영전>·<하비후혁화전> 등을 통해서 처음 얻어진 발상이고, 임춘·이규보가 시행한 술 의인화도 그보다 앞선 당경의 <육서전>이라든가 진관의 <청화선생전>을 남본(藍本)으로 하였다는 점을 감안하여 본다면, 이규보의 동시대 문우(文友)였던 이윤보의 경우역시 전연 독자적인 의안(意案)이었다기 보다 그 이전의 <오중개사곽선생전> 같은 동일소재 가전, 혹은 유서와 같은 전거가 있어서 그에 시사를 입었을 것으로 일단 추측이 가능하다.

---

53) 이에 관한 고찰로, 구영진의 「남령전연구」(연세대 석사학위논문, 1981.12)가 있다.

그러나 그 반대의 경우도 가능하다. 다시말해, 종이의 가전에 있어 고려말의 <저생전(楮生傳)>이 중국의 <저대제전(楮待制傳)> · <저선생전(楮先生傳)> 보다 한 발 일찍 이루어진 것처럼, <오중개사곽선생전> 역시 <무장공자전> 보다 늦은 시기의 창작일 수도 얼마든지 있다. 필자 나름의 추측으로는 이것이 오히려 <곽삭전> 보다도 늦은 청대의 산물로 보고자 하거니와, 자세한 것은 바로 뒷장에서 상론하기로 한다.

ⅱ) <무장공자전(無腸公子傳)>

이윤보의 지은 바라 하나 어느 때부터인가 일편(佚篇)이 되었다. 다만 <곽삭전>의 말미에 "世或以無腸譏索 豈不過也"〔세상에는 혹 속이 비었다는 말로 곽삭을 비웃기도 하니, 이 어찌 그릇된 일이 아니겠는가!〕라 한 것은 혹시 본 작품까지도 염두에 두고 짐짓 이루어 낸 소치가 아닌가도 싶다.

그렇게 본다면 본 편이 선조 · 광해조의 무렵까지 곧잘 유전하여 내려오다가 그 후에 일실된 것은 아닌지 모르겠다. 더욱 의아스러운 일은 여말에 발생한 초기 가전의 내용적 전모가 그 제목과 함께 엄재해 있는데 하필 이것만이 중도에 유독 행방을 잃었는가 하는 점이다.

이에도 구태여 하나의 억측을 부린다면 문예인 작의의 지나친 회학성을 탓한 후세 문필가들의 의도적인 탈락은 아니었을까 싶다. 이를테면 작자의 문우인 이규보가 이윤보의 작품 50여 편 글 가운데 각별히 본편을 두고 한 평설 가운데 "其若無腸公子傳等 嘲戲之作"〔바로 <무장공자전> 같은 것은 조롱하여 놀린 작품이다〕 운운한 내용을 문제시 해보는 뜻이다. 곧, 다른 가전 작가들에게서 보여지는 진지한 태도의 결여, 또는 농문희필(弄文戲筆)에 따른 혐의는 아니었을까를 상정함이다. 이러한 이치는 마치 전고(前古)의 허다한 염정소설 류가 후대 지식인 사대부들의 가치관 및 도덕성의 기준과 서로 어긋나 그 면모를 보전하기 어려웠던 사조적(思潮的) 특수상과 연관지을만한 일단의 가능성은 남아있을 것으로 본다. 그러나 구체적인 단서가 나타날 때까지는 일개의 가설로서 머물 수밖엔 없다.

ⅲ) <용궁부연록(龍宮赴宴錄)>의 곽개사(郭介士)

권필이 <곽삭전>을 쓸 때 앞에 든 이윤보의 <무장공자전>을 보았고, 어

느 정도 참고의 계기로 삼았을 것이라 짐작하지만, 이 아직 추측의 단계에서
더 지나지 못하였다. 그런데 <곽삭전>에 영향을 끼쳤을 전수자의 자격으로
서 보다 구상적인 실체를 띤 선도적인 사례는 조선시대에 넘어와서야 보이는
데, 곧 세조 때 매월당 김시습의 <용궁부연록> 가운데의 곽개사 출현이 그
것이다.

권필이 매월당 김시습에 대한 존재를 인식하였던 증좌는 『석주집』 권7의
<차매월당어시운(次梅月堂漁詩韻)> 등을 통해 엿볼 수 있다. 기실 권필이 매
월당을 염두함에 서로가 똑같이 나름의 명분과 지조를 지킨 채 젊어 이후 평
생을 울혈(鬱血)·강개(慷慨)의 한사(寒士) 내지는 산인(散人)으로 일관하였다
는 그 사실만으로도 흉중에 흠선했을 법하다.

실제로 김시습이 용궁의 연회에 등장한 게에게 곽개사의 호칭을 부여한 사
실과, 권필이 또한 곽(郭)씨 성을 가진 개사[然臣介士也]로서 대우한 점이 서
로 통하는 것이다. 더욱이 불과 얼마 안되는 짧막한 구절 가운데서도 양자
사이의 내용상 근사를 보이는 부분은 도처에서 산견된다. 그 일맥상통하는
부분을 추려 보이면 다음과 같다.

속성 \ 작품	용궁부연록	곽삭전
은둔적 처세	巖中隱士	避世亡在澤中
외 모	被堅執銳	被堅執銳
걷는 형용	蹣跚趨蹌	嫠跚勃窣
거품(눈물)의 형용	噴沫瞪視	沫涕飮泣
내면적 형용	中黃外圓	剛外黃中
풍 미	滋味風流 可解壯士之顏	以氣味…悲愁鬱悒者 必欣然樂也

ⅳ) <조해부(糟蟹賦)>·<후해부(後蟹賦)>

이는 송대 양만리(楊萬里, 1126~1206)가 '게'를 두고서 지은 두 편의 부(賦)
작품으로서 작자도 소서(小序)에서 각각 밝혔듯이 조(曹)·채(蔡) 씨 등이 강
서(江西)에서 보내준 게의 풍미에 감발하여 쓴 것이라 했다.

그런데, 이 두 편의 부(賦)야말로 권필의 <곽삭전>과 곽복형의 <오중개사 곽선생전>에 절대적인 영향을 끼쳐 있었던 것임을 이 작품의 독서 과정상에 여실히 깨닫게 된다. 우선 <조해부> 안의 "郭其姓 索其字也"와 <후해부> 안의 "吳中介士郭先生也"란 언어는 벌써도 두 편 가전의 제목을 약속해 주었을 뿐 아니라, <곽삭전>만을 놓고 비교해 보더라도 상당 부분의 추출이 가능하다. 이를테면, <조해부>의 "黃中通理"는 <곽삭전>의 "剛外黃中"에 녹아 스민 것이겠고, <조해부>에 있는,

> 楊子迎勞之日 汝二湔之裔耶 九江之系耶 松江震澤之珍異 海門西湖 之風味….

의 내용은 <곽삭전>의,

> 上憐其志…詔以九江二湔松江震澤 爲索食邑.

에 곧장 적용된 것임을 알 수 있다. 또 양만리 <후해부>에 '주(酒)'와 '해(蟹)' 에 대한 의인법이던,

> 吾有二友 惟彼麯生與爾郭索.

취의가 권필 <곽삭전> 안의,

> 最與醴泉曹醇善 相許以氣味.

의 활인 수법에 완곡히 탈태(奪胎)되어 있다 함은 이미 언급된 것이다. 다시 양씨 <후해부>의,

> 像乎漢之蟛蜞…不知其姓則彭 其字則蜞也.

표현은 권씨 전(傳)에서 방게를 소개하는 대목인,

漢將彭越之後 有曰蛕者 學優孟之術 能像索形貌.

의 문구에 교묘히 점화(點化)되고 있음을 발견할 수 있다.

이렇게 양만리의 2편 부 작품이 뒷시대 '게' 가전에 용사된 정도를 알 만한 것이로되, 이 작품들 역시 그 수록의 주체는 『사문유취』의 차지였다.

ⅴ) 황노직(黃魯直)의 시들과 서거정의 〈야로송해시(野老送蟹詩)〉

송대의 황노직이 게와 관련하여 음영한 유시(遺詩)가 아마도 제일 많은 듯하니 『사문유취』에 여러 수 보인다. 〈차운사후식해(次韻師厚食蟹)〉·〈사하십삼송해(謝何十三送蟹)〉·〈우차답송해운희소하(又借答送蟹韻戲小荷)〉·〈대이오해조(代二螯解嘲)〉·〈우차전운현지(又借前韻見志)〉 및 지금 소개하려는 소시(小詩)가 그것이다. 시의 제목격으로 "秋冬之間 鄂渚絶市無蟹 今日偶得數枚吐沫相濡 乃可憫笑 戲成小詩"라 하였다. 곧, '가을과 겨울 사이 악(鄂) 고을의 강가에는 시장이 열리지 않아 게가 없었다. 그런데 오늘 우연히 질질 거품이 나는 몇 마리를 얻게 되매 씁쓸하니 우스꽝스럽다. 이에 희필로 작은 시 하나를 만드노라'고 하였다. 전체 3수가 있는 가운데 〈곽삭전〉에 이용된 것으로 보이는 것 두 작품 만을 여기에 옮겨 둔다.

怒目横行與虎爭　노한 눈 비낀 걸음걸이 범과 겨룸직하나
寒沙奔火禍胎成　찬 모래 위 바쁜 형상은 불행의 시작일지라.
雖爲天上三辰次　제 아무리 하늘에선 세 번째 자리 차지한다지만
未免人間玉鼎烹.　인간 세상 근사한 솥 안에 끓여짐을 면치는 못해.

그 말미의 주기(注記)에는 "陰陽家以井鬼之分爲巨蟹"〔음양가들은 정귀의 방향을 큰게자리로 삼는다〕라 적혀 있으니, 여기의 "井鬼之分"이 〈곽삭전〉 중의 "井鬼之分 必有異人"의 구문에 직접 작용했음이 완연하다. 또 제 2수의,

勃窣媻跚蒸涉波　비척비척 김 뿜은 채로 물살 헤앗고
草泥出沒尙横戈　진흙 풀 사이 출몰하며 비낀 창 자랑하네.
也知觳觫元無罪　부들부들 떠는 모습, 본시 죄야 없다마는
奈此尊前風味何.　이 술잔 앞 그 기막힌 풍미를 내 어찌 할거나.

기구(起句) 처음 네 글자인 "勃窣虆蜫"의 수사적 조어 역시 <곽삭전>의
"虆蜫勃窣於蘆葦"의 작문에 그대로 이어진 것임을 발견할 수 있다.

한편, 김시습과는 동문이었던 사가(四佳) 서거정(徐居正, 1420~1488)이 게를
두고 음영한 절구 <야로송해시(野老送蟹詩)>54)에,

> 玉鰲金甲內黃侯　멋진 몸매에 갑옷 두른 내황후
> 風味江湖第一流　그 풍미야말로 세상에 으뜸이라네.
> 可惜無腸空郭索　안됐어라, 속 없이 괜스레 더벅대다가
> 不辭五鼎近糟丘.　화려한 상 위에서 술과 친해야만 하는 일.

'내황후(內黃侯)'·'무장(無腸)'·'곽삭(郭索)' 등 게에 관한 이칭들을 포함하여
가장 특징적이고도 요긴한 표현을 이끌어 압축미를 나타내고 있다. 서거정이
김시습보다는 15세 연장이지만, 이 시작(詩作) 안의 '무장·곽삭·내황후'가
<용궁부연록>의 곽개사와 비해 어느 것이 보다 먼저 이룩되었는지는 가려내
기 곤란하다. 다만 『금오신화』의 창작이 김시습 31~36세까지의 사이에 이
루어졌다55) 하니, 이 때는 서거정의 나이 46~51세가 된다. 그러므로 <야로
송해시>도 서거정의 이 시기가 기준이 되어, 보다 이르며 늦은 정도에 따라
양자간의 선후도 결정되어질 것이다.

vi) <토별가(兎鼈歌)>

이상은 조선 중엽 <곽삭전> 이전의 게 의인의 조자(調子)가 될 것이나, 그
이후에도 역시 한적하여 문예상에 게가 활유화되어 나타나기는 애오라지 조
선 후기 <토별가> 가운데 등장하는 '표기장군(驃騎將軍) 벌덕게'와, 1908년
안국선(安國善)이 쓴 신소설 <금수회의록(禽獸會議錄)> 중의 작은 제목인 '무
장공자(無腸公子)' 정도가 고작이었다.

<토별가>에 나오는 벌덕게[舞蟹]56)는 그에게 붙여진 표기장군의 명호(名

---

54) 『해동잡록(海東雜錄)』 4(『대동야승』 권22 소재) 안에 보인다.
55) 정병욱, 「김시습과 금오신화」, 『한국고전소설연구논문선』, 계명대출판부, 1974,
　　p.24.
56) 정약전(丁若銓)의 『자산어보(玆山魚譜)』(권2, 蟹類) '해(蟹)' 문에 '무해(舞蟹)'라
　　한 것이 곧 벌덕게이다. 곧잘 집게발을 펴면서 일어나는 것이 춤추는 모양과 같다

號)가 보여주듯, 종전의 주인공 게들이 단순한 개사의 위치에 머물렀던 수준
에서 벗어나 용왕 앞에 벼슬하는 일위(一位)의 무관이다. 우선 그의 형용 및
동태의 묘사를 보기로 한다.

간의디부못치엿ㅈ오되표기중군벌덕게가의갑이굿스옵고열발을갓초와셔진
퇴을다ㅎ옵고제고향이육지오니죠셔쥬워보너쇼셔개가분의존득나셔밋쳐마을
못혀여셔입의겁품홀이면셔열발을엉금엉금기여ㄴ와발명혼다.57)

수궁의 어족(魚族)들 간에 토끼를 유인해 올 사자를 선발하는 일로 의논이 분
분한 가운데 벌덕게가 지목되었을 때의 장면이다. "의갑이 굿스옵고 열발을
갓초와셔"는 "피견집execute(被堅執銳)"와 의맥이 통하고, "입의 겁품 홀이면셔"는
"말체음읍(沫涕飲泣)・분말(噴沫)" 등과, "열 발을 엉금엉금"은 "반산발솔(攀
刪勃窣)"・"곽삭(郭索)" 등과 연결시킬 수 있는 표현이다.

그러나 이가 반드시 앞 시기의 <용궁부연록>이나 <곽삭전>의 영향을 입
었다고 말할 수는 없을 것이다. <용궁부연록>을 담고 있는 『금오신화』는 대
개 임병양란(壬丙兩亂)을 계기로 자취가 묘연하여졌다 하니,58) 그 가능성은
거의 전무하다시피 하겠다.

<곽삭전>의 경우는 특히 모호하다. 애당초 판소리 계통의 소설이란 것이
원래 서민 주류의 문예이지만 후견인 역할 당사자인 사대부의 문필적 입김이
배어듦이 통례였고, <토별가>의 경우만 보더라도 명 구우(瞿佑)가 지은『전
등신화(剪燈新話)』의 여음(餘音)이 배어있다.59) 그렇게 본다면『석주집』과 그
속에 있는 <곽삭전>이라 해서 무조건 열외로 배제해 버릴 수는 없는 것이겠
거니와, 반대로 이 얼마 아니되는 간략한 서술만 가지고서는 수수 전달 운운

[好張蟹而立 如舞]하여 이렇게 이름붙인 듯하다.
57) 완판본 <토별가(兎鼈歌)>에서 인용. 이는 신재효 본 <토별가>와 동일한 내용으
로 되어 있다.
58) 이가원, 「금오신화고」, 『한문학연구(韓文學研究)』, 탐구당, 1969, pp.267~268.
59) 예컨대, 자라가 토끼를 수궁으로 유인코자 늘어놓는 갖가지 감언이설 중의 한 단
락, "문중조관잇스면은영덕견지을격의숭양문을못지어셔양게까지멀이나와여선문을
쳥힛것쇼…"는 전적으로 <수궁경회록(水宮慶會錄)> 안의 내용을 살려 서술한
것이다.

으로 단정짓기는 다소 난처함이 없지 않다.

vii) 〈금수회의록(禽獸會議錄)〉의 무장공자(無腸公子)

〈토별가〉에서 비친 게[驃騎將軍]는 대장인 고래와 함께 문관들의 세에 눌린 무관들의 울분을 대변하는 일정한 역할을 수행하는 자로서 그친다. 이 러한 그들의 행위에 대해서 작자가 비록 '불쌍한 호반(虎班)'[60]이라는 한 구 절을 사용하였지만 지극히 객관적이고도 냉정한 표현에 불과할 뿐, 특별히 어느 한 쪽에 대해 우호의 입장을 천명한 것은 아니었다.

그러나 이후, 안국선의 본편에서 게가 다시 사장(詞章) 위에 등장하였을 때 는 절대적 긍정의 입김을 타게 되니, 안국선은 작품에서 인간이 게를 두고 무장공자 운운으로 지칭한 것은 천만 부당한 일이라고 우선 일축해 버리는 포문을 열었다.

나는 게올시다. 지금 무장공자라 ᄒᆞ는 문뎨로 연설홀 터인디, 무장공자 라 ᄒᆞ는말은 창자없는 물건이라 ᄒᆞ는 말이니, 녯적에 포박자라 ᄒᆞ는 사롬이 우리 게의 죡속을 가라쳐 무장공자라 ᄒᆞ얏스니 대단히 무례혼 말이로다.

그리고 정작 쓸개빠진 구실을 하는 당사자는 인간이라고 대거 논박하는 반면, 몇 가지 관련되는 고사 및 속담 등을 이끌어 게를 극구 선양·비호하는 일에 열을 다하였다. 특히 위 인용문 중의 머릿점 부분은 〈곽삭전〉 가운데 게를 우단(右袒)하는 강론(强論),

世或以無腸譏索 豈不過也.
세상에는 혹 무장(無腸)이란 말로 곽삭을 비웃기도 하니, 이 어찌 그릇된 일이 아니겠는가!

와는 그 발상이 묘하게 합치하고 있는 점을 놓칠 수 없다. 그렇다면, 안국선 은 무장공자를 짓기 이전 진작부터 『석주집』 내의 〈곽삭전〉까지 감안하였 던 것일까? 더욱이 공교한 일은 〈금수회의록〉 '개회취지(開會趣旨)'의 단락

_____

60) "불숭혼호반더리문관의게평싱눌여절치부심ᄒᆞ엿다가일언디을당ᄒᆞ여…."

을 통해 볼 수 있는 여하의 글,

> 하나님이 뎡ᄒ신 법대로 힝ᄒ야 긔는 쟈는 긔고 ᄂᆞᆫ는 쟈는 ᄂᆞᆯ고 굴에서 사ᄂᆞᆫ 자는 깃드림을 침노치 아니ᄒ며 깃드린 쟈는 굴을 ᄲᅢ앗지 아니ᄒ고 봄에 싱겨서 가을에 죽으며 여름에 나와셔 겨울에 드러가니 하나님의 법을 직히고 텬디 리치대로 힝ᄒ야 정도에 어김이 업슨즉 ….

이 또한 흡사 권필 <주사장인전>의 한 구절이 되었던,

> 凡天地之間 有生之類 躶者 毛者 羽者 介者 鱗者 煥奐者 肖翹者 蠢
> 蠢而啾喞者 咸得其所 若此之時 可謂至德也已.
> 무릇 천지 사이에 생명있는 종류라 한다면, 맨 몸뚱어리 것, 털이 난 것, 깃털 달린 것, 단단한 껍데기가 있는 것, 비늘 달린 것, 따사롭하니 꿈틀대는 것, 미세한 것, 팔짝팔짝 뛰면서 찌릭찌릭 우는 것 등이 있지. 이들은 하나같이 그 타고난 바 속성을 갖춰 있슨즉, 바로 이 시점이야말로 가히 덕의 지극함이라 이를 것이다.

와는 문맥의 대의와 글의 이미지가 서로 방불한 감도 없지 않은 것이다.
　이상, <곽삭전>과 비준하여 검토될 수 있는 게 의인화의 작품 면면들을 대개 나열해 보인 셈이다. 그러면 이제 <곽삭전>의 수사 표현이 앞 시대의 작품과 직접 또는 간접적으로 교감이 연상되는 부분을 들여다 보기로 한다.

2) 수사적(修辭的) 닮음

　<곽삭전>의 전편(全篇)에 흐르는 수사는 순연한 작자 개인의 독창적 조어만은 아니다. 그보다 이전에 존재하였던 여러 작품의 수식을 적절히 원용하고 교묘하게 안배하여 의연한 환골탈태를 이룩하고 있음을 보게된다.
　사마천 『사기(史記)』가 가전에 끼치는 영향은 고려시대 가전 발생의 초기부터 밀도높게 나타나는데, 특히 <곽삭전>에서 그러한 영향의 상관성이 가장 적나라하게 드러났다. 주인공 곽삭이 왕이 내리는 벼슬을 사양하면서 아뢰던 말, "寧游戱汚瀆之中自決 無爲有國者所羈" [차라리 더러운 도랑물 가

운데 노닐면서 스스로 즐거울 망정, 나라를 다스리는 분에게 얽매임이 없고자 합니다]는 그 소종래를 추적하여 본 결과 『사기』권63, <노자한비열전(老子韓非列傳)>의 세 번째 '장자(莊子)' 항에 기록된 다음과 같은 대목,

> 楚威王聞莊周賢 使使厚幣近之 許以爲相 莊周笑謂楚使者曰 我寧游戲汚瀆之中自決 無爲有國者所羈 終身不仕 以快吾志焉.
>
> 초나라 위왕이 장자가 어질다는 말을 듣고 후한 폐백과 함께 사신을 보내어 가까이 하고자 했다. 재상을 내리려고 하자, 이에 장자는 웃으면서 초나라의 사자에게 말하였다. "내 차라리 더러운 도랑물 가운데 노닐면서 스스로 즐거울 망정, 나라를 다스리는 이에게 얽매임이 없고자 합니다. 죽을 때까지 벼슬하지 아니한 채 내 뜻을 유쾌히 하고자 하오!"

에서 단 한 글자의 차이도 없이 그대로 끌어썼음을 알겠다. 이러한 사실은 권필이 이 대목을 각별한 인상으로 강기(强記)하였고, 또 그렇게 기억하였던 것은 장자의 위와 같은 쾌사(快事)를 깊이 흠선하였던 증거라 볼 수 있다. 나아가, 당시의 환로를 더럽다 하여 애써 멀리하려던 자신이 장자의 고고한 기개와 상합한다는 멜랑꼴릭한 자기합리 내지는 자족의 마음이었을 것이다.

그 다음, 앞 시대의 가전인 <국순전> 및 <국선생전>·<청강사자현부전> 등과 표현 또는 구상의 방식에서 직·간접으로 닮아 있는 흔적을 타진해 볼 수 있다. 일람하여 대비해 보이면 아래와 같다.

국순전	국선생전	청강사자현부전	곽삭전
每有盛集 醇不至 咸愀然曰 無麴處士不樂 其爲時所愛重如此	與中山劉伶潯陽陶潛爲友 二人嘗謂曰 一日不見此子 鄙吝萌矣		人或請醇 索時時與俱往 雖有悲愁鬱悒者 索與醇在其左右 則必欣然樂也
	上器之 擢置喉舌 待以優禮 每入謁命 舁而升殿 呼麴先生而不名	上聞其名 使使聘焉	使使强致之 欲授以喉舌之任

5. 맺음말

멀리 신라에 <화왕계>가 있었지만 그것은 의인문학의 광의에 합당하였을 뿐, 이른바 인물의 전기(biography)를 사물에 가탁하여 서술하는 형태적 장르인 가전의 자격에는 전혀 미치지 못하였다. 진정한 의미에서 가전이란 양식으로 성립되려면 미상불 선계·본전·후계·평결이라는 기본적으로 외재하는 요건들이 갖추어져 있어야 한다. 이는 가전의 발생적 남상으로 간주되는 당나라 한유의 <모영전> 이래 불문율적 원형(原型)이 되어왔기 때문이다. 따라서 <정시자전(丁侍者傳)>이나 <용부전(傭夫傳)> 등은 가전이 아닌 별도의 의인단편으로 간주된다.

아직 고려의 발생 초기 가전에 국축하고 있는 실정인 한국가전의 연구는 이제 훨씬 난만히 꽃피웠던 조선조의 가전들에 마저 관심하고 다루어야 할 때가 된 듯싶다. 우선은 작품을 총망라하여 시기별·소재별로 정돈함은 물론, 그 개개의 작품이 전체 가전에 보편적으로 통하고 있는 동질성 및 차별적으로 한정된 특성, 곧 보편과 특수를 추려내는 이론적 강화도 함께 수행되어야 할 문제로 본다.

지금 이 글도 바로 여(麗)·한(韓)에 걸치는 한국 가전의 통시적 전개의 한 부분으로 이 작품에 해당하는 보편과 특수의 현상에 대해 검토하여 본 것이다.

대체적으로 가전의 작자가 그가 내세우는 주인공에 대해서 가지는 입장과 태도는 크게 긍휼·선양의 것과 조희(嘲戲)·폄하(貶下)의 것과 같은 두 갈래로의 구분이 가능하다. 따라서 그 주제 또한 대개는 유가적 가치관에 적합한 교훈 또는 풍자로 나타나기 마련이지만, 특별히 그러한 외에도 주인공의 성품이나 행적이 가끔은 작자의 신변적 진실과 밀착(overlap)하여 나타나는 수도 있는 바, <곽삭전>은 그 대표적 호례가 된다.

이 작품이 그러나 자기합리화의 미학만으로 시종하였던 것만은 아니었다. 여기에는 냉정한 현실인식과 풍자정신이 아울러 깔려있다. 조정에 의해 일약 중임(重任)을 천거받을 정도의 덕망, 운인(韻人)·가사(佳士)들과의 친교, 역의 이치를 깨달음과 같은 문사로서의 역량 뿐 아니라, 횡초의 공로를 이룬 가문 출신으로 호반의 자질도 함께 갖춘, 이른바 문무겸전의 주인공 곽삭은 바로 권필 스스로를 암시하는 자화상 역할을 띤다. 그와 동시에 다사다난했던 그 시대에 바람직한 권필 나름의 이상적 초상이기도 하였을 것이다.

무엇보다 권필은 1592년 임진란 발발의 당년에 강경한 주전론(主戰論)을 주장하였던 인물이라는 점을 상기 아니할 수 없다. 임란을 겪은 뒤에도 계속 되는 파당정치 속에서 무(武)를 가볍게 여기고 군비를 소홀히 하는 문약(文弱)의 병폐는 사그라들지 않았다. 이에 대한 경각과 조바심의 표현에 있어서도 무장(武裝)의 표상이 되는 게는 기막히게 적절한 대상이 아닐 수 없었다. 아울러 유사시엔 백승의 전공을 누릴 수 있는 강성한 군사력의 아쉬움 때문에 재차 "횡초지공(橫草之功)"과 "횡초지기(橫草之氣)"를 강조하였던 것으로 유추된다.

한편, 곽해 관련의 "임협행권(任俠行權)"이라든가, 팽기 관련의 "외탁군자(外托君子)"·"내실음적(內實陰賊)" 같은 표현의 알레고리를 통하여 당시의 횡포한 권력가 및 위선에 찬 무리들에 대해서도 은유적으로 풍자한 듯한 대목이 없지 않았다. 광해 초에 최고의 권신(權臣)이던 이이첨(李爾瞻)이 교제를 신청하였을 때에 권필이 이를 단호히 거절하였던 권필이었다. 그 뿐 아니라, 자신을 끝내 죽음으로 몰아넣었던 <궁류시(宮柳詩)>가 다름아닌 척신(戚臣)인 유희분(柳希奮)을 풍자한 것이라 하니, 권필의 이같은 의연한 삶의 태도가 그의 문학과 무관하다 보기 어렵다.

<곽삭전>은 장르의 처음 시작인 고려 후기 이래 한동안 제법 성실했던 기류 뒤에 얼마간 소강(小康) 상태를 보인 조선 전기의 느긋하고 완만한 분위기를 불식하고, 선조·광해의 연간에 우뚝 솟아난 조선 중기의 걸작 가전이다. 그리하여 인지도 높은 『석주집』 안의 이 가전은 그 뒤에 만개한 후기 가전들의 첨병 및 선도의 구실을 하였다. 중흥을 가져온 듯한 이러한 중간자적 역할은 바로 본편이 차지하는 가전문학사적 위치라 볼 수 있을 것이다.

▓ 곽복형(郭福衡) / <오중개사곽선생전(吳中介士郭先生傳)>

게의 인격성을 극대화한 미학적 변모

　<오중개사곽선생전(吳中介士郭先生傳)>은 중국 곽복형(郭福衡)이 '게'를 의 인화한 가전이다.

　그러나 작자인 곽복형은 중국의 문예사전류나 인명사전류에도 이름이 나타나 있지 않아 지금까지 시대와 연대를 전혀 알 수 없는 인물이다. 따라서 이 경우 작가에 대한 생애라든가 사상 등의 세부적인 검토가 막연한 실정이다. 다만 작품론에 치중될 수밖엔 방법이 없는데, 그나마 그의 작품으로 본편 이외에는 더 확인이 안 되기 때문에 작품 일반론적 접근도 일단 어렵게 되어 있다. 그러므로 결국 남은 일은 제한된 이 한 편의 분량 속에서 할 수 있는 최대한의 외연적·내포적 의미의 개연성을 추출하는 노력이라고 본다.

　어느 가전 작품이든 그 연구의 방법에서 다 마찬가지가 되겠지만, 이 작품이 어디까지나 '게'라는 사물을 놓고서 의인적 형상화를 입힌 것인 이상, 우선은 한 내용이 외연적 의미 안에서 해당 사물의 어떠한 면을 형상화한 것이냐 하는 표면적 진실을 제대로 파악하는 일이다. 그런 연후에 파악된 표면적 형상화를 통한 이면적 인간의 진실, 곧 작품이 갖는 내포적 의미를 추출하는 일이 되리라 생각한다.

　다음으로, 가전 장르의 일반이 갖는 내용의 소재는 대개가 외부의 문헌전 거에서부터 취용한 것이고, 그것이 궁극에는 유서(類書) 종류로 귀착된다는 사실을 시금석의 차원에 두고, 이에 개연성 있는 모든 출전을 상대로 철저히 고증 확인하는 작업이 요구된다.

　또 한 가지, 필자 나름의 견해로서 이 가전에는 여느 다른 가전들과 비해 한층 색다른 특징이 괄목되는데, 그것은 바로 작품의 주인공에게서 우러나는 골계성 및 숭고성의 두드러짐이다. 따라서 특히 본편에 관한 한, 문예 미학적인 접근이 사뭇 요청된다고 보아 이에 연계적인 시도를 펴되, 조선조 권필의 <곽삭전(郭索傳)>이 지니고 있는 비장성과의 대조를 통해 더욱 극명히 하고자 한다.

1. 작품 분석

<오중개사곽선생전>의 경우, 이전에 이가원의 『한국한문학사(韓國漢文學史)』 가운데 그 제목이 잠깐 언급된 사실은 있었으나,1) 그 이상의 상세한 논의는 없었기에 이에 우선 작품의 면모를 소개하지 않을 수 없다. 이에 뇌진(雷瑨) 편저의 『고금골계문선(古今滑稽文選)』(대만, 廣文書局)에 실린 것을 내용의 구조상 기·승·결로 구분하여 전재하기로 한다.

[起] 先生姓郭氏 名索 別號無腸公子 世居吳中 生負異質 所行不循故轍 而稜角峭利 人無以窺其內美 所見者外特剛介 輦以介士誚之 先生故 夷然也 先世當金天氏1)時 爲江湖使 春秋越伐吳 有率其鄉人取稻予越 者 積功封含黃伯2) 子孫多附郭居 遂姓郭

[承] 凡散處江湖者十二種 獨先生名噪於時 少時思作水仙3) 喜浪遊 旣而悔 曰 人將以江湖目吾 遂隱居不出 頗韜晦 然其放逸之態 時時見於四體4) 貧無家 有田數畝 稻熟時 循行隴畔 頑惡之徒 思慤先生賣之 夜持火 往 則已逸去 先生無所不窺 多蘊蓄 與唐叚柯古5)後叚君 隋魚俱羅6)後 魚君 及先世舊友彭越7)後彭君 人目爲四友 几筵鼎俎 不期而並集 先 生每愛叚氏之博學 而嗤魚彭少文 又謂魚彭交須熟 斯得尋味 恃本質 頗耐人咀嚼者 獨吾與叚氏耳 人多然其言 先生以上舍生成明經 後充 解額爲孝廉 再遊京師無所遇 或欲以州幕8)聘先生 先生不可曰 吾不能 折腰媚貴官 旣有吾 必無監州9)乃可 畢吏部奇先生 招之往 醉則以足 加吏部腹 吏部手持之 復大恚曰 吾不早匿迹草澤間 乃遭大官侮耶 吏 部揖謝曰 吾始未識子文 今乃識子矣 向聞先生不諧於俗 而性畏拘束

---

1) 이가원, 『한국한문학사』, 보성문화사, 1981, p.156.

好謔 浪 以今視之 腹有雌黃[10] 而鋒稜露目 固能剛而不能柔者 乃欲
招子拍浮酒池中 予過矣 先生益自明曰 彼脂韋[11]者流 人第見外狀之
可取 而不知其中之無實 吾嘗以河洛[12]自占 屬離卦 當以文明顯 乃令
如菫父登布[13] 緣止復墜地命也 言至此 口沫湧出 幾委頓 吏部急扶去
之 久之 先生曰 吾老矣 縱不堪居鼎鼐 特恐後來益不如吾 吾且歸吳
中 其才尙足以橫行一世也 不告而歸 仍居松江[14]故舍 先生旣歸 益嚴
冷 友如彭氏叚氏族且盡 魚氏方盛 皮相者顧謂魚氏文 先生不謂然 但
謂其骨鯁似吾介 不絶之 先生族頗衆多 食麻而肥 獨先生瘠甚 人目爲
棄才 而先生之年亦老矣 有談先生少年軼事者 鄰解氏婦[15]大腹 童姓[16]
招之不就 戲縶解手足 抉其臍 適爲先生見 鉗止之 解婦得免 德先生
走嘬先生 先生方臂釜 譙訶曰 速去 毋膏吾斧 其內行之介又如是 晚
歲性益介 離衆獨行 偶於田塍間見之 形益尪瘠 後春水方生 忽不見
莫知所終 人以爲應少時水仙之讖云

[結] 郭公曰 先生予宗人也 負剛不屈 恃才橫行 人多以鼎烹危之 其得免者
隱見不時 莫測其所至也 不惕貴官 不邇女色 信不愧介士矣 予嘗與先
生同遊沙灘 方覔飮啄 顧先生揮臂成山水狀 先生兩掌特鉅 人又以大
手筆目先生也 迄今遠人之過松江者 輒指先生舍而言曰 介士介士 蓋
其平日之行爲 足取信於人云.

1) 金天氏 : 신화시대의 제왕인 소호씨(少昊氏)의 별칭. 금덕(金德)으로 임
  금을 하였다는 데서 유래하였다. 『제왕세기(帝王世紀)』에, "少昊金天
  氏 名摯 字靑陽 姬姓也 降居江水 邑於窮桑 以登帝位."

2) 含黃伯 : 게[蟹]의 별명 가운데 하나. 속에 누른 빛깔을 띠었다 하여
  붙여진 이름이다.

3) 水仙 : 수중(水中)의 선인. 『천은자(天隱子)』에, "在水曰水仙."

4) 四體 : 신체의 사지. 두 손과 두 발.

5) 叚柯古 : 새우[蝦]. 하고(蝦蛄)는 새우의 일종인 바, 음동(音同)을 이용
  한 듯. 새우와 게의 긴밀함을 표현한 '하해(蝦蟹)'라는 말도 있다.

6) 魚俱羅 : 수(隋)나라의 장사로, 기운이 절륜하여 음성이 수백 보 떨어
  진 곳까지 울렸다 한다. 훗날 그의 아우가 죄를 입었을 때, 수양제(隋煬
  帝)는 그에게도 이심(異心)이 있을가 하여 죽여버리었다.

7) 彭越 : 한고조(漢高祖)를 일으킨 명장. 한고조 유방을 따라 초를 멸하는
  데 공이 많았던 한나라 창업 초기의 명장.

8) 州幕 : 주(州)의 집행부.

9) 監州 : 벼슬 이름으로 통판(通判)의 별칭. 송태조(宋太祖) 때 제주통판(諸州通判)을 이렇게 불렀다. 소식(蘇軾)의 시 중에도 "但憂無蟹有監州"라 한 것이 있다.

10) 雌黃 : 인체의 독기를 없애주는 약석(藥石)의 일종. 게의 내부가 황색을 띠고 있음을 표현한 것.

11) 脂韋 : 본 뜻은 기름으로 잘 다루어진 가죽을 일컫는 말이지만, 비유하여 시속에 부합하여 부침(浮沈)하는 자를 의미하기도 한다.

12) 河洛 : 하도낙서(河圖洛書)의 약어. 하도는 복희씨(伏羲氏) 때 황하(黃河)에서 나왔다고 하는 용마(龍馬)의 등에 나타난 도형. 낙서는 하(夏)의 우왕(禹王) 때 낙수(洛水)에서 나온 신귀(神龜)의 등에 쓰여 있었다는 글씨. 각각 역괘(易卦)의 원리와 홍범(洪範)의 원본이 되었다 함.

13) 董父登布 : 미상.

14) 松江 : 지금의 강소성(江蘇省) 화정현(華亭縣)에 있는 오송강(吳松江). 태호(太湖)의 한 지류임.

15) 解氏婦 : 해씨성(解氏姓)의 부인이란 말이니, 여기서 성씨를 '解'라고 함도 '蟹'에서 응용을 가한 것인 듯.

16) 童姓 : 아이[童]를 지칭한 표현.

이제 그 대략적인 경개는 이러하였다.

　　오중(吳中) 출신인 곽삭(郭索)은 사람들이 그 내면의 진가를 알아주지 못했으나 자못 의연한 바 있었다. 그 선조로서 멀리 금천씨(金天氏) 때 강호사(江湖使)를 한 이, 춘추시대 월나라에 공로를 세워 함황백(含黃伯)에 봉해진 이도 있으니, 곽삭은 그 후예이다. 그는 세인의 눈을 꺼려 강호(江湖)를 피하였고, 하군(蝦君)·어군(魚君)·팽군(彭君)과도 벗을 하였는데, 그 중에도 하씨(蝦氏)와 가장 기미(氣味)가 통하였다. 그는 강개(剛介)한 성품으로 세간의 영리에 급급하는 무리에 대한 강개(慷慨)의 념(念)이 컸다. 노년에 송강(松江)으로 돌아올 때 쯤엔 이미 한파의 무렵이었는데, 소싯적 의기에 비해 늙어 고절(孤節)은 더욱 높았으나 몸의 수척은 면치 못하였다. 뒷날 춘수(春水)를 따라 홀연히 사라지니 아마도 수중선(水中仙)이 된 양하였다. 선생은 강(剛)과 재(才)를 겸하여 한 몸을 보전했다. 권세 앞에 당당했고, 여색에도 흔들림 없었으며, 그 밖에 어느 모로든 떳떳한 풍도를 갖추었으니,

초일(超逸)의 참된 개사(介士)라 이를 것이다.

이상을 내용 분석의 차원에서 놓고 본다면 서두 – 선계 – 본전 – 종말 – 평결과 같은 형식적 과정이 내재하여 있음을 파악할 수 있다.

그러나 간단히 가전의 외형 구조의 면에서 볼 때는 선계·본전·평결의 형식, 곧 기·승·결의 체계에 놓여 있다. 후계, 곧 전(轉)의 부분은 빠져 있어 가전 본래의 정통 격식에서는 일단 벗어나 있다.

우선 본 작품의 기(起)부. 본래 이 부분에서는 주인공에 대한 간략한 소개 〔序頭〕 및 주인공 이전 시대의 사적(事蹟)인 선계를 소개하는 것이 일반적 상례인데, 본편의 경우 여타의 가전들에 비해 서두가 훨씬 장황해진 현상을 주목해 볼 수 있다. 또한, 서두의 이러한 특징이 중국 가전의 전반적 양상 안에서는 전기 당·송의 때엔 아직 보기 드문 현상이고, 후기 명·청대의 가전에서나 오히려 목접 가능한 것이니, 일단은 그 개연성에서 후기 가전일 수 있는 확률이 더 높다고 보겠다. 하지만 그것만으론 아직 증거가 불충분하다.

지금 본 작품이 제작된 시대조차 알 수 없는 상황이지만 그래도 이 작품이 가전사 전기의 것인지 후기의 것인지 정도는 유추해낼 수 있는 방법이 아주 없는 것은 아니다. 다름아닌 본 가전이 내용적으로 이용하였을 문헌적 소재, 곧 문헌 전거를 탐색해내는 방법이 우선의 첩경이 된다.

맨 먼저, 이 작품의 표제가 되는 <오중개사곽선생전> 명칭의 소종래를 알아볼 수 있는 계기가 양정수(楊廷秀)의 <후해부(後蟹賦)>에 마련되어 있음을 간과할 수 없다. 곧, 작품의 시작부에서 얼마 멀지 않은 자리에 "視集趾二四 而有踦 意以爲吳中介士郭先生也"라 한 곳이 있어 본 가전 탄생의 핵심적 진원지가 되고 있다.

양정수는 송대의 성재(誠齋) 양만리(楊萬里, 1124~1206)를 말함이니, 정수는 그의 자이다. 그는 『성재역전(誠齋易傳)』·『성재집(誠齋集)』 등을 남겼거니와, 특히 높은 격조의 회해(詼諧)로도 이름이 났다고도 한다. 그럴 뿐 아니라 '게'에 관한 약간의 부와 시를 남겨, 결과적으로는 뒷시대 게 가전을 위해 유력한 추진자의 역할마저 한 셈이 되었다. 무엇보다도 <조해부(糟蟹賦)>·<후해부(後蟹賦)>의 두 편의 부가 그 영향의 효과면에서 가장 막강하였으니, <오중개사곽선생전>과 <곽삭전> 두 작품 게의 가전이 이 양편 부에서 힘입은 바가 가장 지대하였던 것이다.

<조해부>는 양만리가 강서(江西) 땅의 조생(趙生)이란 이로부터, 조해(糟蟹)라고 하는 게 요리를 받고 그 풍미에 반한 나머지 그에게 감사한다는 뜻으로 지었다고 한다. <후해부>는 그 뒤에 또 다시 강서에 사는 채생(蔡生)이란 이가 산게[生蟹]를 보낸 바, 그 풍미가 이전의 것과 비할 바 아니므로 새삼 또 지었다고 한다. 다름 아니라, 작자 자신이 작품의 앞머리에 창작 동기에 따른 소회를 주기(注記)[2]한 것을 빌어 알 수 있었다. 그에겐 이러한 작품들 외에도 <조해(糟蟹)>라는 표제 아래 게를 두고 읊조린 시도마저 없지 않았다.[3] 이상은 모두 『사문유취(事文類聚)』 후집 권35 개충부(介蟲部) '해(蟹)' 문의 안에서 포착 가능한 내용들이었다.

주인공 이름의 "곽삭(郭索)"과 별호의 "무장공자(無腸公子)" 역시 마찬가지로 '해(蟹)'문 '군서요어(群書要語)'의 란에 명시돼 있는 터이다. 그의 선대 조상 중에 금천씨의 때를 당해 강호사(江湖使)를 했다는 말은, 생각건대 금천씨가 강수(江水) 가운데 강림해 살았다는 메시지와 연관시킨 응용적 조어(調語)로 보여진다. 또, 글 가운데 다음과 같은 내용이 있다.

> 春秋越伐吳 有率其鄕人取稻予越者 積功封含黃伯.
> 춘추시대에 월나라가 오나라를 칠 적에는 향리 사람들을 이끌고서 벼를 취해다가 월나라에 준 이가 있었으니, 그 이룩한 공로로 인해 함황백(含黃伯)에 봉해졌다.

이것의 이해를 뒷받침하기 위한 터전이,

> 越王句踐召范蠡曰 吾與子謀吳 子曰未可也 今其稻蟹不遺種 其可乎 對曰 天應至矣 人事未盡也 吾姑待之.
> 월왕 구천이 범려 불러 말하기를, "나와 그대가 오나라를 도모하고자 함에 그대는 아직 때가 아니라고 했거니와, 지금은 벼를 집어 먹는 게가 볍씨를 남기지 않고 다 먹어치웠으니 가능하다 하겠는가?" "하늘의 응하심은

---

2) 昔趙子眞漕江西餉予糟蟹 因爲賦之 江西蔡帥定夫復餉生蟹 風味十倍漕丞 再爲賦之.
3) 橫行湖海浪生花 糟粕招邀到酒家 酥片滿蟹疑作玉 金釀鎔腹未成沙.

왔지만 사람의 일이 아직 부족하나이다." "그러면 내 잠시 기다려야겠군!"

에서 가능해 보인다. 오중(吳中)에 있는 게가 벼를 먹게 되면 오(吳)의 군량에 손상이 되고 이는 곧 월(越)에게 이익을 끼치는 셈이다. 이는『사문유취』'고금사실(古今事實)'의 <모국복해(謀國卜蟹)>에서 찾아볼 수 있는 부분이다. 그 공로로 함황백에 봉해졌다는 표현도 유취 안에서 흔적이 엿보인다.[4] '승(承)' 부는 곽선생의 본래 전기, 곧 본전(本傳)이다.

이 부분 첫머리, 강호간에 흩어져 사는 그의 겨레가 12종이 되었단 말도 게의 종류를 그렇게 나누어 본 뜻이지만, 그 자세한 영문도『사문유취』아니면 풀어볼 길이 묘연하다. 예컨대, 같은 송대 육전(陸佃)의『비아(埤雅)』에도 게의 종류에 관해 언급한 것이 있기는 하나, 이에선 10종이라 하여[5] 본문의 내용과 부절(符節)이 맞지 않는다.『석전(釋典)』에도 "十二星官有巨蟹焉"이라 한 것이 있지만[6] 미처 표현의 정곡을 얻지 못하다가, 다만『사문유취』'해(蟹)' 문의 '고금문집(古今文集)' 중 <해유십이종(蟹有十二種)>에,

文登呂亢多識草木虫魚 守官臺州臨海 命工作蟹圖 凡有十二種.

이라 하고 일일이 열거하여 자세한 설명을 가하고 있다. 원래 게의 종류를 12종으로 본 것은 아마도 송대(?) 여항(呂亢)의 <십이종변(十二種辨)>이 처음일 것으로 추정되지만,[7] 지금『사문유취』에서 그 당사자인 여항의 이름과 함께 이 뜻을 놓치는 일 없이 명시해 주고 있음이 엄연한 사실이다.

그 다음의 내용 가운데 이런 것이 있다.

稻熟時 循行隴畔 頑惡之徒 思縶先生賣之 夜持火往 則已逸去.

---

4)『사문유취』'해(蟹)' 문의 '시구(詩句)'·란에, "牛殼含黃宜點酒 兩螯斫雪勸加餐"의 구절이 있다.

5)『비아(埤雅)』권2 석어부(釋魚部) '해(蟹)' 문에, "蟹類甚多 若蝤蛑擁劍彭蜞彭螖之類 凡十數種."

6) 이는『광박물지(廣博物志)』권50, '해(蟹)' 문에서 발견이 가능하다.

7) 이익,『성호사설(星湖僿說)』, 만물문(萬物門) '해(蟹)' 조

'벼가 익을 무렵에 농(隴)의 주위를 돌곤 했는데, 그럴 때면 완악한 무리가 선생을 잡아다가 팔 생각으로 밤에 횃불을 들고 접근하였다' 운운도 다 일정한 근거 하에 쓰여진 것이니, 그 출원이 부굉(傅肱) 찬의 『해보(蟹譜)』에 있는 다음과 같은 전거에 있었다.

> 今之採捕者 夜則燃火以照 屬附明而至焉.
> 오늘날에 게를 잡으려는 사람은 밤되면 불을 지펴 비추고 그 밝음에 의지해서 찾아간다.

그리고 이 정보는 곧장 『사문유취』 '해(蟹)' 문의 '군서요어' 란에서 편람된다.

곽선생이 하군(蝦君)과 가장 친한 벗이었다는 말은 같은 갑각류로서 똑같이 고급스런 맛을 내는 게와 새우[蝦]의 유사한 속성을 의미한 표현이다. 이 둘을 한꺼번에 부를 때의 '하해(蝦蟹)'란 말도 있거니와, "亥日饒蝦蟹"라는 백거이(白居易)의 싯구 한 자락을 유취가 또한 담고 있는 바이다.

주인공 곽선생의 말로, '내 일찍이 하도낙서를 가지고 점을 쳤더니 이괘(離卦)에 속하였으매 응당 문명(文明)이 드러날 것이라'고 한 구절,

> 吾嘗以河洛自占 屬離卦 當以文明顯.

이는 『주역(周易)』 설괘전(說卦傳)의 설명8)을 본 유취가 끊어다 쓴 다음과 같은 대목,

> 易之離象曰 爲鱉 爲蟹 爲蠃 爲蚌 爲龜 孔穎達注 取其剛在外也.
> 주역의 이상(離象)에는 자라, 게, 고둥, 조개, 거북이 해당한다. 공영달의 주석에는 단단함이 겉에 나타난 경우를 취한 것이라고 하였다.

에서 슬그머니 활용했던 것임이 확인된다.

---

8) 『주역』 설괘전(說卦傳)에, "離爲火 爲日 爲電 爲中女 爲甲冑 爲兵戈 其於人也爲大腹 爲乾卦 爲鱉 爲蟹 爲蠃 爲蚌 爲龜 其於本也 爲科上科"라 하였다. 한편으로, 송나라 육전(陸佃)의 『비아』에는, "易曰…離爲蟹 言卦體外剛內柔而性又火燥"라 한 것이 있다.

또 <오중개사곽선생전> 안에는 주인공 곽선생의 계색(戒色) 근신하는 높은 절행을 강조하는 다음과 같은 흥미로운 내용이 있다.

隣解氏婦大腹 童姓招之不就 戲縶解手足 抉其臍 適爲先生見 鉗止之 解婦得免.

어떤 사람이 선생의 소싯적 세상에 알려지지 않은 일을 얘기한 바 있다. 이웃에 해씨(解氏)의 성을 가진 한 여인이 배가 불룩하였다. 동성(童姓)이 그녀를 불렀지만 가지 않았더니 장난삼아 해(解)의 수족을 붙들어 매고 그 배꼽을 들춰냈다. 이 광경이 때마침 선생의 눈에 띄었고, 그것을 제지한 덕에 해(解) 여인은 거기서 벗어날 수 있었다.

이것의 원개념은 아이들이 게의 배딱지를 들추는 등 장난을 했다는 뜻이 되겠거니와, 그 내용의 유래가 없지는 않을 것이다. 이를테면, 암컷의 배딱지는 동그랗고 수컷의 그것은 뾰족하게 생겼다고 한『비아』가운데의 말9) 또한, 다름없이『사문유취』'해(蟹)' 문 '고금문집' 중에 끼어 있음이다.

이상에서 문헌적인 근거가『사문유취』와 밀접한 관계 위에 놓여 있음을 확인하였다. 이는 단적으로『사문유취』가 가전에 끼치는 영향의 정도는 다른 전거류가 넘겨보지 못할 만큼의 큰 비중을 차지하였다는 뜻과 통한다. 그렇거니와, 조선시대 석주 권필의 <곽삭전>이 본 유서와의 관계에 비한다면 아무래도 그 긴밀성에서 한 걸음 양보하지 않을 수 없음도 덧붙여 둔다.

2. 시대 및 작자

우선 이 가전의 창작된 시대를 윤곽 만이라도 잡아둘 필요가 있다. 마침 본문 중에 주인공과 친한 벗인 하군(叚君)과 어군(魚君), 그리고 팽군(彭君)을 소개하는 부분으로, 어군이 수나라 때 사람 어구라(魚俱羅)의 후예이고, 하군은 당나라 때 하가고(叚柯古)의 후예, 그리고 팽군이 한나라 팽월(彭越)의 후예라

---

9)『비아』권2, 석어부(釋魚部) '해(蟹)' 문에, "蟹八跪而二敖 水蟲殼堅而脆團 團臍者牝 尖者牡也."

한 것이 있다. 그런데 하가고의 경우 인명사전에 이름이 없기는 하지만 팽월이 한대의 장군이요, 어구라가 수대의 장사(壯士)란 점을 감안해 본다면, 하가고도 실재인물일 것으로 보아서 무방하니 결과적으로 당대 이후가 된다. 그 위에, 앞서 본 가전이 『사문유취』와의 관련성이 중시된다. 곧, 작자가 남송(南宋) 시대 축목의 이 편술을 참조하였던 사실 안에서 이것이 최소한 남송대의 이후에 이루어진 산물임을 일단 입증한 셈이 되었다.

그러면 이번엔 가전의 형식을 통한 추정을 시도해 본다. 다름아닌, 평결부 첫머리, 논자의 자칭에서 희미하게나마 단서를 잡아볼 수 있지 않을까 한다. 이를테면, 당대 한유 및 사공도 가전의 평결부 칭호는 모두 "太史公曰"일색이었고, 이러한 현상은 송대의 소식이나 진관에게서도 변함없이 나타난다. 그러다가 명대에 들어서면 양상이 일변한다는 사실을 또한 놓칠 수 없다. 즉 이 시대의 가전 작품 가운데 초횡(焦竑)의 <적도후전(翟道侯傳)>과 사조제(謝肇淛)의 <빙호선생전(氷壺先生傳)> 두 편은 여전히 전대의 "太史公曰"을 유지하고 있으나, 장왕빈(張王賓)의 <매가경전(梅嘉慶傳)>, 소소(蕭韶)의 <상기생전(桑奇生傳)>에는 "君子曰"로, 손승은(孫承恩)의 <동군전(桐君傳)>에서는 "論曰"로 각각 변모를 보인다. 그래도 이만한 정도면 아직 공식적 명칭에 가까이 머물러 있다. 민문진(閔文振)의 <저대제전(楮待制傳)>에는 모처럼 "蘭莊子曰"로 훨씬 사적인 칭호가 등장하기까지 하며, 그 나머지 오관(吳寬)·왕오(王鏊)와 같은 작가들의 가전에선 아예 평결부의 생략마저 보인다. 이로써, 명대에는 '太史公曰' 같은 칭호의 남용이 주춤해졌음을 인지할 수 있다. 가전의 이러한 양상은 이 시대 인물의 다음과 같은 증언과 크게 무관하지 않을 듯싶다.

- 今必以爲不居史職 不宜爲傳.10)
  오늘날엔 반드시 사관(史官)의 자리에 있지 않고선 전(傳)을 써서는 안되는 것으로 여긴다.
- 稍顯卽不當爲之傳 爲之行狀.11)

---

10) 장학성(章學誠), 『문사통의(文史通義)』 권3, '전기(傳記)', 대만 상무인서관, 1979.
11) 요내(姚鼐), 『고문사유찬(古文辭類纂)』, 서목(序目).
   또, 고염무(顧炎武)의 『일지록(日知錄)』 권19, <고인불위인입전(古人不爲人立

작은 벼슬로서 전(傳)을 써서는 부당하니, 행장(行狀)으로 해야 한다.

그리하여 그 다음 청대로 넘어가면 '史臣曰'·'論曰'과 같은 공식적인 명칭보다 한 단계 더 사적인 칭호가 두드러져 나타남을 강하게 실감할 수 있다.

청대에도 '太史公曰'이 아주 사라진 것은 아니어서, 모선서(毛先舒)의 <육출공전(六出公傳)>과 우동(尤侗)의 <무음후전(舞陰侯傳)> 등에서 이를 찾아볼 수 있다. 왕탁(王晫)의 <창염수전(蒼髯叟傳)>에는 "論曰"로 되어 있다.

그러나 신함광의 가전인 <모영후전(毛穎後傳)>에서는 "史氏曰"이라 하여 전대의 '史臣曰'에 비해 조금 더 부담없이 다루고 있고, 후방역(侯方域)의 <건천리전(蹇千里傳)>에서는 그대로 "侯方域曰"의 사호(私號)를, 진옥기(陳玉璂)의 <하동군전(河東君傳)>에서는 "野史氏曰" 등을 쓰고 있다. 바야흐로 이때 쯤 가전 초창기의 엄숙한 언어들이 자취를 뜸히 하고, 개인 성향의 사전적(私傳的)인 표출이 한층 활발해졌음을 파악할 수 있다.

그렇다면, 이밖에도 평결부가 "舊史氏"·"諧史氏"·"腐史氏" 등으로 된, 시대를 알 수 없는 가전도 다 이 무렵에 이루어진 것일 수 있는 개연성이 일단은 제고된다. 다름아니라, 이 <오중개사곽선생전>의 명칭도 "郭氏曰"과 같은 사적인 칭호로 구사된 점으로 볼 때, 아마 개인 명의에 입각한 가전 서술 방식이 꽤 만연된 청대의 소산일 가능성을 일단 믿어보는 것이다.

한편, 본편을 지은 곽복형의 인물을 추정하여 볼 때, 그는 아마도 당대의 현실에 낙척 불우했던 인물로 보인다. 적어도 그가 형상화시켜 놓은 곽선생의 일생 행적을 농문이나 희필의 기분으로 적은 것은 아님을 알 수 있다. 곽복형이 이 작품을 빌어 힘써 부각하고자 한 것은 자신과 종인(宗人)이라는 곽선생의 개사다운 면모이다. 제목에서도 개사(介士)임을 명백화했거니와, 작자가 곽선생에게 부여한 개사의 심상(image)은 작품 전체를 일관하여 달라지는 일이 없다. 한 마디로 작품의 주인공 개사 곽선생은 바로 작자 곽복형의 모습으로 보인다. 작자가 자신의 낙척에 대한 울분과, 그래도 끝내 벼슬만은 멀리하겠다는 개사로서의 금도(襟度)와 의지를 '곽선생'이란 가공의 주인공 안에서 새삼 형상화시킨 가탁(假託)의 전기이다.

傳)>에도, "列傳之名 始於太史公 蓋史體也 不當作史之職 無有爲人立傳者故有碑有誌有狀而無傳"이라 했다.

　무릇 가전을 짓는 동기와 목적으로는 개선 촉구의 의지에서 유발되는 교훈 및 풍자의 주제, 그리고 순수한 유희적 충동에 따라 수행되는 희필, 자기적 신세 정황에 대한 합리화와 위안을 얻기 위한 자기 가탁적인 주제 표출 등을 추려볼 수 있거니와,12) 바로 <오충개사곽선생전>의 경우가 맨 나중 단위의 한 부분을 이룬다고 볼 수 있다.

　가전 시대의 도래 이전에 이미 탁전은 나타났다 했거니와, 잘 알려져 있는 한대 동방삭(東方朔)의 <비유선생전(非有先生傳)>, 진(晉)대 도연명(陶淵明)의 <오류선생전(五柳先生傳)> 등이 호례가 되어 왔다. 우리나라 고려조 이규보의 <백운거사전(白雲居士傳)>, 조선조 성현(成俔)의 <부휴자전(浮休子傳)> 등도 탁전의 좋은 본보기로 자주 일컬어진다. 이렇듯 자신의 소회거나 포부를 제3자인 남의 얘기인 양 짐짓 맡겨버리는 것이 탁전인데, 자기의 뜻을 전혀 가공의 존재에다 부치는 일은 하필 사람 주인공에만 의존하지는 않았던 사실이 있다. 서사증(徐師曾)이 세운 전의 네 가지 전개 가운데 마지막에 나타난 양상인 가전13)의 시대에 이르러 비인간적 존재에다가도 다시금 기대어 빗댈 줄 알았던 것이다. 유명한 설총의 <화왕계>도 알고보면 탁전적인 성격을 띤 우의적 설화였으니, 모란 - 신문왕(神文王), 백두옹(白頭翁) - 설총(薛聰)의 은유적 관계가 그를 잘 입증해 준다. 따라서 우의의 목적이 아무리 궁극엔 풍자와 세교에 있다고 하더라도 그 과정 상에 탁전적 형태를 빌리지 않을 수 없는 일이 심심찮게 나타나게 마련이다. 『삼국사기』에 나오는 <구토지설(龜兎之說)> 역시 마찬가지이다. 김춘추 - 토끼, 보장왕(寶藏王) - 용왕의 등식은 이야기의 탁전적인 성격을 대변해 준다. 의인 가전의 탁전성도 이러한 의인 설화의 탁전성과 한 궤도에 있는 것이다.

　그러나 가전이 모두 탁전적인 요인을 띠고 있다는 말은 아니다. 가장 비근한 예를 임춘의 <국순전(麴醇傳)>이나 <공방전(孔方傳)>에서 들 수 있다. 임춘이 대상 사물에 대한 부정인식으로써 신랄한 비판을 가하는 주인공 국순이나 공방이 곧 작자 자신에 대한 형상화적 이입이 아님은 물론이다. 조선 후기 유본학의 고양이 가전인 <오원전(烏圓傳)>에서 역시 작자가 자신을 고양이 오원에다 비의했다고 보기 어렵다. 중국의 <죽부인전(竹夫人傳)>·<건천리

<hr>

12) 김창룡, 『가전문학의 이론』, 박이정, 2001. 2, pp.39~45.
13) 안병설, 「중국가전문학연구」, 『중국학보』 15, 한국중국학회, 1974, p.49.

전(蹇千里傳)〉·〈설의녀전(雪衣女傳)〉 등과 우리의 〈금의공자전(金衣公子傳)〉
·〈화왕전(花王傳)〉 등 가전은 모두 주인공의 자기 가탁적인 성격에서 먼
것들이다.

그에 반해, 바로 이 〈오중개사곽선생전〉이라든가 조선시대 권필의 역시
게를 의인화한 가전 〈곽삭전〉 등은 자기 가탁적인 가전의 두드러진 표본이
되기에 조금도 손색이 없다. 이 두 작품의 속에는 풍자와 교훈 등이 일정만
큼 유지되는 가운데, 자아적 강렬한 신세 정황의 표현이 담겨져 있다. 앞서 권
필과 곽삭과의 관계를 다양한 관점에서 다룬바 있거니와, 곽복형과 곽선생의
관계 역시도 작품에서 결코 예사롭게 나타나지 않았다. 이를테면,

> 再遊京師無所遇　或欲以州幕聘先生　先生不可曰　吾不能折腰媚貴官
> 旣有吾　必無監州乃可.
> 또다시 경사(京師)에서 놀 무렵 아무도 알아주는 바 없었다가, 누가 선생
> 을 한 주(州)의 막장(幕長)으로서 모시려 하자 선생은 이렇게 거절하여 말
> 하는 것이었다. "나는 허리를 굽혀 지체 높은 관리들에게 곱게 보이질 못하
> 니 나를 얻고자 한다면 벼슬 따위 얘기일랑 없어야 하리라."

라 한 것과,

> 吾不早匿迹草澤間　乃遭大官侮耶.
> 내 일찍이 풀더미 늪 사이에 자취를 감추지 않았다가 이에 높은 관리의
> 수모를 당하는구나!

등이 그러할 것이다. 글의 일차적인 뜻은 게가 인간을 피해 달아나는 형용이
되겠지만, 동시에 지은이 곽복형이 지닌 처세관의 은근한 투영과 같은 원관
넘이 밑바닥에 자리해 있다고 보여진다. 거듭하여 곽선생의 구기로써 토변하
는 다음의 내용,

> 彼脂韋者流　人第見外狀之可取　而不知其中之無實.
> 저 세속에 빌붙어 사는 자들을 사람들은 다만 그 외형의 그럴 듯한 것만
> 을 볼 뿐이고, 그 속에 아무런 실(實)이 없음을 알지 못하는 것이오

같은 데서 시폐(時弊)를 바라보고 통분해 하는 작자 나름대로의 초상을 넉넉히 연상할 수 있다.

조선시대 권필의 <곽삭전>에 투사된 주인공 곽삭의 모습이 <오중개사곽선생전>의 동명의 주인공 곽삭과 똑같이 비분강개한 성격의 개사다운 면모라는 점에서 일치하지만, 그런 중에서도 <곽삭전>의 주인공이 어느 일면 다정다한의 감성적 성품임을 강하게 느끼게 하는 반면, <오중개사곽선생전>의 주인공 곽삭은 전혀 강직 일변의 이지적 냉정한 성품으로 부각되어 나타난다. 앞에서 이 두 작품의 탁전성을 언급했거니와, 이 둘이 똑같이 작자 자신의 자기투영적 등식이란 관점에서 각각 곽복형과 권필, 두 인물 사이 서로 같지 않은 인간형의 대조를 어느 만큼은 규찰할 수 있으리라 본다.

3. <곽삭전>과의 비교

이왕에 <곽삭전>이 언거된 마당이니 양편이 갖는 특징을 비교하여 살펴볼 필요가 있다.

그런데, 실상 수사와 문체의 면 만을 놓고 볼 때는 양자 사이의 영향 수수의 흔적이 잘 나타나지 않는 것이 사실이다. 하지만 그러한 수사적인 유사와 상통의 국면이 잘 보이지 않는다 해서 영향 관계가 없다고 단정해 버리는 일도 문제가 없지는 않다. 조선 초기의 『금오신화(金鰲新話)』는 분명 명(明)나라 『전등신화(剪燈新話)』의 여향권(餘響圈) 안에 있었음에도 불구하고, 『금오신화』가 의식적으로 모방의 태를 탈피하고자 애쓰던 그 주체 의지의 강함을 오늘날 높이 평가하고 있거니와, 설령 곽복형의 것이 선행했을 경우라도 권필에게서 역시 그러한 의지가 작용하지 않았다고 단정할 근거가 없는 것이다.

그런 중에도 『전등신화』와 『금오신화』의 표제가 '신화(新話)'라는 데서 공통했던 것처럼, 표제의 곽선생과 곽삭이 서로 근사하고 주인공 이름도 똑같이 곽삭이다. 관향(貫鄕)을 둘 다 오(吳)라 한 것도 같다. 이러한 관계는 일차적으로는 두 작자가 모두 『사문유취』를 참고했던 결과에서 나온 것이니, 이렇게 두 편이 다 그 수사를 같은 종의 유서에서 크게 이어받았다고 하는 점에서 동일하였다.

이렇듯 양편 사이에 소재의 동일성이란 공통점의 이면에 구체적인 주인공의 인물과 행적 면에서는 다소의 차이를 보이고 있음 또한 간과할 수 없다.

우선, 작품 제작의 통일적 원리라고 하는 주제의 면에서 놓고 볼 때, <오중개사곽선생전>이 특히 한 시대의 정치적·사회적 도의 면을 직접 비판하고 강조한 느낌이 강한 데 비해, <곽삭전>은 한 시대의 특히 정치적 시사 부면에 대한 비판을 간접적인 풍자의 형태로 보이고 있다.

두 작품 속의 주인공은 자신의 가장 깊숙한 데 있는 비분강개한 흉금을 일정한 대상 앞에 피력한다. 다만, 그 대상에 있어 전자는 '이부(吏部)'로 되어 있는데 비해, 후자는 '군왕'으로 하였던 것에서도 미묘하나마 차이가 없지 않다. 하지만 그보다, 전자에는 선비의 욕됨이 없는 떳떳한 처세와 같은 초일한 정신 세계에 시종 주력하였는 반면, 후자에는 주인공의 이러한 고답과 아울러서 호반[武]다운 면모를 함께 강조하고 있다.

전자가 현실과 조금은 동떨어진 듯한 이상주의의 느낌마저 있는데 비해, 후자는 보다 현실에 밀착해 있다. 후자에서 무(武)를 마저 중시한 것은 작자의 보다 높은 현실적 관심의 바탕에서 나온 것이다. 이렇듯 양편 사이에 달리 맞추어진 초점의 상이는 주인공의 최후를 처리하는 부분에서도 일정만큼의 분위기적 차별성이 새삼 인지된다.

後春水方生 忽不見 莫知所終. <오중개사곽선생전>
뒷날 춘수(春水)가 일려고 하던 때 홀연 보이지를 않으니 그 끝마친 바를 알 수가 없다.

卒死於草澤 悲夫. <곽삭전>
마침내 초택(草澤) 사이에서 죽으니 슬프고녀!

이어서 <오중개사곽선생전>이 신비주의적 요소가 가미되었음에 비해 <곽삭전>은 철저히 현실주의적으로 처리되어 있음을 완연히 알 수 있다.

한편, 전자의 기본적 정조는 비교적 명랑한 편인데 반해, 후자는 전반적으로 비측하다 볼 수 있다. 미학적 차원에서 굳이 나눠본다면 전자는 숭고미가 더 강하게 반영되어 있고, 후자는 비장미가 한층 전편에 같게 감도는 점도 놓칠 수 있다.

그런데, 이 두 작품 속에는 숭고와 비장이 일정한 정도로 혼융되어 있음이 사실이고, 의인문학이라는 그 자체로서 갖게 되는 골계의 특성도 역시 없음이 아니다. 골계적 감정이 본래 가소로운 것(the ludicrous)이나 비소한 것(des überraschend kleine)에서부터 유발되는 기본적 바탕 안에서는,14) 어느 면으로든 인간 아래의 존재인 동물·식물·사물 등의 활인화 과정 중에, 활인대상에 대해 내리보고 웃을 수 있는 격하감과 가소로운 감정을 맛볼 수 있는 것이기 때문이다. 가전도 어디까지나 의인문학의 한 형태인 까닭에 마침내는 이것을 면하기는 어렵다. 그리하여 <오중개사곽선생전>과 <곽삭전>의 주인공도 예외가 될 수는 없다. 설령 이 두 주인공이 지니는 바 정신 세계가 초일·비상한 데 있고 고매한 도덕적 품성의 소유자로서 구현되었다고 하자. 암만 그렇다 하더라도, 인간의 입장에서는 궁극적으로 주제 대상인 '게'에 대해 인간 이하의 미물이란 인식이 아주 몰각되지는 않는다. 그렇기에 그러한 속성이 새롭게 환기되는 순간에 문득 내리보고 웃음짓는 정서가 유발된다. 예를 들면, <오중개사곽선생전>에서 '완악한 무리가 선생을 잡다가 팔 생각으로 밤에 횃불을 들고 그 있는 쪽으로 찾아 나서면 그는 이미 어디론가 사라져 버리는 것이다'라고 한 것이나, '하군(叚君)·어군(魚君)·팽군(彭君)과 벗을 했는데 잔칫자리나 음식을 조리하는 자리에서 서로 기약하지 않고도 한 자리에 모인다' 한 것, 또 <곽삭전>에서 '사람들이 술상을 크게 차려놓고 초대하였지만 그가 기꺼워하는 바는 아니었다'라든가, '삭(索)은 양손을 이마에다 대고 사양하면서…' 같은 대목을 접하면서는 어느새 '게'에 대한 조희(嘲戱)의 정서가 우러나지 않을 수 없다는 의미이다.

그렇다 해서 골계를 이 두 작품의 모범적인 특징으로 삼을 수 없다 함은, 전언하였듯이 골계란 그 자체로 활유를 바탕한 대부분의 의인문학에 공통되는 사안이기 때문이다. 대신에 다른 의인문학, 특히 가전에 잘 나타나 있지 않은 미학적 특성으로서 이 양편에 별도로 구비되어 있는 숭고나 비장미가 단연 그 빛을 발한다.

---

14) 백기수, 『미학』, 서울대학교출판부, 1982, pp.94~96.

작자는 앞서와 같이 순 객관적 거리에서 '게'에 대한 골계적 표현 처리를
가했을지언정, 자신들의 신세 정황과 닮은 게의 모습 안에서 동정과 연민을
발견하는 순간에조차 한낱 객관적 골계의 대상으로 다룰 수는 없었다. 그 순
간은 더 이상 유희(spiel)가 될 수 없고 차라리 엄숙하기마저 했을 것이다.[15]
작자들은 두 곽삭이 정치적으로 도덕적으로 높은 정신세계를 지닌 주인공으
로 한껏 표상화시키는 일에 진지함을 나타내고 있다. 이를테면 두 곽삭이 조
정으로부터의 높은 관직마저도 사양했다고 한 것이나, <오중개사곽선생전>
의 평결부에 이르러 - 작자 곽복형도 직접 노정하였다시피 - 지체 높은 벼
슬아치도 두려워 아니하고 여색조차 단호히 뿌리쳤다는 그러한 비범 안에서
"범속한 우리 자신의 능력의 한계를 초월한 초인간적인 위대한 정신력을 보
게 되며, 경탄과 존숭의 관념을 갖게되"[16]는 일이 가능할 수 있다. 나아가,
"정신적 위대성을 자아내는 감동과 함께 숭고미의 본질적인 특성"[17]을 엿보
게 되는 여지가 마련되기도 한다.

그런 가운데서도 <곽삭전>보다는 <오중개사곽선생전>이 주인공의 이러
한 정신적 위대성의 면을 부각시키는 일에 보다 집중하였으니, 주인공의 마
지막 순간까지도 "수중선(水中仙)" 운운의 처리를 통해 평범함에서 벗어난 초
일적인 면모를 부조(浮彫)시키고 있다.

이러한 <오중개사곽선생전>에도 비장성의 요인이 없는 것은 아니다.[18]
하지만 <곽삭전>의 경우에서 아무래도 비장의 정서가 더 끈끈함을 부인할
길 없으니, 작자인 권필조차 평결부에서는 주인공의 최후를 서술하면서 자신
도 모르게 "悲夫"[슬프고녀!]라고 탄식했던 데에는 궁극 그럴 수밖에 없는
이유가 있었다. 곽복형이 평결부에서 주인공의 도덕성과 개사적인 면모를 계
속 강조하려는 태도와는 참으로 대조적으로 작자의 비창한 정서적 개입마저
이루어지고 있음을 권필의 그것에선 볼 수가 있다.

---

15) 백기수, 위에 든 책, p.80.
16) 백기수, 위에 든 책, p.91.
17) 백기수, 위에 든 책, p.84 · p.90.
18) 곽선생이 이부 앞에 시속의 개탄과 천명의 탄식 등 비분강개한 흥도를 피력하는
    과정에서 입에선 거품이 솟아나오고 거의 쓰러질 뻔한 것을 이부가 재빨리 부축
    한다는 부분에서 가장 극명하였다. 이것은 <곽삭전>의 곽삭이 임금 앞에 벼슬
    사양의 뜻을 말하면서 거품같은 눈물을 흘렸다는 대목과 비견할만하다.

<곽삭전>의 주인공은 왕이 후설(喉舌)의 높은 벼슬을 내리고자 했을 때 차라리 도량 가운데에 노닐면서 즐거울망정 환로에 얽매이지 않기를 바란다 했고, 실제로도 그처럼 자신의 뜻대로 살다 간 셈이다. 그런데도 무슨 일로 그러한 주인공의 일생을 작자는 슬프다고 했는가. 작품에서 곽삭은 물외의 높은 경지에 다다른 고사(高士)이며, 별자리에 나타난 이인(異人)이며, 또 주역을 아는 철인(哲人)이었다. 그는 한마디로 숭고한 인물이었다. 그런데도 그는 벼슬을 통해 자신의 경륜을 펴보지 못하고 쓸쓸히 초택(草澤) 사이에서 한 세상을 마칠 수밖에 없었다.

권필이 드디어는 "悲夫"〔슬프고녀!〕를 숨길 수 없었던 그 비장감의 이유가 여기, 이 숭고한 자의 몰락과 좌절 속에 비밀이 있던 것이다. 비장미의 특질을 요약한 다음의 내용은 그것을 충분히 뒷받침해 준다.

> 비장미는 적극적 가치가 있는 것, 즉 비극적 내용을 이루는 것으로서 고귀한 인간의 행위와 의지로 성립되는 그러한 인간적 위대성이 침해되고 멸망되는 비통한 과정 내지 결과인데, 여기에서 야기되는 비극적 고뇌의 부정적 계기에 의해서 도리어 가치 감정이 강화 고양되는 가운데 비극미가 성립된다. 따라서 숭고미의 몰락으로서의 비장미는 숭고미의 일종 내지 파생적 형태라고 할 수 있다.19)

위에서 검토한 바 숭고와 비장은 여타의 다른 가전에서는 여간 발견이 어려운 이 두 편 가전의 가장 두드러진 특징이라 볼 수 있는 것이다.

4. 맺음말

이상, 곽복형의 가전 <오중개사곽선생전>을 몇 가지 측면에서 대략 추정과 분석을 시도하여 보았다. 다만 이 작품의 경우, 그 시대가 불명인 채로 남아있지만, 가전의 일반적 이론들 가운데 소재론 및 형식론의 적용을 통한 접근 방법이 어느 정도 가능한 것임을 나름대로 제시해 본 셈이다. 그리하여

---

19) 백기수, 앞에 든 책, p.91.

이 작품이 적어도 당·송대 이후의 산물이란 점이 확실하고, 다만 명·청의 두 시대 사이에선 아무래도 청대에 이루어졌을 개연성이 높은 점도 형식론의 차원에서 시사해 보였다.

작가론 역시 남은 이름 석자만 가지고서 접근이 불가능한 것이지만, 작품 전반을 통한 내용적 특성을 감안했을 때, 작가는 당시대 정치적 현실에 대한 부정적 인식과 가치관의 저어(齟齬)로 인하여 신세(身世) 모순을 겪은 방외인 적(方外人的) 면모를 지닌 인물임을 엿볼 수 있었다.

또, 이 작품 역시 여느 의인화된 형태의 대부분 문학 작품이 그렇듯, 골계 에 입각한 풍자·교훈 및 표현적 기지의 정신이 들어있는 것이지만, 그와 함 께 지은이가 작중 주인공에 대한 가탁 및 감정이입의 정서가 각별히 우세했 음을 감지할 수 있었다. 그리하여 조선시대 권필의 <곽삭전>과 함께 가전 주제가 갖는 자기 가탁적인 특질을 마저 입증하는 계기가 마련되었다. 따라 서, 풍자나 교훈 안에서만 가전의 통일적 원리를 찾으려던 과거의 고식적인 방식에서 벗어나 그 시야를 더 넓혀야 할 필요가 이 마당에 강조된다.

한편, 작자의 이러한 작중 개입의 부분이 <오중개사곽선생전>의 경우에는 비범과 초일의 개념에 입각한 숭고미 쪽에다 역점을 두었다는 사실을 마저 시사하였다. 이러한 사실을 조선시대 권필 <곽삭전>의 경우와 대조해 본 결 과, 비록 양자가 서로 비슷한 처지의 시대적 아웃사이더이며, 같은 '게' 소재 의 가전을 썼고, 더욱이 그 탁전성의 우세라는 면에서 다를 바 없었지만, 그 숭고와 비장 사이에 비중의 지침이 달리 나타나고 있는 점을 통하여, 곽·권 두 사람의 개성이 마침내 각각의 판도 안에서 독자적으로 존재할 수밖에 없 는 차이를 보았다.

▓ 윤광계(尹光啓) / <저군전(杵君傳)>

절구공이에 비친 전란의 그림자

이제 조선시대 절구공이의 가전 <저군전(杵君傳)>에 대한 진입과 모색에 앞서, 이 작품의 산생(産生) 주체인 귤옥(橘屋) 윤광계(尹光啓, 1559~?)라는 인물의 개성적 면모에 가까이 접근하여 친숙해 둘 필요가 있다. 그것이 해당 작품에 대한 이해의 긴밀함을 위해 가일층의 효과를 가져다준다 함은 오히려 췌언에 불과할 것이다.

우선 사대부 관인으로서의 그의 간력(簡歷)부터 정리하자면, 일찍 중봉(重峯) 조헌(趙憲, 1544~1592)의 문인으로서 선조 18년인 27세(1586) 소과(小科) 합격의 생원이 되었고, 선조 22년인 31세(1589) 대과의 증광문과(增廣文科)에 병과(丙科)로 급제한 바 있었다.

그럼에도 꽤 오래 관직에는 나아가지 못하였던가 한다. 그 기간이 한 10년 남짓 되었던 듯싶으니, 왜란의 세월을 끼고 있던 이 시기에 그는 거의 시주(詩酒)를 벗한 방랑으로 삶을 메꾸어 나갔던 양하다. 선조 34년인 43세(1601)에나 비로소 주서(注書) 및 세자시강원(世子侍講院)의 설서(設書) 직책을 얻게 되었고,[1] 45세(1603)에는 호조정랑(戶曹正郎)의 신분에서 지제교(知製教)를 겸한 춘추관기주관(春秋館記注官)의 직임으로 일곱 해 전란에 소실된 실록의 재간행에 참여하기도 했다.[2] 이듬해 46세(1604)에 예조좌랑(禮曹佐郎),[3] 48세

---

1) 『선조실록(宣祖實錄)』 권141, 34년 신축 9월 임자일(壬子日) 조에, "尹光啓爲世子侍講院設書…."

2) 『명종실록(明宗實錄)』 부록 중에 보면, "萬曆壬辰之變 春秋館及星州忠州分藏宣祖實錄盡爲兵火所焚 獨全州所藏攙免…上命春秋館依此本 印出三件…是役起於癸卯七月 終於丙午四月 (前後官並錄)". 이하는 그 때 참석한 전후 관

(1606)되던 4월, 명나라 사신 주지번(朱之蕃)이 왔을 때에는 조사(詔使)의 신분으로 그와 시를 창화(唱和)하기도 했다.4) 그 해 5월에는 평안도사(平安都事)에 천직(遷職)5)되더니, 선조 40년인 익년 49세(1607) 때엔 거듭 공조좌랑(工曹佐郎)6)의 임명을 받았다.

그러나 1609년 광해군의 집정 이후에는 더 이상 벼슬에 오르지 못했던 것으로 보인다. 1606년 그가 평안도사를 할 때도 벌써 사간원(司諫院)에서 그의 지나친 음주벽을 들어 도사직 수행 능력이 없으매 교체할 것을 청하는 계(啓)를 올린 일도 있었다.7) 하지만 그 무렵 동서분당(東西分黨)의 여파로서 그가 서인(西人) 계열 조헌의 문인이라는 사실도 이유로서 작용했을 터이다. 이 뒤에 환로는 끊어지고 50대 이후는 주로 자신의 향리 사가(私家)인 귤옥(橘屋) 주변에서 시(詩)·주(酒)를 위안삼고 60여 세까지의 삶을 보냈다.

돌이켜, 귤옥 윤광계의 존재는 비록 오늘날 와서 익숙한 이름은 못되었으나, 그는 이미 선조·광해 연간을 걸쳐 사는 동안에 벌써 호남 소단(騷壇)의 명사로서 군건한 기반을 구축해 있었음이 엄연한 사실이었던가 한다. 문곡(文谷) 김수항(金壽恒, 1629~1689)도 『귤옥집(橘屋集)』 서(序)의 맨 첫머리에서 그 일을 밝히고 있다.

> 盖當我穆廟之世 湖南有以詩鳴者 曰橘屋尹公 同時詞苑諸公 靡不推許 而我王父文正公 與之遊從 最熟不佞.

리들을 적은 명단이 열거됨에, 그 가운데 윤광계의 이름도 보인다.
3) 『선조실록』 권181 37년 갑진 11월 무자일 조에, "朴楗爲禮曹正郎 尹光啓爲禮曹佐郎 柳惺爲典籍 白大珩爲監察…." 그런데 『한국인명대사전』(신구문화사, 1980)의 "윤광계(尹光啓)"에 1604(선조37)년에 예조정랑(禮曹正郎)의 벼슬을 하였다는 것은 상게한 왕조실록의 기록과 차착(差錯)이 있다.
4) 『귤옥집(橘屋集)』·上의 칠언율시 <차정사주지번한강운이수(次正使朱之蕃漢江韻二首)>·<차정사임진강운사시선서질(次正使臨津江韻謝詩扇書帙)> 참조
5) 『선조실록』 권199, 39년 병오 5월 임오일 조에, "李忠善爲寶城郡守 尹光啓爲平安道事."
6) 『선조실록』 권211, 40년 정미 5월 무자일 조에, "奇孝福爲忠淸道兵馬節度使 尹光啓爲工曹佐郎…."
7) 『선조실록』 권200, 39년 병오 6월 갑진일 조에, "司諫院 啓曰 平安道都事 非他道幕僚之比 多有緊急拘管之事 爲任關重 新都事尹光啓 嗜酒成病 昏迷不省 凡百應務 決不可堪 請命遞差…."

무릇 우리 선조 임금 시대에 호남 땅에 시로 이름을 울린 이가 있으니, 귤옥 윤공이었다. 같은 시기에 문원의 모든 공들이 추허치 않음이 없었다. 또한 나의 조부이신 문정공과 함께 교유하셨거니, 내게 가장 친숙한 분이다.

문정공(文正公)은 인종조에 영돈녕부사(領敦寧府事)를 지낸 청음(淸陰) 김상헌(金尙憲, 1570~1652)의 시호이다.

또한 우암(尤庵) 송시열(宋時烈, 1607~1689)이 <귤옥고발(橘屋稿跋)> 가운데서 윤광계와 김상헌 사이의 친교가 자별하였다는 사실의 강조와 함께, 윤공의 인물됨을 단적으로 요약해 적었으되 이러하였다.

公之爲人 上因趙先生而著 中際金文正而重 終得文谷公而垂.
공의 인물은 처음에는 조헌 선생을 말미암아 드러났고, 중간에는 문정공을 교제하여 무거워졌고, 나중에는 문곡공을 빌미하여 드리워졌다.

이에서도 그가 당시대 저명한 인사들의 반열에 나란히 끼어있음을 알 수 있다. 아울러, 송시열은 여기서 윤광계의 의리와 인품이며 시의 경계를 비상히 높여 평가한 바 있다. 다름아니라, 조헌이 반대당으로부터 몰렸을 때 평소 오래 알던 사람들조차 얼굴을 고치고 안면을 바꾸었지만, 그 만큼은 일관되게 성심(誠心)으로 섬기었던 그 의리로 말미암아 조헌의 현(賢)이 더욱 크고 윤광계의 의(義)가 더욱 드러났다고 하였다. 더불어, 그의 시가 또한 이백(李白)과 두보(杜甫)에 젖어들고, 소동파(蘇東坡)와 황정견(黃庭堅)을 덮는다고 할 정도의 칭찬을 아끼지 않았던 것이다. 그리하여 윤공에 대한 칭송이 도무지 그 시 쪽에 있다고 해야 할지, 아니면 그 인품 쪽에 있다고 해야 하는지 속인과 더불어 안이하게 말할 바 못된다고 차탄하였다.8)

윤광계는 청음(淸陰) 김상헌과의 교유가 깊다고 했거니와, 당연히 그에 따른 시교(詩交)의 흔적들이 보인다.9) 뿐만 아니라, 북저(北渚) 김류(金瑬, 1571~1648),10) 동악(東嶽) 이안눌(李安訥, 1571~1637),11) 월사(月沙) 이정구(李廷龜,

---

8) 公之可稱者 其將在其詩乎 抑將在其人乎 噫 斯豈易與俗人言哉.
9) <봉기청음(奉寄淸陰)>(『귤옥집(橘屋集)』・上, 칠언절구)
　<중야구점정청음사형구화(中夜口占呈淸陰詞兄求和)>(『귤옥집』・上, 칠언율시)
　<청음현화우차전운(淸陰見和又次前韻)>(『귤옥집』・上, 칠언율시) 등.

1564~1635),12) 용계(龍溪) 이수준(李壽俊, 1559~1607)13) 등 당대의 명류(名流)
들과 교계하였던 자취를 『균옥집』 곳곳에서 찾아볼 수 있다. 특히 송호(松湖)
백진남(白振南, 1564~1618, 字 ; 善鳴)과는 친교가 형제처럼 두터웠던 모양으로,
그를 생각하며 지은 시 또는 그에게 부친 시, 산문, 서한 등이 문집 전반을
통해 일일이 추려 뽑기 번거로울 만큼의 수량을 차지하고 있다.

그는 일생을 통하여 상당한 수준의 기주(嗜酒)・호음(豪飮)하던 인물이기도
하였다. 앞서 언급되었거니와, 그가 선조 39년인 48세 때 평안도사(平安都事)
로 도임한 지 한 달 만에 사간원의 탄핵을 받게 되었던 구실과 명분 또한 다
른 이유가 아니었다. 바로 술 좋아하여 병이 나고 정신이 혼미하여 인사를
차리지 못한다는 데 있었음에, 가히 짐작이 가는 것이다.

과연 그의 문집 전반에 걸쳐 음주 대목이 없는 시를 오히려 찾기 어려울
정도로 그것은 윤광계 삶의 막대한 부분을 차지하였음에 틀림이 없었다. 예
컨대, 생애에 시와 술 밖엔 바랄 것이 없다[生涯詩酒外無求]14)거나, 술 마시
는 외엔 잘하는 것도 없다[唧盃此外無他長],15) 세세한 온갖 일이 술만한 게
없다[細事萬事不如酒]16)고 독백했는가 하면, 한가한 늙은이 이것 외 달리 딴
일 없으니 때때로 술그릇 앞에 한바탕 취해 잔다[閑翁此外無餘事 時有樽前一
醉眠]17)고 했다. 그는 또 1년 360일 매일같이 취해 잠들면 아무 것 모를텐데
[一年三百六十日 日日醉眠都不知]18), 또는 취한 김에 천일 만에 깨어야지[一
醉須從千日醒]19) 같이 자포적(自抛的)인 말을 내기도 했다. 그는 취해서 때로
젓가락 짝으로 술병을 두들기기도[雙箸時時醉扣瓶],20) 취해 누워서 해 기우

---

10) <과완산억김장사관옥류(過完山憶金長史冠玉墜)>(『균옥집』・上, 칠언절구).
11) <송자민부임단천(送子敏赴任端川)>(『균옥집』・上, 칠언절구)
    <봉차동악운(奉次東嶽韻)>(『균옥집』・上, 칠언절구)
12) <송동년이상공조연(送同年李相公朝燕)>(『균옥집』・上, 칠언율시).
13) <동지사이태징영공인평사기지구시(冬至使李台徵令公因評事寄紙求詩)>(『균옥
    집』・上, 칠언율시).
14) <직야유회(直夜有懷)>(『균옥집』・上, 칠언절구).
15) <자구정대남칠수(自述呈對南七首)>(『균옥집』・上, 칠언절구).
16) <중야구점정청음사형구화(中夜口占呈淸陰詞兄求和)>(『균옥집』・上, 칠언율시).
17) <촌흥(村興)>(『균옥집』・上, 칠언절구).
18) <우사일력(又謝日曆)>(『균옥집』・上, 칠언절구).
19) <증숙함(贈叔涵)>(『균옥집』・上, 칠언절구).

는 줄 모르기도[醉臥不知斜日暮]21)했던 모습을 시로 표출하기도 했고, 혹은
취해 화로의 재를 날리면서 술항아리 껴안는[醉撥爐灰擁酒缸]22) 자신의 흐트
러진 모습을 그려내기도 하였다. 정녕 그의 주벽(酒癖)은 해를 거듭할수록 더
욱 심해지고 이를 걱정도 했던 모양이었으나, 죽기 전엔 끝나지 않는 병으로
알았다.23)

　　이처럼 농도 짙은 그의 음주벽을 더욱 조장시켰던 것은 그 배경이 어디에
있었을까? 대개 43세 이전의 낙막 불우도 한 몫을 차지했겠고, 특히 광해군
이후 정치적 실의와 좌절감이 큰 이유로 되었겠으나, 역시 역대의 다른 시인
들이 그랬던 것처럼 그 또한 우사(憂思)를 잊기 위한 방편으로 술을 찾았음이
분명하였다.24)

　　동시에, 그는 자신의 그같은 주벽(酒癖)에 대한 나름대로의 합리적인 이유
와 명분을 가지고 있었다. 곧, 데면데면 자유로움은 혜강(嵇康)과 완적(阮籍)
을 본받고자[疏放慕嵇兼慕阮]25)했고, 취향(醉鄕)이 아니면 의탁할 곳도 없으
니 스스로 죽림현(竹林賢)이라 불러도 무방하다[除却醉鄕無處托 不妨呼作竹林
賢]26)고 표방하기도 했으며, 시인이면 으레 낭(郞)이 돼야 한다고 말하지 말
라, 신세가 지금 같아서야 취하는 게 고향[休言詞客例爲郞 身世如今醉是鄕]27)
이라 자변한 일도 있었다. 어느 때는 전일의 동·서 분당과 다시 동인이 갈

---

20)　<차운(次韻)> '其二'(『균옥집』·上, 칠언절구).
21)　<즉사(卽事)> '其四'(『균옥집』·上, 칠언절구).
22)　<봉차(奉次)>(『균옥집』·上, 칠언절구).
23)　"秖愁愛酒年年甚 此病元非未死休" <차운정운(次雲汀韻)>(『균옥집』·上, 칠
　　　언절구).
24)　"南橋自足傷心處 有酒如今不飮何" <차선원운(次善源韻)>(『균옥집』·上, 칠
　　　언절구).
　　　"得酒幽懷始蹔開" <치숙함운(次叔涵韻)>(『균옥집』·上, 칠언절구).
　　　"剛進一盃消外慮" <차반우운팔도(次飯牛韻八道)>(『균옥집』·上, 칠언절구).
　　　"誰謂愁城固 偏帥昨日攻 高歌仍奏凱 一醉興全濃.", "幾與憂相戰 仍兼病乍
　　　攻 直敎長有酒 滿酌瓮頭濃." <차운이수(次韻二首)>(『균옥집』·中, 續, 오언
　　　절구).
　　　"愁思惟憑得酒銷" <차운이수(次韻二首)>(『균옥집』·中, 續, 칠언율시).
25)　<자술정대남칠수(自述呈對南七首)> 중 '其七'(『균옥집』·上, 칠언율시) 소재.
26)　<자술정대남칠수(自述呈對南七首)> 중 '其五'(『균옥집』·上, 칠언율시) 소재.
27)　<차반우운팔수(次飯牛韻八首)> 중 '其一'(『균옥집』·上, 칠언율시) 소재.

린 남·북 파쟁을 크게 개탄한 나머지 <대취(大醉)>[28]란 제하(題下)의 시를 남기기도 했다. 또 어떤 때는 자신의 거처 주변 풍정을 저 오류선생(五柳先生) 도연명의 집 앞에 다섯 그루 버드나무가 심어져 있었다던 일에 넌짓 견주어 보는 가운데 음주를 즐겼다.

> 陶令門前五柳斜　　팽택령 도연명의 문 앞엔 다섯 그루 버들이 비꼈다고
> 一園新趣醉偏多　　온 뜨락 싱그러운 정취에 취흥이 더욱 하다.
> 滿蹊松竹盈樽酒　　송죽은 길녘에 차 있고 술잔엔 술 그득하니
> 彭澤何如此老家.[29]　팽택 그 자리가 이 늙은이 집만 할까.

　혹은 자신을 <음주(飮酒)>뿐 아니라 소위 "採菊東籬下"[동쪽 울타리 아래에 국화를 캐고]라는 시구와 함께 국화를 사랑하기도 했던 도연명에다 짐짓 비의해 보기도 하였다.

> 一罇新酒味薰陶　　한 그릇 색다른 술 맛에 젖어
> 幾向東籬醉興豪　　동편 울타리 기웃대는 취흥이 도도하다.
> 花裏久知如菊少　　꽃 중에 국화만한 것 드문 줄 진작에 알았거니
> 人中方見似君高.[30]　사람들 가운데 고상함도 그대 같음에 있겠네.

그가 도연명(字 ; 元亮)과 국화를 얼마만큼 흠모하고 각별히 좋아하였는지는 역시 그의 작시 전편을 통해 구사되는 어휘 도출의 빈도로도 헤아림이 가능할 것 같다.[31]

---

28) "天地有東西 人間亦有東與西 天地有南北 人間亦有南與北 東西南北迷所之 不如樽前傾一卮" <대취(大醉)>(『귤옥집』·中, 칠언고시).
29) <차운(次韻)>(『귤옥집』·上, 칠언절구).
30) <기숙함차전운(寄叔涵次前韻)>(『귤옥집』·上, 칠언절구).
31) 일일이 다 들어 보일 수 없으되, 그 가운데 몇 군데만 인거한대도 이러하다.
　"直從元亮開幽逕" <신복촌거이수(新卜村居二首)> '其二'(『귤옥집』·上, 36혈).
　"有酒貧元亮" <자견이수(自遣二首)> '其二'(『귤옥집』·上, 30혈).
　"樽中縱之淵明酒" <차운(次韻)>(『귤옥집』·上, 46혈).
　"陶潛知可又歸田" <기관남귀도상유·별상고(棄官南歸道上留別尙古)>(『귤옥집』·上, 61혈).
　"松菊欲蕪元亮逕" <병야독음(病夜獨吟)>(『귤옥집』·中, 51혈).

한편으로 그는 임진왜란을 몸소 겪어야만 했던 시대의 산 증인으로서, 전란의 와중에서 고회(苦懷)를 읊은 시 또한 적지 아니하였다. 지금 전체를 매거할 겨를은 없지만, 그 중 <모지연산현숙이인가(暮止連山縣宿吏人家)>,[32] 곧 '해 저물어 연산현 관리의 집에 유숙하며'라는 시를 본다.

避寇移妻子　왜구를 피해 처자식 옮겨 놓고
征衫幾淚痕　떠나는 적삼에 눈물 자국 얼마런가.
頹垣當路縣　가는 길 고을에 담장은 무너져 있고
喬木夾溪村　시냇가 마을에 뵈는 우뚝 선 나무.
蠻鼓方迎鬼　오랑캐 북소리는 귀신을 부르는 양
巴歌正斷魂　천한 노래 장단에 정신이 하나 없다.
夜深仍假睡　밤 깊어 겨우 선잠이 들었는데
歸夢繞田園.　돌아갈 꿈만 전원을 맴도누나.

그리고, 같은 오언율시인 <숙촌사(宿村舍)>,[33] '어느 시골집에 묵으면서'라는 작품이다.

客夜寒無睡　추운 밤 나그네는 잠 못 이루고
鄕愁蟋蟀中　귀뚜리 울음 속에 향수가 이누나.
隔簷荷葉露　처마 저 편 연꽃 잎에 이슬 맺히고
重檻樹梢風　묵직한 난간의 나무 끝엔 바람 인다.
慘慘容爲鬼　얼굴은 엉망이 되어 귀신의 몰골
蕭蕭鬢化蓬　살쩍머린 흐트러져 다북쑥되었네.
干戈猶滿目　뵈는거라곤 여전히 전쟁의 살풍경
飄泊愧西東.　이에저에 떠도는 신세 참혹하기만.

과 같은 내용들을 통해 그즈음에 그가 처했던 실상의 일단을 짐작할 만하다.

"薙草援新菊　知君趣味宜直克元亮賞　堪補居原飢" <기남사언(寄南士彦)>
(『귤옥집』·上, 33혈).
"菊花不是他花比　留得霜枝帶舊香" <기운정(寄雲汀)>(『귤옥집』·上, 27혈).
32) 『귤옥집』·上, 29혈.
33) 『귤옥집』·上, 29혈.

이밖에도 그는 "세상 어지러워 몸이 병드니 검정 굴건에 비녀 얹기 귀찮다 [世亂身仍病 烏巾懶上簪]"며 절망어린 탄식을 했는가 하면,[34] "생애 예기치도 못했던 이 혼란의 누리, 눈에 보는 오늘은 조금 씁쓸히 웃어는 볼 만[世亂生涯未有期 眼看今日儘堪嗤]"[35]하다고 독백하였으며, "나 지금 난리 중에 부질없는 목숨만 구차히 연명하고, 골육은 간 곳 모른 채 나날이 근심으로 마음 볶는다[我今亂離中 性命徒苟延 骨肉去無處 日日憂思煎]"[36]고 자탄 속에 고음(苦吟)하였던 것이니, 이 전란이 그에게 얼마나 암울하고 곤혹스런 정황이었는지를 실감하고 남음이 있다.

문집에 보면 그와 가장 절친한 관계였던 송호 백진남(字 ; 善鳴)이 자기를 찾아온 것에 기뻐 지었다는 <희선명내방이수(喜善鳴來訪二首)>[37] 7언시 두 편이 있다. 그 첫 번째 시 중에 "고을이 화월(花月)의 춘세계였건만 3년 전란은 천지를 어지럽혀 놓았구나[花月一村春世界 干戈三載亂乾坤]"라는 대목이 시선을 붙든다. 이 구절로 미루어 이 때는 왜란이 일어난 지 3년 되던 해임을 알 수 있고, 아울러서 그는 전쟁 이후에도 한 2~3년 동안은 향리에 그냥 우거(寓居)해 있었던 듯 하다.

그렇지만 그 이후의 전쟁 기간 동안에는 주로 기려(羈旅)의 신세로 타관을 떠돌았던 것으로 보인다. 앞서 난중시(亂中詩)로 인거하였던 바 <모지연산현 숙이인가(暮止連山縣宿吏人家)>·<숙촌사(宿村舍)> 등도 다름아닌 운수 객창(雲水客窓)의 심사를 읊은 것이었고, 또한 그가 원주에 있을 때[時在原州] 이수재(李秀才)에게 부쳤다고 하는 <기이수재이수(寄李秀才二首)>의 두 번째 시 전반의 내용[38]을 통해 보아도 그는 전란 10년 뒤에조차 여전히 객창의 신세였음을 인지할 수 있다. 그렇거니와, 더욱이 그의 문집 상권의 거의 끝부분 칠언율 <여주촌사(驪州村舍)>라는 시 맨 끝 구에, "난리 중에 오래도록 떠도는 신세, 석양에 말없는 눈물만 흐르네 부질없이[身世亂中飄泊久 夕陽無語涕空流]"의 표백으로 말미암아 병란의 어간에 그의 동정과 거취는 거듭 명료

---

34) <즉사(卽事)>(『귤옥집』·上, 30혈).
35) <견회(遣懷)>(『귤옥집』·上, 57혈).
36) <인연자유감주필(因燕子有感走筆)>(『귤옥집』·中, 29혈).
37) 『귤옥집』·上, 54혈.
38) "十載干戈路險難 鄕園千里夢猶慳 客中謀計鳩呈拙 病裏行藏豹隱斑"(『귤옥집』·上, 41혈).

할 뿐이었다.

그 시절 박윤묵은 궁박한 생계를 감당하기 어렵노라고 토로하였다. 바로 앞에 든 <여주촌사(麗州村舍)>의 첫 번째 시 중에,

> 悄悵不堪生計薄　슬프다 각박한 생계를 감당하기 어려운데
> 客盤誰復寄紅鱗　누구라 나그네 밥상에 바알간 생선 내주랴.

라든지, 생활의 막연하고 황량함을 읊은 다음의 칠언율 <증남선초(贈南善初)>[39]의 탄식 등이 모두 이 무렵의 일이었을 것이다.

> 老去親知半不存　늙어가며 친지들은 반 나마 사라지고
> 故園從此斷歸魂　옛 고향 이로부터 돌아갈 혼 끊어졌다.
> 廢硯有塵拈禿筆　버려둬 먼지 낀 벼루에 닳아빠진 붓 집다가
> 貧家無物臥空樽　아무 것 없는 가난한 집구석, 빈 술잔 끼고 누웠네.

임진왜란은 그에게 가정적으로도 엄청나게 아픈 상처를 남기었던가 보다. 자신이 머무는 옥사(屋舍)에 날아와 지저귀는 제비의 자유로움을 부러워하면서 골육 걱정에 마음을 끓이기도 했던 그였다.[40] 『귤옥집』·上의 오언율 가운데 <오애시(五哀詩)>가 있다. 이것은 그가 세상을 떠난 아우·아들·조카·딸·그의 집 유모 등 5인에 대한 애상과 연민의 극진한 정조를 일일이 토로해 낸 작품이다. 또한 오언율시인 <처질박거용왕배외조모유증(妻姪朴車容往拜外祖母有贈)>[41]의 아래쪽 주(注)에는 "丁酉亂余子女並失"이라는 기록이 보인다. 곧, 1597년 정유재란(丁酉再亂)에 그가 아들과 딸을 한꺼번에 잃었다는 구체적인 소식이 있어 그 즈음에 일어난 일들을 확지할 수 있다.

1598년은 그의 나이 40세 되는 해였다. 그때도 아직 전란이 다 끝나지 않은 가운데 여전히 객중(客中)에 있었던 정황과 함께 그 무렵의 소회(所懷)를 엿볼 만한 이러한 시도 있다.

---

39) 『귤옥집』·上, 42혈.
40) "我今亂離中 性命徒苟延 骨肉去無處 日日憂思煎" <인연자유감주필(因燕子有感走筆)>(『귤옥집』·下, 29혈).
41) 『귤옥집』·上, 32혈.

客裏如今月幾團   집 떠나고 저처럼 둥근 달 몇 번이었을까
浮生四十鬂毛殘   덧없는 인생 사십에 터럭만 쇠잔코나
臨風倍作憑高望   찬 바람 더 높은 곳 의지해 바라보아도
鄕國年來道路難.42) 고향 가는 길은 몇 년 래 까마득하기만.

이 해에 그는 삼도수군통제사(三道水軍統制使) 이순신의 전사 소식에 접해서 붓을 들어 <문이통제전사(聞李統制戰死)>43)란 제하의 칠언율시 한 편을 써 남기기도 하였다.

1601년에나 그의 관운(官運)은 비로소 피어났지만, 전언하였듯이 그나마 10년 남짓에 더 지나지 못한 것이었고, 광해군의 집정 무렵에는 또다시 정계에서 물러나지 않을 수 없는 처지에 놓이게 되었음이다. 그리하여 그는 벼슬을 포기한 채 남도 고향으로의 귀로에 들 수 밖에 없었을 터이니, 그의 유작인 <기관남귀도상유별상고(棄官南歸道上留別尙古)>44)는 바로 그 때 1609년 무렵의 소작임에 틀림이 없을 것이다. 아우인 상고(尙古)를 뒤두고 떠날 때의 심경을 쓴 이 시의 최종구에서 그는 상고와 더불어 손 붙들고 옛 동산의 귤촌(橘村) 숲가에서 함께 취해보고 싶은 염원을 말하였다.45) 비단 여기서 뿐 아니라 그가 자신의 향리 거소(居巢) 및 그 주변의 귤목(橘木)에 의지하려던 사념은 비상한 바 있었으며, 늙도록까지 불변한 바 있었다. 그것은 예컨대,

仍投綠橘三間屋   푸른 귤나무 세 칸 집에 몸을 맡겨
還展靑箱數卷詩46) 도포 속의 몇 권 시나 펼쳐 봐야지.

라든가, 또는 아래와 같은 60세 탄식,

浮生六十成何事   헛된 인생 육십에 이뤄놓은 게 무엇인지
只合將身臥橘邊47) 다만당 귤나무 가에 이 한 몸 뉘인 것 밖에.

---

42) <기박군(寄朴君)>(『귤옥집』·上, 42헐).
43) 『귤옥집』·上, 61헐.
44) 『귤옥집』·上, 61헐.
45) "安得與君携手去 故園同醉橘林邊"
46) <청음견화우차전운(淸陰見和又次前韻)>(『귤옥집』·上, 41헐) '其二' 소재.

정도로도 이해의 터전이 주어진다 할 것이다. 그의 사후에 후손인 윤정은(尹
正殷)이 『귤옥집』의 간행에 부쳐 쓴 발문 가운데 다음과 같은 내용도 그 사
실에 다름이 아니다.

退居鄕里 詩酒自娛 所居屋 樹之橘 以沒世…·.48)
향리에 물러나 살면서 시와 술로써 스스로를 즐기되 사는 집에 귤나무를 심
고 세상을 마쳤으니 ….

이 모든 사실은 결국 그의 아호를 '귤옥(橘屋)'으로 했었던 사실과 그대로 직
결되는 것이다.

짐작가는 대로라면, '귤옥(橘屋)'의 명칭은 아마도 그가 벼슬에서 물러나 완
전히 전원생활로 들어간 이후의 작호(作號)로만 여겨지니, 달리 그 이전에 사
용하던 칭호는 따로 있었던 것으로 보인다. 이를테면 그의 "소시작(少時作)"
임을 제목 바로 아래 밝혀 있는 <이수설(移樹說)>49)의 첫머리인 "五宜子家
有二園"〔오의자의 집에는 뜨락이 둘 있는데〕를 통해 그의 가장 이른 시기의 아
호로서의 "오의(五宜)" 또는 "오의자(五宜子)"가 반갑게 확인되어진다. 일면,
그가 자신의 서재 명칭을 두고 그 구체적 연혁과 동기를 설명한 <의재기(宜
齋記)>50) 한 편에는 작품 말미에 이것 창작 간지(干支)로서의 을미(1595) 정
월이 새겨져 있다. 즉 그의 37세 제술(製述)임이 명기되었거니와, 이 안에 그
의 옥호(屋號) 및 인칭 아호로서의 "오재(五齋)"·"의재(宜齋)"·"의옹(宜翁)"
등의 일컬음이 나타나 보임으로 하여 대개 어림가는 바가 없지 않다. 그리하
여 편의상 그의 50대를 기준으로 그 이전을 '의재시절'이라 하고 그 이후를
'귤옥시절'이라고 하였을 때, 그의 50대 곧 퇴향(退鄕) 이후의 귤옥기는 더욱
한적하고 울민한 삶으로 영위되던 시기라 할 것이다.

정치에 나설 수 없게 된 다음에도 얼마간의 운수객(雲水客) 노릇을 계속하
였던 듯싶으니, 7언율시 <우거흥원촌(寓居興原村)>51) 같은 데서 익히 알아볼

---

47) <화숙함(和叔涵)>(『귤옥집』·上, 53혈) '其二' 소재.
48) 『귤옥집』·下, 81혈.
49) 『귤옥집』·下, 39~41혈.
50) 『귤옥집』·下, 30~32혈.
51) 『귤옥집』·上, 59혈.

수 있다. 흥원촌(興原村)은 원주 소재의 한 촌락이었다.

> 消息鄕關久不聞　고향소식 오래도록 듣지 못한 채
> 老年身世逐浮雲　뜬구름만 따라다니는 노년의 신세.
>
> 餘生未卜戎衣定　남은 인생에 전란의 평정을 점칠 수 없고
> 時上寒邱望海氛　때로 쓸쓸한 언덕에 올라 해연(海氛)을 바라본다.

또한, 그 중간에 절의 승려들과도 사귀기도 하였던 자취를 여럿 볼 수 있으나, 거의 대부분은 삼간모옥(三間茅屋)에 의지하여 시주(詩酒)로 위안을 삼고 한가로이 지냈던 것으로 보여진다. 그의 유편(遺篇)들 가운데 소위 "한옹(閑翁)"을 자처하는 시들은 다름 아닌 만년의 소작일 터이니 이를테면 7언절구 <사문춘첩자(私門春帖字)>52)에,

> 晴時有味是閑翁　개인 날의 정취 아는 한가론 이 늙은이
> 世事如今夢已空　세상사 이제 와선 꿈만 같이 허망하다.
> 俗客不來春日永　속객조차 찾지 않는 봄날은 긴데
> 一階花影鳥聲中.　계단마다 꽃 그림자, 새의 지저귐.

이라든지, <촌흥(村興)>53)이란 7절 가운데,

> 閑翁此外無餘事　한가한 늙은이 이 밖에 다른 일 없고
> 時有罇前一醉眠　때로 술동이 앞에 한바탕 취해 잔다.

등에서 그같은 분위기가 잘 그려져 있다.

시 속에서 그의 60세 작임을 명백히 보여주고 있는 7율 3수의 <화숙함(和叔涵)>54)에서는 빨리 지나가버린 삶에 대한 회한과 허무감 같은 감정에 젖어 있다. "이 삶은 흐르는 물 떠도는 구름의 언저리에서 헛되이 늙었고[此生

---

52) 『귤옥집』·上, 16혈.
53) 『귤옥집』·上, 13혈.
54) 『귤옥집』·上, 53혈.

虛老水雲邊]", "헛된 인생 육십에 이뤄놓은 게 무엇인지[浮生六十成何事]" 등이 호례이다. 작품 결미에는 거울을 붙잡고서 지난날을 추억하는 다음과 같은 대목이 각별 눈에 새롭다.

因搔白鬢驚今日　흰머리 긁적이다 지금 처지 놀라 흠칫
還把靑銅憶往年　문득 거울잡고 가버린 해를 추억한다.
結習多生猶不忘　해묵은 오랜 삶에 그래도 못잊는 건
强題詩句綠罇邊　근사한 술 옆에 끼고 힘써 시 짓는 일이지.

이것 바로 뒤의 <차운(次韻)> 3수에서 역시 육십 노객이 된 윤광계의 복잡한 심사가 잘 드러나 있다. 이에서 그는 침적(沈寂)한 관조 내지 신세적 갈등을 유연하게 표출하는 반면에, 시에 관해서만큼 의연하고 의욕적인 태도를 과시해 보이고 있다.[55] 그는 여생을 "전원로(田園老)"[56]거나 또는 "토구로(菟裘老)"[57]로 늙으리라는 자기 결심을 말하기도 했고, 또 "산옹(山翁)"[58]과 "귤목옹(橘木翁)"[59]을 자처하기도 하였다. 그렇거니와, 그가 정말 내심 깊은 곳에서도 그런 것을 원했는지, 아니면 그저 자위의 방편에 따라 한 말이든지 관계없이, 그의 말처럼 만년을 한가롭게 살았을 뿐이었다. 그리하여 여생을 살아가는 적적함을 이렇게 토로한 적도 있다.

餘生忽忽終無興[60]　남은 생애 뜻을 잃어 종내 흥이 없네.
六十餘生容易去[61]　나이 육십에 남은 생은 쉽게도 가는구나.
忽忽吾生終無樂[62]　실의한 나의 삶은 종당 즐거움이 없네.

---

55) 『귤옥집』·上, 53~54혈.
56) "餘生欲向田園老 江海何心借一麾" <차운(次韻)>(『귤옥집』·上, 51혈) 소재.
57) "餘生欲向菟裘老 回首林園幾悵情" <남성조발(南城早發)>(『귤옥집』·上, 58혈).
58) "山翁日日飮無何 幾遣詩魔戰酒魔" <봉화제강견증(奉和霽江見贈)>(『귤옥집』·中, 53혈).
59) "才華梁少府 衰病橘林翁" <증양장성(贈梁長城)>(『귤옥집』·中, 47혈).
60) <병야독음(病夜獨吟)>(『귤옥집』·中, 51혈).
61) <봉화제강견증(奉和霽江見贈)>(『귤옥집』·中, 53혈).
62) <상고현화주필우차전운불필이고한위제이수(尙古見和走筆又次前韻不必以苦旱爲題二首)>(『귤옥집』·中, 57혈).

그의 향년에 대하여는 명백히 남아있지 않다. 그러나 문집 전반으로 볼 때 60대 이전의 것으로 보이는 시가 대부분인 듯싶다. 실제로 『귤옥집』·中 안의 가장 마지막 혈(頁)에 보면 60세 이후의 작이 칠언절구, 칠언율시, 칠언고시 도합하여 33수에 더 지나지 않았던 사실 등으로도 그가 60대 중반을 미처 넘기지는 못한 것 같은 심증을 불러일으킨다. 그의 60세가 1619년(광해군 12년)이니, 그의 몰세(歿歲)도 아마도 1620년 남짓에 있으리라 여겨진다.

그의 유고 모음인 『귤옥집』은 천(天)·지(地)·인(人)의 上·中·下 3책 3권으로 되어있으니, 상권과 중권은 각각 오·칠언 절구 및 율시와 오·칠언 배율(排律) 및 고시(古詩)를 형식별로 정리한 시집이고, 하권은 일반 산문류를 모아놓은 문집이다.

<저군전>은 다름아닌 『귤옥집』·下의 잡록(雜錄)·上 42~44혈(頁)에 실려져 있는데, 선조·광해 연간의 수준높은 시인이었던 그에게 이같은 사물 의인법에 입각한 가전 형태 한 작품이 있었다는 사실에 각별한 관심과 주목이 끌리는 바 큰 것이다.

하지만 보다 주의깊게 살펴보면, 그에게 있어 사물 및 의인화에 대한 관심은 전혀 이 경우에 특별하고 우연한 현상만은 아니었으니, 운·산문 양식을 초월한 그 역력한 자취가 곳곳에 보인다. 자신을 둘러싸고 있는 생활주변 사물에 대한 세심한 관조는 예컨대 『귤옥집』·上에서 <해당화(海棠花)>·<작약(芍藥)>을 읊는 일로 나타나기도 하였고, <영롱헌사영(玲瓏軒四詠)> 및 <우팔영(又八詠)> 같은 표제 하에 줄〔荳〕·귤·연꽃·매화·버들·오동·백로·작은 새·물고기 등을 소재삼기도 하였다. 『귤옥집』·中에서도 역시 <영서효퇴지연구체(詠鼠效退之聯句體)>·<구선(求扇)>·<사선(謝扇)>·<영작약(詠芍藥)>·<하전(荷錢)> 같은 종종의 보람을 가져오기도 하였다.

아울러, 의인화에 대한 관심과 시도는 다름 아닌 사물에 대한 관심에서부터 출발하는 것이다. 그렇기 때문에 어느 경우 사물에의 관심사가 곧장 의인화적 시도로 연결되어 나타날 수도 있다. 이를테면 위에 든 상권 소재 영물시인 <작약> 후반의,

牡丹若是眞天子　　모란이 정녕 천자라 한다면

　封爾何慚作列侯[63]　　너를 어이 열후(列侯)에 넣겠는가, 부끄럽게.

및, 중권 소재 〈영작약〉 후반의,

　牡丹合與爭天子　　모란과 천자 자리 겨룸에 제격은
　今古猶稱相國花[64]　고금에 불변한 이름 재상꽃이라네.

등에는 어느덧 꽃에 대한 의인적 조사(藻思)가 마련되어 있는 것이다. 비단
식물적 존재 뿐 아니라, 동물류인 게[蟹]를 "곽삭(郭索)"과 같은 활인화 명칭
으로 돌려 구사(驅使)하던 용례도 보인다.

　彫胡椀進流匙滑　　고미(菰米) 담긴 사발 오니 숟가락 둘레 매끄럽고
　郭索盤來滿箸香[65]　곽삭(郭索) 얹은 소반 오니 젓가락 가득 향이로다.

그런가 하면, 죽부인(竹夫人)·당력사(鐺力士) 같은 좌변(座邊)의 사물을 마치
사람과 같은 존재인 양 그려내기도 하였다.

　閑中伴是夫人竹　　한가론 속에 죽부인(竹夫人)과 짝을 하고
　醉裏徒爲力士鐺[66]　취한 가운데 당력사(鐺力士)와 무리 짓네.

　그 뿐이 아니라 마음의 근심을 "수성(愁城)"의 말로 활유시킨 다음과 같은
사례 역시 심성(心性) 의인의 의지적 한 발상이 아닐 수 없다.

　誰謂愁城固　　누구라 수성이 견고하다 했는가
　偏帥昨日攻　　어젯날 나의 편장(偏將)이 쳤거늘.
　高歌仍奏凱　　큰소리로 노래하며 개선을 아뢰고
　一醉興全濃[67]　한바탕 취해 진탕 흐드러졌도다.

---

63) 『귤옥집』·上, 12혈.
64) 『귤옥집』·中, 45혈.
65) 〈우제(偶題)〉(『귤옥집』·中, 52혈), 5·6행.
66) 〈차운(次韻)〉(『귤옥집』·中, 53혈), 3·4행.

酷憐床上玉甁雙　　상 위의 쌍옥병 몹시도 아끼나니

已約愁城一夕降　　수성의 항복이야 일석에 정해진 것.

麴蘖此生仍是病　　나의 삶에 누룩술은 여태도 못고치는 병

欲將新酒變爲江.68)　새로운 저 술이 강물만큼 변했으면.

그러나 사실은 이같은 시도는 한시 작품 안에서 국한되지 아니하였다. 그의 산문작 모음인 『귤옥집』·下 개권의 첫 장에는 더욱 괄목할 만한 발견이 따르니, <중수신명사기(重修神明舍記)>69)가 그것이다. 여기선 아예 처음부터 '마음'을 의인 설정시킨 천군(天君)을 주축으로 하여 궁극에 인욕(人慾) 타파가 전체 줄거리 구성의 핵심을 형성하고 있다. 이는 역시 <수성지(愁城誌)>·<천군본기(天君本紀)> 계열의 또 하나 엄연한 한문 의인소설 작품이었다.

귤옥이 술항아리의 퇴락(頹落)해 가는 과정을 애석하게 여긴 나머지 그것에 인격을 부여하여 묘지명(墓地銘)이란 표제에다 쓴 의인전기 <옹후묘지명(雍侯墓地銘)>70)이라든가, 단단한 절구가 깨어지매 그것을 수선하고 난 겨를에 절구공이에 착안하여 <저군전> 한 작품을 끼쳐놓았던 것은 그 의인적 시도가 사물 쪽으로 향한 본보기적 일례로 볼 만하였다.

『귤옥집』·下의 산문류를 일람할 때 창작의 간지를 적은 경우를 간간히 목도할 수 있지만, 애석하게도 <저군전>의 경우 그것을 기대해 볼 길은 없다.

하지만, 그런 중에도 창작의 연대를 가늠해 보는 일이 전혀 막연한 노릇만은 아닐 수 있는 일말의 단서조차 작중에 없는 것은 아니었으니, 곧 다음의

---

67) 5언율시 <차운이수(次韻二首)>(『귤옥집』·中, 41혈) 2수 중의 제1수. 참고로, 문집에서는 제2행 처음 어휘가 "偏師"로 되어 있으나, 이는 '偏帥'의 오쇄임이 분명하므로, 이에 바로잡아 썼다. 편수(偏帥)는 일부의 군대를 이끄는 장군인 편장(編將), 혹은 부장(副將).

68) 7언절구<주후차우인운이수(酒後次友人韻二首)>(『귤옥집』·中, 46혈) 2수 중의 제1수.

69) 『귤옥집』 下, 잡저·上, 1～7혈. 본 작품은 심성의인문학 계통의 새로운 자료 발굴적 측면에서 별도의 지면(『전규태교수회갑기념논문집』, 1993.6)을 통해 해제와 더불어 전문 소개하였다.

70) 『귤옥집』·下, 44～47혈. 실은 이것도 그 형식과 내용의 구체성에서 보았을 때 한가지 종류의 가전일 따름이었다. 그러나 귤옥이 제목을 정한 바에 일단 '전(傳)'의 이름을 쓰지 않고 "묘지명(墓地銘)"이란 명호를 빌려왔던 점을 일차 존중하는 뜻에서, 이에선 일단 <저군전>과 함께 다루는 일을 유보해 두기로 하였다.

부분이었다.

> 自亂離以後 杵氏一門 流落在外 與石氏離婚 甚至有不免水火者.
> 난리 이후로는 저씨(杵氏) 일문이 영락하여 외지로 유랑하게 되자 석씨
> (石氏)와 부부관계를 끊고 갈라서거나, 심지어는 수재와 화재의 화난(禍難)
> 을 면치 못하는 이도 있었다.

여기서 '난리'라고 함은 작품 외연상의 시간 전개 문맥상으로는 대략 당 현종
시절 안록산의 난에 해당될 듯싶다. 그러나, 이 부분 저구(杵臼) 수난의 실상
에 따른 묘사의 구체성은 작가의 경험 체계, 곧 윤광계의 목격적(目擊的) 실
제에 입각한 고스란한 영상과 투영의 안에 있다. 따라서 그것의 궁극적인 내
포, 즉 사건의 실질적 지시처는 다름 아니라 임진년(1592) 4월 그 첫 발발 이
래 약 7년 간에 걸쳐 계속되었던 왜란을 가리킴에 별반 의심의 여지가 없다.
그러므로 최소한 윤광계가 임진란을 처음 겪기 시작했던 34세 이후의 소작임
을 우선 알아내기 어렵지 아니하였다.

그 다음에는 더 이상의 실마리가 나타나 보이지 않아 막연해질 따름이지
만, 작품 안의 어느 부분들이 야기시키는 분위기적 정조(情調)는 아무래도 왜
란의 발생 초기와 가까운 시간대에 있어 보이지는 않는다. 위의 인용문에서
절구공이[杵氏]의 유랑 및 절구[石氏]와의 이혼·결별 등과 같은 공간변화
적 상황은 아무래도 사단(事端)의 발생 이후 일정만큼한 시간의 흐름을 요구
하는 것이겠기 때문이다. 더구나 작자는 본 작품 제목 아래 주기(注記)에다
절구를 보수하고 든든히 해 놓으면서 짓게 되었다는 말을 하고 있다. 이로
미루어 혼란의 소용돌이가 일단은 가라앉은 단계의 소산만 같아 보인다. 이
를테면, 왜란 풍파가 진정 국면에 들어가면서 심리적 평정을 다소는 회복한
연후라야 절구를 정상화시키는 등의 의욕적 노동 행위도 가능할 것만 같다.
또 정서적 안정을 어느만큼 획득한 연후라야 절구공이 등을 형상화시킴 같은
현학적 창작 행위도 기대할 수 있을 듯싶다. 생각건대 의인문학의 한 형태로
서의 가전이란 것이 대개 대상에 대한 일종의 정관적(靜觀的) 여유의 바탕 위
에서 가능할 수 있는 지적 이완의 산물이겠기 때문이다.

이렇듯 칠흑 어둠 속의 야광주와도 같이 작중의 유일한 요어(要語)인 "난

리이후(亂離以後)"란 말을 보는 눈길이 아무래도 전란 종식 이후 쪽에 자꾸만 쏠리는 것이어니와, 이 관측은 아래와 같은 사실 근거로써 좀 더 활력을 얻을 만하다. 다름 아니라, 이제 『선조실록』을 일별해보는 과정에서는 참 반갑게도 "경란이후(經亂以後)" · "난리이후(亂離以後)" 등 괄목할만한 언어와 접할 수 있는 것으로 인하여 일약 돌파구를 찾은 듯한 계기가 마련된다.

> 德馨曰…而經亂以後 居民死亡殆盡 以僅存之民 當劇煩之役 雖以形勢之故 得全於今日 而人物之彫殘 比來爲甚.[71]
> 이덕형이 가로되, "… 그리고 난리를 겪은 이후에 백성이 사망하여 거의 없다시피 하며, 겨우 살아남은 백성은 몹시 고되고 바쁜 일에 시달리니 비록 형세로 인해 지금에 살아남을 수는 있었으나 인물의 손상이 근자에 심하였나이다."

> 掌令李軫賓來啓曰 畢獻方物 唯服食器用 載在經籍 則三名日進上 在臣子分義 固不可少有所欠闕者也 亂離以後 久廢不行 而頃者半減之命 實出於恭儉恤民之意.[72]
> 장령(掌令) 이진빈이 와서 알리기를, "반드시 바쳐야 할 방물로는 의복과 음식과 그릇 등이라 함이 경적에 실리어 있은즉, 세 명일(名日) 날에 진상을 해야 함이 신하된 이의 본분에 마땅한 일이오라, 조금도 빠뜨리는 일이 있어서는 아니되옵니다. 하오나 난리 이후에는 오래도록 폐지되어 시행되지 못하였더니, 지난 번에 그 내용을 반으로 감하시라던 명은 참으로 검박함을 높이고 백성을 긍휼히 여기시는 뜻에서 나온 것이었습니다."

앞의 내용은 1603년 4월 신미일 이덕형이 선조 임금과 나눈 대화 중에 보이는 것이려니와, 여기의 "경란(經亂)"이란 말 자체에 벌써 난리를 겪었다거나 지냈다는 경험(經驗) · 경과(經過) 의미의 과거 및 완료적 시제를 처음부터 나타내고 있는 표현이었다. 그리고 이 군신간의 대화가 과연 전쟁 끝난 뒤 4년 5개월 지난 다음의 일임은 위의 연대기로도 곧장 확인 · 입증되는 사항이었다.

그러나 특별히 두 번째 인용문의 경우는 <저군전>에서와 똑같은 "난리이

---

71) 『선조실록』 권158, 36년 계묘 정월 신미일 조
72) 『선조실록』 권141, 34년 신축 9월 임자일 조

후(亂離以後)"의 표현이 돌출되는 것으로 인하여 가일층 촉각이 곤두서지 않을 수 없다. 그런데 본래 "난리이후(亂離以後)"라는 말 자체 뜻만으로 보면 임란 발발의 해인 1592년 이후가 모두 개연성 있는 시간대에 포함되는 것인 줄은 혹 모르겠으나, 바로 여기서 자연스레 "난리이후(亂離以後)"라는 말을 쓰고 있는 시점은 1601년 9월, 곧 전쟁 중간이 아닌 난리가 끝난(1598년 11월) 지 2년 10개월이 지난 시간적 계제에 놓여 있었다. 이 명백하고 엄연한 사실이 아무래도 <저군전> 내의 동일 어휘를 헤아림 하는 일에 사뭇 고무적인 또 한 가지 작용이 될 수 있으리라는 판단이다. 그리하여 <저군전>에서 "난리이후(亂離以後)"에 연결되어지는 문장은 다름아닌 전란 끝난 뒤에 펼쳐진 정황을 저구(杵臼)의 기준에서 은유적으로 형상화시킨 결과로 보여진다.

이제, 난리 이후에 저씨 일문이 영락하여 외지로 유랑하게 되었다는 말은, 전쟁 뒤의 혹심한 기근으로 찧어 먹을 양식이 없으매 절구공이가 소용 밖에 밀려 이리저리 굴러다녔음을 은유한다. 석씨와 부부관계가 끊겨져 갈라서게 되었다는 말은, 그러면서 절구와도 함께 놓아질 수 없게 된 형편을 비유하는 뜻이다. 심지어 수난(水難)과 화난(火難)을 겪기도 했다는 말은 절구공이가 무용지물이 되어 그것을 물 속에 던져 버리거나 땔감으로 태워 없애기도 했던 일을 암시하는 뜻이 분명하니, 이 모두 난리 뒤의 황량한 경상(景狀) 아님이 없는 것이다.

요컨대, 당시에 많이 쓰던 "난리이후(亂離以後)"란 말은 대개 '난후(亂後)'란 말의 부연 형태로 봄이 타당할 듯싶다. 돌려 말하면, 2음절어 '난후(亂後)'란 말의 언어 부연적 리듬 효과를 위한 4음절화가 "난리이후(亂離以後)"로 될 터이고, 4음절어 "난리이후(亂離以後)"란 말의 언어축약적 음운효과를 위한 2음절화가 "난후(亂後)"로 될 터이다.[73]

그러면 이제 여기서 짐작하는 <저군전> 창작의 연대는 스스로 좁혀진 셈이다. 임진년 난리는 1598년 11월 왜군의 전면 철수와 함께 종식된 것으로

---

73) 이를테면 그의 오언절구에 <난후한식(亂後寒食)>(『귤옥집』·上, 4혈) 제목에 대한 풀이는 '난리 이후(亂離以後)에 한식을 맞고서'로 풀어 가당할 것이고, 『선조실록』이나 <저군전>에서 쓰여진 "난리 이후(亂離以後)"의 말은 그 문장 독음상 리드미컬한 흐름에 관계 있을 뿐, 그 조어상의 리듬성만 상관없다면 '난후(亂後)'로 해도 전혀 무방할 것이다. 오늘날 6·25 '전쟁 이후(戰爭以後)'에 태어난 세대를 줄여 '전후(戰後)' 세대라 일컫는 것도 같은 관용례이다.

간주하니, 이 이후부터 그가 1601년 9월 처음으로 대망의 중앙 관계(官界)에 진출하게 되기 전까지의 사이가 되리라 추단하는 것이다.

윤광계가 본래 일찍부터 가난했던 집안 살림에다 거기에 전란까지 겪어야만 했던 탓인가, 그의 시에는 궁핍한 촌가 생활이거나 생계에 관련되는 일을 소재로 삼은 내용이 적지 않게 보인다. 보리를 말리는 아낙네들의 모습을 보고 쓴 5언고시 <쇄맥(曬麥)>74)은 먹을 것이 없어 보리 양식이라도 구하기에 급급한 민생고의 비참한 모습을 그리고 있고, <주필(走筆)>75)에서 또한 자기 집의 극빈한 형용 일단을 묘사하고 있다. 작품 중의 "兵未靜" 〔싸움이 아직 가라앉지 않았는데〕이란 말로 왜란 기간 중에 썼음을 알 수 있는 5언배율 <효기우음(曉起偶吟)> 곧, '새벽에 일어나 문득 읊다'76)의 전반부이다.

側側金風至　쓸쓸한 가을 바람 불어들고
凄凄玉露斜　냉랭한 이슬 방울 비꼈구나.
舂粱鳴曉碓　쌀을 찧는 새벽의 방아소리
治苧響霄車　모시를 잣는 물레소리.
飯滑炊新稻　기름진 밥은 햅쌀로 지은 것이고
葅寒斫老瓜　시원한 김치는 늙은 오이 담근 것이다.

혹은 산촌의 굶주린 쥐가 민가에 끼치는 폐해를 열거해 나간 5언고시 <영서효퇴지연구체(詠鼠效退之聯句體)>77) 가운데,

罅突悷宵薪　굴뚝을 뚫어 놓으니 한밤중 땔감이 겁나고
斁箒妨曉杵　빗자루를 썩게 하매 새벽의 절구질 망친다.

역시 그가 한 사람의 생민으로서 산촌 및 농가에서 겪는 체험과 느낌들을 일상 대하는 생활 주변의 비근한 사물들 안에서 끌어내어 표출시킨 사례들이다.

---

74) 『귤옥집』 · 中, 24혈.
75) 『귤옥집』 · 中, 13혈의 '其二'.
76) 『귤옥집』 · 中, 11혈.
77) 『귤옥집』 · 中, 24~25혈.

그러면 지금 이 <저군전>처럼 절구공이를 대상적 제재로 삼고자 했던 생각의 빌미도, 비록 양반 선비의 신분이었지만 어려운 민가 생활을 치루지 않을 수 없던 개인적 오랜 체험 안에서 파생될 수 있었을 것이다.

▩ 김득신(金得臣) / <환백장군전(歡伯將軍傳)> · <청풍선생전(淸風先生傳)>

술과 부채에 실은 풍정

　<환백장군전(歡伯將軍傳)>과 <청풍선생전(淸風先生傳)>은 17세기 조선조 인물인 백곡(栢谷) 김득신(金得臣, 1604～1684)이 술과 부채를 각각 의인화한 가전문학 작품이다. 이 두 편은 그간 미발굴인 채로 아직 이 분야에 알려지지 못하였다가, 이가원이 백곡의 9세 손인 김상형(金相馨) 옹과의 인연으로 『백곡집(栢谷集)』을 편술하는 과정에서 마저 소개되기에 이르렀던 것이다.1)

　김득신의 자는 자공(子公), 백곡(栢谷)은 아호이다. 안동이 본관으로, 부제학(副提學)을 지낸 치(緻)의 아들임과 동시에 진주목사(晉州牧使)를 역임한 시민(時敏)의 손자이다. 그의 호를 백곡이라 이름붙인 뜻은 그가 목천(木川)의 백전(栢田)에 거했던 일로 연유했다 한다. 그는 선조 37년 출생의 이래 광해, 인조, 효종, 현종을 거쳐 숙종 10년에 생을 마칠 때까지 여섯 왕에 걸쳐 재세한 81세의 생애를 통해서 다사다난의 시대를 살다간 인물이다.

　그러나 김득신이라 하면 무엇보다 노둔(魯鈍)의 시인으로 알려져 있으니, 그가 소시에 『사략(史略)』 26자를 여러 날 배웠음에도 능히 구두를 달지 못하였다 함2)과, "마상봉한식(馬上逢寒食)"이란 당인구(唐人句)를 자신의 창작으로만 오인하였다는 일화3) 등은 유명하다. 또한 그 자신이 <백이전(伯夷傳)>을 일억 차례나 독파하였다고 말한 것4)이 사대부 진신간(搢紳間)에 유명한

---

1) 이가원 편, 『백곡문집(栢谷文集)』, 태학사, 1985.9, p.2.
2) 이현석(李玄錫), <묘갈명(墓碣銘)>에, "幼而魯 十歲始就學十九史略 首章僅二十六字 而三日不能口讀…."
3) 이가원, 『한국한문학사』, 보성문화사, 1986, p.291 참조
4) <고문삼십육수독수기(古文三十六首讀數記)>, 『백곡문집』 권5 참조

기화(畸話)로서 훤전(喧傳)되었을 만치 그는 문장 수련에 있어 우직스러움을 보여주었던 문인이기도 하였다.

　아울러 김득신은 보기 드문 기주(嗜酒)·호음(豪飮)의 시인으로도 그 면모를 십분 과시하였다. 그의 『백곡집』 가운데서도 음주를 다룬 시가 특별히 많은 부분을 차지한다는 사실에 유의하지 않을 수 없고, 또 이러한 경향은 거의 모두가 자신이 공명(功名)을 이루지 못한 데 대한 울민(鬱悶) ― 백곡은 59세에 비로소 문과에 합격하였다 ― 을 달래기 위한 방편 속에서 다루어진 것임을 이해하기 어렵지 않다.

　그러면 이제 그의 시적 경계에 비해 백곡의 문은 어떠하였는가? 여기에 대한 제가(諸家)의 평을 들어보면 대략 이러하였다.

　우선, 이서우(李瑞雨)의 <백곡집서(栢谷集序)>에 보면,

　　或謂 公文不如詩之工 疑公無得於伯夷傳 余應之曰 公非無得者 得之不全 由擧子之業之奪之也 其晩遷於科則亦伯夷傳之爲崇矣.
　　어떤 이는, "공의 문은 시의 공교함만 같지 못하니 공이 <백이전>에서 얻은 바는 없어" 라고 하매, 내가 이렇게 응대하였다. "공이 얻은 게 없음이 아니라 다 얻지 못한 것일세. 그것 때문에 과거시험 공부를 못하게 되었지만, 늦게나마 과거에 된 것은 그 역시 <백이전>을 높였던 까닭이지."

라고 논급된 부분이 있거니와, 이 말에서 한 가지 시사되는 바가 있다. 곧, 백곡이 일억일만삼천 독을 했다는 <백이전> 공부의 효과에 대해선 비록 위의 두 사람 사이에 의견의 차이가 있음에도 불구하고, 백곡의 문장이 시에 못미친다는 생각에 있어선 의사가 서로 일치한다는 사실이다.

　백곡의 <제문(祭文)>을 쓴 조현석(趙顯錫) 같은 이도 백곡시의 성화(盛譁)를 칭도한 반면, 문은 "여사(餘事)" 쯤으로 간주하였다.[5] 이 밖에도 그의 <행장(行狀)> 안의 표현인 "尤工於詩[시에서 더욱 공교하였다]" 같은 말도 환언하면 산문 쪽의 상대적인 열세를 암시한 뜻으로 보아 별 무리가 없을 듯싶다.

　특히 이덕무는, 백곡이 그 엄청난 독서 노력에도 불구하고 산문 쪽에 족히 볼 만한 것이 없는 만큼 지독히 노둔한 이라고 폄평(貶評)한 바 있다.

---

　5) 不特吾東 皆推宗匠 華人採詩 首加稱賞 文雖大鳴 乃公餘事.

平生讀書之多 定爲古今稀見 讀伯夷傳一億一萬三千番 它可類推也.
其集中文只數篇 而不足可觀 才之至鈍者也.

　평생 책을 읽은 것이 많기로는 진실로 고금에 보기 드물어, <백이전>
읽기를 일억일만삼천 번이나 하였다 하니, 그 나머지는 짐작할 만한 것이다.
그 문집 가운데서 문은 고작 몇 편에 지나지 않는 데다, 족히 볼만한 게 없
으니 재주치곤 지독하니 둔한 사람이었다.6)

　최근에 이르러서 이가원도 "백곡은 원래 시에 장(長)이 있다"7)고 평한 바
있어, 결국은 아무도 백곡의 문이 승(勝)함을 주장한 이가 없으니, 그의 문이
상대적으로 열세라 함은 적실(的實)하여 올바름을 얻은 견해로 보아 무방할
것으로 사료된다.

　사실은, 백곡 본인도 자신의 문의 취약을 스스로 인식하고 있었던 것이 아
니었나 싶다. 그는 종래의 시론에서 말하는 바, 시란 학문적 노력과는 별개의
천품(天稟)이요 재주라고 하는 이른바 "시유별재(詩有別才)" 설을 깊이 신념
했던 한 사람이었다.8) 그렇기 때문에 "시인에게 그러한 재주가 없을 것 같으
면 시를 쓸 수가 없다[詩人無其才 則弗能爲詩]"9)고 생각했던 것이다.

　아울러, 자신은 시에 관한 한 어느 정도 이같은 천품을 타고났다고 믿은
양하지만, 오히려 문에 관해서 만큼은 그것의 부족됨을 절감한 듯 여겨진다.
전술했다시피, 그가 36년 동안 매두몰신(埋頭沒身)으로 열독하였다는 <고문
삼십육수독수기(古文三十六首讀數記)>를 보아도 그 분발의 표적과 대상이 두
시(杜詩) 등으로 대표되는 운문이 아닌, 전적으로 산문 일색이었다는 사실에
각별한 주목을 요하게 된다. 이렇듯 깊이있고 비상한 독서 사승(讀書師承)이
시가 아닌 문 쪽에서 전적으로 일어났음은 필시 문 방면에 대한 소질 바탕을
끝내 자신할 수 없었던 데에서 연유된 듯하다. 그러기에 사마천·한유 등의
문장을 귀감으로 한 이같은 고신(苦辛)·분투(奮鬪)가 문의 취약을 극복할 수
있는 최선의 방법이라고 판단했을 것으로 간주된다. 백곡 스스로가 진·한·

6) 이덕무, 『영처잡고(嬰處雜稿)』, 『청장관전서(靑莊館全書)』 권5.
7) 이가원, <백곡문집영간서(栢谷文集景刊序)>, 『백곡문집』, 태학사, 1985, p.2.
8) 김창룡, 「백곡 김득신의 인간과 문학(下)」, 『충격과 조화』, 동방문학비교연구총서
　2, 1992, pp.523~526.
9) <송김계진서(送金季珍序)>, 『백곡집』 권5.

당·송에 걸친 독서 편력의 열정을 과시한 다음과 같은 시가 있다.

杜門端坐萬番讀　　　문 닫아 걸고 바로 앉아 일만 번을 읽나니
漢宋唐秦以上文　　　한, 송, 당, 진 시대 앞의 글들이다.
最嗜伯夷奇怪體　　　그 가운데도 백이의 기괴한 체를 가장 좋아하나니
飄飄逸氣欲凌雲.10)　표표히 이는 호일의 기상은 구름 너머로 넘나는 양.

이처럼 비상하고 각고에 찬 문장수업에도 불구하고 그가 마침내 문장가로서
의 명성은 얻지 못하였던 결과로 보아도 확실히 '시유별재(詩有別才)'나 마찬
가지로 문 또한 별재가 요구되는 것인지도 모르겠다. 그럼에도 백곡이 그렇
듯 가혹한 독서훈련을 포기 아니한 채 지속하여 나갔던 사실로 미루어 생각
할 때, 그는 시와는 달리 문 만큼은 천부적 재질〔別才〕이외 노력으로 극복·
성취할 수 있는 것으로 믿었을 가능성 또한 없지는 않다.

『백곡문집』을 통해 문은 5권에서 7권까지 걸쳐 있거니와, 그 가운데 권5
의 <관동별곡서(關東別曲序)>, <순오지서(旬五志序)>, <소화시평서(小華詩評
序)>, <취묵당기(醉黙堂記)>와, 권6의 <죽창집발(竹窓集跋)>, <병가절요서
(兵家節要序)>, <환백장군전(歡伯將軍傳)>, <청풍선생전(淸風先生傳)>, <백
이전해(伯夷傳解)> 등이 나름대로 객관적 의미를 지닐 만한 내용들이다.

이 가운데서도 특히 <환백장군전>과 <청풍선생전>의 두 편은 각기 술과
부채를 모처럼의 허구적 수법으로서 의인화한 가전 형식의 휘품들이다. 앞서
밝혔듯 이가원이 『백곡집』의 간행과 동시에 처음으로 착안하여 공식적으로
소개한 셈 되었다. 과거부터 그의 문학에 대해 언급하던 논자들마다 그가 문
보다는 시의 편에서 훨씬 능장(能長)이 있다 함이 압도적인 정평이기는 하나,
기실은 산문 쪽의 각 분야에서도 두루 다양한 체(體)를 구사한 것이 적지 않
았다. 허구적 전의 한 양식으로서의 <환백장군전> 및 <청풍선생전>도 그
가운데 포함되는 것이다.

<환백장군전>은 종래 한국의 술 가전이 <국순전(麴醇傳)>·<국선생전

___

10) <제고문초책(題古文抄冊)>, 『백곡집』 권2.
　　한편, 『종남총지(終南叢志)』에도 이 시가 소개되어 있는 바 제3·4구는 같은 반
　　면, 기구와 승구 만은 "搜羅漢宋唐秦文 口沫讀過一萬番"으로 다르다.

(麴先生傳)> 등 고려의 한 시대에만 한정된 줄로 알았던 종래의 인식을 완전히 불식하고, 16세기 간재(艮齋) 최연(崔演, 1503~1549)이 지은 <국수재전(麴秀才傳)> 및 18세기 인물이었던 존재(存齋) 박윤묵(朴允黙, 1771~1849)의 <국청전(麴淸傳)> 등과 함께 이 계통의 가전이 조선조에도 그 면모를 연면히 지속할 수 있었다는 사실을 뚜렷하게 입증하였다는 데서 우선적인 의의를 부여받을 만한 작품이었다.

또한, 이것이 주인공 본전부(本傳部)에 이르러 전체가 영웅·군담적인 내용으로 장식되어 있다는 점에서 가전문학사상 전무후무한 특징이라 아닐 수 없다. 이러한 점은 백호(白湖) 임제(林悌, 1549~1587)의 <수성지(愁城誌)>가 운데 국양장군(麴襄將軍)이 출현 활약하는 부분을 연상케 하는 바 크다. 아닌 게 아니라 이 작품에서도 문제의 수성(愁城)을 격파함에 있어 결정적인 공훈을 세우는 주체가 바로 이 술의 인격화인 국양(麴襄)이었다. 살펴보면, 이 한 작품에서는 천군(天君)·모영(毛穎)·관성자(管城子)·공방(孔方) 등, 가전사흐름에서 주인공 역할을 담당하였던 여러 기라성 같은 인물들이 등장하고 있다. 하지만 그러한 사실에도 불구하고 오히려 이 <수성지>의 실제적인 주인공 구실을 톡톡히 했던 당사자로 이 국양을 가볍게 보아 넘길 수 없다. 과연 국양이란 인물은 이 작품의 가장 중대한 계기이자, 동시에 아무도 해결하지 못했던 수성 사건의 문제를 가장 명쾌히 해결한 수성 사건의 최고 영웅, 곧 <수성지>의 주인공으로 아무런 손색이 없었다. 그리하여 이 작품을 희극적 종결로 유도하면서 화려한 대단원을 장식하는 그 당당한 주체 또한 국양이 되는 바, 여기서 그는 천군으로부터 온갖 포상을 받는 과정에서 '환백(懽伯)'의 작위까지 하사받게 되니, 다름아닌 환백장군인 것이다.

그 밖에 천군과 조정 신하들 사이의 정론(廷論), 군담부 서술 등 전반적인 분위기 면에서 아무래도 김득신의 술 가전이 약 반세기 앞인 임제의 그것과 무관하지만은 않을 것으로 사유되어진다. 사실, 허구적 산문 안에서는 임제가 처음 구사한 것으로 사료되는 환백장군의 등장이 하필 <환백장군전>에 국한된 것은 아니었다. 김득신과 동시대 인물인 정태제(鄭泰齊, 1612~1669)의 작으로 추정된다 하는 <천군연의(天君演義)> 가운데도 부각되어 나타났다든지, 다시 또 한 세기 뒤 인물인 지광한(池光翰, 1695~1756)의 <취향지(醉鄕志)> 같은 곳에 재현되었던 사실 등이 따른다. 그리하여 <수성지>의 영향력에 대한 새삼스런 인식과 함께, <환백장군전>과의 관련성 또한 긍정적으로 고려해 봄직하다.

김득신은 본시 기주(嗜酒)와 호음(豪飮)의 시인이었던 만치 『백곡집』 가운데도 거기 관련된 시구가 무수히 많다. 그런 부분에 있어서의 음주의 이유는 거의 모두가 근심을 씻고[滌愁], 울민함을 잊어버리는[排憫] 데 있었음을 쉽게 확인할 수 있다.11) 김득신의 이와 같은 인식의 바탕이 다만 시에서 뿐 아니라 술의 의인적 구상을 허구적 산문 위에 구현시켜 보려던 욕구마저 준동했을 터이고, 이것이 본편의 창작적 동인이 되리라 함은 짐작하기 어렵지 아니하다. 아예 권3의 <기중구(寄仲久)> 시 같은 곳에서는 '수성(愁城)'의 표현조차 그대로 나타나는 바,

愁城未易降　安得酒盈缸

역시 난공불락(難攻不落)한 수성 타파의 방도는 오직 그득한 술항아리에 달렸음을 애써 보여주고 있다.

다만 그가 평소에 술을 우수 척결(憂愁滌抉)의 방편으로 여겼으되, "취한 때 잠깐이야 기분이 난다지만, 세상살이 근심 저버릴 날 있을까[醉裡暫時雖有興 世間何日可無愁]"12)·"술의 위력도 쏟아지는 근심을 막기는 어려워[酒力難排阻雨愁]"13)와 같이 어느 순간에는 그러한 신뢰조차 잠시 사라지는 때도 없지 않았다. 또한 그는 늘 취향(醉鄕) 가운데 머물러 사는 사람14)으로 자처하였으나, 아마도 만년에는 방음(放飮)을 감당하기 어려웠던 모양이다.

鏡中衰鬢已垂絲　거울에 뵈는 쇤 수염은 늘어진 실밥만 같아
豪氣殊非盛壯時　호기도 암만해야 한창 때의 그것과는 다르지.

---

11) 그 중에 몇 가지만 인용하면 이러하다.
　　"擧酒愁仍破　耽詩病已痊" <시장계우(示張季遇)>(권3)
　　"排悶惟賒酒　消愁强索詩" <차운(次韻)>(권3)
　　"中酒窮愁破　吟詩逸興豪" <청풍도중(淸風道中)>(권3)
　　"消遣深愁惟有酒　共傾杯杓醉樽前" <차운(次韻)>(권4)
12) <차운기우인(次韻寄友人)>(『백곡집』 권4).
13) <주필(走筆)>(『백곡집』 권4).
14) "吾身何許者　恒在醉鄕中" <차운(次韻)>(『백곡집』 권3)

詩恐瑕疵停筆數　책잡힐 시일세라 붓 멈추는 일 잦아지고
酒嫌酩酊引盃遲.15)만취해 버릴세라 술잔 붙들기도 머뭇머뭇.

그리하여 대개 <환백장군전>도 그의 노년기보다는 기운 성한 장년기의 소산
으로 봄이 보다 사리에 가깝다고 할 것이다.

<청풍선생전> 역시 앞의 가전이 그가 애호하고 탐닉했던 사물에 대한 자
연스러운 결과물이었던 것처럼, 그의 부채에 대한 비상한 취향이 낳은 또 하
나의 산물이었다.

사실 김득신의 문집에는 사물에 대한 관심을 시로써 읊은 영물류(詠物類)
가 적은 편은 아니었다. 예컨대 1권 가운데의 <영괴송(詠怪松)>·<영화(詠
畵)>·<영백로(詠白鷺)>·<영화안(詠畵鴈)>·<영서여(詠薯蕷)>, 2권 가운
데의 <영송(詠松)>·<영폭포(詠瀑布)>·<영앵도(詠櫻桃)>, 3권 가운데의
<영송(詠松)>·<영폭포(詠瀑布)>·<영다산기필(詠茶山奇筆)>·<영설(詠
雪)>·<영응(詠鷹)>·<영국(詠菊)>, 4권 가운데의 <영송(詠松)>·<영화
(詠花)> 등이 그러한 성향을 보여준다.

그럼에도 불구하고, 직접 부채를 두고 읊은 시는 그 존재를 확인하기가 쉽
지 않다. 다만, 권1 가운데 <사증선(謝贈扇)>의 한 작품이 있어 부채의 영물
적 분위기를 살리는 데 한몫을 차지하였다.

誰斫江南竹　누가 강남 산(産)의 대나무 깎아서
裁成寶筵輕　마르고 재어 보배로운 부채 만들었나.
淸風生習習　맑은 바람 솔솔 부쳐질 때
知是故人情.　이건 바로 옛 친구의 마음.

공교롭게 여기서도 "청풍(淸風)"이란 표현이 나타나 <청풍선생전>과의 연계
를 기약하고 있는 점이 특이하다. 이렇듯 부채를 두고 읊은, 이를테면 영선(詠
扇)의 시는 희한하였으되, 부채에다 읊어 쓴 이른바 제선(題扇)의 시는 만만
치 않은 분량을 차지하였다는 사실이 각별한 주목을 끈다.

이제 그것들을 추려보면 <제화매선(題畵梅扇)>(권1), <제재중선(題載仲扇)>

---

15) <우음(偶吟)>(『백곡집』 권4).

〈권1〉, 〈제선(題扇)〉〈권1〉, 〈제최진사경헌선(題崔晉士景獻扇)〉〈권1〉, 〈제선(題扇)〉〈권2〉, 〈제화선(題畵扇)〉〈권2〉, 〈제선(題扇)〉〈권2〉 등이다. 이 가운데 〈제재중선〉을 소개하면 이러하다.

> 與子曾分手　　그대와 이별 나누었던 이래
> 形容隔一年　　일 년이나 서로 떨어져 있었네.
> 今朝逢着處　　오늘 아침 서로 만난 이 곳
> 把酒菊花前.　　국화 꽃 마주하며 술잔 잡았네.

이것을 〈증이생민채(贈李生敏采)〉라 제목 한 본도 있다 하거니와, 이는 흡사 추강(秋江) 남효온(南孝溫, 1454~1492)의 『추강냉화(秋江冷話)』 소재의 백원(百源) 이총(李摠)이 남효온과 작별할 무렵 부채에 제(題)하여 준 다음의 시를 연상짓게 하는 바 있다.

> 相知八年內　　서로 안 지 여덟 해에
> 會少別離多　　만남은 적고 이별은 많았지.
> 臨分千里手　　또다시 천 리에 헤어지는 마당
> 掩泣聞淸歌.　　맑은 노래 들으며 눈물 감춘다.

를 연상케 하는 바가 있다.
　『백곡집』 첨부의 『기문록(記聞錄)』에 소개된 김득신의 부채〔扇子〕 일화는 가히 진기한 이야깃거리라 하지 않을 수 없다.

　　鄭判事善興卽玄谷之子也　嘗入侍朝班　頻向袖中卷舒所持便面　上問曰　袖中有何物　對曰　臣得一扇子　卽金得臣以其古木寒烟詩　自書者也　臣實愛好故　常常目之　命上之　覽畢　仍置案上　賜以他扇.
　판사(判事) 정선흥은 다름아닌 현곡(玄谷)의 아들이다. 일찍이 조정의 반열에 입시(入侍)하였는데, 자주 소매 안쪽을 향해 지니고 있는 것을 말았다 폈다 하며 슬쩍 대해보곤 했다. 그러자 임금께서 "소매 속에 든 게 무엇이오?" 물으셨더니 대답을 올리되, "소신이 부채 하나를 얻었는데, 다름 아닌 김득신이 자신의 '고목한연(古木寒烟)' 시를 가지고 손수 쓴 것이옵니다. 신이 실로 아끼고 좋아하는 까닭에 자주 들여다봅니다." 이에 임금께서 올리라고 명하사, 보시고 나서는 서안(書案) 위에다 놓으시고 판사에게는 다른 부채를 내리셨다.

여기서 "고목한연(古木寒烟)" 시 운운은 김득신의 시 가운데도 가장 중구(衆口)에 회자되었던 5언시 <용호(龍湖)> 그 작품을 가리키는 것이어니와, 과연 위의 이야기가 실화라고 하는 전제에서는 김득신에게는 더할 나위 없는 광영이 되었음에 틀림없다. 그의 이같은 영광적인 사실이 오직 부채의 인연으로 된 것이라고 할 때, 이 사물에 대한 관심이 한층 고양되고 집중되었으리라 함은 어쩌면 당연한 일이 아닐까?

그러면 시인 김득신이 바라본 부채의 심상(心像)은 어떠했을까? 부채 역시 여름의 죽부인, 겨울의 탕파자(湯婆子)와 마찬가지로 인간에 의해 일정한 절기 동안 관심받고 애호되다가 계절이 지나면 잊혀지고 버려지는 사물인지라 득실이 뚜렷한 운명체일 수밖에 없다. 그러니 결국은 작품의 전개 방식에서 상통되기 어렵지 아니할 것인즉, 특히 <청풍선생전>의 경우는 송나라 때 장뢰(張耒)가 지은 <죽부인전>의 희(喜) → 비(悲) 구성과 동궤임을 쉽게 간파할 수 있다. 일찍이 유자운(劉子暈)이 지은 <기죽부인(棄竹夫人)>, 즉 '버려진 죽부인'이란 시 또한 문학의 형태는 비록 운문과 산문 사이에 달랐어도 그 의취에서는 한가지였다. 그 마지막 소절은 이러하였다.

> 豈不懷舊恩　어찌타 지난 은정 모르랴만
> 君心已非初　군자의 마음도 처음과 같지는 않아.
> 當年紈扇謠　그 당시 비단깁 부채의 노래가
> 抱恨同區區.　구구절절 머금은 한 나와 다름 아니로세.

끝으로, 김득신의 가전을 이야기하면서 결코 간과될 수 없는 두드러진 특징이 한 가지 있으니, 그것은 다름 아닌 평결부의 생략이었다.

평결부의 생략 같은 형식의 일대 파괴는 한국가전문학사 전반에 걸쳐 그 유례가 없는 대서특필할 사건으로 볼 만한 것이다. 가전은 사마천의 『사기』 열전에 고유한 '선계 → 본전 → 후계 → 평결', 혹은 '서두 → 선계 → 사적 → 종말 → 후계 → 평결'의 기본적 형식의 틀을 본받아 이루어진 장르이다. 그런데, 일찍이 바로 그 형식적 원형인 『사기』 열전에서 평결부 이외의 다른 부분이 가다금 생략되는 일을 볼 수 있다. 하지만 그런 가운데서도 정작 평결부 만큼은 철칙처럼 고수해 오던 부분이었다. 한유로 시작되는 중국가전사 흐름의 시작 단계에서도 평결부 수호는 거의 금과옥조처럼 지켜져왔던 부분이었다. 그리하여, 한국가전문학사 전체 안에서 역시 다른 부분의 생략이 보이는 수는 간혹 있었어도 평결부 생략의 파격이 나타난 예는 찾을 길 없던 것이다. 이를 '파격가전'으로 명명해도 무방하겠거니와,16) 평결부의 생략은 확실히 한국가전사 안에서는 특별하고도 희한한 사항에 들었다.

　동시에, 그것은 중국의 경우와 비교해볼 때 흥미있는 사항이기도 했다. 일찍이 당나라의 7세기 경부터 왕성한 소설 창작의 기반을 이루었던 중국의 경우, 평결부 생략의 양상이 조만간 송나라 때 소식의 <온도군전(溫陶君傳)> 이래 별 부담없이 이루어져왔던 사실17)과 관련하여, <환백장군전>·<청풍선생전> 등이 임병양란 이후 군담소설의 성행과 함께 허구적 한문체 소설이며 패담류가 안정 기반을 확보해 있던 17세기의 산물이라는 연상 안에서 시사되는 바가 있을 법도 하였다.

---

16) 김창룡, 『가전문학의 이론』, 박이정, 2001, p.109.

17) 이는 사마천의 『사기』 대신, 후한 시대 반고의 『한서』와 범엽의 『후한서』 말미에 간혹 볼 수 있는 논찬부(論贊部) 생략과도 무관하지 않다고 본다. 여기 대해서는 김창룡 『가전문학의 이론』(박이정, 2001.2, pp.109~112)에서 주의하여 다루었다.

▓ 최효건(崔孝騫) / <산군전(山君傳)>

호랑이로 일깨우는 군주의 길

　가장 수고(邃古) 때의 이야기인 <고조선(古朝鮮)> 단군신화로부터 벌써 그랬지만, 호랑이에 관계된 문예적 사조(詞藻)는 한국문화사의 주변에서 무엇보다 오래고 친숙하며 또 끊이지 않는 양상을 보여왔던 부분이다. 그리하여 특별히 호랑이 관계에 별도 주안하여 가능한 자료를 한 군데 휘집(彙輯)하여 놓는다거나, 또는 설화와 고소설에 나타나는 호랑이를 나름대로 분류 설명하는 등의 시도 등 눈에 띄는 것이 있다.[1]

　'虎' 관계담을 전체적으로 살펴보았을 때, 가장 많은 물량의 차지는 역시 구전 또는 문헌설화 쪽이었고, 소설 문예 면으로는 아주 드문 양상을 나타내고 있음도 사실이었다. 대개, 호랑이가 등장하는 우리의 설화는 그 수를 이루 다 헤아리기 어려울 정도이고 제목조차 일일이 매거할 겨를이 없다. 다만, 문헌의 갈피에 들어있어 논자들의 고면(顧眄)을 얻어왔던 것으로서 대개 『삼국유사』 소재의 <고조선>에 대한 별칭이랄 수 있는 <단군신화>, 일명 <웅호신화(熊虎神話)> 및 같은 책에 실린 <김현감호(金現感虎)>, 그리고 『보한집(補閑集)』 소재의 <호어(虎語)>, 『어우야담(於于野談)』 소재의 <호정(虎穽)>, 『칠양록(七羊錄)』 소재의 <호예(虎睨)> 등을 우선 들어볼 만하다.[2]

　반면, 소설문학에 나타나는 호랑이의 면모는 꽤 한정돼 있다. 따라서 취사선택해 볼 겨를도 없이 우선 한문소설에서 연암(燕巖) 박지원(朴趾源)의 <호

---

　1) 손도심, 『호랑이』, 서울신문사, 1974.
　　 이가원, 『한국호랑이 이야기』, 동서문화사, 1977.
　　 허춘, 「설화와 고소설의 호(虎)」, 『연세어문학』 18집, 1985.12.
　2) 문헌에 특징 제목이 없는 경우 이가원이 정한 표제 방식을 따랐다.

질(虎叱)>, 문무자(文無子) 이옥(李鈺)의 <협효부전(峽孝婦傳)>·<포호처전(捕虎妻傳)> 등이 고작이고, 한글소설로는 <토끼전>·<두껍전>·<서동지전>·<금령전(金鈴傳)>·<장화홍련전>·<부용사상곡(芙蓉相思曲)> 정도가 연상된다.

그런데 여기 또 하나 다른 장르, 곧 가전이란 영역이 있어 호(虎) 문예의 새로운 반경을 제시하고 있다. 이 안에서는 호랑이가 지금까지 보여왔던 조역 또는 단역(端役) 노릇을 벗고, 일약 이야기의 구심적 역할을 담당한다. 주인공의 자리로 당당히 올라서게 되는 바, 면모 과시의 새로운 계기적 터전으로서 특필할 만하였다. 다름아니라, 하산(何山) 최효건(崔孝騫, 1608~1671)의 문집인 『하산집(何山集)』 소재 <산군전(山君傳)>이 그것이었다.

작자인 최효건은 조선 인조 22년(1644)의 별시문과(別試文科)에서 을과(乙科)로 급제한 이후, 처음에 안산현감을 하였고 그 뒤는 부평부사에 머무는 등 크게 현달은 못하였다. "성품이 강직하고 아부할 줄을 몰라"[3] 그렇다고 했는데, 그가 현종 5년 왕 앞에 상소했던 글[4]을 보면 정녕 그런 일면을 엿볼 수 있기는 하다.

이 작품의 주인공 산군(山君)이란 작중의 등장인물 가운데 "소위(素威)"를 지칭하는 뜻으로 되겠다. 그리하여 본 가전은 필자가 분류한 바 가전과 열전의 유형[5]을 기준해서 서두(序頭)·선계(先系)·사적(事蹟)·평결(評結)을 갖추고 있는 두 번째 유형에 속한다. 이러한 유형적 사례는 중국가전에서도 그 양상이 나타나거니와, 우리의 가전 안에서는 <죽존자전(竹尊者傳)>·<관부인전(灌夫人傳)>·<남령전(南靈傳)>(이옥) 등에서 구조의 동일함을 찾아볼 수 있다.

작품에 등장하는 인물은 다채로운 이름을 띤 각양각색의 범[素威, 寅伯, 寅仲, 寅叔, 惟寅, 豹, 貂, 戾虫, 變, 조豹, 建寅, 朱虎, 白額, 霧隱]과 너구리[狸生], 곰[熊公], 여우[슈狐生], 추호[貙], 말곰[羆], 돼지[豕], 털 가진 짐승의 일반 명칭인 모공(毛公) 등 비교적 다양하다. 동물 의인화의 이같은 다양화는 비단 가전문학에서 뿐 아니라 전체 의인장르를 통해 보기 드문 일로서 특기할 만

3) "최효건", 『한국인명대사전』, 신구문화사, 1980.
4) 『현종개수실록(顯宗改修實錄)』 권12, 5년 갑진 11월 신축일 조 참조
5) 김창룡, 『한중가전문학의 연구』, 개문사, 1985, p.75.

하다. 다시 말해, 본 작품 이전에 이 장르 전반에 걸쳐 동물 의인화의 범주에 들어갔던 것으로서 이규보 <청강사자현부전(淸江使者玄夫傳)>의 '거북', 권필 <곽삭전(郭索傳)>의 '게' 정도가 고작이었더니, 이에 이르러는 졸지에 활연 (豁然)한 영역 확보를 이룩한 바 되었다.

돌아보건대, 이규보에 의해 처음 본격화된 동물의인의 조자(調子)는 식물 또는 사물 의인화에 비해 발생의 시점도 늦은 편이었다. 또 막상 시작된 뒤 에도 기껏 거북·게와 같은 강해 수족(江海水族)의 경계를 넘어서지 못한 감 을 주었더니, 이제 최효건에 의해 동물 의인대상이 탈연히 육지의 세계로 끌 어올려졌음이다. 그와 동시에, 이에는 대번에 적잖은 수의 모족들을 출현시킴 으로 해서 재래의 한산하였던 풍토에 신선한 충격을 일으키고 있음은 물론, 이후 동물의인화의 대상적 다양화를 위해 마치 선봉적인 장을 마련해 놓은 것 같은 이미지를 남기었다. 예컨대, 본편의 뒤에는 김삼락(金三樂, 1610~ 1666)이 지은 꾀꼬리 가전 <금의공자전(金衣公子傳)>, 조구명(趙龜命, 1693~ 1737)이 지은 고양이 가전 <오원자전(烏圓子傳)>, 남유용(南有容, 1698~1773) 이 지은 말[馬]의 가전 <굴승전(屈乘傳)>, 유본학(柳本學, 1770경~?)이 지은 고양이 가전 <오원전(烏圓傳)>, 최남복(崔南復, 1759~1814)이 지은 말[馬]의 단편 <둔마전(鈍馬傳)>, 황현(黃玹, 1855~1910)이 지은 꾀꼬리 가전 <금의공 자전(金衣公子傳)> 등을 통해 길짐승 및 날짐승 무리 종종들이 활인화되어 나타났다.

하지만, 정작 <산군전>이 뒷시대의 문예적 산물들과의 관련성 논의를 이 슈로 다루고자 한다면, 그 때에는 다른 무엇보다도 우선하여 연상될 만한 것 이 어디엔가 따로 존재해 있을 듯싶다. 다름아니라, 통칭 <토끼전> 계통의 작품을 지적하는 뜻이다. 혹은 관측의 방식에 따라 <별주부전>으로도 불리 워지는 이 작품은 모처럼 동물 의인화가 수(水)·륙(陸) 사이에 가로놓여진 경계를 허물어내는 계기를 마련하기도 했다. 그렇거니와, 지금 <산군전>과 관련하여서는 무엇보다 대부분의 이본들에서 거의 예외없이 나타나고 있는 모족(毛族) 모임6)의 장면이 가장 귀취(歸趣)를 끄는 부분이 아닐 수 없었다. 신재효본, <토별가(兎鱉歌)>에서 본다.

---

6) 인권환, 「토끼전 이본고」, 『아세아연구』 29호, 1968.3.

낭야손을ᄎ져가니털죠혼친구더리모도드러모오난디…홍문연탄금죡가괴웅
하산고움…호쇼풍싱학순군위염호랑이복히씨양희싱의이츔포쥬히싱문왕덕화
즁ᄒ시다…슨간의쥐줍기난긔긔마가못당ᄒ니무호동즁삭진승왕을네아나냐고
묘쳥ᄉ여우…털죠혼너구리기름만흔멧돗멍덕가음오쇼리승황모쪽졔비….

등장 인물 가운데는 그야말로 '산군 위엄(山君威嚴) 호랑이'를 비롯해서 곰·
여우·삵·너구리·멧돼지·오소리·족제비 등의 모습이 보인다. 그럴 뿐
아니라, 모족 사이에 힘의 역학관계며 분위기는 <산군전>의 그것과 대조하
여 놓고 보아도 별다른 이질감을 주지 않는다. 특히 <산군전>에는 여우가
산군을 꼬드겨 무단적(武斷的)인 횡포를 권유하는 것과, 나아가 돼지를 산군
직속의 요리장[膳宰]으로 책정한다는 등의 화두가 있다. 그런데 또한 <토끼
전>에서 여우가 간사한 계교로써 멧돼지의 큰자식을 산군의 요깃거리로 만
들어 버린다는[7] 모티브적 발상이 나타난다는 데서 어딘가 교호(交互)의 가능
성에 대한 인상을 떨칠 수 없다.

<두껍전> 계통의 이본 중에서도 최고본(最古本)이랄 수 있고 <두껍전>의
원본 형태가 되리라는 <노섬상좌기>·<녹처사연회>[8] 같은 소설들 역시
<산군전>과 관련하여 연상이 가능한 또 다른 작품이다. 아무래도 두꺼비가
주인공으로 될 수밖에 없는 <두껍전> 안에서는 백호산군(白虎山君)의 존재
가 후대에 갈수록 점차 무력화 되어갔던 것이지만, <노섬상좌기> 등 초창기
본에서는 백호산군이 보여주는 힘의 우위가 아직 상존하여 있음을 인지할 수
있다. 곧, "이제까지 절대적 우위에 머물렀던 두껍은 백호산군이 등장하자 모
래로 자신의 등을 덮고 피신하고 있다가 여우에게 짓밟히면서 그가 지니고
있던 가면적 삶의 정체를 여지없이 드러내게 된다."[9] 한편, <산군전>에서 잠
깐이나마 산군이 여우의 꼬임에 빠졌듯이, <노섬상좌기>에서도 여우가 힘의
제일 강자인 산군을 오히려 꾀로 주무르는 장면이 묘사되고 있다.

---

7) 좌즁이분식혼후숀군이ᄒ난마리나난실과못먹의니무슨요긔ᄒ야ᄒ졔여우가쏘나셔며
숀군임그식양의사쇼혼김싱덜은입담업셔못할테니멧도야지큰ᄌ식이지금줍아파즈히
도열양갑시문ᄀᄒ니가져오라ᄒ옵쇼셔숀군이죠와라고여우를횔격츄어호션싱이얌젼
ᄒ여늬식셩을쏙아난고니엽페와안지시요…. (신재효본, <토별가>)
8) 임성래, 「두껍전 연구」, 연세대 석사학위논문, 1981. 7, p.52.
9) 임성래, 위에 든 논문, p.69.

산군이쳐음은이놈들을다죽여업시ᄒ려ᄒ여더니여호의공슌ᄒ믈보고노를굿쳐왈너의놀나지말나나도잔치의춤녀ᄒ려오니이눈쳥치아닌잔치의못지아니ᄒ눈말츳미라도로혀춤괴ᄒ거니와여눈본더남을잘ᄒ린다ᄒ더니이제나를마즈ᄒ리려ᄒᄂ다여화쇼리를혼들며니르되우리피츠산즁의은거ᄒ기는일반이나그러나그더는님군갓고우리등은신하갓ᄒ여혹만나미군신지녜로더졉ᄒ더니오날날우연이이곳의잔치ᄒ미쇽히산군을뫼시미그르지아니ᄒ오나님군이신하쳥ᄒᄂ일은잇고신해님군쳥ᄒᄂ일은업ᄂ니이제산군이만일쳥치아니ᄒ믈혐의ᄒ실진더엇지녜법이잇다ᄒ오며우리등도더졉할일이업스리니복상산군은깁히싱각ᄒ소셔빅호산군이그말을듯고그러이녁여호슈를만지며큰지츰ᄒ여왈너과연이리오기는너의무리를아조업세코즈ᄒ여더니너의말을드르니사리의당연ᄒ지라니려가져의둘을보고가쟈ᄒ여더니다시싱각ᄒ미도로혀실체되는지라그져가거니와 ….

각론하고, 이제 <산군전> 내용이 수용한 소재적 원천 문제 또한 반드시 언급해 두지 않을 수 없는 가장 종요로운 국면이 된다.

한국 가전작품의 소재적인 원천이 『사문유취(事文類聚)』이거나 『태평어람(太平御覽)』 같은 유서에서 가장 많은 혜택을 받아왔다는 사실은 진작에 논정한 바 있거니와,[10] 본 가전의 경우 자료 제공의 구실은 『사문유취』 쪽이 우위에 놓여있다.

『태평어람』 권891 수부(水部)3 '호(虎)·上' 문 및 권892의 수부(水部) '호(虎)·下·표(豹)' 문 안의 메시지 전체를 통해 <산군전> 내용과 연결될 수 있는 어휘는 산군(山君)[11]·조아(爪牙)[12]·오토(於菟)[13]·표(豹)[14]·추(貙)[15]·탐(眈)[16]·변(變)[17]·무은(霧隱)[18] 등 적은 것은 아니다. 그러하되, 『사문

10) 김창룡, 『한중가전문학의 연구』, 개문사, 1985, pp.83~130.
   김창룡, 「한중가전의 소재적 원천탐구」, 『한성대학논문집』 10집, 1986.
11) 說文曰 虎山獸之君也.
12) 夫虎之所以能伏狗者爪牙也 使虎釋其爪牙 而使狗用之則虎反服於狗矣.
13) 楚人謂乳爲穀 謂虎爲於菟 故命之曰鬪穀於菟.
14) 說文曰 豹似虎.
15) 漢江之域貙人能化爲虎.
16) 頤卦曰 虎視眈眈 其欲逐逐.
17) 易 革卦九五象曰 大人虎變 其文炳也 周易 革卦曰 上六君子豹變 小人革面 象曰 君子豹變 其文蔚也 小人革面 順以從君也.

유취』후집 권36 모충부(毛虫部) '호(虎)' 문 안에서는 위에 나열된 것들은 물론이고,[19) 호(狐)[20) · 웅(熊)[21) · 리(貍)[22) · 백액(白額)[23) · 비(羆)[24) 등의 이름자가 더 열거된다. 뿐만 아니라, 호(虎)의 가전 안에 인상여와 염파장군이 등장되었는지에 대한 궁금증도 여기서 풀린다.

藺相如避廉頗曰 今兩虎俱鬪 勢不俱全.
　　인상여가 염파를 피하면서 말하기를, "지금 두 호랑이가 같이 싸운다면 둘 다 세력이 온전해질 수 없다."

이로써, 『사문유취』라는 존재가 <산군전>과의 관련 맥락이 보다 넓은 폭에 걸쳐져 있음을 보게 된다.

　　그러나 원천 탐구는 『사문유취』만으로 국한되지 않았다. 이와는 또 다른 방향에서, 본 작품이 구성과 문체의 면에서 대거 취용해 온 대상으로서의 원천적 소종래가 한 가지 더 존재한다는 흥미로운 사실이 있다. 다름아닌, 『후한서(後漢書)』개권의 첫머리 <광무제기(光武帝紀)>(제1 上 · 下)가 그것이다.

　　이제, 산군과 광무제와의 관계를 처음 인지할 수 있도록 한 발단은 "건무(建武)" 연호에 있었다. 본래 '건무'는 후한의 초대 황제인 유수(劉秀) 곧 광무제의 연호인데, <산군전>의 산군이 즉위하자 개원(改元)했다는 연호 또한 동

---

18) 謝朓詩曰 雖無玄豹姿 且隱南山霧.
19) · 虎山獸之君也.(『說文』)
　　　· 虎勇恃其外 爪牙利鉤鋩(歐陽永叔, <猛虎行>)
　　　· 謂虎爲菟 命之曰鬪穀於菟
　　　· 豹似虎(『說文』)
　　　· 壯哉 非熊亦非貙(王介甫, <虎圖行>)
　　　· 虎視耽耽 其欲逐逐.(<頤卦>)
　　　· 大人虎變 其文炳也 君子豹變 其文蔚也.(<革卦>)
　　　· 雖無玄豹姿 且隱南山霧.(謝朓)
20) 老狐足姦計(歐陽永叔, <猛虎行>)
　　狐姦固可笑 虎猛誠可傷(歐陽永叔, <猛虎行>)
21) 身食黃熊父 子食赤豹髀 擇肉於熊羆 肯視免與貍(韓愈 <猛虎行>)
22) 擇肉於熊 肯視免與貍(韓愈, <猛虎行>)
23) 壯哉南山豹 不畏白額虎(梅聖兪 <文豹篇>)
24) 擇肉於熊羆(韓愈, <猛虎行>)
　　또한 『사문유취』권36의 '호(虎)' 문의 바로 뒤에 '웅비(熊羆)' 문이 있다.

일한 "건무"를 취해 온 사실부터 우선 예사롭지 아니하였다. 게다가 가전에
는 왕망(王莽)을 타도하는 광무제의 면모가 문면에 직접 나타남으로 해서, 이
작품이 광무제 고사(故事)와의 관련적 사실 확인을 위해 박차를 가하였음도
사실이었다.

　본문, 광무제와의 싸움에서 왕망이 여충(戾虫 ; 호랑이)의 용맹하단 말을 듣
고 그에게 구원을 요청했다는 대목은 다름아니라 <광무제기>의,

　　　初王莽徵天下能爲兵法者六十三家數百人…又驅諸猛獸　虎豹犀象之
　　屬 以助威武 自秦漢出師之盛 未嘗有也.25)
　　　처음에 왕망이 천하의 병법 잘하는 자 63가(家) 수백 명을 불렀는데, …
　　또한 모든 맹수와 호랑이 · 표범 · 코뿔소 · 코끼리 등을 몰아서 위무(威武)
　　를 더하였으니, 진한 시대의 대규모 출병 이래 없던 일이었다.

안에서 뜻을 얻을 수 있고, 잇달아 여충이 그의 동족 수백 명과 함께 곤양(昆
陽)의 들판에서 싸웠다는 구성은 동일 <광무제기>의 바로 다음 문장에서 인
득(認得) 할 수 있는 것이다.

　　　光武將數千兵　徵之於陽關　諸將見尋邑兵盛　反走　馳入昆陽　皆惶怖
　　憂念妻拏 欲散歸諸城.26)
　　　광무는 수천 군사를 거느리고 양관에서 막았는데, 여러 장수들은 왕심과
　　왕읍의 군대가 강성함을 보고 도리어 달아났다. 그들이 곤양으로 짓쳐 들어
　　오니, 모두 두려워하는 가운데 처자들을 걱정하면서 흩어져 성으로 돌아가
　　고자 하였다.

　그러나 광무제의 3천명 결사대에 의해 왕망 쪽이 패배하게 되는 상황이
사실(史實) 안에서 전개된다. 그리하여 <산군전>의 그 다음 맥락, "마침 날
씨는 차가운데 큰 비마저 내리자 왕망의 무리는 얼어죽게 되었다. 한나라 군
대는 승세를 타 뒤쫓았고, 이에 여충과 그의 동족 수백은 부들부들 떨며 물
속에 뛰어들어 죽었다"는 부분은 <광무제기>의 사실 기록인,

　25) 『후한서』, <광무제기> 제1 · 上, 5혈.
　26) 『후한서』, <광무제기> 제1 · 上, 5~6혈.

光武乃與敢死者三千人 從城西水上衝其中堅…莽兵大潰 走者相騰踐
奔殛百餘里間 會大雷風 屋瓦皆飛 雨下如注 滍川盛溢 虎豹皆股戰 士
卒爭赴 溺死者以萬數 水爲不流.27)

광무는 이에 결사대 3천 명과 성 저편의 물위를 따라 그 중심부를 쳤다.
… 왕망의 군대는 크게 궤멸되니 서로간 짓밟으며 도망가는 자들을 일백리
까지 쫓아가 죽여 없애었다. 마침 큰 우뢰와 바람 속에 지붕의 기왓장이 날
고 퍼붓듯이 비가 내리자 치천(滍川)이 불어나니 호랑이와 표범들도 모두
다리를 떨며 무서워했다. 사졸들이 다투듯 나아가다가 물에 빠져 죽는 자가
일만 명이나 되매 이에 물이 흐르지 못하였다.

의 내용을 작가 나름대로 끊어다가 요리하여 놓은 것임을 알아채기 어렵지
않다. 이렇게 곤양 싸움에서 광무제 유수가 왕망의 대군을 격퇴한 때가 A.D.
23년의 일이었다.

다시, <산군전>의 주인공 소위(素威)가 웅공(熊公)을 정벌하기 위한 출령
을 내리자 모공들이 상의하는 장면이 있다. 이 상황에 대한 묘사, "소위는 신
명(神明)의 후예인데다 위세와 명망을 갖추었으니, 우리는 명문족에 의지해야
만이 필경 웅을 멸할 수가 있으리다"고 한 이것의 원적지는 여러 장수들이
광무를 천하의 주인으로 추존하고자 논의하는 다음의 대문에서 찾을 수 있을
것이다.

於是諸將議上尊號 馬武先進曰 天下無主 如有聖人承弊而起 雖仲尼
爲相 孫子爲將 猶恐無能有益 反水不收 後悔無及 大王雖執謙退 奈宗
廟社稷何 宜且還薊卽尊位 乃議征伐 今此誰賊而馳鶩擊之乎.28)

이 때 여러 장수들이 존호(尊號) 올릴 것을 의논했다. 마무(馬武)가 먼저
말을 내었다. "천하에 주인이 없으니 성인이 피폐한 세상을 떠맡은 것이나
같습니다. 아무리 공자가 재상이 되고 손자가 장수된들 오히려 유익을 무능
으로 만들까 두려운 것이오 엎지른 물은 담을 수 없고 후회한들 막급이오 대
왕께서 비록 겸퇴(謙退)를 고집하신다지만 이 나라 종묘와 사직은 어찌하겠
소! 그러니 의당 계(薊)로 돌아가는 즉시 높이 오르시게 하고나서 정벌을 논
의하십시다. 지금 이 나라에 누가 역적들을 누르며 치달아 적을 격퇴하겠소?"

---

27) 『후한서』, <광무제기> 제1·上, 8혈.
28) 『후한서』, <광무제기> 제1·上, 20혈.

그리하여 웅과 싸우는데, 북치고 고함치며 나아가니 그의 군시는 누구든 일
당백하지 않는 자가 없어 그 외치는 소리가 천지를 진동시키었다는 내용의
원전을 보자.

素威大怒 鼓噪而進 士無不一當百 呼聲動天地.

그런데 이 구문(構文)은 <광무제기> 제1·上에, "모든 장수들 이미 연전연
승하여 호기 더욱 커지니 누구도 일당백하지 않는 이가 없으매, … 성중(城
中)에 역시 북치며 고함치는 소리나며 성의 안팎이 합세하니 그 외치는 소리
가 천지를 진동시켰다"고 하는 표현인,

諸將旣經累捷 膽氣益壯 無不一當百…城中亦鼓譟而出 中外合勢 震
呼動天地.29)

에서 반향(反響)하였던 것임을 의심치 않는다.

비록 <산군전>이 반드시 <광무제기>가 기술한 서차(序次)까지를 맞추어
이용한 것은 아니라 할지라도, 결과의 면에서 볼 때 왕망이 여충을 불러들였
지만 오히려 광무의 군대에 패한다는 것은, 작중에 왕망이 표범 등을 앞세워
공격하다가 도리어 패퇴됨을 비의한 바 있는 것이다. 또, 소위가 웅공을 타파
한다는 허구적 사건의 틀은 광무의 군대가 왕망을 타도한다는 역사적 사건의
틀과 그대로 상부(相符)할 뿐이다.

그러면 바야흐로 <산군전> 중의 등장인물로서의 처음 광무제는 작품의
진행과 더불어 자연스럽게 소위의 모습으로 은연중에 탈바꿈되어 나타남을
보게 된다. 곧, <산군전>의 작가는 많은 부분에서 광무제와 소위의 오버랩
(overlap) 효과를 기도(企圖)하였던 것임을 강조하는 뜻이다.

영호생이 스스로 황제라며 참칭했다가 웅공에게 밀려나고, 황제를 자칭한
웅공은 또다시 산군한테 포살(捕殺) 당하는 등 권력 주체의 잦은 교체도 연상
되는 바가 없지 않다. 곧, 전한 말 그 시대에 왕망이 칭제(A.D. 8)했다가 곤양
싸움에서 패전한(A.D. 23) 뒤 그 해 9월 경술일에 삼보호걸(三輔豪傑) 등에 의

---

29)『후한서』, <광무제기> 제1·上, 8혈.

해 주살 당하였다. 공손술(公孫述)이 또 칭제(A.D. 24)하였지만 지나치게 잔달
하여 작은 일까지 따지는 성품30) 때문에 결국 대사마 오한(吳漢) 등에게 죽
임을 당하는 등, 일련에 걸친 제위의 부침(浮沈) 및 병권의 교체 양상을 연상
케 하는 것이다.

그리고 영호생과 웅공이 황제로 자칭한 일을 기다려서야 산군이 등극하였
던 것처럼, 광무제 유수가 과연 가장 나중(A.D. 25)에야 제위에 올랐음도 틀
림없는 사실이었다.

혹은, 반드시 이러한 전한 말기의 역사적 풍운기를 염두하고서 의인화 구
성을 꾀하였던지 아닌지 관계없이, 상식적으로 여우가 곰에게, 곰이 다시 호
랑이에게 밀려날 수밖에 없는 자연계 안에서의 힘의 논리만 갖고서도 충분히
조성 가능한 구도라 하겠다.

그러나 역시 <산군전>은 광무제 고사에 보이는 사건의 선후관계 만큼 다
소의 융통을 발휘하는 가운데, 이미 확인 열거한 것 이상의 내용을 <광무제
기> 안에서 표절해 온 양상이 독사(讀史)의 중간중간 나타난다. 일례로, 웅공
을 본 '이생[너구리]이 몹시 두려워하며 감당할 수 없다고 판단하곤 손을 뒤
로 묶고 나와서 항복하니, 웅공이 풀어주며 죽이지 않았다'는 대목을 본다.

> 貍生大懼 自度不能支 面縛出降 熊公釋不殺.

이는 당시의 반민(叛民) 세력이었던 '적미(赤眉)가 대사마 오한을 보자 겁먹고
항복, 손을 뒤로 묶고 옥쇄를 바치니 결과 죽이지 않았다'는 대목,

> 赤眉望見震怖 遣使乞降 丙午 赤眉君臣面縛 奉高皇帝璽綬 詔以屬城
> 門校尉.31)

와 비교하여 맥락을 끊기가 어려운 것이다.

또 여러 장수들이 거듭 광무에게 황제 즉위를 수락할 것을 청하였을 때,

---

30) 述性苛細 察於小事 敢誅殺而不見大體 大司馬吳漢 輔威將軍臧宮攻之 郡邑
　　皆降 述被刺.("公孫述",『중국인명대사전』, 대만 상무인서관, 민국 71년)
31)『후한서』, <광무제기> 제1·上, 33혈.

그럴 수 없다는 광무의 답변 첫머리에 '미처 오랑캐 평정을 못한지라 사방에
서 적을 받게끔 되어 있다.'

　　寇賊未平　四面受賊.[32)]

고 한 표현은 산군이 즉위한 다음 동족인 무은(霧隱)을 낙양에 봉하면서 하는
말 가운데 허두, '낙양은 천하의 중심인지라 사방에서 적을 받게끔 되어 있다.'

　　洛陽天下之中　四面受賊.

라는 수사법과 견주어 서로 무관한 것처럼 보이는 속에 전혀 우연이라고만
치부해 버릴 수 없는 필연성이 있다.

　산군이 북방(北方)·산동(山東)·파촉(巴蜀)·낙양(洛陽) 등지로 종실을 파
견한다는 것은 ― 전언한 바 왕망·공손술·적미 등은 고사해 두고라도 ―
그 시대에 남북의 흉노(匈奴), 교지(交趾), 무릉만(武陵蠻), 선비(鮮卑), 오환(烏
桓) 등의 준동과 관련하여 한 왕조가 결국은 수습하고 다스리지 않을 수 없
던 대내외적인 정치적 다난의 형상 및 군사적 난맥상(亂脈相)을 그대로 반영
한 뜻이 아닌가 싶다.

　이상의 모든 검토를 통해, 가전문학이 특별한 경우 역사서와의 불가분한
제휴 및 긴밀한 유대 위에서 가능화시킬 수 없지 않음을 특징적 사실로서 추
출해낼 수 있게 된다.

　이렇듯 광무제 고사를 기본적 저본으로 삼고 있던 본 가전이 궁극에 말하
고 싶었던 뜻은 무엇이었던가? 그것은 아마도 인의정치(仁義政治)와 패도정치
(覇道政治) 사이의 정도(正道)를 새삼 환기시키고자 하던 곳에 작가적 저의가
자리해 있던 것은 아니었을까? 이는 작가 자신도 마침내 아무런 은휘도 우회
도 없는 가운데 작품 평결부 가장 말미에다 강조하여 두었던 그대로이다.

　　然徒事威暴　不尙仁義　使麒麟騶虞　遠跡而不臣　惜哉.
　　그러나 부질없이 사나운 위엄을 차리고 인의를 받들지 않아, 기린이며 추

32)『후한서』, <광무제기> 제1·上, 21혈.

우(騶虞)들로 하여금 멀어지도록 만들고 신하로 삼지 못하였으니, 애석한 일이었다.

그러나 <산군전>이 외형상 줄거리 대강은 비록 먼 시대 중국의 경우를 골격으로 삼고 있고, 또한 주제도 남의 시대, 남의 정치를 들어 평하는 듯 보이기는 하지만, 궁극적인 작가의 관심이 그곳에 안주해 있는 것인지는 못내 의아스럽다. 정녕 광무제를 중심으로 한 중국 정치의 득실을 논하기로 했다면야 굳이 이같은 의인화 수법까지 동원할 필요까지는 없었을 것이다. 산군의 의인법을 활용한 데는 필경 우유(寓喩)하고 싶은 다른 저의가 있어서일 테고, 또 나아가 멀리 저 중국의 경우를 원용한 데는 반드시 비유하고 싶은 본의가 별처(別處)에 따로 있어 그랬을 터이다. 조선조 점필재 김종직의 <조의제문(弔義帝文)>이 비록 저 중국 항우 시대의 정치적 허실을 논한 것임에도 불구하고 무오사화(戊午士禍)의 발단으로 되기까지 했던 이유는, 초회왕(楚懷王)을 죽인 항우의 일을 문면 그대로 받아들이지 않고 세조의 왕위찬탈에 비의 풍자한 뜻으로 이해했던 데 있다. 또, <사씨남정기(謝氏南征記)>가 형태상으로는 비록 중국을 배경으로 삼은 처첩간 갈등의 문제를 다룬 것인 양 하였지만 그 내실(內實)이 또한 다른 곳에 있었다면, 그 원인이야 당연히 소재의 중국성을 곧바로 주제의 중국성으로 인식하지 않은 데 있다. 마찬가지로, <산군전>의 외연(外延)은 비록 배경의 중국성을 골격으로 한 인의정치, 왕도정치의 주제를 강조한 것이지만, 그 내포(內包)는 궁극에 작가가 처했던 당시 한국의 현실에 대한 정치적 사유를 표출한 것일 수 있다.

그런데, 참으로 공교롭게도 <산군전>의 작자 최효건이 현종 5년 11월 왕앞에 올린 상소문 안에서 그 생생한 단서를 엿볼 수 있게 된다.

안산군수 최효건의 응지(應旨) 상소한 대략은 이러하였다. "공자께서 애공(哀公)의 정치 물음에 대해 인(仁)·지(知)·용(勇), 세 가지 덕으로 일러주셨으니, 지자(知者)는 만물에 두루 통해 닿지 않음이 없지만은, 가장 알기어려운 것은 사람이나이다. 세상을 경륜할 지혜 없으면 비상한 재주도 얻을 수 없는 것이오니, 필경 진목공(秦穆公)이 우구(牛口)를 받아들인 일이라든가 한고조(漢高祖)가 행오(行伍) 가운데 선발한 것같이 한 뒤에야 가히 지인(知人)의 지혜라 하겠나이다. 인자(仁者)는 박시제중(博施濟衆)한 바, 가까

운 데서 말미암아 먼 데에 미치는 것이지만, 가장 어려운 것은 사사로움을
떨어 깨끗이 하는 것입니다. 전하께오서 인정(仁政)을 베푸실 제 반드시 고
아며 늙도록 자식없는 이들을 우선해야 하는 그것이 곧 인이올진대, 호젓한
가운데 홀로 처하시며 보거나 들으실 수 없는 속에서 털끝 만큼의 사(私)도
없으신지요. 전하께오서 호령(號令)을 내리실 제 오히려 민(民)을 상하실까
두려워하는 이것이 인이온대, 사사로운 잔치의 즐거움 속에 계실 때조차 털
끝만큼의 치우침이 없으신지요. 용자(勇者)는 굳셈을 나타내고 강의(剛毅)함
이니 일에 임해 결단이 있으되 의로움을 으뜸으로 하옵니다. 전하께오서 육
기(六驥)를 몰아달리실 때 활기찬 눈매와 호장(豪壯)한 마음을 띠시면 이
곧 용(勇)이오나, 또한 지나치게 강대하고 호연독존(浩然獨存)한 기상이 있
으신지요. 전하께오서 군사를 잘 통솔하시고 어지럼없이 다스리신다면 이
곧 용(勇)이오나, 또한 의(義)로써 일을 제어하시고 선을 가려내고자 꽉 다
잡으시는 도가 있으시온지요."[33]

이는 '위포(威暴)'와 '인의(仁義)'의 대조 안에서 왕도정치를 역설한 <산군전>
평결부의 문맥과 서로 다를 바가 없는 것이다.

하지만, 여기서 위포한 산군이 반드시 현종을 바로 지칭한다고는 생각되지
않는다. 오히려, 『연려실기술(燃藜室記述)』 같은 곳에 보면 그의 예덕(睿德)을
말하는 여러 종 문헌으로부터의 기록이 한 군데 모아져 있고,[34] 또는 오히려
"우유부단한 성격으로 과단성있는 정책이 실시되지 못했다"[35]는 평도 있을
정도이니 '위포한 산군'과는 애당초 먼 거리였다. 그러므로 <산군전>의 정치
론적 초점은 일개인 현종 뿐만 아니라, 그 시대에 행해졌던 시정(時政) 전반의

33) 安山郡守崔孝騫應旨上疏略曰 孔子對哀公問政 以知仁勇三達德爲訓 知者周
通萬物 無適不然 而最難知者人也 不有不世之智 則不可得非常之才 必如秦
繆之收牛口 漢高之拔行伍然後 可爲知人之智也 仁者博施濟衆 由親及疏 而
最難祛者私也 殿下發政施仁 必先孤獨 則是仁也 而幽閑處獨 不覩不聞之中
其無一毫之私乎 殿下發號施令 猶恐傷人 則是仁也 而燕私獨樂之時 亦無一
毫之偏耶 勇者發剛强毅 臨事夬斷 而義以爲上者也 殿下馳騁六驥 快目壯心
則是勇也 而又有至大至剛浩然獨存之氣乎 殿下克詰戎兵 治不忘亂 則是勇
也 而又有以義制事 擇善固執之道乎. (『현종개수실록』 권12, 5년 갑진 11월 신
축일 조).
34) 이긍익, 『연려실기술』 권31, 현종조고사본말(顯宗朝故事本末) '현종예덕(顯宗睿
德)' 조 참조
35) "현종", 『한국인명대사전』, 신구문화사, 1980.

대국적 정황에 있었다는 편이 타당하리란 생각이다.

현종 조의 시대적 정황이 어떠했던가. 거기 대해 요약한 사전마다의 설명들은 거의가 대동소이하다. 따라서 어떤 것을 인용해도 무방하나, 그 중 하나만 들어 살펴본다.

> 그의 재위 중에 남인과 서인의 당쟁이 계속되어 국력이 쇠퇴해졌으며 게다가 질병과 기근이 계속되었다. 함경도 산악지대에 장진별장(長津別將)을 두어 개척을 시도, 60년(현종 1) 두만강 일대에 출몰하는 여진족을 북쪽으로 몰아내고 북변의 여러 관청을 승격시켰으며, 62년 호남의 산군(山郡)에도 대동법을 실시, 다음해 경기도에 양전(量田)을 실시하였다. 68년 김좌명에게 명하여 동철활자(銅鐵活字) 10만여 자를 주조시켰고, 다음해 송시열의 건의로 동성통혼(同姓通婚)을 금하는 한편, 병비(兵備)에 유의하여 어영병제(御營兵制)에 의한 훈련별대(訓練別隊)를 창설하였다.[36]

그의 시대가 치세(治世)라고 말하기 어렵다는 것을 알 수 있다. 기아와 질병으로 백성이 시달렸던 시대, 그리하여 그 어간(1660 ; 현종 1년)에 신속(申洬)이 새로 『구황보유방(救荒補遺方)』을 지어 간행하지 않을 수 없었던 시대이기도 했다.

호랑이[虎] 어휘가 들어가는 공자의 일화 중에, 가혹한 정치로 말미암아 백성에 끼치는 해는 호랑이의 해침보다 무섭다는, 이른바 "가정맹어호(苛政猛於虎)"의 말이 있다.[37] (이는 『사문유취』와 『태평어람』의 '虎' 문에도 각각 수록 소개되어 있는 바다.) 그러면 현종 당시의 실상은 비록 그 자체 전혀 본의적이거나 원인론적인 가정(苛政)은 아니지만, 나타난 현상의 결과론적인 측면에서 보아 크게 다를 바 없다고 했을 적에는 한 가닥의 징비(懲毖) 또는 경계의 심리마저 막을 순 없을 것이다.

최효건이 현종에게 상소한 글을 보면 당시 민생도탄의 처절한 참상과 관리

---

36) "현종", 『동아원색대백과사전』, 동아출판사, 1984.
37) 『예기(禮記)』 단궁(檀弓) 하편의 출전이다. "孔子過太山側 有婦人哭於墓者而哀 夫子式而聽之 使子貢問之曰 子之哭也 一似重有憂者而 曰 然 昔吾舅死於虎 吾夫又死焉 今吾子又死焉 夫子曰 何爲不去 曰 無苛政 子曰 小子識之 苛政猛於虎也."

탐학(貪虐)의 여실한 정상(情狀)을 참으로 세밀하고도 극명한 필치로 고발함과 동시에, 이의 바로잡음을 구하는 간절한 탄원이 구구절절 새겨져 있다.[38] 그 가운데 특별히 <산군전>과 관련하여 주목할 만한 부분이 있다면 그것은 군액(軍額)의 징수와 군역(軍役)의 징집 등 군비(軍備)의 무모한 확대와 무자비한 수탈, 종실 친척 및 세도가의 횡포 등이다. 이는 저 강자의 호랑이가 자기보다 힘 약한 자 위에 군림하여 폭위를 부리고 이권을 장악하는 것과 같은, 이른바 약육강식의 논리 바깥에 있지 아니하다.

그리하여 작가 최효건이 자신이 처했던 시대의 절실한 현실문제에 진정한 관심과 의식이 있고, 또 이를 염두에 넣어 풍유(諷喩) 속에 반영코자 했던 전제에서는, 그의 손에서 이룩된 <산군전> 역시 인의 정치와 괴리되는 권력자층의 위포정치, 나아가 착취적 행정에 대한 속깊은 경계(警誡) 및 징비(懲毖)의 용심(用心) 안에서 새겨 만들어졌을 시 분명하다.

---

38) 又陳五條 一曰宰相 二曰諫官 三曰人才 四曰民困 五曰請託 其論民困曰 嗚呼 今日之民困也 自夫兵革之屢經而民困 自夫倉穀之太多而民困 自夫軍額之漸廣而民困 自夫官家之橫奪而民困 自夫刑獄之不中而民困 自夫連年凶歉而民困 大同新設而田租倍徙 重以不時之役 又多烟戶之苦 倉穀所以救民 而南漢江都之儲 多至累十萬 逐年長耗 剝膚椎髓 軍額所以衛國 而各設衙門 搜括多端 隨闕隨塡 良民已盡 纔離母乳 已編卒伍.

▧ 조구명(趙龜命) / <오원자전(烏圓子傳)>

고양이가 이룩한 민생의 이로움

    <오원자전(烏圓子傳)>은 조선조 후기의 문인 겸 학자였던 동계(東谿) 조구명(趙龜命, 1693~1737)이 지은 고양이 의인의 가전 문학 작품이다.

    일찍이 필자의 가전 문학 역주본인『한국가전문학선』에 역시 고양이 소재 의인 작품으로 유본학(柳本學, 1770경~?)의 <오원전(烏圓傳)> 한 작품을 실은 것이 있지만, 이제 함께 대조하여 놓고 보매 여기 이 <오원자전>이 유씨의 것에 비해 벌써 7, 80년 정도 앞서 이룩되었으니 정녕 이 방면 소재의 선도적 의장(意匠)이었던 것이다.

    우선 조구명 생애의 간력부터 본다.

    1711년(숙종37) 생원이 되고, 1722년(경종2) 영희전참봉(永禧殿參奉)에 임명되었으나 사퇴, 그 후 사축서별제(司畜署別提), 공조좌랑(工曹佐郎), 태인현감(泰仁縣監), 개령현감(開寧縣監) 등에 임명되었으나 모두 사양, 후에 세자익위사(世子翊衛司)에 들어가 시직(侍直)·익위(翊衛)를 잠시 지냈다.[1]

세자익위사는 왕세자에 배종(陪從)하여 호위하는 것을 맡는 관청이고, 시직과 익위는 그 곳 근무의 각각 정8품과 정5품에 당하는 무관 벼슬이다.[2] 그가 익위 이전에 정6품 무관직의 익찬(翊贊)을 거쳤다 싶은 것은『영조실록(英祖實錄)』12년(1736) 정월 병진일 조에 "익찬 조구명(翊贊趙龜命)"이라 한 기록[3]

---

1) "조구명(趙龜命)",『한국인명대사전』, 신구문화사, 1980.
2)『대전회통(大典會通)』권4 병전(兵典) 정오품아문(正五品衙門) '세자익위사(世子翊衛司)' 조 참조

으로 엿볼 수 있는 바요, 이 때는 그가 죽기 바로 한 해 앞인 것이다.

그는 성리학에 밝고 문장이 뛰어났다고 했거니와, 그와 같은 시대를 살았던 정치가 송인명(宋寅明, 1689~1746)이 그의 문학적 재주와 문명(文名), 또한 인품의 청결가용(淸潔可用)을 영조 임금 앞에 적극 역변한 것이 보이고,4) 또 그의 사후에도 영조가 친히 그의 문집에 서문을 써준 사실과 함께 청정과욕(淸淨寡慾)·문장명세(文章名世)하다는 평을 얻었다.5) 『동계집(東谿集)』 12권의 저서가 있다.

지금 이 <오원자전> 역시 다름아니라 그의 이 문집 권5의 '전(傳)' 안에 수록되어 있는 산문 형태의 의인문학적 한 가편(佳篇)이다. 작품 줄거리의 대강은 주인공 고양이가 쥐와의 천적 관계에 입각해서 당연히 쥐떼를 소탕하는 큰 공로로 하여 임금의 총영을 얻게 된다는 내용으로 되어 있다. "태사공왈(太史公曰)" 이하 역시 거기 관련한 군담적인 구성에 오로지 충실하여 있다.

이러한 점은 비록 같은 고양이 소재의 의인가전인 <오원전>과 대조하여 크게 구별되는 특징이 되기도 하는 것이다. <오원전> 안의 묘(猫)·서(鼠) 사이의 천적관계는 고작 주인공이 궁내 숙직을 하다가 어느 서적(鼠賊 ; 쥐) 하나를 포살(捕殺)한다는 정도 안에서 진행될 뿐, 군담적 취재(取材)는 아예 전무하였다.

두 작품이 다 고양이 의인화이니 쥐의 등장이야 당연할 수 있겠지만, 무슨 이유로 조구명은 반드시 자씨(子氏 ; 쥐) 일족 섬멸의 이야기에 이토록 깊은 관심으로 심비(心脾)를 다 기울였던 것일까? 작품에서 쥐를 그다지 클로즈업시킨 저의가 어디에 있는지 궁금한 바 크다.

이러한 의문에 당하여 대개 다음과 같은 추론이 가능하다.

우선, 고양이와 쥐의 형상화를 의인문학에서 흔히 탐색 가능한 인간 풍자와 비평의 각도에서 조감해 보는 방법이다. 곧, 그 당시 사회의 특정 부류 인간에 대한 은유적 비판에 대해 있을 수 있는 개연성을 일컬음이다. 최소한 고양이에 한정시켜 말한다 할 때, 이를테면 성호(星湖) 이익(李瀷, 1681~1763)의 『성호사설(星湖僿說)』에,

---

3) 丙辰 命輔德趙漢緯 翊贊趙命龜 書進世子宮屛風二抄 寫文王世子等編….
4) 『영조실록』 권40, 11년 을묘 3월 갑진일 조 및, 권45 13년 정사 9월 을미일 조
5) 『영조실록』 권120, 49년 계사 6월 임자일 조 참조

　　蘇氏曰　不爲無鼠而養不獵之猫　不爲無盜而養不吠之犬　此謂官人須
擇功能　不可使無事　而素食也.6)
　　소씨(蘇氏)는 "쥐가 없다 해서 사냥 못하는 고양이를 기르거나, 도둑이
없다 해서 짖지 못하는 개를 먹여서는 안된다" 하였다. 이는 사람을 관리로
쓰는데 반드시 재주와 능력을 가려서 써야 하며, 아무 일도 없이 녹만 먹지
못하도록 한다는 것을 지적해 한 말이다.

라든가, 이 글에 뒤미처 연결되는 다음의 글 등이 좋은 예가 될 만하다.

　　鄭介夫曰　蓄猫防鼠　不知饞猫　竊食之害愈甚　養犬禦盜　不知惡犬　傷
人之害愈急　此謂非徒無益　臟賄虐民　爲國之蠹也.7)
　　정개부(鄭介夫)는, "고양이를 기르는 것은 쥐를 막자는 것인데, 탐욕한 고
양인 줄을 모르고 기르면 음식을 훔쳐가는 해가 더욱 심할 것이며, 개를 먹
임은 도둑을 못 오게 하는 것인데, 사나운 개인 줄을 모르고 먹이면 사람을
해치는 폐단이 더욱 심한 것이다" 하였다. 이는 유익이 없을 뿐만 아니라,
재물을 축내고 백성을 못살게 굴어, 국가의 좀이 될 것을 비유해 말한 것이다.

다름 아니라, 이와 같은 이익의 해석은 바로 형태상으로는 비록 동물의 이야
기로 표방되는 어느 것이 실상은 인간사의 어떤 부정적인 측면을 나타내 보
이기 위한 간접적 · 우회적인 표현 양상일 수 있는 가능성에 대한 사실상의
입증이 될만하다. 특히, 동파 소식의 말이라고 하는 바 "쥐가 없다 해서 사냥
못하는 고양이" 운운은 공교롭게도 <오원자전> 안에조차 그대로 나와 있어
그러한 방향으로 환기되어짐도 사실이다.
　　하지만, 여기에는 적어도 짚고 넘어서지 않으면 안될 일정한 전제가 따른다.
과연 이처럼 동물에 관련한 언급엔 그 어떤 경우에도 동물 자체에 대한 관심
과 흥미에서 유발되는 표현 동기는 진정 없는 것일까? 어떤 경우든 하나같이
그 동기가 풍자 같은 언어의 이중구조 속에 따로 감추고 있는 것으로만 간주
해야 하는지에 대한 회의가 그것이다. 예컨대, 앞에 인용한 이익의 글 바로
뒤에 이어지는 마무리 부분인,

---

6) 『성호사설』 권2, 만물문(萬物門) '묘견(猫犬)' 항.
7) 『성호사설』 위와 같음.

余見有白晝而攫鷄 狂走而反噬者 噫.8)

나도 보니까 대낮에 닭을 물어가는 고양이와, 미친 듯이 달려가서 도리어 사람을 무는 개도 있었으니, 아! 어이없구나.

같은 것이야 민가의 생활 속에서 얼마든 볼 수 있는 풍경일 법한데도 군이 닭과 고양이, 사람과 개의 표출 이면에 은유적으로 감춘 뜻이 따로 있다고 한다면 오히려 어색할는지 모른다.

또한 같은 책 안에 들어있는 숙종 임금의 금묘(金猫) 이야기를 보자.

我肅宗大王嘗於宮中 育一金猫 及賓天 猫亦不食 而斃埋之明陵道傍 夫犬馬戀主 從古有說 猫者性至狼 雖閱年擾狎 而一朝違離 則使成野性 如金猫事 比桃花犬 尤異.9)

우리 숙종대왕도 일찍이 금묘(金猫) 한 마리를 길렀었는데, 숙종이 세상을 떠나자 그 고양이 역시 밥을 먹지 않고 죽으므로 명릉(明陵) 곁에 묻어 주었다. 대저 '개와 말도 주인을 생각한다'는 말은 옛적부터 있지만, 고양이란 성질이 매우 사나운 것이므로 비록 여러 해를 길들여 친하게 만들었다 해도 어느날 아침 제 비위에 맞지 않으면 야성이 드러나는 것이다. 그런데 이 금묘와 같은 일은 도화견에 비하면 더욱 이상한 것이다.

고양이 기이담 및 그 소감이니, 분명 문면에 나타나 있는 그대로의 순수 고양이 얘기를 하는데 불외하다. 그럴 뿐으로, 여기에 별도의 다른 내포적 의미가 숨어있을 리 없음이 자명한 것이다.

그리하여, 구체적으로는 이 <오원자전>의 경우에 있어 주인공 고양이는 대관절 어떤 인물 혹은 어떤 부류를 암시하는 것인지, 또한 그것에 의해 말살되는 도적쥐들은 실제적으로 어떠한 대상 실체를 지시하여 있는 비유인지 하는 점에서 일정한 장애를 겪지 않을 수 없다. 더욱이, 주인공 오원자의 개성으로 나타난 바 무덤을 파헤치고 여항을 겁략함, 사람들에게 유순히 길들여짐, 눈동자의 열고 닫음으로 시(時)를 분간한다든지, 코의 온도로 음양절기를 증험함, 또 음해할 마음이 들면 눈매가 찢어짐 등등의 사항은 이것이 현

---

8) 『성호사설』 위와 같음.
9) 『성호사설』 권2, 만물문(萬物門) '금묘(金猫)' 항.

실상의 어떤 구체적 특정 인물에 대한 비유 가탁일 수 없다. 그냥 포유동물 고양이의 특성 그대로를 재미롭게 살려 형용한 묘미적 표현의 생생한 단서들이다. 따라서, 본 작품을 일단 인간 상대 풍자의 시각과는 다른 방향에서 접근해보는 방법 또한 아울러 요망되고 있다.

그런데, 이 작품의 접근에 있어 가장 다행한 일은 '오원자전(烏圓子傳)'이란 제목 바로 아래 작품 창작의 연대로서 "임자(壬子)"년이란 간지가 명기되어 있다는 사실이다. 그리고 이것은 작가가 어떤 동기로 이와 같은 작품을 짓게 되었는지를 짐작하는 데 의외의 중요한 정보를 제공할 만한 긴절(緊切)한 단서로서 작용할 수 있다.

조구명이란 인물 생평(生平)의 안에서 임자년은 1732년, 곧 영조 8년에 해당한다. 이 때는 그의 나이 40세에 드는 해이기도 하다. 대관절 1732년(영조 8)에 어떠한 일들이 일어났는가?

『한국학대백과사전』의 "한국사연표"가 뽑은 것을 보면, 2월에 관상감(觀象監) 관원(이세징을 말함 ; 필자주)이 청나라로부터 만세력을 가져왔고(무술일 조 ; 필자주), 『경종실록(景宗實錄)』이 이룩되었으며(병오일 조 ; 필자주), 5월(갑자일 조 ; 필자주)에는 동지사가 『명사조선열전(明史朝鮮列傳)』을 가지고 청국(淸國)에서 돌아왔다. 7월에 삼남의 양전(良田)에 담배[南草] 재배를 금하였던 사실(을사일 조 ; 필자주)이 있고, 8월에는 선기옥형(璿璣玉衡)이 이룩되었다(기미일 조 ; 필자주) 했다. 11월엔 흉년으로 인해 공명첩(空名帖)으로 무속보진(貿粟補賑)케 하였으며(기축일 조 ; 필자주), 예산의 부족으로 관리의 봉록을 감하였다고 했다.10) 그 다음 12월 심수현(沈壽賢)이 영의정이 되고 윤증(尹拯)의 『명재유고(明齋遺稿)』를 편찬했던 일도 첨부되었다.

그러나 실록을 직접 놓고 참계(參稽)하였을 때 그 어떤 사항보다도 이 해 영조 8년 내내 꾸준히 그리고 가장 심각했던 큰 줄기의 사안이 있었다. 다름 아닌 흉겸(凶歉)에 따른 전국적인 식량난의 문제가 그것이었다. 이 해가 시작되는 정월 기미일에 있던 왕의 교시부터가 농사일의 실패와 굶주려 죽는 사람에 대한 걱정이더니, 그 해의 12월 마지막 날까지 백성들의 기한(飢寒)과 겸세(歉歲)에 대한 우려로 막바지를 장식하는 사실로써 문제의 심각성이 여실

---

10) 실제로 『영조실록』을 참조하였을 때 이는 11월의 기사가 아니라, 12월 계해일의 기사에, "命減百官祿 時經費大縮…" 운운으로 되어 있다.

히 입증된다. 하기야 바로 전년인 영조 7년에도 상당한 기근을 면치 못하였던 상황을 짐작할 수 있지만,[11] 이 해에 들어서 더욱 심해지고 극도로 악화되었던 양상이 열두 달 실록을 통해 명백히 드러나 있다. 이 해의 기사 가운데 굳이 어느 달에 한정시켜 일일이 들어볼 겨를 없이 흉년에 따른 제반 문제의 보고와 거기 따른 대책 강구로 기민(飢民)에 대한 양곡 배급, 곧 진민책(賑民策)에 관해 논의하는 기사가 곳곳에 편재(偏在)하였다.

부수하여, 거의 전국적 범위의 전염병의 치성(熾盛)과 사망자 속출, 부분적으로는 농작물과 묘목 뿌리를 잘라먹는 모충(蝥虫) 및 메뚜기의 폐해가 이에 뒤따랐는가 하면, 설상가상으로 5월에는 구휼미 배급창고인 진창(賑倉)에서 실화(失火)하여 수천 석의 곡식이 일시에 타 없어지는 사고마저 발생하는 등 악재가 연속되었다.

한편, 거듭되는 한발에 영조 임금은 궁여책으로 4월경부터 기우제를 생각해냈고, 특히 6월에는 친히 기우제에 전적으로 매달리다시피 했던 안타까운 형편을 역력히 읽을 수 있다.

정녕 이 때(영조 8년)야말로, 7월에 정언(正言) 벼슬로 있는 조상행(趙尙行)도 상소의 첫머리에서 말했듯이, "이 해의 엄청난 가뭄은 진고에 없는[今兹亢旱 振古所無]"[12] 정도였던 모양이다. 그러기에, 앞에서도 언급되었던 것처럼 11월에는 공명첩에 의한 무속보진(貿粟補賑)을 각 도에 명했던 것이다. 아울러 12월에는 백관들의 녹을 감하여 경비를 크게 줄여야만 했던 사정이 계해일 조에 나타나 있다. 바로 같은 날의 기사는 전라도 강진현(康津縣)에서 굶주린 백성이 사람의 시신을 구워먹은 사건을 밝히고 있다. 또 그 달 갑술일 조에 보이되, 결성(結城) 땅에서는 아들집에 가서 몇 말의 곡식을 가져오려다가 아들이 밀친 끝에 아비가 즉사한 사건이 지평(持平) 벼슬로 있던 유최기(兪最基)의 상소를 통해 알려지고 있다. 이 상소의 앞 부분,

目今饑饉荐酷 人心梏亡 倫彝將至滅絶.

---

11) 『영조실록』 권31, 8년 정월 기미일 조의 교시(敎示) 및 경오일 조에 엄경하(嚴慶遐)의 상소문 허두, 그리고 11월 계묘일에 박문수(朴文秀)의 주언(奏言) 참조.
12) 『영조실록』 권31, 8년 7월 경인일 조.

'거듭되는 혹심한 기근으로 인심은 망가지고 윤리도 곧 멸하여 끊어지는데 이르게 되었다'는 말로도 어느 정도인지 짐작코도 남음이 있다.

그러면 조구명이 각별히 쥐떼를 멸하는 이야기를 쓴 것은 이 해의 흉겸지사(凶歉之事)와 혹 관련이 있지는 않을까? 사람살이에 있어서 쥐가 끼치는 폐해는 백운 이규보의 <주서문(呪鼠文)>, 곧 쥐를 저주하는 글 같은 데에도 잘 나타나 있다.13) 그렇거니와, 이는 모두 옥내에서의 일을 지적한 것이요, 옥외에서 쥐가 일으키는 최대의 해악은 벼싹[禾苗]을 잘라먹는 등 농작물을 해하는데 있다고 하겠다. 예컨대 영조 34년에도 전라도 임피현(臨陂縣)에서 작은 쥐들이 심어놓은 벼를 해하는 재변이 있었으며,14) 동계와 동시대 인물인 성호 이익의 기록에 따르면 북도(北道)로부터 남하(南下)한 쥐가 초목을 시들게 하고 사람을 물어 해치는 이변이 있었다15) 하는 등등이 다 그것의 역력한 사례로 볼 수 있다. 『시경(詩經)』 <석서(碩鼠)> 편에 "碩鼠碩鼠 無食我黍"〔쥐야 쥐야, 우리 기장 먹지 마라〕 한 것 역시 쥐의 곡물 가해를 비탄한 한 본보기이다. 이렇듯 쥐가 농작물에 끼치는 악폐는 흉년일 때 가장 극대화로 나타날 것임은 물론이다.

그러면 이 해에 염병[瘟病]이 많이 나돌았다는 사실과 관련해서 설상가상으로 쥐떼의 극성이 이 흉세(凶歲)를 더욱 황폐하게 만들었던 또 한 가지 이유는 아니었나 상도(想到)해 보는 것이다. 그렇게 생각한다면 지은 연대의 간지를 굳이 강조하여 "임자(壬子)"라 기입해 넣은 것조차 한낱 우연의 소치만은 아닐지 모른다.

숙고하여 보면, 본문 가운데 "팔사(八蜡)에 제사지냈다"는 말 자체 그저 심상한 것이 아니었다. 대저 '팔사'〔대사(大蜡)라고도 한다〕라 함은 인간에게 유

---

13) <주서문(呪鼠文)>은 『동국이상국집』 권20 '잡저(雜著)'의 안에 들어있는데, 그 일부를 국역으로 옮기면 이러하다. "구멍을 많이 만들어 이리저리 들락날락하며, 어둠을 틈타 마구 쏘다녀 밤새도록 시끄럽게 하며, 잠이 들면 더욱 방자하고 대낮에도 떳떳이 다니며, 방에서 부엌으로 가고 마루에서 방으로 가며, 부처에게 드리는 음식과 신령을 섬기는 물품을 너희가 맛보니, 이는 신령을 능멸하고 부처를 무시하는 것이다."(『국역동국이상국집3』, 민족문화추진회, 1982, p.174)

14) 『영조실록』 권92, 34년 무인 8월 을해일 조에, "全羅道臨陂縣 有小鼠害稼之災."

15) 『성호사설』 권6, 만물문(萬物門) '귀물구수(鬼物驅獸)' 항에, "數年前 北道有鼠異 群鼠渡江而南 草木皆殘 至有噬人者."

익한 여덟 가지 신에 제사함을 뜻한다. 그것은 각각 ①선색(先嗇) ②사색(司嗇) ③농(農) ④우표철(郵表畷) ⑤묘호(猫虎) ⑥방(坊) ⑦수용(水庸) ⑧곤충(昆虫)이고, 이 가운데 제5 신(神)인 '묘호(猫虎)'는 바로 고양이에 대한 제사를 일컬음이다. 다름아니라, 밭의 쥐를 잡아먹는 공로를 위한 제사라고 했으니, 『예기(禮記)』 '교특생(郊特牲)'편에 이른바 "迎猫爲食田鼠也"〔고양이를 불러들여 밭의 쥐를 먹게 한다〕라 한 것이 그것이다.

한편, 조구명의 몇 편 전(傳)에는 지은 연대를 알리는 간지가 붙여져 있고,[16] 앞에서 이 작품 창작의 연대 간지는 '임자(壬子)'라 했다. 실제로 음력 정월의 첫 '子' 자 지지(地支)가 드는 날에 쥐의 폐해를 막기 위해 하는 행사인 상자일(上子日) 쥐불놀이란 습속이 있었다. "이날 궁중에서는 자양(子襄)을 재신(宰臣)과 근시(近侍)에게 나누어 주었으며, 농가에서는 이날 방아를 찧으면 그 해 쥐가 없어진다고 하여 밤중에 부녀자들이 빈 방아를 찧거나, 콩을 볶으면서 '쥐주둥이 지진다'고 주문을 외기도"[17] 했다니, 이러한 일 등은 다 쥐에 의한 심각한 곡물 피해를 우려한 데서 나온 풍속도였다고 볼 수 있다. 또 지지의 '子'가 닿는 날에 고양이에게 제사 지내어 증오하는 대상을 위해(危害)해 주기를 비는 소위 '묘귀(猫鬼)'라는 것도 없지 않았다.

그렇다면 지금 이 '임자(壬子)'가 비록 연(年) 지지(地支) 안에서 닿는 '子'이기는 하나, 이것이 혹 일(日) 지지에서도 민간신앙처럼 의미 부여된 '子'의 효력을 빌리고자 한 의식의 소치는 아닐까. 이에 가뜩이나 흉작인 곡물을 도적질하는 쥐에 대한 제액성사(除厄成祀)라도 될까 하는 심리적 방편으로, 이 임자년 겸세(歉歲)를 당해 묘생(猫生) 주인공의 군서(群鼠) 퇴치를 글로 실천했는지 모를 일이다. 제목 아래에 특별히 연대 간지를 애써 표기한 소이도 아마 그런 헤아림과 아주 무관하지만은 않으리란 생각인 것이다.

한편, <오원자전>이 일반 가전과 비교하여 가장 두드러진 특징의 하나를 지적할 수 있다면 군담적(軍談的) 요소가 단연 압권을 이룬다는 점을 들 것이다. 이는 동일 고양이 소재 가전인 나중의 <오원전>과 대조해 놓고 볼 때 더욱 명료해진다. 곧, 두 작품이 중심 소재인 고양이를 비롯하여 임금으로 형상된 인간 및, 쥐와 개의 소재 안에서 작품을 구성시키고 있다는 점에서는

---

16) 이를테면 "金流連傳癸丑", "外祖母贈貞敬夫人李氏傳甲寅", "朴將軍傳丙辰" 등.
17) "상자일(上子日)", 『새우리말큰사전』, 신기철·신용철 편저, 삼성출판사, 1985.

같다. 하지만, 양자 사이에 기본적으로 다른 점이 있다면 주인공이 쥐라고 하는 적을 상대하는 데 있어서의 역할 반경 및 사건 규모를 훨씬 크게 확보하고 있는 점이라 하겠다. 다시 말해, <오원전>이 고양이와 쥐 사이 일상의 소규모적이고 개별적인 관계에 충실한 반면, <오원자전>은 대규모적 군담의 형식으로 이야기를 전개시켜 나가고 있다는 뜻이다. 이 경우 스스로 "태사공왈(太史公曰)"이라는 평결부를 이미 잘 갖춰놓았음에도 불구하고, 굳이 "저선생왈(楮先生曰)"이라는 또 하나의 평결부를 설정시키면서까지 군사 무용담(軍事武勇談)에 공을 들이고 있음을 본다.

이렇게 군담에 기울이는 공력이 진지하기 그지없었던 데는 그 나름으로 무슨 특별한 이유라도 있었던 것일까? 기근을 덧치는 쥐떼에 대한 감정이 그것의 보상심리로서 쥐 섬멸 과정을 확실하게 다루는데 이르렀던 것인가? 아니면 조구명에게 남다른 호반[武] 숭상의 기질이 있었던 때문인가. 그리하여 어쩌면 그 상무(尙武)의 성향과 관련하여, 이 작품을 짓기 한 해 앞인 영조 7년(1731) 4월에 무장(武將)의 승헌(乘軒)을 금지시켰던 일과 연상하여 전혀 무관한 것으로 보아야만 할 것인가.

아울러서, 여러 가지 벼슬을 모두 사양했던 그가 훗날인 영조 12년(1736)에 익찬(翊贊)과 익위(翊衛) 봉직을 받아들였던 일과 아무런 관련도 없을 것인가 하는 생각도 아주 떨쳐버릴 수는 없다. 전언하였거니와, 익찬·익위는 조선조 때 왕세자를 따라다니며 호위하는 관청인 세자익위사에 소속되었던 각각 정6품·정5품의 무관 벼슬이다. 대개 <오원자전>의 주인공 오원자가 호반 벼슬로서 무공을 떨쳤다는 구상과 이것 지은 당사자인 조구명이 무관 벼슬에 취임했던 사실은 작자 조구명의 문(文) 일변도 의식에 대한 지양임과 동시에, 무(武)의 필요성도 함께 강조돼야 마땅하다는 차원으로서의 겸무정신(兼武精神)을 나타내는 유력한 좌단처럼 인식된다.

김 창 룡

서울 출생
연세대학교 문과대학 국어국문학과 졸업 (1976)
연세대학교 대학원 국어국문학과 문학석사 (1979)
연세대학교 대학원 국어국문학과 문학박사 (1985)
현) 한성대학교 한국어문학부 교수
　　한성대학교 인문대학장

저 서
『한중가전문학의 연구』(개문사, 1985)
『한국가전문학선』(정음사, 1985)
『우리 옛 문학론』(새문사, 1991)
『한국의 가전문학·상』(태학사, 1997)
『한국의 가전문학·하』(태학사, 1999)
『중국 가전 30선』(태학사, 2000)
『가전문학의 이론』(박이정, 2001)
『고구려 문학을 찾아서』(박이정, 2002)
『한국 옛 문학론』(새문사, 2003)
『가전산책』(한성대학교 출판부, 2004)
『인문학산책』(한성대학교 출판부, 2006)

가전을 읽는 방식

초판인쇄　2006년 8월 29일　‖　초판발행　2006년 9월 5일

저 자　김 창 룡
발행처　제이앤씨

서울시 도봉구 창동 624-1 현대홈시티 102-1206
등록번호·제7-220호 / TEL (02) 992-3253　FAX (02) 991-1285
E-mail jncbook@hanmail.net / URL　http://www.jncbook.co.kr

ISBN 89-5668-384-0 03810　　　　　　　정가 23,000원

** 본 연구는 2006학년도 한성대학교 교내연구비 지원 과제임.